Paula Gosling wurde 1939 in Detroit geboren und siedelte 1964 nach Großbritannien über. Ihr Krimidebüt, «Töten ist ein einsames Geschäft», wurde mit dem John Creasey Memorial Award ausgezeichnet, für ihren Roman «Tod auf dem Campus» erhielt sie den begehrten Gold Dagger Award. Neben diesen Büchern liegen bei rororo thriller die Kriminalromane «Alpträume» (Nr. 3317), «Blut auf den Steinen» (Nr. 3284), der Doppelband «Ein echtes Gaunerstück / Der Polizistenkiller» (Nr. 3286) und «Die Leiche unterm Eis» (Nr. 3254) vor.

«Das ist die Stärke von Paula Gosling: Sie beschreibt die Polizeiarbeit auf dem Hintergrund sorgfältiger Milieuschilderungen.» (Norddeutscher Rundfunk)

Paula Gosling

IM SCHATTEN DER TOTEN

Deutsch von Edith Walter
und Fried Eickhoff

Rowohlt Taschenbuch Verlag

rororo thriller
Herausgegeben von Bernd Jost

Deutsche Erstausgabe
Veröffentlicht im Rowohlt Taschenbuch Verlag GmbH,
Reinbek bei Hamburg, März 1999

Die Originalausgabe erschien unter dem Titel
«Death and Shadows»
1999 bei Little, Brown and Company, London

Redaktion Wolfram Hämmerling
Umschlaggestaltung Notburga Stelzer
(Foto: G + J Fotoservice / Dieter Menne)
Satz Bembo und DIN-Engschrift Alternate
Postscript (PageOne)
Gesamtherstellung Clausen & Bosse
Printed in Germany
ISBN 3 499 43340 0

1. KAPITEL

Die junge Frau im Schwesternkittel zögerte.

Hatte sie Zeit, zum Briefkasten hinunter- und wieder zurückzugelangen, ohne daß jemand es merkte? Sie warf einen Blick auf ihre Uhr. Vielleicht – wenn sie sich beeilte.

Über ihr raschelten und knackten die ineinander verschlungenen Äste des Waldes. Der Wind war feucht, und in der Ferne donnerte es. Sie fröstelte und ging schneller; der Weg war steil und holprig. Zweimal glitt sie aus, und vor ihr rollten ein paar Kiesel den Abhang hinunter und prallten gegen die Baumwurzeln. Es hörte sich an, als würde jemand mit ihr gehen.

Sie blieb stehen.

War da noch jemand? Vor ihr? Hinter ihr?

Die Kiesel rutschten, die Äste wisperten, und überall um sie herum bewegten sich Schatten. Sei nicht albern, sagte sie sich. Du bist diesen Pfad schon hundertmal gegangen, kennst die Geräusche – kleine Tiere, Insekten. Der Hügel unter den wuchtigen Eichen, Ahornbäumen und Birken lebte.

Sie ging noch schneller, jetzt ein wenig nervös, lachte sich aber selbst aus. Vor sich und ein Stück tiefer sah sie zwischen den Baumstämmen die olivgrüne Oberfläche des trägen Flusses, die im letzten Sonnenlicht schimmerte. Die Gewitterwolken sammelten sich, in den umliegenden Hügeln gefangen, und verdunkelten langsam und unerbittlich alles.

«Du wirst bestimmt naß, Dummkopf», sagte sie leise zu sich selbst. «Warum mußtest du gerade jetzt gehen?»

Plötzlich fiel der Pfad steil ab, sie rutschte aus, vertrat sich den Knöchel und klammerte sich an eine Birke, um nicht zu stürzen. Erschrocken holte sie tief Luft und hörte wieder das Geräusch. Es war kein Tier. Waren keine Insekten. Es war auch nicht der Wind. Und keine Kieselsteine.

Schritte.

Ein Blitz erhellte für einen Moment die Schatten und tauchte in den Hügeln am Horizont unter, ein großes Schwert aus Licht, das die nachfolgenden Schatten noch dunkler erscheinen ließ. Und kälter.

Sie lief weiter, auf den offenen Teil des Wegs zu, der am Flußufer entlang zur Brücke führte. Dort würde sie für die Wagen auf dem Highway deutlich zu sehen sein – und auch aus den Häusern am anderen Ufer, wo die Stadt den Fluß berührte. Der Donner kam näher, wurde lauter, entfernte sich widerstrebend, bereitete sich auf den nächsten Schlag vor.

Sie geriet in Atemnot, die Brust wurde ihr eng, und die frische Luft, die sie einatmete, war eisig. Sie stieß einen Laut aus – halb Wimmern, halb Stöhnen, und begann zu laufen.

Sie war knapp zehn Meter vom Waldrand entfernt, als sie gepackt wurde.

Sie hieß Julie Zalinsky.

Sie war nicht die erste.

2. KAPITEL

Die Fahrt von Omaha hierher hatte eine volle lange Woche gedauert. Laura Brandons alter Wagen hatte ihr auf der ganzen Strecke, von den vor kurzem gemähten Weizenfeldern im sonnigen Westen bis zu den herbstlich kühlen Hügeln um die Großen Seen erbitterten Widerstand geleistet. Sie hatte erwartet, in dem Gebiet um Blackwater Bay in eine herrliche Baumpracht einzutauchen, doch statt dessen war sie in eine andere Welt geraten, eine Welt aus gespenstischen Formen und Schatten, die vor ihr aufragten und im dichten Nebel wieder verschwanden. In der Stadt selbst war es merkwürdig still gewesen. Bestimmt war es eine nette, vielleicht sogar eine freundliche Stadt, im Nebel wirkte sie jedoch geheimnisvoll, so daß Laura das Gefühl hatte, nicht willkommen zu sein. Ende September wurde die herbstliche Färbung der Bäume von grauen Schwaden verhüllt, so daß es aussah, als seien die Gehsteige von Gespenstern bevölkert. Für Regenschirme war es nicht naß genug, doch Lauras Lebensgeister sanken endgültig, als sie die Brücke über den Black River überquerte und durch die Windschutzscheibe spähte, um die Abzweigung zur Mountview Klinik zu finden. Sie verpaßte sie um ein Haar.

Das Schild war unauffällig, sogar bescheiden, und bereitete sie nicht auf das vor, was sie am Ende der ansteigenden Zufahrt zu sehen bekam.

«Mann!»

Das also war Mountview. Onkel Rogers kleine Goldmine und ihr neuer Arbeitsplatz. Ein riesiges altes Gebäude, ganz aus hellem Klinker, mit weißen Säulen und efeubewachsen, doch konnte sich seine Schönheit wegen des Nebels nicht voll entfalten. Hinter den Fenstern brannte Licht, aber verschleiert vom Nebel wirkten sie irgendwie abweisend. Wir sind zufrieden, wir brauchen dich nicht, lautete die Botschaft. Laß uns bitte in Ruhe. Der Lieferanteneingang ist hinten.

«Du mußt zugeben, das ist etwas anderes als die Caspar Street», sagte sie über die Schulter nach hinten. Der *Größte Schwarze Kater der Welt* hatte sich auf den Schachteln und Koffern zusammengerollt, die sich auf dem Rücksitz stapelten. Er öffnete ein grünes Auge, gab jedoch gar nichts zu.

Sie legte wieder den Gang ein und fuhr vorsichtig um den linken Flügel des Gebäudes herum, passierte eine Lücke in einer hohen dunklen Hecke, die verhinderte, daß Vorübergehende etwas so ablenkend Modernes wie eine Reihe von Automobilen zu sehen bekamen.

Auch nach hinten hinaus hatte man dem 20. Jahrhundert einige Zugeständnisse gemacht. Hinter dem alten Gebäude gab es einen sehr modernen Anbau.

Sie stellte den Wagen in einer freien Parklücke ab und streckte sich einen Moment. Nun, da sie nicht mehr fahren mußte, überfielen sie starke Bedenken. Hatte sie das Richtige getan? Sie legte die Stirn kurz auf das Steuer.

Als ihre Freundin Julie Zalinsky angefangen hatte, bei Onkel Roger zu arbeiten, hatte sich Laura aufrichtig für sie gefreut. (Und war auch erleichtert gewesen, weil es ihr erspart geblieben war, den Job selbst anzunehmen.) Bezahlung und Bedingungen schienen ideal, und Julie hatte nach einer langen Odyssee von einem Krankenhaus zum anderen endlich «seßhaft» werden wollen. Onkel Roger hate sich natürlich immer gewünscht, daß Laura nach Mountview kommen sollte, aber ihr hatte der Gedanke nicht behagt, für den Bruder ihres Vaters zu arbeiten. Sie wollte aus eigener Kraft etwas leisten.

Unglücklicherweise konnte sie nicht mit einer Erfolgsstory aufwarten. Eher mit einer Geschichte von harter Arbeit, die nie belohnt wurde, plus einer Ehe, von der am Ende nur ihr Ex-Mann profitiert hatte. Sie hatte ihn während seines Medizinstudiums unterstützt, und dann hatte er sich mit einer anderen aus dem Staub gemacht. Mit Stolz gewappnet, hatte sie sich tapfer weiter durchs Leben gekämpft. Es war nicht leicht gewesen, doch sie war ihres Vaters Tochter, eigenwillig und starrköpfig. Sie nahm die schwersten Jobs an, die sie finden konnte, und machte sich vor, sie tue es aus reiner Herzensgüte und aus hochmoralischen Gründen. Jetzt wußte sie, daß es nur Feigheit gewesen war, eine Art der Selbstkasteiung, weil sie sich irgendwie dafür verantwortlich fühlte, daß ihre Ehe gescheitert war. Sie hatte wirklich nicht mehr klar denken können, seit ihr Vater gestorben war und Michael sie verlassen hatte.

Sie hätte nachgeben und den leichten Job in Mountview selbst annehmen sollen. Statt dessen hatte sie Julie geschickt.

Anfangs waren Julies Briefe voller Begeisterung gewesen, wie schön es in der Klinik sei, wie freundlich die Kollegen, wie interessant die Patienten. Doch dann – nach und nach – hatte sich der Ton ihrer Briefe verändert.

Es begann mit: *Vielleicht war es doch keine so gute Idee, herzukommen*; dann hieß es: *Manchmal kann es hier nachts richtig gespenstisch sein* – und schließlich: *Ich fühle mich so allein* und: *Vielleicht werde ich auf meine alten Tage noch paranoid*; bis zu: *Menschen können eine solche Enttäuschung sein, nicht wahr?*

In ihrem letzten Brief hatte sie geschrieben: *Ich habe eine schlimme Woche hinter mir. Einer Patientin, die ich behandelte, schien es richtig gutzugehen, und am nächsten Tag ist sie gestorben. Keiner will darüber sprechen. Es gibt hier zwei Schwestern, die gegen mich sind, und nachts höre ich Dinge im Wald, die mir Angst einjagen. Ich bin sicher, daß jemand mich beobachtet. Ich fühle mich so paranoid, als wäre ich von Schatten und Tod und Mißtrauen umgeben und von Fragen, auf die ich keine Antwort habe. Glaubst Du, daß ich den Verstand verliere?*

Und dann war sie ermordet worden.

Laura erwähnte die Briefe nicht, als sie ihren Onkel anrief und sich erbot, Julies Stelle einzunehmen. Er war so dankbar gewesen, daß sie sich schuldig fühlte, weil sie seine Angebote bisher abgelehnt hatte. Doch nicht nur ein Schuldgefühl hatte sie nach Mountview geführt. Sie war auch wütend, weil sie Julie verloren hatte und nicht wußte, warum.

Natürlich mochte überhaupt nichts dahinterstecken. Julie war in ihrem Beruf tüchtig gewesen und ein nettes Mädchen, aber ein wenig überspannt, und hatte dazu geneigt, melodramatisch zu werden, wenn sie sich langweilte. Das konnte sich in ihren Briefen widergespiegelt haben.

Das Schlimme war, daß sie in gewissen Stimmungen, gewöhnlich nach einer späten Mahlzeit und ein bißchen Wein, die ganz alltäglichen Vorkommnisse im Krankenhausleben zu komplizierten Dramen aufgebauscht, sich Liebesgeschichten oder Geheimnisse ausgedacht und die Kolleginnen mit Geschichten unterhalten hatte, die sie sich aus einer versteckten Andeutung, einem Flüstern zusammenreimte. Man zog sie damit auf, doch oft erwies es sich, daß sie recht gehabt hatte. Sie schien die unheimliche Fähigkeit zu besitzen, Beziehungen zu entdecken, die niemand vermutete. Es war nicht boshaft, aber entnervend. Im Mittelalter wäre sie zweifellos als Hexe verbrannt worden. Laura hatte sie gern gehabt, weil sie Menschen mit Phantasie mochte.

Daher hatte sie zwei Probleme. Erstens, ob sie Julie glauben sollte oder nicht. Das zweite war Loyalität.

Sie hätte Julies Tod einfach als besonders schlimmes Schicksal abtun können. Julie hatte sich einen falschen Zeitpunkt für einen Waldspaziergang ausgesucht, und irgendein Verrückter hatte sie ermordet; es war nur Zufall, daß sie gestorben war, als sie sich wegen irgendwelcher Dinge Sorgen machte.

Damit hätte Laura leben, hätte sich einreden können, daß sie es glaubte, hätte Mountview nicht ihrem Onkel Roger gehört, dem Bruder ihres verstorbenen Vaters. Mountview war ein «Familienbetrieb». Und Julie war auf dem Grund und Boden der Familie getötet worden. Laura wollte sich selbst beweisen, daß Julies Tod Zufall, einfach Pech gewesen war. Und nichts mit Mountview zu tun hatte.

Zugegeben, sie hatte keine Ahnung, wie sie das anstellen sollte. Sie konnte kaum umhergehen und die Leute befragen, wo sie an einem bestimmten Dienstag- oder Donnerstagabend zwischen acht und zwölf Uhr gewesen waren oder welche Schuhgröße sie trugen oder ob sie Julie Zalinsky heimlich gehaßt hatten. Derlei gehörte in Kriminalromane, die sie gern las, in denen die kleine alte Dame Fälle löst, während sie ihrem neugeborenen Neffen ein Westchen strickt, oder der Privatdetektiv (männlich oder weiblich) auf der Suche nach dem Heiligen Gral der Wahrheit durch dunkle Straßen wandert. Sie war nicht wie diese Leute. Sie war keine so scharfe Beobachterin, um sagen zu können, ob jemand log, und sie dachte auch nicht logisch genug, um Rückschlüsse zu ziehen oder bestimmte Muster zu erkennen. Sie war Physiotherapeutin, eine praktische Person, für einen praktischen Job ausgebildet. Sie war manchmal streitlustig (gewöhnlich wenn sie versuchte, einen Patienten zu ermutigen), doch sie war ganz gewiß nicht mutig oder klug genug, jemanden in eine Falle zu locken. Wenn sie etwas herausfand, was in aller Welt sollte sie damit anfangen? Sich mitten auf die Straße stellen und schreien? Es war albern – und doch ... und doch ...

Julie war tot.

Ihre Hände umklammerten das Steuer so fest, daß ihr die Knöchel wehtaten. Langsam löste sie sie, Finger um Finger. Schuldgefühl, Trauer, Zorn. Zorn würde es für den Anfang tun.

Sie sah sich um. Eine Gestalt in einer leuchtendroten Holzfällerjacke hockte vor einem Blumenbeet und schnitt die welken Rosen ab. Aus dem Anbau hörte man leise Geräusche – Klirren und Klappern aus der Küche, das Zischen entweichenden Dampfs aus der Wäscherei, jemand sang, jemand lachte, jemand rief – für jeden, der in Krankenhäusern arbeitete, ein vertrautes Durcheinander. Krankenhäuser gleichen Kleinstädten mit Hauptstraßen und Vororten, einer nur mit sich selbst beschäftigten Bevölkerung, Regeln und Vorschriften und einem ständigen Strom Durchreisender. Wären nicht diese vertrauten Geräusche gewesen, hätte sie sich in das Mountview von früher versetzt geglaubt – ein großes Haus in vornehmer Abgeschiedenheit, unberührt von der benachbarten plebejischen Stadt.

Ein plötzlicher Druck auf ihrer einen Schulter rief sie in die Gegenwart zurück. Sie drehte sich um und stieß mit der Nase gegen Salomons glänzende schwarze Flanke; er hatte endlich wahrzunehmen geruht, daß der Motor nicht mehr lief, und sich herabgelassen, nachzusehen, wo sie jetzt wieder gelandet waren. Nicht schon wieder in einem verdammten Motel, oder?

«Es wird dir bestimmt hier gefallen», sagte Laura zu ihm. Er sah sie nur an. Sie wußte nicht, ob Katzen denken wie wir, doch las sie aus seiner Miene eine gewisse Skepsis heraus. Ihr war genauso zumute. «Ein Spukhaus, wie?»

Sie holte tief Atem. Sie war nun mal hier, was immer daraus wurde, und es war Zeit, mit dem anzufangen, was immer sie anzufangen glaubte. Sie stieg aus dem Wagen und schloß sorgfältig die Tür, ließ aber ein Fenster einen Spaltweit offen. Salomon würde sich wohl fühlen. Sein Katzenklo war auf dem Boden hinter dem Fahrersitz, und trotz des Nebels gab es für eine Stadtkatze hier viel zu sehen. Er funkelte sie böse an und legte sich dann schicksalsergeben wieder hin.

Sie ging um das Gebäude herum nach vorn. Die Fenster im Erdgeschoß hatten Vorhänge, doch hinter einem klimperte jemand auf einem Keyboard. Sonst war alles still, der Nebel dämpfte alle Geräusche außer dem Knirschen ihrer Schritte auf dem Kiesweg. Sie stieg die Stufen hinauf, öffnete einen Flügel der hohen Mahagonitür und blieb wie benommen stehen.

Die Eingangshalle war rund, und die breiten alten Dielenbretter waren auf Hochglanz poliert. Wandleuchter unterbrachen in regelmäßigen Abständen das Weiß der Täfelung, und dazwischen hingen Ölgemälde. Die Halle reichte bis zum Dach und hatte eine Glaskuppel, durch die perlgraues Licht flutete. Jedes der beiden oberen Stockwerke hatte eine Galerie mit einer Mahagonibrüstung.

Es war prachtvoll und sah ganz und gar nicht wie eine Klinik aus, eher wie ein sehr exklusiver Country-Club oder ein Hotel. Darauf, daß es etwas anderes war, wies die lange Theke hin, hinter der zwei Schreibtische mit Computern und anderen Büroutensilien standen. Einer der Schreibtische war besetzt.

Das Mädchen am Computer blickte auf und lächelte, als Laura näher kam. Eine ältere Frau, die in einem Innenraum mit ein paar Ordnern in der Hand vor einer Reihe grauer Metallschränke stand, kam heraus. «Kann ich Ihnen helfen?» fragte sie.

«Hallo. Ich bin Laura Brandon. Ich bin eben …»

Aus der Frage im Gesicht der Frau wurde freundliches Willkommen. Zumindest sollte es freundlich scheinen, doch die hellen blauen Augen sagten etwas anderes. Oho, dachte Laura. Sieh dich vor!

«Ich bin Mrs. Cunningham, die persönliche Assistentin Ihres Onkels. Wir hatten Sie schon gestern erwartet. Er wird sich sehr freuen, daß Sie endlich da sind.»

Mit anderen Worten, sie kam zu spät. Sie öffnete den Mund, um zu erklären, wie schonend sie mit dem älteren ausländischen Wagen ihres Vaters auf den Highways zwischen hier und Omaha umgehen mußte, aber Mrs. Cunningham redete weiter wie ein Wasserfall.

«Ich gehe schnell zu Dr. Forrester und sage ihm, daß Sie hier sind. Die Doppeltür zu Ihrer Linken ist die seine.» Sie wandte sich an die Stenotypistin. «Legen Sie die restlichen Papiere ab, Beth, ich möchte nicht, daß sie draußen herumliegen.»

«Ja, Mrs. Cunningham», sagte das Mädchen und stand gehorsam auf. Aber als die magere blonde Mrs. Cunningham durch die Tür hinter der Theke verschwand, sah ihr das Mädchen voller Abneigung nach. Als sie Lauras Blick auffing, errötete sie. Laura grinste mitfühlend. Mrs. Cunningham war jemand, mit dem man rechnen mußte. Herausforderung Nummer eins, und sie war erst zwei Minuten im Haus. Kurz bevor sie die Doppeltür erreichte, flog diese auf, und Roger Forrester eilte auf seine Nichte zu.

«Laura! Endlich! Ich habe mir allmählich Sorgen gemacht.»

Das Herz drehte sich ihr um. Sie hatte vergessen, wie ähnlich sie sich waren.

Abgesehen von der Tatsache, daß Roger Forrester seinen Zwillingsbruder schon drei Jahre überlebt hatte und daher ein wenig grauer war und ein paar Falten mehr hatte, hätte es Lauras verstorbener Vater Richard Forrester sein können, der da stand. Obwohl, wie sie sich bedauernd sagte, als er sie herzlich umarmte, die rauhen Hände ihres Vaters nie so perfekt manikürt gewesen wären, noch hätte sein Anzug (bei den seltenen Gelegenheiten, zu denen er einen getragen hatte) so makellos gesessen. Richard Forresters Sache waren eher verbunde Daumen und karierte Flanellhemden gewesen, und in der Tasche hatte er kein akkurat gefaltetes Taschentuch aus irischem Leinen, sondern ein ganzes Sortiment an Schraubenziehern und Zeichengeräten; außerdem war er, im Gegensatz zu seinem brillanten, erfolgreichen Zwillingsbruder, beruflich eher ein Versager.

«Du bist dünner geworden», sagte ihr Onkel und musterte sie stirnrunzelnd, nachdem er sie losgelassen hatte.

«Du jedenfalls nicht», neckte sie ihn und stieß ihm liebevoll einen Finger in die rundliche Taille. Er grinste.

«Ich habe dir gesagt, ich habe gute Köche.»

«Das stimmt. Wovon du mir nichts gesagt hast, ist das alles hier ...» Sie umfaßte die Eingangshalle mit einer weit ausholenden Geste. «Es ist so schön, daß ich schon ein schlechtes Gewissen bekomme, wenn ich nur durchgehe.»

«Warum denn ein schlechtes Gewissen, um Himmels willen?» fragte er verblüfft, aber zugleich erfreut.

«Nun, wenn du mir rechtzeitig gesagt hättest, was mich hier erwartet, hätte ich mir ein Ballkleid angezogen oder so. Ein Jammer, daß du das Ganze mit kranken Leuten verschandeln mußt, nicht wahr?»

Er lachte leise in sich hinein. «Oh, wir ketten sie alle ans Bett, damit sie das Dekor nicht verderben. Tatsächlich ist die Rotunde völlig überflüssig, wir hätten die Stockwerke ausbauen und Zwischenböden einziehen müssen, aber ich habe es nicht übers Herz gebracht, sie zu zerstören.» Er sah strahlend auf Laura hinunter. «Komm, du siehst aus, als könntest du eine Stärkung brauchen. Einen guten Bourbon zum Beispiel.»

Sie folgte ihm durch ein kleines Vorzimmerbüro – Mrs. Cunninghams Reich vermutlich – in den dahinterliegenden weitläufigen Raum.

Roger Forrester ging zu einem Seitentischchen und schenkte die Drinks ein. Sie vermutete, daß der Raum, technisch gesehen, ein Büro war, denn in einer Ecke stand diagonal ein massiver Doppelschreibtisch, aber er sah einem Wohnzimmer ähnlicher. An dem niedrigen Tisch vor dem Kamin standen sich zwei tiefe, mit Chintz überzogene Couchs gegenüber. Bücher bedeckten die Wände zwischen den Fenstern. Alles war in den Farben Grün und Gold gehalten.

Die Farbe des Geldes.

In jeder Hand ein Glas, drehte ihr Onkel sich lächelnd um. «Willkommen, Laura», sagte er. «Ich hoffe, du wirst hier so glücklich sein wie ich.»

«Dann wohnst du also hier?»

«O ja. Schlafzimmer, Ankleidezimmer und Bad gleich hier durch.» Er zeigte auf eine Tür neben dem Kamin. «Wir sehen uns alles an, wenn du dich ein bißchen entspannt hast, setz dich – du siehst erschöpft aus.»

Dankbar ließ sie sich auf eine der beiden Couchs sinken. Er setzte sich ihr gegenüber, stellte sein Glas ab und griff nach einer Zigarrenkiste. «Erzähl mir, wie ist es dir ergangen?»

Sie verzog das Gesicht und zuckte mit den Schultern. «Ich hab's hingekriegt.»

«Du hättest es dir leichter machen können.»

«Nein, hätte ich nicht.»

«Nur weil du zu stolz bist. Genau wie dein Vater.»

Sie blickte schnell auf und sah eine Sekunde, nicht länger, die Trauer in seinem Gesicht. Er vermißte ihren Vater also genauso wie sie. Der Schmerz in seinen Augen war echt und frisch – genau wie bei ihr, wenn sie sich unerwartet in einem Spiegel sah. Er zündete sich die Zigarre an, und die Flamme verbarg seinen Gesichtsausdruck. Als er das Streichholz löschte, war auch der Ausdruck gelöscht.

«Du weißt doch, wie es bei einer Scheidung ist», versuchte sie zu erklären. «Hat man sie hinter sich, möchte man unbedingt beweisen, daß man nicht untergegangen ist, daß man überleben kann. Aber vielleicht ist es für einen Mann anders.»

«Eigentlich nicht», sagte er leise. «Doch ich an deiner Stelle hätte nicht auf die Unterhaltszahlungen verzichtet und mich in eine emotional so höllisch anstrengende Arbeit gestürzt. Schließlich war es Mike, der eure Ehe zerstört hat.»

«Zu einer kaputten Ehe gehören immer zwei.»

«Oder, in Mikes Fall, drei oder vier.» Er lächelte süßsäuerlich.

«Er ist kein schlechter Mensch, nur schwach», sagte sie rasch.

Warum sie ihren Ex-Mann verteidigte, verstand sie selbst nicht – was er getan hatte, war nicht zu entschuldigen.

«Dann liebst du ihn also noch immer?»

Sie dachte über die Frage ernsthaft nach, wie so oft im vergangenen Jahr, wenn Mike geschrieben oder angerufen hatte. «Nein, das tu ich nicht», erklärte sie schließlich sich selbst ebenso wie ihm. «Die Wunde wurde erfolgreich kauterisiert, Doktor.»

«Ich bin froh, daß du hier bist, damit ich mich um dich kümmern kann. Doch kann ich nicht behaupten, daß dies im Moment der ideale Ort ist», fügte er mit düsterer Miene hinzu.

Er meinte natürlich Julie. «Hat man schon herausgefunden, wer sie getötet hat?» Sie war erleichtert, daß er Julies Tod zur Sprache gebracht hatte und sie es nicht tun mußte. Sie konnte kaum zugeben, daß sie voller Mißtrauen hergekommen war. Er war ihr Onkel, der Bruder ihres Vaters – und doch – und doch ...

Forrester zuckte mit den Schultern. «Sie kommen nicht weiter. Der Sheriff scheint tüchtig zu sein, intellektuell viel besser ausgebildet als für einen so kleinen Bezirk erforderlich, aber vielleicht reicht das nicht aus. Er war fast jeden Tag hier oben, seit es passiert ist, hat das Personal befragt und ungefähr alles in seiner Macht Stehende getan. Dennoch hat er anscheinend nichts erreicht. Sie war ein nettes Mädchen, ohne Geheimnisse, niemand hier kann sich vorstellen, warum man sie ermordet haben könnte. Es kam so plötzlich, war irgendwie unheimlich.»

«Was meinst du mit ‹unheimlich›?»

«Nun, es hat alle erschüttert, wie du dir vorstellen kannst. Ein paar Patienten haben sich sehr aufgeregt, besonders jene, die aus mentalen oder emotionalen Gründen hier sind. Wir haben natürlich einige verloren.»

«Du meinst, sie ...»

Er sah sie an, schüttelte den Kopf. «Nein, nein, ich meine, sie haben uns verlassen. Aber das Personal war sehr durcheinander. Mehrere einheimische Angestellte haben gekündigt. Sagten, sie fühlten sich in der Klinik nicht mehr wohl. Wenn man bedenkt, wie schlecht es hier um den Arbeitsmarkt bestellt ist, kommt es einem merkwürdig vor, daß sie einen guten Job und ein gutes Gehalt aufgeben, ohne einen wirklich triftigen Grund dafür zu haben. Aber irgendwie sehen wir jetzt alles anders. Früher war der Wald wunderschön – jetzt wirkt er ein wenig beängstigend. Die Stadt schien nahe – jetzt scheint sie weit weg zu sein. Wir fühlen uns abgeschnitten, isoliert, in mehr als einer Beziehung. Vor dem Mord konnte man Blackwater am besten als eine hübsche, ganz gewöhnliche Stadt beschreiben. Jetzt wäre ‹gespenstisch› angemessener.»

«Das kann ich mir vorstellen», sagte Laura leise.

Doch er schüttelte den Kopf. «Nein, es ist komisch, aber ich glaube nicht, daß du das kannst. Ich habe so etwas nie vorher erlebt. Ein praktischer Arzt aus der Stadt hat mir vor ein paar Tagen erzählt, daß sein Wartezimmer von Hypochondern förmlich überschwemmt wurde. Sie klagten über Schlaflosigkeit, Kopfschmerzen, Magen- und Atembeschwerden – alles Streßsymptome bei Leuten, die er jahrelang nicht zu sehen bekommen hatte. Ich meine, es hat in Blackwater schon früher Morde gegeben, doch diesmal ist es irgendwie anders. Und ich weiß nicht, warum. Es ist seltsam.»

«Wenigstens haben sie wieder etwas, worüber sie klatschen können», sagte Laura vorsichtig.

Seine düstere Miene verriet jetzt mehr als Zorn. «Ich denke, sie geben mir oder Mountview die Schuld.»

«Warum sollten sie?»

«Wir sind Außenseiter, nicht wahr? Und sie war eine von uns. Sie arbeitete und lebte hier. War keine von ihnen.»

«Aber bestimmt ...»

«Es ist alles unterschwellig, nichts, worauf man den Finger legen kann ... In den Läden verstummen die Leute, wenn ich hineinkomme, niemand nickt einem auf der Straße mehr zu, so was eben. Man wird nicht direkt geächtet, doch ...» Er zuckte mit den Schultern. «Sie scheinen ... irgendwie vor mir auf der Hut zu sein. Es ist sehr unangenehm.»

«Das tut mir leid», sagte Laura. Es war aber auch sehr interessant. Was klatschte man in der Stadt über Mountview? Wer konnte ihr das sagen? Um ihrem Onkel Gerechtigkeit widerfahren zu lassen, mußte sie zugeben, daß er aufrichtig erschüttert war.

«Nun, irgendwie waren wir immer Außenseiter», sagte er sachlicher. «Aber da viele Einheimische bei uns Arbeit gefunden hatten, dachte ich, man würde uns mit der Zeit akzeptieren. Es kommt eines Tages auch bestimmt soweit.» Er zwang sich zu einem Lächeln. «Doch es hat keinen Sinn, dich in der Minute, in der du angekommen bist, mit meinen Sorgen zu belasten, nicht wahr? Komm, ich führe dich herum. Ich habe mich schon darauf gefreut, ein bißchen vor dir anzugeben.»

«Ich bin bereits ziemlich beeindruckt», sagte Laura, stand auf und stellte ihr Glas ab. Schon nach einigen wenigen Schlucken fühlte sie sich nicht mehr ganz sicher auf den Beinen. Sie räusperte sich. «Bist du nicht neugierig, warum ich mich nach so langer Zeit doch noch bereit erklärt habe herzukommen?»

«Nein», sagte er schnell. «Wenn ich Glück habe, frage ich nie nach dem Warum. Ich nehme die Dinge, wie sie kommen, und versuche daran zu denken, daß ich mich bedanke, wann immer ich kann.» Er lächelte ihr zu. «Denn, siehst du, ich bin ein glücklicher Mensch. Ich war es immer, obwohl ich nie wußte, wieso. Manchmal finde ich es sogar irgendwie unfair.» Er lachte leise, öffnete die Tür für sie. «Aber nicht genug, daß ich deshalb ein schlechtes Gewissen hätte.»

O wirklich? dachte sie. Und schalt sich, weil sie an ihm zweifelte. Er war schließlich ihre Familie. Und Julie konnte verrückt gewesen sein.

Das war doch möglich – oder?

3. KAPITEL

Die medizinische Fachwelt war überrascht gewesen, als Roger Forrester eine erfolgreiche Karriere als Verwaltungsdirektor großer Krankenhäuser in Städten wie San Francisco, Chicago und Boston aufgab, um sich eine eigene kleine Oase im Mittelwesten zu schaffen. Forrester, der sich in einem Kuhdorf vergrub? Der Mann, der sich in der Gesellschaft so ungezwungen bewegte wie an der Aktienbörse, der ebenso leicht Freunde gewann wie Gönner und immer hohe Gewinne erzielte?

Lächerlich.

Auch Laura hatte ihre Zweifel gehabt, denn für sie war ihr Onkel der Mann in Guccischuhen, der Doktor, der mehr nach After-shave als nach Desinfektionsmittel roch und hinter dem stets wenigstens eine schöne Frau her war. (Einer war es gelungen, ihn einzufangen, doch nicht für lange. Obwohl eine italienische Gräfin aus makelloser Familie, hatten ihre moralischen Grundsätze nicht dem Adel ihres Blutes entsprochen, und die Ehe war nicht von langer Dauer gewesen.)

Als er Laura jetzt in Mountview herumführte, bekam sie ein völlig anderes Bild von ihm. Der gesunde Menschenverstand hätte ihr sagen müssen, daß kein Stil und kein Charisma der Welt ihrem Onkel dazu verholfen hätten, in der Verwaltung von Krankenhäusern so erfolgreich zu sein. Das erreichte man nur durch Fähigkeit und harte Arbeit, denn große Krankenhäuser sind unnachsichtig, wenn sie es mit Inkompetenz zu tun bekommen. Sie können sich keine Galionsfiguren leisten.

Er verstand seinen Job. Das wurde offenkundig in allem, was er sagte. «Mountview ist klein, aber ich will es so. Nach all den Jahren der Einsparungen und der Kompromisse wollte ich ein Haus, in dem es vor allem darauf ankam, die Patienten zufriedenzustellen, nicht den Aufsichtsrat. Und außerdem für die bestmögliche Pflege zu sorgen.»

«Für die die Patienten tief in die Tasche greifen müssen.»

Er grinste. «In der Tat. Schließlich ist es ein Geschäft – eine Art Hobby im Ruhestand für mich, bei dem die Verwaltungsarbeit im Vergleich zu dem, was ich früher tun mußte, ein Kinderspiel ist. Ich habe ein schönes Heim, und ich kann hin und wieder so etwas wie einen Beitrag zur Medizin leisten.» Sie verließen den Annex und kehrten ins Hauptgebäude zurück. «Wenn du noch immer ein bißchen Gutes tun willst, wird es dich vielleicht interessieren, daß wir in Hatchville ein Ambulatorium haben, in dem wir kostenlos behandeln.»

Sie blieb stehen und sah ihn erstaunt an. «Das hast du mir nie erzählt.»

«Du hast nie gefragt. In Mountview arbeiten zwei junge Ärzte – David Butler und Owen Jenks. Sie sind abwechselnd hier und in Hatchville.»

«Julie hat mir von beiden geschrieben.» Laura mußte bei der Erinnerung daran lächeln. Julie war von den beiden jungen Ärzten sehr eingenommen gewesen – von David Butler, weil er so gut aussah und so charmant war (*vielleicht ein bißchen zu charmant*, hatte Julie vorsichtig erklärt), und von Owen Jenks wegen seiner Hingabe an seinen Beruf. *(Er hat eine echte Berufung, die mich begeistert.)* In einer Woche schwärmte sie von David, in der nächsten von Owen.

Roger lächelte. «Das habe ich nicht anders erwartet. Owen arbeitet hauptsächlich in Hatchville und David meistens hier, doch sie wechseln sich ab, auch beim Nachtdienst. Hier gibt es nachts zum Glück nicht viel zu tun. Sie sind beide gut, also überlasse ich ihnen die Aufstellung ihres Dienstplans – obwohl es meist David ist, der hier bei Operationen assistiert. Owen ist ein besserer Allgemeinmediziner. Von den beiden abgesehen, haben Martin Hambden, Aaron Stammel und Clifford Gantry Belegbetten bei uns. Und noch ein paar andere.»

«Martin *Hambden*?»

«Hab mir schon gedacht, daß dich das beeindrucken würde, obwohl ich in seinem Fall gestehen muß, daß es mehr Glück als

Absicht war. Er ist in Blackwater Bay geboren und hat noch immer ein Haus hier. In ein paar Jahren will er sich ganz aus Grantham zurückziehen. Im Augenblick hat er mehrere Patienten bei uns.»

Laura hatte nie geglaubt, daß sie, wenn sie das Angebot ihres Onkels annahm, mit einem der hervorragendsten orthopädischen Chirurgen arbeiten könnte. Es war ein unerwarteter Bonus. «Das ist ja wunderbar!»

Sie betraten den Ostflügel des Hauptgebäudes. Ab und zu stand eine Tür offen und gewährte Einblick in ein Patientenzimmer, jedes individuell in einem Stil möbliert, den man in einem Fünf-Sterne-Hotel erwarten mochte, nicht aber in einer Klinik.

Im Anbau waren vor allem die Küchen, die Wäscherei, ein kleiner chirurgischer Trakt mit Röntgenraum, Operationssaal, Intensiv- und Aufwachstation. Lauras Sprechzimmer, der Gymnastiksaal und die Behandlungsräume lagen am anderen Ende mit Blick auf das Becken für Hydrotherapie. Es gab auch einen Raum für Arbeitstherapie. «Du wirst eine Menge zu tun haben. Wir haben mehrere Patienten, die künstliche Gelenke bekommen haben – Eingriffe, die wir dank Martin durchführen können. Und dann warten auch die auf dich, die zwar aus anderen Gründen hier sind, aber über Beschwerden klagen – vor allem Arthritis. Wir haben nämlich ziemlich viele ältere Patienten.»

«Sie haben das Geld», sagte Laura.

Er sah sie an. «Das öffentliche Gesundheitswesen fordert viel von einem, Laura. Mehr, als ich am Ende geben konnte. Ich war es müde, dauernd um Betten, Geld, medizinisches Gerät kämpfen zu müssen – meine Gesundheit litt allmählich darunter.»

«Das war mir nicht klar.» Sie war bestürzt, daß sie nicht an diese Möglichkeit gedacht hatte. Roger und ihr Vater waren Zwillinge gewesen, und Richard war vor drei Jahren gestorben, obwohl er zeitlebens nie so stark unter Druck gestanden hatte wie sein Bruder. «Geht es dir jetzt gut?»

«Durchaus, durchaus. Mountview war genau das, was ich gebraucht habe.»

Sie gingen den Flur entlang zum Schwesternzimmer.

«Alle Patienten sind im selben Stockwerk, wie ich sehe.»

«Ja. Wenn wir voll sind, haben wir vierundvierzig stationäre Patienten. Die meisten bleiben nicht ganz zwei Wochen, doch natürlich haben wir auch langfristige Fälle. Gewöhnlich Nervenzusammenbrüche und Depressionen, deren Heilung sehr lange dauert. Unser Psychiater Harlan Weaver kümmert sich um sie. Er wird dir gefallen. Er kommt in der Regel ein paarmal wöchentlich zu therapeutischen Sitzungen, wohnt aber am Ort, damit er bei Notfällen jederzeit erreichbar ist. Natürlich nehmen wir keine schweren psychiatrischen Fälle auf, die in geschlossenen Abteilungen untergebracht werden müßten. Das sind Spezialgebiete, in die wir uns vielleicht später vorwagen werden. Doch es gibt viele Menschen, bei denen es wahre Wunder tun kann, wenn sie sich eine Weile zurückziehen können, gehegt und gepflegt werden.»

«Ein Country-Club für Neurotiker?» neckte ihn Laura.

Er lachte leise vor sich hin. «So könnte man es nennen – aber einige der Patienten sind hochkarätige Geschäftsleute oder Künstler, die ein besonderes Verständnis brauchen. Darin ist Harlan hervorragend – besonders bei den kreativen Typen. Mit ihnen wird nicht jeder Psychiater fertig, weißt du.» Sie gingen weiter. «Bevor wir den Annex anbauten, haben wir nur Rekonvaleszenten aufgenommen, doch jetzt operieren wir auch. Keine allzu großen Sachen. Bei den meisten Patienten steht die Diagnose schon fest, ehe sie zu uns kommen, und wir arbeiten mit ihren Ärzten zusammen. Notfälle nehmen wir nicht auf. Uns liegt die Nachsorge sehr am Herzen. Natürlich möchte ich eines Tages erweitern. Im obersten Stockwerk, in dem jetzt das Personal untergebracht ist, könnte man neue Patientenzimmer einrichten. Aber ein solcher Um- oder Ausbau kostet eine Menge Geld. Und ist eine große Verpflichtung. Ich habe auf lange Sicht einen großartigen Entwicklungsplan, aber der muß noch eine Weile warten.» Er klopfte an die Tür am Ende des Flurs und öffnete sie. «Nehmen Sie die Hände aus der Pralinenschachtel, Shirley», sagte er, als er eintrat.

«Das ist nicht fair», protestierte die Krankenschwester, die hinter dem Schreibtisch saß. «Ich habe» – sie blickte auf die Uhr hinunter, die sie an ihrem Kittel befestigt hatte – «seit zwei Stunden keine Schokolade mehr gegessen. Ich muß inzwischen *Pfunde* abgenommen haben.»

Forrester lächelte. «Laura, das ist der eigentliche Boss von Mountview, meine Oberschwester Shirley Hasker. Mich behalten sie hier nur als Schaustück. Shirley, das ist meine Nichte Laura Brandon.»

Shirley Hasker war eine große, schwere Frau, die mütterlich gewirkt hätte, wären die Linien um ihren Mund herum nicht so verkniffen gewesen und hätte sie nicht eine kühle Autorität ausgestrahlt, die sie umgab wie eine Aura. Als sie Lauras schmale Hand in ihre plumpe nahm, konnte man große Kraft unter dem weichen Fleisch spüren. «Ich freue mich, daß Sie hier sind, Laura. Die Physiotherapeutin, die uns die Agentur geschickt hatte, konnte nicht mit den Patienten umgehen.»

«Onkel Roger hat mir erzählt, daß Sie nach Miss Zalinsky alle ablehnen», sagte Laura lächelnd.

Oberschwester Shirleys Gesicht verdüsterte sich. «Es war schrecklich, sie so zu verlieren. Schrecklich.»

«Nun, Shirley, damit brauchen Sie sich wirklich nicht ständig zu befassen», sagte Forrester, doch seine betont fröhliche Stimme klang ein wenig hohl.

«Ich befasse mich nicht ständig damit», sagte die Oberschwester abwehrend. «Aber wir können nicht so tun, als sei es nicht passiert, oder? Sie war ein reizendes Mädchen und wurde ermordet. Es war mehr als ein Verbrechen, die Zukunft eines jungen Menschen wurde auf tragische Weise vernichtet.»

«Ja, nun …» Forrester schien merkwürdig verunsichert durch diese Zurschaustellung leidenschaftlicher Empörung. Shirley Haskers Augen blitzten, und seine beschwichtigenden Worte schienen an ihr abzuprallen. «Wir sind ja alle Ihrer Meinung», sagte er. «Laura und Julie waren eng befreundet, deshalb geht es ihr besonders nahe.»

Die Oberschwester starrte Laura finster an.

«Julie und ich haben miteinander studiert und waren am selben Krankenhaus, bevor sie hierherkam», erklärte Laura, über die plötzliche Feindseligkeit im Gesicht der Älteren verblüfft. Warum hatte sie etwas dagegen, daß sie Julie Zalinsky gekannt hatte?

«Ich verstehe», sagte die Oberschwester eisig.

Forrester sagte hastig: «Wichtig ist nur, daß Laura jetzt bei uns ist, und ich freue mich sehr darüber.» Er sah seine Nichte strahlend an, und sie fühlte sich noch unwohler.

«Es wäre noch schöner, wenn Julie auch hier wäre», sagte die Oberschwester und blickte Laura mit leichtem Vorwurf an.

«Das wäre es», sagte Forrester voller Unbehagen. «Das wäre es in der Tat, aber wir müssen jetzt weiter, Shirley. Ich wollte Laura nur zeigen, zu wem sie kommen kann, wenn sie Informationen über Patienten braucht.»

«Jemand ist immer hier», sagte die Oberschwester und schaute auf den mit Papieren übersäten Schreibtisch hinunter, als könne sie es nicht erwarten, zu ihrer Arbeit zurückzukehren. «Schwester Pink ist meine Stellvertreterin, aber alle unsere Schwestern sind durchaus befähigt, mit Schwierigkeiten fertig zu werden oder Fragen zu beantworten, die Sie eventuell haben könnten.» Sie sah wieder Laura an. «Unsere Hauptsorge gilt natürlich unseren Patienten.»

«Das ist wohl selbstverständlich», sagte Laura ein wenig kurz. Kein Wunder, daß Julie unglücklich gewesen war. Zuerst Milly Cunningham, jetzt die Oberschwester – beide offenbar entschlossen, sie von Anfang an unsympathisch zu finden. Doch das ging schon in Ordnung. Sie mußte nicht unbedingt geliebt werden, um ihre Arbeit zu tun. Aber seltsam war es.

Fast war es eine Erleichterung, die Tür hinter den durchdringenden blauen Augen der Oberschwester zuzumachen, dennoch hatte Laura das Gefühl, daß Shirley Hasker nicht von Natur aus unhöflich und abweisend war. Die nächsten Worte ihres Onkels bestätigten diesen Eindruck.

«Sie hat unter Julie Zalinskys Tod sehr gelitten, denn sie hatte das Mädchen sehr gern. Vielleicht zu gern.» Sein Blick begegnete dem ihren und schweifte dann ab, als sei er verlegen. «Ich will damit natürlich nicht andeuten, daß an ihrer Freundschaft etwas – Ungesundes war ...»

«Natürlich nicht», sagte Laura pflichtgemäß. Sie setzten ihren Rundgang fort. Er hatte sie so vielen Leuten vorgestellt, daß sie völlig verwirrt war. Nur gut, daß sie Namensschildchen tragen, dachte sie, sonst würde ich wirklich in Schwierigkeiten geraten. Mountview schien nicht an Personalmangel zu leiden, auch wenn ihr Onkel gesagt hatte, sie hätten nach dem Mord Angestellte verloren.

Als sie die Treppe zum Erdgeschoß hinuntergingen, warf sie einen Blick in sein halb abgewandtes Gesicht und sah, daß es gerötet war. Vor Verlegenheit? Oder Ärger? «Ich bin sicher, die Oberschwester wollte mir nicht zu verstehen geben, ich sei unwillkommen.»

Er blieb am Fuß der Treppe stehen. «Trotzdem hast du das Gefühl, nicht wahr? Es tut mir leid, meine Liebe. Schließlich hast du hier mehr Hausrecht als sonst jemand.»

«Wie meinst du das?»

Er runzelte leicht die Stirn, lächelte dann. «Es ist nicht wichtig, ich weiß, wie du darüber empfindest. Entscheidend ist, daß ich eine neue Physiotherapeutin gebraucht habe, und du bist eine sehr gute. Ich wollte dich immer hier bei mir im ‹Familienbetrieb› haben, also hat sich alles gut gefügt, nicht wahr?»

Laura versuchte zu lachen. «Vielleicht denkt sie, du hättest Julie umgebracht, damit ich den Job übernehmen kann.» Entsetzt sah sie, daß sein Gesicht plötzlich totenblaß wurde. «He, das war ein Scherz.»

«Natürlich. Du mußt uns verzeihen, Laura – Shirley, mir und

den anderen, die du kennengelernt hast, uns allen. Wir sind noch nicht drüber weg. Eines Tages, wenn die Erinnerung an den ganzen Wirbel und die Verdächtigungen nicht mehr so frisch ist, wird es dir in Mountview bestimmt gefallen.»

«Verdächtigungen?»

«O ja. Wir alle mußten ein Alibi beibringen und so weiter, das Übliche eben. Es ist ziemlich gräßlich, wenn jemand dich ansieht und sich fragt, ob du fähig bist, einen Mord zu begehen. Als ob plötzlich dein ganzes Leben verdächtig wäre. Wo warst du zum Beispiel gestern abend um acht?»

«In meinem Hotelzimmer. Ich habe ferngesehen, denke ich.»

«Kannst du es beweisen? Hattest du Zeugen?»

«Nur meinen Kater.»

«Siehst du, genau das meine ich. Man lebt schließlich nicht so, als müßte man damit rechnen, über jede Minute Rechenschaft abzulegen. Man ist oft allein, weiß manchmal nicht mehr, was man gerade getan hat ...» Seine Hand umklammerte den Pfosten des Treppengeländers so fest, daß die Knöchel weiß hervortraten.

«Sie können *dich* doch nicht ernsthaft verdächtigt haben?»

«O doch. Sie haben alle verdächtigt – verdächtigen uns noch. Es hätte ja nicht einmal ein Mann sein müssen. Eine Frau könnte es getan haben, eine kräftige Frau. Jeder kann einen großen Stein hochheben und ...» Ihn fröstelte. «Ich mußte sie identifizieren.»

«Es tut mir leid. Du mußt es vergessen.»

Seine Augen glitzerten. «Wie wäre das möglich? Bis sie jemanden verhaften, sind wir alle Mörder.»

4. KAPITEL

Das waren früher die Ställe», sagte Roger Forrester, als er eine Tür am Ende einer Außentreppe öffnete. «Ich hoffe, du wirst dich hier wohl fühlen.»

«Es ist wunderschön.» Auch hier ein Kontrast zur Nebelwelt

draußen. Bunte Flickenteppiche auf den polierten breiten Dielenbrettern und fröhlich karierte Vorhänge an dem Fenster mit Blick auf die Klinik, die durch den Nebel kaum zu sehen war. Auf einer Seite des Raums war eine kleine, gutausgestattete Küche, und es gab sogar einen echten Kamin.

«Schlafzimmer und Bad hinter dieser Tür», sagte er und sah sich ein wenig mißbilligend um. «Es ist nicht luxuriös, aber du hast es für dich allein. Wenn du nicht selbst kochen willst, gibt es natürlich die Kantine für die Angestellten ...»

«Ich habe das nie erwartet», sagte Laura staunend. «Ich nahm an, ich müßte mir in der Stadt etwas mieten, wegen Salomon.»

«Nun, ich wußte doch, daß du das Ungeheuer mitbringen würdest. Wir haben in der Tür extra eine Katzenklappe angebracht.» Forrester lächelte. «Hier hat Julie gewohnt, ich hoffe, es macht dir nichts aus.»

«Aber durchaus nicht.» Sie sah sich um. «Was ist mit ihren Sachen geschehen?» fragte sie so beiläufig wie möglich.

«Ich nehme an, Milly hat sie eingepackt und irgendwohin geschickt», antwortete er vage. «Julie hatte keine Familie, glaube ich, also sind alle brauchbaren Sachen an die Wohlfahrt gegangen oder so. Warum?»

«Ach, ich habe mich nur gefragt», sagte Laura. «Sie hatte ein paar Sachen von mir – einen Kaschmirschal und ...»

«Tut mir leid. Wenn wir das gewußt hätten ...»

«Es ist wirklich nicht wichtig», sagte sie rasch. Soviel zu ihrem ersten Versuch als «Detektivin». «Wer wohnt unten? Von der Treppe aus habe ich gesehen, daß die Wohnung auch möbliert ist.»

«Dort hausen unsere beiden Ärzte. Owen ist heute in Hatchville, doch du wirst ihn bald kennenlernen. David hat vermutlich noch Dienst – ich bin überrascht, daß wir ihn auf unserem Rundgang nicht getroffen haben.» Er schaute auf seine Uhr. «Großer Gott, sie müssen jeden Augenblick kommen! Schon mal etwas von *Gilliam Enterprises* gehört?»

«Ich glaube schon.» Sie hatte eine unklare Erinnerung an alten, in Bergwerken erworbenen Reichtum, der in neue Produktionsbereiche floß – Elektronik, Stahl und Kunststoffe.

«Der jüngste Sohn der Gilliams ist bei uns Patient. Er ist seit zwei Wochen hier, und ich soll über seine Fortschritte berichten.»

«Du siehst nicht besonders erfreut aus.» Sie untersuchte die Küchenschränke, und ihre Stimme klang ein wenig hohl.

«Das bin ich auch nicht», gab er zu. «Offen gesagt, seine Fortschritte sind gleich Null, aber das ist nicht unsere Schuld. Er ist ein richtiges Stinktier.» Er sah sie um Entschuldigung bittend an, als sie aus einem Besenschrank auftauchte. «Und ich fürchte, du wirst diejenige sein, die es am schlimmsten trifft. Es handelt sich bei ihm um eine ischiadische Axonotmesis.»

«Die ist doch leicht zu behandeln.»

«Ich habe nicht gesagt, der Fall sei schwierig.» Er verzog das Gesicht. «Ich sagte, der Patient ist es. Aber zerbrich dir jetzt nicht den Kopf darüber, Montag ist früh genug. Du hast das Wochenende, um dich einzurichten und einzugewöhnen. Michaels soll dir deine Sachen heraufbringen.»

«Danke.»

«Wenn du ausgepackt hast, komm herüber. Wir können zusammen zu Abend essen und reden.»

«Sehr gern.»

«Gut.» Er legte ihr die Hände leicht auf die Schultern. «Ich bin wirklich froh, daß du endlich hier bist, Laura Forrester Brandon. Mountview gehört dir ebenso wie mir, und wir brauchen dich. Ich brauche dich.»

«Überreichst du mir die Schlüssel zum Königreich?» fragte sie, ein wenig irritiert über seine förmliche Ansprache.

«Nein, nur den zur Hausbar.»

«Dann komme ich hinüber, so schnell ich kann.»

Er lachte leise in sich hinein. «Wenn schon nichts anderes, so hat Richard dich zumindest gelehrt, die guten Dinge des Lebens zu schätzen.»

«Er hat alles für mich getan, das weißt du», sagte sie, plötzlich in der Defensive. «Es war nicht leicht für ihn.»

«Es war für euch beide nicht leicht, nehme ich an», entgegnete er. «Beide wart ihr starrköpfige Einzelgänger, und niemand in der Nähe, der zwischen euch vermitteln konnte. Wäre deine Mutter nicht gestorben, wäre sie zwischen euch aufgerieben worden wie ein Weizenkorn zwischen zwei Mühlsteinen. Sie war der einzige Mensch, der Richard zu nehmen wußte – ohne daß er es merkte, meine ich. Und das schließt mich ein.»

«Er war sehr stolz auf dich.»

«Und ich war stolz auf ihn. Es wäre wohl besser gewesen, wenn wir uns das ab und zu gezeigt hätten, anstatt dauernd zu streiten.»

«Er ließ sich nur höchst ungern sagen, was er tun sollte.»

«Und das ist bei dir nicht anders? Ich will versuchen, daran zu denken.»

Er ging, und sie machte sich daran, ihr neues Heim zu erkunden. Sie untersuchte gerade die Schalter des Elektroherdes, als in der offenen Tür ein Mann mit einem Armvoll Feuerholz erschien. Er war sehnig und blaß und hatte eine Art, neugierig den Kopf vorzustrecken, daß er einem Wiesel glich, das ein Hühnerhaus beobachtete.

«Oh – danke», sagte Laura, als er durch das Zimmer marschierte und die Holzscheite einfach neben dem Kamin fallen ließ. Eines rollte ein Stück weiter, doch er machte keine Anstalten, es zurückzuholen. Er lehnte sich an die Frühstückstheke und musterte Laura; ein unangenehmes Gefühl beschlich sie. Der Impuls, sich zu verstecken, war fast überwältigend.

«Gefällt es Ihnen hier?» fragte er mit einer nasalen Stimme, die auf Nasenpolypen oder eine abklingende Erkältung schließen ließ.

«Es ist sehr hübsch.»

«Dem letzten Mädchen, das hier wohnte, hat man den Schädel eingeschlagen.»

«Das ist mir bekannt.»

Er schien enttäuscht. «Fürchten Sie sich nicht?»

«Nein, nicht besonders. Ich habe nicht die Absicht, nachts allein durch den Wald zu gehen. Und da ich erst seit einer oder zwei Stunden hier bin, glaube ich nicht, daß ich schon Feinde habe.»

Darüber mußte er lachen und zeigte dabei kleine, weiße, spitze Zähne. «Vielleicht hatten Sie schon welche, bevor Sie hier waren. Schon mal daran gedacht?»

«Wie wäre das wohl möglich?» fragte sie, über sich selbst verärgert, weil sie sich auf dieses Gespräch einließ. Der drahtige kleine Mann schien so voller Bosheit, daß sie ihn fast sichtbar umgab wie ein Dunst. Doch irgendwie wirkte er merkwürdig objektiv. Er war ein Mann, der einer Fliege nie die Flügel ausreißen, aber mit großem Vergnügen einem anderen zusehen würde, der es tat.

«Haben Sie schon die wichtigtuerische Miss Cunningham kennengelernt?»

«Ja.»

«Nun, das ist Ihre erste Feindin, für den Anfang. Ihr schmeckt es gar nicht, daß Ihr Onkel Sie hergeholt hat, das dürfen Sie mir glauben. Möchte ihn für sich allein haben, niemand soll in ihr Territorium eindringen und seine Zeit beanspruchen, gewissermaßen ihren Einfluß unterminieren. Sie ist die Bienenkönigin, und um hier zu überleben, muß man sich gut mit ihr stellen. Sie hat auch Miss Zalinsky nicht gemocht.»

«Vielleicht hat eine Physiotherapeutin einmal ihre Mutter erschreckt», meinte Laura.

Das schien er übelzunehmen. «Lachen Sie nur, soviel Sie wollen, Mädchen. Hier ist es nicht so schön, wie es aussieht.»

«Wahrscheinlich weil immer wieder aus dem Nichts häßliche Dinge auftauchen», sagte sie geringschätzig.

«Vielleicht.» Er lachte unvermittelt. «Julie Zalinsky ist so einem häßlichen Ding begegnet, das steht fest. Ich versuche nur, Ihnen einen guten Rat zu geben. Ob Sie ihn annehmen oder nicht, liegt ganz bei Ihnen.» Er machte eine Handbewegung, als übergebe er ihr Schicksal allen vier Winden, und dabei blitzte an einem großen Ring, den er trug, etwas rot auf. Zuerst dachte sie, es sei Blut, doch dann wich das Licht, und das Rot erwies sich als großer vulgärer Stein, ein reichverziertes Stück männlicher Übertreibung. Michaels war offensichtlich sehr stolz auf den Ring, denn er «sprach viel mit den Händen», damit auch jeder den Schmuck sah. Er war häßlich, sah aber teuer aus.

«Mein Onkel hat gesagt, Sie würden mir helfen, meine Sachen heraufzubringen», sagte sie.

«Wollen Sie denn nicht wissen, vor wem Sie außerdem auf der Hut sein sollen? Ich bin hier vielleicht der einzige, der Ihnen die Wahrheit sagt. Oder sind Sie zu ...»

«Entschuldigen Sie, gehört das Ihnen?» kam eine Stimme von der noch offenstehenden Tür her, und Michaels fuhr herum. Hinter ihm stand ein junger Mann, der wie eine Reklame für Pfeifentabak aussah, schmales Gesicht und edle Wangenknochen, doch die Wirkung wurde durch die Anstrengung beeinträchtigt, mit der er versuchte, sich den wütenden Salomon vom Leib zu halten, den er mit einer Hand am Nackenfell gepackt hielt und der sich bemühte, das Tweedjackett seines Gefangenenwärters (oder noch besser ihn selbst) in Fetzen zu reißen.

«Gütiger Himmel, wie ist er nur herausgekommen?» fragte Laura und ging auf den jungen Mann zu, um ihn von seiner Last zu befreien. Salomon fauchte ein letztes Mal, legte sich dann wie ein Baby auf Lauras Armen zurecht, blinzelte unschuldig mit den großen grünen Augen und begann, laut zu schnurren, als sei er so harmlos wie ein junges Kätzchen. Er konnte niemanden täuschen, am wenigsten Laura, die Ähnliches schon öfter durchgemacht hatte.

«Er hat halb aus dem Autofenster gehangen und wollte einen Spatzen fangen», sagte der junge Mann. «Ich wollte schon im Zoo anrufen und fragen, ob ein paar Panther entsprungen seien, aber dann fiel mir ein, daß Ihr Onkel erzählt hatte, Sie hätten eine ziemlich große Katze.» Er grinste. «Ich bin David Butler. Willkommen auf Mountview.»

Sie hatte vermutet, daß dies der junge Assistenzarzt war, den ihr Onkel so hoch gelobt und Julie abwechselnd angebetet und abgelehnt hatte. Ich wette, daß er bei den reichen Witwen und den hungrigen Geschiedenen ein großer Renner ist, dachte sie ironisch.

«Danke.» Sie setzte Salomon auf die Couch und sah, als sie aufblickte, daß Michaels ihn voller Entsetzen anstarrte. «Er ist nicht so gefährlich, wie er aussieht», versuchte Laura ihn zu beruhigen. «Er hat nur irgendein Problem mit der Hirnanhangdrüse – weiß nicht, wann er aufhören soll zu wachsen.» Da Salomon um die zwanzig Pfund wog und kein Gramm Fett am Körper hatte, verstand sie, warum manche Leute ein wenig mißtrauisch gegen ihn waren; doch Michaels' Angst schien tiefer zu gehen.

«Kann Katzen und Hunde nicht ausstehen», sagte er mit dünner Stimme und schob sich seitlich zur Tür. Er fing einen verächtlichen Blick von Butler auf und verteidigte sich. «Bin allergisch, verstehen Sie? Ich kriege schon einen Asthmaanfall, wenn ich im selben Zimmer bin. Sie werden sich Ihre Sachen selber raufholen müssen ...» Er stürzte hinaus und nieste lange, aber nicht sehr überzeugend, als er die Außentreppe hinunterlief.

David und Laura sahen sich an und lachten dann gleichzeitig los. «Er ist ein widerwärtiger Typ, Gott allein weiß, warum Ihr Onkel ihn behält», stieß David prustend hervor.

«Als Kontrast, denke ich.» Sie wandte sich zur Küche. «Ich glaube, ich habe in einem Schrank ein Glas mit Instantkaffee gesehen. Hätten Sie gern eine Tasse? Ich sterbe vor Durst.»

«Klingt gut. Ich hole Ihre Sachen aus dem Wagen, während Sie den Kaffee machen.»

«Oh, Sie müssen nicht ...»

«Ich weiß, daß ich nicht muß. Ich versuche nur, Sie mit meinen ritterlichen Manieren und dem Spiel meiner Muskeln zu beeindrucken. Sind Sie's schon?»

«Noch nicht.»

«Heißt das, Sie würden keinen Gebrauchtwagen bei mir kaufen?»

«Zeigen Sie mir Ihre Hände.»

Gehorsam streckte er die Hände aus. Sie waren langfingrig, die Handteller waren quadratisch, kräftig und glatt. «Nun?»

«Keine Chance», sagte sie lachend. «Diese Hände könnten eine Kurbelwelle nicht von einem Vergaser unterscheiden. Verkaufen Sie Ihre Gebrauchtwagen woanders.»

«Jetzt haben Sie mich aber fertiggemacht», beklagte er sich von der Treppe her. «Vielleicht brauche ich zwei Tassen Kaffee, um mich zu erholen.»

Je nun, dachte sie, Männer wie er sind gefährlich, das steht fest. Laura hatte für gutaussehende Männer nicht allzuviel übrig – sie dachten gewöhnlich, ihr Aussehen reiche aus, und gaben sich darüber hinaus keine Mühe.

Als er ihre letzten Schachteln heraufbrachte, winkte sie mit der Zuckerdose. «Zucker?»

«Nur einen halben Kaffeelöffel, danke.»

Sie rührte den Kaffee um und reichte ihn ihm. «Tut mir leid, daß es nur Instantkaffee mit Milchpulver ist.»

«Das ist schon gut.» Er sah sich um. «Der Schnitt ist anders als bei uns unten. Wir haben mehr Zimmer, doch bei Ihnen ist es heller.»

«Ich habe nie erwartet, daß ich direkt in der Klinik wohnen würde», gestand sie. «Seinetwegen.» Sie zeigte auf Salomon, der leise und gründlich jeden Winkel des Apartments erforschte.

«Ein Haustier ist ein Luxus, den ich nie hatte», sagte David. «Ich habe immer und ewig nur in Schlafsälen und Krankenhauswohnungen gelebt. Hierher zu kommen war eine richtige Freude für mich, das kann ich Ihnen sagen. Aber ich verkneife mir den Kind-Ersatz noch, bis ich richtig seßhaft geworden bin. Eigentlich bin ich auch mehr ein Hundemensch.»

«Wahrscheinlich, weil Sie nie eine Katze kennengelernt haben», sagte sie. «Salomon könnte Sie bekehren.» Sie selbst mochte keine Hundemenschen. Es waren zwei Weltanschauungen, die immer miteinander im Krieg lagen.

«Wenn er mich nicht frißt, bevor ich soweit bin», sagte David und beobachtete Salomon mißtrauisch. «Wir hatten keinen besonders guten Start.»

«Oh, er ist nicht nachtragend. Füttern Sie ihn ein paarmal, und er ist für alle Ewigkeit der Ihre.»

«Zumindest bewahrt er Sie davor, von Michaels belästigt zu werden.» David lächelte. «Julie hat er zum Wahnsinn getrieben, weil er ständig hier herumhing.»

«Oh?»

«Ja. Ich denke, er war in sie verknallt oder so. Er ist ein fleißiger Arbeiter und kann so ungefähr alles reparieren, deshalb behält Ihr Onkel ihn auch, nehme ich an, aber er ist ein fieser Typ, meiner Meinung nach. Gerissen und neugierig und immer bereit, unangenehmen Klatsch zu verbreiten.»

«Von Mrs. Cunningham hält er anscheinend nicht viel.»

Davids Gesicht wurde ausdruckslos. «Sie ist sehr tüchtig.»

«Und Sie mögen sie auch nicht.»

«Das habe ich nicht gesagt.»

«Das war auch nicht nötig.» Sie trat ans Fenster und blickte zum Hauptgebäude hinüber. «Sie ist schon lange bei meinem Onkel. Ist das das Problem?» fragte sie, sich umwendend.

«Vielleicht. Aber das zu beurteilen steht mir kaum zu.»

«Du meine Güte, sind Sie diskret», neckte sie ihn.

Er lächelte und stellte seine Tasse ab. «Wie wäre es, wenn Sie heute abend zu mir zum Essen kämen? Damit wir uns besser kennenlernen.»

«Das wäre nett, aber ich bin schon mit meinem Onkel verabredet.»

«Oh, natürlich. Das hätte ich wissen müssen. Vielleicht ein andermal.»

«Sicher.»

«Großartig.» Er schaute auf seine Uhr. «He, ich habe Abendvisite. Danke für den Kaffee, wir sehen uns …» Er grinste, winkte und war fort.

Oh, oh, dachte sie, der schöne Dr. Butler ist es nicht gewohnt, einen Korb zu bekommen. Oder hat er gedacht, ich wollte ihn daran erinnern, daß Roger Forrester mein Onkel und er, technisch gesehen, nur ein Angestellter ist? Hoffentlich nicht! Schließlich bin ich auch nichts anderes als eine Angestellte, technisch gesehen …

Daß sie ihre Stellung richtig eingeschätzt hatte, wurde ihr noch am selben Abend von Milly Cunningham begreiflich gemacht. Die Frau sagte oder tat nichts, das unverhohlen unfreundlich oder abweisend gewesen wäre, es war einfach die übertriebene Art, die sie beim Essen und auch später an den Tag legte, als sie mit Cognac am Feuer saßen. Sie wollte alles über Lauras Arbeit in Omaha wissen, wie sie dort gelebt, was für eine Wohnung sie gehabt hatte und wer ihre Freunde gewesen waren.

Sie ist *so* nett zu mir, dachte Laura zynisch, behandelt mich höflich und entgegenkommend, macht die richtige Konversation. Sie benahm sich gegen Laura eben wie die «Gutsherrin» gegen die neue «Gouvernante», ehe sie sie für immer ins Kinderzimmer verbannte.

Laura beobachtete Mrs. Cunningham, die über etwas lachte, das Roger Forrester gesagt hatte. Praktisch ihr ganzes Erwachsenenleben hatte sie von der supertüchtigen Mrs. Cunningham gehört, die in mehreren Krankenhäusern seine Assistentin gewesen und mit ihm die berufliche Leiter hinaufgestiegen war.

Bisher war sie jedoch nur jemand gewesen, über den oft gesprochen wurde, der aber unsichtbar blieb. Nachdem sie so viele Lobreden über die Tüchtigkeit der lieben Milly gehört hatte, hatte Laura erwartet, einem bebrillten Automaten im Rock zu begegnen. Bei Lauras Ankunft hatte Milly Cunningham auch tatsächlich eine Brille und ein strenges Kostüm getragen und einen recht furchterregenden Eindruck gemacht. Jetzt fiel ihr goldenes Haar offen auf die Schultern ihres leuchtendbunten italienischen Seidenkleides, und an ihrem Hals, ihrem Handgelenk und an ihren Ohren schimmerte Goldschmuck. Es war eine Verwandlung, die das «neue Mädchen» ganz offensichtlich beeindrucken sollte, und das hatte sie auch getan – obwohl vielleicht nicht ganz so wie beabsichtigt.

Sie ist seine Geliebte, dachte Laura. Er ist in sie vernarrt. Und es gefällt mir nicht. Nein, das nehme ich zurück.

Ich *mag* sie nicht, und sie mag mich nicht.

Aber Milly und Laura lächelten weiterhin und unterhielten sich Roger Forresters wegen ganz sachlich. Er sah sie abwechselnd strahlend an und wünschte sich ganz offensichtlich, sie würden enge Freundinnen werden. Das würde nie geschehen.

Es war Laura nicht klar, wie sehr ihre Abneigung gegen Milly Cunningham von der des Mädchens am Empfang, Michaels' und David Butlers beeinflußt worden war. Doch sie brauchte die Meinung anderer nicht, um sich ihre eigene zu bilden.

«Jammerschade, daß Sie nicht schon viel früher zu uns kommen konnten, Laura», sagte Milly. «Es wird Roger guttun, eine Verwandte um sich zu haben. Aber Sie hatten natürlich Ihr eigenes Leben, nicht wahr?»

Mit anderen Worten, Laura hatte genug damit zu tun gehabt, ihre Ehe in den Sand zu setzen. Danke, daß du mich daran erinnert hast, dachte Laura. Sie wußte, daß sie hier im Nachteil war, wußte aber auch, daß sie Milly Cunningham richtig beurteilte. Wahrscheinlich hat sie Julie umgebracht, dachte sie entschlossen, obwohl das natürlich Unsinn war; doch es machte Spaß, zu denken, daß sie «den Fall» sofort gelöst hatte.

Forrester hatte ihre Gläser frisch gefüllt. «Wenigstens brauchst du dir wegen der Heimfahrt keine Sorgen mehr zu machen», sagte er vergnügt. Sie hatten zum Essen zwei Flaschen Wein getrunken, und er war sehr guter Laune. Milly und Laura waren stocknüchtern.

«Nein, nur darüber, daß ich auf dem Parkplatz auf die Nase fallen könnte», pflichtete Laura ihm bei. Sie trank einen Schluck und räusperte sich dann. «Übrigens, besten Dank, daß Sie mein Apartment in Ordnung bringen ließen und mich mit den wichtigsten Lebensmitteln versorgt haben», sagte sie zu Milly. «Alles war wunderbar ordentlich, das Bett gemacht – alles.»

«Eine der Schwestern, nehme ich an», sagte Milly lässig. «Ich habe es Shirley überlassen, das zu organisieren. Natürlich habe ich kontrolliert, ob alles in Ordnung ist, aber ...»

Die Arbeit hat jemand anders erledigt. Natürlich. Wie konnte Laura auch etwas anderes annehmen? «Und waren Sie es, die sich um Julies Sachen gekümmert hat?» fragte sie und versuchte so zu tun, als sei sie einfach nur neugierig.

«Warum, ich ...», begann Milly stirnrunzelnd.

«Anscheinend hatte Julie ein paar Sachen von Laura – einen Kaschmirschal, war's nicht so, Laura?» mischte Roger Forrester sich ein.

«Ja», sagte Laura. «Aber es ist nicht wichtig, wirklich nicht.»

«Aber wie kann sie etwas von Ihnen gehabt haben?» Milly sah sie verblüfft an.

«Sie waren befreundet», sagte Roger. «Haben in Omaha zusammen gearbeitet. Erinnerst du dich nicht? Sie war es, die mir Julie empfohlen hat.»

«O ja – das hatte ich ganz vergessen», sagte Milly leise. Sie schaute zu Laura herüber, und da war etwas im Hintergrund ihrer Augen, das Laura frösteln ließ. «Dann haben Sie sich also nahegestanden?»

«Ja. Wir sind miteinander in Verbindung geblieben», sagte Laura und beobachtete sie.

«Oh», war alles, was Milly darauf zu sagen hatte. Ihr Gesicht blieb ausdruckslos. Gleich darauf wandte sie sich Forrester zu. «Wir hätten auch David und Owen zum Abendessen einladen sollen, Roger», sagte sie fröhlich.

«O nein, das hat noch Zeit, ich möchte meine Nichte vor allen anderen kennenlernen», antwortete Forrester, bückte sich und küßte Laura auf die Wange, ehe er sich wieder setzte. Da er neben Milly saß, begriff Laura plötzlich, warum sie so heftig auf die andere Frau reagierte, und sie schämte sich. Sie war ganz einfach eifersüchtig.

Das kam daher, weil er der Zwilling ihres Vaters war. Es war, als sehe sie ihren Vater mit einer anderen Frau. Laura war zwölf gewesen, als ihre Mutter starb, und von da an war sie das einzige weibliche Wesen im Leben ihres Vaters gewesen und hatte ihn daher über jedes normale Maß hinaus als ihren Besitz betrachtet. Es hätte schon eine ganz besondere Frau sein müssen, die sich gegen das aufmerksame, hellwache Kind durchsetzen konnte. Glücklicher- oder unglücklicherweise war er so in seine Arbeit vertieft, daß ihm die Ehefrau nicht fehlte, und Laura war daher, als sie heranwuchs, zugleich Tochter und Mutter für ihn, hatte nach und nach und sogar während ihres Studiums den ganzen Haushalt übernommen. Zwar hatten sie eine Haushaltshilfe, doch Laura überwachte seine Diät, bügelte seine Hemden, sorgte dafür, daß er genug schlief, und hielt den alltäglichen Kleinkram von ihm fern. Sie hatte diese Bürde gern getragen, denn sie wußte, daß er ihr dankbar dafür war, wußte, daß er sie brauchte.

Das gab ihr aber nicht das Recht, ihre Besitzansprüche auf den Onkel auszudehnen, nur weil er aussah wie ihr Vater. Doch die Ähnlichkeit war von Anfang an eine große Schwierigkeit für sie gewesen. Ihr Kopf sagte ihr, sie sei töricht, doch jedesmal, wenn er auf eine gewisse Weise lächelte, sich auf gewisse Weise bewegte, den Kopf wandte, krampfte sich ihr Herz zusammen. Sie vermißte ihren Vater sehr. Vielleicht war sie unfair gegen Milly. Vielleicht war Julie unglücklich gewesen, weil sie und Milly so verschieden waren. Ich muß versuchen, sie zu mögen, sagte sie sich. Ich muß es wirklich versuchen.

«Vorhin habe ich David Butler kennengelernt», sagte sie. «Ich finde ihn nett.»

«Er und Jenks sind hervorragende Ärzte.» Forrester nickte. «Der Assistenzarzt, den wir hatten, bevor der Annex gebaut wurde, war – nun ja, nicht zufriedenstellend.»

«Er hat getrunken», sagte Milly kalt.

«Das haben wir nie sicher gewußt, Milly», protestierte Forrester.

Die alte Geschichte, ein Doktorbruder kratzt einem anderen nicht die Augen aus, dachte Laura und sah an Millys Miene, daß sie endlich einer Meinung waren.

«*Ich* war sicher», sagte Milly fest.

Es folgte ein kurzes Schweigen.

«Nun», sagte Laura und stand auf, «ich gehe jetzt am besten nach Hause. Salomon wird denken, ich hätte ihn für immer verlassen.»

Milly fröstelte leicht. «Ich habe ihn heute nachmittag in Ihrer Tür stehen sehen. Er ist riesig, nicht wahr?»

Offenbar auch eine Katzenhasserin, wie Michaels. «Man hat schon vermutet, daß er eine Mischung zwischen Katze und Panther ist», sagte Laura. «Ich sehe in ihm einen kleinen alten Mann im Pelz, weil er so grantig ist und ...»

Sie starrten sie beide an. O Gott, dachte Laura, sie halten mich für wunderlich. Zeit, nach Hause zu gehen.

«Ich begleite dich», sagte Forrester und stand ebenfalls auf.

«Nicht nötig, ich habe eine Taschenlampe dabei.»

«Trotzdem ...»

«Mach kein Getue, Roger, es sind nur ein paar Meter», wandte Milly ein. «Sie muß ja nicht durch den Wald. Unsere Schwestern gehen dauernd über den Parkplatz, und noch nie ist etwas passiert.»

Laura verabschiedete sich.

Als sich die Tür hinter seiner Nichte geschlossen hatte, wandte Forrester sich an Milly. «Nun? Was hältst du von ihr?»

«Ich glaube, sie ist viel klüger, als ich erwartet hatte», sagte

Milly. «Und warum hast du mir nicht erzählt, daß sie mit dem Zalinsky-Mädchen befreundet war?»

«Aber das habe ich», widersprach Forrester. «Das habe ich bestimmt.»

«Tja, jetzt ist es zu spät.» Milly stand auf und ging mit ihrem Glas zum Fenster. Sie schob den schweren Brokatvorhang zur Seite, dann rieb sie mit dem Finger über die Scheibe und versuchte hinauszusehen. «Glaubst du, du kannst sie so weit bringen, daß sie es tut?»

«Oh, ich denke schon», sagte Forrester zuversichtlich. «Sie ist klug, aber noch sehr verletzlich. Sie wird meinen Rat annehmen, davon bin ich überzeugt.»

Milly drehte sich um. «Ich wünschte, ich könnte mit dir einer Meinung sein. Ich denke, sie wird Schwierigkeiten machen, Roger. Sie schien sich ein bißchen zu sehr für das Zalinsky-Mädchen zu interessieren.»

«Wie meinst du das?» fragte er, plötzlich voller Unbehagen.

«Ach, ich weiß nicht.» Milly entfernte sich vom Fenster. «Sie kam immer wieder darauf zurück. Hat Fragen gestellt. Sie kommt mir sehr neugierig vor.»

«Nun ja, sie waren befreundet . . .»

«Hmmm.» Milly schenkte sich noch einen Cognac ein. «Und du glaubst wirklich, daß sie sich deshalb nach all den Jahren plötzlich entschieden hat herzukommen? Nur weil sie und dieses schreckliche Mädchen befreundet waren?»

«Warum nicht?»

Milly seufzte. «Du hast von Frauen wirklich keine Ahnung, Roger.»

Er schien zu erstarren. «Ich verstehe nicht, warum du das sagst.»

«Weil sie Schwierigkeiten machen wird, und wir haben keine Zeit. Zwei Monate, Roger, mehr haben wir nicht. Zwei Monate. Es sei denn . . .»

Forrester lächelte. «Es gibt immer ein Es-sei-denn.»

Der Nebel war noch immer da. Niedrige Scheinwerfer, dazu bestimmt, die Fassade der Klinik zu beleuchten, wirkten im Grau wie riesige Blüten aus Licht. Aber als Laura durch die Lücke in der Hecke den Parkplatz betrat, war es stockfinster. Sie nahm die Taschenlampe aus ihrer Manteltasche und wollte sie anknipsen.

Nichts.

Sie blieb stehen, knipste noch ein paarmal, schüttelte die Lampe, knipste wieder. Noch immer nichts. Die Lampe hatte funktioniert, als sie sie eingepackt hatte, und die Batterien hatte sie erst vor einer Woche erneuert. Sie zögerte, ging dann energisch weiter. Milly sollte nicht triumphieren. Nachdem sich ihre Augen an die Dunkelheit gewöhnt hatten, sah sie genug, um sich zwischen den Autos hindurchzuschlängeln, wobei sie sie leicht berührte, um sich zurechtzufinden.

Am Ende des gekiesten Parkplatzes stieß sie erst gegen etwas Stachliges und fand dann die Lücke in der Hecke, die sie suchte. Sie tröstete sich mit dem Gedanken, daß sie im Apartment das Licht hatte brennen lassen. Es leuchtete zwar, war aber verschwommen und schwach und überhaupt keine Hilfe. Vorsichtig ging sie auf die Außentreppe zu, die zu ihrem Apartment hinaufführte; ihre Füße knirschten auf dem Kies der Zufahrt, die zu den weiter hinten liegenden Garagen führte, und der Nebel berührte ihr Gesicht mit kalten, gespenstischen Fingern.

Was war das?

Sie blieb stehen. Es blieb stehen. Wenigstens dachte sie ...

Sie ging weiter auf die Treppe zu – und wieder glaubte sie hinter sich im Schatten der Hecke auf dem Kies Schritte zu hören.

«Hallo?» fragte sie idiotisch. Keine Antwort. Was hatte sie erwartet? «Guten Abend, ich bin der hiesige Vergewaltiger, darf ich Sie in die nächste finstere Gasse begleiten?»

Plötzlich bekam sie Angst, rannte auf die Treppe zu und hinauf, stolperte und fiel in ihrer Hast. Sie glaubte, in der Dunkelheit ein leises, hämisches Lachen zu hören, nestelte, als sie oben ankam, an der Tür und fiel praktisch durch sie hindurch. Sie knallte sie hinter sich zu und sah Salomon an, der ihren Blick mit großen grünen Augen erwiderte.

Er hatte die Ohren nach vorn gestellt, schien aber nicht beunruhigt. Wäre wirklich jemand draußen, wäre er bestimmt nervös, dachte sie, und auf jeden Fall würde er aus dem Fenster schauen. Doch er sah sie eindringlich an und wunderte sich anscheinend, warum sie so außer Atem war und sich an die Tür lehnte. Vielleicht war er doch kein solcher Feigling. Hier war nicht alles so, wie es schien.

Es waren ihre Phantasie und der Wein gewesen, sagte sie sich. An die Dunkelheit und die ländlichen Geräusche nicht gewöhnt, hatte sie sich etwas eingebildet. Wahrscheinlich war es der Wind gewesen oder ein Ast, der sich an einem anderen rieb, oder ein kleines Tier, das durch die Hecke huschte.

Aus dem Wald am hinteren Ende der Anlagen kam plötzlich ein schriller Schrei, und Laura fuhr vor Schreck fast aus der Haut. Nach einer Weile kam von weit her ein zweiter Schrei, und auf einmal wußte sie, was es war – der Ruf einer Eule. Sie lachte verlegen auf, als Salomon vom Fensterbrett heruntersprang, zu ihr kam und den Kopf an ihre Schienbeine preßte.

«Wir Stadtfräcke müssen uns erst ans Land gewöhnen, Kumpel», sagte sie zu ihm, bückte sich, nahm ihn auf die Arme und drückte ihn an sich. Er fühlte sich warm, fest und vertraut an. Nach einer Weile langweilte er sich und fing an, sich zu winden und zu strampeln.

«Schon gut, schon gut.» Sie ließ ihn hinunter. Sein Fell entlang des Rückgrats zuckte, dann setzte er sich und blickte zu ihr auf.

«Ich habe zuviel getrunken», teilte sie ihm mit. «Ich habe Dinge gehört, die nicht da waren, und Sachen gedacht, die man nicht denken sollte.»

Er stand auf und ging zur Küche – ihre Probleme interessierten ihn nicht, doch für einen Imbiß war er immer zu haben.

Als sie den Mantel auszog, hörte sie auf dem Parkplatz einen Wagen anfahren. Sie trat ans Fenster, konnte aber nichts sehen, auch wenn sie die Hände wölbte und seitlich ans Gesicht hielt. Der Nebel war noch genauso dick wie tagsüber, doch denjenigen, der den Wagen fuhr, schien das nicht zu stören, denn er schaltete die Scheinwerfer erst am Ende der Zufahrt ein. Die schwachen Strahlen sahen wie Raupen aus. Milly, die vermutlich nach einem letzten Glas mit ihrem kostbaren Roger nach Hause fuhr. Also, dachte Laura. Vielleicht hatte sie sich in der Frau geirrt. Vielleicht hatte sie zuviel vermutet.

Sie zog sich aus, fütterte Salomon und duschte schnell. Nach der Fahrt und dem Zwang, sich beim Abendessen gut gelaunt und lebhaft zu geben, war sie erschöpft, und das Bett sah sehr einladend aus.

Auf dem Bett lag ein hübscher Quilt in Weiß, Blau und leuchtendem Pink. Ihr fiel ein, daß Julie gern gehandarbeitet hatte, und sie fragte sich, ob vielleicht sie den Quilt selbst genäht hatte – er sah nach Handarbeit aus. Mit einem Seufzer angenehmer Erwartung schlug sie die Laken zurück und kletterte ins Bett. Gemütlich eingekuschelt mit Salomon, der sich in die Beuge ihrer Knie schmiegte, ließ sie noch einmal alles an sich vorüberziehen, was sie heute in Mountview gesehen und erlebt hatte, und kam zu dem Schluß, daß sie nicht viel mehr wußte als bei ihrer Abreise aus Omaha. Dort war ihr alles so leicht vorgekommen. Doch jetzt war sie ratlos.

Sie kuschelte sich noch tiefer in die Kissen, das Bett war bequem. Aber der Schlaf wollte nicht kommen.

5. KAPITEL

Laura war absichtlich am Freitag angekommen, damit sie das ganze Wochenende Zeit hatte, sich einzurichten. Leider hatte sie am Samstag morgen nicht mehr als eine Stunde gebraucht, um ihre wenigen Habseligkeiten einzuräumen. Sie hatte, bevor sie Omaha verließ, alle Möbel verkauft, die letzten Reste ihrer Ehe wie eine Haut abgestreift und war leichten Herzens in ihre neue Freiheit aufgebrochen.

Jetzt, nach einer unruhigen Nacht, in der sie Entschlüsse gefaßt und wieder aufgegeben hatte, hatte sie noch immer Fragen.

Warum war Oberschwester Shirley so unfreundlich? Was meinte Michaels, wenn er von «Feinden» sprach? Und warum konnte außer ihrem Onkel niemand Milly Cunningham leiden? Und wie, wenn irgend etwas von alldem mit Julies Tod zu tun hatte?

Als sie ins Freie trat, sah sie, daß sich der Nebel verzogen hatte und die Welt klar und hell und wunderschön war. Sogar die Klinik sah freundlicher aus, und die Bäume in den umliegenden Wäldern prunkten mit ihren satten Herbstfarben, die in der Sonne schimmerten. Sie fühlte sich besser, stärker und kam sich ein wenig albern vor, weil sie die halbe Nacht mit sinnlosen Mutmaßungen vergeudet hatte.

Sie fuhr in die Stadt und stellte den Wagen im Zentrum ab, entzückt, weil sie sofort einen Parkplatz fand. Aus der Großstadt war sie anderes gewohnt.

In einer wirklich schönen Kunstgalerie liebäugelte sie mit einem phantastischen abstrakten Quilt, der dort hing und den sie gern gekauft hätte, und entdeckte schließlich auch das Redaktionsbüro der Lokalzeitung, des *Blackwater Bay Chronicle.* Und als sie davorstand, wurde ihr bewußt, daß ihr trotz ihrer nächtlichen Entschlüsse die Gedanken an Julies Tod noch immer keine Ruhe ließen.

Sie ging hinein und stellte sich dem Mädchen vor, das an einem dem Empfangspult zunächst stehenden Schreibtisch saß. Sie heiße Emily Gibbons, sagte das Mädchen, und was könne sie für Laura tun?

«Nun ja ...»

«Wollen Sie eine Anzeige in der Rubrik *Einsame Herzen* aufgeben?»

«Natürlich nicht.»

«Möchten Sie ein tolles Sofa verkaufen?»

«Aber nein. Ich …»

«Eine Geburts-, Hochzeits- oder Todesanzeige aufgeben?»

«Nein», sagte Laura, die noch immer nicht so recht wußte, wie sie ihre Bitte vorbringen sollte.

Emily lachte. «Also raus damit», sagte sie. «Ich bin wirklich nicht schreckhaft.»

«Ach, zum Teufel!» Laura kapitulierte. «Ich möchte mir ein paar alte Ausgaben Ihrer Zeitung ansehen. Ich interessiere mich für einen Mord.»

«Ach so», sagte Emily, plötzlich ernst werdend. «Einen frischen oder einen antiken?»

«Einen, der erst vor kurzem passiert ist», sagte Laura. «Julie Zalinsky. Ich – ich war mit ihr befreundet, und ich möchte wissen, was bisher getan wurde, um ihren Mörder zu fassen.»

Emily legte den Kopf zur Seite, offensichtlich durch diese für viele andere morbide Bitte nicht geschockt. «Das war kurz und prägnant», sagte sie. Sie hob einen Teil des Empfangspults hoch und winkte Laura durch. «Kommen Sie mit.»

Sie führte Laura in das computerisierte Archiv und holte Karten für das Mikrofiche heraus. «Hier ist alles drauf», sagte sie und ließ Laura allein.

Laura sah die Zeitungen durch, die etwas über den Fall brachten. Julie war im Wald zwischen Klinik und Stadt ermordet worden. Der Mörder hatte sie niedergeschlagen und ihr die Kehle aufgeschlitzt. Sie war sexuell nicht mißbraucht und auch nicht beraubt worden. Tag für Tag, Artikel für Artikel hieß es: «Die Ermittlungen werden fortgesetzt!» Aber offensichtlich ergebnislos. Mit einem Seufzer lehnte sich Laura zurück. Nichts. Emily kam zu ihr und setzte sich neben sie.

«Haben Sie sie gut gekannt?» fragte sie.

«Ja», sagte Laura. «Wir haben zusammen gelernt und auch zusammen gearbeitet, bevor sie hierher an die Klinik ging.»

«Ach ja – die Klinik», sagte Emily.

Laura sah sie neugierig an. «Was soll das? Dieser besondere Tonfall? Ist mit der Klinik etwas nicht in Ordnung?»

«Aber nein», sagte Emily hastig. «Es ist nur – nun ja, sie ist ein bißchen zu exklusiv, und die meisten Leute in Blackwater können sie sich nicht leisten. Außerdem ist man ein wenig verärgert, weil sie das Armenambulatorium nicht hier, sondern drüben in Hatchville eingerichtet haben.»

«Mein – Dr. Forrester hat gesagt, daß es in Blackwater nicht so viele arme Leute gibt wie in Hatchville.»

Emily seufzte. «Das stimmt, aber es bedeutet nicht, daß wir überhaupt keine Armen haben. Die Leute hier glauben, daß es eine politische Entscheidung war. Und die Rivalität zwischen Blackwater und Hatchville ist groß. Das hätten sie bedenken sollen.»

«Wer ist ‹sie›?»

Emily zuckte mit den Schultern. «Die Geldleute hinter der Klinik. Der Stadtrat. Diese Leute eben.»

«Oh.» Laura fingerte am Mikrofiche herum. Emily Gibbons schien zum Reden aufgelegt, und Laura hörte sehr gern zu. «Was hat die einheimische Polizei im Hinblick auf den Mord unternommen?» fragte sie.

«Der Sheriff, meinen Sie? Ungefähr alles, was er tun kann», sagte Emily. «Er hat zu wenig Leute, und es hat nicht viele Spuren gegeben oder so. In dieser Nacht hatte es geregnet, müssen Sie wissen. Aber er ist ein guter Mann, am Ende wird er es schaffen.»

«Hat er denn keine Verdächtigen?» fragte Laura. «Überhaupt keine? Es ist schon fast einen Monat her, seit sie – gestorben ist.»

Emily zuckte wieder mit den Schultern und schien plötzlich nicht mehr ganz so freundlich. «Er tut sein Bestes», sagte sie. «Es gibt Probleme.»

«Was für Probleme?» Emily schien eine ergiebigere Quelle zu sein als ihre Zeitung.

«Nun, offenbar sind die Leute aus der Klinik nicht sehr kooperativ», sagte sie. «Sie behaupten, die Sache habe nichts mit ihnen zu tun. Und die Stadt denkt, sie habe nichts mit *uns* zu tun. Alle wollen offenbar glauben, daß es irgendein Landstreicher war, der zufällig vorbeikam oder so. Und vielleicht war es tatsächlich einer.»

«Niemand möchte hineingezogen werden», sagte Laura bitter.

«Ja, so könnte man es nennen», antwortete Emily. «Aber eigentlich ist es eher so, daß niemand daran denken möchte. Niemand will glauben, daß es in der Stadt einen Mörder gibt. Ich meine, wir haben unsere Phantome und unsere Ängste wie die Leute überall, aber die Landstreichertheorie ist uns die liebste. Julies Tod scheint so zufällig, so sinnlos, und niemand hat sie gut gekannt, daher sind sie nicht wirklich ...» Sie bemerkte Lauras Gesichtsausdruck und unterbrach sich verlegen. «Es tut mir leid, ich habe vergessen, daß Sie sagten, Sie seien mit ihr befreundet gewesen. Aber schlimme Dinge geschehen nun einmal. Überall – sogar in netten Städten wie dieser. Kein Ort ist dagegen gefeit. Kein Mensch ist dagegen gefeit.»

«Ja, das ist wohl so.» Laura stand auf. «Danke, daß ich mir die Artikel ansehen durfte.»

«Haus der offenen Tür, das sind wir. Haben Sie etwas gefunden?» fragte Emily eifrig. «Wissen Sie etwas, das Matt helfen könnte, ihren Mörder zu finden? Vielleicht sollten Sie sich mal mit ihm darüber unterhalten.»

«O nein», sagte Laura hastig. «Er könnte denken, daß ich ihn kritisiere oder so. Ich meine – was verstehe ich schon von polizeilichen Ermittlungen?»

Emily schien enttäuscht. «Nun, Sie haben das Opfer gekannt, das kann manchmal helfen. Es wäre einen Versuch wert, oder?»

«Vielleicht», sagte Laura. «Vielleicht.» Sie wollte sich zu nichts verpflichten – noch nicht. Sie bedankte sich noch einmal bei Emily und verließ die Redaktion.

Laura beschloß, in die städtische Bibliothek zu gehen. Die war unschwer zu finden, denn sie war ziemlich groß, und ein Teil schien brandneu zu sein. Anscheinend waren die Einwohner von Blackwater Bay eifrige Leser.

Als sie eintrat, wurde ihr klar, daß es keine reine Bibliothek, sondern auch so etwas wie ein gesellschaftliches Zentrum war, mit Sesselgruppen für ungezwungene Gespräche und einzeln stehenden Sesseln, in die man sich zurückziehen konnte, um zu studieren. Es gab eine Abteilung, in der die Leute Videokassetten und CDs ausleihen konnten, und eine große Fläche, auf der sich Kinder tummeln durften.

Der Bibliothekar hinter einem hufeisenförmigen Schreibtisch war ein großer, sanft wirkender Mann mit schläfriger Miene. Als Laura ihm ihr ausgefülltes Antragsformular übergab, hatte sie jedoch das Gefühl, geprüft und abgeschätzt zu werden.

«Willkommen in Blackwater Bay, Mrs. Brandon», sagte er.

«Danke.» Neben der Schreibunterlage entdeckte sie ein kleines hölzernes Schild: Mitchell Hasker, Chefbibliothekar. «Oh, sind Sie der Mann von Oberschwester Shirley Hasker?»

«Der Bruder. Shirley hat nie geheiratet», sagte er tief zufrieden. «Sie sorgt wie eine Ehefrau für mich – aber ohne die Komplikationen, die eine Ehe mit sich bringt.» Das war scherzhaft gemeint, und ganz offensichtlich wartete er darauf, daß sie lächelte. Sie tat es ein wenig mühsam und sagte:

«Ich habe gehofft, hier etwas über die Geschichte der Stadt und ihrer Umgebung zu finden.»

Er nickte anerkennend. «Sehr vernünftig, wenn man in eine neue Stadt zieht. Ich kann Ihnen mehrere Bücher empfehlen.» Er kam hinter dem Schreibtisch hervor, ging watschelnd zu einem Regal in der Nähe und nahm zwei Bücher heraus. «Der Beveridge ist der maßgebendere, aber ich denke, der Rapp ist unterhaltsamer.» Sie nahm die Bücher entgegen, und er fuhrt fort: «Wir haben eine ziemlich aufregende Geschichte, besonders während der Prohibition, aber die Stadt ist viel älter. Ich bin der Präsident der Historischen Gesellschaft von Blackwater Bay. Wenn Sie sich wirklich für Geschichte interessieren, würden Sie vielleicht gern zu unseren monatlichen Treffen kommen.»

«Vielleicht – sobald ich mich eingewöhnt habe», sagte Laura

zurückhaltend. «Soviel ich gehört habe, ist hier auch vor kurzem etwas Aufregendes geschehen. Im Wald wurde ein Mädchen ermordet.»

«Ja.» Jetzt wurde er wortkarg. «Eine große Schande.»

«Haben Sie sie gekannt?»

«Sie kam regelmäßig in die Bibliothek», sagte er kurz. «Hat viel gelesen.» Er schnaubte. «Vor allem Liebesromane.»

«Ah!» Laura sah ihn mit, wie sie hoffte, argloser Neugier an. «Ich nehme an, in der Stadt ist man deshalb sehr aufgeregt.»

«Natürlich», fauchte er. «Wir halten uns für eine gesetzestreue Gemeinde. Natürlich ist es nicht in der Stadt selbst passiert, sondern außerhalb. Im Wald auf der anderen Seite des Flusses. Auf dem Grund und Boden von Mountview. Die Sache hat mit Blackwater selbst nichts zu tun.»

Er ging zum Schreibtisch zurück und stempelte drei Bücher für eine junge Frau mit einem kleinen Jungen und für eine ältere Dame, die Laura mit unverhohlener Neugier anstarrte.

«Sie sind doch die neue Physiotherapeutin an der Klinik, nicht wahr?» fragte er plötzlich. «Sie sollten inzwischen sehr genau Bescheid wissen.»

«Ich weiß aber nichts», sagte Laura. «Niemand will darüber sprechen.»

«Das ist verständlich», war sein einziger Kommentar. Er wechselte das Thema. «Shirley hat sich auf Ihr Kommen gefreut.»

Will er mich zum Narren halten? dachte Laura, lächelte aber.

«Hoffentlich lassen Sie sich vom Schicksal Ihrer Vorgängerin nicht abschrecken», sagte Hasker sich vorbeugend, leiser.

«Aber nein, durchaus nicht.»

Er nickte und begann, an ein paar Karteikarten herumzufingern. «Shirley war schrecklich aufgeregt. Aber das war natürlich jeder. Ich habe hier tagelang kaum eine Menschenseele zu Gesicht bekommen.» Er machte ein wehmütiges Gesicht, und Laura erkannte die Entzugssymptome eines Klatschsüchtigen, dessen wichtigste Nachschubquelle versiegt war.

«Heute ist aber ziemlich viel los.»

Er sah sich strahlend um. «Ja, ziemlich viel. Ich wußte, daß die Leute nicht lange wegbleiben würden. Das habe ich auch zu Shirley gesagt. ‹Sie kommen wieder›, habe ich gesagt. ‹Sie werden darüber hinwegkommen.›»

«Noch sind wir nicht darüber hinweg», sagte die ältere Dame neben Laura. Sie hatte so getan, als sehe sie sich Prospekte an, während sie eifrig die Ohren gespitzt hatte. Ihre glänzenden Augen schauten blinzelnd unter einem ziemlich unmöglichen roten Hut hervor. «Sie wissen, daß Er noch da draußen ist und auf die nächste Gelegenheit wartet.»

«Aber Mrs. Hattie …», protestierte Hasker.

Die alte Dame ignorierte ihn. «Merken Sie sich meine Worte, junge Frau. Er wird wieder zuschlagen. Er mag keine Fremden, nicht wahr? Mag es nicht, wenn neues Volk sich in sein Territorium drängt.»

Laura blickte von der alten Frau verblüfft zu Mitch Hasker hinüber. «Wen meint sie?»

«Den Schattenmann», sagte Mrs. Hattie mit boshafter Befriedigung. «Ihn meine ich.»

«Aber Mrs. Hattie», sagte Hasker tadelnd. «Sie machen Mrs. Brandon angst.»

«Wer in aller Welt ist der Schattenmann?» fragte Laura, ohne ihre Belustigung ganz unterdrücken zu können. Mrs. Hattie rümpfte selbstgerecht die Nase und preßte ihre Bücher an den mageren Busen.

«Niemand, den man auslachen darf, das ist sicher. Er mag es nicht, wenn man sich über ihn lustig macht.» Sie musterte Laura von oben bis unten. «Vor allem mag er keine schnippischen jungen Mädchen. Passen Sie bloß auf!»

Mitch Hasker schaute Mrs. Hattie nach, die, vor sich hin murmelnd, davonstapfte. Sein Gesicht hatte einen merkwürdigen Ausdruck, eine Mischung aus Verlegenheit und Befriedigung. Dann sah er mit einem um Entschuldigung bittenden Lächeln

Laura an. «Sie dürfen es ihr nicht übelnehmen. Sie – versteht es nicht besser.»

«Ist sie senil?»

«Nein, nein, geistig ist sie in Ordnung. Ich meine, daß sie die Sache mit dem Schattenmann nicht besser versteht. Sie liebt alte Aberglauben, aber wie viele nicht besonders gebildete Leute deutet sie sie falsch. Der Schattenmann ist ein uralter Mythos, der praktisch bis in die Kolonialzeit zurückreicht. Er ist in unserer Gegend zu einer Art Schreckensgestalt degeneriert – meist dazu mißbraucht, ungezogenen Kindern Gehorsam beizubringen. Das ist natürlich Teil einer viel älteren Tradition, die meiner Meinung nach auf den Höhlenmenschen zurückgeht.»

Nicht jedem wurde das Glück zuteil, seine Meinung zu hören, das gab er ihr deutlich zu verstehen.

«Tatsächlich», fuhr er fort, «schreibe ich ein Buch über Folklore und Aberglauben in unserer Gegend. Salem war nicht die einzige Stadt, in der es Hexenprozesse und Hexenverbrennungen gab. Wir hatten auch zwei, direkt hier in Blackwater Bay.»

«Dann gibt es also keinen Schattenmann.»

Hasker runzelte leicht die Stirn, als sei das nicht die richtige Einstellung. «Nicht als solchen.»

«Als was denn dann?»

«Ich will damit sagen – nicht als mythische Erscheinung, die ein paar hundert Jahre alt ist und nachts Menschen tötet.» Er sah nachdenklich aus. «Ich würde so weit gehen, zu sagen, daß es hier möglicherweise *etwas* gibt. Etwas, das sich hinter dem Mythos Schattenmann verbirgt. Die Schwarze Kunst übt, besonders in ländlichen Gebieten, noch immer ihre Faszination aus, fürchte ich.»

Er schien es nicht zu fürchten, er schien darüber entzückt. «Es sind Dinge geschehen», fuhr er fort. «Sehr unerfreuliche Dinge im Lauf der Jahre und in dieser Stadt. Ich erinnere mich, schon als Junge davon gehört zu haben. Und auch in jüngster Zeit.»

«Sie meinen Morde?»

«O nein. Gütiger Himmel, nein. Aber Tiere wurden getötet oder wurden krank und starben, Häuser und Scheunen sind auf mysteriöse Weise in Flammen aufgegangen – solche Dinge eben. Immer mit einem rituellen Element, immer mit einer Frage dahinter. Wie gesagt, ich schreibe ein Buch darüber.»

Es war das zweite Mal, daß er das Buch erwähnte. «Ich freue mich schon darauf, es zu lesen», sagte sie pflichtgemäß.

«Ach, das ist ein lebenslanges Projekt. Ich muß noch so viel recherchieren, und meine Konstitution läßt leider ein wenig zu wünschen übrig.» Er seufzte schwer. «Aber ich mache weiter.»

Der Ausdruck in seinen Augen hatte etwas von einem Besessenen, und Laura fiel plötzlich ein, daß sie zurückmußte, um Salomon zu füttern. Der arme Kerl mußte langsam verhungern. «Ja, nun, ich wünsche Ihnen viel Glück mit Ihrem Buch», sagte sie und wandte sich ab, um zu gehen.

«Lesen Sie die Bücher, die ich Ihnen empfohlen habe, dann sehen wir weiter. Ich werde dafür sorgen, daß Sie den richtigen Weg einschlagen.»

«Das ist riesig nett von Ihnen», sagte Laura mit sehr munterer Stimme und floh.

Endlich im Freien, atmete sie tief die frische Herbstluft ein. Der Anblick des blauen Himmels und ganz normaler Menschen auf der Straße gab ihr ihre gute Laune zurück. Einen Moment lang hatte sie gedacht, Blackwater Bay sei eine Ansammlung unterschiedlicher Spinner, doch es war nur eine ganz gewöhnliche kleine Stadt. Kinder auf Fahrrädern, Hunde und Katzen, Supermärkte und Kirchen – alles im grünen Bereich.

Niemand, der bei Verstand war, konnte annehmen, daß hinter den Spitzenvorhängen der schönen alten Häuser Hexensabbate abgehalten wurden. Die plötzliche Vorstellung von Matronen aus Blackwater Bay, die nackt auf dem strengen Friedhof der Methodistenkirche tanzten, ließ sie laut auflachen. Alberner alter Narr mit seinem «wichtigen Buch» und seinem Aberglauben, dachte sie.

Das Lachen verging ihr jedoch, als sie zu dem Platz kam, auf dem sie ihren Wagen geparkt hatte. Ein großer, robust aussehender Mann in Uniform stand neben ihrem Wagen und schrieb.

«Du meine Güte, habe ich die Parkzeit überschritten?» fragte sie gespielt arglos, als sie näher kam. «Ich habe kein Schild gesehen.»

Die uniformierte Gestalt drehte sich lächelnd um. «Keine begrenzte Parkzeit außer im Sommer, Ma'am. Im Moment gibt es viel Platz für jedermann, und Besucher sind uns willkommen. Ich bin Sheriff Gabriel. Ich wollte Ihnen nur eine Notiz unter den Scheibenwischer schieben – Ihr linker Vorderreifen hat kein Profil mehr, könnte jederzeit platzen.»

«Oh, tatsächlich?» Laura schaute hinunter, als hätte sie das nicht schon seit Wochen gewußt.

«Wenn Sie eine größere Fahrt vorhaben, würde ich das Risiko nicht eingehen.» Er klappte sein Notizbuch zu. Er war ein großer Mann Ende der Dreißig mit wachen und durchdringenden blauen Augen, die sein ungezwungenes Benehmen Lügen straften.

«Ich habe keine größere Fahrt vor, ich wohne hier», sagte Laura. Er warf einen Blick auf ihr Nummernschild aus Nebraska. «Das heißt, ich bin vor kurzem hergezogen. Mein Name ist Laura Brandon, und ich arbeite oben in der Mountview-Klinik.»

«Oh?» Sein Blick wurde noch schärfer. «Krankenschwester?»

«Nein, ich bin die neue Physiotherapeutin, die Nachfolgerin von Julie Zalinsky.» Sie wartete auf seine Reaktion. Sein Gesicht spannte sich, und aus den blauen Augen wichen Freundlichkeit und Wärme.

«Dann müssen Sie die Nichte von Dr. Forrester sein.»

«Das ist richtig.»

«Sie wohnen in der Stadt, nicht wahr?»

«Nein. In der Klinik. Warum?»

«Ich weiß gern Bescheid, das ist alles. Hoffe, es gefällt Ihnen hier.» Er wandte sich ab, wollte gehen.

«Sheriff?» Er blieb stehen, sah sie an. «Haben Sie – wissen Sie schon etwas mehr über den Mord an Julie?»

«Wir verfolgen mehrere Spuren», sagte er gleichgültig.

«Jemand – jemand hat etwas über einen Schattenmann gesagt.»

Er blickte sie empört an. «Hören Sie doch nicht auf diesen Unsinn.» Er sah ihre Bibliotheksbücher. «In der Bücherei gewesen, wie ich sehe. Also hat Mitch Hasker wieder mal den Mund nicht gehalten. Sie sehen viel zu vernünftig aus, um Ihre Zeit mit so etwas zu vergeuden.»

«Nein, es war Mrs. Hattie, die davon gesprochen hat.»

Er grinste, und sein strenges Gesicht bekam einen fast liebenswerten Ausdruck. «Mad Mattie Hattie?»

«So nennt man sie doch nicht wirklich?»

«Die Kinder schon. Nun, sie war verrückt genug, mit dem Vornamen Mathilda Jack Hattie zu heiraten, und als sie anfing, ein bißchen sonderbar zu werden, konnten die Leute nicht widerstehen. Aber vor allem die Kinder, wie ich schon sagte. Sie mag keine Kinder – sonst ist sie harmlos.» Er nickte wieder und entfernte sich ein paar Schritte. «Lassen Sie bei Jake Miller den Reifen wechseln, Mrs. Brandon. So ist er sehr gefährlich.»

Schon wieder eine Warnung.

Onkel Roger hatte gesagt, Sheriff Matt Gabriel sei ein fähiger Mann. Ihr kam es so vor, als sei er noch sehr viel mehr. Als sie gekommen war, hatte er ihr keinesfalls eine Nachricht wegen ihres abgefahrenen Reifens hinterlassen wollen, er hatte sich ihr Kennzeichen notiert, was bedeutete, daß ihm schon nach ein, zwei Stunden ein neuer Wagen in seiner Stadt aufgefallen war. Die Warnung wegen des Reifens war schnell ausgesprochen und eine perfekte Tarnung gewesen.

«Warum hat er den Mörder noch nicht gefaßt, wenn er so smart ist?» murmelte Laura vor sich hin, als sie in ihren Wagen stieg.

Er versuchte es offenbar gar nicht.

6. KAPITEL

Am Montag morgen betrat sie den Pool-Bereich durch die Flügeltür am Ende des langen Korridors, der den Annex in zwei Hälften teilte. Die feuchte Wärme und der Geruch nach Chlor hüllten sie ein, und einen Moment lang wurde sie von der Helligkeit geblendet, die von der Wasseroberfläche zurückgeworfen wurde.

«Guten Morgen», sagte eine Stimme aus dem Wasser.

Sie blinzelte und sah jemand mit lässigen Bewegungen zum Beckenrand schwimmen.

«Guten Morgen», sagte sie überrascht.

Als er sich aus dem Becken schwang, stand Ichabod Crane aus «The Legend of Sleepy Hollow» von Washington Irving vor ihr – oder zumindest ein Mann, der die Rolle perfekt hätte spielen können. Groß und mager, aber mit gutausgebildeten Muskeln und langen, schlaksigen Armen; dunkles Haar hing ihm schlaff in die knochige Stirn. Er räusperte sich.

«Hallo», sagte er und streckte die Hand aus. «Ich bin Owen Jenks.»

«Hallo», sagte Laura und schüttelte die Hand, die erstaunlich warm war, wenn man bedachte, daß er praktisch nur aus Haut und Knochen bestand und vor Nässe triefte.

«Ich hoffe, Sie haben nichts dagegen», sagte er verlegen, während er sich abtrocknete. «Julie hat immer gesagt, wir dürften den Pool und den Gymnastikraum benutzen, wenn sie anderweitig beschäftigt war.»

«Selbstverständlich», sagte Laura. «Damit bin ich natürlich auch einverstanden.»

«Gut. Ich schwimme gern, bevor ich mit der Arbeit anfange. Bringt den Kreislauf in Schwung.»

«Ich habe gehört, daß Sie häufig drüben in Hatchville arbeiten.»

«Das ist richtig. Wir behandeln dort hauptsächlich Leute, die sich keine Krankenversicherung leisten können. Obdachlose oder ganz einfach Arme. Es ist sehr interessant.»

«Es muß ziemlich deprimierend sein», sagte Laura.

Seine Augen blitzten, als er nach seiner Brille griff und sie aufsetzte. Jetzt sah er wie eine weise Eule und sehr intellektuell aus – ein seltsamer Gegensatz zu seiner ziemlich extravaganten Badehose.

«O nein, sie haben ein paar faszinierende Krankheiten. Und man kann wirklich etwas für sie tun.»

«Ich verstehe, was Sie meinen. Ich habe früher auch in einer solchen Umgebung gearbeitet», sagte sie.

«Nun, dann wissen Sie ja, wie gut man sich dabei fühlen kann», entgegnete Owen begeistert. «Dr. Forrester sieht es natürlich vor allem als Abschreibungsgeschäft, aber …»

«Als Abschreibungsgeschäft?»

Er zuckte mit den Schultern und bückte sich, um sein Frotteebadetuch aufzuheben. «Nun, das ist es ja auch, doch das heißt nicht, daß er keine guten Absichten damit verbindet. Und es wirkt sich phantastisch auf unsere Beziehungen zu den hiesigen Behörden aus.»

«Also, das habe ich ganz anders gehört», sagte sie.

Er sah sie erstaunt an. «Tatsächlich?»

«Jemand hat mir gesagt, man sei verärgert, weil das Ambulatorium nicht in Blackwater ist.»

«Ach, das! Ich glaube, man hat es Dr. Forrester zur Auflage gemacht, es in Hatchville einzurichten, damit er Mountview gewissermaßen zweckentfremden durfte. Es ist eine ganze schlichte Einrichtung, und ich kann nur die einfachste medizinische Versorgung bieten, aber – sie hilft den Menschen. Vielleicht dachte man, das Ambulatorium könnte dem Standard der Stadt schaden. Blackwater ist ein bißchen – nun ja, ein bißchen …»

«Hochnäsig?»

«Nein. Freundlich sind die Leute schon. Aber irgendwie unsicher, gehemmt. Aus irgendeinem Grund wird in der überregionalen Presse oft über Blackwater berichtet. Es hat hier ein paar ungewöhnliche Verbrechen gegeben, und die Medien scheinen zu denken, es sei ein verrückter Ort. Exzentrisch, könnte man sagen, glaube ich. Wann immer etwas passiert, graben sie alle möglichen Geschichten über die Stadt aus, und die Einheimischen sind darüber verärgert.»

«Das kann man verstehen», sagte Laura nachdenklich. «Kein Wunder, daß sie mit Julies Tod nichts zu tun haben wollen. Besonders wegen dieser idiotischen Story von einem Schattenmann, der irgendwo lauert. Denn dann würden sie verrückter aussehen denn je.»

«Jedenfalls», fuhr Owen fort, «bekommen wir drüben in Hatchville ein paar interessante Fälle zu sehen. Butler haßt die Klinik, aber ich liebe sie. Er sagt, er muß neunmal unter die Dusche, wenn er einen Tag dort gearbeitet hat, aber ...» Er runzelte die Stirn. «... Ich rieche doch nicht, oder?»

Laura lachte laut auf, weil er so ernst fragte. «Nein, nur nach Chlor.»

Er schien zufrieden. Sie fand sein etwas linkisches Benehmen sehr sympathisch. Das war kein Mann, der schmeichelte und übertrieben höflich war, aber einer, der immer ehrlich sein und sich auch die unangenehmsten Einzelheiten anhören würde, ohne zu verurteilen. Ein großer Vorzug für einen Arzt, und einer, der ihrem Ex und David Butler fehlte. Sie waren Gesellschaftslöwen, zungenfertig und routiniert, was zwar bei den Patienten gut ankam, ihr selbst jedoch immer ein gewisses Unbehagen einflößte. Es war durchaus denkbar, daß die verhätschelten Mountview-Patienten David Butler vorzogen, obwohl sie selbst sich erst ein Urteil über die Fähigkeiten der beiden Ärzte bilden mußte. Julie war von beiden beeindruckt gewesen.

«Hat man Ihnen schon das Haus gezeigt?» fragte er.

«Onkel Roger hat eine Führung für mich veranstaltet. David Butler habe ich am Freitag kennengelernt.»

«Oh!» sagte Owen ausdruckslos.

«Er scheint sehr nett zu sein.»

«Das ist er. Sehr nett. Und auch ein guter Arzt», gab Owen widerstrebend zu. «Wir haben nur ... unterschiedliche Standpunkte. Wir sehen uns auch nicht oft, da unsere Dienstpläne entgegengesetzt sind. So funktioniert es besser.»

«Warum?»

«Nun, ich mag ihn. Und ich bewundere ihn. Er ist nur ... eben anders als ich.» Er unterbrach sich, platzte dann heraus: «Ich kann mit reichen Leuten nicht sehr gut umgehen. Er schon. Ich bin ein Arzt, der sich mehr um Kopfläuse kümmert als um Partygeschwätz.»

Laura lachte, und gleich darauf fiel auch er ein.

«Ich weiß, daß Onkel Roger froh ist, Sie beide hierzuhaben», sagte sie.

«Ist das wirklich wahr? Ich mache mir manchmal Sorgen ... nun ja, daß ich immer die letzte Wahl bin. Meine Qualifikationen waren nicht besonders gut. Ich hatte Glück, diesen Job zu bekommen – und ich war billig.» Er lächelte, um seinen Worten die Spitze zu nehmen.

«Und Sie arbeiten hart.»

«Ich bemühe mich», stimmte Owen zu. Er schaute zur Wanduhr hinauf. «Nun, jetzt muß ich mich aber anziehen und mit der Morgenvisite anfangen.»

«Wer hatte gestern abend Dienst?»

«Ich. David war übers Wochenende bei irgendeiner Konferenz – er nimmt an vielen teil. Und Ihr Onkel war natürlich hier. Theoretisch ist er immer im Dienst – schließlich ist es sein Krankenhaus.»

«Aber Onkel Roger hat seit Jahren nicht mehr praktiziert», wandte sie überrascht ein.

«Oh, ihr Kleingläubigen! Er hat sehr gut Schritt gehalten. Für den Fall, daß etwas Schreckliches passiert wäre, war ich ja hier. Roger ist durchaus fähig, eine Schlaftablette oder Sauerstoff zu verordnen – doch wenn sie anfangen zu bluten ...» Er merkte, daß sie erschrocken aussah. «He, das ist kein chirurgisches Krankenhaus, trotz aller Geräte, vergessen Sie das nicht. Die meisten unserer Patienten sind chronisch Kranke oder Rekonvaleszenten. Sollten wir ausbauen, brauchen wir noch einen chirurgischen Assistenten, doch im Augenblick kommen wir mit Krankenschwestern und medizinischen Hilfskräften sehr gut aus.»

«Dann sind Sie hier vergeudet.»

«Das hoffe ich nicht», sagte er leicht empört.

«Das war als Kompliment gemeint.»

«Oh.» Er überlegte. «Aber das bin ich wirklich nicht. Es gibt interessante Fälle, und ich habe ziemlich viele Top-Spezialisten kennengelernt. Dann gibt es natürlich die vielen reichen Witwen. Vielleicht beschließt eine, mir eine Praxis einzurichten.» Er sah sie unschuldig an, grinste dann. «Los, geben Sie's schon zu. Das haben Sie doch von David und mir gedacht, nicht wahr?»

«Natürlich nicht.» Sie wurde rot.

«Nun, es ist von der Wahrheit gar nicht so weit entfernt», gab er zu. «Für einen armen Jungen ist es noch immer sehr schwer, sich in eine private Praxis einzukaufen, allein die Einrichtung kostet Unsummen, und dazu kommt noch die Versicherung gegen ärztliche Kunstfehler, besonders wenn man auch Studienkredite zurückzahlen muß.»

«Ich verstehe.» Sie wußte sehr gut über Studienkredite Bescheid, wußte auch, was es kostete, eine Arztpraxis einzurichten – es war eines der Dinge, an denen ihre Ehe gescheitert war. Mike hatte nie verstanden, warum sie ihr Treuhandvermögen für ihn nicht angreifen wollte.

Es war ein ewiger Zankapfel zwischen ihnen gewesen. Im Grunde war sie selbst auch so etwas wie eine reiche Witwe, denn die Erfindungen und Patente ihres Vaters hatten ihn reich gemacht. Sie hatten ihn auch umgebracht. Als ihre Mutter so unerwartet gestorben war, hatte Laura es sich zur Aufgabe gemacht, ihren Vater ins Bett zu zwingen, wenn er wieder einmal Tage und Nächte in seiner Werkstatt verbracht und über irgendeiner «revolutionären

Erfindung» gebrütet hatte. Sie hatte ihm um zwei Uhr morgens Kaffee und Sandwichs gebracht, hatte ihn zugedeckt, wenn sie ihn zusammengesunken und schlafend über seinem Zeichenbrett fand, und hatte hilflos zusehen müssen, wie er sich selbst zerstörte. Sie haßte das Geld, weil es die Zeit symbolisierte, die er ihr und ihrer Mutter gestohlen hatte und – am Ende – auch sich selbst.

Sie weigerte sich eigensinnig, auch nur zuzugeben, daß dieses Geld existierte. Ihr Onkel und ein paar Anwälte verwalteten es. Man schickte ihr jährlich Berichte, die jedoch nur halb gelesen in eine Schublade wanderten. Wenn sie es Mike gegeben hätte, hätte es ihn ihr auch genommen, davon war sie überzeugt.

Am Ende war es eine Blondine gewesen, die ihn ihr genommen hatte. Das Geld hätte wahrscheinlich keinen Unterschied gemacht.

«Also nutzen Sie Ihre Zeit und sparen Ihr Geld, hab ich recht?» fragte sie Owen.

«Und wie. Sehen Sie, am liebsten möchte ich in den öffentlichen Gesundheitsdienst, doch da verdient man kaum etwas. Wenn ich mir also inzwischen genug ersparen kann, um meine Kredite zurückzuzahlen und einen Notgroschen zu behalten, dann wäre ich in der Lage, eines Tages die Arbeit zu machen, die mich am meisten interessiert.» Er sah sie ernst an. «Klingt das sehr gewinnsüchtig?»

«Es klingt sehr vernünftig.»

Er sah erleichtert aus. «Nun», sagte er, «jetzt muß ich aber wirklich machen, daß ich in die Klinik komme. War nett, Sie kennenzulernen.»

«Ebenfalls.» Und es war wirklich nett gewesen. Der ernste, ein wenig scheue Owen Jenks war ein angenehmer Gegensatz zu dem superglatten David Butler.

Mit einem Winken verschwand er durch die Flügeltür, und sie stieg die Metalltreppe zu ihrem Büro hinauf, das den Pool überblickte, und versuchte, an ihre Arbeit zu denken anstatt an die beiden attraktiven jungen Ärzte.

Es war nicht leicht.

Julie hatte ihre Krankenakten tadellos in Ordnung gehabt. Von der Therapeutin, die nach Julies Tod kurzfristig hier gearbeitet hatte, konnte man das nicht behaupten.

Zur Zeit gab es in Mountview etwas mehr als vierzig Patienten, doch mit den meisten würde sie kaum etwas zu tun haben, abgesehen von Ratschlägen für post-operative Gymnastik ab und zu. Mit sechs Patienten mußte sie täglich korrektive oder wiederherstellende therapeutische Maßnahmen durchführen.

Mr. Bledsoe hatte laut Julies Bericht einen Bandscheibenvorfall. Die Therapeutin, die sie kurzfristig ersetzt hatte, eine Mrs. Blackett, hatte notiert, er sei verdrießlich, aber sanft. Von Mr. Dorrington hieß es bei Julie, er habe eine periartikuläre Bindegewebsentzündung; Mrs. Blackett nannte ihn einen griesgrämigen alten Fiesling. Mrs. McAllister litt an chronischem Asthma, hatte ein schwaches Herz und erholte sich von einer bösen Lungenentzündung, so Julie; eine Jammerliese, lautete Mrs. Blacketts Kommentar. Mr. Vankovic hatte eine Thrombophlebitis und konnte seine Hände nicht bei sich behalten. Mrs. Strayhorn hatte Arthritis in Knien und Hüften und war eine Klatschbase. Mr. Gilliam, der nach Julies Tod gekommen war, war ein Fall von ischiadischer Axonotmesis, und Mrs. Blackett hatte nur ein Wort für ihn: *unmöglich*.

Laura dachte noch über diese emphatische, dreimal unterstrichene Beurteilung nach, als es an ihrer offenen Tür klopfte. Aufblickend sah sie einen hochgewachsenen, älteren Mann vor sich.

«Mrs. Brandon? Wie geht es? Ich bin Martin Hambden.» Er trat ein und streckte die Hand aus. Sie schüttelte sie, und ihr fiel zweierlei auf: der feste Händedruck und die vergrößerten Fingerknöchel. Sie betrachtete ihn interessiert. Das also war einer der berühmtesten orthopädischen Chirurgen des Landes. Erraten hätte sie es nie – er sah eher wie ein derbknochiger Farmer aus. Sein Anzug saß nicht richtig. Früher einmal hatte er ihm vielleicht gepaßt, denn er war aus einem wunderschönen Harris-Tweed, doch hatte Dr. Hambden offenbar stark abgenommen. Vielleicht aber hatte der Anzug auch ursprünglich seinem Vater gehört, der viel kräftiger gewesen war. Alt genug sah das gute Stück aus.

Im Gegensatz dazu waren Martin Hambdens Schuhe funkelnagelneu. Trainingsschuhe. Und rot. Und er trug ein purpurn und weiß gestreiftes Baseballhemd, an dem zwei Knöpfe fehlten.

«Roger hat gesagt, daß Sie heute hier anfangen, deshalb dachte ich mir, ich sollte vorbeischauen, weil Sie vielleicht Fragen wegen Mr. Gilliam haben. Er ist im Moment mein einziger schwerer Fall hier.»

Wortlos reichte sie ihm das Krankenblatt mit dem Kommentar von Mrs. Blackett. Er las und fing an zu lachen.

«Meint sie, unmöglich zu heilen oder unmöglich zu behandeln?» wollte Laura wissen.

«Letzteres.» Er setzte sich in den Sessel neben ihrem Schreibtisch. «Haben Sie ihn schon kennengelernt?»

«Ich wollte mich ihm gestern vorstellen, aber er hat geschlafen. Ich war unterwegs, um mit allen Patienten über ihre Behandlung zu sprechen.»

«Heben Sie sich ihn bis zuletzt auf, damit Sie Reißausnehmen können; wenn Sie aber viel Energie haben, nehmen Sie ihn als ersten dran. Er ist ein Mistkerl, und er ist es mit großem Vergnügen. Die Sache ist die, daß der Junge nicht gesund werden will. Es ist ihm verdammt egal.»

«Laut Krankenblatt ist der ‹Junge› zweiunddreißig Jahre alt», sagte Laura trocken.

«Ja, aber im Augenblick benimmt er sich wie vierzehn.» Hambden nahm eine lange, dünne Zigarre aus der Jackettasche, betrachtete sie wehmütig, seufzte und steckte sie wieder weg. «Sehen Sie doch noch einmal unter ‹Beruf› nach», schlug er vor.

«Du meine Güte, er war Kriminalbeamter!» stieß sie hervor. «Ich dachte, er sei einer der *Gilliams*.»

«Ist er auch. Wollte es aber nie sein. Ist ein Einzelgänger, der jüngste Sohn und so. War in der Schule immer schwierig. Liebt die Geschwindigkeit. Schnelle Autos. Motorräder und so weiter.

Der klassische Rebell, aber intelligent. Hat sein juristisches Staatsexamen mit links bestanden. Sie haben erwartet, daß er wie seine Brüder in die Firma eintreten würde. Hat er nicht getan. Wurde statt dessen ein Cop. Die Familie hat Gift und Galle gespuckt. Man hat mir gesagt, er sei ein guter Cop gewesen. Bis dahin.» Er tippte auf das Krankenblatt. «Guter Cop.»

«Woher wissen Sie das?»

«War bei seinem Vorgesetzten.»

«Du meine Güte, machen Sie sich mit jedem Ihrer Patienten so viel Mühe?»

«Nein.» Er schien nicht geneigt, sich näher darüber auszulassen.

«Auf dem Krankenblatt heißt es, Verletzung durch Aufprall. Was ist passiert?»

«Ist bei einer Verfolgung von großer Höhe abgestürzt, hat sich das Becken und beide Beine gebrochen. Ischiasnerv war eingeklemmt. Die Brüche sind gut verheilt, und der Nerv regeneriert sich auch langsam. Aber Gilliam verweigert die Mitarbeit. Scheint entschlossen, sein restliches Leben im Rollstuhl zu verbringen, und wenn er nicht bald zu arbeiten anfängt, wird es auch so kommen. Seine Muskeln sind jetzt schon in einem üblen Zustand.»

«Darum werde ich mich schon kümmern», sagte sie energisch.

Er grinste sie an. «Er hat ein gemeines Mundwerk», sagte er.

«Ich auch», gab sie zurück. Es stimmte zwar nicht, doch sie wollte ihn durch Entschlossenheit beeindrucken. «Und für Faulenzer habe ich nichts übrig.»

«Nun, damit könnten Sie ihn vielleicht packen», sagte Hambden anerkennend. «Sie . . .»

«Mrs. Brandon?»

Laura blickte auf. An der Tür stand eine hochgewachsene, schlanke Kandidatin für Miss Universum in Schwesterntracht. «Ja?»

«Oberschwester Hasker schickt mich», sagte sie. Sie kam herein und reichte Laura einen blaßgrünen Umschlag mit Röntgenbildern. «Hat jemand liegenlassen.»

«Das war wahrscheinlich ich», sagte Dr. Hambden mit einer so seltsamen Stimme, daß Laura sich umdrehte und ihn ansah. «Tut mir leid, daß Sie sich meinetwegen die Mühe machen mußten, Schwester Janacek.»

Das Mädchen lächelte ihn strahlend an, und es war fast peinlich, seine totale Verwirrung zu beobachten. «Aber das war doch keine Mühe für mich, Dr. Hambden.» Sie wandte sich wieder Laura zu, und das Lächeln wurde deutlich schwächer. «Oberschwester Hasker läßt ausrichten, wenn Sie Ihre Visite machen wollen, dann bitte irgendwann zwischen zehn und elf, da um diese Zeit die meisten Patienten frei sein werden.»

«Ich will's versuchen.» Laura warf einen Blick auf ihre Uhr und sah, daß es schon nach zehn war.

«Oberschwester Hasker führt ein strenges Regiment», sagte Hambden mit einer idiotisch klingenden Stimme, die zu seinem idiotischen Gesichtsausdruck paßte. Es war wirklich allmählich mehr als peinlich, wie er das Mädchen anstarrte.

«Sehr lobenswert», sagte Laura. «Ich will versuchen, nicht gleich an meinem ersten Tag eine Meuterei anzuzetteln.»

Schwester Janacek sah sie einen Moment an, als denke sie an etwas anderes, nickte dann und ging. Hambden räusperte sich und sagte dann mit heiserer Stimme: «Kaum zu glauben, daß sie eine gute Schwester ist, nicht wahr?»

«Stimmt», räumte Laura ein. «Ich dachte schon, der Innenarchitekt hätte sie zusammen mit den Chippendalestühlen und der Seidentapete geliefert.»

«Clarissa ist bei den Patienten *sehr* beliebt», sagte Hambden so stolz, als sei sie ein Schoßhündchen. «Und sie ist sehr tüchtig.»

Wie schön für sie, dachte Laura. Hambden gewann seine Fassung wieder und schien plötzlich zu merken, daß er sich verraten hatte.

«Kann ich Ihnen noch irgendwie helfen?» fragte er, nachdem

sie die Therapie für Gilliam und die anderen Patienten besprochen hatten.

«Sie können mir sagen, was Sie von Julie Zalinsky gehalten haben», sagte Laura.

«Sie war ein nettes, tüchtiges Mädchen», antwortete er verblüfft. «Ich war mit ihrer Arbeit sehr zufrieden.»

«War sie allgemein beliebt?»

«Aber ja, ich denke doch. Warum fragen Sie?»

«Nun, sie wurde ermordet», sagte Laura kurz. «Irgend jemand hat sie nicht gemocht.»

Er sah sie überrascht an. «Sie denken, daß sie von jemand getötet wurde, der sie kannte?»

«Denken Sie das nicht?»

«Nein, nein. Ich habe angenommen, daß – daß ein Psychopath es getan hat oder so. Sie war irgendwie neutral, wissen Sie? Damit meine ich, daß sie als Persönlichkeit nicht stark genug war, um geliebt oder gehaßt zu werden. Man hatte sie gern, natürlich, aber mehr auch nicht. Sie hatte einfach Pech – war zur falschen Zeit am falschen Ort. Denken Sie etwas anderes?»

Laura zuckte mit den Schultern. «Ich weiß nicht, was ich denken soll.»

«Wieso interessieren Sie sich für sie?»

«Einfach morbide Neugier, nehme ich an», sagte sie vorsichtig. «Es ist doch irgendwie dramatisch, wenn jemand ermordet wird. Man fragt sich unwillkürlich, wieso, warum?»

«Ich frage mich das nicht», sagte er. «Für mich ist es eines der schrecklichen Dinge, die im Leben ganz willkürlich geschehen, und zufällig ist es hier in der Nähe passiert. Ich denke ganz bestimmt nicht, daß jemand sie getötet hat, den ich kenne. Ich will es nicht denken. Ich schlage vor, daß auch Sie es vergessen und mit Ihrer Arbeit beginnen.» Er stand abrupt auf. «Ich glaube, ich habe Ihnen alles über Gilliam und meine anderen Patienten gesagt, die Sie behandeln werden. Nächste Woche kommt noch ein Bandscheibenvorfall, aber mit dem wird es keine Schwierigkeiten geben. Doch urteilen Sie selbst – Sie scheinen ja über ein gesundes Urteilsvermögen zu verfügen.»

«Bisher habe ich noch niemand zum Krüppel gemacht», sagte sie leichthin.

«Ich wünschte, ich könnte das gleiche von mir sagen», antwortete er reuig. «Das wünschte ich mir wirklich.» Damit ging er, und erst als er schon den halben Korridor hinter sich hatte, fiel ihm ein, ihr ein flüchtiges «Auf Wiedersehen» zuzurufen.

Laura beherzigte Martin Hambdens Rat und hob sich Gilliam für zuletzt auf, denn sie wollte sehen, wieviel Zeit sie täglich für die anderen Patienten aufwenden mußte. Als sie leise anklopfte und bei ihm eintrat, sah sie, daß seine Jalousien noch heruntergelassen waren. Er lag da, eine schattenhafte Gestalt, die Augen geschlossen, die Hände reglos auf der Decke, man hätte meinen können, einen Leichnam vor sich zu haben. An seinem Atem erkannte sie jedoch, daß er nicht schlief. Sie zog die Jalousie hinauf. Durch das Fenster sah sie die Treppe, die zu ihrer Wohnung führte. Salomon saß hinter der Scheibe und schaute hinaus.

«Will's nicht hell haben», kam es grollend vom Bett.

«Pech für Sie», sagte sie und drehte sich um. «Ich nämlich schon. Vielleicht können Sie im Dunkeln sehen, ich kann es nicht.» Da es jetzt im Zimmer hell war, sah sie, daß es hier etwas gab, das sie in keinem anderen Krankenzimmer gefunden hatte: einen Bücherschrank, nicht groß, aber vollgestopft mit gebundenen und Taschenbüchern. Auf dem Bett neben Gilliams Hand sah sie auch eine Brille. Offenbar hatte er vorher gelesen. Es sah so aus, als lese er sehr viel.

Er schlug die Augen auf, drehte den Kopf zum Licht und musterte Laura blinzelnd. «Wer zum Teufel sind Sie?» fragte er.

«Ich zum Teufel bin hier für die Jalousien verantwortlich. Ich will sie oben haben. Und ich will auch, daß die Patienten aufstehen. Wie wär's damit?» Laura stellte sich ans Fußende des Bettes und lehnte sich mit gekreuzten Armen auf das Metallgestell. Sie und Gilliam beäugten sich gegenseitig, sie neugierig, er grollend.

Sie kam zu dem Schluß, daß er ein hübsches Gesicht gehabt hätte, wären die Züge nicht so schroff gewesen. Durch seine linke Braue zog sich eine kleine, gezackte Narbe, die ihm einen Ausdruck ewiger Skepsis verlieh, und eine zweite, sehr feine lief quer über die Nasenwurzel. Sein Haar war zu lang, er hatte sich seit Tagen nicht mehr rasiert, und seine Augen waren grün, kühl und unfreundlich. Der früher vermutlich ziemlich athletische Körper war während der Monate der Unbeweglichkeit schlaff geworden, und der noch nicht sehr starke Bart konnte das im Entstehen begriffene Doppelkinn nicht verbergen. Seine Hände waren übel zugerichtet, voller Narben nach den vielen Motorradunfällen, von denen Hambden ihr erzählt hatte.

«Sie sind neu», sagte er.

«Das ist richtig.»

«Sie sind keine Schwester, tragen keine Haube wie die anderen.»

«Aber, aber, was für eine gute Beobachtungsgabe wir haben, Lieutenant Gilliam. Lernt man das in der Polizeischule?»

Sein Blick streifte das Logo an ihrem Kittel, das sie als Physiotherapeutin auswies. Er grunzte, schloß die Augen und entließ sie. «Ich bin heute für Spielchen zu müde.»

«Ich auch», sagte sie energisch. «Hat Dr. Hambden Ihnen nicht gesagt, wie Ihre Behandlung aussehen wird?»

«Er hat seins gesagt, dann hab ich meins gesagt, und damit hatte es sich», erklärte er, ohne die Augen aufzumachen.

«Du meine Güte, ich wette, er war tief beeindruckt.»

«Nicht besonders. Ich aber auch nicht. Es waren einfach dieselben alten Sachen auf dieselbe alte Art – nur lauter.»

«Und Sie haben auch dieselben alten Sachen gesagt – nur pathetischer.»

Endlich öffnete er die Augen, richtete sich mühsam auf die Ellenbogen auf und starrte sie über die ganze Länge des Bettes hinweg wütend an. «Hören Sie, Lady, ich bin ein Krüppel», verkündete er. «Seit fast einem Jahr puzzlen die Doktoren an mir rum.

Ein Riesenspaß ist das für sie. Stecken einen Nagel hier rein, eine Schraube da, sagen dann: Okay, Mr. Gilliam, jetzt sind Sie wieder ein Mann, stehen Sie auf und gehen Sie. Aber ich konnte nicht. Ich kann nicht. Und ich werde nie wieder gehen können. Ich habe es akzeptiert, warum zum Teufel können alle anderen es nicht? Sie wollen sich als kleine Heilkünstlerin betätigen, fein, aber gehen Sie und tun Sie es bitte woanders.»

Sie starrte ihn genauso böse an wie er sie. «Was sind Sie doch für ein ekelhafter Jammerlappen, Mr. Gilliam!»

Er blinzelte.

«Sie haben gesagt, was Sie wollten, jetzt rede ich», fuhr sie fort.

«Nicht interessiert», sagte er, legte sich zurück und schloß die Augen.

«Tja, dann brauchen Sie ja nur aufzustehen und zu gehen, nicht wahr?» sagte sie spitz. Er preßte die Lippen zusammen, sagte aber nichts. «Ich habe mit vielen Männern gearbeitet, denen es genauso ergangen war wie Ihnen, Mr. Gilliam. Mit ein paar Kriegsveteranen, aber auch mit vielen zivilen Unfallopfern, und die meisten waren viel schlimmer dran als Sie. Beine verloren, Wirbelsäule gebrochen, einfach alles. Denen, die sich anstrengten, ging es zum Schluß immer besser, aber denen, die sich zurücklegten und sich selbst leid taten, ging es immer schlechter, weil sie wollten, daß es ihnen schlechtergeht. Sie wollten es der Welt heimzahlen, wollten, daß die Welt sich um sie kümmerte, sich bei ihnen entschuldigte, sie bemitleidete. Ziemlich billig, wenn Sie mich fragen. Kein Zweifel, Sie hatten es im Leben immer leicht – was Sie nicht mit einem Lächeln erreichten, haben Sie mit Geld erreicht. Aber Ihre Gehfähigkeit können Sie sich nicht zurückkaufen, und Sie können sie sich auch nicht zurückträumen. Sie müssen arbeiten, Mr. Gilliam. Sie müssen sich Ihren kleinen, fetten Arsch aufreißen. Alles, woran Sie noch leiden, ist ein langsam heilender Ischiasnerv plus einem bedrohlichen Muskelschwund, an dem Sie selbst schuld sind. Ich höre, daß man Ihnen Ihren Lunch bringt, also lasse ich Sie jetzt allein. Es sei denn, Sie wollen, daß ich Ihnen das Essen zerkleinere und vorkaue. Ich habe andere Patienten, die bereit sind mitzuarbeiten. Wenn Sie Manns genug sind, sich dazuzugesellen, fein. Wenn nicht, bleiben Sie hier und warten ab, bis Sie sich wundliegen. Ehrlich, mein Lieber, es ist mir verdammt egal.»

Sie ging zur Tür, drehte sich dort wieder um. «Wieso sind Sie eigentlich Polizist geworden? Nur wegen der glänzenden Knöpfe und des Abzeichens?»

«Nein», sagte er ruhig, noch immer mit geschlossenen Augen. «Es berechtigte mich, Menschen auf legale Weise zu erschießen. Ich wünschte, ich dürfte es immer noch. Und warum sind Sie Physiotherapeutin geworden?»

«Weil es mir Spaß macht, wehrlose alte Ladys zu schlagen. Und Kinder wie Sie.» Bevor er antworten konnte, war sie gegangen.

Tom Gilliam öffnete die Augen und starrte, leise vor sich hin fluchend, zur Zimmerdecke. Er hatte es schon wieder getan, hatte sich als Patient des Jahres null Punkte eingehandelt.

Natürlich war das Mädchen selber schuld gewesen, war mit einem Vorurteil hereingekommen und hatte ihn an seiner verwundbarsten Stelle getroffen. Er hatte sich an das sanfte Gurren mitfühlender Tauben in weißer Schwesterntracht so gewöhnt. In einem verborgenen Winkel seines Herzens wußte er, daß die kleine Therapeutin recht gehabt hatte. Und schlau war sie. Sich so zu benehmen entsprach wahrscheinlich nicht ihrer Natur – es klang nach vorsätzlicher Planung. Zweifellos in Übereinstimmung mit dem unbeugsamen alten Kerl Hambden.

Unruhig rutschte er im Bett hin und her und zuckte zusammen, als ein heftiger Schmerz sich in ihn hineinbohrte. Nach ein paar Sekunden atmete er wieder, und der Schmerz wurde schwächer.

Was sie gesagt hatte, traf zu, aber leichter zu ertragen war es deshalb nicht. Was hatte es für einen Sinn, es zu versuchen? Er hatte seine Geste gemacht, sich bemüht, zur Gesellschaft etwas beizutragen und den ganzen Scheiß. Und was hatte er davon?

Dies.

Natürlich hatte er am Anfang die Absicht gehabt, zu kämpfen. Doch dann war er eines Morgens aufgewacht, und sein Bett war von einem Kreis vertrauter Gesichter umringt gewesen – seiner Familie –, und Bitterkeit hatte ihn gepackt. Es war nicht das Mitleid in ihren Augen – davon gab es nicht viel. Es war die Selbstgefälligkeit. Siehst du? hatten diese Augen gesagt, das hast du jetzt von deinem Alleingang, das hast du davon, daß du nicht in das Familienunternehmen eingetreten bist, daß du so rebellisch und unabhängig warst. Wir haben es dir prophezeit.

Die Sonne schien ihm in die Augen, und sie begannen zu tränen. Verdammt sollte sie sein, diese aufdringliche kleine Therapeutin! Hatte er ihr nicht klargemacht, daß die Jalousien geschlossen bleiben sollten?

Er drückte auf den Rufknopf über seinem Kopf, drückte immer wieder. Zum Kuckuck, wo blieben sie denn? Er brauchte sofort jemand, den er anschreien konnte.

7. KAPITEL

Als Laura, den Kopf gesenkt, die Hände geballt, den Flur entlangmarschierte, prallte sie fast mit Harlan Weaver zusammen. Er war der beratende Psychiater der Klinik, ein netter, liebenswürdiger Mann mit einer Vorliebe für karierte Hemden und Tweedjacketts.

«Aber hallo», sagte er. «Sie machen ein Gesicht, als wollten Sie jemand ermorden.» Er nahm ihren Arm und hielt sie fest. «Was ist los?»

«Gilliam!» preßte sie zwischen zusammengebissenen Zähnen hervor.

Er lachte leise in sich hinein. «Machen Sie sich nichts draus. Sogar Oberschwester Hasker hat ihre Schwierigkeiten mit ihm.»

Laura sah auf. «Tatsächlich?»

«O ja. Lassen Sie sich also von Tom Gilliam nicht aus der Ruhe bringen. Ich habe versucht, ihn zu motivieren. Meine professionelle Seite sagt mir, daß ich es mit einem verängstigten Mann zu tun habe, doch er macht es einem schwer, objektiv zu bleiben. Seine Angriffe sind reine Selbstverteidigung, aber ...»

«Ich habe ihn zuerst angegriffen», gestand Laura.

«Hat es funktioniert?»

«Nicht, daß ich es gemerkt hätte.»

«Bei mir war es das gleiche.» Er legte ihr tröstend den Arm um die Schultern. «Vergessen Sie's, essen Sie was, und denken Sie an die vielen netten Menschen, die es auf der Welt gibt.»

«Nette Menschen wie Sie, zum Beispiel?»

«Besonders wie mich.» Lächelnd sah er auf sie herunter und ging in sein Büro zurück. Als er die Tür schloß, tauchte David auf.

«Nehmen Sie sich in acht, Laura», neckte er sie. «Er ist raffiniert. Er macht Sie durch Schmeicheleien gefügig und stürzt sich dann auf Ihre Neurosen.»

«Das mit den Schmeicheleien müssen ausgerechnet Sie sagen», antwortete sie. «Ich finde ihn sympathisch.»

«Natürlich tun Sie das. Es ist sein Beruf, sympathisch zu wirken. Aber man kann nicht ein Leben lang mit Verrückten umgehen und selbst ganz normal bleiben. In Dr. Weaver gibt es verborgene Tiefen, denken Sie an meine Worte.»

«Unsinn», schalt sie, «Sie sind nur eifersüchtig.»

David hob eine Braue. «Warum hat dann seine Frau Selbstmord verübt?»

«Wie schrecklich für ihn.» Laura war schockiert, über die Tatsache und über Davids flapsige Art, sie zu erwähnen. Gut aussehen mochte er ja, doch anscheinend war er über ein bißchen boshaften Klatsch nicht erhaben.

«Auch für sie nicht besonders schön», sagte er beiläufig. «Ich will nicht behaupten, daß er schuld war, will nur darauf aufmerksam machen, daß Menschen nicht immer sind, was sie scheinen. Ich, zum Beispiel, sehe ziemlich normal aus, tatsächlich verhungere ich aber langsam und könnte das nächstbeste Pferd verschlingen. Ist das normal?»

«Nein, aber es ist heilbar.»

«Genau. Lunch, innerlich verabreicht. Garantiert umgehende Besserung.» Laura lachte und folgte ihm zur Treppe. Als sie durch den Flur gingen, kam Sheriff Gabriel aus dem Schwesternzimmer. Er sah sie im Vorbeigehen an, gab jedoch kein Zeichen des Erkennens.

«Ermittelt er noch im Fall Julie?» fragte sie David.

«Ich nehme es an», antwortete er und öffnete die Tür zur Personalkantine für sie. «Er war eine Zeitlang nicht hier, aber ich habe gehört, daß er wieder umgeht und die Leute befragt.»

«Hat er mit Ihnen gesprochen?»

«Heute nicht. Aber ich nehme an, daß ich bald an der Reihe bin.» Die Aussicht schien ihn nicht im geringsten zu beunruhigen.

Sie holten ihr Essen und setzten sich an einen Tisch am Fenster mit Ausblick auf die vorderen Rasenflächen. Die Kantine war gut besucht, und in einer Ecke – abgesondert von allen anderen – saß der «Mann für alles» Michaels und schaute finster vor sich hin. Sein Blick traf sich kurz mit dem von Laura, und sie fröstelte. Was für ein unangenehmer Mensch, dachte sie.

«Es schien mir eine so gute Idee, als ich den Fall mit Dr. Hambden besprach», sagte sie.

«Was denn?» David machte sich mit der chirurgischen Raffinesse eines Orang-Utans über seinen Salat her.

«Daß ich Mr. Gilliam hart anfassen sollte. Laut Dr. Hambden wird er von seiner ganzen Familie gehätschelt. Wenn ich ein ehemaliger Cop wäre, würde mir das mit der Zeit auf die Nerven gehen, glaub ich.»

«Das kann man nicht abstreiten. Doch er behauptet, seine Familie tue nur so. Er denkt, sie seien fast froh, daß er verunglückt ist – als sei das der Beweis dafür, daß sie recht gehabt hatten, als sie ihn drängten, ins Familienunternehmen einzutreten und nicht zu den Gesetzeshütern zu gehen, was sie für geradezu empörend ansahen. Es gibt große Spannungen innerhalb der Familie. Eine Menge Groll. Sie müssen auch bedenken, daß bei diesen Fällen viele Patienten den Verlust ihrer Bewegungsfähigkeit mit dem Verlust ihrer Männlichkeit gleichsetzen. Weaver sagt, Gilliam habe das Gefühl, kastriert worden zu sein. Das muß Ihnen schon früher untergekommen sein.»

Laura blickte auf, als Clarissa Janacek mit einem Tablett vorbeikam; hinter ihr eine kleine, dunkle Schwester, die mehr Schatten als zweite Person zu sein schien. Janice Goodfellow, das war's. Laura erinnerte sich, sie getroffen zu haben, als sie am Freitag die Klinik besichtigte. Ein listiges Mädchen mit sanfter Stimme. Sie war Laura nicht besonders sympathisch gewesen.

«Bei Schwestern wie Miss Janacek hätte er diesen Irrtum eigentlich bald erkennen müssen», sagte Laura.

David blickte zu den beiden Mädchen hinüber, die die Köpfe zusammensteckten und ab und zu einen Blick in seine Richtung warfen. «Ich denke, sie wäre durchaus bereit gewesen, ihm bei der Aufklärung dieses Irrtums zu helfen, aber soviel ich gesehen habe, läßt Gilliam sich nicht darauf ein», sagte er. «Sie ist einem Flirt nie abgeneigt, aber ich weiß nicht, wie weit sie geht. Die Leute reden, doch ich denke, es ist vor allem Eifersucht.»

«Vielleicht ist sie nicht sein Typ.» Laura fing seinen ironischen Blick auf. «Schön, schön, sie ist der Typ eines jeden Mannes. Ich habe mich über solche Frauen immer geärgert, bis mir klar wurde, daß ich mich ja auch über den Grand Canyon oder die Niagarafälle nicht ärgere. Es sind Naturphänomene.»

Er lachte leise vor sich hin. «Vielleicht. Als ich hier anfing, bin ich eine Zeitlang mit ihr ausgegangen.»

«Oh?» Ihr Magen krampfte sich zusammen, und sie begann zu essen.

«Hmhm. Aber sie konnte nicht viel mit mir anfangen. Arme Jungen interessieren sie nicht, außer als flüchtige Zerstreuungen natürlich.»

«Entdecke ich da eine Spur von Bitterkeit?» fragte Laura.

«Zum Teufel, nein. Sie war auch nicht das, was ich mir für mich vorstelle. Warten Sie nur, bis Sie hinter ihren wahren Charakter kommen, der unter dem makellosen Äußeren lauert.»

«Wie meinen Sie das?»

«Das müssen Sie schon selbst entdecken. Ich würde nicht einmal im Traum daran denken, Ihnen den Spaß zu verderben. Abgesehen von Mr. Gilliam – was halten Sie von Ihren anderen Patienten?»

Mit einem letzten Blick auf Clarissa und Janice, die sie noch immer mit kalten Blicken musterten, begann Laura mit David ihre Fälle zu besprechen. Er behandelte die Patienten schon einige Zeit und kannte sie, und ihr Onkel Roger hatte ihr nahegelegt, David und Owen zu konsultieren. David hatte auch ein paar hilfreiche Vorschläge parat, und sie entspannte sich endlich. Sie spielte mit ihrem Dessertlöffel. «Haben Sie Julie Zalinsky gut gekannt?»

Er stellte die Kaffeetasse ab. «Ja, ziemlich gut. Warum?»

«Haben Sie irgendeine Theorie darüber, wer sie ermordet haben könnte?»

Er sah sie merkwürdig an. «Warum interessiert Sie das?»

«Ich habe Julie gekannt», sagte Laura. «Wir haben zusammen gelernt und später in Omaha zusammen gearbeitet. Ich hatte sie hierher empfohlen.»

«Das tut mir leid.» David sah überrascht aus. «Ich wußte nicht, daß Sie eng befreundet waren.»

«Nicht eng – aber befreundet.»

«Sind Sie deshalb hergekommen? Weil sie Ihre Freundin war?»

«Irgendwie schon. Ich fühle mich ... verantwortlich. Hätte ich sie nicht empfohlen, wäre sie noch am Leben.»

Er berührte ihren Handrücken, und obwohl die Berührung leicht war, hatte sie das Gefühl, elektrisiert worden zu sein. Verdammter Kerl. Du solltest wirklich nicht so anfällig sein, sagte sie sich. Nur weil er attraktiv ist, brauchst du nicht gleich auszuflippen. Auch wenn er vielleicht glaubt, das müsse so sein. Sie entzog ihm ihre Hand und schaute ihm in die Augen, was beinahe noch schlimmer war. Er hatte die Augen eines ernsthaften Jungen, dunkelbraun und sanft. «Hören Sie, der Mord an Julie war eins von den schrecklichen Dingen, die heutzutage eben passieren. Sie hatte einfach Pech, war zur falschen Zeit am falschen Ort.»

«Das sagen die Leute dauernd.»

«Weil es stimmt.»

«Ich frage mich ...», sagte Laura zögernd. «Ich meine – sie war hier nicht glücklich. Sie schrieb mir, sie hätte das Gefühl, daß hier etwas nicht in Ordnung ist.»

«Sie hat Ihnen geschrieben?» Er schien seltsam betroffen.

«Aber ja, wir waren in Verbindung geblieben.»

«Und was war ihrer Meinung nach hier nicht in Ordnung?» fragte er stirnrunzelnd.

«Das ist ja die Schwierigkeit – darüber hat sie nichts verlauten lassen. Es war alles irgendwie vage. Sie neigte dazu, die Dinge zu dramatisieren.»

«O ja, dazu neigte sie allerdings.» David nickte. «Es war irgendwie rührend, wenn man Kindlichkeit mag. Ich persönlich mag sie nicht.»

«Haben Sie Julie nicht gemocht?»

«Aber ja doch. Doch nach einiger Zeit wurde mir klar, daß ich nicht die Hälfte von dem glauben durfte, was sie sagte. Sie konnte großartig mit den Patienten umgehen, aber wenn man sich privat mit ihr unterhielt, nun ja ...»

«Ich weiß, ich weiß.» Laura lächelte. «Wenigstens hatte sie den Anstand, über sich selbst zu lachen, wenn man sie darauf ansprach. Allerdings war sie aus der alten Gewohnheit, zu übertreiben, ziemlich herausgewachsen. Wahrscheinlich ist es albern von mir, aber ...»

«Aber was?»

«Nun, wie, wenn hier wirklich etwas nicht in Ordnung ist?»

«Zum Beispiel?»

«Ich habe nicht die geringste Idee», gestand sie.

«Was meint Ihr Onkel dazu?»

«Ihm habe ich nichts gesagt.» Ihr wurde plötzlich klar, daß sie David wahrscheinlich schon viel zuviel erzählt hatte. «Ich meine, er ist so stolz auf Mountview ...»

«Was durchaus berechtigt ist», sagte David.

«Ich weiß, ich weiß.» Wieder wurde sie verlegen. «Vergessen Sie, daß ich etwas gesagt habe. Sie haben recht, es ist makaber, nach Dingen zu suchen, die es nicht gibt. Aber ich bin Julies wegen einfach traurig.»

«Wissen Sie, was? Wenn Sie bis Ende der Woche keinen Ihrer Patienten oder jemand vom Personal umgebracht haben, lade ich Sie zu einem Hummeressen ein. Was sagen Sie dazu?»

«Ich hoffe, ich schaffe es. Ich liebe Hummer.»

Sie stellte fest, daß es nicht annähernd so schwierig war, mit den Patienten zurechtzukommen wie mit den Kollegen. Die Gehälter, die in Mountview gezahlt wurden, waren mit die höchsten in der Gegend, und die Arbeitsbedingungen waren ausgezeichnet. Daher hatte Roger Forrester gewissermaßen die freie Auswahl, und einige vom Personal nahmen für das Privileg, in Mountview arbeiten zu können, täglich weite Anfahrten auf sich.

Unter den Schwestern fand Laura bald einige, die sie mochte. Da waren die «Bubikopf-Zwillinge» Merry und Cherry Bartlett, die keine Zwillinge, sondern nur Schwestern waren, aber den gleichen Kurzhaarschnitt trugen; sie waren blond und hatten blaue Porzellanaugen. Und sie waren überaus diensteifrig. Im Gegensatz dazu war Marilyn McNeilage rothaarig, plump und lebhaft, ihre Freundin Kay Pink, groß und knochig, hatte einen ironischen Witz und war ungewöhnlich tüchtig. Janice Goodfellow war dunkel und ruhig und bewohnte mit Clarissa Janacek, die sie offenkundig anbetete, ein Haus in der Stadt.

Mit ihrer Anbetung stand sie allein auf weiter Flur.

Warum Clarissa Janacek Krankenschwester geworden war, war Laura ein Rätsel. Dabei war sie recht tüchtig, und die meisten Patienten fanden sie wunderbar, weil sie zu krank waren, um hinter ihrer ungewöhnlichen Schönheit ihr wahres Ich zu sehen.

Terry Soames, die Beschäftigungstherapeutin, die dreimal die Woche kam und die Patienten zwang, schlechte Bilder, stümperhafte Wandbehänge und windschiefe Aschenbecher zu produzieren, war fröhlich und herzlich.

Sie mochten einander sofort und redeten bald wie alte Freundinnen miteinander. Einmal erwähnte Laura ganz zufällig Clarissa. Terry knetete den Ton für die Töpferarbeiten ihrer Patienten vor, und ihre kräftigen Hände gruben sich noch ein bißchen gewalttätiger in das graue Material.

«Sie ist darauf aus, sich einen reichen Mann zu angeln, das ist alles», sagte sie. «Und wo gäbe es eine bessere Gelegenheit für sie? Entweder wird es ein geschiedener oder verwitweter Millionär mit Hämmorhoiden sein oder der trostanfällige Ehemann einer Patientin, die zu passender Zeit stirbt.»

Laura war bestürzt – hatten Julies Briefe sich darauf bezogen? «Was meinst du damit: ‹die zu passender Zeit stirbt›?» fragte sie vorsichtig. «Willst du damit sagen, sie würde tatsächlich ...»

«O nein.» Terry knallte den feuchten Ton auf die Marmorplatte, um die Luftbläschen daraus zu entfernen. «Wenigstens glaube ich das nicht. Ich habe nur gemeint, daß Clarissa schnell mit Trost bei der Hand ist, wenn sie einen Ehemann wittert, der ein guter Fang wäre. Allerdings hat sie ihre Angel auch nach David Butler ausgeworfen.»

«Er scheint nicht viel von ihr zu halten.»

«Nein. Owen ist es, der jetzt in sie verknallt ist. Armer Trottel. Sie grüßt ihn kaum, weil sie weiß, daß er nie ein reicher Doktor sein wird. Owen wird immer irgendwo der Arzt in einer Klinik für Arme sein.»

«Mein Onkel sagt, der Mord an Julie hat das Krankenhauspersonal nervös gemacht», sagte Laura. Sie mußte gerade daran denken, daß sie vorhin Sheriff Gabriel mit einer Schwester hatte sprechen sehen. Terry schnaubte.

«Vielleicht eine Woche lang. Alle Schwierigkeiten, denen du hier begegnest, gab es schon, bevor Julie getötet wurde. Milly war immer eine Landplage, Clarissa immer ein Miststück und ...» Sie unterbrach sich. «Nein, ich muß mich korrigieren. Shirley Hasker hat sich verändert. Ich habe Shirley früher gern gehabt, muß aber zugeben, daß sie es einem jetzt schwermacht, sie zu mögen.» Sie ging wieder daran, ihren Ton zu bearbeiten. «Vielleicht gibt sich das wieder. Sie war früher unglaublich amüsant.»

«Ach, wirklich?» Etwas von Lauras Abneigung gegen die Oberschwester mußte durchgeklungen haben, denn Terry sah sie mit ironischer Belustigung an.

«Ja, wirklich. Sie hätte durchaus das Recht, verbittert zu sein, weißt du, aber sie hat sich das nie anmerken lassen.» Klatsch, klatsch machte der feuchte Ton. «Ihr Bruder hat dafür gesorgt, daß sie nie geheiratet hat, damit er sie für sich behalten kann und sie ihn für den Rest seines nutzlosen Lebens betütelt, den alten Egozentriker.»

«Egozentriker?»

Terry fuhr sich mit dem Ärmel über das Gesicht und behielt unter einem Auge einen grauen Tonschmierer zurück, der ein paar von ihren Sommersprossen überdeckte. «Klar. Du hast ihn doch kennengelernt, oder?»

«Ja.»

«Wie oft hat er sein verdammtes Buch erwähnt?»

Laura lachte. «Nur ein- oder zweimal.»

«Da hast du ja noch Glück gehabt. Er lebt für dieses Buch, seit er wegen seiner ‹angegriffenen Gesundheit› das College verlassen mußte. Ein Euphemismus für Durchfallen oder Hinausfliegen, wenn du mich fragst. Oder für Schlimmeres. Es geht das Gerücht, daß man ihn hinausgeworfen hat, weil er eines Abends zuviel getrunken hatte und in Schwierigkeiten geraten ist, wenn man das bei dem zickigen alten Knacker für möglich hält. Jedenfalls hat er seither zuerst seinen Eltern das Leben zur Hölle gemacht und nach ihrem Tod – Shirley.»

«Also, du bist wirklich ein sprudelnder Informationsquell», sagte Laura grinsend. «Wieviel davon soll ich glauben?»

Terry kicherte und kratzte ihre Nase, wobei sie noch ein bißchen Ton darauf verschmierte. Sie sah ungefähr zehn Jahre alt aus. «Oh, ich könnte dir ein paar Sachen über diese Stadt verklickern. Was möchtest du wissen?»

«Erzähl mir was über den Schattenmann», sagte Laura impulsiv.

Terry wurde so blaß, daß ihre Sommersprossen und die Schmutzstreifen noch deutlicher zu sehen waren. «Ach, das», murmelte sie und wandte sich wieder ihrer Arbeit zu.

«Tut mir leid, ich wollte dich nicht aufregen», sagte Laura, über diese Reaktion verblüfft. Alle anderen hatten entweder gelacht, wenn sie den Schattenmann erwähnte, oder sie hatten ihr gesagt, sie solle das Gerede nicht beachten. Doch je nachdrücklicher sie das taten, um so neugieriger war sie geworden.

Terry seufzte. «Es gibt ein paar Dinge, die man aus der Kindheit mitschleppt, weil sie einem damals richtig an die Nieren gegangen sind. Ich hatte einen Hund, eigentlich noch einen Welpen, den ich Anfang des Sommers zum Geburtstag bekommen hatte, und ich spielte den ganzen Tag mit ihm. Meine Eltern hatten Schwierigkeiten im Geschäft – sie hatten damals einen Haushaltswarenladen –, und ich hatte keine Geschwister, nur Smokey, meinen Hund. Und dann verschwand er eines Nachts aus dem Hinterhof. Es gab in dieser Nacht ein starkes Gewitter, und ich hatte Angst, er könnte frieren und naß und krank werden.» Sie krümmte die Schultern, und ihre Finger gruben sich tief und heftig in den Tonklumpen auf der Marmorplatte. «Himmel, man sollte meinen, ich sei inzwischen darüber hinweg, nicht wahr?»

«Es tut mir leid», sagte Laura, über den Kummer bestürzt, den Terry offensichtlich noch immer empfand. «Du brauchst nicht ...»

«Oh, schon gut», sagte Terry mit einem Schnaufen und arbeitete weiter. «Am nächsten Morgen fanden wir ihn. Jemand hatte ihn an einem Ast aufgehängt, ihm die Kehle durchgeschnitten, und sein schöner Schwanz war verschwunden.»

«O mein Gott, wie schrecklich.»

«Meine Mutter schrie und sagte, das habe der Schattenmann getan, und mein Dad sagte, sie solle den Mund halten und mich ins Haus bringen. Er schnitt Smokey ab und begrub ihn schnell, damit ich vergaß. Aber ich habe nie vergessen. Sie kauften mir sofort einen neuen Hund, und es war ein wirklich netter Hund, aber er war nicht Smokey, sondern einfach ein Hund, mehr nicht.»

«Und ist es das, was er tut, der Schattenmann? Bringt er die vierbeinigen Lieblinge der Kinder um?»

«Oder er legt Feuer und läßt Herden los – was die Menschen eben am meisten verletzt. Das geht seit Jahren so. Seit Jahrhunderten, werden dir ein paar Leute sagen. Aber das glaube ich nicht.»

«Doch es waren immer Eigentum oder Tiere, nie Menschen.»

«Das ist richtig.»

«Bis zu Julie.»

Terry zuckte mit den Schultern. Sie schnitt den bearbeiteten Tonklumpen in vier Teile und legte zwei auf Töpferscheiben, die überzähligen Teile wickelte sie in feuchte Tücher. «Ich glaube nicht, daß es da einen Zusammenhang gibt, und ich bin sicher, der Sheriff glaubt es auch nicht.»

«Aber er – ach, verdammt, ich muß gehen. Vielleicht können wir später weiterreden.» Laura hatte nun mit ihren eigenen Schreckensgestalten zu tun und hörte sie näher kommen. Sie verließ den Raum für Beschäftigungstherapie, und da waren sie auch schon.

Sie kamen im Konvoi; Mrs. Strayhorns laute, durchdringende Stimme wie ein Trompetenstoß, untermalt von Mrs. McAllisters unvermeidlichem Jammern. Sie bestanden darauf, alles gemeinsam zu machen, auch ihre physiotherapeutischen Übungen. Laura holte tief Atem und empfing sie lächelnd. Und meinte es beinahe ehrlich.

«Nun, wer möchte als erste drankommen?» fragte Laura vergnügt.

«O nein, nicht ich», jammerte die kleine Mrs. McAllister und verkroch sich in ihre Kaschmirschals.

«Ich bin in einer Stunde wieder da», sagte Clarissa von der Tür her.

«Nach anderthalb Stunden wäre besser», sagte Laura. Die grobknochige Mrs. Strayhorn war keine Sylphide.

«Kann doch nicht so schwierig sein», sagte Clarissa gedehnt. «Es sind doch nur zwei.»

«Wie wahr», sagte Laura knapp. «Vielleicht sollte ich mir eine Nebenbeschäftigung suchen, um meine freie Zeit auszufüllen.»

«Das habe ich nicht gesagt», antwortete Clarissa. «Ihrem Onkel wäre es bestimmt nicht recht, wenn Sie sich überanstrengen.»

«Also, jetzt hören Sie mal», begann Laura und richtete sich auf. Doch in der Tür stand niemand mehr.

Mrs. Strayhorn hob eine Braue. «Oh, oh, sie scheint Sie nicht sehr zu mögen, oder?»

«Wahrscheinlich weil ich sie nicht sehr mag», sagte Laura.

«Das ist es nicht», sagte Mrs. Strayhorn energisch. «Ihr ist es nur nicht recht, daß Dr. Butler sich für Sie interessiert. Alle Männer sollen nur *sie* ansehen.»

«Sie ist so hübsch, wie könnten sie anders», warf Mrs. McAllister ein und holte ein Inhaliergerät unter ihren Schals hervor. «Wirklich das hübscheste Mädchen, das ich je gesehen habe.» Schscht, begann der Apparat zu zischen. Sie schaltete ihn so oft ein, daß er so etwas wie eine Interpunktion für sie geworden war.

«Sie dürfen den Apparat nicht ständig benutzen, Mrs. McAllister. Sie sind viel zu abhängig davon. Wenn Sie regelmäßig Ihre Übungen machen würden, könnten Sie ganz leicht ohne ihn auskommen.» Laura rollte die Heißluftlampe heraus und brachte sie über dem Behandlungstisch und über Mrs. Strayhorns Knien in Position.

«Das glaube ich nicht», sagte Mrs. McAllister zweifelnd. «Ich hatte erst gestern abend einen Anfall. Einen schlimmen.»

«Die Übungen hätten ihn verhindern können», sagte Laura. Sie hatte von Kay Pink alles über den Anfall gehört. Mrs. McAllister war eine echte Asthmatikerin, verschlimmerte ihren Zustand jedoch dadurch, daß sie überzeugt war, «nervös» und «sensibel» zu sein. Und das war sie auch – wenn es ihr paßte. Der gestrige Anfall war ein typischer von ihr selbst verursachter gewesen, den sie bekam, als sie erfuhr, daß Dr. Butler ihr andere Schlaftabletten verordnet hatte. Dr. Jenks hatte versucht, sie zu beruhigen und ihr zu erklären, daß die neuen Tabletten für sie besser waren, doch da sie das Gefühl hatte, von einer der Bartlett-Schwestern nicht entsprechend aufmerksam behandelt worden zu sein, hatte sie sich in eine Panikattacke hineingesteigert.

«Oh, ich versuche ja, diese Übungen zu machen», jammerte Mrs. McAllister. «Wirklich, ich versuche es. Alle denken, ich täte es nicht, aber ich tu's. Ich möchte gesund werden, aber es macht mich so müde, und ich brauche Schlaf ...»

«Sie müssen den Übungen Zeit lassen, sie müssen zu Ihrer zweiten Natur werden», blieb Laura hartnäckig. «Es ist alles eine Sache der Kontrolle und Entspannung.»

«Ja, ja», kam die schrecklich müde klingende Antwort. «Das sagt auch Dr. Butler. Ich denke, er war heute morgen ein ganz, ganz kleines bißchen böse mit mir.»

«Sogar *sehr böse*», kam Davids Stimme von der Tür her, doch er sagte es lächelnd. Mrs. McAllister sah ihn erschrocken an und errötete.

David wandte sich an Laura. «Haben Sie heute nachmittag etwas Zeit?» fragte er. «Ich war eben bei Gilliam, ich denke, Sie sollten noch einmal zu ihm gehen. Er könnte jetzt empfänglicher sein.»

«Was haben Sie mit ihm gemacht?»

«Da fortgesetzt, wo Sie aufgehört hatten», sagte David. «Und ich denke, Ihr Onkel hat auch mit ihm gesprochen.»

«Nun, wenn Sie glauben, daß es sich lohnt», sagte Laura zweifelnd.

«Gilt unsere Verabredung für heute abend noch?» fragte er.

«Ja, ich freu mich schon.»

«Gut. Dann kläre ich es mit Roger ab. Owen ist nach Grantham gefahren. Macht sich immer dünn, wenn er am dringendsten gebraucht wird.»

Als er gegangen war, drehte Mrs. McAllister sich in ihrem Rollstuhl um und sah zu Laura auf. «Wollen Sie mit ihm ausgehen?» fragte sie.

«Ja, wir sind verabredet», gab Laura zu.

«Passen Sie auf, damit machen Sie unsere Myra eifersüchtig», warnte Mrs. Strayhorn. «Oder etwa nicht, Myra?»

«O Nelli, sei nicht albern», protestierte Mrs. McAllister.

«Wird wahrscheinlich mit einer Flinte auf Sie losgehen», fuhr Mrs. Strayhorn unerschrocken fort. «Myra hat Dr. Butler für sich reserviert, müssen Sie wissen. Ihr hat es gar nicht gefallen, als die kleine Zalinsky sich in ihn verguckt hatte, und Sie sehen ja, was mit ihr passiert ist.»

Einen Augenblick blieb es ganz still. Dann flüsterte Mrs. McAllister entsetzt: «Aber Nellie!»

«Nun ja ...» Mrs. Strayhorn merkte, daß sie zu weit gegangen war. «Das war ein Scherz.»

«Sie meinen, daß Dr. Butler und Miss Zalinsky befreundet waren?» fragte Laura bedächtig. «Eng befreundet?»

Mrs. Strayhorn sah ein wenig unbehaglich drein. «Ich weiß, daß Miss Zalinksy es glaubte», sagte sie. «Keine Ahnung, was er gedacht hat. Aber sie hat sich für ihn interessiert, das steht fest. Fragte immer nach ihm, redete ständig von ihm. Wie wenn er so was wie ein Filmstar wäre.»

«Du solltest über solche Dinge keine Witze machen», sagte Mrs. McAllister, und ihr Atem kam stoßweise. Sofort tauchte der

Inhalator wieder auf. «Dieses arme Mädchen, so schrecklich ermordet und ganz allein …»

«Nur ganz ruhig, Mrs. McAllister», sagte Laura, verließ Mrs. Strayhorn und ging zu der empörten kleinen Gestalt im Rollstuhl hinüber. «Denken Sie an Ihre Übungen … Atmen Sie tief aus dem Zwerchfell heraus …»

«Sie … Das hättest du nicht sagen dürfen, Nellie», sagte Mrs. McAllister, als sie wieder atmen konnte. «Ich kann doch nichts dafür, wenn ich Dr. Butler für einen feinen jungen Arzt halte. Er erinnert mich an einige andere Ärzte, die ich gekannt habe.»

«Und Gott weiß, du hast eine Menge gekannt», sagte Mrs. Strayhorn. «Beruflich natürlich.» Sie gackerte plötzlich los. «Hast dich garantiert in jeden einzelnen verliebt, darauf könnte ich wetten.»

«Habe ich nicht.»

«Hast du wohl. Ich wette darauf.»

«Habe ich nicht.»

«Also, meine Damen», sagte Laura beschwichtigend.

«Nun, ich kann doch nichts dafür, wenn die Doktoren sich für meinen Fall interessieren. Er ist eben ungewöhnlich.» Mrs. McAllister lächelte bei dem Gedanken vor sich hin.

«Du meinst, sie interessieren sich dafür, weil du reich bist.» Mrs. Strayhorn schnaubte. «Und du bist einfältig genug, alles zu glauben, was sie dir sagen, und sie diese neue Behandlung versuchen zu lassen und jene …»

«Ich bin allergisch gegen Antibiotika und alle möglichen Medikamente, die die meisten Menschen heilen, deshalb ist es so kompliziert, meine Symptome zu behandeln. Sehr schwierig», sagte Mrs. McAllister gekränkt. «Sie tun ihr Bestes. Haben immer ihr Bestes getan.» Sie seufzte schwer, träumte von vergangenen und gegenwärtigen Ärzten, die sich fürsorglich und mitfühlend über sie gebeugt und ihr gegeben hatten, was sie brauchte. «Oh.» Sie blinzelte und griff hastig nach dem Inhalator, um die plötzliche Enge in ihrer Brust zu bekämpfen.

«Sie wird es nie lernen», flüsterte Mrs. Strayhorn dramatisch über das Zischen hinweg. Die Stimme hebend, fügte sie mit lüsterner Schadenfreude hinzu: «Sie sind alle gleich, diese sexuell ausgehungerten Frauen. Verlieben sich immer in ihre Ärzte.»

Mrs. McAllister sah sie vorwurfsvoll an. *«O Nellie!»*

8. KAPITEL

Laura wappnete sich innerlich und betrat Tom Gilliams Zimmer. Überrascht stellte sie fest, daß ihm jemand die Haare geschnitten hatte. Obwohl sie noch immer alles andere als ordentlich aussahen, hatten sie eine vernünftige Länge. Er wirkte irgendwie verletzlicher, nachdem er Haare gelassen hatte. Er trug seine Brille, und ein Finger steckte zwischen zwei Seiten eines dicken Buches, das auf seinem Bett lag.

«Hallo.»

Er hatte aus dem Fenster geschaut, wandte jetzt den Kopf und musterte sie mißtrauisch. «Ihr Fan-Club hat mir die Leviten gelesen.»

Sie trat an sein Bett. «Mein was?»

«Zuerst erzählt mir der Wunderknabe Butler, ich soll mit Ihnen kooperieren, weil Sie ein so nettes Mädchen sind. Dann kommt mitten in der Nacht Jenks hereingeschlendert und erklärt mir mehr oder weniger das gleiche. Dann taucht der Seelenklempner Weaver auf und möchte wissen, ob ich über meine Aggressionen reden möchte, und zum Schluß erscheint Ihr Onkel und sagt, da ich ja ohnehin dafür bezahlen muß, könnte ich doch Ihre Fähigkeiten nutzen. Das sind seine Worte, nicht meine.»

«Daß es nicht die Ihren sind, ist mir klar», sagte Laura trocken. «Von Tom Gilliam versteht nur einer was – Tom Gilliam, richtig?»

«Richtig. Von allen Versuchen war mir der Ihres Onkels der liebste. Nutzen gegen Geld. Wußten wir Gilliams immer zu schätzen.» Das klang ironisch.

«Dann haben Sie sich entschlossen zu kooperieren?»

«Ich habe mich entschlossen, darüber nachzudenken.»

Sie mußte unwillkürlich lächeln. «Eine sofortige Kapitulation macht nicht halb soviel Spaß, wie?»

«Richtig.»

«Ich habe Ihren Fall mit Dr. Hambden besprochen ...»

«Ich bin kein ‹Fall›. Ich bin ich.»

«Nicht zu übersehen. Aber Sie sind nicht der einzige Mensch, der sich diese Verletzung zugezogen hat. Ich hatte es schon mit ähnlichen und gleichen Problemen zu tun.»

«Ist es Ihnen gelungen, die Leute so weit zu bringen, daß sie wieder laufen konnten?»

Sie hielt dem Blick der grünen Augen stand. «Ja.»

«Alle?»

Sie mußte ehrlich sein. «Nein.»

«Können Sie mich so weit bringen?»

«Das können nur Sie selbst. Es ist harte Arbeit ...»

«Ich wußte, daß ein Haken dabei ist.» Seine Stimme hatte wieder den sarkastischen Unterton, und sie war sofort gereizt. Mehr ist nicht nötig, dachte sie, nur diese Schärfe in seiner Stimme, und ich bin wieder in der Defensive. Ist das ein Cop-Trick? Soll ich irgend etwas gestehen?

«Ich muß Sie untersuchen, um feststellen zu können, wie weit Ihre Bewegungsfähigkeit geht», sagte sie und fing sofort mit der Untersuchung an. Sie wußte, wenn sich sein Atem veränderte, daß sie ihm weh tat, doch er sagte nichts. «Sie dürfen ruhig ab und zu ‹au› sagen, es würde mir helfen.»

Blaß geworden sah er sie an. «Wie wäre es, wenn ich schniefen, wimmern und schluchzen würde?» sagte er schwer atmend.

Sie half ihm, sich auf den Rücken zu legen. «Ihre Schmerzen sind stärker geworden, nicht wahr?»

«Muß die Fahrt im Krankenwagen gewesen sein.»

«Die hat nichts damit zu tun.» Sie sah ihn finster an. «Wissen Sie denn nicht, was Ihre Schmerzen bedeuten? Sie bedeuten, daß

Ihr Nerv lebt! Wenn Sie keine Schmerzen hätten, gäbe es keine Hoffnung. Es haben nur wenige Millimeter gefehlt, und Ihr Nerv wäre durchtrennt worden, aber Sie hatten Glück. Wäre er durchtrennt worden, hätten Sie keine Schmerzen – aber auch kein Gefühl, keine Kontrolle. Verstehen Sie?»

«Ein Hurra für den Schmerz.» Er glaubte ihr kein Wort.

«Vorübergehend ja.»

Er blickte zur Decke hinauf. «Dieser Mistkerl.»

«Ich weiß, das hat Sie verletzt. Ich will mal schauen, ob Sie Schmerzmittel bekommen.»

«Ich will nichts.»

Sie stützte die Hände in die Hüften. «Es ist mir verdammt egal, ob Sie etwas wollen oder nicht, Mighty Mouse. Wenn Sie unbedingt Haltung bewahren wollen, kommen wir nicht weiter. Gegen den Schmerz anzukämpfen kann bedeuten, daß er schlimmer wird, und am Ende fühlen Sie sich lausig, weil Sie völlig erschöpft sind. Hat Ihnen das noch niemand gesagt?»

«Nö.»

Doch sie wußte, daß man es ihm gesagt hatte, gesagt haben mußte, Dutzende von Malen. Er hatte nur nicht zugehört. «Wenn Sie darauf bestehen, den Helden zu spielen, können wir das Ganze vergessen. Es wird so schon schwierig genug sein, wenn man bedenkt, in was für einen Zustand Sie sich hineinmanövriert haben. Entweder Sie tun, was ich sage, oder wir vergessen es.»

«Ich dachte, das sei ein Pflegeheim.»

«Wenn Sie ein Leben als Märtyrer geplant haben, ein Leben in Rollstühlen und Selbstmitleid, dann sind Sie hier falsch. Das ist eine Klinik. Wenn Sie bereit sind, diese Trauriger-Junge-Attitüde aufzugeben, könnten wir gemeinsam etwas für Sie erreichen.»

«Ich wollte nicht nach Mountview, ich wurde hier von meiner liebenden Familie abgelegt.»

«Ach ja?» fragte sie munter. «Man hat Sie betäubt, Ihnen die Lippen zugenäht und so weiter, war es so? Quatsch, Mr. Gilliam,

Sie sind hergekommen, um Ihrer Familie zu *entkommen*, das wissen Sie selbst am besten.»

Er musterte sie überrascht. «Also, das ist interessant. Woher wissen Sie das?»

Auf dem Weg zur Tür drehte sie sich um. «Sie sprechen im Schlaf.» Sie ging hinaus, streckte dann den Kopf wieder ins Zimmer. «Schande über *Rosebud*, nicht wahr?»

Sie war erleichtert, daß Kay Pink im Schwesternzimmer am Schreibtisch saß. Shirley Hasker in ihrem aufgelösten Zustand gegenüberzutreten wäre zuviel gewesen. Sie ließ sich in einen Sessel fallen. «Puh!»

Kate grinste. «Was ist los? Du siehst aus, als hättest du drei Runden mit Mike Tyson hinter dir.»

«Nicht Tyson. Gilliam.»

Kay zuckte mit den Schultern. «Praktisch das gleiche.»

Laura lachte. Kays ironische Zum-Teufel-damit-Haltung war ein Tonikum, nicht nur für sie, sondern auch für alle Patienten. Wie ihr Onkel erkannte Laura Gold, wenn sie darauf stieß.

«Ich muß sagen, daß Mountview nicht ist, was ich erwartet habe», gestand sie. «Ich dachte, alle Patienten säßen auf Seidenkissen herum und verlangten Kaviar und Pediküren.»

«Es ist als Versteck so gut wie alles andere.»

«Ein Versteck?»

«Klar. Nimm Mrs. Williams, die Gallenblase in sechzehn. Ich will nicht sagen, daß ihre Gallenblase nicht entfernt werden mußte. Die Operation war nötig, aber nicht dringlich. Dr. Stamm hat sie herausgenommen, denn was Mrs. Williams wirklich brauchte, war ein legitimer Vorwand für einen Zusammenbruch. Ihr verdammtes Karussell aus Partys, Clubtreffen, Tennis- und Französischunterricht, Wohltätigkeitsveranstaltungen und Liebhabern hat sie langsam fertiggemacht. Auch wird sie sich, solange sie hier ist, kein Koks in ihre elegante Nase ziehen. Sie weiß, daß es eine schlechte Gewohnheit ist, aber einfach ‹in Mode›. Ihre

Operation liefert ihr den Vorwand, für wenigstens ein Jahr auszusteigen, wenn sie will.»

«Ich verstehe. Hast du übrigens Julie Zalinsky näher gekannt?» fragte Laura beiläufig.

«Nicht besser als alle anderen», sagte Kay. Der plötzliche Themenwechsel schien sie nicht zu stören. «Am Anfang war sie sehr geschwätzig – wir sind gut miteinander ausgekommen.» Kay lächelte, dann schwand das Lächeln. «Doch in den letzten Wochen vor ihrem Tod hat sie sich verändert. Es war merkwürdig. Sie war noch immer freundlich, sonderte sich aber viel mehr ab. Und ich habe sie an den seltsamsten Orten aufgestöbert, spät nachts oder ganz früh am Morgen, als ob …»

Sie hörten Schritte hinter sich, und Clarissa kam herein. Sie ging zum Spiegel, und nachdem sie sich etwa eine Minute aufmerksam betrachtet hatte, schob sie sich eine blonde Haarsträhne hinters Ohr. «Übrigens, ich habe Mrs. Jackson das letzte Xanax verabreicht – solltest welches kommen lassen.»

«Auf dem unteren Bord steht noch eine Flasche», sagte Kay.

Clarissa schüttelte den Kopf. «Stimmt nicht. Ich habe nachgesehen. Das war die zweite Flasche.»

Kay runzelte die Stirn. «Das ist aber seltsam, ich bin sicher, daß ich …»

Cherry Bartlett steckte den Kopf durch den Türspalt. «Kannst du uns mit Mrs. Armstrong helfen, Kay? Sie hat Fieber, und ich denke, sie deliriert. Jammert dauernd, daß ihr Mann ihr ein eigenes Krankenhaus bauen soll.»

«O nein! Ich hab mir schon heute morgen gedacht, daß sie blasser ist als sonst – sie sagte, sie hätte Halsschmerzen. Aber sie hat ja immer irgendein Leiden. Verdammt, ich hätte auf sie hören sollen.» Kay eilte hinaus.

Clarissa wandte sich vom Spiegel ab und sah Laura an, als sei sie ansteckend. «Ich habe gehört, Sie gehen heute mit David Butler aus.»

«Mir war nicht klar, daß das Schlagzeilen macht», sagte Laura.

«Nun, erhoffen Sie sich nicht zuviel», sagte Clarissa. «Er wird Sie überrumpeln und dann fallenlassen wie alle anderen.»

«Oh. Sie auch?»

Clarissa lächelte verbissen. «Ich habe ihm keine Gelegenheit dazu gegeben. Ich habe *ihn* zum Teufel geschickt. Aber sollte ich beschließen, daß ich ihn wiederhaben will, dann wird er zurückkommen. Ich wollte Ihnen nur eine Enttäuschung ersparen, das ist alles. Sie sehen wie ein Mädchen aus, das leicht verletzlich ist.»

«Vielen Dank», sagte Laura eisig.

«Sie denken wohl, ich sei eingebildet», fuhr Clarissa fort.

«Das war eines der Wörter, die mir durch den Kopf gegangen sind, ja», gab Laura zu.

«Ich bin nur realistisch. Ich bekomme, was ich will, weil ich die Leute dazu bringe, es mir geben zu wollen. Jeder ist auf seinen eigenen Vorteil aus, doch niemand bekennt sich dazu. Ich schon.»

Laura starrte sie an. Clarissa war staatlich geprüfte Krankenschwester und leistete offenbar gute Arbeit, sonst hätte Onkel Roger sie längst gefeuert. Wie konnte sie also dastehen und so daherreden? Kay kam zurück und setzte sich mit einem Seufzer.

«Clarissa, ich möchte Mrs. Armstrong isolieren. David meint, es könnte eine Staphylokokken-Infektion sein.»

«Na großartig», sagte Clarissa. «Dann können wir ja gleich einpacken.»

Das Wochenende war da, und da Laura keine Patienten ermordet hatte – obwohl es im Fall von Mr. Gilliam fast dazu gekommen wäre –, stand dem Abendessen mit David Butler nichts im Wege. Als sie fertig und er noch nicht erschienen war, schaute sie kurz in den Aufenthaltsraum für Patienten. Sie fühlte sich noch immer verpflichtet, sich Julies wegen durch das Minenfeld aus Meinungen und Informationen durchzuarbeiten, und sie hatte schnell gelernt, wo sie wahrscheinlich am meisten erfahren konnte.

Überflüssig, zu sagen, daß im Augenblick Mrs. Strayhorn und Mrs. McAllister im Aufenthaltsraum das Sagen hatten. Ihnen und ihren Rollstühlen gehörten die besten Plätze direkt vor dem Fernseher, und die anderen Patienten richteten sich eben ein, so gut sie konnten.

Es war Mrs. Strayhorn, die bestimmte, was man sich ansah. Heute abend waren sie schon sehr früh da, denn es wurde ein oberflächlich verfremdeter Bericht über einen Skandal in einem Krankenhaus gesendet, in dem Mrs. McAllister gelegen hatte, wenn auch – zu ihrem ewigen Bedauern – nicht zur «richtigen» Zeit. Dennoch glaubte sie sich natürlich befähigt, ihre Meinung über die Authentizität des Falles zu äußern.

«Hör mal, Myra», sagte Mrs. Strayhorn, «ich möchte mir die Sendung ansehen, ohne daß du dauernd deinen Senf dazugibst, ist das klar?»

Mrs. McAllister schnaufte empört und entschloß sich gerade, tief gekränkt zu sein, als sie im Flur vor der Tür Owen Jenks auftauchen sah. Sie winkte und runzelte dann die Stirn, als auch Clarissa Janacek erschien, auf ihn zuging und ihm die Hand auf den Arm legte, während sie leise auf ihn einsprach.

«Kleines Miststück!» stieß Mrs. McAllister hervor.

«Wer?» Mrs. Strayhorn reckte mühsam den Hals. «Oh, sie. Es macht ihr sichtlich Spaß, ihn leiden zu lassen, den armen Tölpel. Er betet sie an, als wär sie 'ne Göttin oder was Ähnliches.» Ein dritter gesellte sich zu den beiden im Flur, und Mrs. Strayhorn grinste, als Clarissa sich dem Neuankömmling zuwandte und Owen Jenks stehenließ. «Dr. Butler ist anders», sagte sie. «Bei ihm kriegt sie kein Bein auf die Erde. Er hat ein Auge auf Mrs. Brandon geworfen. Miss Clarissa hatte ihre Chance und hat sie verspielt, wenn du mich fragst.»

«Wirklich?» Mrs. McAllister horchte gespannt auf.

«Du warst damals noch nicht hier.» Mrs. Strayhorn plusterte sich auf. Sie rieb ihrer «Freundin» bei jeder Gelegenheit unter die Nase, daß sie drei Wochen länger in Mountview war und daher ältere Rechte hatte. «O ja, sie hatte ihre Chance bei ihm – kurz bevor Miss Zalinsky kam.»

«Ist er mit Miss Zalinsky ausgegangen?» fragte Laura überrascht. Das hatte Julie in ihren Briefen nie erwähnt.

«Ich denke, sie waren Freunde», sagte Mrs. Strayhorn bedächtig. «Aber er gibt sich cool, der Junge.»

«Wie meinst du das?» Mrs. McAllister vermutete sofort eine heimliche Spitze gegen ihren kostbaren Dr. Butler. «Er ist wunderbar.»

«Genau. Deshalb wird er sich nicht mit irgendeiner Jane, Zsa-Zsa oder Harriet zufriedengeben, nicht wahr?» sagte Mrs. Strayhorn. Als sie die verzückte Miene ihrer Freundin sah, fügte sie hinzu: «Und du wirst es auch nicht sein.»

«Das habe ich mir auch nie eingebildet!» tat Mrs. McAllister empört, wirkte aber nicht sehr überzeugend.

«Ha! Willst du mich zum Narren halten? Ich habe sehr wohl gemerkt, daß sich dein kleines Hirn überlegte, ob du ihm nicht eine Praxis einrichten sollst, anstatt Mountview mit einer Stiftung zu bedenken, was du ursprünglich wolltest. Los, gib's schon zu, daß du liebend gern seine ‹Gönnerin› sein würdest.»

Mrs. McAllister richtete sich auf. «Na und? Es wäre eine gute Investition. Zufällig bin ich der Meinung, daß Dr. Butler ein hervorragender Arzt ist. Aber es gibt auch noch andere Gründe, warum ich es erwäge.»

«Zum Beispiel?»

«Wart's ab. Vielleicht erfährst du es, vielleicht auch nicht.»

«Guter Gott, du denkst doch nicht daran, dich endlich von deinem Gigolo von Ehemann scheiden zu lassen und deine Angel nach dem schönen jungen Doktor auszuwerfen?»

«Das habe ich nie behauptet.» Mrs. McAllisters Hand ging zu ihrem Haar, als die beiden Ärzte hereinkamen.

«Guten Abend, meine Damen», sagte David. «Wollte nur noch mal nach Ihnen sehen, bevor Dr. Jenks den Nachtdienst übernimmt. Alles in Ordnung?»

«Wir wollen uns einen Film über den Skandal im St. Charles Hospital ansehen», sagte Mrs. McAllister. «Erinnern Sie sich …»

«Ich glaube nicht», sagte David.

Mrs. McAllister machte ein überraschtes Gesicht. «Aber Sie müssen. Sicherlich ...»

«Myra vergißt, daß nicht einmal Ärzte so viel über Krankenhäuser wissen wie sie», stellte Mrs. Strayhorn fest. «Myra hat einen Arzt im Praktikum in jedem Hafen und einen Assistenzarzt in jedem Krankenhaus.»

«Es ist die Geschichte dieses Arztes, der Drogen gestohlen und verkauft hat, um einen Erpresser bezahlen zu können», erklärte Mrs. McAllister dem Arzt. «*Sie* wissen doch. Und jemand anders wurde beschuldigt.»

«Klingt ja furchtbar», sagte David mit spöttischer Mißbilligung. «Ich weiß nicht, ob ich Ihnen erlauben sollte, sich so schreckliches Zeug anzusehen. Sie könnten einen falschen Eindruck vom Beruf des Arztes bekommen.»

«Das bezweifle ich», sagte Mrs. Strayhorn trocken.

«Ich glaube, ich erinnere mich dunkel daran», sagte Owen, als Clarissa mit einem Kaffeetablett hereinkam. «Ist er am Ende nicht davongekommen? Oder denke ich da an etwas anderes?»

«Davongekommen? Womit?» fragte Clarissa und setzte den beiden Ladys den Kaffee vor.

«Damit, daß er Drogen gestohlen und verkauft hat», sagte Laura. Sie erinnerte sich gut an den Fall, der sehr häßlich gewesen war.

Clarissas Hand schnellte nach oben, und sie verschüttete ein wenig Kaffee auf dem Tisch. «Verdammt», murmelte sie.

«Ich persönlich habe das Ganze für ein abgekartetes Spiel gehalten», fuhr Mrs. McAllister fort und beobachtete Clarissa, die den verschütteten Kaffee aufwischte. «Ich kenne nämlich die Ärzte, die in die Sache verwickelt waren. Sie haben mit mir gesprochen. Mir allerlei erzählt. Jemand anders steckte hinter der Sache, jemand, der nie gefaßt wurde. Wahrscheinlich überhaupt kein Arzt.»

«Sie sind zu arglos, meine Liebe», sagte Clarissa. «Glauben Sie mir, wenn Sie wüßten, wozu Ärzte imstande sind, würden Ihnen die Haare zu Berge stehen. Das sind keine Heiligen.» Sie sah David an und blinzelte. Er erwiderte das Blinzeln nicht, sondern hob nur die Brauen.

«Nennen Sie mich nicht ‹meine Liebe›», sagte Mrs. McAllister bockig.

«Die meisten Ärzte sind anständig», sagte David nachsichtig zu Clarissa. «In Ihrem Fall scheint das Sprichwort ‹Das Böse liegt im Auge des Betrachters› zuzutreffen.»

«Und ich habe eine Menge gesehen.» Clarissa lachte schroff auf. «Eine Menge, glauben Sie mir.»

«Nun, ich glaube Ihnen nicht», fauchte Mrs. McAllister. «Ich denke, Sie haben nur schlechte Gedanken.»

«Oh – jetzt haben Sie's mir aber gegeben!» Clarissa wand ihren Körper herausfordernd und tat so, als wolle sie sehen, ob ein Messer in ihrem Rücken steckte. «Blute ich, Dr. Butler?»

«Nicht sehr.» David lächelte Mrs. McAllister zu. «Ich denke, Ihr Film fängt an.» Dann sah er Laura an. «Sind Sie soweit, Laura? Ich wünsche Ihnen allen einen guten Abend», wandte er sich an die übrigen Patienten im Raum.

«Wir Ihnen auch, Doktor», kam es pflichtgemäß im Chor zurück, doch alle hatten nur noch Augen für den Bildschirm, auf dem sich jetzt das Drama entfaltete. Die Probleme und Ängste anderer, eine reizvolle Ablenkung in Technicolor. Von der Realität hatten sie genug. Vielen Dank.

Es war ein unterhaltsamer Abend. Laura erfuhr viel über David, seine Hoffnungen und seine Träume. Über Julie gewann sie jedoch kaum neue Erkenntnisse. David gab zu, «ein paarmal» mit ihr ausgegangen zu sein, aber eigentlich mehr aus Mitleid. Er schien nicht geneigt, mehr zu sagen, und sie wollte nicht auf einem Thema herumreiten, das ihm unangenehm zu sein schien, also ließ sie es. Aber sein Widerstand machte sie nachdenklich.

Sie kamen spät nach Hause und mußten sich auf dem Parkplatz

zusammenreißen, um nicht allzu laut zu kichern. Die Patienten sollten nicht glauben, daß sie sich amüsiert hatten – schließlich mußten Mediziner über derlei Albernheiten und Leichtfertigkeiten erhaben sein. Ein Glas weniger, und sie wären still, eins mehr, und sie wären fast betrunken gewesen. So aber kicherten sie nur. Vielmehr, Laura kicherte. David beschränkte sich auf ein leises, ersticktes Lachen, das ihr noch komischer vorkam als ihr eigenes Gekicher.

«Passen Sie bloß auf, sonst kriegt Sie der Schattenmann», sagte David mit Grabesstimme ganz dicht an ihrem Ohr, als sie durch die Hecke in die tiefere Dunkelheit dahinter eintauchten.

«Idiot», sagte sie nachsichtig, schon auf der Treppe zu ihrem Apartment. Plötzlich verlor sie das Gleichgewicht und klammerte sich ans Treppengeländer, lehnte sich ein wenig fester dagegen als üblich und fand sich plötzlich ohne Halt. Mit einem leisen Knakken gab das Geländer unter ihr nach. Als sie zu taumeln begann, umfing David sie fest von hinten und zog sie an sich. Ihr dünner, erschrockener Schrei wurde abgeschnitten, bevor er ihr über die Lippen kam, ihr Herz aber hämmerte noch schnell und laut.

«Ich glaube, Sie brauchen einen Kaffee», sagte David.

«Das – Geländer», stammelte sie.

«Was ist damit?»

«Es ist locker – haben Sie das Knacken nicht gehört?»

«Nein.» Er hielt sie sanft mit einem Arm fest, streckte die Hand aus und drückte leicht gegen das Geländer. Es folgte ein lauteres Knacken, und mit einem lauten Knirschen stürzte das ganze Geländer ab und landete unten auf dem Kies.

«Guter Gott!» stieß David hervor. «Ich dachte, Sie hätten im Dunkeln eine Stufe verfehlt. Sie hätten sich den Hals brechen können.»

Vorsichtig stiegen sie die letzten Stufen hinauf. Auf der vorletzten mußte Laura stehenbleiben, und David überprüfte den Vorplatz vor ihrer Tür, dann nahm er ihren Schlüssel, schloß auf, und sie gingen hinein. «Sind Sie okay?» fragte er.

«Ja, es geht mir gut, wirklich.» Sie war ein wenig durcheinandergeschüttelt, aber mehr nicht.

Er sah zornig aus. «Haben Sie eine Taschenlampe? Ich möchte mir das Geländer ansehen.» Er nahm die Lampe und ging hinaus. Als Laura die Kaffeemaschine einschaltete und zwei Becher herausholte, hörte sie seine Schritte über den Kies knirschen. Er blieb ziemlich lange weg – der Kaffee war schon fertig, als er wiederkam. Er sah sehr zornig aus.

«Ich habe etwas gesucht, um es eventuell provisorisch zu reparieren, aber Michaels hat seinen kostbaren Schuppen mit einem Vorhängeschloß versperrt. Die Stäbe des Geländers waren verrottet, und als die beiden mittleren durchbrachen, hatten die anderen nicht mehr genug Halt. Michaels hätte es merken müssen, als er sie letzten Monat gestrichen hat. An Ihrer Stelle würde ich ihm morgen früh was erzählen. Oder ich tue es selbst, wenn Ihnen das lieber ist.»

«Nein.» Sie lächelte. «Ich kann den Leuten schon die Hölle heiß machen, wenn ich muß – fragen Sie nur meinen Ex. Das Temperament der Forresters ist, einmal geweckt, legendär.»

Nach einer Weile lächelte auch er. «Warum habe ich nur den Eindruck, daß es schwer zu wecken ist?»

«Weil wir so reizende Menschen sind», sagte sie. Die Wirkung des Weins war noch nicht ganz verflogen, und er sah in seinem Zorn sehr süß aus. «Ist Ihnen nicht aufgefallen, wie vertrauensselig und arglos wir sind?»

Sein Lächeln wurde ironisch. «Sie vielleicht. Roger nicht.»

«Nun, aber im Moment sind Sie mit mir zusammen. Warum ziehen Sie nicht den Mantel aus und trinken einen Kaffee mit mir?»

Er tat es.

9. KAPITEL

Am nächsten Morgen eilte Laura über den Parkplatz und mußte um einen Krankenwagen herumgehen, der mit offener Hecktür rücklings vor dem Seiteneingang des Anbaus parkte. Sie warf einen Blick hinein, sah aber niemand. Michaels stand im Eingang und sah so mürrisch aus wie immer.

«Neuer Patient?» fragte sie.

Er grinste bösartig. «Nein, Müllabfuhr.»

Die Hände in den Taschen, wiegte er sich vor und zurück und freute sich über seinen kleinen «Scherz». Sie öffnete schon den Mund, um ihm wegen des verrotteten Geländers Bescheid zu sagen, als sich die Tür des Lastenaufzugs öffnete und ihr Onkel Roger herauskam, gefolgt von einem Mann in dunkler Kleidung.

«Sie können jetzt hinauf, Michaels», sagte Forrester. «Nehmen Sie die Spezialtrage, beeilen Sie sich und bringen Sie sie im Lastenaufzug herunter – Sie kennen ja den Ablauf.»

«Ja, Dr. Forrester.» Michaels war jetzt ganz Pflichtbewußtsein und Aufmerksamkeit, jede Spur seines unangenehmen Wesens hinter Unterwürfigkeit verborgen. Er huschte in den Lastenaufzug und drückte auf einen Knopf. Während die Tür sich langsam schloß, blinzelte er Laura unverschämt zu und fuhr sich mit dem Finger über die Kehle, was ihr Onkel zum Glück nicht sah. Der unterhielt sich leise mit dem dunkel gekleideten Mann.

«Wirklich bedauerlich», sagte Onkel Roger halb zu sich selbst, da der andere Mann jetzt bei dem Krankenwagen auf seinen Passagier wartete.

«Mr. Cobbold? Mrs. Armstrong?» fragte Laura mitleidig.

«Nein. Mrs. McAllister. Sie ist nachts gestorben.»

Sie starrte ihn an. «Das ist doch ein Scherz.»

«Über so etwas scherze ich ganz gewiß nicht», fuhr Roger sie an. «Benutz deinen Verstand, Laura!»

«Aber – gestern ist es ihr doch so gutgegangen.»

«Sie hatte ein schwaches Herz.» Abrupt wandte er sich ab.

«Immer wieder Asthmaanfälle, emotionale Ausbrüche, eine lange Vorgeschichte ähnlicher Krankheiten – wir wußten, daß die Möglichkeit bestand. Aber Butler dachte, er habe mit seiner neuen Medikation echten Erfolg und sie sei auf einem guten Weg.»

«Ich weiß, er hat sich so darüber gefreut. Ich kann es nicht glauben.»

«Das ist keine Sache von Glauben oder Nichtglauben, es ist eine Tatsache. Wir müssen sie akzeptieren und weitermachen.» Er sprach schroff, und ihr wurde klar, daß der Tod von Mrs. McAllister ihn mehr mitnahm, als er zugeben wollte. Obwohl er schon lange nicht mehr regelmäßig praktizierte, haßte er den Tod noch genauso wie alle Ärzte.

Laura sah ihm nach, als er auf das Gebäude zuging, wandte sich dann ab und stieg die Treppe ins obere Stockwerk hinauf. Mrs. McAllister hätte heute morgen ihre erste Patientin sein sollen. Mrs. McAllister und, natürlich, Mrs. Strayhorn. «O Gott», sagte sie vor sich hin und ging den Flur entlang zum Schwesternzimmer.

Verblüfft sah sie, daß Shirley Hasker noch hinter dem Schreibtisch saß. Eigentlich wäre ihr Dienst um acht Uhr zu Ende gewesen. Sie saß zusammengesunken im Sessel, hatte dunkle Ringe unter den Augen und starrte trübsinnig auf das Krankenblatt, das sie vor sich liegen hatte.

«Geht es Ihnen gut, Oberschwester?» fragte Laura besorgt. Shirley blickte auf.

«Warum sollte es mir denn nicht gutgehen?» fragte sie tonlos.

«Nun, Sie waren die ganze Nacht wach, und der Tod von Mrs. McAllister und – nun, alles eben ...» Sie hörte Schritte hinter sich und drehte sich um. Kay Pink kam herein.

«Höchste Zeit, daß du verschwindest, Shirl», sagte sie energisch. «Mach, daß du wegkommst. Dein Bruder wartet unten mit dem Wagen auf dich.»

«Dann muß er eben weiter warten», sagte Shirley Hasker. «Dr.

Forrester hat mich angewiesen, zu bleiben, bis er wiederkommt.» Die Klingelanlage neben dem Schreibtisch summte kurz, und sie schaute hinauf. Mit einem Seufzer stemmte sie sich aus dem Sessel und fuhr sich glättend über den Kittel. «Das ist er.»

Mit schweren Schritten ging sie hinaus. Eine Braue hochziehend, sah Kay Laura an. «Und was kann ich für dich tun?» fragte sie.

«Nichts, im Moment», sagte Laura mit einem gezwungenen Lächeln und verließ das Schwesternzimmer ebenfalls. Sie lief hinter Shirley Hasker her und wollte eben Mr. Gilliams Zimmer betreten, das dem der verstorbenen Mrs. McAllister gegenüberlag, als ein Teufel sie zögern ließ. Schamlos belauschte sie die Unterhaltung in Mrs. McAllisters Zimmer.

Roger Forrester sagte: «Hat es gesummt?»

«Ja», antwortete Shirley Hasker.

«Also ist das System in Ordnung, nicht wahr?» sagte er betont.

«Es tut mir leid, Dr. Forrester. Klar, wir hatten in der Nacht viel zu tun. Mr. Cobbold hat sich übergeben, Mrs. Panotis hatte wieder Alpträume, und Mrs. Armstrong delirierte, aber wir hätten es bestimmt nicht überhört, wenn Mrs. McAllister um Hilfe gerufen hätte», erklärte Shirley Hasker mit tonloser Stimme.

«Sie muß um Hilfe gerufen haben, Shirley. Schwester Janacek hat doch gesagt, daß ihre Bettlaken ganz verheddert waren, als sie sie fand.»

«Ja, aber ...»

«Dann muß der Anfall mehrere Minuten gedauert haben, bevor ihr Herz versagte.»

«Sie hat nicht geklingelt», sagte die Oberschwester mit Nachdruck.

«Ich verstehe.» Forrester seufzte gereizt. «Gut denn. Hat sie normal zu Abend gegessen?»

«Ja, wenn auch ein bißchen hastig, sie wollte sich etwas im Fernsehen anschauen – aber alles war streng nach ihrem Diätplan zubereitet.»

«Hat sie ihre Schlaftablette genommen?»

«Nach der üblichen Auseinandersetzung – ja.»

«Auseinandersetzung?»

Jetzt sagte Owen Jenks etwas; seine Stimme schien etwas weiter entfernt, doch sie kam aus dem Zimmer. «David hat versucht, sie von den Barbituraten herunterzubringen. Sie hat keine so starken Tabletten gebraucht wie das Zeug, das sie nahm, aber sie behauptete, daß die neuen Tabletten nicht richtig wirkten. Sie haben ihr zwar genausogut geholfen, aber sie wollte es nicht zugeben.»

«Gab es irgendwelche Kontraindikationen? Ich meine, könnte sich die neue Tablette mit einem ihrer alten Medikamente nicht vertragen haben?»

«Absolut nicht.»

«Und sie hat sie schließlich genommen?»

«O ja, das hat sie», sagte Shirley Hasker. «Ich bin bei ihr stehengeblieben, bis sie sie geschluckt hatte.»

«Und wann haben Sie Ihre letzte Runde gemacht?»

«Um Mitternacht habe ich nach ihr gesehen. Sie hat geschlafen und ganz normal geatmet.»

«Sind Sie sicher?»

«Absolut sicher. Deshalb war ich nicht allzu beunruhigt, daß ich wegen Mr. Cobbold die Runde um zwei Uhr nicht machen konnte. Natürlich hätte ich eine der Schwestern schicken sollen – das ist mir jetzt klar. Aber zu dieser Zeit ...»

«Sie sind sicher, daß sich der Klingelknopf in ihrer Reichweite befand, als Sie hereinkamen?» fragte Forrester.

«Ja, das habe *ich* Ihnen doch gesagt», antwortete Owen. «Schwester Janacek hat mich angerufen, und ich bin sofort herübergekommen. Das war kurz nach vier. Mrs. McAllister lag auf dem Bett, und der Klingelknopf war ganz in ihrer Nähe. Ich habe ihn selbst benutzt, um Oberschwester Hasker zu rufen, als ich die Patientin untersuchte.»

«Und außer daß Sie die Patientin untersucht und versucht haben, sie zu reanimieren, haben Sie nichts angerührt, bis ich kam?»

«Warum sollte ich?» fragte Owen gereizt. «Ich sorgte mich mehr um meine Patientin als um Ihre verdammte Elektronik.»

Forrester seufzte. «Nun, die körperlichen Symptome sind eindeutig. Ein akuter Asthmaanfall und als Folge Herzversagen. Ihr Herz hat es einfach nicht geschafft. Ich weiß nicht, ob wir etwas für sie hätten tun können – selbst wenn wir einen Ruf gehört hätten.»

«Sie hat nicht gerufen», sagte Shirley eigensinnig.

«Ja, ja, schon gut, Shirley», sagte Forrester ungeduldig. «Owen, Sie müssen den Totenschein unterschreiben.»

«Aber ...»

«Sie waren der diensthabende Arzt», sagte Forrester.

«Ich möchte vorher eine Obduktion anordnen», sagte Owen.

«Aber warum denn?»

«Genau – warum?» Owens Stimme klang verwirrt. «Ich möchte wissen, warum es passiert ist. Für einen so schweren Anfall hat es überhaupt keinen Grund gegeben, sie war auf dem Wege der Besserung.»

Plötzlich meldete sich David Butler zu Wort. Laura war nicht klar gewesen, daß auch er sich in dem Zimmer befand, und sie zuckte zusammen, als sie seine Stimme hörte, die sehr nah bei der Tür war. «Ich muß Owen recht geben», sagte er sehr nachdrücklich.

«Ich fürchte, das kann ich nicht gestatten», sagte Forrester.

«Warum nicht?» fragte David. Laura fragte sich dasselbe.

«Ich denke, das wissen Sie. Aus demselben Grund, aus dem ich absolut sicher sein muß, daß alle wirklich alles getan haben, was sie konnten, um das zu verhindern. Wir können es uns nicht leisten. Sie wissen doch, wie der getrennt lebende Ehemann dieser Frau ist, David. Er war vor einer Woche hier und verlangte Geld. Sie hat sich sehr aufgeregt, und einer der Pfleger mußte ihn hinausbringen. Er ist der Typ, der uns mit Wonne eine Klage wegen Fahrlässigkeit anhängen würde. Und Sie erwarten doch nicht, daß ich den Coroner zu diesem Fall hole. Das hieße nur, Schwierigkeiten heraufzubeschwören.»

«Trotzdem …», sagte Owen widerstrebend.

«Nein, tut mir leid», sagte Forrester glatt. «Wenn Sie den Totenschein nicht unterschreiben wollen, dann werde natürlich ich es tun.»

«Wir waren nicht nachlässig», sagte Oberschwester Shirley nachdrücklich mit schärferer Stimme. «Wir hatten heute nacht keinen Grund, anzunehmen, daß Mrs. McAllister irgendwelche Schwierigkeiten haben könnte. Als sie sich mit Mrs. Strayhorn und den anderen diesen Thriller im Fernsehen anschaute, war sie bester Laune. Das haben Sie doch selbst gesehen, Dr. Forrester.»

«Ja, sie war in guter Verfassung, als ich gegen halb zehn einen Bick in den Fernsehraum warf», räumte er ein.

«Genau», sagte die Oberschwester. «Sie war von dem Film begeistert wie die anderen auch.»

«Das ist richtig», sagte Forrester zerstreut.

«Gibt es noch etwas, Dr. Forrester?» fragte die Oberschwester. «Mein Bruder wartet …»

«Oh, das tut mir leid, Shirley. Nein, das ist alles.» Forrester räusperte sich. «Sie sehen alle ganz erledigt aus. Muß schlimm gewesen sein gestern nacht. Wie geht es Cobbold?»

«Schläft wie ein verdammtes Baby», sagte David grollend.

«Sie hätten mich früher rufen sollen, Shirley», sagte Owen. «Es war nicht nötig, daß Sie sich allein mit ihm abplagen mußten.»

«Nun, wir dachten jedesmal, es sei das letzte Mal gewesen und er würde sich beruhigen», sagte die Oberschwester. «Ich wußte, daß es kein Blut war, egal, was er sagte. Es waren Schokoladekirschen – irgend jemand bringt sie ihm heimlich mit. Ich wollte Sie nicht rufen, nur weil er wieder einmal zuviel gegessen hatte.»

«Aber dazu bin ich da», sagte Owen nicht unfreundlich.

«Dazu sind wir beide da», fügte David hinzu.

«Schon gut, Shirley», sagte Forrester beschwichtigend. «Fahren Sie nach Hause, und gehen Sie schlafen. Wir brauchen Sie hier, das wissen Sie, aber wenn Sie sich diese Nacht vertreten lassen wollen …»

«Nein, nein, ich komme zum Dienst», sagte Oberschwester Shirley. «Bis dahin bin ich bestimmt wieder fit.»

Sie kam heraus und streifte Laura mit einem zerstreuten Blick. Laura hatte die Tür von Mr. Gilliams Zimmer geöffnet, stand aber noch immer lauschend da. Die Oberschwester ging wortlos vorüber, und Laura blieb und horchte weiter. Kurz darauf sagte ihr Onkel: «Wir können das Risiko nicht eingehen.»

Jemand seufzte – sie wußte nicht, ob es Owen oder David war. «Uns ist Ihre Position klar, Roger. Dennoch ...» Das war Davids Stimme.

«Sie wollen Ihre Ideale nicht verraten.»

«Ich weiß nicht, ob ich es so hoch ansetzen sollte. Doch da keiner von uns bei ihr war, als sie starb ...», begann Owen.

«Vielleicht nicht, als sie starb, aber Sie waren kurz darauf bei ihr. Die Tatsache bleibt, daß die Medizin keine exakte und unfehlbare Wissenschaft ist. Ein paar rettet man, ein paar verliert man. Ich weiß, es klingt hart, aber tot ist tot. Die Symptome waren deutlich – Herzversagen als Folge eines akuten Asthmaanfalls, ganz schlicht und einfach.»

«Ich weiß. Unsere Sorge gilt den Lebenden. Vielleicht haben Sie recht.» Sehr überzeugt schien Owen nicht zu sein.

«Es geht hier nicht darum, ob jemand recht hat, es ist einfach vernünftiger. Ich weiß, wie gefühllos das klingt. Kay soll die Sachen von Mrs. McAllister ausräumen, ich schreibe den Totenschein und setze mich mit dem Ehemann in Verbindung. Sie müssen jetzt Visite machen, David, und Owen, werden Sie nicht in der Klinik in Hatchville erwartet?»

«Erst heute nachmittag», sagte Owen. «Ich habe schon angerufen und gesagt, ich brauche ein bißchen Schlaf.»

«War ein nettes altes Mädchen, unsere Mrs. McAllister. Bißchen albern, aber okay», sagte David. «Und sie war noch nicht so alt, wie sie aussah. Was die Sache noch seltsamer macht ...»

«Eine Obduktion hätte Klarheit gebracht», sagte Owen. «Ich denke wirklich, wir sollten ...»

Ganz plötzlich kamen alle drei zugleich aus dem Zimmer. Laura erschrak, als sie Owen Jenks sah. Gestern noch war er voller Leben gewesen und hatte strahlende Augen gehabt. Jetzt war sein Gesicht eingefallen, und die Augen sahen aus wie tot.

«Owen …» Sie streckte die Hand nach ihm aus, und er blieb stehen und starrte sie an, als habe er sie nie vorher gesehen. Niemand schien es zu wundern, daß sie auf dem Flur stand. David und Roger Forrester gingen weiter, Owen blieb zurück.

«Es tut mir leid – so leid – um Mrs. McAllister», sagte sie stokkend.

Endlich schienen seine Augen sie wahrzunehmen, und er schaffte es sogar, leicht zu lächeln. «Danke. Ich fühle mich nur so verdammt … unnütz.»

«Ich weiß», sagte sie leise. «Wirklich, ich weiß, wie Sie sich fühlen.»

Er sah sie an. «Wirklich? Dann tun Sie mir leid.»

Sie wollte noch etwas sagen, doch er entfernte sich schnell. Die Lippen zusammenpressend, klopfte sie an Tom Gilliams Tür.

«Also kommen Sie endlich rein!» rief er. «Wie lange wollen Sie noch dort stehen?» Als sie eintrat, fixierte er sie mit einem scharfen wissenden Blick. Er hatte wieder gelesen, und die Brille war ihm auf der Nase heruntergerutscht. Er sah wachsam und hinterhältig aus. «Was ist da drüben los?» fragte er.

«Jetzt nichts mehr.»

«Okay – was war los?»

«Eine alte Lady ist gestorben. Das war los.»

Er lehnte sich in die Kissen zurück und lächelte zufrieden. «Das hab ich mir gedacht», sagte er.

«Deshalb brauchen Sie aber nicht so erfreut auszusehen.» Sie ärgerte sich über seinen selbstgefälligen Ton.

«Ich bin nicht erfreut darüber. Ich freue mich, daß ich aus dem Übermaß an lebhafter Aktivität, die heute morgen da drüben herrschte, den richtigen Schluß gezogen habe. Vergessen Sie nicht, daß ich die Lady nicht gekannt habe. Es tut mir leid, daß sie tot ist, aber es tut mir nicht sehr leid, wenn es bedeutet, daß ihr eine Menge Schmerzen erspart geblieben sind, zum Beispiel. Sie hingegen scheinen sich ein bißchen darüber zu ärgern.» Sein Blick ruhte fragend auf ihr.

«Es war ein unerwartetes Herzversagen, und sie war eine meiner Patientinnen. Natürlich habe ich mich darüber aufgeregt.»

«Was haben Sie mit ihr gemacht?»

«Sie hatte chronisches Asthma, und Asthma kann zum Teil durch Haltung und Atem kontrolliert werden – ach, ist doch egal. Der Punkt ist, daß ich, anstatt sie und Mrs. Strayhorn heute morgen zu behandeln ...»

«Strayhorn. Das ist doch die mit der Stentorstimme? Sie habe ich drüben oft gehört.»

Laura lächelte flüchtig. «Ja, sie war Mrs. McAllisters beste Freundin und ist ganz verzweifelt. Sie haben ihr ein Beruhigungsmittel gegeben, deshalb stehe ich den ganzen Vormittag Ihnen zur Verfügung.»

«Na, großartig.» Er schien von der Aussicht nicht allzusehr begeistert.

Sie sah ihn nachdenklich an. «Liegen Sie oft hier und ziehen Schlüsse aus dem, was vor Ihrer Tür vorgeht?»

«Klar. Man kann jeden Tag nur eine bestimmte Anzahl von Büchern lesen.»

«Haben Sie gestern nacht etwas gehört?»

«Nein, unglücklicherweise nicht. Etwas hat mich um ein Uhr herum geweckt, doch dann bin ich wieder eingeschlafen. Was mir aufgefallen ist, war die ganze Hektik heute morgen gegen vier. Dauernd ist drüben jemand rein und raus, aber nie hab ich, wenn die Tür aufging, ihre weinerliche Stimme gehört. Dann habe ich vor einer Weile mehrere Männerstimmen gehört. Nicht nur die Stimme Ihres Onkels und die von Butler und Jenks, sondern noch jemand mit einer sehr eintönigen Stimme. Dann kam eine Krankentrage angefahren, die ganz leicht lief, als sie hineingeschoben wurde, und schwer, als sie rauskam. Das hieß, daß man sie entweder in den OP brachte oder daß sie ihren letzten Weg angetreten hatte. Ich tippte auf Tod, weil sie nicht zurückkam, drüben aber wieder ein großes Palaver stattfand. Verstehen Sie?»

«Sehr eindrucksvoll, Mr. Holmes.» Sie setzte sich auf den Stuhl neben dem Bett, und er war sofort auf der Hut. Was immer jetzt kam, er glaubte nicht, daß es ihm gefallen würde.

Sie brauchte lange, um zu formulieren, was sie sagen wollte. Erst als er darüber sprach, was er sich wegen Mrs. McAllister zurechtgelegt hatte, war ihr wieder zu Bewußtsein gekommen, daß er ja Polizist war. Ein Fachmann, ein objektiver Fachmann. Vielleicht konnte er ihr Hilfestellung bei ihrer Suche nach den Motiven für Julies Tod leisten und feststellen, ob dieser Tod etwas mit der Klinik zu tun hatte oder nicht. Daß Onkel Roger unter einem Vorwand die Obduktion von Mrs. McAllister abgelehnt hatte, beunruhigte sie. Wovor hatte er Angst? Hatte Mrs. Strayhorn nicht etwas über eine Stiftung gesagt, die Mrs. McAllister der Klinik zukommen lassen wollte? Hieß das, daß sie Mountview in ihrem Testament bedacht hatte? Der Gedanke, daß Onkel Roger etwas getan haben könnte, um den Tod von Mrs. McAllister zu beschleunigen, war zu schrecklich, nagte jedoch an Laura. Hatte Julie so etwas gemeint? Was war mit der Frau, die sie in ihrem letzten Brief erwähnt hatte und die so unerwartet gestorben war? Hatten andere der Klinik auch Geld hinterlassen? Hatte Julie irgendein Schema entdeckt? Hatte es etwas mit ihrem Tod zu tun? Es war ein furchtbarer Gedanke, doch einer, den Laura nicht einfach beiseite schieben konnte. Sie mußte sich damit auseinandersetzen, selbst wenn sie dadurch der Klinik oder ihrem Onkel schadete. Er wäre wütend, wenn er wüßte, was mir durch den Kopf geht, dachte sie. Sie hatte auch ein schlechtes Gewissen, doch sie konnte nicht anders. Er war der Zwillingsbruder ihres Vaters, und sie konnte sich nicht vorstellen, daß ihr Vater jemals so etwas getan hätte, doch – sie konnte es nicht leugnen – hatten die Forresters einen gewissen Zug von Erbarmungslosigkeit an sich. Diese Erbarmungslosigkeit war es, die jetzt auch sie vorantrieb. Fragend sah sie Tom Gilliam an. Er erwiderte ihren Blick und überlegte offensichtlich, ob sie vorübergehend den Verstand verloren hatte. Würde sie ihm mit ihrem Vorhaben einen Gefallen tun, ihm ein gewisses Selbstwertgefühl zurückgeben? Es war ein Glücksspiel – das ganze Leben war ein Glücksspiel –, doch sie wußte nicht, an wen sie sich sonst wenden konnte.

«Wenn Ihnen die geistige Anregung so sehr fehlt, könnten Sie vielleicht Ihre deduktiven Fähigkeiten an einem anderen Problem erproben, das sie hier im Haus haben.» Sie merkte, daß sie «sie» gesagt hatte, nicht «wir», und ihr wurde klar, daß sie sich noch immer nicht als Teil von Onkel Rogers «Familie» fühlte. Etwas hielt sie außerhalb, besonders seit sie das Gespräch im Zimmer der verstorbenen Mrs. McAllister belauscht hatte. War es Selbsterhaltungstrieb? Oder nur natürliche Vorsicht?

«Oh. Stiehlt vielleicht jemand Verbände?» fragte Gilliam.

Sie wich seinen Augen aus. «Nein. Das heißt, nicht daß ich wüßte. Aber es ist jemand ermordet worden.»

«Hier drin? Sie können einen aber aufbauen, Miss Nightingale.»

Sie blickte auf. «Nein, nicht in der Klinik. Im Wald zwischen hier und der Stadt. Meine Vorgängerin. Sie hieß Julie Zalinsky.»

«Und wann war das?»

«Vor ungefähr vier oder fünf Wochen.»

«Und Sie glauben, ich kann einfach hier liegen und meine kleinen grauen Zellen arbeiten lassen, ja? Ich kann nicht an den Tatort, ich kann nicht mit den beteiligten Leuten reden, ich weiß nichts über die Ermittlungen – und dennoch erwarten Sie, daß ich für Ihren *Whodunnit* die Lösung finde? Ich fühle mich geschmeichelt. Sie müssen glauben, ich hätte übernatürliche Kräfte.»

Sie sah ihn finster an. «Natürlich glaube ich das nicht. Tut mir leid, ich habe das nicht richtig durchdacht. Es ist nur ein Rätsel für mich, etwas Unvollendetes, etwas, das noch immer Menschen beunruhigt, die ich mag. Und Sie waren Polizist, Kriminalbeamter – sind Sie nicht wenigstens ein bißchen neugierig?»

«Nö.»

«Nicht einmal …»

«Nicht einmal ein bißchen. Tut mir leid.»

Sie stand auf. «Na schön. Dann können wir ja mit der Behandlung anfangen. Ich möchte …»

«Nein.»

«Was?»

«Nein. Ich habe entschieden, daß ich keine Behandlung will, danke. Ich will nur in Ruhe gelassen werden. Ich dachte, das hätte ich ein für allemal geklärt.»

Sie hatte den heftigen Wunsch, ihn zu schlagen. «Aber das letzte Mal haben Sie gesagt …»

«Ich glaube, ich habe gesagt, ich würde darüber nachdenken. Das habe ich getan und beschlossen zu verzichten. Denken Sie doch an die viele Freizeit, die Sie dadurch gewinnen. Sie könnten sich ein Hobby zulegen.»

Sie starrten einander wütend an. Sie hatte das flüchtige Aufblitzen von Belustigung und Interesse in seinen Augen gesehen, dann hatte er sich wieder wütend verschlossen.

«Wir haben hier ein sehr schönes Becken für Hydrotherapie», sagte sie. «Wie wär's mit ein bißchen Schwimmen?»

«Nein, danke.»

«Sie hätten dann weniger Krämpfe, könnten entspannen …»

«Nein, vielen Dank. Wirklich.»

Sie seufzte. «Wozu in aller Welt sind Sie eigentlich hier, Mr. Gilliam?»

«Das habe ich mich schon selbst gefragt», sagte er. «Wenn ich die Antwort gefunden habe, sage ich Ihnen Bescheid.»

Hier fand sie keine Hilfe für ihr Dilemma. Enttäuscht sah sie ihn an, dann ging sie. Sie war noch immer allein und verwirrter denn je.

Und jetzt war noch jemand gestorben.

10. KAPITEL

Laura mußte einen Entschluß fassen.

Sie war jetzt länger als eine Woche in der Klinik. Sie hatte die Presseberichte über den Mord an Julie gelesen. Sie hatte mit Personal und Patienten über sie gesprochen. Sie hatte versucht, diskret zu sein, war aber bei jeder Gelegenheit auf den Mord zu sprechen gekommen, ohne greifbares Ergebnis. Was Emily Gibbons ihr gesagt hatte, stimmte zweifellos – niemand wollte daran denken. Deshalb war sie als Detektivin eine totale Niete.

Sie fragte sich, ob sie die Sache einfach vergessen und weiterleben sollte, als wäre nichts gewesen. Die Klinik war schön. Die Umgebung war schön. Die meisten Patienten waren vernünftig und freundlich. Das Personal ebenso, von einigen wenigen abgesehen. Ihre Situation war in jeder Beziehung ideal, mit ihrem Onkel, der sie offensichtlich liebte, als Arbeitgeber, mit Arbeit, die interessant, aber nicht allzu anstrengend war, einer hübschen eigenen Wohnung und Leuten wie David Butler, die ihr schmeichelten und sie ab und zu zum Essen ausführten. Was konnte sich ein Mädchen mehr wünschen?

Und doch – und doch …

Im Einschlafen sah sie Julies Gesicht vor sich. Da waren die Briefe. Da war dieser Unsinn vom Schattenmann. Da war jetzt auch noch der schreckliche Verdacht gegen ihren Onkel. Und da war Tom Gilliam.

Ihre vorsichtige Annäherung hatte er schroff zurückgewiesen, doch sie hatte das Gefühl, daß es ihm sehr guttun würde, wenn er sich nicht nur mit sich selbst beschäftigen würde. Er verbrachte viel zuviel Zeit damit, zu schmollen, zu brüten und sich selbst leid zu tun. Man hatte versucht, ihn zu zwingen, versucht, vernünftig mit ihm zu reden, war wütend geworden und hatte ihn ignoriert. Nichts hatte gewirkt. Doch wie, wenn man ihm das Gefühl gab, nützlich zu sein? Würde das vielleicht wirken? Und ihr vielleicht auch helfen?

Doch nicht das ungeteilte Interesse für das Wohl ihres Patienten führte sie am Nachmittag in die Stadt, sondern das Gefühl, völlig versagt zu haben.

Zu wissen, was sie tun sollte, und es tatsächlich zu tun, war zweierlei. Daher drückte sie sich und ging in die Grey Art Gallery gegenüber vom Sheriffbüro. Dort war es friedlich, und sie brauchte ein paar Minuten der Stille, ehe sie sich dem gestrengen Sheriff Gabriel zu Füßen warf.

Das Sheriffbüro befand sich in einem neu aussehenden Gebäude aus rotem Klinker. Es hatte breite Fenster mit Blick auf die Straße. In einem saß ein sehr großer ingwerfarbener Kater, der interessiert das Treiben auf der Straße beobachtete. Ob er wohl als Deputy eingesetzt wird? fragte sich Laura. Ein Sheriff, der eine Katze hielt, konnte so schlecht nicht sein.

Der Tag war ziemlich warm. Nach dem ersten Nebelwochenende hatte der Altweibersommer eingesetzt, aber im Büro war die Luft kühl und frisch. Hinter einer langen Theke standen Schreibtische mit Computern und anderen Büromaschinen – unter anderem eine sehr große Kaffeemaschine. Daneben ein mit Papierservietten ausgelegter Korb mit Krapfen. Ein Klischee nach dem anderen, dachte Laura. Funktionieren Polizisten nur mit Kaffee und Krapfen?

Die meisten Schreibtische waren nicht besetzt. Auf der Kante des einen hockte ein stämmiger blonder Mann in Uniform mit großen blauen Augen und gewaltigen Muskeln, hinter einem anderen saß eine übergewichtige Frau (in der Nähe der Krapfen), und zwischen den beiden in einem wuchtigen Schreibtischsessel hatte es sich der Sheriff selbst gemütlich gemacht und trank Kaffee, verschmähte aber die Krapfen. Ein paar andere Leute liefen noch im Raum hin und her und taten dies und das, doch Lauras Aufmerksamkeit galt diesen dreien.

«Hallo», sagte sie.

«Hallo», sagte der muskulöse blonde Mann und musterte sie

mit einem jungenhaften, ein wenig anzüglichen, aber durchaus harmlosen Blick.

«Ma'am», sagte der Sheriff, seine Tasse absetzend, «was können wir für Sie tun?»

«Ich – mein Name ist Laura Brandon ...»

«Mrs. Brandon.» Er nickte und wartete.

«Ich würde Sie gern sprechen», sagte Laura und sah sich unsicher um. «Allein.»

«Kein Problem», sagte er und stand auf. «Übrigens», fuhr er fort, «das sind Tilly Moss, unsere Reviervorsteherin, und mein Chief Deputy George Putnam.»

Sie murmelten einen Gruß, und Laura murmelte ebenfalls, plötzlich von Schüchternheit befallen. Dadurch, daß sie hier war, schien auf einmal alles hochoffiziell zu sein. Hin und her zu überlegen und mit der Vorstellung zu spielen, war eines; doch wirklich mit Leuten zu sprechen, die eine Waffe an der Hüfte, Polizeiabzeichen und Uniform trugen und die Macht hatten, zu verhaften, beinhaltete eine Verpflichtung. Vielleicht war es der Umstand, daß Julies Tod für sie ein fernes, in gewisser Weise unwirkliches Ereignis gewesen war und als solches eher ein fast intellektuelles und emotionales Problem anstatt brutaler Realität. Wie etwas, was sie in einem Buch gelesen hatte.

Doch diese Leute hatten Julies Leiche gesehen. Sie hatten andere Leichen, andere Verbrechen, Opfer und Verbrecher gesehen, alle gräßlichen Wahrheiten menschlicher Schwäche. Sie *wußten*, sie selbst stellte sich nur vor.

Deputy Putman hob die Klappe, damit sie durchgehen konnte. Sie zitterte innerlich.

Der Sheriff schloß die Tür seines Büros, das Glaswände hatte, und zeigte auf einen Sessel; er selbst ging um den großen Schreibtisch herum und nahm seinen Platz ein. Er hatte rötliches Haar mit viel Grau darin, ein eckiges Kinn und Fältchen um die Augen, als blicke er oft in die Sonne.

«Nun, Mrs. Brandon? Was kann ich für Sie tun?» fragte er.

«Ich bin wegen Julie Zalinsky hier», sagte Laura. «Wegen ihres Mörders.»

Er hob eine Braue. «Wissen Sie, wer sie getötet hat?»

«Nein – o nein», sagte sie hastig. «Und Sie auch nicht, nicht wahr?»

«Wie Sie sagen – ich auch nicht», gab er zu.

«Oh, ich will Sie nicht kritisieren.»

«Dann wären Sie eine der wenigen», sagte er. «Die Leute hier glauben, daß ich in dieser Sache keinen Finger gerührt habe.»

«Und ... haben sie recht?» platzte sie heraus und fühlte, daß sie rot wurde.

Er lächelte nachsichtig. Und das ist nett von ihm, dachte sie.

«Nein», sagte er, «sie haben nicht recht. Ich habe jeden einzelnen in der Klinik befragt und jeden in der Stadt, der Miss Zalinsky gekannt hat – was nicht allzu viele waren, sie hat da oben ziemlich zurückgezogen gelebt. Ich war ein paarmal am Tatort und habe alle forensischen Hilfsmittel genutzt, die mir von der Staatspolizei zur Verfügung gestellt wurden.» Letzteres sagte er ein wenig grimmig.

«Das haben Sie nicht gern getan?»

«Wir erledigen unsere Fälle gern selbst, wenn wir können», antwortete er. «Ich habe wirklich alles versucht, Mrs. Brandon, und ich bin Miss Zalinskys Mörder noch nicht näher als zwei Tage nach der Tat. Ich bin nicht glücklich darüber, aber es scheint bisher keine Lösung zu geben.»

«Vielleicht könnte ich helfen», sagte Laura.

Er lachte nicht. Er wartete.

«Es ist sehr schwierig für mich», fuhr sie fort.

«Das sehe ich. Lassen Sie sich Zeit.»

Sie räusperte sich. «Ich bin Physiotherapeutin. Julie und ich waren zusammen in der Ausbildung und haben dann im selben Krankenhaus in Omaha gearbeitet. Ich habe sie meinem Onkel empfohlen. Er hat mich immer gebeten, bei ihm in Mountview zu arbeiten, aber ich wollte nicht ...»

«Warum nicht?»

«Weil es zu leicht war», sagte sie. «Mein Stolz stand mir im Weg, Sheriff. Ich wollte auf eigenen Beinen stehen. Klingt das vernünftig?»

«Sehr sogar. Fahren Sie fort.»

«Nun ja, und als er mich das letzte Mal fragte, habe ich ihm Julie empfohlen, wie gesagt, und sie hat den Job bekommen. Wir haben uns geschrieben, und am Anfang war alles prima. Aber dann veränderten sich ihre Briefe. Sie schien sich nicht wohl zu fühlen, war unglücklich.» Laura kramte in ihrer Handtasche und holte die letzten Briefe heraus, die Julie ihr geschickt hatte. «Ich habe sie aufgehoben, weil sie mich irgendwie beunruhigten.» Sie ließ ihm einen Moment Zeit, einen Blick in die Briefe zu werfen.

«Sie hat nie geschrieben, was ihr solche Sorgen macht», fuhr sie dann fort. «Ich denke, sie war kurz davor, es mir zu schreiben, aber ...»

«... aber sie wurde ermordet», sagte er und legte die Briefe zur Seite.

«Ja.»

«Und Sie denken, sie wurde wegen der Sache getötet, die sie Ihnen erzählen wollte?»

«Ja.»

«Wie war sie, Mrs. Brandon?» Er kam direkt auf den Punkt.

«Ich muß zugeben, daß sie gern ein bißchen zur Melodramatik neigte», sagte Laura.

«Ja, diesen Eindruck haben mir auch die Leute in der Klinik vermittelt.»

«Das würden sie natürlich auch behaupten, wenn sie etwas zu verbergen hätten», stieß sie hervor.

«Um ehrlich zu sein, Mrs. Brandon, sie haben nicht viel gesagt.» Er seufzte. «Für mich ist diese Sache das, was ich einen Teflon-Fall nenne. Meine Fragen gleiten von den Leuten dort oben ab, ich komme einfach nicht an sie heran.»

«Ich weiß, ich habe es auch versucht», sagte Laura.

Der Sheriff beugte sich im Sessel vor. «Ich bin sicher, es hat etwas mit der Klinik zu tun, ich spür's schon die ganze Zeit. Aber niemand ist meiner Meinung, nicht einmal mein eigener Deputy da draußen. Ich kann Ihnen auch nicht den Grund nennen, warum ich so fühle, Mrs. Brandon, ich tu's einfach. Alle lächeln und sagen mir, wie sehr sie mir helfen wollen und so weiter, aber sie geben mir keine Anhaltspunkte – überhaupt nichts.»

«Vielleicht ist es ihnen lieber, zu denken, der Schattenmann sei's gewesen», sagte Laura.

«Also haben Sie den Unsinn auch schon gehört!» sagte er grimmig.

«Ja, es klingt ziemlich verrückt.»

«Das ist es auch. Der Schattenmann schleicht schon seit Jahren in dieser Stadt umher. Mein Vater war vor mir hier Sheriff, und schon er mußte sich mit diesem lächerlichen Gequatsche herumärgern. George da draußen glaubt fest daran. Er hat im Archiv einen alten Mordfall ausgegraben, der ebenfalls unaufgeklärt geblieben ist und dem Mord an Ihrer Freundin sehr ähnlich war. Ein junges Mädchen war oben im Wald bei Mountview ermordet worden – man hatte ihr den Schädel eingeschlagen und die Kehle aufgeschlitzt. Das ist ungefähr dreißig Jahre her, passierte zu meines Vaters Zeiten. In der ganzen Stadt hieß die Tat nur der Schattenmann-Mord. Und es gibt Geschichten über ähnliche Mordfälle aus dem letzten Jahrhundert. Keiner wurde aufgeklärt. Daher die ganze Spinnerei. Bisher ist es mir gelungen, Emily zu bremsen, aber ...»

«Emily?»

«Emily Gibbons vom *Chronicle*. Sie möchte Storys über den Schattenmann schreiben, hauptsächlich wegen dieses Spinners Mitch Hasker, dem Präsidenten der Historischen Gesellschaft, der glaubt, es sei irgendwie ‹romantisch› für eine Stadt, solche Legenden zu haben. Er schreibt ein Buch ...»

Laura lächelte ironisch. «Ich habe von dem Buch gehört ...»

«Das hat wohl jeder, seit Jahren, aber es erscheint nie. Inzwischen wird jedes verdammte Ding, das in Blackwater Bay schiefgeht, dem Schattenmann zugeschrieben. Zum Säufer könnte man darüber werden.» Er blickte auf. «Nun, vielen Dank für Ihre Hilfe, Mrs. Brandon, aber ...»

«Da ist noch etwas», sagte sie schnell.

«Haben Sie was rausgefunden?» fragte er hoffnungsvoll.

«Nein. Ich möchte Sie um einen Gefallen bitten», sagte sie. «Und vielleicht um ... Hilfe.»

«Heraus damit.»

«Ich habe in der Klinik einen Patienten. Sein Name ist Tom Gilliam, ein Kriminalbeamter aus Grantham. Vielmehr, er war Kriminalbeamter, hatte dann aber einen schlimmen Unfall, und jetzt sind beide Beine gelähmt, aber mehr, weil er sich jeder Behandlung verweigert. Man könnte ihn so weit bringen, daß er wieder gehen kann, doch er ist viel zu sehr damit beschäftigt, sich selbst leid zu tun, um die notwendigen Anstrengungen zu machen. Er kann ziemlich unangenehm sein.»

«Wenn er nicht gehen kann, könnte er auch nicht ...»

«Oh, er war nicht hier, als es passierte. Doch ich denke, Sie könnten ihm helfen.»

«Ich?»

«Wenn Sie bereit wären, ihn bei den Ermittlungen mitarbeiten zu lassen.» So, jetzt hatte sie es gesagt.

Er legte die Stirn in Falten. «Ich verstehe nicht.»

«Sie haben gesagt, Sie hätten Schwierigkeiten, mit den Leuten in der Klinik zu sprechen. Ich vermute, das liegt an Ihrer Stellung und der natürlichen Feindseligkeit der Menschen gegen die Polizei – außerdem finden viele Leute es natürlich schrecklich, verdächtigt zu werden und ...»

«Ich sehe, worauf Sie hinauswollen, Mrs. Brandon. Sie denken, weil dieser Gilliam Patient ist und niemand merken würde, was er tut, könnte er Dinge erfahren, die mir vorenthalten geblieben sind.»

Laura seufzte. «Ja. Schließlich ist er ausgebildeter Kriminalbeamter und ...»

«Nur eine Minute.» Er hob die Hand wie ein Verkehrspolizist, griff zum Telefon, wählte eine Nummer und fragte nach jemand namens Stryker. «Hallo, Jack, ich bin's, Matt Gabriel. Ich möchte dich was fragen.» Er unterbrach sich, hörte zu und grinste. «Allerhand, was du da redest, du, ein erwachsener Mann!» sagte er. «Hör mal, kennst du bei deiner Einheit einen Kriminalbeamten namens ...» Er sah Laura an.

«Tom Gilliam», sagte sie.

«Tom Gilliam», wiederholte er. Er erklärte die Situation und was sie vorgeschlagen hatte, hörte wieder zu, nickte dann. «Ehrlich. Ja ... Ja ...» So ging es eine Zeitlang. «Okay, Jack, danke. Wann kriegen wir dich wieder mal zu sehen?» Er hörte noch einmal zu. «Ich freu mich drauf. Wiedersehen – und danke.» Er hängte ein und sah Laura an. «Er sagt, Gilliam würde mir wahrscheinlich nicht helfen. Sagt, er sei seit seinem Unfall total verbittert.»

«Das ist richtig. Aber ...»

«Aber er sagt auch, der Mann sei sehr gut. Clever. Und reich. Muß er sein, um in der Klinik Ihres Onkels zu liegen. Ungewöhnlich, ein reicher Cop.»

«Seine Familie hat Geld, aber er ist trotzdem Polizist geworden.»

«Ich weiß nicht, Mrs. Brandon. Die Sache ist ein bißchen abwegig.»

«Haben Sie eine Alternative?» fragte sie.

«Jack sagt, Gilliam ist ans Bett gefesselt.»

«Nur weil er es will. Er kann einen Rollstuhl benutzen. Er ist beweglich, wenn er will.»

«Aber ihn dazu zu bringen, daß er es will, ist Ihr Problem», sagte der Sheriff. «Und ihn dazu zu bringen, daß er mir hilft, ist mein Problem.»

«Genau.»

«Es ist ein interessanter Vorschlag», sagte er mehr zu sich selbst. «Eines soll das andere beeinflussen, die Dinge würden ineinandergreifen ...»

«Genau.»

«Er hätte wieder das Gefühl, nützlich zu sein.»

«Genau.» Das ging ja wie geschmiert.

«Ich muß darüber nachdenken, Mrs. Brandon.»

«Oh.» So glatt doch nicht.

«Es geht um Fragen der Zuständigkeit, der Vertraulichkeit, um solche Dinge. Und woher wissen wir, daß er mitmacht?»

«Wir wissen es nicht», gab sie zu. «Aber ehe wir es nicht versuchen ...»

Er nickte, dachte einen Moment nach, stand dann auf. «Danke für Ihren Besuch, Mrs. Brandon. Wie gesagt, ich denke über Ihren Vorschlag nach und melde mich dann bei Ihnen. Wie wäre das?»

«Ich schätze ... das wäre in Ordnung.» Sie stand auch auf, holte aus ihrer Tasche einen Zettel heraus und schrieb. «Das ist mein Nebenanschluß im Büro», sagte sie, «und das die Nummer meiner Wohnung.»

«Gehen die Gespräche für beide Nummern über die Zentrale?» fragte er.

«Ja. Warum?»

«Ich frage nur. Ich melde mich, Mrs. Brandon. Und noch einmal danke.»

«Ich danke Ihnen, Sheriff.» Wenn sie ihn nicht nach der Katze oder seiner Gesundheit oder der Verbrechensrate in Blackwater Bay fragen wollte, dann war es das wohl.

Also ging sie.

Mrs. Strayhorn schien an diesem Nachmittag älter, stiller und viel, viel kleiner als noch vor wenigen Tagen, doch einen Tranquilizer hatte sie am Morgen abgelehnt.

«Es ist eine Sache, wenn ich mich gräme, weil ich Myra verloren habe, eine andere aber, drogenabhängig zu werden», sagte sie zu Laura. Ihre Augen füllten sich mit Tränen, als sie sich im Physiotherapie-Raum umsah. «So verdammt still – es ist nicht mehr dasselbe, ohne sie herzukommen.»

«Ich weiß, es tut mir leid», sagte Laura sanft.

«Wirklich?» Mrs. Strayhorn sah sie finster an, dann verschwand der mißtrauische Ausdruck, als habe sie nicht die Kraft, ihn festzuhalten. «Oh, ich nehme an, es tut Ihnen wirklich leid. Sie konnte nichts dafür, daß sie so war, ihre Eltern haben sie wegen ihres Asthmas immer verwöhnt.» Sie knurrte, als Laura eine besonders schmerzende Stelle an ihrem Knie massierte. «Dachte, sie könne nur auf diese Weise auf sich aufmerksam machen. Hat es nie anders versucht. Außer daß sie den Leuten versprochen hat, sie in ihrem Testament zu bedenken, natürlich. Darin war sie groß.»

«Sie war schwierig», räumte Laura ein. «Aber wir hatten sie gern.»

«Nicht jeder hier ist so nachsichtig wie Sie. Manche sind knallhart. Diese Superblondine zum Beispiel.»

«Schwester Janacek?»

«Ja, so heißt sie, glaube ich.» Mrs. Strayhorn runzelte die Stirn. «Es ist nicht gut für ein Mädchen, so schön zu sein. Da muß sich innerlich ja etwas verbiegen.»

«Ich glaube das nicht», sagte Laura, gab ihr jedoch im stillen recht.

«Hmm. Das kommt daher, weil Sie nie wirklich schön waren», sagte Mrs. Strayhorn kompromißlos. «Ich glaube, sie hat sie getötet.»

«Was?» fragte Laura fassungslos.

«Ich habe gesagt, ich glaube, sie hat sie getötet», wiederholte Mrs. Strayhorn ein wenig lauter. «Werden Sie langsam taub, oder was ist los?»

«Das ist nicht Ihr Ernst.»

«O doch.» Mrs. Strayhorn verschränkte die Hände über ihrer

Mitte, entzückt über die Gelegenheit, ihrer Abneigung gegen Clarissa freien Lauf zu lassen. «Am letzten Abend hat sie Myra dauernd aufgezogen, bis sie wütend wurde. Es war reine Bosheit, und sie hat Myra damit so gut wie eigenhändig umgebracht.»

«Bleiben wir fair, Mrs. Strayhorn. Mrs. McAllister hat sich sehr leicht aufgeregt.»

«Und das wußte diese Schwester Janacek.» Mrs. Strayhorn unterbrach sich und warf Laura aus den Augenwinkeln einen durchtriebenen Blick zu. «Außerdem treibt sie's mit jedem. Habe ich selbst gesehen. Und Myra auch.»

«Wie meinen Sie das?»

«Das wissen Sie doch genau. Sie ist ein schlechtes Mädchen.»

«Sie ist schön, jung und ungebunden …»

Mrs. Strayhorn schnaubte. «Zum Kuckuck, ich habe nichts gegen moderne Mädchen und was sie so tun. Aber die ist anders. Vorige Woche hat sie in der Wäschekammer mit diesem Mr. Panotis rumgemacht.»

Laura rollte die Heißluftlampe heran. «Sie sollten nicht auf Krankenhausklatsch hören.»

«Kein Krankenhausklatsch. Habe ich selbst gesehen. Er hatte die Hand auf ihrem frechen kleinen Hintern, und ihre Hände … Na ja. Und ich erzähle nur, was ich wirklich gesehen habe.»

«Wie konnten Sie denn, wenn die beiden in der Wäschekammer waren?»

«Der Riegel ist kaputt», sagte Mrs. Strayhorn schadenfroh. «Die Tür stand einen Spalt offen, und ich kam vorbei. Wie Sie wissen, ist mein Rollstuhl sehr leise. Ich kann mich an Leute anschleichen, höre Dinge, sehe Dinge. Der einzige Spaß, der mir geblieben ist.»

«Das reicht», sagte Laura energisch. «Sie müssen in den Jacuzzi.»

«Das ist nicht fair. Myra hat es auch gesehen – ich bin in den Tagesraum hinuntergefahren und habe es ihr erzählt, und sie ist gleich hin und hat selbst nachgeschaut. Aber ich glaube, Schwester Janacek hat sie auch gesehen, deshalb wollte sie vermutlich, daß Myra stirbt. Sie hatte ein schlechtes Gewissen.»

«Das bezweifle ich», sagte Laura unüberlegt. «Sie ist nicht der Mensch, der sich mit Gewissensbissen plagt.»

«Ha!» stieß Mrs. Strayhorn hervor. «Sehen Sie?»

«Mrs. Strayhorn, was Clarissa in ihrem Privatleben auch sein mag oder nicht, sie ist eine sehr gute Schwester, und sie ist nicht dumm.»

«Möglich», räumte Mrs. Strayhorn widerwillig ein.

«Und es ist unverantwortlich von Ihnen, ihr zu unterstellen, sie habe bei Mrs. McAllister mit Absicht einen tödlichen Asthmaanfall provoziert», fuhr Laura fort. «Das dürfen Sie nicht.»

«Das darf ich nicht?» sagte die alte Dame und tat zerknirscht, doch das trotzige Funkeln in ihren Augen blieb.

«Nein.»

«Und wie gefällt Ihnen, daß sie sich mit diesem schleimigen Typen, der mit Myra verheiratet war, immer in irgendwelchen Ecken herumgedrückt und getuschelt hat? Vielleicht hat er sie angestiftet. Er wollte verhindern, daß Myra sich scheiden ließ, hatte aber kein Glück damit. Vielleicht hatte er sich überlegt, daß er ihr Geld kriegen konnte, wenn sie starb, solange sie noch verheiratet waren. Er wird vielleicht einen Schock erleben, wenn ihr letztes Testament eröffnet wird. Geschieht dem Mistkerl recht.»

«Was soll das heißen?»

Mrs. Strayhorn warf sich in die Brust, so gut es eben ging, wenn sie auf dem Behandlungstisch lag. «Sie hat der Klinik eine Menge Geld hinterlassen», sagte sie. «Und auch dem netten Dr. Butler. Aber keinen Penny diesem Ehemann. Nun ja, vielleicht einen Penny, aber nicht mehr.»

«Wissen Sie das bestimmt?» fragte Laura.

«Sie hat es mir selbst gesagt.»

Laura erschrak. Das war ein klares Motiv für ihren Onkel, etwas mit dem Tod ... Nein, das war unmöglich, *unmöglich!*

Und dennoch ... Sie selbst hatte dem Sheriff erklärt, in der

Klinik gehe etwas nicht mit rechten Dingen zu. Vielleicht nahm er sie jetzt genauer unter die Lupe. Viel genauer. Was hatte sie getan?

11. KAPITEL

Laura saß mit Salomon vor dem Fernseher und stocherte in ihrem Abendessen herum. Sie war zu bekümmert, um zu essen, obwohl sie sich dauernd einredete, alles würde gut werden. Der Sheriff würde in Julies Biefen die melodramatischen Ergüsse einer gelangweilten Frau sehen, die nach einem Grund suchte, ihren Job zu wechseln. Er wußte bestimmt, daß es hier in Mountview nichts Unrechtes geben konnte.

Alles würde in Ordnung sein.

Die Gabel blieb auf halbem Weg zum Mund in der Luft hängen. Jemand kam die Außentreppe herauf. Ein schwerer Mensch. O Gott, dachte sie, es ist der Sheriff. Oder der Schattenmann. Aber es war keiner von beiden. Als sie die Tür öffnete, stand Tilly Moss, die dicke Frau aus dem Sheriffbüro, da, beladen mit einer Aktenmappe, einer Handtasche, einem Quilt und einem großen Beutel mit Stoffresten. Sie war außer Atem und sah ärgerlich aus. Eine Strähne hatte sich aus ihrer kunstvollen Frisur gelöst und hing ihr über die Nase.

«Er schickt mich», sagte sie und versuchte, ihre widerspenstige Locke wegzublasen. «Darf ich reinkommen?»

Laura trat beiseite, und Tilly Moss kam, sich neugierig umsehend, herein. «Hübsch», sagte sie. «Sehr hübsch.» Sie drehte sich zu Laura um. «Mich haben Sie nicht erwartet, nicht wahr?»

«Nun – nein», gab Laura zu.

«Hmm.» Tilly Moss nickte, ging zum Sofa und ließ sich mit einem Seufzer der Erleichterung darauf nieder. Wie viele übergewichtige Frauen hatte sie kleine Füße und schien noch kleinere Schuhe zu tragen. Eine schmerzhafte Kombination. «Er wollte nicht selbst kommen oder George herschicken, denn jemand hätte sie sehen und neugierig werden können. Ich war die nächstbeste Wahl. Bin Mitglied bei den Elstern, wir sind ein paar Frauen, die sich regelmäßig zum Quilten treffen. Der Quilt hier und die Stoffreste sind meine Tarnung. Ich habe dem Mädchen am Empfang erzählt, daß Sie das Quilten lernen möchten, und es hat mich zu Ihnen heraufgeschickt. Hat es gar nicht merkwürdig gefunden, weil wir dauernd versuchen, Mitglieder zu gewinnen. Den Quilt und die Reste können Sie bei Gelegenheit zurückgeben.»

«Oh», sagte Laura. «Hätten Sie gern eine Tasse Kaffee? Oder Tee?»

«Nein, danke. Ich muß nach Hause und für meine Mutter und mich das Abendessen kochen.» Tilly stellte die Aktenmappe auf den Couchtisch.

Laura setzte sich in den Schaukelstuhl und wartete.

«Matt und George und ich haben uns über Ihren Vorschlag unterhalten», sagte Tilly.

«Aber ...»

«Machen Sie kein so erstauntes Gesicht», sagte Tilly. «Wir besprechen die meisten Dinge zu dritt. Ich habe schon für Matts Vater gearbeitet und weiß mehr über Verfahrensweisen als beide zusammen. George findet die Idee verrückt, aber ich denke, das kommt nur daher, daß er auf jeden eifersüchtig ist, der bei einem Fall hilft. Matt ist verzweifelt. Er hat den ganzen Nachmittag darüber nachgedacht und seinen verrückten Freund Stryker angerufen, und sie haben darüber gesprochen, und das Ergebnis ist – daß ich hier bin. Ich selbst habe weder ja noch nein dazu gesagt, doch ich weiß, daß es nicht ungesetzlich ist, Informanten einzusetzen, und Ihren Mr. Gilliam könnte man als solchen einstufen. Er könnte auch als Deputy vereidigt werden, aber dazu müßte Matt herkommen und mit ihm sprechen. Doch da er keinen legitimen Grund hat, mit ihm zu reden, schließlich war er nicht hier, als der Mord begangen wurde, könnten die Leute neugierig werden.

Was das Weitergeben von vertraulichen Informationen anbelangt – darüber weiß ich nichts. Ich weiß nur, daß Matt mich gebeten hat, Ihnen diese Aktenmappe zu bringen. Das ist alles, was ich weiß. Verstehen Sie?»

«Das ist alles, was Sie wissen», wiederholte Laura einfältig.

«Richtig.» Sie stand abrupt auf. «Sie wissen über vertrauliche Informationen Bescheid, ja?»

«Ich weiß, daß sie vertraulich sind, was bedeutet, daß ich nicht darüber sprechen darf», sagte Laura.

«Sie haben es erfaßt.» Tilly musterte Laura von Kopf bis Fuß. «Könnte sein, daß George recht hat, es ist verrückt. Aber Matt beurteilt Menschen auf seine eigene Weise. Er ist ein kluger Mann – war früher Universitätsprofessor, wissen Sie? Hat Philosophie gelehrt.»

«Tatsächlich?» Es schien absurd, und doch hatten die blauen Augen hohe Intelligenz verraten. Und Geduld.

«Ja, das hat er. Hat den Job als Sheriff angenommen, weil er dachte, er sei leicht und er könnte viel lesen. War seither jedoch noch nicht imstande, ein Buch zu beenden.» Sie ging zur Tür, drehte sich um. Sie sieht wohl auch *Columbo*, schoß Laura durch den Kopf. «Der *Howl* steht bevor und die Wahl. Er hat genug zu denken, auch ohne all dies.»

Ohne all was? Und was war der *Howl*?

«Sie sollen vorsichtig sein, soll ich Ihnen sagen. Verdammt vorsichtig. Seine Telefonnummern sind in der Aktenmappe. Und wenn es nicht greift – so hat er gesagt, ‹greift› –, wenn es nicht greift, dann will er die Mappe unbeschädigt wiederhaben. Verstanden?»

«Verstanden», sagte Laura und unterdrückte den Impuls, zu salutieren.

Sie ging hinten herum weil sie nicht am Empfang oder am Schwesternzimmer vorbeikommen wollte. Über den Parkplatz, die Lieferantentreppe hinauf und dann schnell nach rechts zu den

Eckzimmern. Im Flur war es still, das Licht schon für den Abend gedämpft. Sie schlüpfte in Gilliams Zimmer.

«Gütiger Gott, sogar die Schwestern klopfen an», sagte er erstaunt. «Ich hätte auf der Bettschüssel sitzen oder sonstwas tun können, das darf doch wohl nicht wahr sein!»

«Na und? Ich habe schon Bettschüsseln hinausgetragen. Soll ich?»

«Nicht nötig», sagte er mürrisch. «Was ist denn das?»

«Na was schon? Eine Aktenmappe. Und wo kommt die her?»

«Sehr komisch.» Er schloß die Augen. «Was wollen Sie?»

«Ich möchte, daß Sie mir helfen», sagte sie, zog sich einen Stuhl ans Bett und legte die Aktenmappe auf ihre Knie.

«Ich verleihe nie Geld an fremde Frauen», sagte er.

«Ich brauche nicht Ihr Geld, ich brauche Ihren Kopf.»

«Etwa für die medizinische Forschung? Ist es nicht höflicher, zu warten, bis der betreffende Mensch tot ist?»

«Kein Kommentar. Ich war heute in der Stadt und ...»

«... und haben sich eine Aktenmappe gekauft. Schön.»

«Nein, ich war beim Sheriff.»

«Strafzettel?»

«Nein, Mord.»

Er schlug die Augen auf. «An der McAllister?»

«Nein.» Darauf wollte sie nicht eingehen. «Meine Freundin Julie Zalinsky.»

Seine Augen fielen wieder zu. «Nie davon gehört.»

«O doch, Sie haben, ich habe Ihnen gestern davon erzählt. Sie war Physiotherapeutin, meine Vorgängerin hier, und sie wurde im Wald zwischen der Klinik und der Stadt ermordet.»

«O ja, ich erinnere mich – Sie wollten, daß ich den Fall auf wundersame Weise löse. Was ich natürlich im Handumdrehen könnte, wenn ich wollte. Aber ich will eben nicht.»

«Diese Aktenmappe kommt vom Sheriff», sagte Laura. «Ich glaube, sie enthält das gesamte Material über den Fall Julie Zalinsky.»

«Das hat er *Ihnen* gegeben?» fragte er entgeistert. Seine Augen waren wieder offen.

«Nein, er schickt es *Ihnen*. Er braucht Ihre Hilfe. Er hat mit jemand aus Ihrer Abteilung in Grantham gesprochen ...»

«Mit wem?»

«Mit einem gewissen Stryker.»

«O Gott!» Er schien belustigt und bestürzt zugleich. «Und?»

«Und das Ergebnis ist, daß hier das ganze Material liegt, das der Sheriff über den Mord hat. Allem Anschein nach glaubt dieser Stryker auch, Sie könnten helfen. Es ist nämlich so ...» Sie erklärte ihm, wie schwierig es für den Sheriff war, etwas von den Leuten in der Klinik zu erfahren, und daß er, Gilliam, wenn er Neugier heuchelte, Dinge erfahren könnte, die man Gabriel vorenthielt. Er habe eine absolut sichere «Tarnung», denn er sei zu der Zeit, zu der Julie ermordet worden war, nicht in der Klinik gewesen, und außerdem habe er ohnehin schon den Ruf, schwierig zu sein, deshalb wäre bestimmt niemand überrascht, wenn er unhöfliche Fragen stellte; außerdem sei er ein «ernster Fall», was ihm unter den anderen Patienten einen gewissen Status verleihe.

«Lieber Himmel, ich bin tatsächlich geradezu ideal geeignet, stimmt's?» sagte er, nachdem sie geendet hatte.

«Ja», sagte sie und begann die Aktenmappe zu öffnen.

«Wenn ich, verdammt noch mal, nur Lust dazu hätte.»

Sie hätte ihn erwürgen können. «Na schön, dann werde ich es tun», sagte sie und machte die Aktenmappe auf. Zuoberst auf den Ordnern lagen zwei Briefe, einer an sie adressiert, der andere an Tom Gilliam. Es wäre alles gutgegangen, hätte sie, als sie ihren Umschlag aufnahm, nicht eine Fotografie von Julie gesehen; von Julie, die tot auf dem Boden lag, mit klaffender Kehle und starr nach oben gerichteten Augen. Laura wimmerte und zerknüllte den Umschlag mit ihrem Namen, starrte auf die schreckliche Szene in Schwarz und Weiß.

«Ach, du meine Güte», sagte er und zog sich im Bett in die Höhe. «Geben Sie schon her.»

«Sie war meine Freundin», flüsterte Laura erstickt. «Ich wußte nicht ...»

Stirnrunzelnd betrachtete er das Bild. «Kein Blut», sagte er.

«Es hatte in der Nacht geregnet», sagte sie unglücklich. «Alles wurde weggewaschen.»

«Na toll», sagte er. «Das ist eine große Hilfe.»

Sie sah ihn durch einen Tränenschleier an. «Dann werden Sie es tun?»

«Das habe ich nicht gesagt.» Aber er hatte auch nicht nein gesagt. Er nahm den für ihn bestimmten Umschlag, öffnete ihn und begann zu lesen. Laura tat das gleiche.

Liebe Miss Brandon, schrieb der Sheriff.

Nachdem ich über Ihren Vorschlag gründlich nachgedacht habe, scheint mir, daß es nicht schaden kann, Ihrem Patienten Tom Gilliam zu erlauben, sich mit den Ergebnissen unserer bisherigen Ermittlungen zu beschäftigen. Er ist Fachmann und vertrauenswürdig, wie man mir bestätigt hat. Ob es erfolgreich sein wird – für mich oder für seine Behandlung –, kann ich nicht sagen. Doch ich bin bereit, es zu versuchen, wenn er es auch ist. Offen gesagt habe ich im Moment keine andere Wahl. Ich schlage vor, daß Sie ihm ein Mobiltelefon besorgen, damit er und ich miteinander offen über den Fall sprechen können, ohne befürchten zu müssen, daß uns jemand abhört. Mit freundlichen Grüßen – Matt Gabriel.

«Er schreibt, ich soll Ihnen ein Mobiltelefon besorgen», sagte Laura.

«Hmm, hat er mir auch geschrieben. Aber zufällg, hab ich schon eins.»

«Was schreibt er noch?»

«Nicht viel», sagte er mit einem Seitenblick auf sie. «Bittet mich, mir das Material anzusehen, wäre dankbar für meine Meinung, solche Sachen.»

«Und?»

Er faltete den Brief zusammen und schob ihn in den Umschlag

zurück. «Zuerst muß ich mit Jack Stryker über diesen Knaben reden», sagte er.

«Wer ist denn dieser Stryker, daß jeder mit ihm reden möchte?» wollte Laura wissen. «Der Sheriff hat ihn Ihretwegen auch angerufen.»

Gilliam lächelte. Sie sah ihn zum erstenmal lächeln, und es war geradezu eine Offenbarung. Alle Beulen, Narben und das Doppelkinn schienen zu verschwinden – endlich verwandelte er sich in einen richtigen Menschen zurück.

«Jack Stryker ist – oder war – mein Boss in Grantham. Ein guter Cop.»

«Das ist alles?» fragte sie erstaunt. «Er ist ein ‹guter Cop›?»

«Das reicht.» Er sah sie an, sein Lächeln war verschwunden und der steinerne, widerspenstige Ausdruck wieder da. «Sie halten sich für verdammt schlau, wie? Sie denken, wenn Sie mich dazu bringen, mich für die Sache zu interessieren, würde ich positiver denken und wäre eher geneigt, an mir zu arbeiten, damit ich wieder ein ganzer Mensch werde.»

«Ich…»

«Oh, das ist nicht unvernünftig», sagte er gleichgültig. «Einen Mord zu untersuchen wäre gewiß interessanter, als den ganzen Mist zu lesen, den ich in letzter Zeit gelesen habe.»

Sie stand auf. «Ach verdammt», sagte sie. «Wenn es Ihnen hilft, prima. Ich finde den Gedanken schrecklich, daß ausgerechnet Sie sich langweilen könnten. Doch noch mehr interessiert mich, was an diesem gottverlassenen Ort vorgeht. Ich werde alles tun, alles, sogar meine Zeit mit Ihnen verbringen, wenn nötig, um herauszufinden, warum meine Freundin ermordet wurde. Es ist keine angenehme Aussicht, aber ich bin bereit.»

«Na, ist ja toll.» Er tippte auf die Aktenmappe. «Vielen Dank für die Beschäftigungstherapie. Gute Nacht.»

Sie sah ihn finster an, zu wütend, um etwas zu sagen, machte dann kehrt und ging. Draußen im Flur glaubte sie, ihn lachen zu hören. Doch das war unwahrscheinlich.

Zwei Stunden später schloß Tom Gilliam die Aktenmappe und horchte auf den Nachtwind, der vor seinem Fenster um die Dachgesimse des Gebäudes pfiff. Ein Eckzimmer zu haben war bei schönem Wetter schön und lausig bei lausigem Wetter.

Er knipste die Leselampe aus und sah zu dem dunklen Fenster hin. Ein Stück entfernt sah er die gelben Rechtecke von Laura Brandons Apartment über dem Heckenrand und wünschte sich – nicht zum erstenmal –, er hätte jemand gebeten, ihm ein Fernglas mitzubringen. Er konnte immer behaupten, er beobachte Vögel, um sich die Zeit zu vertreiben. Er war natürlich kein Voyeur.

Er seufzte. Nun schön, er war ein Voyeur.

Er konnte nicht genau sagen, seit wann ihm klar war, daß Laura Brandon ihn mehr als Frau interessierte und weniger als eine weitere Widersacherin aus der Medizinerriege, die gegen ihn antrat. Oder warum das so war. Sie war recht attraktiv, aber das waren hier mehrere Schwestern. Vielleicht war es deshalb, weil sie so streitlustig war. Sie zwang ihn zu reagieren, obwohl er sich fest vorgenommen hatte, sich nicht herausfordern zu lassen. Wenn die Ärzte ihn rügten, blieb es ohne Wirkung auf ihn, doch wenn sie loslegte, wurde er stocksauer. Sie ging ihm unter die Haut, und das allein machte ihn neugierig. Aber warum sie? Warum gerade jetzt? Wurde er tatsächlich langsam gesund, wie alle sagten?

Um sich abzulenken, hatte er alles gelesen, was er in der Aktenmappe gefunden hatte. Das Mädchen hatte recht. Verdammt sollte sie sein. Zuerst war ihm der Vorschlag sinnlos, ja, sogar albern vorgekommen. Aber als er eingehender darüber nachgedacht hatte, war ihm klargeworden, daß er dem Sheriff vielleicht wirklich nützen konnte. Was ein völlig neues Gefühl für ihn war, denn er hatte nicht mehr daran geglaubt, jemals wieder nützlich zu sein. Selbst wenn er nichts beitragen konnte, wenn ihm nichts einfiel, hätte er etwas, das ihn von seiner eigenen elenden Existenz ablenkte. Er wußte jetzt alles, was auch der Sheriff wußte – abgesehen davon, daß er ein Fremder und der Sheriff ein Einheimischer war. Vielleicht würde das helfen – keine Bindungen, keine Schranken. Eine kalte Sicht auf die Fakten. Und was für Fakten waren das?

Nach allem, was er gelesen hatte, schien es möglich, daß sie einen Psychopathen suchten. Entweder einen Einheimischen oder jemand, der regelmäßig in die Gegend kam.

Je länger er darüber nachdachte, um so weniger gefielen ihm die Schnitte, die Julie Zalinsky an der Kehle beigebracht worden waren. Sie hatten die Drosselvene nur angeritzt, und es hatte natürlich eine Menge Blut gegeben, doch Todesursache waren, dem Coroner zufolge, die Schläge auf den Kopf gewesen, plus Unterkühlung als zusätzlicher Komplikation. Warum also die Kehle durchschneiden?

Um zu dem Aberglauben zu passen, den der Deputy des Sheriffs, ein gewisser George Putnam, in seinen Berichten erwähnte? Wie hieß er doch gleich? Ach ja, der Schattenmann.

Laut Deputy Putnam wurde in den einheimischen Lokalen ständig über den Schattenmann gesprochen – jeder hätte Einzelheiten der Legende aufschnappen können. Und so bizarr es klang, man sollte diesem Aspekt nachgehen. Wenn ein Psychopath am Werk war, mußte man nach Anzeichen suchen. Jemand, der möglicherweise *glaubte*, er sei der Schattenmann.

Aber war Julie Zalinskys Tod nur eine Eskalation eines früheren Schemas? Handelte der gegenwärtige «Schattenmann» – wenn es eine solche Person gab – noch aus einem Zwang heraus, verlangte ihn nach immer größeren Reizen? War Julie nur zur falschen Zeit vorbeigekommen, war es letztendlich doch nur eine Zufallstat gewesen?

Wenn es sich um einen hiesigen Psychopathen handelte, dann fiel die Sache nicht mehr in seinen Zuständigkeitsbereich. Der Spur folgen mußte der Sheriff selbst, und Gilliam beneidete ihn nicht um die Aufgabe, denn sie bedeutete unendlich viele Laufereien und Papierkram, peinlich genaues Aufspüren und Eliminieren von Verdächtigen; er mußte den Leuten auf die Nerven fallen und alle Möglichkeiten ausloten, sich selbst und seinen Stab zur Erschöpfung treiben.

Er, Gilliam, war nur in der Lage, sich in Mountview umzuhören. Solange der Sheriff nicht etwas anderes herausfand, konnte er weiterhin auf der Basis ermitteln, daß Julie gezielt von jemand getötet worden war, der es auf ihr Leben abgesehen hatte.

Von jemand hier.

Er mußte zugeben, daß der Sheriff sehr gründlich gewesen war.

Er hatte praktisch jeden in der Klinik befragt, von den Großen bis zu den Kleinen, und die Protokolle lagen bei den Akten. Er hatte sogar einen Zeitplan aufgestellt, alle Alibis nachgeprüft und ebenso, was jeder in dem maßgeblichen Zeitraum getan, wo er sich aufgehalten hatte. Unglücklicherweise schränkten der gerichtsmedizinische Beweis und die Tatsache, daß der Boden unter der Leiche trocken gewesen war, die Todeszeit auf eine Spanne zwischen sechzehn und siebzehn Uhr ein, bevor der Regen eingesetzt hatte. Und das war die Zeit des Schichtwechsels. Das Personal, das Dienstschluß hatte, verteilte das Abendessen, das Personal, das seinen Dienst antrat, räumte ab. Es herrschte daher ein lebhaftes Kommen und Gehen auf dem Flur, und niemand hatte für diese Zeit ein absolut wasserdichtes Alibi.

Forrester und Mrs. Cunningham waren in seinem Büro gewesen und hatten dort gegen achtzehn Uhr fünfzehn gemeinsam zu Abend gegessen. Vorher hatten sie sich «frischgemacht». Was immer das bedeutete. Wahrscheinlich, daß sie nicht die ganze Zeit zusammengewesen waren, denn Mrs. Cunningham benutzte Waschraum und Toilette des Personals, und Forrester hatte ein eigenes Bad in seinem Apartment. Es sei denn, sie hätten zusammen geduscht – eine interessante Vorstellung.

Dr. Weaver, der Psychiater, war an diesem Tag nicht in Mountview gewesen, hatte jedoch Patienten in seiner Praxis behandelt. In der fraglichen Zeit hatte er aber keinen Patienten gehabt, und niemand konnte ihm ein Alibi geben, da seine Sekretärin wie üblich um vier gegangen war und er als Witwer allein lebte.

Butler, der Wunderknabe, hatte gegen halb sechs ein leichtes Abendessen in der Kantine zu sich genommen, sagte er. Ein paar Schwestern bestätigten, daß sie ihn dort gesehen hatten, wußten aber nicht genau, wann er gekommen oder gegangen war.

Dr. Jenks war in der Klinik in Hatchville gewesen, war dort um fünf Uhr weggefahren und um sieben Uhr rechtzeitig in Mountview erschienen, um den Dienst von Dr. Butler zu übernehmen. Das war eine interessante Lücke, da die Entfernung zwischen Hatchville und Mountview in ungefähr zwanzig Minuten bewältigt werden konnte. Was hatte er in der übrigen Zeit gemacht?

Oberschwester Hasker war bis Viertel nach fünf in ihrem Büro gewesen und hatte dann im Foyer auf ihren Bruder gewartet, der sie abholen sollte. Sie wußte nicht mehr, wann er gekommen war – gegen sechs, vermutete sie, da sein Dienst in der Bibliothek bis halb sechs dauerte und er einige Zeit brauchte, um seinen Wagen zu holen und zur Klinik heraufzufahren. Mehrere Leute hatten sie im Foyer gesehen, doch niemand konnte sagen, ob sie die ganze Zeit dort gewesen war oder nicht.

Michaels, der Krankenpflegehelfer und «Mann für alles», hatte bis halb sechs im OP saubergemacht. Er hatte sich über das Durcheinander beschwert, was er aber laut Sheriff Gabriel sehr häufig tat. Sheriff Gabriel mochte Michaels nicht – wie die meisten –, aber er konnte ihm nichts nachweisen. Michaels behauptete, die Klinik Viertel vor sechs verlassen zu haben und um sechs Uhr zu Hause gewesen zu sein, doch er hatte weder Ehefrau noch Partner, die das bestätigen konnten. Niemand hatte ein gutes Wort für ihn, außer daß er hart arbeitete oder hart zu arbeiten schien.

Im OP hatten Dr. Hambden und Dr. Butler eine relativ einfache Knieoperation durchgeführt; sie hatten, von einem Anästhesisten und zwei Schwestern assistiert, um vier angefangen, waren Viertel vor fünf fertig gewesen und hatten sich hinterher gemeinsam gesäubert. Der Anästhesist, der aus Grantham kam, war bei dem Patienten im Aufwachraum geblieben, bis er zu sich gekommen war, und hatte dann seinen Schützling den Intensiv-Schwestern überstellt, die sich gegenseitig ein Alibi gaben. Der Patient war gegen acht Uhr in sein Zimmer gebracht worden, die Operation war erfolgreich verlaufen, und er war eine Woche später aus der Klinik entlassen worden.

Nick Higgins, der für die Außenanlagen verantwortliche Mann, hatte den ganzen Nachmittag im Garten gearbeitet und war gegen sechs Uhr von mehreren Leuten gesehen worden, als er seine Geräte wegräumte. Wieder war das Alibi nicht wasserdicht und nicht vollständig, aber wie viele Alibis waren das schon?

Das gleiche galt für die meisten Schwestern. Die beiden Pfarrer hatten das Gebäude gegen fünf verlassen, die Putzkolonnen arbeiteten nur morgens. Das Küchenpersonal hatte das Abendessen zubereitet. Im Grunde bedeutete die Unsicherheit sämtlicher Alibis, daß die meisten Julie Zalinsky getötet haben konnten, wenn sie flink genug gewesen waren, Risiken auf sich genommen und großes Glück gehabt hatten. Doch häufig erforderte vorsätzlicher Mord genau das.

Durch die Gelegenheit allein ließ er sich nicht beweisen. Es würde demnach auf das Motiv hinauslaufen, und das bedeutete, daß man über jeden einzelnen soviel wie möglich erfahren mußte. Dazu würde er das Bett verlassen und mit anderen Patienten sprechen müssen. Es bedeutete, daß er aktiv werden mußte. Und es war ein so weites Feld.

Er seufzte.

12. Kapitel

Als Laura am nächsten Morgen an der Glastür des Aufenthaltsraums vorbeikam und hineinschaute, blieb sie vor Staunen wie angewurzelt stehen.

Am anderen Ende des Raums, halb verborgen hinter den grünen Blättern der Pflanzen, spielte Mrs. Strayhorn Schach und redete mit Höchstgeschwindigkeit auf ihren Partner ein.

Dieser Partner war Tom Gilliam.

«Also, da soll mich doch der und jener!» Laura lief ins Schwesternzimmer und nahm sich nicht einmal Zeit, zu Kay guten Tag zu sagen. «Mr. Gilliam spielt im Aufenthaltsraum mit Mrs. Strayhorn Schach!» stieß sie hervor.

«Hast du vielleicht etwas dagegen?» fragte Kay und zwinkerte übermütig.

«Nein, nein!» Laura ließ sich auf einen Stuhl fallen. «Ich dachte nur, ich würde diesen Tag nie erleben, das ist alles.»

Kay lachte. «Ich weiß nicht, ob du es warst oder David oder Owen oder Dr. Weaver, aber irgend jemand hat ihn aufgerüttelt. Sofort nach dem Frühstück verlangte er den Rollstuhl.»

Laura drehte sich der Kopf. Hatte sie es geschafft? Bedeutete das, daß der griesgrämige, starrköpfige Tom Gilliam die Herausforderung annahm und Julies Mörder finden wollte? Sie wagte nicht, es zu glauben.

«Mrs. Strayhorn ist entzückt», fuhr Kay fort. «Es ist ein Geschenk des Himmels, etwas, das sie von Mrs. McAllisters Tod ablenkt.» Lächelnd sah sie Laura an. «Eifersüchtig?»

«Kaum. Figuren auf einem Schachbrett herumzuschieben ist nicht unbedingt eine wiederherstellende Maßnahme.»

«Nein, aber er bemüht sich zumindest. Dräng ihn nicht. Er muß sich erst daran gewöhnen, mit Menschen zusammenzusein. Dann wird er vielleicht den Wunsch haben, wieder mit dem Gehen anzufangen.»

«Das wäre natürlich ein Fortschritt», stimmte Laura zu. Sie streckte sich und sagte dann beiläufig: «Mrs. Panotis schien mir heute morgen ein bißchen bedrückt zu sein.»

«Kein Wunder», sagte Kay grimmig. «Der wöchentliche Besuch ihres Mannes ist fällig.»

«Ich hätte gedacht, das müsse sie aufmuntern.» Laura stand auf, um sich eine Tasse Kaffee einzugießen.

«Hast du Mr. Panotis schon kennengelernt?»

«Nein. Aber gesehen habe ich ihn, denke ich. Ein großer, dunkler, gutaussehender Mann.»

«Richtig. Sehr groß, Hemd bis zum Nabel offen und Goldketten auf der behaarten Brust. *Mucho Macho*, Scheißkerl. Er wird hier hereinstürmen und wissen wollen, warum sie noch nicht gesund ist.»

«Sie kommt mir so – zerbrechlich vor.»

«Sie wird mit ihm einfach nicht fertig, das ist alles. Das ist eine dieser ethnischen Geschichten. Er kehrte in das Land seiner Väter zurück oder so ähnlich, um eine Braut zu finden, und hat sie gefunden. Schwupp, kommt sie in ein fremdes Land, großes Haus, Hausangestellte, Schickimickis, deren Sprache sie kaum versteht. Er eröffnet Kreditkonten auf ihren Namen, sagt ihr, sie kann tun und lassen, was sie will, und kehrt zu seinen Geschäften und seinen Blondinen zurück, lebt genau wie vorher. Sie ist im Grunde nur da, um schwanger zu werden und ihm einen Sohn zu gebären. Das heißt, falls er sich die Mühe macht, mit ihr zu schlafen – wenn er betrunken ist oder gerade keine Blondine zur Verfügung steht. Was ist los? will er wissen. Warum heulst du die ganze Zeit, hast du nicht alles, wovon ein armes Mädchen sonst nur träumen kann? Dieser Mistkerl!»

«Aber …»

«Sie liebt ihn», sagte Kay sanft.

«Oh.»

«Allerdings – oh. Der einzige Vorwand, den sie für ihr Unglücklichsein finden kann, ist Krankheit, also ist sie krank. Aber sie *ist* nicht krank, nur völlig erschöpft von ihrem Leiden.»

«Sie ist Dr. Weavers Patientin, nicht wahr?»

«Ja, zum Glück für sie. Er kann mit Neurotikern sehr gut umgehen.»

«Und hier ist einer», sagte eine Stimme von der Tür her, und Owen Jenks kam herein. Er sah zwar müde, aber viel fröhlicher aus als vor ein paar Tagen.

«Fühlen Sie sich neurotisch?» fragte Laura lachend.

«Wäre möglich. Oder mein Blutzuckerspiegel ist zu niedrig», antwortete Owen munter, goß sich eine Tasse Kaffee ein und rührte drei Löffel Zucker hinein. «Wie stehen die Dinge bei Ihnen, Laura?»

«Gut.»

«Wir haben eben über Mrs. Panotis gesprochen», sagte Kay.

Owen nickte. «Ich habe drüben in Hatchville eine Schwester entdeckt, die Griechisch spricht und genug Mumm hat, um Mrs. Panotis die Hilfe zu geben, die sie braucht. Eine ältere, nicht schöne Schwester natürlich. Wenn wir Mrs. Panotis so weit haben, daß sie nach Hause gehen kann, wird die Schwester bei ihr einziehen. Sie wird sich um sie kümmern, aber was wichtiger ist, sie wird der armen Frau beibringen, wie man das Leben im wundervollen Amerika anpacken muß.»

«Und Mr. Panotis?»

«Wenn sie aufhört zu weinen, wird er die Rechnungen gerechtfertigt finden. Und wer weiß, wenn sie lernt, sich gegen ihn zu wehren, wird er es sich vielleicht anders überlegen.» Owen schien leicht belustigt. «Ich fühle mich ein bißchen wie ein Unterwanderer, aber der Mann macht mich wirklich wütend. Ich hasse es, wenn Frauen herumgestoßen werden, besonders verletzliche Frauen wie Theresa Panotis. Kann ich einfach nicht mit ansehen.»

«Wußte gar nicht, daß Sie so ein Feminist sind.»

«Man braucht keinen BH zu tragen, um sich mit den Frauen zu identifizieren», antwortete Owen ernst. «Außerdem tut mir Mr. Cobbold genauso leid. Kennen Sie seine Frau?»

Laura fing an zu lachen. «Die skandinavische Walküre mit dem elektrischblauen Lidschatten?»

«Ja – kein Wunder, daß der alte Knabe chronische Magengeschwüre hat und sein Schniedel nur noch traurig runterhängt», sagte Kay. «Uns schreit er an, aber bei ihr ist er ein Lamm auf der Schlachtbank.»

«Vielleicht sollten wir sie Mr. Panotis vorstellen», schlug Laura grinsend vor.

«Das würde dieses alte Gebäude kaum aushalten.» Owen lachte leise auf. Laura trank schnell ihren Kaffee aus und überließ die beiden ihrer medizinischen Diskussion. Sie hatte die Erfahrung gemacht, daß im Schwesternzimmer der Klatsch die fachlichen Gespräche oft bei weitem überwog, und war seit langem nicht mehr schockiert, daß Schwestern und Ärzte ganz offen über Patienten redeten, wenn sie allein waren. In mancher Beziehung war das gar nicht schlecht, denn eine Schwester konnte eventuell ein Symptom entdecken, das ein überarbeiteter Arzt übersehen hatte.

Vor ihr ging plötzlich die Tür der Wäschekammer auf, Clarissa kam heraus, richtete sich das Haar und rückte ihre Haube zurecht. Laura beachtete sie nicht, bis einen Moment später mit rotem Kopf auch David Butler erschien und sich verstohlen umsah. Laura zögerte einen Moment, ging dann aber, den Kopf zurückwerfend, zielbewußt weiter und lächelte David strahlend an, als sie an ihm vorbeikam.

«Laura – hallo! Warum so eilig?»

«Gar nicht eilig – ich habe nur Hunger.»

«Ich auch. Ißt du unten?»

«Nein, ich muß in meine Wohnung.»

«Oh. Warte einen Moment.» Er hielt sie am Arm fest. «Bist du böse auf mich – oder was gibt's?»

«Böse auf dich? Nein, warum sollte ich?» Oh, dieses strahlende Lächeln.

Er rieb sich den Nacken. «Ich weiß nicht.» Er sah ein bißchen wie ein kleiner Junge aus. «Die Leute hier benehmen sich komisch, wenn du mich fragst. Clarissa hat mir eben eine verrückte Geschichte über das Medikamentenbuch erzählt, und dein Onkel ist nach Grantham gefahren, ohne mir Bescheid zu sagen ...»

«Warum sollte er dir Bescheid sagen?»

«Weil ich heute nachmittag freihaben sollte», sagte er spitz.

«Ich hatte gehofft, du könntest vielleicht deinen Behandlungsplan ändern und wir könnten zusammen wegfahren.»

«Oh.» Sie schaute David über die Schulter. Ein Stück weiter weg sprach Mr. Panotis mit Clarissa. Er hielt ihren Arm fest und schüttelte sie leicht wie ein ungezogenes Kätzchen. Hinter ihnen stand Mrs. Panotis in der Tür ihres Zimmers und beobachtete ihren Mann und die Schwester.

Ihre schwarzen Augen loderten in dem weißen Gesicht, und sie sah viel weniger zerbrechlich aus als kurz vorher, als sie zur Aromatherapie-Massage bei Laura gewesen war. Die zarte Frau war beim geringsten Druck zusammengezuckt. Ihr Körper war so dünn und verspannt gewesen, daß es für Laura sehr schwierig gewesen war, die Muskeln zu lockern.

«Ich schätze, das kommt jetzt nicht in Frage», sagte David traurig und lenkte Laura von Mrs. Panotis' angespanntem blassem Gesicht ab. «Owen hat im Ambulatorium alle Hände voll zu tun. Wie wäre es mit morgen?»

«Was?» Laura sah zu ihm auf und fragte sich, wovon er redete.

«Ich habe gesagt, wie wäre es mit morgen?»

«Was hast du mit Clarissa in der Wäschekammer gemacht?»

Er sah sie lange an, als versuche er, ihren Gedankengang nachzuvollziehen, und antwortete dann gereizt: «Hatte natürlich eine wilde, leidenschaftliche Affäre mit ihr. Es ist einfach toll, sich auf einem Haufen durch Inkontinenz imprägnierter Laken zu lieben – müssen wir mal versuchen.» Sie starrte ihn wortlos an. «Mein Gott, woran ihr Frauen denkt!» sagte er halb erstaunt, halb angeekelt. «Ich habe dir eben erklärt, daß sie mir irgendeine verrückte Geschichte aufgetischt hat – angeblich hat jemand die Eintragungen im Medikamentenbuch manipuliert.»

«Warum sollte sie das behaupten?»

«Clarissa würde alles behaupten, um Aufmerksamkeit zu erregen», sagte David, und sein kühler Ton löste etwas, das sich in Lauras Brust zusammengekrampft hatte. «Ich nehme an, es sollte niemand hören, was sie zu sagen hatte.»

«Armer David», sagte sie. «Dauernd wirst du von Frauen bedrängt.»

«O ja. Was hab ich doch für ein Glück.»

Sie schaute wieder den Gang entlang. Clarissa betrat eben das Zimmer von Mr. Cobbold, Mr. und Mrs. Panotis waren nicht mehr zu sehen. Das Drama – wenn es denn eines gewesen war – war zu Ende. Und Tom Gilliam kam auf sie zu, seinen Rollstuhl ungeübt, aber energisch vorwärts schiebend. Als er an ihnen vorbeikam, machte er plötzlich einen Schlenker zur Seite und stieß Laura in Davids Arme. Belustigt sah er zu, wie sie sich voneinander lösten.

«Aber, aber meine schöne Maid – warum schäkert Ihr mit Pfadfindern und Jüngelchen?» fragte er übermütig.

«Ich schäkere, mit wem ich will, Mr. Gilliam», sagte Laura. «Auch wo ich will und wann ich will.»

Gilliam lächelte und schob die Räder seines Rollstuhls an. «Wie ich gehört habe, ist die Wäschekammer zur Zeit *in*», sagte er über die Schulter zurück. «Viel Spaß, Kinder.»

Irgendwo weiter weg wurde eine Tür geschlossen.

Am Nachmittag gegen drei kam Sturm auf. Zuerst wurden nur die Bäume im Wald um die Klinik herum von Unruhe erfaßt, als bewege die Hand eines Riesen die fast nackten Äste hin und her, verärgert, weil sich die letzten Blätter noch so lange an die Zweige klammerten. Dann verdeckten Wolken die Sonne, und der Wind wurde heftiger, wilder. Man spürte den Regen, man roch den Regen, aber er schien nicht fallen zu wollen.

Laura stand in Tom Gilliams Tür; er saß im Rollstuhl und schaute hinaus. Das Licht hinter ihm war ein seltsam gräuliches Gelb, und als er sich umdrehte, wirkte sein Gesicht spitz und angespannt. «Sie haben mir nicht gesagt, daß es solche Tage geben würde», sagte er.

Sie lächelte mitfühlend. «Ich weiß, Ihnen tun die Beine weh.»

«Alles tut weh», sagte er grollend.

«Die Schmerzen werden nachlassen, wenn es zu regnen anfängt – Sie werden sehen.» Sie hatte Mrs. Strayhorn und die anderen Patienten im Aufenthaltsraum genauso getröstet, denn alle hatten über ihre schmerzenden Gelenke geklagt.

«Aber klar doch. Werden Sie mir sagen, ich soll zwei Aspirin nehmen und Sie morgen früh rufen?»

«Keine schlechte Idee. Aspirin wirkt tatsächlich sehr gut gegen Entzündungen.» Sie merkte, daß er nicht richtig zuhörte. «Ich habe Sie vorhin mit Mrs. Strayhorn Schach spielen sehen und bin sehr froh, daß Sie endlich aus dem Bett gefunden haben.»

«Darauf könnte ich wetten», sagte er mürrisch.

«Heißt das ...»

«Es heißt, daß ich nicht im Bett liege», sagte er und seufzte dann. «Und ja, es heißt, daß ich angefangen habe, über den Mord an Ihrer Freundin nachzudenken. Warum alle zu denken scheinen, ich könnte etwas bewirken, ist mir schleierhaft, aber sie ... Ich habe nichts anderes zu tun.»

«Außer wieder auf die Beine zu kommen.»

«Sehr komisch.»

Laura trat ans Fenster und hielt inne, als sie das wilde Wogen der Wipfel und die dunklen Wolken sah, die vorbeirasten, scheinbar tief genug, um sich in den Ästen zu verfangen. Zum erstenmal nahm sie das nahende Gewitter bewußt wahr – sie hatte bisher zuviel zu tun gehabt – und war verblüfft über die Schönheit und die Gewalt.

Am anderen Ende des Parkplatzes sah sie in der Nähe der Hecke etwas Weißes aufblitzen. Im Wind war der dunkle Umhang einer Schwester aufgeklafft, die dort stand und mit Nick, dem Gärtner, sprach. Sie hielt sich den Umhang zu und war vor der dunklen Hecke fast wieder unsichtbar, von ihren hellen Haaren abgesehen. Laura war ziemlich sicher, daß es Clarissa Janacek war. Das Mädchen kommt wirklich herum, dachte sie.

Nicks Haltung nach zu schließen, handelte es sich jedoch um keinen freundschaftlichen Small talk. Sein vorgestreckter Kopf und die breiten Schultern verrieten Zorn. Plötzlich warf er seinen Rechen weg und griff nach Clarissa, doch sie war zu flink für ihn und wich ihm aus. Sie standen etwa einen Meter entfernt voneinander und schrien gegen den Wind an. Das Ganze wirkte wie ein Stummfilm, doch man hätte keine Untertitel gebraucht. Es war die klassische Szene von Junge verliert Mädchen.

«Was für ein Sturm», sagte Gilliam leise.

Laura fuhr zusammen. Sie hatte fast vergessen, daß er da war.

«Ja», sagte sie, nicht sicher, welchen Sturm er meinte. Aus dem Augenwinkel sah sie, daß Clarissa sich plötzlich abwandte und davonging. Nick, die Hände zu Fäusten geballt, starrte ihr nach. Gleich darauf versetzte er seinem Rechen einen heftigen Tritt, dann sank er in sich zusammen, hob den Rechen auf und ging auf das Klinikgebäude zu.

«Wer oder was hat Sie eigentlich dazu gebracht, es sich anders zu überlegen?» fragte Laura, neugierig und dankbar zugleich.

«Mein alter Boss, Stryker.»

«Der ‹gute Cop›?»

«Ebender. Ich hab mit ihm telefoniert. Er hat ein paar Sachen gesagt ... Na ja, er hat mich davon überzeugt daß meine Haltung mich keinen Schritt weiterbringt. Wahrscheinlich alles nur schlimmer macht.»

«Das habe ich Ihnen auch gesagt.»

«Tja, sagen wir, er war überzeugender.»

«Was hat er gemacht? Gedroht, Ihnen den Arm zu brechen?»

Gilliam brachte es fertig, zu lächeln. «Tatsächlich hat er mir genau das angedroht. Er sagte, das würde mich so weit bringen, daß jemand mir den Hintern abwischen muß.» Er schnitt eine Grimasse. «Diese Aussicht war nicht besonders reizvoll.»

«Aber ...»

«Er hat mir begreiflich gemacht, wie kindisch ich mich aufführe, okay? Können wir es dabei belassen? Oder muß ich im Staub kriechen und mich entschuldigen?»

«Nein, natürlich nicht.» Sie wollte nicht, daß er sich wieder mit seiner alten Aufsässigkeit wappnete, und es war ohnehin egal. Wichtig war, daß er es sich überlegt und sie in ihrem Bemühen, Julies Mörder zu finden, jetzt einen Verbündeten hatte – auch wenn er es nur widerwillig war.

«Sehen wir zu, daß wir Sie aufs Bett bekommen. Wir wollen ein paar einfache Übungen machen, um zu sehen, wie es um Ihren Muskeltonus steht.»

Sie ließ das Bett herunter, half ihm hinein, drehte es wieder hinauf, half ihm, sich auf den Bauch zu legen, und zog ihm dann mit einem Ruck die Schlafanzughose herunter.

«He!» sagte er erschrocken.

«Wir beginnen mit einer leichten Massage, um eventuelle Verkrampfungen zu lockern», sagte sie energisch und begann, leicht seinen Rücken, die Hinterbacken, die Oberschenkel und die Waden zu massieren.

«He», sagte er in einem anderen Ton. «Das tut gut.»

«Warten Sie's ab», sagte sie drohend und grub die Finger in die Muskelknoten unter der Haut, wo sie die Verspannung und die Schlaffheit der Muskeln fühlte. Kein Wunder, daß er überzeugt war, nicht gehen zu können – in ihrem augenblicklichen Zustand hätten seine Beine nicht einmal einen kleinen Jungen getragen.

«Erzählen Sie mir von Julie», sagte er plötzlich. Er hatte die Augen geschlossen und sah aus, als schlafe er halb. «Ich weiß jetzt alles über ihren Tod, aber wie war sie, als sie noch lebte? War sie eher glücklich?»

Er ist verdammt schnell, dachte Laura. «Anfangs war sie sehr glücklich.»

«Und später?»

Sie zögerte. «Dann nicht mehr. Sie war wegen irgend etwas beunruhigt, machte sich Sorgen, hat mir aber nie gesagt, warum.»

Er seufzte. «Das tun sie nie.»

«Und in ihrem letzten Brief schrieb sie, sie habe Angst.»

«Ja, Gabriel hat ihn den anderen Sachen beigelegt, die er mir geschickt hat», sagte Gilliam. «Interessant, aber nicht aufschlußreich.»

«Hören Sie, ich möchte nicht, daß Sie etwas Falsches denken ...»

«Nein, Sie wollen, daß ich das Richtige denke. Zum Beispiel, wieso Sie jetzt doch bei Ihrem Onkel arbeiten, obwohl Sie es immer abgelehnt hatten.»

«Weil ...»

«Weil Sie glaubten, Detektiv spielen zu müssen», sagte er unnachsichtig. «Das Sherlock-Holmes-Syndrom, eine häufige Krankheit, an der gewöhnlich Leute leiden die viele Kriminalromane lesen und eine übertriebene Vorstellung von ihren Fähigkeiten haben. Diese Leute werden sehr oft tot aufgefunden. Sind Sie verrückt?»

«Nein», sagte sie und grub ihm die Finger viel fester als nötig ins Fleisch. «Nur verdammt wütend.»

«Aua!» Er schwieg einen Moment. «Mögen Sie Ihren Onkel?»

Überrumpelt platzte sie heraus: «Er sieht aus wie mein Vater.»

Er stützte sich auf die Ellenbogen und drehte sich um, damit er sie ansehen konnte. «Was?»

«Sie waren Zwillinge», erklärte sie verlegen. «Mein Dad ist vor ein paar Jahren gestorben, hauptsächlich an Überarbeitung. Wenn ich Onkel Roger ansehe, sehe ich meinen Vater ...»

«... Und das macht die Dinge wirklich schwierig», schloß er an ihrer Statt.

«Ja.»

«Besonders weil Sie ihn nicht mögen», fuhr er fort.

«Das habe ich nie gesagt.»

«War auch nicht nötig.»

«Es ist aber nicht so, daß ich ihn nicht mag. Ich bewundere und respektiere ihn.»

«Vertrauen Sie ihm?»

Sie überlegte. «Ich – glaube schon.»

«Warum zögern Sie?»

«Wegen der Menschen, denen *er* vertraut», sagte sie abrupt. «Weil er *ihr* vertraut.»

«Jesus – spüre ich da ein bißchen Gift? Wer ist sie?»

«Mrs. Cunningham, seine persönliche Assistentin.»

«Was stimmt mit ihr nicht? Oh, warten Sie. Blond, sehr tüchtig, mit einem Lächeln, das nur bis zur Nase reicht?»

«Ja.»

Er nickte. «Sie kam, ein paar Tage nachdem ich eingeliefert worden war, ‹kurz vorbei›. Zwang mich, Formulare auszufüllen. Frustrierte Schulmeisterin.»

«Ich dachte eher an eine frustrierte Gefängniswärterin», sagte Laura. «Mit Gummiknüppel.»

«Du meine Güte!» Gilliam grinste über die Schulter. «Und das macht Sie auch gegen Ihren Onkel mißtrauisch?»

«Ich weiß es nicht, ich verstehe meine Gefühle für meinen Onkel überhaupt nicht», sagte sie traurig. «Gestern habe ich mich gefragt, ob es wegen der Patienten ist, die unerwartet sterben, heute frage ich mich, ob es etwas mit Medikamenten oder Drogen zu tun hat.»

Er sah sie fragend an.

«Anscheinend hat Schwester Janacek etwas zu David ... Dr. Butler von fehlenden Medikamenten gesagt. Keine Ahnung, um was es geht. Vielleicht war es das.»

Er grunzte. «In Krankenhäusern verschwinden dauernd irgendwelche Arzneimittel. Sie erwarten es, rechnen damit, übersehen es, fangen die Kosten ab. Das ist genauso, wie wenn in Büros Heftmaschinen und Briefumschläge verschwinden.»

«Warum sollte Julie sich deshalb Sorgen gemacht haben?»

«Vielleicht hat sie das gar nicht. Was war das mit den Patienten, die ganz unerwartet sterben? Das gefällt mir nicht.»

«Oh, das war nur Mrs. McAllister – mein Onkel hat eine Autopsie abgelehnt, obwohl David und Owen sie verlangten. Er hat gesagt, die Todesursache sei absolut klar und er wolle kein Aufhebens machen.»

«Er ist derjenige, der das Sagen hat.»

«Das ist er», sagte Laura bedächtig. «Aber ich denke, sie wollte der Klinik testamentarisch ein bißchen Geld hinterlassen.»

Er schnaubte gereizt. «Und Sie glauben, Ihr lieber Onkel könnte das im großen Stil betreiben, nicht wahr? Leute wegen ihres Geldes abmurksen. Aber würde das kein schlechtes Licht auf die Klinik werfen, wenn Leute, die hierherkommen, um gesund zu werden, plötzlich abnippeln? Wenn Familien Erkundigungen einziehen, Leute Fragen stellen? Das wäre für jedes Krankenhaus langsamer Selbstmord, glauben Sie nicht?»

Sie mußte zugeben, daß es, so ausgedrückt, weit hergeholt klang. «Nun ja, Sie haben sicher recht ...», sagte sie unglücklich. «Aber ich wundere mich, obwohl ich es nicht will.» Sie holte tief Atem. «Mrs. Strayhorn hat mir erzählt, daß Mrs. McAllister auch David Butler Geld hinterlassen wollte.» Wenn ich schon Gift verspritze, dann richtig, dachte sie.

Er zuckte mit den Schultern. «Und Sie denken, er hat sie getötet? Also, das könnte ich glauben», sagte er genüßlich. «Das wäre prima. Wenn er in dem Testament erwähnt wird, hätte er ein feines, kleines Motiv. Doch das wäre zu einfach.» Er sagte es fairerweise, denn ein Fan von David Butler war er gewiß nicht. Er zuckte zusammen, als sie eine besonders schmerzhafte Stelle durchknetete. «Die Briefe Ihrer Freundin waren – ungewöhnlich?»

«Ja, nun ... Julie war ungewöhnlich.»

Er schaute über die Schulter und hob fragend eine Braue. Wenn er das tat, sah er richtig satanisch aus. «Oh?»

«Nun, zunächst einmal hat sie überall ihre Nase hineingesteckt. Was nicht heißt, daß sie geklatscht hat, so war es nicht.»

Gilliam wurde ungeduldig. «Wie war es dann? Wie war sie?»

«Sie konnte wunderbar zuhören, brachte einen dazu, über sich selbst zu sprechen, was immer schmeichelhaft ist. Und sie gab gern ein bißchen an. Ihre Familie zog dauernd um – der Vater war bei der Armee –, und sie mußte immer wieder die Schule wechseln, sich neue Freunde suchen, verlor sie dann wieder, und alles fing von vorn an. Sie las zum Beispiel alle möglichen Filmzeitschriften, und wenn sie jemand kennenlernte, gewann er bald den Eindruck, daß sie praktisch mit Richard Gere aufgewachsen und Brautjungfer bei allen Hochzeiten von Cher gewesen war. Es war harmlos, in gewisser Weise rührend, und als sie älter wurde, versuchte sie auch, es zu kontrollieren, aber irgendwie entschlüpfte es ihr immer wieder. Sobald man sie besser kannte, beachtete man es nicht mehr, denn von dieser Schwäche abgesehen, war sie ein wirklich nettes Mädchen. Sie hatte solche Mätzchen gar nicht nötig, damit man sie mochte. Das Schlimmste war, daß sie sich von Zeit zu Zeit selbst einredete, ihre Geschichten seien wahr.»

«Das hört sich nicht nach einer Person an, die Ihr Onkel in Mountview eingestellt hätte.»

«Oh, ich habe Ihnen nur geschildert, wie sie im College war», erklärte Laura. «Als ich sie im Krankenhaus in Omaha wiedersah, war sie so ziemlich daraus herausgewachsen. Sie war eine hervorragende Physiotherapeutin. Und daß sie so gut zuhören konnte, wirkte bei den Patienten Wunder, die alle anderen mit ihren Symptomen gewöhnlich zu Tode langweilen. Das war eine von Julies besten Eigenschaften, sie langweilte sich nie.»

«Sie gehörte demnach zu den Leuten, die den Eindruck vermitteln, sie wüßten mehr, als sie sagen, ist das richtig?»

«Ich glaube, ja.»

«Sehr gefährlich», sagte Gilliam. «Sehr, sehr gefährlich.»

«Ich verstehe, was Sie meinen – Sie könnten durchaus recht haben.»

«Und war sie vielleicht ein Mädchen, das sein Wissen nutzte? Zum Beispiel, um ein bißchen Geld zu machen? Aua!»

Lauras Finger hatten sich plötzlich in seine Wade gebohrt. «Meinen Sie, ob sie eine Erpresserin war?»

«Ja, das meine ich.»

«Die Antwort lautet: Nein. Geld hat sie nie interessiert. Und sie wollte die Menschen nicht unglücklich machen, darauf war sie nicht aus. Alles sollte … harmonisch sein.»

«Aua! Das tut weh!»

«Wunderbar. Sie beklagen sich viel später, als ich erwartet habe.» Sie grinste ihn spöttisch an. «Es gibt noch Hoffnung für Sie.»

«Zur Hölle mit Ihnen!» stieß Gilliam hervor. «Übrigens, wenn Sie in die Stadt fahren, könnten Sie dem Sheriff ein paar Sachen von mir bringen.»

«Oh?»

Er zeigte auf den Nachttisch. «Da. Eine Liste von Dingen, die er für mich nachprüfen soll. Und ich habe auch ein paar Fragen.»

Laura ging nur mit der Absicht ins Sheriffbüro, Gilliams Notizen abzugeben, aber vorher mußte sie die Fragen stellen, die er ihr aufgetragen hatte. Sie kamen ihr merkwürdig vor, doch er hatte seine Gründe, und die hatte er ihr erklärt. Sie mußte zugeben, daß er wirklich sehr gut zu sein schien, und er wußte nervenaufreibend viel über Mord und Mörder.

«Ich soll Sie fragen, was mit ihren Haaren passiert ist», sagte Laura zu Sheriff Gabriel. «Julie trug immer einen langen Pferdeschwanz, aber auf den Bildern hat sie kurzes Haar.»

«Was?» Er starrte sie an. Sie wiederholte die Frage, und er griff nach einem der Tatortfotos.

«Verdammt! Ich hätte fragen sollen, ich hätte es merken müssen!» Der Sheriff schlug mit der flachen Hand auf den Schreibtisch. George Putnam und Tilly Moss sahen ihn aus großen Augen an.

«Wieso?» fragte Tilly. «Du hast sie doch nicht gekannt, hast nicht gewußt, wie sie aussah, als sie noch lebte. Außerdem wechseln Frauen ihre Frisuren wie ihre Schuhe. Ich muß gestehen, es wäre mir nicht eingefallen, die Leute zu fragen, wie sie ihre Haare normalerweise trug. Ich meine, so etwas bleibt unerwähnt, man muß danach fragen. So viele Mädchen haben kurzes Haar, heutzutage gibt es ja die verrücktesten Frisuren. Du hast Julie Zalinsky nicht gekannt, woher hättest du etwas über ihre Haare wissen sollen?»

«Der Schattenmann hat immer –», begann George.

«Es war nicht der verdammte Schattenmann!» brüllte Gabriel. George wich einen Schritt zurück, und sogar Tilly war über den Ausbruch erstaunt.

«Forrester hat nichts darüber gesagt, und er hat sie gekannt», fuhr Gabriel fort und versuchte seinen Deputy zu ignorieren, der offensichtlich etwas Wichtiges sagen wollte.

«Ja, aber ihr Haar war regennaß, und sie lag auf dem Rücken. Wahrscheinlich hat er angenommen, ihr Haar liege unter ihr», fuhr Laura fort. Das hatte Gilliam gesagt.

«Das vermute ich», räumte Gabriel ein. «Aber Ihr Mann hat es sofort entdeckt.»

«Darf ich etwas sagen?» fragte George.

«Nein!» fauchte der Sheriff.

«Ja», sagte Tilly. «Sag ihm, was du gefunden hast, George.»

George sah den Sheriff, der sich viel zu sehr über sich selbst ärgerte, um ihn zu beachten, triumphierend an. «Du weißt, daß ich im Archiv gestöbert habe, Matt. Alte Morde und so. Das Mädchen, das 1967 getötet wurde, hieß Patricia Cox. Sie war fünfzehn, Cheer-Leader und sehr hübsch, und sie hatte lange rote Haare. Als man sie im Wald fand, hatte man ihr den Schädel eingeschlagen, die Kehle aufgeschlitzt und die Haare abgehackt.»

«Sie meinen, man hatte sie skalpiert?» fragte Laura entsetzt.

«Nein, nicht wirklich», sagte George. «Das Haar war nur abgeschnitten, ganz kurz.» Er zeigte auf das Foto von Julie. Laura versuchte, nicht hinzusehen. «So. Sie hatte vorher auch einen Pferdeschwanz.» Er legte einen Ordner auf den Schreibtisch.

«Das ist lächerlich», sagte Gabriel.

«Es gibt noch mehr», sagte George.

«O Gott!» Gabriel stöhnte laut auf. Laura verstand noch immer nicht, warum er sich so aufregte.

«Alle Tiere, die damals umgebracht wurden. Die gestohlen und mit aufgeschlitzten Kehlen erhängt aufgefunden wurden.»

«Ja?» sagte der Sheriff tonlos.

«Der Täter hat ihnen auch die Schwänze abgeschnitten», sagte George selbstgefällig. «Den meisten jedenfalls. Und ich habe mit Ted Perry gesprochen – du weißt doch, daß er vorigen Monat seinen Hund tot aufgefunden hat? Nun, auch bei seinem Hund war der Schwanz abgeschnitten.»

«Heißt das, daß auch vor kurzem Tiere gequält und getötet wurden?» fragte Laura.

«Ein paar», sagte Matt widerwillig. «Wie George schon sagte, hat es in den sechziger Jahren und Anfang der Siebziger viele Fälle gegeben, dann lange nichts, und aus irgendeinem Grund hat es vor ein paar Jahren wieder angefangen. Doch niemand spricht darüber, weil die Leute denken, es sei der Fluch des Schattenmanns. Sie meinen, es sei eine Schande, davon berührt zu werden. Perry selbst hat uns auch nichts von seinem Hund gesagt, wir haben es erst vom Tierarzt erfahren. Vielleicht hat es noch mehr Fälle gegeben. Vielleicht sogar Hunderte.»

«Immer mit der Ruhe», sagte Tilly ungeduldig. «Du hättest davon gehört, wenn es oft passiert wäre. Ich fürchte, du hast ein Problem, Matt. Sieht ganz so aus, als laufe bei uns ein Verrückter frei herum.»

«Das will ich nicht glauben», sagte der Sheriff schroff.

«Natürlich willst du das nicht», sagte Tilly beschwichtigend. «Das will niemand. Aber es würde eine Menge erklären.»

«Es könnte Panik auslösen, wenn es durchsickerte, daß wir einen Irren suchen», sagte der Sheriff.

Das also war es, was ihm Sorgen machte. Laura meldete sich zu Wort: «Sagen Sie, Deputy – Sie haben die Akten aus den sechziger Jahren durchgesehen, nicht wahr?»

«Allerdings», sagte George sehr überlegen, weil er wie ein richtiger Kriminalbeamter «recherchiert» hatte.

«Haben Sie etwas über Brandstiftung gefunden?» fragte sie.

Überrumpelt starrte George sie an. «Brandstiftung?» fragte er verblüfft.

«Ja. Mr. Gilliam hat gesagt ‹willkürlich ausgebrochene, unerklärliche Brände›.»

«Da ist mir nichts aufgefallen», gestand George. «Ich habe nur nach Tötungen gesucht.» Er runzelte die Stirn. «Was haben Feuer damit zu tun?»

«Mr. Gilliam hat da etwas gesagt, als wir über den Fall sprachen. Ich erwähnte zufällig den Schattenmann, und er wurde ganz aufgeregt.»

«Ja.» George nickte. «Wie ich.»

«Nun ja, Mr. Gilliam hat in der letzten Zeit sehr viel gelesen», sagte Laura. «Eines der Bücher handelte von der Arbeit, die das FBI im Hinblick auf die sogenannten ‹Persönlichkeitsprofile› geleistet hat – besonders im Zusammenhang mit Serienmördern.»

«O nein!» sagte der Sheriff verzweifelt. «O nein! Wollen Sie damit sagen, daß wir es mit einem Serienmörder zu tun haben?»

«Nein», sagte Laura. «Nicht direkt jedenfalls. Ich meine, diese beiden Morde liegen fast dreißig Jahre auseinander, aber sie könnten irgendwie zusammenhängen. Laut Mr. Gilliam werden psychopathische Mörder in der Kindheit oft durch drei Dinge auffällig – Tierquälerei, Spiele mit Feuer und Bettnässen.»

George schaute unbehaglich drein. «Vom Bettnässen erfahren wir nie etwas.»

«Nein», pflichtete sie ihm bei. «Aber Brandstiftungen könnten nachgeprüft werden. Sie haben doch eine Feuerwehr oder?»

«Klar, doch es sind meist Freiwillige.»

«Aber irgend jemand wird doch verantwortlich sein, sich um die Ausrüstung kümmern, die Berichte schreiben und so weiter.»

«O ja, das macht Bud Nolan. Er hat vier festangestellte Männer, und die anderen kommen dazu, wenn sie gebraucht werden», sagte George. «Lassen eine Sirene heulen – oder haben es früher so gemacht. Jetzt haben sie Pieper, denke ich.»

«Und werden die Berichte aufgehoben?»

«Ganz bestimmt», sagte Sheriff Gabriel. «Nolan ist ein ziemlicher Traditionalist. Sehr bewandert in Geschichte und so. Wir haben in der Stadt eine Historische Gesellschaft, und er ist der Sekretär oder so ähnlich. Er hat bestimmt irgendwelche Berichte oder Protokolle auf der Feuerwache.»

«Dann soll sich sie jemand ansehen, hat Mr. Gilliam vorgeschlagen», sagte Laura. «Das könnte Ihnen helfen, das Bild zu vervollständigen.»

Der Sheriff sah sie schlechtgelaunt an. «Er denkt, daß wir einen Serienkiller in der Stadt haben?»

«Ich habe keine Ahnung, ob er das denkt oder nicht», erwiderte sie. «Aber es ist interessant, daß sich jetzt vielleicht wiederholt, was vor dreißig Jahren geschehen ist. Als ob das, was sich in dem Kind herangebildet hat, jetzt im Mann ausgebrochen wäre. Oder in der Frau – aber er sagt, es seien gewöhnlich Männer. Oder es könnte jemand sein, der weggezogen und vor kurzem zurückgekommen ist. Sie sollten wirklich selbst mit Tom Gilliam sprechen. Er hat die neuesten Bücher gelesen, es ist seine Idee, nicht meine.»

«Nicht jedes Kind, das ins Bett macht, wird zum Psycho», sagte George mit besorgt klingender Stimme. Laura fragte sich, ob er das Problem als Kind auch gehabt hatte.

«Nein, natürlich nicht. Aber Mr. Gilliam sagt, wenn alle drei Faktoren zusammentreffen, plus – sagen wir – einer kaputten Familie, Mangel, Verunstaltung, einem sehr niedrigen oder sehr hohen IQ, die beide zur Ausgrenzung führen können, wächst der innere Druck.» Sie fühlte sich ganz wie ein Detektiv, obwohl sie die Informationen nur weitergab.

«Was ist mit den Genen?» fragte der Sheriff. «Hab ich nicht erst kürzlich in der Zeitung gelesen, daß man ein Gen für das Böse entdeckt hat? Oder wenigstens für aggressives Verhalten? So was Ähnliches jedenfalls.»

«Darüber weiß ich nichts», gestand Laura offen. «Mr. Gilliam hat vorgeschlagen, Sie sollen das Verhaltensmuster bei jemand namens Vicap nachprüfen.»

«Das ist nicht jemand, das ist etwas», sagte der Sheriff. «VICAP – Violent Criminals Apprehension Program –, eine Möglichkeit, Serientäter durch Vergleich mit ähnlichen Morden im ganzen Land zu ermitteln. Diese Kerle kommen viel herum. Ich habe Einzelheiten unseres Mordes schon weitergegeben, weil er so zufällig und unnötig brutal war. Jetzt kann ich die Sache mit den abgeschnittenen Haaren hinzufügen. Vorher hatten wir nichts Vergleichbares.»

«Vielleicht weil sie den alten Mord nicht in ihrer Datenbank hatten», meinte George.

Matt nickte. «Dann schicke ich das am besten auch weg.»

«Jedenfalls ist das alles, wonach ich Sie fragen sollte», sagte Laura. «Nach den Haaren und den Bränden. Und nach dem Schattenmann.»

«Ha!» sagte George.

«Warum interessiert er sich so für den Schattenmann?» fragte der Sheriff.

«Er sagt, es sei möglich, daß jemand die alte Legende als Tarnung benutzt. Trittbrettfahrer nennt er das.»

«Ja, aber das hieße, daß es jemand sein müßte, der sich hier auskennt», sagte Gabriel.

«Nun, ich weiß über den Schattenmann Bescheid und bin nicht von hier», sagte Laura. «Und obwohl ich noch gar nicht lange hier bin, habe ich schon von verschiedenen Leuten von ihm gehört.»

«Also – was meint er? Haben wir's mit einem hiesigen Verrückten zu tun, einem umherziehenden Serienmörder oder einem Trittbrettfahrer?»

Laura zuckte mit den Schultern. «Ich denke, Sie müssen wirklich den Hintergrund überprüfen. Ist es ein hiesiger psychopathischer Mörder, ist es möglich, daß sich schon früher ein bestimmtes Verhaltensmuster abgezeichnet hat – Überfälle, die nicht mit Mord geendet haben, Brände und andere rituell anmutende Zwischenfälle, die sich zwischen dem alten und dem neuen Mord ereignet haben. Mr. Gilliam denkt das jedenfalls. Ist es jemand, der erst vor kurzem vom Schattenmann gehört und beschlossen hat, seinen Mord wie die Tat eines Phantoms aussehen zu lassen, dann gibt es kein Verhaltensmuster, denke ich.»

«Ich geh jetzt mal zu Bud Nolan in die Feuerwache», sagte George eifrig. Als er hinausging, sah er aus wie ein Spürhund auf einer Fährte.

«George hat gute Arbeit geleistet, Matt», sagte Tilly. «Er hat die Ähnlichkeiten zwischen den beiden Morden entdeckt. Und die Sache mit den Tieren. Das mußt du ihm zubilligen.»

«Aber das tu ich doch.» Matt griff nach dem Ordner, den George für ihn liegengelassen hatte. «Und ich bin auch Ihnen und Mr. Gilliam dankbar», sagte er zu Laura. «Die Schwierigkeit ist: Wo soll ich anfangen, nach einem Schattenmann zu suchen? Und was passiert, wenn die Medien Wind von der Sache bekommen? Dann könnte diese Stadt aus den Fugen geraten, Tilly. Das hatten wir doch schon. Und der *Howl* steht auch vor der Tür.»

«Was ist der *Howl*?» fragte Laura. «Die Schwestern reden dauernd davon.»

«Es ist die hiesige Variante von Halloween», erklärte der Sheriff. «Es ist ein Volksfest, und die Leute spielen sich gegenseitig Streiche. Es ist unsere Art, nach der Touristensaison Dampf abzulassen. Manchmal gerät es außer Kontrolle.» Er drehte sich zu Tilly Moss um. «Solche Gerüchte würden das Schlechteste aus den Menschen herausholen. Alle hätten Angst. Die Leute würden sich gegenseitig belauern, alte Feindschaften würden eskalieren. Und wenn die Medien … Ich mag gar nicht daran denken.»

«Es tut mir leid», sagte Laura. Er sah sehr erregt aus.

«Nicht Ihre Schuld, Mrs. Brandon.»

«Aber wenn Mr. Gilliam recht hat …», begann sie.

«Das glaube ich nicht», sagte der Sheriff. «Doch ich muß die Möglichkeit trotzdem in Erwägung ziehen. Sagen Sie ihm, ich danke ihm. Und danke für seine Mobiltelefon-Nummer. Sagen Sie ihm, ich rufe ihn später an.»

Laura stand auf, fühlte sich plötzlich überflüssig. Wenn das die Lösung war, wenn ein hiesiger Psychopath oder ein Serienmörder Julie getötet hatte, dann war die Klinik von jedem Verdacht befreit. Obwohl ihr die Vorstellung eines Irren nicht behagte, der Tiere quälte, Feuer legte und Leute tötete, war sie irgendwie erleichtert. Das hatte nichts mit Onkel Roger zu tun. Und auch nicht mit ihr. Überhaupt nichts.

Von den Anstrengungen des Tages erschöpft, starrte Gilliam zur Zimmerdecke. Es war zu früh und zuviel gewesen. Doch er hatte einige interessante Einsichten gewonnen. Da er im Lauf seiner sogenannten Ermittlungen mit den anderen Patienten zusammengetroffen war, hatte er auch eine Reihe unnötiger Informationen gesammelt – Einzelheiten über Operationen, Ansichten über die Börse, die Tatsachen, daß Dr. Jenks ein Heiliger, Dr. Forrester «reizend» war und Dr. Butler mit Mrs. Brandon «ausging».

Warum letzteres ihn ärgerte, wußte er nicht, aber wahrscheinlich hatte es etwas mit männlichem Konkurrenzverhalten zu tun. Er nahm Butler sein Aussehen, seinen Charme, seine Intelligenz übel.

Und seine Beine.

Er ertappte sich dabei, daß er zu Laura Brandons Fenstern schielte; ihr Licht wurde, in Streifen unterteilt, durch den Regen sichtbar, der an seiner Fensterscheibe hinunterlief. Seine Haltung gegen Butler hatte nichts mit dem zu tun, was er angeblich tat – spontan eine brillante Lösung für den Mord an Julie Zalinsky zu liefern.

Er mußte jetzt einen anderen Standpunkt berücksichtigen, etwas, wonach der Sheriff vorrangig gesucht hatte. Und Laura selbst hatte ihn darauf gebracht.

Das tote Mädchen hätte sich überall eingemischt, sei eine Wichtigtuerin gewesen, hatte sie gesagt. Was bedeutete, daß Julie Zalinsky ein sehr gefährliches Leben geführt hatte. Und das konnte auch der Grund dafür sein, daß es nur so kurz gewesen war. Oberflächlich gesehen, war dies der erste Hinweis auf ein mögliches klinikinternes Motiv. Der Himmel wußte, daß es nicht viele forensische Beweise gab – was dem Gewitter zu verdanken war, das vermutlich jenem geähnelt hatte, das jetzt draußen tobte, und das alle physischen Spuren weggewaschen hatte, die der Mörder hinterlassen haben mochte. Mann oder Frau? Die Frage war auch noch offen. Man braucht keine große Körperkraft dazu, um jemand von hinten mit einem Stein den Schädel einzuschlagen und dem Opfer, sobald es am Boden lag, die Kehle aufzuschlitzen. Nur unerbittlichen Vorsatz. Oder Wahnsinn.

Laura war kurz vorbeigekommen und hatte berichtet, ja, es habe Ende der sechziger Jahre ein paar kleinere Brände gegeben, genau um die Zeit, zu der ein anderes Mädchen im Wald umgebracht worden war – mehr oder weniger auf die gleiche Weise wie Julie Zalinsky. Und damals waren auch Tiere verstümmelt worden. Aber 1974 hatte all das aufgehört, bis vor sechs Jahren, als die Mountview-Klinik ihre Pforten geöffnet hatte.

Seit damals hatte es hin und wieder Feuer gegeben, und Tiere waren verschwunden oder verstümmelt worden, insbesondere war wenige Wochen vor Julie Zalinskys Tod der Tod eines Hundes zu beklagen gewesen. Schädel eingeschlagen, Kehle aufgeschlitzt, Schwanz abgeschnitten. Die beiden Mädchen waren auf identische Weise getötet worden: Schädel eingeschlagen, Kehle aufgeschlitzt, Pferdeschwanz abgeschnitten.

Von Nellie Strayhorn hatte er folgendes erfahren:

Um ganz oben anzufangen, Forrester war ein Teufel mit silberner Zunge; sie schien Schurken zu bewundern, sofern sie Stil hatten, und wollte von soliden Männern nichts wissen, wenn sie keinen hatten. Dennoch, es war eine gute Beschreibung die allerdings außer acht ließ, daß Forrester ein ausgezeichneter Organisator und innovativer Planer war. Mountview mochte von außen wie ein kleines Überbleibsel aus der Vergangenheit aussehen, doch dahinter steckten ein paar hochentwickelte Systeme.

Was bedeutete, daß auch Forrester seine verborgenen Seiten

hatte. Glatt nach außen hin, doch wie war er unter der Oberfläche? Er blieb undurchsichtig. Außer für seine Assistentin Milly Cunningham, vielleicht.

Nellie Strayhorn nannte sie «die eiserne Büx». Für einen Mann, der noch nicht ganz abgestumpft war, und Gilliam glaubte sich noch zu dieser Kategorie zählen zu dürfen, war Mrs. Cunningham faszinierend. Ihre Figur und ihr Gesicht waren makellos, doch sie versteckte beides hinter strenger Kleidung, Brille und Benehmen. Sie hatte Geschmack, zeigte ihn jedoch nicht, außer in ihrer Arbeit; und natürlich ihrer Ergebenheit gegen Forrester. Sie arbeiteten schon seit vielen Jahren zusammen. Ihr Mann, laut Nellie unheilbar geisteskrank, war vor fünf Jahren in einer Nervenheilanstalt verstorben. Obwohl sie beide frei waren, hatten Forrester und sie nicht geheiratet.

Warum nicht?

Der lieben alten Nellie zufolge deshalb nicht, weil Forrester gern ein Auge riskierte und sich nicht binden wollte. War sein Blick vielleicht auf Julie Zalinsky gefallen? Es gab dafür keinerlei Beweise, doch allem Anschein nach war Forrester ein Muster an Diskretion. Und das Mädchen hatte allein im Personaltrakt der Klinik gewohnt, während Milly Cunningham in der Stadt lebte. Sie blieb zwar häufig ganz offen über Nacht, doch was war in den Nächten passiert, in denen sie nicht geblieben war?

Dann war da David Butler. Gilliam hätte den Mord liebend gern dem Wunderknaben untergeschoben, doch daß er ihn begangen hatte, war höchst unwahrscheinlich. Grollend mußte er zugeben, daß die Meinung der anderen Patienten gerechtfertigt schien – Butler war ein fähiger Arzt. Er hatte im Westen studiert und war dann in den Osten gekommen, entgegengesetzt dem derzeitigen Trend, der die meisten Amerikaner nach Kalifornien zu ziehen schien. Warum hatte er das getan? Wie der Sheriff sorgfältig notiert hatte, waren laut Forresters Unterlagen Butlers Referenzen makellos – er hatte das Studium mit der besten Note abgeschlossen und brillante Zeugnisse von verschiedenen Kliniken.

Er war ein hervorragendes Beispiel für das, was man mit Begeisterung und harter Arbeit erreichen konnte, das konnte Gilliam nicht leugnen. Ebensowenig leugnen konnte er jedoch, daß er größte Lust hatte, Butler jedesmal, wenn er ihn sah, eins aufs Maul zu geben, doch das hatte wenig mit dem vorliegenden Fall zu tun. Blieb die Frage, warum sich Butler, anstatt Karriere zu machen, in eine kleine Provinzklinik im Mittelwesten vergrub. Laura hatte gesagt, sein Ziel sei es, Hausarzt in einer kleinen Stadt zu werden, und vielleicht stimmte das auch. Nicht jeder wollte hoch hinaus. Und manchmal wurden diejenigen, die hoch hinaus wollten, sehr unsanft auf den Boden zurückgeholt. Er, Gilliam, mußte es wissen.

Die Schwestern? Es gab viele, doch seine bevorzugte Kandidatin war Oberschwester Shirley Hasker. Sie war kräftig, sie hatte eine Stellung zu verlieren, und sie war in der fraglichen Zeit allein gewesen. Sie habe, wie Nellie Strayhorn ihm erzählt hatte, Julie Zalinsky sehr gern gehabt und sich seit dem Tod des Mädchens sehr verändert. War zwischen ihnen etwas vorgefallen? Hatte Julie etwas über die Ältere herausgefunden? Trauerte Shirley Hasker, oder quälte sie eine Schuld?

Higgins, der Gärtner? Michaels, der Krankenpflegehelfer und «Mann für alles»?

Beide waren Einheimische, aber Michaels als der Ältere ein möglicher Kandidat für den Mord anno 1967, kam eher in Betracht. Gabriel nannte ihn ein «Wiesel», immer bereit, eine Situation oder Möglichkeit auszunutzen, um sich ein wenig Bargeld zu verschaffen. Hatte er etwas zu verbergen? Hatte er für Julie eine Leidenschaft entwickelt? War er für den früheren Mord, die Brände und die Verstümmelung der Tiere verantwortlich – oder einfach nur ein sehr unangenehmer Mensch?

Auf Nick Higgins hatte Gilliam nur einen Blick durch das Fenster werfen können, als der Gärtner in den Blumenbeeten und auf dem Rasen gearbeitet hatte. Er war ein gutaussehender Mann, zu jung, um für die Verbrechen in der Vergangenheit verantwortlich zu sein, aber nicht zu jung, um nicht davon gehört zu haben. Laut Gabriels Unterlagen hatte er eine Jugendstrafe wegen Körperverletzung, was jugendlicher Übermut gewesen sein konnte oder ein Hinweis auf einen Hang zu Gewalttätigkeit. Er war offenbar sehr intelligent, sah sich aber in einer schwierigen familiären Situation gefangen. Der Vater Alkoholiker, die Mutter Invalide, doch er liebte beide und arbeitete hart. Er hätte mit einem Stipendium eine Universität besuchen können, war jedoch anscheinend damit zufrieden, für die Forstschule zu sparen und sicherzustellen, daß seine Eltern gut versorgt waren, während er dort war. Ein guter Junge also. Und gute Jungen drehten unter dem Druck, gute Jungen bleiben zu müssen, oft durch. Also war auch Higgins eine Möglichkeit.

Gilliam wußte nicht, was tun. Tatsächlich konnte er überhaupt nichts tun.

Vielleicht, dachte er zynisch, sollte ich anfangen, Kokain zu schnupfen wie Sherlock Holmes oder Orchideen zu züchten wie Nero Wolfe. Eines war sicher – in seiner Lage war er zu nichts gut. Und der Schlaf wollte nicht kommen.

13. KAPITEL

Die Sirenen weckten Laura.

Zuerst drehte sie einfach den Kopf auf die andere Seite, so gewöhnt war sie an das mechanische Jaulen in den nächtlichen Straßen der Stadt. Doch als die Sirenen näher kamen und lauter wurden, fiel ihr ein, daß sie nicht mehr in der Stadt war. Sie schlug die Augen auf.

Salomon saß, den Körper angespannt, die Ohren nach vorn gestellt, mit zitternden Schnurrhaaren und gesträubtem Fell auf dem Fensterbrett – umrahmt von blitzenden roten Lichtern jenseits der Hecke.

Laura schaute blinzelnd zum Wecker hinüber. Drei Uhr morgens? Was, in aller Welt, machte ein Krankenwagen hier? Mountview nahm keine Notfälle auf. Verschlafen und verwirrt warf sie die Decke weg und stolperte ans Fenster, wo sofort alle Schläfrigkeit von ihr abfiel. Es war kein Krankenwagen.

Es war ein Löschzug der Feuerwehr. Und ein zweiter kam die Zufahrt herauf.

Sie griff nach den Jeans und einem Sweatshirt und zog beides über das Nachthemd an. Am Fuß der Treppe prallte sie mit einer schattenhaften Gestalt zusammen, die sie brutal zu Boden stieß, weiterrannte und in der Dunkelheit verschwand.

«He!» schrie sie. «Was ist los?»

Sie bekam keine Antwort. Vielleicht war es Michaels, der zu seinem Schuppen lief, um einen Feuerlöscher oder sonst etwas zu holen. Obwohl, was hatte Michaels nachts hier verloren? Sie rappelte sich auf und lief auf die Klinik zu. Alle Fenster waren hell, doch hinter keinem flackerte es unheilvoll rot. Sie schlüpfte durch die Hecke und rannte über den Kies auf die weit offene Eingangstür zu. Dort stieß sie um ein Haar wieder mit jemand zusammen – diesmal war es ein Feuerwehrmann. Als sie sich umdrehte, erkannte sie Mr. Pugh, den Leichenbestatter. Er sah in der hastig übergeworfenen Uniform ganz anders aus als in der üblichen strengen schwarzen Gewandung.

Im Empfangsbereich wimmelte es von Menschen, die laut miteinander redeten. Schwestern und Feuerwehrleute liefen hin und her, führten gehfähige Patienten oder brachten andere in ihren Rollstühlen in Sicherheit. Es war noch keine Panik, doch viel fehlte nicht dazu.

Die Luft roch leicht nach Rauch, aber zu sehen war nichts. Laura half, wo sie konnte, denn natürlich war es am wichtigsten, die Patienten so schnell und schmerzlos wie möglich aus dem Gebäude ins Freie zu bringen. Als es stärker nach Rauch zu riechen begann, merkte man einigen Patienten ihre Angst an, doch noch kam es zu keiner Panik. Das war hauptsächlich Owen Jenks zu verdanken. Mit kalkweißem Gesicht und zusammengepreßten

Lippen, als könne er seine Wut kaum beherrschen, stand er auf dem Empfangspult und gab mit lauter, zorniger Stimme Anweisungen:

«Bringt dieses Bett auf die Zufahrt, in dem Schrank neben dem Aufzug sind hölzerne Rampen. Stellt die Stühle am Rand des Rasens auf. Laura, bringen Sie noch ein paar Decken aus dem Wäscheschrank am Pool.» Und so weiter.

Wäre die Feuerwehr nicht dagewesen, hätte alles viel besser funktioniert, denn das Klinikpersonal war sehr tüchtig und in Evakuierungstechnik ausgebildet. Doch die Feuerwehrleute waren so freundlich und hilfsbereit, daß sie allen im Weg standen.

Schließlich waren alle Patienten in Sicherheit. Alle standen fröstelnd herum und starrten zu der schönen Fassade der Klinik hinauf, als erwarteten sie im nächsten Moment ein *son et lumiere*-Spektakel. Es regnete schon lange nicht mehr, und der Wind hatte sich gelegt, doch es war bitterkalt – der Sturm war ein Vorbote eines Wettersturzes gewesen. Der Winter war gekommen.

Aus dem Haus hörte man Rufe und Geräusche und – was merkwürdig war – ab und zu auch Gelächter. Zufrieden, daß alle Leute das Gebäude verlassen hatten, waren die Männer der freiwilligen Feuerwehr völlig verschwunden, vermutlich um mit der Berufsfeuerwehr das unsichtbare Feuer zu bekämpfen. Licht floß aus der offenen Eingangstür und glänzte hinter jedem Fenster. Feine Rauchschwaden schlängelten sich jetzt träge durch die Empfangshalle wie blinde Schlangen, die im tiefen Schlaf lagen.

«Irgendwie enttäuschend, nicht wahr?» sagte eine Stimme dicht neben Laura, und sie fuhr zusammen. Es war Tom Gilliam, der mit einiger Anstrengung seinen Rollstuhl durch das Gras an ihre Seite gelenkt hatte.

«Was?»

«Nun, daß wir uns alle in Schale werfen mußten – und jetzt ist nicht einmal ein einziger Funke zu sehen.»

Die anderen Patienten hatten sich in einem Halbkreis aufgereiht; ein paar Rollstühle und mehrere willkürlich zusammengeraffte Sessel für diejenigen, die laufen konnten. Alle hatten sich in Decken gewickelt. Einige begannen, im Flüsterton miteinander zu reden, aber aller Augen hefteten sich auf die kahle Hausfront von Mountview. Ab und zu sah man einen Feuerwehrmann durch die Halle stürzen, der mit einer Axt oder den Armen fuchtelte und etwas Unverständliches schrie.

«Ich kann nicht behaupten, daß ich es enttäuschend finde», sagte Laura. «Und Onkel Roger bestimmt auch nicht. Keine Versicherungssumme der Welt könnte ein Ersatz für dieses Gebäude sein.»

«Hmmm.» Gilliam schien nicht überzeugt. «Wissen Sie, irgendwie ist das so, als sehe man einen alten Film. Das sind unverkennbar die Feuerwehrleute aus *Keystone*.»

Laura konnte ein Kichern nicht unterdrücken.

«Also brennt es jetzt oder brennt es nicht?» kam Mr. Cobbolds gereizte Stimme aus dem Dunkel. «Ich friere mir hier draußen meinen gottverdammten Hintern ab.»

Eine Frau fing leise zu weinen an. Laura drehte sich um und sah, daß es Mrs. Strayhorn war, die entsetzlich aussah. Sie ging zu ihr und kniete neben dem Rollstuhl nieder; das Gras unter ihren Knien fühlte sich frostig und steif an. «Nur keine Sorge – ich bin sicher, wir können bald wieder hinein.»

«Beachten Sie mich gar nicht», sagte die alte Frau. «Weiß gar nicht, warum ich heule.» Sie versuchte, sich mit dem Handrücken die Tränen abzuwischen. «Mag es nicht, wenn ich geweckt und von Leuten herumgeschubst werde, die ich nicht mal kenne, hier rausgeschoben werde wie ein altes Paket und mich fast zu Tode friere.»

«Hier», sagte Gilliam und reichte Mrs. Strayhorn an Laura vorbei eine Decke. «Mir haben sie mehr gegeben, als ich brauche.» Mrs. Strayhorn fror viel zu sehr und war zu aufgeregt, um zu widersprechen. «Sie sind ein guter Junge», sagte sie schnüffelnd, während Laura sie in die zusätzliche Decke packte.

«Pssst!» sagte Gilliam. «Ich möchte nicht, daß sich das herumspricht.»

«Frecher Bengel», sagte Mrs. Strayhorn, doch sie lächelte leicht.

«Ich frage mich …», begann Gilliam, unterbrach sich aber, als eine Gestalt in einem dunkelblauen Bademantel in der Eingangstür erschien und die Hände wie einen Schalltrichter um den Mund legte. In der Stille der Nacht drang Roger Forresters Stimme klar und deutlich zu seinen Patienten.

«Es ist vorbei», sagte er. «Ein paar Lumpen und Reinigungsflüssigkeit haben im Lager zu brennen begonnen und den automatischen Alarm ausgelöst, der direkt mit der Feuerwehr in der Stadt verbunden ist. Die Feuerwehrleute haben nicht einmal Schläuche gebraucht, haben den Brand mit Feuerlöschern erstickt. Tut mir leid, daß Sie hier draußen in der Kälte warten müssen, doch die Feuerwehrleute kontrollieren noch Wände und Fußbodendielen. Verloren haben wir nur ein paar Reinigungsgeräte, die leicht ersetzt werden können, und einige Patientenunterlagen, die leider unersetzlich sind. Doch von der Versicherungssumme kann ich endlich einen neuen OP einrichten.»

Erleichtertes Lachen von allen Seiten.

«Es tut mir sehr leid, daß Sie im Schlaf gestört wurden – wir werden es irgendwie wiedergutmachen.»

«Wie wäre es, wenn Sie's uns von der Rechnung abziehen würden?» meldete sich eine Stimme aus einem Bett.

Lächelnd und winkend verschwand Forrester wieder im Haus. Ein paar Minuten später kam der Chef der Feuerwehr heraus und sagte, sie könnten alle ins Haus zurück. Laura half den Schwestern, die Patienten in ihre Zimmer zu transportieren, verteilte heiße Getränke, zusätzliche Decken und Wärmflaschen. Und dachte, während sie die Patienten beschwichtigte, ununterbrochen an ihren Onkel. Obwohl er gelächelt und einen Scherz gemacht hatte, war ihr seine Schulterhaltung aufgefallen, und als sie endlich zu ihm in sein Apartment ging, erfuhr sie, was passiert war.

«Das Feuer wurde gelegt», sagte er grimmig.

«Wieder einmal», sagte lakonisch Sheriff Gabriel vom Sofa her. Allem Anschein nach war er unmittelbar nach der Feuerwehr eingetroffen und saß jetzt mit dem Hut in einer und einer Kaffeetasse in der anderen Hand da. Ihm gegenüber, ebenfalls mit Kaffeetasse, aber ohne Hut, saßen David Butler und Owen Jenks. Laura hatte David bei der Evakuierung nicht gesehen und angenommen, daß er gemeinsam mit der Feuerwehr den Brand bekämpfte. Was auch der Fall gewesen war.

«Wieder einmal?» sagte sie erstaunt. «Heißt das, es ist schon früher passiert?»

«Ein paarmal», sagte ihr Onkel müde. «Aber ich dachte wirklich, es sei vorbei.»

«Ich verstehe nicht», sagte sie, von einem zum anderen blikkend. Nach Davids und Owens Miene zu schließen, verstanden auch sie nicht.

«Bevor Ihr Onkel den Besitz gekauft hat, verfiel er allmählich und hatte den Ruf, ein Spukhaus zu sein», erklärte der Sheriff. «Ich wußte, daß die Lichter und die Geräusche, von denen die Leute berichteten, von einer Teenager-Bande stammten, die sich damit amüsierte, Leute zu erschrecken, oder von Tramps, die hier pennten – die Anzeichen waren unverkennbar. Besonders ein Landstreicher tauchte auf seinem Weg nach Süden jedes Jahr um diese Zeit hier auf. Als er die Bauarbeiter vorfand, begann er Schwierigkeiten zu machen und hoffte, sie dadurch abzuschrekken. Durch Feuer, Vandalismus, Diebstähle, solche Sachen eben. Hauptsächlich aus Bosheit. Ich erwischte ihn und jagte ihm eine heilige Gottesfurcht ein, und wir hatten keine Schwierigkeiten mehr. Zumindest nicht in diesem Jahr. Im nächsten versuchte er das alte Spielchen wieder. Der Neuaufbau war inzwischen fast beendet, und er legte ein besonders häßliches kleines Feuerchen und verschwand. Danach jedoch – nichts mehr. Ich hatte angenommen, er habe aufgegeben, die Situation akzeptiert. Anscheinend doch nicht.»

«Wir hatten ein paar Jahre Ruhe, Sheriff», sagte Forrester.

«Das stimmt», räumte der Sheriff ein. «Aber es ist dasselbe Verhaltensmuster und zur selben Jahreszeit. Vielleicht war er in der Zwischenzeit im Knast.»

«Daran habe ich nie gedacht», gab Forrester zu. «Doch das wäre durchaus möglich.»

«Jemand hat mich zu Boden gestoßen, als ich aus meiner Wohnung kam», sagte Laura. «Er ist zum Wald hin verschwunden.»

Der Sheriff richtete sich auf. «Konnten Sie einen Blick auf ihn werfen?»

«Nein, aber seine Silhouette hat sich von den Lichtern der Klinik abgehoben. Er war massig – und komisch gerochen hat er.»

«Wonach?»

Sie überlegte. «Ich kann es wirklich nicht sagen.»

«Nach Kerosin oder etwas Ähnlichem?» meinte Gabriel.

«Nein. Irgendwie muffig, unsauber, verschwitzt. Nicht sehr angenehm. Und da war noch etwas – ein Geruch wie nach Kräutern, bitter und scharf zugleich. Es tut mir leid, ich kann den Geruch wirklich nirgends unterbringen.»

«Werden Sie ihn suchen?» fragte Forrester.

Der Sheriff schüttelte den Kopf. «Der ist längst über alle Berge, nachdem er gemerkt hat, daß sein Brandanschlag kein verheerendes Feuer auslöste. Wir werden morgen früh versuchen, seine Fährte zu finden.» Er trank den Kaffee aus und stand auf. «Am besten, Sie schlafen jetzt alle ein bißchen.»

Als der Sheriff gegangen war, ließ Forrester sich auf das Sofa sinken. «Mein Gott», sagte er. «Menschen hätten sterben können, und er sagt mir, ich soll schlafen gehen.»

«Nun, er konnte im Dunkeln kaum etwas unternehmen», sagte Owen vernünftig.

«Der Mann ist ein Narr», sagte Forrester zornig. «Ein Hinterwäldler, völlig unfähig. Warum man ihn zum Sheriff gewählt hat, werde ich nie verstehen.»

«Beruhige dich doch, Onkel Roger», sagte Laura. Sie war es nicht gewohnt, ihn anders zu sehen als adrett, kühl und beherrscht. Jetzt stand sein Haar in alle Richtungen in die Höhe, seine Augen waren trüb, und seine Hände zitterten. Sie waren auch schmutzig. «Du duschst jetzt gründlich und gehst ins Bett. Morgen früh geht es dir bestimmt wieder besser.»

«Bevormunde mich nicht!» fauchte er.

Owen verteidigte sie. «Das tut sie nicht, sie redet nur vernünftig, was man von Ihnen nicht behaupten kann, Sir. Die Aufregung ist vorbei, und der Schaden ist wirklich nicht groß. Ist das nicht das Wichtigste?»

«Wahrscheinlich», brummte Forrester, schaute auf den Teppich und die Reste seiner Pantoffeln hinunter. Er muß Feuerwehrmann gespielt haben, dachte Laura, denn die Pantoffeln waren zerrissen und schmutzig wie seine Hände. «Aber es muß die Patienten aufgeregt haben ...»

«Ich bin eben dabei, hinaufzugehen und dafür zu sorgen, daß Ruhe einkehrt», sagte David, stellte seine leere Kaffeetasse ab und stand auf. «Die Schwestern haben sie wieder zu Bett gebracht, und Owen und ich werden uns jetzt als wahre Seelentröster erweisen ...»

«Jetzt schlafen sie wahrscheinlich schon», sagte Laura. «Vor einer halben Stunde hätten wir dich brauchen können.»

«Entdecke ich da einen Vorwurf?» fragte er belustigt.

«Nein.» Sie seufzte. «Nur Müdigkeit. Wo warst du übrigens, als wir die Leute hinausbrachten?»

«Ich habe mir die Fingernägel lackiert.» Er sah sie verblüfft an. «Ich war da und habe Betten hinausgerollt und Rollstühle geschoben wie alle anderen. Ich habe dich gesehen.»

«Oh.»

Forrester stand ebenfalls auf. «Gute Nacht», sagte er verdrießlich. Er war auf halbem Weg zu seinem Schlafzimmer, als die Tür aufgerissen wurde und Milly Cunningham hereinstürmte. «Mein Gott, ist alles in Ordnung? Ich habe eben erst gehört ...»

«Fast wäre das ganze Haus in Flammen aufgegangen», sagte Forrester düster. In dem Moment, in dem Milly erschienen war, hatte er sich sofort kaum merklich verändert. Vorher war er niedergeschlagen gewesen. Jetzt hatte er ein Publikum und eine Geschichte, die er erzählen konnte.

David, Owen und Laura gingen.

«Die Sirenen haben vor einer Stunde geheult», sagte Laura nachdenklich. «Wieso hat sie so lange gebraucht, um herzukommen?»

«Vielleicht ist sie zu Fuß gegangen», sagte David uninteressiert.

«Vielleicht», sagte Laura langsam. Dennoch kam es ihr merkwürdig vor. Besonders da Milly Roger Forrester angeblich zutiefst ergeben war.

Oder doch nicht?

Der nächste Morgen war bitter kalt und grau, der Himmel hing tief und voller Schneewolken.

Einer der Küchenhelfer kam fröstelnd mit einem großen Müllsack aus Plastik für den Verbrennungsofen heraus. Er rannte über den gepflasterten Streifen hinter dem Annex, wollte nur schnell wieder zurück in die warme Küche, wo ihn heißer Kaffee erwartete. Nachdem er den Plastiksack auf die übelriechende Rutsche geworfen hatte, machte er kehrt. Sein Blick fiel auf einen Gegenstand, der im froststarren Gras lag – die Handtasche einer Frau.

Er lief hinüber und hob sie auf. Nachdem er sie rasch durchsucht hatte, nahm er sie in die Küche mit.

«He, seht euch das an!» rief er. «Sie gehört Janacek.» Er verzog den Mund zu einem anzüglichen Grinsen. «Was sie mir wohl als Finderlohn anbieten wird?»

Schwester Janacek sollte um halb neun ihren Dienst antreten, doch es wurde neun, und sie war noch immer nicht da. Dann merkte jemand, daß ihr Wagen auf dem Parkplatz stand und der Boden darunter trocken war. Er hatte die ganze Nacht da gestanden.

Eine Stunde später fanden Sheriff Gabriel und seine Leute

Clarissa Janacek im Wald. Ihr goldenes Haar funkelte im frostigen Tau, und ihre blauen Augen starrten weit geöffnet auf das schwarze Filigranmuster der Äste über ihr. In den gewölbten Handflächen ihrer ausgebreiteten Arme hatten sich kleine Regenpfützen gesammelt und begannen jetzt zu gefrieren.

14. KAPITEL

Alles veränderte sich.

Plötzlich schien die Luft elektrisch geladen, wenn die Menschen sich gegenseitig ansahen und anstarrten und sich insgeheim Fragen stellten. Ein Mädchenmord war ein Schock. Zwei Mädchenmorde am selben Ort und auf gleiche Weise waren viel mehr. Laura fragte sich, was der Sheriff jetzt tun würde.

Ihr Onkel Roger ging in seinem Büro vor dem offenen Kamin auf und ab, als Laura eintrat. Milly Cunningham kauerte mit besorgtem Gesicht in einer Sofaecke und beobachtete Forrester durch die halb geschlossenen Lider.

«Ah, Laura. Wir mußten Schwester Goodfellow nach Hause schicken, sie ist völlig zusammengebrochen, als sie es hörte. Würdest du bitte hinaufgehen und ein wenig helfen, bis uns die Agentur eine Schwester schickt?»

«Selbstverständlich. Die Patienten müssen sehr erregt sein.»

«Erregt?» Roger Forrester lachte bitter auf. «Sie sind begeistert. Natürlich beteuern sie, wie geschockt und entsetzt sie sind, doch das ist leicht, wenn man sicher im Bett liegt und sich draußen ein Irrer herumtreibt.»

Ein eiskalter Finger glitt Lauras Rückgrat entlang. «Glaubt das der Sheriff?»

«Was soll man denn sonst denken? Zuerst Julie, jetzt Clarissa, beide in den Wald gezerrt und ermordet. Mein Gott, und ich bin hergekommen, weil ich dachte, es sei hier friedlich!»

Und ich bin hergekommen, weil ich dachte, daß etwas nicht in

Ordnung ist, überlegte Laura, als sie das Büro verließ. Es sah so aus, als habe sie recht gehabt. Sie fröstelte. Es überlief sie kalt.

Oben sah sie, was ihr Onkel gemeint hatte. Die Patienten in den Zimmern nach hinten hinaus hatten fast alle Besuch, denn diejenigen, die beweglich genug waren, um den Flur zu überqueren, hatten es in großer Eile getan, um ja nichts zu versäumen. Wenn der Bewohner des «glücklichen» Zimmers bettlägerig war, berichteten ihm die Patienten am Fenster haargenau jede Kleinigkeit: die Ankunft von Sheriff Gabriel und seinen Leuten, die Suche, die Auffindung der Leiche – die man sich ausmalte – und das Eintreffen der gerichtsmedizinischen Experten der Staatspolizei. Jetzt warteten sie auf das nächste Großereignis – den Abtransport der Leiche.

Im Schwesternzimmer trank Kay Kaffee und rauchte eine Zigarette; sie kehrte dem Fenster entschlossen den Rücken.

«Onkel Roger hat gesagt, ihr könntet hier etwas Hilfe brauchen», sagte Laura, als sie eintrat. Kay schnaubte.

«Machst du Witze? Sie sind alle mäuschenstill. Ich habe während der letzten zwei Stunden nicht einmal eine Bettschüssel ausleeren müssen, außer von den sechs, die nicht über den Flur können, um das Spektakel zu beobachten. Das ist besser als Fernsehen.» Kays Hand mit der Zigarette zitterte, und eine lange Asche fiel auf die Schreibunterlage.

«Goodfellow mußte nach Hause gehen, wie ich hörte», sagte Laura und setzte sich.

«Nun, du weißt ja, daß sie Clarissa angebetet hat», entgegnete Kay schroff. «Dauernd hat sie gesagt, wenn sie nur mit ihr nach Hause gegangen wäre, wäre es nicht geschehen. Ich habe ihr gesagt, daß es dann vielleicht im Wald zwei Tote gegeben hätte.»

«Warum ist sie nicht? Ich meine, mit ihr nach Hause gegangen? Sie wohnen doch zusammen, oder?»

«Sie war verabredet, und ihr Freund hat sie gestern abend hier abgeholt und heute morgen wieder hergebracht.»

«Oh.» Laura errötete leicht. «Ich wußte nicht, daß sie *so* mit jemand zusammen war.»

«Wie ‹so›?»

«Nun – fest. Um ehrlich zu sein, ich dachte, daß vielleicht sie und Clarissa … Du weißt schon.»

Kay wies die Andeutung weit von sich. «O nein. Bei den beiden waren es immer Männer. Und ich denke, keine von beiden mußte ‹fest› mit jemand zusammensein, um über Nacht bei ihm zu bleiben», fügte sie sarkastisch hinzu. Sie wollte nach ihrer Kaffeetasse greifen, warf sie aber um, als auf der Tafel hinter ihr ein Summer loslegte und sie erschreckte. «O verdammt! Was kommt jetzt?» Sie sprang auf und griff nach ein paar Krankenakten, um sie vor der sich ausbreitenden Flüssigkeit zu retten.

Laura starrte die Tafel an. «Ich wußte nicht, daß in Mrs. McAllisters Zimmer jemand ist.»

«Offiziell ist auch keiner da, aber man hat von dort eine gute Aussicht. Reich mir bitte ein paar Papierhandtücher.»

Laura gab ihr die Handtücher und ging. Sie war durchaus darauf gefaßt, in Mrs. McAllisters Zimmer den Geist der alten Lady zu sehen, fand statt dessen jedoch Tom Gilliam im Rollstuhl vor, der wie alle anderen aus dem Fenster schaute. Seine Schulterhaltung glich aufs Haar der von Salomon. Als er sich umdrehte, war sie fast enttäuscht, daß seine Schnurrbarthaare nicht auch zitterten wie die ihres Katers.

«Haben Sie Sheriff Gabriel gesehen?» fragte er, als er sah, wer hereingekommen war.

«Nein. Sollte ich?»

«Verdammt.»

«Tut mir leid. Wollten Sie etwa ein Geständnis ablegen?»

«Keiner sagt mir etwas. Wer wurde umgebracht?»

«Schwester Janacek.»

«Ah, die blonde Schönheit? Wie? Auf die gleiche Weise wie Julie Zalinsky?»

«Das weiß ich nicht.»

«Wie wär's, wenn Sie mich hinausbringen würden?»

«Absolut unmöglich. Uns fehlen zwei Schwestern, und ich muß hier aushelfen.»

«Zwei?»

«Eine der Schwestern war mit Clarissa befreundet. Sie hat sich so aufgeregt, daß man sie nach Hause schicken mußte.»

«Welche war das?»

«Schwester Goodfellow.»

«Goodfellow. Klein, dunkel, sehr sanfte Stimme?»

«Das ist sie.»

«Die Königin von Spanien und der Affe.» Er nickte.

«Was?»

«Oh, das sieht man öfter. Schönes Mädchen mit unscheinbarer Freundin. Die Königin von Spanien hatte immer einen Affen dabei, damit ihre Schönheit mehr hervorstach.» Er schaute wieder aus dem Fenster. «Das muß jetzt Sheriff Gabriel sein. Gehen Sie zu ihm und sagen Sie ihm, er soll heraufkommen.»

«Das werde ich nicht tun. Erstens bin ich kein Laufbursche, und zweitens hat er jetzt viel zuviel zu tun ...»

Sie unterbrach sich, als er sich vorbeugte und ungeduldig das Fenster hinaufschob, so daß sein Rollstuhl zurückrollte. Mit einem unterdrückten Fluch schob er sich wieder vorwärts und schrie: «Hallo, Sheriff! Hier oben!»

«Das reicht», sagte Laura wütend und knallte das Fenster zu. Durch das Glas sah sie, wie Matt Gabriel sich umdrehte, an der Fassade heraufsah, dann mit den Schultern zuckte und sich wieder abwandte. «Das letzte, was wir in Ihrem Fall brauchen können, ist eine Komplikation durch eine Lungenentzündung», sagte sie.

«Ach, halten Sie doch den Mund», sagte er mürrisch. «Früher oder später wird er im Haus alle befragen müssen. Jetzt kann ich ihn endlich persönlich sprechen. Sagen Sie ihm, er soll zuerst zu mir kommen.»

«Das werde ich nicht tun», wiederholte sie.

Er musterte sie einen Augenblick nachdenklich, grinste dann.

«Natürlich werden Sie. Sie wollen doch, daß es mir bessergeht, oder?»

«Was hat eines mit dem anderen zu tun?»

«Alles. Es gibt einen neuen Mord, in dem ermittelt werden muß. Ich muß schon sagen, Sie geben sich wirklich größte Mühe, Ihre Patienten zu motivieren.»

Wütend, wie üblich, funkelte sie ihn an und marschierte dann zur Tür. Auf halbem Weg drehte sie sich um. «Ihr Schnurrbart ist wirklich ein armseliges Ding», erklärte sie. «Sie sollten ihn abrasieren. Meine Katze hat einen schöneren als Sie.»

Sie hörte ihn noch lachen, als sie schon fast am Ende des Flurs war.

Als sie am Spätnachmittag die medizinische Bibliothek betrat, in der Matt Gabriel die Leute vernahm, sah sie, daß er müde war. Zögernd setzte sie sich auf den Stuhl, auf den er zeigte. Draußen war es inzwischen dunkel geworden, und die Tischlampen, die den Raum in ein weiches Licht tauchten, spiegelten sich in den schwarzen Fensterscheiben. Auch sie sah sich in ihnen; blaß, schimmernd, bruchstückhaft.

«Das ist ein Routinegespräch, Mrs. Brandon», sagte der Sheriff lustlos. «Wir nehmen es auf Band auf, weil Seth, mein Deputy, und ich keine Kurzschrift können. Haben Sie etwas dagegen einzuwenden?»

«Nein.»

«Gut. Wie Sie wissen, ist das eine Morduntersuchung. Daß ich Sie zu mir gebeten habe, bedeutet nicht, daß ich Sie in irgendeiner Weise verdächtige. Ich versuche nur, eine Art Zeitplan für die vergangene Nacht aufzustellen, um so genau wie möglich nachzuvollziehen, was Schwester Janacek vor ihrem Tod getan hat. Und um zu erfahren, ob Sie etwas Ungewöhnliches bemerkt haben. Ist Ihnen etwas aufgefallen?»

«Sie meinen, *außer* daß jemand das Haus in Brand gesteckt hat?»

Er seufzte. «Fangen wir damit an, zu rekonstruieren, wie Ihr Nachmittag und Abend verlaufen ist.» Er lehnte sich in dem Ledersessel zurück, der unter seinem Gewicht leise ächzte. Dann steckte er sich eine Pfeife an und beobachtete Laura durch den Rauch, den er bedächtig ausatmete.

Sie räusperte sich. «Ich habe den ganzen Nachmittag behandelt: Mr. Schultz von zwei bis drei. Mr. Pollard von drei bis halb vier – er ist neu hier, mit ihm habe ich nur seine Behandlung besprochen.»

«Ja, fahren Sie fort.»

«Dann hatte ich Pause. Ich ging in die Personalkantine, trank Kaffee und aß ein Plunderstück. Die sind hier sehr gut.»

«Ich weiß. Hab sie auch schon gegessen. Was dann?»

«Dann mußte ich zu Mr. Gilliam hinauf.»

«Wollten Sie ihn besuchen?»

«O nein, wir wollten mit der Arbeit im Pool anfangen, aber ich mußte es auf heute verschieben.»

«Warum das?»

Laura wurde rot. «Nun, vor allem brauchen wir nichts zu überstürzen. Und ich hatte eine Verabredung, mußte vor Ladenschluß in die Stadt, um ein paar Sachen zu besorgen, und ich mußte zu Ihnen.»

«Was für Sachen?»

«Hauptsächlich Lebensmittel. Ich habe Dr. Butler gestern abend zum Essen eingeladen und hatte nichts im Haus.»

«Also haben Sie Gilliam abgesagt. Wie fand er das?»

«Er hatte nichts dagegen. Wir haben eine Weile miteinander geredet, und ich habe ihm ein paar Übungen aufgetragen, damit seine Muskeln wieder anfingen, sich zu ‹erinnern›.»

«Erinnern?» fragte er und winkte ab, als sie den Mund öffnete, um zu erklären. «Lassen wir das, Sie haben geredet, er hat brav seine Kniebeugen oder so gemacht, und dann sind Sie in die Stadt gefahren?»

«Ja, das wissen Sie doch. Ich war bei Ihnen.» Sie schaute zu dem Deputy hinüber, der sie mit ausdrucksloser Miene beobachtete.

«Haben Sie im Lauf des Nachmittags irgendwann Miss Janacek gesehen – entweder bevor Sie fuhren oder nach Ihrer Rückkehr?»

«Vormittags habe ich sie gesehen», sagte sie vorsichtig.

«Aber nicht am Nachmittag?» Seine Augen wurden schmal. «Nun?»

«Ich ... bin nicht sicher.»

«Was heißt das?»

«Na ja – als ich mich mit Mr. Gilliam unterhielt, dachte ich, ich hätte sie einen Moment draußen erblickt. Aber es war ziemlich weit weg, und es war ...»

«Um welche Zeit war das?»

«Es muß kurz vor vier gewesen sein. Es hatte gerade angefangen zu stürmen. Deshalb bin ich nicht sicher, denn das Licht draußen hatte eine so merkwürdige gelbliche Färbung ... wie eben vor einem Gewitter, Sie wissen schon ... Und die Frau – wer immer es war – trug einen dunklen Umhang mit Kapuze. Ein Schwesterncape, ein paar der Mädchen tragen sie neuerdings wieder.»

«Es konnte also jede x-beliebige Schwester gewesen sein?»

«Jede x-beliebige blonde Schwester», korrigierte sie ihn. «Ein paar Haarsträhnen schauten unter der Kapuze heraus.»

Der Sheriff nickte. «Ich verstehe. Und was tat sie da draußen?»

Laura schluckte. «Nun – sie sprach mit Higgins.»

Der Sheriff sah sie überrascht an. «Dem Gärtner, oder?»

Sie nickte unglücklich.

«Haben sie sich einfach miteinander unterhalten, oder hatten Sie den Eindruck, daß sie vielleicht miteinander stritten?»

«Ich weiß nicht. Der starke Wind ... Und ich konnte sie auch nicht gut genug sehen ...»

«Sie meinen, Sie konnten nichts *hören*?»

«Nein, ich meine, ich konnte ihre Gesichter nicht gut genug sehen oder vielmehr ihren Gesichtsausdruck. Aber sie haben geschrien, das war deutlich an der Art und Weise, wie sie ihre Köpfe vorstreckten. Ob das nun scherzhaft war oder ob sie sich gegenseitig aus Wut angeschrien haben ...» Sie zuckte ratlos mit den Schultern. «... das kann ich wirklich nicht sagen. Vielleicht mußten sie auch einfach schreien, um sich bei dem Wind verständlich zu machen.»

«Vielleicht», sagte der Sheriff. Es klang skeptisch. «Und das war das letzte Mal, daß Sie sie gesehen haben?»

«Wenn es wirklich Clarissa war, ja.»

«Und sie sprach also mit Higgins ...»

«Ja.» Sie fühlte sich sehr unbehaglich. Brachte sie Nick durch diese Aussage in Schwierigkeiten? Wenn sie ehrlich war, so war es ihr ziemlich gleichgültig, wer Clarissa umgebracht hatte, es sei denn, es stellte sich heraus, daß es derselbe war, der auch Julie getötet hatte.

«Und Dr. Butler kam dann zu Ihnen zum Abendessen?»

Sie nickte.

«Wissen Sie, wann genau er kam?»

«Nein. Es muß irgendwann zwischen halb acht und acht gewesen sein. Ich habe gesehen, wie Dr. Jenks mit seinem Wagen ankam, das war ungefähr gegen sieben, und es hat dann noch einige Zeit gedauert, bis David bei mir erschien. Die Übergabe braucht immer einige Zeit.»

Er sah sie fragend an. «Die ‹Übergabe›?»

«Ja. Einer der beiden muß immer Nachtdienst machen, obwohl es eigentlich kaum etwas für sie zu tun gibt. Die Schwestern kommen meistens gut allein zurecht, aber die Klinik sichert sich durch diese Regelung juristisch ab, falls doch einmal etwas passiert. Derjenige, der Dienst hat, schläft immer in der Klinik. Es gibt im Moment keinen hier, dessen Zustand als kritisch eingestuft werden müßte, die meisten der Patienten sind ohnehin Rekonvaleszenten. Aber derjenige, der den Dienst übergibt, muß den anderen trotzdem über alle Schwierigkeiten oder Probleme, die es tagsüber gegeben hat, informieren.»

«Ich verstehe. Lassen Sie mich sehen, ob ich jetzt alles klar habe. Sie kamen also am frühen Abend aus der Stadt zurück?»

«So gegen Viertel vor sechs.»

«Schön. Und was taten Sie dann?»

«Ich habe angefangen zu kochen, mich zwischendurch geduscht, angezogen und mich dann darum gekümmert, daß das Essen fertig wurde. Leider war dann alles ziemlich verkocht, weil ich es so lange warm halten mußte. Als ich Owens Wagen sah, dachte ich, David würde in ein paar Minuten da sein.»

«Aber dann hat es noch mehr als eine halbe Stunde gedauert – vielleicht sogar eine Stunde, richtig?»

«Ja. Ich vermute, Owen ist nicht gleich zu David hochgegangen, und dann, als sie fertig waren, wollte David sich noch frisch machen, nehme ich an.»

«Sie haben, während Sie mit den Essensvorbereitungen beschäftigt waren, draußen nichts Ungewöhnliches gesehen oder gehört?»

«Nein, es wurde allerdings allmählich auch schon dunkel, und der Sturm …»

Matt seufzte schwer. «Ich weiß, das haben die anderen auch alle gesagt. Halten wir also noch mal fest, Sie waren von ungefähr Viertel vor sechs bis irgendwann zwischen sieben und acht allein und haben nichts Ungewöhnliches gesehen oder gehört. Ist das so richtig?»

Sie nickte.

«Und wann ist Butler gegangen?»

Sie spürte, wie sie errötete. «Gegen halb zwei, vielleicht auch ein bißchen später.»

«Das heißt also, daß Butler zwischen – sagen wir – acht und ein Uhr dreißig ununterbrochen mit Ihnen zusammen war.»

Sie sah ihn empört an. «Soll das heißen, daß David für Sie zu den Verdächtigen zählt?»

«Für mich zählt erst einmal jeder zu den Verdächtigen, sogar Sie, Mrs. Brandon», sagte Gabriel gleichmütig. «Wir können nicht ausschließen, daß Miss Janacek womöglich von einer Frau umgebracht worden ist.»

«Aber ich habe doch gehört ... Ist sie denn nicht vergewaltigt worden? Irgend jemand hat gesagt, sie sei vergewaltigt worden.»

«Wer hat das gesagt?»

«Ich weiß nicht mehr. Irgend jemand. Die Patienten haben ja den ganzen Nachmittag über nichts anderes geredet. Sie können sich gar nicht vorstellen, wie die Gerüchteküche ...»

«O doch, sehr lebhaft sogar», unterbrach er sie. Er sah sie an. «Clarissa Janacek starb, weil irgend jemand ihr mit einem Stein oder einem anderen stumpfen Gegenstand den Schädel eingeschlagen hat, Mrs. Brandon. Sie wurde weder vergewaltigt noch beraubt.»

Sie begegnete seinem Blick. «Hat man ihr auch die Kehle durchgeschnitten?»

«Ja», sagte er knapp.

Ein Frösteln überlief sie. «Es war also derselbe wie bei Julie.»

Er ging nicht darauf ein. «Das wäre dann alles, Mrs. Brandon, vielen Dank. Ihre Schilderung des gestrigen Abends stimmt mit der von Dr. Butler überein. Für die Zeit zwischen sechs und sieben hat er allerdings niemanden, der bestätigen kann, wo er war – genau wie Sie, Mrs. Brandon. Ziemlich genau um sieben hat Dr. Forrester ihn gesehen, und danach war er dann, wie wir wissen, mit Dr. Jenks zusammen.»

«Aber ...»

«Das wär's dann fürs erste.»

Sie war entlassen. Zögernd stand sie auf und machte einen Schritt in Richtung Tür, dann blieb sie stehen. «Mr. Gilliam würde Sie gern noch sprechen.»

Gabriel warf einen kurzen Blick auf ein vor ihm liegendes Blatt Papier mit den Namen aller Patienten und ihren Zimmernummern. «Mr. Gilliam kommt auch noch an die Reihe. Schwester Hasker sagte, die Patienten müßten so gegen halb sieben mit dem Abendbrot fertig sein.»

Es war schon nach neun, als Gabriel endlich dazu kam, zu Gilliam zu gehen und sich ihm vorzustellen. Der saß, als der Sheriff sein Zimmer betrat, im Bett und sah fern.

«Sie haben es sogar in die überregionalen Nachrichten geschafft», sagte er, nachdem Gabriel sich einen Stuhl herangezogen und sich neben ihn ans Bett gesetzt hatte. «Falls Sie vorhaben, von jetzt an regelmäßig dort aufzutreten, sollten Sie allerdings mal überlegen, etwas gegen Ihre Tränensäcke zu unternehmen», fügte er grienend hinzu.

«Daß ich da nicht selber drauf gekommen bin», rief Gabriel. Er musterte Gilliam unauffällig. Jack Stryker hatte ihm den Mann als intuitiv und gewitzt beschrieben, doch Gabriel fand, daß davon nicht viel zu spüren sei. Für ihn sah er im Moment einfach nur aus wie jemand, der zu lange im Bett gelegen hatte.

«Nun, was haben Sie herausbekommen?» begann Gilliam, als Gabriel keine Anstalten machte zu reden. Seiner Stimme war die Ungeduld deutlich anzumerken.

«Die gleichen Umstände, die gleiche Methode wie bei Julie Zalinsky», antwortete der Sheriff. «Und auch wieder ein ziemlich ungeschickter Versuch, dem Opfer die Kehle durchzuschneiden.»

«Was haben Sie jetzt vor?»

Gabriel hatte sich vornübergebeugt, um sich einen Schuh zuzubinden. «Weiß ich noch nicht», brummte er. «Hängt ganz davon ab, ob Sie mir etwas Neues mitzuteilen haben oder nicht.»

Gilliam zuckte mit den Schultern. «Ich fürchte, nein. Viel Klatsch, aber kaum Fakten. Ich glaube übrigens, daß dieser Michaels, das Faktotum hier, außer seinem Lohn noch hier und da ein paar nicht ganz legale Nebeneinkünfte hat. Offenbar stiehlt er auch – nur Kleinigkeiten, aber regelmäßig.»

«Wußte ich schon», knurrte Gabriel.

«Das hatte ich auch nicht anders erwartet, Sheriff», erwiderte Gilliam. «Ich erwähne es nur, weil mir – ehrlich gesagt – nicht ganz klar ist, warum Forrester ihn, wenn es sich so verhält, nicht längst rausgeworfen hat.»

Gabriel nickte. «Ja, merkwürdige Sache. Aber darum kann ich mich im Moment nicht kümmern. Irgendwo da draußen läuft ein Psychopath herum ...»

«Da kann ich Ihnen nicht zustimmen, Sheriff», sagte Gilliam.

«Verlangt ja auch keiner.»

«Komisch – ich dachte, wir hätten eine Übereinkunft ...»

«Das war vorher», sagte Gabriel entschieden. «Dieser zweite Mord hat alles verändert. Das einzige, was Sie jetzt noch für mich herausfinden sollen, ist, ob Forrester vielleicht hier in der Klinik einem Wahnsinnigen Unterschlupf gewährt hat.»

«Patienten mit schweren psychischen Erkrankungen werden hier gar nicht aufgenommen», wandte Gilliam ein.

Der Sheriff machte eine wegwerfende Handbewegung. «Ich weiß, das hat er mir auch schon erzählt. Was soll er sonst sagen? Aber es wäre doch sehr gut vorstellbar, daß hier einer wegen seiner Fettleber oder funktionsuntüchtigen Lunge behandelt wird, der *außerdem* auch noch verrückt ist.»

«Klingt fast, als wären Sie ein bißchen ratlos, Sheriff», bemerkte Gilliam vorsichtig.

«Schon möglich. Ich bin tatsächlich ratlos – mehr als nur ein bißchen. Irgendein Wahnsinniger bringt in meiner Stadt eine Schwester nach der anderen um ...»

«Julie Zalinsky war keine Krankenschwester.»

«Danke für den Hinweis», sagte Gabriel ironisch. «Immerhin trug sie auch weiße Dienstkleidung, oder etwa nicht? Für einen psychopathischen Mörder kann so etwas als Auslöser durchaus reichen.» Er stand auf, trat mit einem raschen Schritt ans Fenster und starrte mit grimmiger Miene auf den Parkplatz hinunter. Genau in diesem Moment trat unten Laura Brandon aus der Kliniktür und ging eilig in Richtung ihrer Wohnung. Mit ihrem dunklen Mantel, den sie lose über die Schulter geworfen hatte, war sie kaum mehr als ein Schatten – nur ihr weißer Arbeitskittel schimmerte wie ein helles Zeichen durch die sich herabsenkende Dunkelheit. «Großer Gott, nun sehen Sie sich das an!» rief der Sheriff aufgebracht. «Da sind hier zwei Frauen ermordet worden – und was tut sie? Läuft mutterseelenallein über das Gelände, als ob sie das alles völlig kalt ließe. Mit so einer Haltung fordert sie ja geradezu heraus, daß ihr etwas zustößt.»

«Wer?» fragte Gilliam, der vom Bett aus nichts sehen konnte.

«Mrs. Brandon, diese verdammte kleine Närrin. Mit ihrem weißen Kittel kann er sie selbst in der Dämmerung noch aus einer Meile Entfernung ausmachen.»

«Ist es denn Ihrer Meinung nach wirklich von Bedeutung, daß beide Opfer weiße Arbeitskleidung trugen?»

«Es ist *eine* Gemeinsamkeit, und solange wir nicht mehr wissen, müssen wir alle Möglichkeiten in Betracht ziehen», antwortete Gabriel und sah Laura nach, bis sie sicher durch die Hecke hindurch und die Treppe hoch in ihrer Wohnung war. Nach und nach ging in jedem ihrer Räume das Licht an, und der Sheriff wandte sich vom Fenster ab und sah zu Gilliam hinüber.

«Glauben Sie nicht, daß es mir auch sehr viel lieber wäre, wenn ich nicht nach einem Psychopathen Ausschau halten müßte?» fragte er gereizt. «Die wahnsinnigen Mörder sind die schlimmsten, das müssen Sie doch aus eigener Erfahrung wissen. Schwierig zu fassen, weil sie schlau und gerissen sind und nur schwer berechenbar. Und theoretisch kann es jeder sein. Der Pfarrer oder sonstwer, was weiß ich. Nach außen hin kann er als personifizierte Ehrbarkeit erscheinen, aber innen drin ... Ach», er stöhnte, «ich wünschte, es wäre kein Wahnsinniger.»

«Aber Sie sind sich ziemlich sicher, daß Sie es doch mit einem Psychopathen zu tun haben, oder?»

Gabriel drehte den Stuhl, auf dem er vorher gesessen hatte, mit der Lehne nach vorn und nahm mit gespreizten Beinen darauf Platz. «Ja, und ich werde Ihnen auch erzählen, warum.» Er begann mit der Geschichte des ursprünglichen «Schattenmannes» und gab Gilliam in wenigen kurzen Sätzen einen Abriß der Geschichte von Mountview. «So. Und dann wäre da auch noch Arthur Spradling.»

«Und wer ist das?»

Gabriel erklärte ihm, daß dies ein Landstreicher sei, dem das damals völlig verfallene Gebäude in der kalten Jahreszeit regelmäßig als Unterkunft gedient und der dann offen feindselig reagiert habe, als der Wiederaufbau von Mountview dieser Art Nutzung ein Ende setzte.

«Und Sie halten es für möglich, daß er der Mörder ist?» wollte Gilliam wissen.

Gabriel blickte düster. «Kann sein, kann auch nicht sein. Aber die meisten dieser herumziehenden Typen sind Alkoholiker oder nicht ganz richtig im Kopf. Vielleicht war da ursprünglich nur so etwas wie Bosheit und Gehässigkeit, und über die Jahre hat es sich dann zu blankem Haß und Vernichtungsphantasien ausgewachsen. Er ist eine halbe Ewigkeit hier nicht mehr gesehen worden, aber vielleicht ist er dieses Jahr zurückgekehrt und ihm ist die Sicherung durchgebrannt. Er machte schon damals einen ziemlich labilen Eindruck, und er kannte die Schattenmann-Geschichte. Ich weiß noch, daß er mir ziemlich auf die Nerven gegangen ist, weil er immer erzählte, er sei ihm im Wald begegnet, und düstere Andeutungen machte, der Schattenmann sei auf Rache aus. Wir haben Spradling wegen Brandstiftung damals sechs Monate ins Gefängnis gesteckt, danach verschwand er.»

«Dieses Feuer gestern nacht ...»

«Ja», der Sheriff nickte, «schon ein merkwürdiger Zufall, nicht? Gibt einem zu denken.»

«Haben Sie schon ...?»

«Ja, natürlich. Alles, was überhaupt nur möglich ist, als da wären: Beschreibung rausgehen lassen, beim FBI nachgefragt, ob vielleicht eine Akte über ihn vorhanden ist, und so weiter, und so weiter. Wenn er sich wirklich hier in der Gegend herumtreibt, dann fassen wir ihn.»

«Nun ja, möglich, daß er der Täter ist», räumte Gilliam ein. «Aber wenn nicht – welche Anhaltspunkte bleiben dann für eine Ermittlung übrig?»

Gabriel seufzte und zog sein Notizbuch hervor. «Ach, verdammt, auch nicht mehr als beim erstenmal.»

«Das wird sich zeigen», sagte Gilliam ruhig.

Gabriel rang sich ein Lächeln ab. «Hoffentlich.»

«Um welche Zeit wurde Clarissa Janacek eigentlich getötet?»

«Meiner Schätzung nach so zwischen fünf und acht Uhr gestern abend.»

Gilliam nickte befriedigt. «Das ist doch schon was. Also wieder zur Zeit des Schichtwechsels. *Ein* Mord in dieser Zeitspanne kann Zufall sein, aber zwei – da steckt mehr dahinter.»

«Mit dem Gedanken, daß Arthur Spradling der Mörder ist, können Sie sich nicht so richtig anfreunden, habe ich recht?» fragte Gabriel.

«Ja», sagte Gilliam, «ich kann ihn aber auch nicht einfach von der Hand weisen.»

«Aber Sie sähen es schon lieber, wenn jemand anders für die Tat ins Gefängnis wandern würde?» bohrte der Sheriff nach.

«Das muß ich zugeben.»

«Haben Sie jemand Bestimmten im Auge?»

«Noch nicht. Geben Sie mir noch etwas Zeit.»

«Ich habe Ihnen gegenüber doch gar keine Befugnisse», sagte Gabriel förmlich.

«Nein, aber Sie können entscheiden, ob Sie mich anhören wollen oder nicht.»

«Ich kann jede Hilfe brauchen», sagte Gabriel knapp.

Gilliam nickte verständnisvoll. «Dann schlage ich vor, Sie ertragen mich und meine Zweifel mit Geduld und erzählen mir, was Sie bisher herausgefunden haben.»

Der Sheriff schlug sein Notizbuch auf. «Im Grunde hat jeder ein Alibi – oder keiner, wie man's nimmt. Genau wie beim letztenmal», begann er. «Zwischen fünf und halb acht abends war fast jeder irgendwann mal kürzere oder längere Zeit allein. Forrester kam gegen Viertel nach sechs mit dem Wagen zurück, verschwand dann für eine Dreiviertelstunde – er sagt, er sei in seinem Arbeitszimmer gewesen – und tauchte erst kurz vor sieben wieder auf. Seine Sekretärin Mrs. Cunningham hielt sich während dieser Zeit – allein – im Vorzimmer auf und wartete auf ihn. Shirley – Oberschwester Hasker – gibt an, sie sei in ihrem Büro gewesen, um die Tagesberichte durchzugehen, ihr Dienst hatte um halb sechs angefangen. Die anderen Schwestern sind mal hier, mal dort gesehen worden, ich nehme an, Sie können sich's vorstellen. Dr. Butler war von Viertel nach sechs bis kurz nach sieben Uhr allein in seiner Wohnung, um sich für seine Verabredung mit Mrs. Brandon hübsch zu machen, die zur gleichen Zeit bei sich zu Hause ihrerseits gewisse Vorbereitungen für den Abend mit Butler traf.» Er seufzte. «Michaels hatte um halb sechs Dienstschluß, war danach in einer Kneipe und sagt, er sei gegen acht Uhr zu Hause gewesen. Das muß ich übrigens noch überprüfen.» Er nahm einen Stift und kritzelte eine kurze Notiz an den Rand seiner Aufzeichnungen. «Higgins hätte eigentlich zur selben Zeit gehen können wie Michaels, ist aber tatsächlich ungefähr eine Stunde länger geblieben. Der Sturm hatte bei einem Baum in der Nähe der Küche einen Ast halb herabgerissen, so daß er lose herunterhing. Higgins hat sich gleich darangemacht und ihn sauber abgesägt. Bäume bedeuten dem Jungen offenbar eine ganze Menge, habe ich den Eindruck, er hat gemeint, daß der Baum womöglich auseinandergerissen worden wäre, wenn der Sturm noch länger an dem herabhängenden Ast herumgezerrt hätte.» Er blickte von seinen Notizen hoch. «Mrs. Brandon hat ausgesagt, daß sie ihn am Nachmittag gesehen hat, wie er mit Clarissa Janacek sprach.»

Gilliam nickte. «Ich habe sie auch gesehen. Am anderen Ende des Parkplatzes, dort drüben bei der Hecke.»

«Mrs. Brandon war sich nicht sicher, ob es wirklich Miss Janacek war.»

«Doch, doch, sie war es. Ich habe sie deutlich erkannt.»

«Hatten die beiden Streit?»

«Möglich. Ich habe nicht so genau hingesehen, es hat mich ehrlich gesagt nicht interessiert. Tut mir leid.»

«Ja, sehr schade. Die Sache ist die – Higgins hat bei seiner Befragung dieses Treffen mit Miss Janacek mit keinem Wort erwähnt. Ich habe erst durch Mrs. Brandon davon erfahren.»

«Vielleicht hat er befürchtet, er könne als Mörder verdächtigt werden. In der Klinik erzählt man sich, Clarissa Janacek sei einige Male mit ihm ausgegangen – allerdings nur um Dr. Hambden eifersüchtig zu machen.»

Gabriel ließ das Notizbuch sinken. «Soll das heißen, daß Dr. Hambden …? Das kann ich nicht glauben.»

«Es stimmt aber. Haben Sie Miss Janacek mal kennengelernt?»

«Ja, ich habe sie nach dem Mord an Julie Zalinsky befragt, und sie war mir vorher schon aufgefallen. Sie ist ja öfter in die Stadt gekommen.»

«Sie ist Ihnen also aufgefallen – kein Wunder. Können Sie sich wirklich nicht vorstellen, daß jemand wie Hambden, seit Jahren verwitwet und jetzt kurz vor seiner Pensionierung stehend, sich in so eine attraktive junge Frau verliebt, zumal wenn sie ihn noch ermutigt? Und genau das hat sie getan – ziemlich offen sogar, wie ich gehört habe.»

«Na ja, so wie Sie's jetzt darstellen, vielleicht schon», räumte Gabriel widerstrebend ein.

«Das Problem mit Miss Janacek war», fuhr Gilliam fort, «daß sie nicht nur einen, sondern offenbar immer gleich mehrere Männer ermutigte. So will es jedenfalls der Klinik-Klatsch. Und sie beschränkte sich auch nicht auf das Klinikpersonal. Patienten oder Besucher – jeder kam in Frage, wenn er ihr gefiel. Das soll nicht heißen, daß sie auch mit allen diesen Männern tatsächlich ins Bett ging, sie war nur ständig am Flirten und Kokettieren. Ich könnte mir vorstellen, daß ihr das im Lauf der Jahre so zur zweiten Natur geworden war, daß sie gar nicht mehr groß darüber nachdachte.»

«Und einer von diesen Männern fühlte sich von ihr an der Nase herumgeführt …», sagte Gabriel und sah ziemlich unglücklich aus. «Das hieße dann, daß Julie Zalinsky und Clarissa Janacek nicht von ein und demselben Täter umgebracht worden sind. Mit anderen Worten – ich müßte nach zwei Mördern suchen.»

Gilliam wiegte den Kopf. «Ja, diese Schlußfolgerung liegt nahe. Aber eigentlich glaube ich das eher nicht. Ich denke, die beiden Morde stehen miteinander in Verbindung und wurden von ein und demselben Täter begangen. Ich komme nur einfach nicht drauf, worin genau diese Verbindung besteht.»

Gabriel klappte sein Notizbuch zu. «Was wir im Grunde am nötigsten brauchten, wäre das Motiv. In keinem der beiden Fälle hat sich da bisher irgend etwas ergeben. Deswegen denke ich auch, daß es vielleicht ein Psychopath war, so jemand mordet schließlich ohne nachvollziehbares Motiv.»

«Hat denn keiner der Patienten etwas gehört?»

«Doch, aber nur das Heulen des Sturms. Der Herbst müßte eigentlich die Lieblingsjahreszeit aller Mörder sein, das Wetter bietet jedenfalls phantastische Möglichkeiten, unbemerkt einen Mord zu begehen. Ich glaube übrigens nicht, daß einer der Patienten als Täter in Frage kommt. Es gibt da allerdings so eine junge Frau ...» Gabriel brach ab und schien plötzlich in die Betrachtung seiner Hosenbeine versunken.

«Sie meinen Mrs. Panotis?»

Gabriels Augen weiteten sich vor Erstaunen. «Woher wissen Sie das?»

Gilliam lächelte milde. «Weil sie mir auch aufgefallen ist. Es ist so eine Art Instinkt. Genau wie bei Ihnen. Ich kann nicht mal sagen, was genau es jeweils ist. Ein bestimmter Geruch, eine Geste oder ein besonderer Tonfall, aber bei manchen Leuten merke ich, wie ich eine Gänsehaut bekomme.»

Gabriel nickte. «Ich glaube, bei ihr ist es das ständige Lächeln.» Er rutschte unbehaglich auf seinem Stuhl hin und her. «Aber sie kann ja noch nicht einmal aus eigener Kraft aufstehen, wie soll sie es da fertiggebracht haben, eine Frau umzubringen, die wesentlich größer und vor allen Dingen kräftiger und gesünder war, als sie es ist?»

«Oh, sie kann durchaus aufstehen, vorausgesetzt, sie will», sagte Gilliam. «Ich habe sie gestern morgen in der Tür ihres Zimmers stehen sehen. Sie beobachtete ihren Mann.»

«Wieso – was tat er denn?»

«Er unterhielt sich mit Clarissa Janacek. Die beiden schienen ziemlich vertraut miteinander zu sein. Und Sie hätten sehen sollen, wie Mrs. Panotis Miss Janacek mit ihren Blicken durchbohrte – als würde sie sie am liebsten gleich auf der Stelle umbringen.»

«Ja, zum Teufel», sagte Gabriel erbittert, «wie viele Verdächtige wollen Sie mir denn noch präsentieren?»

«Oh, Dutzende», sagte Gilliam grinsend.

15. KAPITEL

Nick Higgins hockte dem Sheriff gegenüber zusammengesunken auf seinem Stuhl. Er sah elend aus. George hatte ihn zu Hause abgeholt, er hatte mit einer fiebrigen Grippe im Bett gelegen. «Es ist mir egal, wer mich gesehen hat, ich hab Clarissa nicht umgebracht», sagte er zum wiederholten Mal. «Wir hatten eine kleine Auseinandersetzung, das geb ich ja zu, aber das war völlig unbedeutend … wirklich völlig unbedeutend.»

«Ich habe gehört, Sie hätten sich angeschrien», sagte Gabriel ruhig.

«Wir haben geschrien, ja, aber uns nicht angeschrien! Es war sehr stürmisch gestern abend, und wir standen nah an dieser dichten Hecke am Ende des Parkplatzes, und die Blätter haben so gerauscht – das war, als stünden wir direkt neben einem Wasserfall oder so was. Es blieb uns gar nichts anderes übrig, als zu schreien.»

«Um was ging es denn bei Ihrer ‹kleinen, unbedeutenden Auseinandersetzung›?»

«Clarissa hat unsere Verabredung abgesagt.»

«Haben Sie sich öfter mit ihr getroffen?»

«Ab und zu, wenn sie nichts anderes vorhatte», sagte Nick tonlos. «Und gestern abend, da sagte sie plötzlich, sie hätte noch etwas zu erledigen.»

«Hat sie Ihnen erklärt, was?»

«Nee, das tat sie ja nie. Deswegen bin ich gestern auch etwas ausgerastet, sie machte das nämlich immer so – erst sich mit mir verabreden und dann – zack! – absagen, wenn sich was Besseres bot. Ich war für Clarissa so was wie die zweite Garnitur, ich war immer gut, wenn sie sich langweilte oder jemanden brauchte, der für sie bezahlte.»

«Warum haben Sie sich denn überhaupt mit ihr abgegeben, wenn sie Sie so schlecht behandelte?»

«Haben Sie sie mal gesehen?»

«Ja, schon, aber ...»

«Und außerdem bedeutete eine Verabredung mit ihr, daß man am Ende automatisch im Bett landete, da wäre man ja blöd, sich so was entgehen zu lassen. Und sie war immer voll und ganz bei der Sache. Manchmal kam ich mir fast vor wie bei einer, die das gewerbsmäßig macht.»

«Ging sie mit vielen ins Bett?» fragte Gabriel brutal.

«Das weiß ich nicht. Sie schlief mit mir, wenn ihr danach war, und für mich war das jedesmal wie ein Geschenk», knurrte Nick. «Ich machte mir keine Illusionen, daß ich ihr viel bedeutete. Ich kannte meinen Stellenwert bei ihr und habe das auch akzeptiert. Aber gestern abend, da war ich dann doch ziemlich sauer. Irgendwann ist man das mal leid, immer wieder zur Seite geschoben zu werden. ‹Heute abend klappt es nicht›, sagt sie. Ich frag sie: ‹Warum denn nicht?› Sagt sie: ‹Hab was zu erledigen.› Darauf ich: ‹Was denn zu erledigen?› – ‹Was Geschäftliches.› Ich frage: ‹Was Geschäftliches?› Sagt sie: ‹Frag nicht soviel. Es ist besser, wenn du nichts davon weißt.›»

«Was denken Sie, was sie damit gemeint hat?»

«Keine Ahnung. Aber sie hat so eigenartig gelächelt und war so ... triumphierend, als hätte sie ein ganz großes Geheimnis.»

«War sie öfter so?»

Nick überlegte. «Nein, vorher noch nie.»

«Wohin sind Sie gegangen, wenn Sie verabredet waren?» wollte Gabriel wissen. Er konnte sich nicht daran erinnern, die beiden zusammen in der Stadt gesehen zu haben.

«Oh, nach außerhalb. Sie kennen vielleicht diesen großen Schuppen an der 183: das *Stick-to-your-Ribs*. Sie tanzte gerne, und sie aß gern Spareribs.»

«Und hinterher?»

«Was und hinterher?»

«Na, wo sind Sie dann mit ihr hingegangen? Haben Sie sie mit zu sich nach Hause genommen?»

Er wurde tatsächlich rot. «Nein, wir sind immer zu ihr. Sie hatte zusammen mit einer anderen Schwester ein Haus gemietet. Ich lebe bei meinen Eltern, dahin konnte ich sie schlecht mitnehmen.»

Gabriel nickte. «Ja, verständlich. Und wie lange ging das mit Ihnen beiden schon so?»

«Sie meinen, daß wir uns trafen?»

Gabriel nickte.

Nick hob die Schultern. «Ungefähr seit einem Jahr. Mal häufiger, mal seltener. Insgesamt eher letzteres, würde ich sagen.»

«Als sie sagte, sie habe etwas ‹Geschäftliches› zu erledigen, da hatten Sie doch sicherlich so Ihre Vermutungen?»

Nick runzelte die Stirn. «Was für Vermutungen?»

«Nahmen Sie an, sie treffe sich mit einem anderen Mann?»

«Nein ... den Eindruck hatte ich nicht. Nach dem, was sie sagte, dachte ich, es gehe irgendwie um Geld. Vielleicht eine neue Stelle, so was in der Art. Vielleicht auch ein Umzug in eine andere Stadt ... Ich glaube, daß mich vor allem dieser Gedanke etwas wütend gemacht hat.»

«Waren Sie nicht vielleicht doch *sehr* wütend, Nick?» fragte Gabriel sanft.

Nick hob sofort wachsam den Kopf. «Nicht so wütend jedenfalls, daß ich sie getötet hätte. Das wäre doch auch wirklich dämlich gewesen von mir, finden Sie nicht? Sie hat schließlich nichts davon gesagt, daß sie überhaupt nicht mehr mit mir ausgehen würde, sondern nur, daß es an diesem Abend nicht klappen würde …» Er seufzte und schien nach den richtigen Worten zu suchen. «Sie hatte diese Angewohnheit, einen auszulachen, wenn man wütend war – je wütender man wurde, um so mehr lachte sie, das hat es noch schlimmer gemacht. Ohne das wäre meine Wut sicher gleich wieder verflogen.»

«Verabreden Sie sich manchmal auch mit einer der anderen Schwestern, Nick?»

«Ja, manchmal. Das sind dann aber wirklich nur Verabredungen, Sie wissen schon. Es kommt auch nicht sehr oft vor. Ich habe familiäre Verpflichtungen, da kann ich nicht dauernd unterwegs sein.»

«Ja, ich weiß. Ich habe gehört, daß Sie sich sehr um Ihre Eltern kümmern.»

«Sie haben sich ja auch um mich gekümmert, als ich noch klein war», sagte Nick eine Spur aggressiv, «da ist es wohl nur recht und billig, daß ich dasselbe tue.»

«Aber es ist bestimmt trotzdem eine Belastung», bemerkte Gabriel.

«Manche Dinge kann man nur hinnehmen», sagte Nick, «da gibt es einfach keine andere Möglichkeit, fertig, Punkt. Es hat keinen Zweck, sich darüber aufzuregen, das macht es nur noch schlimmer. Und schließlich können sie ja auch nichts dafür, oder?»

«Nein, wahrscheinlich nicht», antwortete Gabriel. «Noch eine Frage: Sind Sie ganz sicher, daß Clarissa nicht doch irgendeine Andeutung gemacht hat – und sei sie noch so vage –, was sie gestern abend statt der Verabredung mit Ihnen vorhatte?»

«Nein. Je wütender ich sie fragte, um so mehr lachte sie. Sie fühlte sich ganz groß gestern abend. Es machte mir ehrlich gesagt sogar fast Sorgen. Sie hatte doch gesagt, es sei besser, wenn ich nicht wisse, was sie vorhätte, und da habe ich mich gefragt, ob es vielleicht etwas … etwas Unerlaubtes war.»

«Etwas Unerlaubtes? Was meinen Sie damit?»

Nick zuckte die Schultern. «Was weiß ich, es war ja nur so ein Gefühl. Ich kann Ihnen da nicht weiterhelfen. Sie sehen ja, ich bin zur Zeit ziemlich daneben, ich habe Fieber, und mein Kopf fühlt sich an, als hätte ich eins mit dem Vorschlaghammer drüber gekriegt. Und Clarissa ist tot – das ist ein schrecklicher Gedanke. Aber gestern abend, wirklich, da kam sie mir vor wie ...» Er hielt inne.

«Wie? Wie kam sie Ihnen vor, Nick?» drängte Gabriel.

«Wie ein ungezogenes kleines Mädchen, das den Schlüssel zum verbotenen Schrank gefunden hat und jetzt vorhat, die Keksdose zu plündern.»

Als Laura am nächsten Morgen die Klinik betrat, traf sie Shirley Hasker, die gerade ihren Nachtdienst beendet hatte. Mit der Oberschwester schien in den letzten vierundzwanzig Stunden eine große Veränderung vor sich gegangen zu sein. Laura erschrak, als sie sie so sah. Sie wirkte ganz in sich zurückgezogen, mit angstvoll aufgerissenen Augen – wie ein Tier in der Falle.

«Shirley, fehlt Ihnen etwas?»

«Mir geht es gut.» Ihre Stimme klang heiser.

«Aber ... Vielleicht sollten Sie besser nicht Auto fahren.»

«Ich fahre nie selbst. Mein Bruder holt mich immer ab. Bestimmt wartet er draußen schon auf mich.» Laura hatte ihr als Geste des Mitgefühls behutsam eine Hand auf den Arm gelegt, doch sie entzog sich der Berührung sofort und lief eilig davon.

Im Schwesternbüro traf Laura auf Kay, die mit energischen Handgriffen den Schreibtisch in Ordnung brachte. «Fehlt Shirley etwas? Sie sieht so elend aus», fragte sie.

«Vielleicht, aber wenn, dann sicherlich nichts Körperliches», antwortete Kay.

«Und du selbst – bist du in Ordnung?»

«Ja, völlig in Ordnung, mal abgesehen von der Tatsache, daß ich jedesmal, wenn ich auch nur das kleinste Geräusch höre, vor

Schreck an die Decke springen könnte. Und heute morgen hatte ich fast einen Herzanfall, weil ich auf dem Parkplatz plötzlich das Gefühl hatte, als würde jemand hinter mir herrennen.» Sie lächelte matt. «Es stimmte auch. Es rannte tatsächlich jemand hinter mir her, und zwar Marilyn McNeilage, die noch mehr Angst hatte als ich. Ich glaube, daß sich alle Frauen hier in der Klinik in der nächsten Zeit mit nie gekannter Geschwindigkeit auf dem Gelände bewegen werden, jedenfalls so lange, bis der Kerl endlich gefaßt ist.»

Laura nickte. «Ja, ich weiß genau, was du meinst. Ich selbst habe gestern abend auch zugesehen, daß ich so schnell wie möglich in meine Wohnung kam.»

«Und jetzt rate mal, wer nächste Woche mit dem Nachtdienst an der Reihe ist?» fuhr Kay fort. «Ausgerechnet ich. Shirley und ich wechseln uns ab. Unter normalen Umständen fände ich das eigentlich ganz angenehm, wir kommen nämlich nicht besonders gut miteinander aus. Aber ich habe schon beschlossen, daß ich Chris bitten werde, mich abends hinzufahren und morgens auch wieder abzuholen, so wie Mitch das mit Shirley macht. Ich gehe jedenfalls auf gar keinen Fall bei Dunkelheit über den Parkplatz, soviel steht fest.» Sie sah Laura besorgt an. «Findest du es eigentlich klug, daß du weiter da drüben allein in deiner Wohnung lebst?»

«Ich lebe nicht allein, ich habe einen Kater.»

«Ah ja. Und der kann dich sicher sehr gut beschützen. Warum schaffst du dir nicht auch noch einen Kanarienvogel an? Der könnte dem Schattenmann dann mit seinem Schnabel zu Leibe rücken.»

«Du glaubst also, es ist der Schattenmann?»

«Nein, nicht wirklich – natürlich nicht», versicherte Kay eine Spur zu eilig.

«Der Schattenmann ist nur ein Aberglaube, Kay», sagte Laura eindringlich.

Kay zog unbehaglich die Schultern hoch. «Mein gesunder

Menschenverstand gibt dir recht. Aber wenn ich allein draußen in der Dunkelheit bin, und die Äste knarren, und in der Hecke raschelt und knackt es ... dann gruselt es mich eben.»

Laura schüttelte den Kopf. «Nur zu deiner Beruhigung – Michaels bringt an meiner Tür zwei zusätzliche Riegel an und versieht alle Fenster mit Extraschlössern. Er hat sich nicht gerade um diese Arbeit gerissen, weil er ziemlich Angst vor Salomon hat, aber Onkel Roger hat es ihm aufgetragen, und da kann er nichts machen. Am Parkplatz soll übrigens in den nächsten Tagen Beleuchtung installiert werden. Und David hat nach dieser schrecklichen Sache versprochen, mich jeden Abend bis zu meiner Tür zu bringen.»

«Aber gestern hat das wohl irgendwie nicht geklappt, oder?»

«Ja, stimmt», gab Laura kleinlaut zu. «David hatte noch zu tun, und ich wollte nicht so lange warten, und ...»

«Und da hast du es eben darauf ankommen lassen», unterbrach Kay sie heftig. «Genau wie Clarissa. Und Julie.» Ein Schauer überlief sie. «Chris will, daß ich hier aufhöre.»

«O nein – das darfst du nicht!»

«Ja, da hast du verdammt recht, das darf ich nicht, jedenfalls nicht, wenn wir weiter die Raten für unser Haus bezahlen wollen», antwortete Kay und lächelte grimmig.

«Nehmt euch Zeit», sagte Matt Gabriel zu seinen Deputies, «und haltet die Augen offen – Reste von einem Lagerfeuer, weggeworfene Dosen oder Flaschen, alles kann von Bedeutung sein. Nach dem Mord an Julie Zalinsky haben wir nur die unmittelbare Umgebung des Tatorts abgesucht, aber diesmal möchte ich, daß wir bis ins Innere des Waldes vordringen. Wir werden das ganze Gebiet durchkämmen.»

«Es wird uns nicht gelingen, Spradling aufzuspüren», wandte George Putnam ein. «Dazu haben wir viel zu wenig Leute.»

«Das ist mir klar», antwortete Gabriel. «Ich erwarte auch nicht, daß wir ihn jetzt fassen, ich muß nur überhaupt sicher sein, daß er sich tatsächlich dort im Wald versteckt hält. Wenn ja, dann hat er auch irgendwelche Spuren hinterlassen, und die müssen wir finden. Dann kann ich mich nämlich an die Staatspolizei wenden und bitten, uns Unterstützung zu schicken, so daß wir das Netz um Spradling zusammenziehen können.»

«Und was ist, wenn er längst weitergezogen ist?» wollte Deputy Seth wissen.

«Nach dem ersten Mord ist er auch dageblieben», sagte Gabriel.

«Woher willst du überhaupt wissen, daß er sich in den Wald verkrochen hat?»

«Die Physiotherapeutin Mrs. Brandon hat angegeben, daß sie vorletzte Nacht, als sie während des Feueralarms nach draußen lief, mit jemandem zusammengeprallt und zu Boden gestoßen worden sei. Sie konnte wegen der Dunkelheit nichts sehen, aber sie sagt, die Person habe eigenartig gerochen, einerseits muffig und verschwitzt, andererseits durchdringend würzig wie nach irgendwelchen Kräutern. Das muß natürlich nicht Spradling gewesen sein, sondern vielleicht einfach jemand, der draußen im Wald kampiert und sich nachts auf dem Klinikgelände herumgetrieben hat. Aber genau das müssen wir eben herausfinden.»

Gestern morgen hatten seine Männer die Stelle, wo man Clarissa gefunden hatte, Zentimeter um Zentimeter abgesucht, aber nichts gefunden. Genau wie beim ersten Mord hatten Sturm und Regen dafür gesorgt, daß alle Spuren verweht oder weggewaschen worden waren. Nicht zum erstenmal kam Gabriel der Gedanke, daß das Unwetter die zweite Gemeinsamkeit zwischen den beiden Mordfällen sein könnte. Vielleicht war das Toben der Natur eine Art auslösender Faktor. An Tieren und Kindern konnte man beobachten, daß sie bei stürmischem Wetter aufgeregt und unruhig wurden, bei jemandem mit ohnehin labilem Gemütszustand mochte es eine noch viel heftigere Wirkung haben. Möglicherweise aber nutzte er die Zeit des Sturms auch bewußt aus, weil sie ihm Gelegenheit gab, zu tun, was er plante, ohne gehört zu werden und ohne daß er fürchten mußte, sich hinterher durch irgendwelche Spuren zu verraten. Wenn letzteres zutraf, so besaß der Mörder beträchtliche Intelligenz und kühl kalkulierende Geduld. Ein furchterregender, ein grauenhafter Gedanke.

Andererseits konnte es auch einfach ein Zufall sein, daß beide Frauen während eines Unwetters ermordet worden waren. Die Schläge auf Clarissas Schädel waren nicht so heftig und zahlreich gewesen wie die, die Julie Zalinsky erlitten hatte, doch hatten sie mit Sicherheit ausgereicht, daß sie das Bewußtsein verlor. Der Mörder hatte dann ihren eigenen Schal benutzt, um sie zu erwürgen, ein Detail, das Gabriel mit Bedacht der Presse bisher vorenthalten hatte. Erst danach hatte es dann diesen merkwürdig ungeschickten Versuch gegeben, ihr die Kehle durchzuschneiden. Man konnte fast den Eindruck haben, als habe dies den Täter Überwindung gekostet.

Und er hatte Clarissa auch nicht die Haare abgeschnitten, vielleicht weil sie nur kurze, eng am Kopf anliegende Locken gehabt hatte. Ihre Handtasche, die der Küchenhelfer hinter dem Anbau gefunden hatte, war allem Anschein nach unberührt, obwohl man natürlich nicht wissen konnte, ob der Mörder nicht doch irgend etwas herausgenommen hatte. Ihre Brieftasche war jedenfalls mitsamt dem Geld da.

Und genau das machte Gabriel Sorgen. Arthur Spradling war jemand, der von der Hand in den Mund lebte. Wenn er der Täter wäre, dann hätte er sich doch ganz sicher diese Gelegenheit, zu Geld zu kommen, nicht entgehen lassen. Aber in beiden Fällen war das Geld unangetastet geblieben.

Es sah fast so aus, als bliebe nur der Schattenmann als Erklärung. Ein Phantom brauchte kein Geld.

Grimmig stapfte Gabriel durch den Wald, den Blick auf den Boden geheftet, um auch ja keine Spur zu übersehen. Diesmal hatte er Emily Gibbons nicht mehr zurückhalten können. Bald würde alles in der Zeitung stehen, und das würde in der Stadt verheerende Wirkung haben, da war er sich sicher. Er merkte es ja schon an sich selbst. Auch wenn ihm sein Verstand sagte, daß die Geschichte vom Schattenmann nur eine Geschichte war, nicht mehr, erschien der Wald plötzlich unheimlicher als zuvor, geradezu bedrohlich. Er haßte es, das zuzugeben, aber er hatte sich auch früher im grünen Dämmerlicht zwischen den Bäumen immer etwas nervös und unbehaglich gefühlt. Wenn er irgendwann einmal Soldat gewesen wäre, hätte er diese instinktive Scheu im Laufe der Zeit sicher verloren, aber als der Krieg in Vietnam eskalierte, war er noch in der High School gewesen, und als er endete, im College – sie hätten ihn holen können, hatten aber darauf verzichtet. Er unterzog sich regelmäßigem körperlichen Training, er war fit, aber ihm fehlte einfach die nötige Erfahrung, um sich in dieser Umgebung sicher zu bewegen.

Plötzlich stockte sein Schritt, er starrte auf einen abgebrochenen Zweig, der armdick aus dem Gestrüpp hervorstak. An seinem Ende war ein kleiner schmutziggrauer Stoffetzen hängengeblieben, dicke Wolle, wie es aussah. Er zog eine der kleinen Plastiktüten aus der Tasche, die sie für solche Fälle immer bei sich trugen, und ließ das Stück Stoff vorsichtig hineinfallen. Er beugte sich dicht über das Tütchen und sog die Luft ein.

Es roch eigenartig – wie Mrs. Brandon gesagt hatte.

Aber auch irgendwie vertraut.

George Putnam hatte die Nase gestrichen voll.

Die ganze Untersuchung war seiner Meinung nach von Anfang an falsch angefaßt worden. Eigentlich hatte er große Hochachtung vor Matt Gabriel, aber dessen sture Weigerung, den Schattenmann als Täter auch nur in Betracht zu ziehen, verzögerte die Ermittlungen. Außerdem ärgerte es ihn, daß Gabriel sich wieder bei Jack Stryker Rat geholt hatte, anstatt entschlossen allein die Marschrichtung vorzugeben. Und dann auch noch der Kontakt zu diesem verkrüppelten Ex-Polizisten in der Klinik, der ihm Insider-Informationen und Tratsch weitergeben sollte, für die er doch sowieso keine Verwendung haben würde.

Natürlich glaubte George nicht wirklich an die Existenz des Schattenmannes. Genauer gesagt, er glaubte nicht, daß sich im Wald eine zweihundert Jahre alte Schreckensgestalt verborgen hielt, die ab und zu hervorkam, um Frauen zu ermorden. Allerdings hielt er es auch nicht für völlig ausgeschlossen.

Man brauchte sich doch bloß «Akte X» anzusehen, um zu wissen, daß in der Welt jede Menge merkwürdige Dinge passierten. Man mußte nur offen sein für derartige Sachen, doch leider machte Matt gegenüber allem, was nicht logisch erklärbar war, sofort dicht. Sein Fehler war, er hatte einfach keine Phantasie.

Das konnte man von George nun nicht gerade behaupten.

So schritt er also mißmutig, doch nichtsdestoweniger hellwach und aufmerksam dahin, als er plötzlich auf etwas Metallisches trat, das im Hochschnellen kurz aufblitzte und dann im Unterholz verschwand. Fluchend ließ sich Putnam auf die Knie nieder, beugte sich vor und spähte ins dämmrige Dickicht. Er hatte mit irgendeinem alten Stück Blech gerechnet, doch statt dessen entdeckte er am Fuß eines verkümmert aussehenden kleinen Bäumchens ein Skalpell.

Es schien völlig sauber.

Charley Hart schlurfte bedächtig, wie es seine Art war, durch den Wald und registrierte aufmerksam die verschiedenen Bäume, Büsche, Gräser und Tiere bis hin zu den Insekten. Er fühlte sich hier fast wie zu Hause, weil er des öfteren draußen kampierte und ab und zu auch herkam, um kleinere Tiere zu jagen.

In diesem Teil des Waldes war er allerdings noch nie gewesen, und er kannte auch sonst keinen, der bis hierher vorgedrungen wäre. Als Grund dafür nannte man allgemein, daß sich dieses Areal in Privatbesitz befinde und man nicht riskieren wolle, wegen unbefugten Betretens belangt zu werden. Doch der wahre Grund war, daß alle Angst hatten. Angst vor dem Schattenmann. So konnte dieser Teil des Waldes fast noch als jungfräulich gelten, und er glich mehr oder weniger einem Urwald.

Trotzdem, dachte Charley, könnte man sich vermutlich während der warmen Jahreszeit durchaus hierher zurückziehen, vorausgesetzt, man deckte sich vorher noch mit ein paar lebensnotwendigen Dingen ein, wie zum Beispiel Bier. Dann konnte es unter Umständen sogar ganz komfortabel sein hier draußen, jedenfalls wenn man wirksam gegen den Regen vorgesorgt hatte. Selbst zur besten Jahreszeit mußte man früher oder später irgendwann mit Regen rechnen. Charley hatte das mehr als einmal am eigenen Leib erfahren. Allerdings hatte er jederzeit die Möglichkeit gehabt, nach Hause zurückzukehren, wenn das Wetter schlecht wurde. Für jemanden wie Arthur Spradling sah das ganz anders aus. Kein Wunder, daß er, wenn es kälter wurde, Zuflucht in den verfallenen Überresten von Mountview gesucht hatte. Über die Jahre mußte dann allmählich das Gefühl bei ihm entstanden sein, dies sei sein legitimer Unterschlupf.

Niemand in der Gegend hatte darüber nachgedacht, woher Spradling eigentlich stammte, genausowenig, wie man sich dafür interessiert hatte, wohin er verschwunden war. Die Leute in Blackwater Bay kümmerten sich nicht groß um einen Landstreicher wie Spradling, solange er nicht mehr als nur Kleinigkeiten mitgehen ließ und sich nicht gerade auf Kirchengrund erleichterte. Als er damals vor Jahren die Brände gelegt hatte, war er von Matt hinter Gitter gesteckt worden, und das schien ihm einen ziemlichen Schrecken eingejagt zu haben. Deshalb war auch niemand besonders überrascht gewesen, als er im nächsten Frühjahr nicht wieder auftauchte und auch in den darauffolgenden Jahren nicht. Im übrigen war er ohnehin allen ziemlich gleichgültig. Ob er nun da war oder nicht – das machte keinen Unterschied.

Daß Spradling nun doch wiedergekommen war und vorletzte Nacht das Feuer in der Klinik gelegt hatte, hielt Charley durchaus für möglich, obwohl es schon eigenartig war, daß er den ganzen Sommer über von niemandem gesehen worden war. Was nicht in Charleys Kopf wollte, war, daß Spradling jetzt angefangen haben sollte zu morden. Er konnte sich noch gut an den Mann erinnern, er war reizbar und aggressiv gewesen, aber mehr aus Vereinsamung und Mißtrauen als aus Bosheit.

Einen brutalen Mord traute Charley ihm einfach nicht zu, da war es fast einfacher, sich den Schattenmann als Mörder vorzustellen.

Ungeachtet seines eher handfest-praktischen Naturells mochte Charley die Erzählungen über ihn dennoch nicht als völligen Unsinn abtun. Natürlich glaubte er nicht, daß er tatsächlich existierte, kein vernünftiger Mensch täte das, aber es hatte schon Augenblicke in seinem Leben gegeben, nachts in irgendeinem Wald, da hatte der Schrei einer Eule oder das leise, stetige Rascheln des Windes im Gestrüpp ihn so in Panik versetzt, daß ihm der kalte Schweiß ausgebrochen war und er den Impuls gehabt hatte, so schnell wie möglich wegzulaufen. Und es hatte ihn jedesmal große Mühe gekostet, sich zur Vernunft zu rufen, durchzuatmen und zu bleiben, wo er war. Jedesmal war er aufs neue ein wenig beschämt gewesen, daß er für ein paar bange Sekunden dem unerklärlichen Grauen so hilflos ausgeliefert gewesen war.

Als er auf der kleinen Lichtung unversehens auf das groteske Arrangement stieß, war er deshalb in gewisser Weise innerlich nicht ganz unvorbereitet. Das Gestrüpp war entfernt worden, in die Erde war – offenbar mit einem Stock – ein Kreis gezogen worden, in dem sich konzentrisch weitere Kreise befanden – aus Federn, kleinen Steinen, Blättern. Und genau in der Mitte lag ein weißes Schwesternhäubchen.

Seth Anderson wünschte, er hätte im Büro bleiben und mit dem Papierkram dort weitermachen können. Er war neunzehn, und was ihn für das Amt eines Deputy qualifizierte, waren seine Teilnahme am *Reserve Officers' Training Camp*, als er noch in der High School gewesen war, eine gewisse Abneigung, in das Textilgeschäft seines Vaters einzutreten, und seine Kenntnis unendlich vieler Kriminalgeschichten, die er in jeder freien Minute geradezu verschlang. Die Polizei in Blackwater Bay war gewöhnlich mit Delikten wie Bootsdiebstahl oder Sachbeschädigung befaßt, es mit Mord zu tun zu bekommen, darauf war Seth einfach nicht gefaßt gewesen. So stolperte er noch immer etwas verwirrt ein gutes Stück hinter dem Sheriff und den beiden anderen Deputies durch den Wald, bemüht, sich der neuen Situation gewachsen zu zeigen.

Er war Arthur Spradling nie begegnet und hatte keine Ahnung, wonach er eigentlich Ausschau halten sollte. Tief im Innern hoffte er, daß Spradling, falls er überhaupt auf ihn traf, vor ihm erschrecken und die Flucht ergreifen würde. Der Gedanke, die Waffe zu ziehen, sich hinzustellen und ihn aufzufordern, sich zu ergeben, verursachte ihm Übelkeit. Er konnte das einfach nicht. Im entscheidenden Moment würde er versagen, total versagen und nicht einmal genug Mumm haben, es zuzugeben.

Irgendwann würde einer der beiden anderen Deputies Spradling aufspüren, und der Landstreicher würde höhnisch lachend von dem hasenherzigen jungen Burschen berichten, der nicht Manns genug gewesen war, seine Pflicht zu tun.

Matt würde ihn rausschmeißen.

Unvermittelt wurde ihm bewußt, wie schön die Vögel in den Baumwipfeln sangen, und irgendwo vor ihm mußte ein Eichhörnchen herumturnen. Eigentlich gar nicht so übel hier im Wald, dachte er. Wenn er Glück hatte, dann entdeckte er vielleicht gar nichts, sagte er sich hoffnungsvoll.

Diese Hoffnung sollte sich nicht erfüllen.

16. KAPITEL

Laura hatte einen geschäftigen Vormittag gehabt.

Die Patienten, die am Tag zuvor dem Sheriff und seinen Leuten stundenlang bei ihrer Arbeit zugesehen hatten, spürten nun die Nachwirkungen der ungewohnten Aktivität – lahme Beine vom langen Stehen am Fenster, schmerzende Arme vom Sich-

Aufstützen auf Stöcke und Gehhilfen, verrenkte Hälse vom Kopf-Vorstrecken, um nur ja nichts zu verpassen.

Ihr nächster Patient war Mr. Bledsoe.

Michaels hatte ihn wie üblich schon ins Behandlungszimmer gerollt, doch statt wieder zu gehen, schob er sich grinsend in ihr Büro. Er gedachte, ihr eine kleine Überraschung zu bereiten.

«Sie haben Ihren Freund verhaftet.»

Sie sah von ihren Papieren hoch, erstaunt, Michaels in ihrem Büro zu sehen, und es dauerte einen Augenblick, ehe sie begriff, was er gesagt hatte, und ehe sie sein schiefes Grinsen als Schadenfreude zu deuten wußte.

«Meinen Freund?»

«Ja. Ihren milchbärtigen Dr. Butler. Sind ihm wohl endlich dahintergekommen, wie?»

«Das ist nicht Ihr Ernst!»

«Was wollen wir wetten? Der Sheriff war vorhin da und hat ihm die Hand auf die Schulter gelegt. Unser Doktor hat gar keinen Ärger gemacht, hat sich anstandslos abführen lassen. Er hat Glück, daß er's hier getan hat. Bei uns ist ja die Todesstrafe abgeschafft», sagte er in bedauerndem Ton. «Woanders würde jetzt der elektrische Stuhl auf ihn warten. Sagen Sie, werden für Hinrichtungen eigentlich Zuschauerkarten verkauft?»

«Hören Sie sofort auf!» schrie sie ihn an und konnte aus den Augenwinkeln sehen, wie Mr. Bledsoe draußen im Rollstuhl sich zu ihnen umwandte und ihnen durch die halboffene Tür einen boshaften Blick zuwarf. Wütend knallte sie die Tür ins Schloß.

«Und jetzt will ich die Wahrheit wissen», sagte sie.

Er machte große Augen. «Aber das *ist* die Wahrheit», erwiderte er und spielte den Gekränkten. «Sie können mir ruhig glauben. Matt Gabriel hat Dr. Butler gleich nach dem Essen mitgenommen. Ich habe es mit eigenen Augen gesehen, ich stand so dicht dabei wie jetzt vor Ihnen.»

Sie machte einen Schritt in Richtung Korridor, doch Michaels trat ihr in den Weg. «Aber, aber, wohin denn so eilig? Nebenan wartet Ihr Patient. Das haben wir doch wohl nicht vergessen?»

Sie machte auf dem Absatz kehrt und ging hinüber ins Behandlungszimmer.

«Tut mir leid, daß es so lange gedauert hat, Mr. Bledsoe», sagte sie in ihrem liebenswürdigsten Ton. «Wie geht es Ihrem Hals?»

Bledsoe wandte sich ab, grunzte etwas Unverständliches und kauerte sich noch tiefer in seinen Rollstuhl, so daß er ihr vorkam wie eine Schildkröte in einem Aluminiumpanzer. «Sehr schön», fuhr sie mit professioneller Munterkeit fort, «dann wollen wir mal. Ich habe schon alles für Sie vorbereitet.» Mit zusammengebissenen Zähnen schnallte sie Mr. Bledsoe in die Vertikale Streckschlinge und richtete sie so ein, daß sein Hals eine möglichst große Druckentlastung erfuhr. «Nun, das hätten wir», sagte sie nach einer kleinen Weile, «ist es einigermaßen erträglich?»

Mr. Bledsoe, in der Schlinge aufgehängt und zu fast vollständiger Bewegungslosigkeit gezwungen, grunzte wieder. Da sein Kopf stramm in die breiten Segeltuchstreifen der Schlinge eingebunden war, blieb ihm auch nichts anderes übrig. «Ich muß jetzt kurz etwas erledigen, Mr. Bledsoe», sagte Laura beiläufig und ohne ihn anzusehen. Seine schreckgeweiteten Augen folgten ihr bis zur Tür. «Keine Sorge, es dauert nicht lange», rief sie ihm, schon im Hinausgehen, über die Schulter zu.

Sie rannte den Flur hinunter und stürzte, ohne anzuklopfen, in Gilliams Zimmer. «Was zum Teufel ist hier eigentlich los?»

«Wieso?» erkundigte sich Gilliam freundlich und legte die Zeitung mit dem Kreuzworträtsel beiseite.

«Der Sheriff hat David verhaftet!» rief sie mit sich überschlagender Stimme. Ihre Kehle war ganz eng vor Furcht und Empörung.

«Wer hat das gesagt?»

«Michaels.»

«Ah, hat der Gute mal wieder sein Maul zu weit aufgemacht.»

«Jetzt hören Sie mal zu ...»

Gilliam hob erstaunt eine Augenbraue. «Tue ich das nicht?»

«Ich meine ... Unternehmen Sie etwas!»

«Und was schlagen Sie vor? Daß ich die Beine in die Hand nehme und zum Sheriff sause?» fragte er sarkastisch.

«Nein. Rufen Sie ihn an.»

«Das habe ich schon», erwiderte Gilliam in besänftigendem Ton. «Butler wird nur befragt, er ist nicht festgenommen worden.» Er nahm die Zeitung wieder auf. «Noch nicht.»

«Aber ... warum ausgerechnet David?»

Gilliam legte die Zeitung erneut beiseite, plazierte bedächtig seinen Bleistift darauf und nahm die Brille ab. «Offenbar ist der Sheriff, als er mit Miss Goodfellow die persönliche Habe von Schwester Janacek durchging, auf ein paar Dinge gestoßen, die nach einer Erklärung seitens Dr. Butlers verlangten.»

«Was für Dinge, um Himmels willen?»

«Das hat er mir nicht gesagt», antwortete Gilliam und setzte sich seine Brille wieder auf.

«Dann rufen Sie ihn an und fragen Sie ihn», verlangte sie.

«Ich könnte mir denken, daß er zu beschäftigt ist, um jetzt ans Telefon zu kommen», sagte Gilliam. «Kennen Sie vielleicht zufällig ein Wort mit sieben Buchstaben für ...»

«Ekel», sagte sie mit Nachdruck.

Er schüttelte den Kopf und sah sie über den Rand seiner Brille hinweg nachsichtig an. «Drei Buchstaben zuwenig.»

«Dann fahre ich eben zu ihm, und zwar jetzt sofort», rief Laura, die soviel demonstrative Gelassenheit nur noch mehr reizte.

«Wovor haben Sie eigentlich Angst?» fragte Gilliam ruhig.

Sie war schon auf halbem Weg zur Tür, doch bei seinen Worten blieb sie abrupt stehen. «Wieso?»

«Wenn man Sie so sieht, könnte man meinen, daß Sie kein Vertrauen zu Butler haben», bemerkte Gilliam.

«Aber wieso ... Natürlich habe ich Vertrauen zu ihm!»

«Denken Sie, daß er Clarissa Janacek umgebracht hat?»

«Nein ... nein, natürlich nicht!»

«Na schön, dann entspannen Sie sich doch erst mal», sagte Gilliam. «Wenn Sie jetzt zum Sheriff hetzen und dort Gift und Galle spucken, könnte er sich unter Umständen fragen, was Sie treibt, sich gleich so heftig in die Bresche zu werfen. Butler wird schließlich nur befragt. Mit Ihrem Auftauchen würden Sie ihm womöglich mehr schaden als nützen.» Er nahm ein Radiergummi und begann, sorgfältig ein paar Buchstaben in seinem Kreuzworträtsel auszuradieren, während sie langsam an sein Bett zurückkam.

«Glauben Sie wirklich?» fragte sie kleinlaut.

«Matt Gabriel scheint mir ein umsichtiger und besonnener Polizeibeamter zu sein», sagte Gilliam, ohne aufzublicken, und trug neue Buchstaben in die leeren Kästchen ein. «Er führt eine Mordermittlung, in deren Verlauf er eine ganze Reihe von Leuten befragen muß. Menschen, die Clarissa in der Vergangenheit kannten, Freunde, frühere Arbeitgeber ...»

«David ist mit ihr ausgegangen – aber das war, bevor ich herkam», fügte sie eilig hinzu.

«Dann hängt seine Befragung vermutlich damit zusammen», sagte Gilliam. «Übrigens glaube ich nicht, daß er besonders erfreut sein wird, wenn er erfährt, daß Sie herumrennen und sich wie eine Glucke aufführen.»

«Das tue ich nicht!» sagte sie wütend.

Gilliam sah sie nachdenklich an. «Sie waren aber auf dem besten Weg dazu, viel hat nicht gefehlt. Man könnte fast denken, Sie lieben den Kerl.»

«Ich ... ich mag ihn sehr gern», sagte Laura verwirrt.

«Aber offenbar sind Sie sich nicht ganz sicher, was?»

«Natürlich bin ich das», erwiderte sie. «Und im übrigen geht Sie das überhaupt nichts an.»

«Wenn das so ist, was suchen Sie dann hier in meinem Zimmer?» fragte er kühl.

«Ich weiß nicht», sagte sie plötzlich ziemlich hilflos, «ich hatte die dumme Idee, daß Sie vielleicht wüßten, was man tun kann.»

Er nickte. «Weiß ich auch: nichts», sagte er lakonisch.

«Wirklich gar nichts?»

«Nein, ich nehme an, Butler wird spätestens heute abend wieder zurück sein, jedenfalls rechtzeitig genug, um Ihnen gute Nacht zu sagen oder was immer. Er wird Ihnen sicher haarklein berichten, wie es war, ein paar häßliche Bemerkungen über Gabriel machen, und dann geht alles wieder seinen gewohnten Gang. Sie werden sehen.»

Sie blickte ihn voller Entsetzen an. «Oh, mein Gott!»

«Wieso ... was ist los?» fragte er beunruhigt.

«Mr. Bledsoe ... er hängt in der Streckschlinge ... ich habe ihn völlig vergessen.»

Es begann schon zu dämmern, und noch immer war David Butler nicht von der Befragung zurück. Laura hatte den Nachmittag über ein Wechselbad der Gefühle durchlebt, hin- und hergerissen zwischen dem Impuls, in die Stadt zu eilen, um David aus den Fängen des Sheriffs zu befreien, und der Einsicht, daß Gilliam mit seinem Rat, sich herauszuhalten, wohl recht hatte.

Ihr Onkel versuchte, sie zu beruhigen, sie solle sich keine unnötigen Sorgen machen, er sei am frühen Nachmittag bei Gabriel gewesen und habe mit ihm geredet, und schließlich habe man Butler ja nicht hinter Gitter gesteckt. Milly enthielt sich jeden Kommentars und warf Laura nur einen kurzen, überraschend mitfühlenden Blick zu. Harlan Weaver schaute bei ihr herein, erfaßte sofort, wie es ihr ging, und empfahl einen Tranquilizer.

«Nein, danke, ich brauche nichts», wehrte Laura ab. «Ich fühle mich eigentlich ganz gut, ich bin nur etwas ...»

«... angespannt?» fragte Dr. Weaver lächelnd. «Einen Tranquilizer zu nehmen bedeutet kein Eingeständnis von Versagen, Laura. Betrachten Sie ihn als eine Art Krücke. Patienten mit Bänderdehnungen oder Knochenbrüchen bekommen von Ihnen doch auch Krücken verpaßt, oder? Natürlich mit der Aussicht, sie loszuwerden, sobald sie wieder in Ordnung sind.»

Sie nickte.

«Nun, ein Tranquilizer hat genau dieselbe Funktion. Man gebraucht ihn im Notfall und setzt ihn anschließend wieder ab.» Er holte aus seiner Tasche eine Schachtel mit kleinen schwarzgrünen Kapseln. «Nur eine, mit Wasser.»

Sie nahm die Kapsel und bedankte sich. «Nehmen Sie die selber auch manchmal?»

Er sah sie nachdenklich an. «Nein», sagte er ruhig, «obwohl ich manchmal schon versucht bin, es zu tun. Aber ich weiß, daß ich ziemlichen Stimmungsschwankungen unterworfen bin und durchaus in Gefahr wäre, abhängig zu werden. Wir psychoanalytisch orientierten Nervenärzte müssen uns einer gründlichen Eigenanalyse unterziehen, ehe wir praktizieren dürfen. Auf diese Weise erkennt man Probleme, wenn man Glück hat, noch ehe sie tatsächlich auftreten. Ich kenne meine Schwächen und versuche lieber, mich mit Yoga-Übungen im seelischen Gleichgewicht zu halten. Sie wären sicher überrascht, wenn Sie wüßten, wie oft ich auf dem Kopf stehe.»

«Denken Sie, daß Ärzte stärker in Versuchung sind, zu Drogen zu greifen, als andere Menschen?» wollte sie wissen.

Er seufzte. «Ich fürchte, ja. Anfangs sind es meistens Aufputschmittel – um zu funktionieren und um gegen die körperliche und emotionale Erschöpfung anzugehen, unter der die meisten leiden. Nach einer gewissen Zeit kommen dann die Schlafmittel dazu, um in der Nacht überhaupt Ruhe zu finden. Das ist so ein Teufelskreis ... Aus dem kommt man nur schwer wieder heraus.»

«Halten Sie es für möglich, daß einer unserer Ärzte medikamentenabhängig ist?»

«Nein», er hob abwehrend die Hände. «Wie kommen Sie denn darauf? Ich habe nur ganz allgemein gesprochen, weil ich weiß, daß es in einigen Krankenhäusern in dieser Hinsicht Probleme gab und gibt.» Er lächelte betrübt. «Dabei sollte ein Arzt doch einzig und allein damit beschäftigt sein, den Kranken zu helfen.»

Sie nickte. «Ich habe nur deshalb gefragt, weil ...»

«Ja?»

«Also ... Sie faßte sich ein Herz. «David hat neulich davon gesprochen, daß hier in Mountview Medikamente verschwänden, er schien ziemlich besorgt zu sein.»

Dr. Weaver blickte sie bestürzt an. «Kein Wunder. Hat er gesagt, welche Art von Medikamenten?»

Sie schüttelte den Kopf.

«In jedem Krankenhaus verschwindet ein gewisser Prozentsatz von Arzneimitteln», stellte Dr. Weaver fest, «das ist fast schon normal.»

«Ich weiß. Aber David schien der Ansicht zu sein, daß es sich hier um etwas anderes handele als den ‹normalen› Schwund.»

«Nun, das würde mich jetzt wirklich interessieren», sagte Weaver stirnrunzelnd. «Ich werde, wenn er zurück ist, mit ihm reden. Falls einer der Ärzte oder jemand vom Pflegepersonal medikamentenabhängig oder drogensüchtig ist, sollten wir das so schnell wie möglich herausfinden, bevor er oder sie sich selbst oder einem Patienten Schaden zufügen kann.» Er lächelte sie an. «Danke, daß Sie es mir gesagt haben. Ich werde auch Roger darauf ansprechen.»

«Ich glaube, jetzt bin ich etwas erleichtert», sagte Laura. «Und noch mal danke für die ‹Krücke›.»

«Gern geschehen», sagte er und klopfte ihr aufmunternd auf die Schulter: «Und nicht vergessen – mit Wasser.»

Es war gut, daß sie auf Dr. Weavers Rat gehört hatte, denn ohne den Tranquilizer hätte sie die letzten Stunden bis zu ihrem Dienstschluß wohl nur schwer durchgestanden. Die Patienten waren plötzlich widerspenstig, stellten alles in Frage, drohten, die Klinik vorzeitig zu verlassen, oder brachen während der Behandlung unvermittelt in Tränen aus. Auf dem Flur traf sie Owen Jenks, der offenbar mit seinen Patienten dasselbe, wenn nicht Schlimmeres durchmachte. Er sah völlig geschafft aus.

«Ich weiß nicht, was in sie gefahren ist», sagte er ratlos. «Sie benehmen sich auf einmal wie verzogene Kinder.»

«Ich glaube, das ist eine Reaktion auf die Aufregungen der letzten Tage», sagte sie. «Sie fühlen sich hier plötzlich nicht mehr so sicher wie früher, fragen sich wahrscheinlich, wem sie überhaupt noch trauen können. Sie sind auf drastische Art und Weise an ihre eigene Verletzlichkeit und Hinfälligkeit erinnert worden.»

«Genau wie ich», sagte Owen, nur halb im Scherz. «Ich bin nur froh, daß ich die meiste Zeit in Hatchville arbeite. Da werde ich mit handfesten Problemen konfrontiert, gegen die ich etwas Konkretes unternehmen kann. Ich sehe jeden Tag, was ich erreicht habe. Für das verwöhnte Publikum hier bin ich nicht der richtige Mann. David versteht es, sie zu nehmen. Wenn er jetzt hier wäre, würden ihm alle aus der Hand fressen. Ich dagegen brauche bloß den Kopf durch die Tür zu strecken ...» Er hob resigniert die Arme.

«Jetzt geben Sie bloß nicht sich die Schuld an der Gereiztheit der Patienten, das ist Unsinn», sagte Laura. «Ich bezweifle übrigens, daß David hier viel ausrichten könnte. Die Schwestern klagen auch alle. Sie sagen, zur Zeit sei das hier der reinste Kindergarten.»

Er seufzte. «Na, dann will ich mal weiter Teddybären verteilen gehen.»

Gegen Abend merkte Laura, daß die Wirkung des Tranquilizers nachließ, aber Dr. Weaver war nicht mehr zu erreichen.

Nachdem sie noch eine Weile mit unwichtigen Aufräumarbeiten zugebracht hatte, entschied sie schließlich widerstrebend, daß es keinen Zweck habe, noch weiter auf David zu warten, und sie besser in ihre Wohnung hinüberginge. Sie bekam allmählich Hunger, und im Kühlschrank war noch Essen. Außerdem mußte Salomon gefüttert werden. Mit der Zubereitung seines Fressens wäre sie eine Zeitlang beschäftigt, und das würde sie hoffentlich davon abhalten, dazusitzen und auf dem Sprung zu sein, falls das

Telefon klingelte, oder am Fenster zu stehen und Ausschau nach David zu halten.

Der Wind zerrte an ihrem Mantel, als sie ins Freie trat. Die neu installierte Außenbeleuchtung war eingeschaltet, so daß nur die kurze Strecke zwischen der Hecke und der Treppe zu ihrer Wohnung im Dunkeln lag.

Der Kies knirschte unter ihren Füßen, während sie sich bei jedem Schritt umblickte, ob nicht vielleicht Davids Wagen in die Klinikauffahrt einbog, aber die gelegentlich drüben auf der großen Straße vorübersausenden Autos fuhren alle geradeaus weiter, das Licht ihrer Scheinwerfer wurde bald wieder von der Dunkelheit verschluckt. Der Wind blies unregelmäßig, mal kam er in kräftigen Böen, dann wieder wehte kaum ein Hauch. Der Himmel zeigte im Westen noch eine schwache blaugrüne Färbung, die hin und wieder hinter eilig dahinjagenden schwarzen Wolken verschwand. In der Ferne funkelten die Lichter der Brücke und ließen die Dunkelheit ringsumher noch undurchdringlicher erscheinen. Als sie an die Hecke kam, überfiel sie ein plötzliches Unbehagen, und sie blieb stehen. Die Lücke gähnte ihr schwarz entgegen wie ein tiefer Schlund. Nach einem Augenblick des Zauderns gab sie sich einen Ruck und begann zu rennen, doch schon nach wenigen Metern blieb sie mit dem Fuß hängen, stolperte und stürzte unvermittelt zu Boden. Einen Augenblick lang blieb ihr die Luft weg, doch sie war geistesgegenwärtig genug, die Taschenlampe festzuhalten.

Der schwache Strahl der Lampe glich einem hellen Pfad. Er begann bei ihrer zur Faust geballten Hand und endete – vor einem Paar schmutziger Männerstiefel.

Keuchend rang sie nach Luft und versuchte eilig, sich aufzurichten.

Die Stiefel kamen langsam auf sie zu.

Sie zwang sich durchzuatmen, um entweder laut um Hilfe zu rufen oder aber zurück in die Klinik zu flüchten. Die Gestalt war jetzt so nah, daß der Lichtstrahl ihrer Taschenlampe den unsäglich schmutzigen, zerfransten Saum eines weit geschnittenen Mantels erfaßte. Er war aus dickem, flauschigem Material, doch lag die Stoffoberfläche fast ganz verborgen unter aufgemalten Symbolen, aufgenähten oder angesteckten Federn, Talmi, Muscheln und Bändern. Durch den Schmutz hindurch konnte sie ein Gewirr von Farben und Mustern erkennen.

Sie konnte sich nicht überwinden, den Strahl der Taschenlampe höher wandern zu lassen. Sie schaffte es einfach nicht. Sie wollte nicht sehen, wer – oder was – sich in dem Mantel verbarg.

Sie war vor Grauen wie erstarrt.

Und dann waren die Stiefel direkt neben ihr. Sie hörte eine klagende Stimme, die in einer ihr unverständlichen Sprache redete, dann plötzlich ein merkwürdiges Geräusch, und sie spürte, wie eine warme Flüssigkeit über ihren Kopf rann. Stand er etwa da und urinierte auf sie herunter? Wie widerlich!

«Aufhören, aufhören!» schrie sie und rollte, wild um sich schlagend, zur Seite.

«Aaah!» kreischte die Gestalt und machte einen gewaltigen Satz rückwärts. Sie hatte ihn – wer immer er war – erschreckt.

Er drehte sich um und rannte weg.

Das Herz klopfte ihr bis zum Hals. Ein zweites Mal hätte sie nicht so schreien können. Mit zitternder Hand schwenkte sie die Taschenlampe, bis sie ihn in dem dünnen Lichtstrahl ausmachen konnte – eine abgerissene Gestalt mit wirren, langen, grauweißen Haaren, in denen einige Federn staken. Während er sich hastig auf den Wald zubewegte, fuhr ihm der Wind unter den Mantel und blähte ihn auf, so daß es einen Moment lang aussah, als hätte er Flügel.

Er rannte unbeholfen, fast stolpernd.

Unmittelbar bevor er den Saum des Waldes erreicht hatte, drehte er sich noch einmal um, und sie sah den verschwommenen Umriß eines Gesichts, dessen riesige dunkle Augenhöhlen an einen Totenschädel gemahnten.

Dann war er verschwunden.

Ein unbändiger Zorn packte sie. «Komm sofort zurück, du verdammter Mistkerl!» schrie sie, rappelte sich, von ihrer Wut getrieben, eilig hoch und setzte ihm nach. Keiner urinierte ungestraft auf sie! Und wenn er vor ihr erschrocken war, konnte er so furchtbar nicht sein.

Als sie in den Schatten der Bäume geriet, zögerte sie einen Moment, dann lief sie weiter.

Das spärliche Licht ihrer Taschenlampe vermochte die tiefe Dunkelheit um sie herum kaum zu durchdringen. Die Bäume standen sehr dicht, und sie verfing sich immer wieder im Unterholz, doch wie von Sinnen stolperte sie voran, fiel hin, lief weiter und fiel ein zweites Mal. Und auf einmal wurde ihr bewußt, was sie da überhaupt tat. Plötzlich nahm sie wahr, daß um sie herum tiefe Stille herrschte. War er schon zu weit entfernt oder nur einfach stehengeblieben und ganz dicht neben ihr? Der Schrei einer Eule ließ sie zusammenfahren. Ein Frösteln überlief sie. Hier in diesem Wald waren Julie und Clarissa ermordet worden.

Kein guter Ort, um sich hier spätabends aufzuhalten. Wie unüberlegt, wie überaus leichtsinnig von ihr.

Sie machte sich auf den Rückweg, und nach ein paar Minuten schimmerten die Lichter der Klinik durch das Dunkel. Sie eilte keuchend darauf zu, getrieben von der Angst, plötzlich hinter sich Schritte zu hören. Dann war sie endlich aus dem Wald heraus und im Park. Als erstes wollte sie in ihre Wohnung.

«Nun komm schon, verdammt!» Es brauchte mehrere Versuche, bevor es ihr gelang, den Schlüssel ins Schloß zu stecken. Im Flur lehnte sie sich erschöpft gegen die Wand und versuchte durchzuatmen, während Salomon ihr schnurrend um die Beine strich.

Erleichtert, wieder zu Hause zu sein, fuhr sie sich mit der Hand durch die Haare und hätte beinahe laut aufgeschrien, als sie die unerwartete Feuchtigkeit unter ihren Fingern spürte. Mit einem Schritt war sie vor dem Spiegel.

Es war Blut. Frisches Blut.

Ihre Haare waren verklebt, und ein dünner Faden lief ihr über die Stirn in die Augen. Sie spürte, wie sich ihr der Magen umdrehte, und lief, vor Entsetzen wimmernd, ins Bad.

Zwanzig Minuten später, sie war gerade mit Duschen fertig, stand die Polizei in ihrem Wohnzimmer – und David.

Der Sheriff hatte seinen Deputy Putnam mitgebracht, und nachdem sie sich überzeugt hatten, daß sie unverletzt war, brachen sie gleich wieder auf, um nach dem Mann mit den Stiefeln zu suchen. David setzte sich neben sie und legte den Arm um sie. Über seine Schulter hinweg sah sie den beiden Männern nach, bis das umherzuckende Licht ihrer Taschenlampen nur mehr als eine Vielzahl heller Pünktchen zu erkennen war.

«O mein Gott, David, er hat mir einen solchen Schrecken eingejagt», sagte sie.

«Es ist alles vorbei, Laura. Entspann dich und vergiß die ganze Geschichte am besten schnell», sagte er in jenem professionell beruhigenden Ton, den manche Ärzte auch nach Feierabend nicht ablegen. «Du hättest früher, als es noch hell war, herüberkommen oder aber auf mich warten sollen», fuhr er vorwurfsvoll fort.

«Aber es war ja noch gar nicht ganz dunkel. Und woher hätte ich außerdem wissen sollen, wann du zurückkommen würdest?» verteidigte sie sich. Ein Ausdruck von verspäteter Verblüffung erschien auf ihrem Gesicht. «Wieso bist du überhaupt hier? Ich dachte, sie hätten dich verhaftet.»

Er schüttelte irritiert den Kopf. «Verhaftet? Weswegen?»

Sie hob ratlos die Hände. «Michaels ist zu mir gekommen und hat gesagt, der Sheriff habe dich abgeholt.»

David lachte verächtlich. «Michaels, das alte Klatschmaul, natürlich – wer sonst. Ich kann dir versichern, ich habe mich aus freiem Entschluß dem Sheriff zur Verfügung gestellt, um ihm von Clarissa zu erzählen.»

«Aber du bist in Gabriels Wagen weggefahren.»

«Bin ich auch. Ich hatte heute morgen einen Platten. Higgins hat sich krank gemeldet, Michaels brauche ich wegen so etwas gar nicht zu fragen, und ich hatte einfach keine Zeit, den Reifen selber zu wechseln. Gabriel und seine Deputies hatten gerade ihre Suche im Wald beendet, und da hat er mich gleich bei sich einsteigen lassen.»

«Ach, so war das», sagte sie etwas verlegen.

Er rückte ein Stück von ihr ab und blickte sie an. «Hast du wirklich gedacht, er hätte mich festgenommen?»

«Nein … ich meine, ja … ich dachte, vielleicht ist er tatsächlich so dumm, zu glauben …»

«Komisch, daß du ihn so einschätzt. Auf mich hat er immer ausgesprochen kompetent gewirkt.»

«Ja, auf mich eigentlich auch, aber …» Sie hielt verwirrt inne.

Draußen auf der Treppe hörte man schwere Schritte. David ging zur Tür und öffnete. Der Sheriff und sein Deputy waren von ihrer Suche zurück. Putnam blickte ziemlich finster, als unterdrücke er nur mühsam seinen Ärger.

«Und – haben Sie ihn gefunden?» fragte Laura, kaum daß sie eingetreten waren.

«Nein, Mrs. Brandon. Nur ein totes Eichhörnchen. Lag am Waldrand», sagte Gabriel und hielt die Plastiktüte mit dem kleinen Körper in die Höhe. «Ich nehme an, daß dies», er wies auf eine klaffende Wunde am Hals, «das Blut erklärt, von dem Sie sprachen. Das Tier war noch warm. Möglicherweise ist es von einer Katze erwischt worden …»

Sie erinnerte sich an das merkwürdige Geräusch, unmittelbar bevor sie das Blut auf ihrem Kopf gespürt hatte. «Hat es noch seinen Schwanz?» fragte sie.

Gabriel hob überrascht die Augenbrauen und stopfte die Plastiktüte eilig zurück in seine Manteltasche. «Nein», sagte er zögernd, «der wurde … irgendwie abgebissen.»

«Und Sie denken tatsächlich, daß das eine Katze gewesen ist, womöglich Salomon?» fragte sie konsterniert.

«Nun ja …»

«Haben Sie denn überhaupt keine Fußabdrücke von ihm gefunden?» Der Boden war noch immer feucht vom Regen, die Stiefel mußten doch irgendwelche Spuren hinterlassen haben!

«Nein», sagte er knapp und knöpfte seinen Mantel auf. Nach einem kurzen Zögern tat Putnam es ihm gleich. Gabriel blickte suchend um sich und nahm dann auf einem Sessel Platz, Putnam entschied sich für den Schaukelstuhl, hockte sich aber nur, gleichsam sprungbereit, auf die Kante.

«Vielleicht ist es das beste, Sie erzählen uns noch einmal ganz genau, was passiert ist», schlug Gabriel vor.

Langsam und stockend begann Laura zu sprechen. Sie hatte das Gefühl, als gelinge es ihr nur unvollkommen, den Schrecken zu schildern, den sie durchlebt hatte, obwohl er ihr selbst, während sie sich erinnerte, wieder sehr gegenwärtig war und ihre Stimme ins Zittern geriet. Es ist, als wenn man am nächsten Morgen die Bilder eines nächtlichen Alptraums wiederzugeben versucht, dachte sie. Da kann auch nur selten jemand nachfühlen, was einen daran so in Angst und Schrecken versetzt hat.

«Sie haben also sein Gesicht nicht gesehen», konstatierte Gabriel und notierte mit knappen, heftigen Schreibbewegungen, was sie gesagt hatte.

«Doch, aber nur kurz. Bevor er im Wald verschwand, hat er sich noch einmal umgedreht. Aber da war er schon zu weit entfernt, und ich konnte sein Gesicht nur noch undeutlich als hellen Fleck wahrnehmen.»

«Vollbart, Schnurrbart … irgend etwas in dieser Richtung?»

«Nein, das einzige, was mir auffiel, waren, wie ich Ihnen schon sagte, seine langen, wirren grauen Haare. Was diese … ‹Frisur› angeht, so hätte es übrigens auch eine Frau sein können, aber Frauen laufen anders. Übrigens bewegte er sich sehr unbeholfen … Vielleicht ist er ziemlich alt. Es war jedenfalls deutlich zu sehen, daß ihm das Laufen Schmerzen bereitete.»

«Und Sie sagen, daß Sie, als er über Ihnen stand, spürten, wie Blut über Ihren Kopf rann?»

«Ja. Und er sagte irgend etwas, mit klagender Stimme und in einer Sprache, die ich nicht verstand. Als ich dann geschrien habe, drehte er sich um und rannte weg.»

«Ich verstehe.» Gabriel blickte nachdenklich zu David hinüber, der gerade ein Tablett mit vier Kaffeebechern hereintrug. «Und es kam Ihnen nichts an ihm bekannt vor?»

Sie schüttelte den Kopf. «Leider nein.»

«Den einen Augenblick da, und – husch! – den nächsten schon wieder verschwunden, na so was! Ich habe Sie doch richtig verstanden, oder, Mrs. Brandon?»

«Ich hätte es ... anders ausgedrückt, aber ja, so war es.»

Er nahm einen Becher vom Tablett und schien für ein paar Augenblicke ganz in Nachdenken versunken, während er mit dem oberen Ende seines Kugelschreibers langsam in seinem Kaffee rührte.

«Dr. Butler sagte, es sei vereinbart gewesen, daß Sie auf ihn warten sollten, wenn Sie erst nach Einbruch der Dunkelheit zu Ihrer Wohnung hinübergingen. Er hätte Sie dann begleitet.»

«Ja, aber er war nicht da, oder?» erwiderte sie. «Er war bei Ihnen.»

«Stimmt, er war bei uns», sagte Gabriel mit Nachdruck.

Sie blickte ihn stirnrunzelnd an, wußte nicht, was sie von seinem merkwürdigen Ton halten sollte. Bis ihr plötzlich dämmerte, daß er ihr offenbar kein Wort glaubte. «Er hätte mich töten können!» rief sie aufgebracht.

Gabriel nickte gleichmütig. «Hat er aber nicht getan, wie man sieht.»

«Das tut Ihnen wohl leid, was? Die Sache wäre sonst einfacher für Sie, nehme ich an», sagte sie giftig.

Gabriel hob die Hand. «Das ist nun eine wirklich völlig unangebrachte Bemerkung. Ich hoffe, das wissen Sie.»

Sie zuckte die Schultern. «Irgendwie werde ich das Gefühl nicht los, daß Sie annehmen, ich hätte mir diese Geschichte mit dem Schattenmann nur ausgedacht.»

«Sie sind also der Meinung, es war der Schattenmann?»

«Ja, wer denn sonst?» gab sie genervt zurück. «Du meine Güte, der Mann trug Federn in den Haaren, sein Mantel war über und über bedeckt mit Muscheln und Bändern und allen möglichen anderen Sachen … Wer läuft denn so herum? Und dann das Blut!» Sie verzog die Lippen zu einem ironischen Lächeln. «Aber wer weiß, vielleicht gilt das alles hier in Blackwater Bay ja als normal, vielleicht herrschen hier einfach andere Sitten und Gebräuche.»

«Nein, natürlich nicht», entgegnete Gabriel, um Sachlichkeit bemüht. «Tatsache ist, Mrs. Brandon», fuhr er fort, «daß uns bisher noch niemand eine exakte Beschreibung des sogenannten Schattenmannes oder desjenigen, der sich diesmal als der Schattenmann ausgibt, geliefert hat. Vielleicht war der Mann heute abend ein Landstreicher, möglicherweise genau der, nach dem wir heute früh gesucht haben und der, wie wir vermuten, gestern abend das Feuer in der Klinik gelegt hat.» Er musterte unauffällig ihre nassen Haare und ihre fröstelnde Gestalt in dem dicken Bademantel. «Es wäre besser gewesen, Sie hätten Ihre Haare nicht gleich gewaschen», bemerkte er.

«Ach, das tut mir wirklich leid», sagte sie sarkastisch, «aber Sie müssen wissen, Blut im Haar ist so gar nicht mein Stil.» Begriff er nicht, wie gräßlich das Ganze für sie gewesen war, wie ekelhaft und demütigend, das Blut in ihrem Haar und auf ihrem Gesicht zu spüren? «Aber keine Angst, ich habe trotz allem an Sie und ihre Ermittlungen gedacht. Hier …» Laura faßte in die Tasche ihres Bademantels und zog ihrerseits ein Plastiktütchen hervor. Es enthielt einen kleinen Lappen mit etwas Blut darauf. «Das habe ich extra für Sie aufgehoben, Sheriff.»

Er nahm das kleine Stück Stoff überrascht entgegen.

«Wie Sie sehen, bin ich nicht ganz so naiv und unwissend, wie Sie vielleicht dachten», sagte sie mit einiger Schärfe. «Mir ist klar, daß Sie Beweise brauchen. Und der Mann, der mir solch einen Schrecken eingejagt hat, ist ja möglicherweise der Mörder von Julie und Clarissa. Mir scheint übrigens, Sie nehmen die ganze Sache ziemlich auf die leichte Schulter. Da sind zwei junge Frauen ermordet worden, und man alarmiert Sie, weil genau in der Gegend, wo die Morde passiert sind, ein merkwürdiger Fremder sein Unwesen treibt, und was tun Sie? So gut wie nichts. Warum sind nicht schon ein Dutzend Männer unterwegs, um den Wald noch einmal gründlich abzusuchen, warum haben Sie nicht Straßensperren errichten lassen oder …?»

«Mit Straßensperren kann man Autos stoppen, aber keine Phantome», entgegnete er.

«Sie glauben mir tatsächlich nicht», stellte sie resigniert fest.

«Das habe ich nicht gesagt.»

«War auch nicht nötig, aber es stimmt trotzdem, oder? Sie sitzen da in aller Gemütsruhe und denken gar nicht daran, irgend etwas zu unternehmen, weil Sie meinen, ich hätte mir das alles ausgedacht.» Sie beugte sich vor. «Können Sie mir wenigstens erklären, woran das liegt? Halten Sie mich für eine notorische Lügnerin? Falls Sie denken, ich hätte mir selbst irgendwelche Verletzungen beigebracht und das Blut auf dem Läppchen stamme von mir, dann lassen Sie mich doch untersuchen. Da!» Sie krempelte die Ärmel ihres Bademantels hoch und streckte ihm ihre bloßen Arme entgegen. «Können Sie Schnittwunden oder so etwas entdecken?»

Gabriel seufzte und warf seinem Deputy einen gequälten Blick zu. «Ich glaube, wir alle sind im Moment ein wenig überreizt», stellte er fest. «Dieser Mann, den Sie gesehen haben wollen …»

«… den ich gesehen *habe*», unterbrach sie ihn sofort.

«Wie auch immer. Er hat Ihnen nichts getan.»

«Außer mich fast zu Tode zu erschrecken», bemerkte sie trokken.

«Na, dasselbe gilt ja wohl auch umgekehrt, wie Sie selbst mir sagten. Und obwohl Sie angeblich ein solches Grauen vor ihm empfunden haben, sind Sie ihm dann offenbar noch regelrecht nachgesetzt …»

«Aber nur, bis ich begriff, in was für eine Gefahr ich mich dadurch möglicherweise begab. Sie wollen mir einfach nicht glauben, hab ich recht?»

Er wiegte den Kopf. «Ich will vor allem eines nicht – daß nämlich die Leute hier anfangen, nachts mit Schußwaffen herumzulaufen, weil sie denken, draußen lauere der Schattenmann. Und früher oder später schießen sie sich dann, nervös wie sie sind, gegenseitig über den Haufen.» Er stand auf. «Daß ich nicht mehr unternommen habe, Mrs. Brandon, liegt übrigens nicht daran, daß ich Ihnen nicht glaube. Ich habe einfach nicht genügend Leute, um den Wald noch heute nacht gründlich durchkämmen zu können. Aber morgen früh werden wir noch einmal losziehen, das verspreche ich Ihnen.»

«Aber …»

«Nun seien Sie doch froh, daß Ihnen nichts passiert ist», sagte er ein wenig ungeduldig. Er wandte sich zu seinem Deputy. «Komm, George, ich möchte noch mal hoch in die Klinik.»

Unter der Tür drehte er sich um. «Ehe ich's vergesse, Dr. Butler, ich kann mich doch darauf verlassen, daß sie diese Sache, über die wir vorhin sprachen, für sich behalten werden?»

David nickte. «Ja, natürlich.»

Als die beiden Männer gegangen waren, zog er Laura an sich. «Du bist mir vielleicht eine Verrückte», flüsterte er, «das hättest du doch wirklich nicht tun müssen.»

Sie sah ihn verständnislos an. «Wovon redest du?»

«Na, von dieser hübschen kleinen Lügengeschichte, die du dem Sheriff aufgetischt hast.» Er lachte leise. «Allerdings weiß ich noch nicht genau, ob ich nun geschmeichelt sein soll, daß du dich so um mich sorgst, oder eher beleidigt, weil du ja offenbar geglaubt hast, ich würde diese Art Hilfe brauchen.»

«Aber David, was fällt dir ein?» rief sie entrüstet. «Ich habe tatsächlich jemanden gesehen. Traust du mir zu, daß ich so etwas einfach erfinde?»

Lächelnd fuhr er mit dem Zeigefinger ihre Schläfe hoch und

strich ihre noch feuchten Haare zurück. Verstohlen betrachtete er seine Hand. Keine Spur von Blut. Vielleicht hatte sie es ja sehr gründlich ausgewaschen ... «Du behauptest also, du seist dem Schattenmann begegnet?»

Sie blitzte ihn ärgerlich an. «Ich kann es jedenfalls nicht ausschließen. Aber wer immer es war, ich will, daß sie ihn finden.» Pötzlich fiel ihr wieder die Bemerkung des Sheriffs ein. «Was hat es eigentlich mit dieser geheimnisvollen Sache auf sich, die du für dich behalten sollst?»

«Wenn ich es dir sagte, würde ich mein Wort brechen, das wirst du doch nicht wollen», sagte er mit gespieltem Ernst.

«Nun komm, David, sag schon, worum es geht», drängte sie.

«Also gut. Die ‹Sache› könnte womöglich der Schlüssel zum Motiv des Mörders sein. Du erinnerst dich, daß ich dir sagte, Clarissa habe mir gegenüber erwähnt, daß in der Klinik Medikamente verschwänden. Nun, sie hat sich nicht sehr klug ausgedrückt, das tat sie nie, dafür fand sie es viel zu aufregend, andere Leute zappeln zu lassen, aber ich hatte den Eindruck, sie ist dahintergekommen, daß jemand seit geraumer Zeit regelmäßig Arzneimittel entwendete.»

«Großer Gott! Weiß Onkel Roger davon?»

«Nein, offenbar nicht. Der Sheriff will jetzt versuchen, mehr herauszufinden. Deshalb hat er mich vergattert, vorerst zu schweigen, sonst wird der Täter womöglich gewarnt. Und du solltest es ebenfalls für dich behalten, auch gegenüber deinem Onkel. Gabriel wird ihn informieren, sobald er etwas Konkretes in der Hand hat. Ich habe ihm alles gesagt, was ich weiß, jetzt ist es an ihm.»

Gabriel war überrascht, Gilliam nicht mehr im Bett, sondern im Rollstuhl sitzend vorzufinden. Das Zimmer war nur schwach erleuchtet, und der Rollstuhl stand direkt am Fenster, was einen Blick auf den Parkplatz erlaubte.

«Hat ja ganz schön gedauert, bis Sie endlich hier aufkreuzen», bemerkte Gilliam und wendete seinen Rollstuhl, so daß er Gabriel ansehen konnte.

«Woher wußten Sie denn, daß ich hier bin?»

«Ich habe den roten Widerschein von Ihrem Polizeilicht an der Decke gesehen und messerscharf auf Ihre Anwesenheit geschlossen. Sie sehen, ich bin noch nicht aus der Übung. Was wollten Sie im Wald?»

«Mrs. Brandon behauptet, sie hätte den Schattenmann gesehen. Rief mich vor zwei Stunden an, war ziemlich außer sich und befahl mir mehr oder weniger, sofort herzukommen und ihn zu fangen. Und so bin ich eben gekommen.»

«Ist ihr etwas passiert, ist sie verletzt?» fragte Gilliam besorgt.

«Nein, sie war völlig in Ordnung. Sie sagt, er habe ihr Blut über den Kopf geschüttet und sei dann, als sie geschrien habe, plötzlich weggerannt.»

«Blut?»

Matt zog die Plastiktüte mit dem toten Eichhörnchen aus der Tasche. «Vermutlich von ihm hier. Es war noch warm, als wir es fanden.»

«Sonst noch etwas?»

«Sie sagt außerdem, er habe ein paar Worte gesprochen, aber in einer Sprache, die sie nicht kannte.»

«Und das war's?»

Gabriel nickte. «Das war's. Aber in der Mordsache Janacek ist ein neuer Aspekt aufgetaucht. Arzneimitteldiebstahl, und zwar hier in der Klinik. Haben Sie in dieser Richtung etwas mitbekommen?»

Gilliam schüttelte den Kopf. «Bestimmte Arzneimittel?»

«Wohl verschreibungspflichtige Sachen. Ist damit heutzutage Geld zu machen?»

«Heutzutage ist mit allem Geld zu machen, fragt sich nur, wieviel. Aber mich würde eigentlich mehr interessieren, was nun aus der Sache mit dem Schattenmann geworden ist. Haben Sie ihn?»

«Sehen Sie ihn hier irgendwo?» fragte Gabriel bissig zurück.

«Wahrscheinlich hat sie sich die ganze Geschichte nur ausgedacht, um einen neuen Verdächtigen ins Spiel zu bringen. Hatte wohl Angst, ich könnte ihren Schatz Dr. Butler hinter Gitter bringen.»

«Hatten Sie das denn vor?»

«Ach was!»

«Trauen Sie Mrs. Brandon zu, so eine Lügengeschichte zu erfinden?»

«Eigentlich nicht», gab Gabriel zu. «Aber wer kennt sich bei Frauen schon aus? Und wenn dann noch die Liebe im Spiel ist ... Als wir bei ihr ankamen, war sie jedenfalls frisch geduscht, und von Blut keine Spur. Allerdings hat sie – behauptet sie jedenfalls – ein wenig von dem Blut auf ihrem Kopf mit einem Lappen abgetupft, den sie mir übergeben hat. Falls sie sich die ganze Sache nur ausgedacht hat, ein geschickter Schachzug.»

«Steht sie jetzt unter Verdacht?»

«Nein, nicht wirklich», antwortete Gabriel und beugte sich vor. «Kennen Sie einen gewissen Panotis?»

«Kennen wäre zuviel gesagt», sagte Gilliam, «aber ich weiß, daß seine Frau als Patientin hier ist.»

Gabriel nickte. «Stryker hat mir erzählt, daß Panotis für die Granthamer Drogenfahndung kein Unbekannter ist, aber sie haben ihm bisher nichts nachweisen können. Was denken Sie, um welche Mengen von Medikamenten es hier in der Klinik überhaupt geht?»

«Jedenfalls um viel zu wenig, als daß es für einen wie Panotis von Interesse wäre», sagte Gilliam entschieden. «Das große Geld macht man ohnehin mit Stoffen wie Heroin, Ecstasy, Kokain, Crack – davon kann man Riesenmengen umsetzen, genug Abnehmer gibt es ja. Hier in der Klinik finden bei voller Belegung nicht mehr als vierzig Patienten Aufnahme. Viele von ihnen bekommen Schmerzmittel, manche vielleicht nach einer Operation Morphium, aber wenn, dann nur ganz geringe Dosen. Natürlich werden hier reichlich Schlafmittel und Antidepressiva verabreicht.

Damit kann man zwar ein bißchen Handel treiben, aber Geschäfte in großem Stil? Ich würde sagen, nein.»

«Was ist mit psychotropen Drogen?»

«LSD, Ecstasy, diese Art Sachen?»

Der Sheriff nickte.

«Keine Ahnung.» Gilliam zuckte die Schultern. «Da müßten Sie Dr. Weaver fragen. Ich kann mir aber nicht vorstellen, daß er solche Mittel hier einsetzt.»

«Werden hier Suchtkranke oder überhaupt Abhängige behandelt?»

«Warum fragen Sie nicht Forrester?»

«Weil Forrester mir alles mögliche erzählen kann. Ihre Meinung dazu würde mich aber schon interessieren.»

Gilliam schüttelte den Kopf. «Ich glaube nicht, daß hier solche Patienten aufgenommen werden, jedenfalls zur Zeit nicht. Nicht seitdem ich und Mrs. Strayhorn hier sind. Für die Zeit davor kann ich natürlich meine Hand nicht ins Feuer legen, aber ich denke, sie lassen lieber die Finger von solchen Patienten. Zu viele Unwägbarkeiten. Ich könnte mir vorstellen, daß sie ab und zu einen Alkoholentzug durchführen, und ich weiß, daß hier einige etwas durchgedrehte Patienten mit sogenannten ‹Nervenzusammenbrüchen› behandelt werden.»

«Ja, das habe ich auch gehört», bestätigte der Sheriff.

«Bei ein paar von ihnen kann ich mir gut vorstellen, daß sie sich ab und zu gerne mal eine Linie Koks reinziehen. Aber wenn, dann zu Hause, nicht hier.»

«Also eine durch und durch saubere kleine Einrichtung?» lächelte Gabriel skeptisch.

«Sind Sie anderer Meinung?»

«Nach dem, was Miss Janacek Butler gesagt hat, stiehlt hier jemand regelmäßig Medikamente. Nicht in solchen Mengen, daß jemand wie Panotis da mit drinstecken könnte, aber stetig und regelmäßig. Und das genau ist der springende Punkt, Tom – die Regelmäßigkeit! Irgend jemand hier beschafft sich Monat für

Monat auf diese Art ein kleines Nebeneinkommen. Vielleicht versorgt er einen Kreis von Medikamentenabhängigen, vielleicht ist er selber süchtig, wer weiß.»

«Schon jemand Bestimmten im Auge?»

«Ich warte auf Ihren Vorschlag.»

Gilliam schüttelte bedauernd den Kopf. «Damit kann ich Ihnen nicht dienen. Halten Sie es für möglich, daß diese Geschichte das Motiv für den Mord an Clarissa Janacek lieferte?»

«Könnte sein.»

«Und auch für den Mord an Julie Zalinsky?»

«Den kann ich damit noch nicht in Verbindung bringen», sagte Gabriel. «Butler hat mich darauf hingewiesen, daß Physiotherapeuten keinen Zugang zu Medikamenten haben. Wie soll sie also auf die Diebstähle aufmerksam geworden sein?»

«Sie haben mit Butler darüber gesprochen?» fragte Gilliam. Es klang nicht sehr erfreut.

«Ja, durch ihn habe ich doch überhaupt erst von Clarissa Janaceks Verdacht erfahren. Sie hat ihm, kurz bevor sie ermordet wurde, davon erzählt.»

«Unter uns gesagt, Matt, sie war ein ziemliches Biest. Sie könnte sich das Ganze einfach ausgedacht haben, um sich interessant zu machen.»

«Ja, daran habe ich auch schon gedacht», räumte der Sheriff ein. «Aber diese Medikamentendiebstähle sind der bisher einzige Hinweis auf etwas, aus dem ein Mordmotiv erwachsen könnte. Der Mord an Julie Zalinsky dagegen ...»

«Julie Zalinsky war offenbar ein sehr anteilnehmender Mensch», sagte Gilliam und berichtete, was Laura über sie erzählt hatte. «Vielleicht war außer Clarissa noch jemand hinter diese Diebstähle gekommen und hat sich ihr anvertraut.»

Gabriel lehnte sich zufrieden zurück. «Ich glaube, die Fahrt hierher hat sich doch noch gelohnt.»

«Wie schön, daß ich Ihnen helfen konnte», sagte Gilliam trokken.

«Mich würde aber doch interessieren, wie mit Medikamenten hier in der Klinik verfahren wird», bemerkte der Sheriff.

«Hat Ihnen Butler das nicht erklären können?»

«Er hat mir erklärt, nach welchen Vorschriften die Abgabe stattfinden *sollte*, ich will aber wissen, wie es tatsächlich abläuft. Ich möchte, daß Sie für mich herausfinden, ob es eine undichte Stelle gibt. Würden Sie das versuchen?»

Gilliam zuckte die Schultern. «Sie und ich, wir beide wissen doch sehr gut, daß die Schwestern und Pfleger, und nicht zu vergessen die Ärzte, immer mal wieder etwas abzweigen ...»

«Aber diesmal könnten es größere Mengen sein.»

«Könnten. Vielleicht. Gibt es reale Anhaltspunkte, daß wir überhaupt eine ‹Geschichte› haben? Ursprünglich baten Sie mich, mich hier umzusehen, um dem Mörder von Julie Zalinsky auf die Spur zu kommen. Das habe ich wunschgemäß getan. Dann wird Clarissa Janacek getötet, und Sie kommen zu dem Schluß, daß es sich bei dem Mörder um einen Psychopathen handeln muß, und ziehen mich praktisch von dem Fall wieder ab. Laura Brandon ruft Sie an, weil sie eine Begegnung mit einem merkwürdigen Fremden hat, aber Sie schenken ihrer Geschichte keinen Glauben, weil sie sich das Blut aus den Haaren wusch – dabei überließ sie Ihnen doch immerhin ein Läppchen mit einer Probe davon. War es nicht verständlich, daß sie das Blut so schnell wie möglich aus ihren Haaren heraus haben wollte? Hätten Sie an ihrer Stelle nicht dasselbe getan?»

«Kann schon sein», brummte Gabriel.

«Statt dessen kommen Sie jetzt mit dieser Arzneimittelgeschichte, die mir, ehrlich gesagt, recht mager erscheint. Ich finde Sie ziemlich sprunghaft, Matt, wenn ich das so sagen darf.»

Gabriel blickte nachdenklich hinaus in die Nacht. «Ich suche doch nur nach einer Antwort. Ich will nicht, daß noch mehr Morde geschehen, und ich möchte, daß der, der die beiden Frauen umgebracht hat, hinter Gittern landet. Was ist daran falsch?»

«Nichts.»

«Ein guter Polizist muß alle Möglichkeiten in Betracht ziehen, jedem Aspekt, jedem Gesichtspunkt Aufmerksamkeit schenken.» Er sah Gilliam gereizt an. «Oder nicht?»

Gilliam verzog die Mundwinkel zu einem sparsamen kleinen Lächeln. «Doch. Heißt das, daß Sie den Psychopathen und den Schattenmann nun ad acta legen?»

«Noch nicht ganz», antwortete Gabriel zögernd.

«Sie würden es liebend gern tun», sagte Gilliam langsam, «aber irgend etwas beunruhigt Sie ... Was haben Sie heute morgen im Wald entdeckt, Matt?»

«Ein paar merkwürdige Dinge ... Ein Stück Stoff ... und ein Skalpell.»

«Ein Skalpell?»

Gabriel nickte. «Ja. Völlig sauber. Lag unter einem kleinen Baum.»

«Hat er ihnen damit die Kehle durchgeschnitten?»

«Wissen wir nicht. Es war, wie ich schon sagte, sauber. Keine Fingerabdrücke, kein Blut – nichts. Skalpelle gehören zur Standardausrüstung eines jeden Operationssaales, vielleicht hat jemand es einfach statt eines Taschenmessers benutzt, für Blumen zum Beispiel.»

«Interessante Theorie, aber wohl eher unwahrscheinlich. Sonst noch was?»

Gabriel seufzte. «Charley fand auf einer Lichtung eine Art Arrangement aus konzentrischen Kreisen und in der Mitte ein Schwesternhäubchen. Ringsumher keine Spur von einem Feuer, kein Blut. Weit und breit nur Natur. Aber Seth, mein jüngster Deputy, ist in etwas hineingestolpert – buchstäblich. Eine Grube voller Knochen.»

«Großer Gott!»

Gabriel hob beruhigend die Hand. «Nein, nicht von Menschen. Die Knochen stammen von Hunden, Katzen und anderen, kleineren Säugetieren. Die Grube scheint schon länger in Gebrauch zu sein. Auf dem Grund lagen völlig saubere Knochen, das Fleisch längst verwest, weiter oben dann die zum Teil noch erhaltenen Kadaver. Seth ist so richtig mittendrin gelandet, ist bis zur Gürtelschnalle in dem Zeug eingesunken. Ich mußte ihn nach Hause schicken, die Sache hat ihn ziemlich aus der Fassung gebracht.»

«Und Sie auch», bemerkte Gilliam nicht ohne Mitgefühl.

Gabriel ballte die Hände zu Fäusten. «Wenn Presse und Fernsehen dahinterkommen, was wir heute gefunden haben ...»

«Aber Sie nehmen Mrs. Brandon noch immer nicht ab, daß sie heute abend eine ziemlich schreckenerregende Begegnung hatte, oder?»

«Sie wird schon jemanden gesehen haben», gestand Gabriel widerwillig zu. «Ihre Beschreibung war so detailliert und ... ungewöhnlich. Ich denke, ich muß ihr wohl Glauben schenken.»

«Und wer könnte dieser mysteriöse Mann sein, wenn wir den Schattenmann für den Augenblick mal außer acht lassen?»

Gabriel wiegte den Kopf. «Jemand, der hier Geschäfte macht mit Medikamenten oder Drogen und diesen bizarren Aufzug als eine Art Tarnung benutzt, um die Leute so in Schrecken zu versetzen, daß sie nicht mehr genau hinsehen. Vielleicht wollte er heute abend seinen Lieferanten hier kontaktieren. Und das könnte praktisch jeder sein», er seufzte, «eine Schwester, ein Arzt, ein Haustechniker, der Koch, Higgins, Michaels oder Forrester selbst, was weiß ich.»

«Sie müssen aufpassen, daß Sie sich nicht verrennen, Matt», sagte Gilliam eindringlich. «Wenn Sie, wie Sie eben sagten, der Ansicht sind, daß Sie alle Möglichkeiten in Betracht ziehen müssen, dann dürfen Sie nicht länger bestimmte Hinweise ignorieren, nur weil Sie Angst davor haben, wohin sie führen könnten. Dieses ‹Arrangement›, von dem Sie sprachen, und die Grube mit den Kadavern und Knochen ... Da im Wald geht etwas sehr Sonderbares vor.»

Gabriel stand unvermittelt auf. «Oder jemand will uns genau das glauben machen und führt uns an der Nase herum. Ich habe heute abend noch eine Gemeinderatssitzung. Ich muß los, bin ohnehin schon zu spät. Sehen Sie zu, ob Sie was über die Arzneimitteldiebstähle in Erfahrung bringen können. Den Schattenmann überlassen Sie besser mir.»

17. KAPITEL

Mountview war keine Idylle mehr.

Die Atmosphäre war von Furcht und Mißtrauen vergiftet, die Patienten waren schreckhaft, die Schwestern bis zum äußersten angespannt.

Laura war erst am späten Morgen in die Klinik gekommen, weil sie geraume Zeit damit verbracht hatte, die Rasenfläche zwischen ihrer Wohnung und dem Waldrand nach Spuren ihrer gestrigen Begegnung abzusuchen. Doch sie fand nichts.

Es gab keine Spuren.

Was sie im nachhinein jedesmal, wenn sie daran dachte, aufs neue erstaunte, war, daß der Schattenmann, oder wer immer es gewesen war, sie zwar durch sein unvermitteltes Auftauchen und seine merkwürdige Erscheinung sehr erschreckt hatte, sie aber gleichzeitig so etwas wie Mitgefühl mit ihm empfand. Vermutlich hatte es damit zu tun, daß er so unbeholfen weggelaufen war. Wenn er tatsächlich für alles, was man ihm in der Gegend anlastete, verantwortlich war, dann war er eindeutig gefährlich. Und doch hatte er selbst so verschreckt reagiert. Er war so hastig weggerannt, so … Sie hielt mit der Massage inne, ihre Hände ruhten bewegungslos auf dem Nacken von Mr. Dorrington. Der Schattenmann war gelaufen wie jemand, dem die Füße weh taten. Laura kannte diese Art zu laufen; als Physiotherapeutin hatte sie mehr als einen Patienten mit diesem Symptom gehabt, dem Gefühl, als würden die Füße bei jedem Schritt brennen.

«Was ist los?» knurrte Dorrington und warf ihr über die Schulter einen unfreundlichen Blick zu.

«Nichts», sagte sie und setzte die Massage fort. «Ich habe nur gerade nachgedacht.»

Obwohl sie eigentlich keine Furcht mehr vor dem Schattenmann hegte, hatte sie beschlossen, in Zukunft immer vor Einbruch der Dunkelheit wieder in ihrer Wohnung zu sein. Das bedeutete, daß sie für bestimmte Erledigungen die Mittagspause nutzen mußte.

So stieg sie um ein Uhr in ihren Wagen, um in die Stadt zu fahren. Kurz vor der Stelle, an der die Klinikauffahrt in den Highway einmündete, versuchte sie die Geschwindigkeit zu verlangsamen, doch die Bremse reagierte nicht, und erst nachdem sie einige Male das Bremspedal durchgetreten hatte, gelang es ihr, anzuhalten. Sie fluchte leise. Dem verdammten Auto fehlte dauernd etwas anderes! Vor noch nicht allzu langer Zeit hatte sie den Vergaser und die Benzinpumpe auswechseln lassen müssen, und gerade neulich erst hatte die Batterie sie im Stich gelassen. Allmählich nahmen die Reparaturen wirklich überhand, aber zum Glück hatte sie jetzt wenigstens genug Geld, um sie problemlos bezahlen zu können.

Die Straße lief mit leichtem Gefälle auf die Talbrücke zu, und sie hatte schon ein Drittel bis dahin zurückgelegt, als sie plötzlich merkte, daß das verzögerte Ansprechen der Bremse ein Vorbote kommenden Unheils gewesen war. Das Unheil war da. Die Bremse versagte.

Sie war nicht schnell gefahren und hatte das Bremspedal nur kurz angetippt, um etwas Geschwindigkeit zurückzunehmen. Doch die Berührung war ins Leere gegangen. Sie trat das Pedal ganz durch.

Noch immer keine Reaktion.

Der Wagen gewann an Fahrt.

Vor allem jetzt nicht die Nerven verlieren, sagte sie sich. Du hast zwei Möglichkeiten. Entweder du springst hinaus, oder du bleibst sitzen und hoffst, daß alles gutgeht. Die Böschung rechts, infolge der jetzt hohen Geschwindigkeit nur noch als Schemen für sie wahrnehmbar, sah unangenehm steil aus, und außerdem schreckte sie der Gedanke, der fahrerlose Wagen könne einen Unfall verursachen. Sie holte tief Luft und nahm das Lenkrad fest in beide Hände. Jetzt war sie froh, daß sie damals einen Wagen mit Schaltung statt mit Automatikgetriebe gekauft hatte. Entschlossen trat sie auf die Kupplung, um in den dritten Gang hinunterzuschalten. Das Getriebe gab ein krachendes Geräusch von sich, der Motor heulte wie im Protest kurz auf, dann ein Ruck, und sie war im gewünschten Gang. Doch noch immer nahm die Geschwindigkeit zu. Sie versuchte, weiter herunterzuschalten, diesmal direkt in den ersten Gang.

Der Wagen brach nach rechts, dann nach links aus, das Kreischen des Getriebes schien noch lauter als beim erstenmal, und der Schalthebel sprang in die Leerlaufposition. Mit zusammengebissenen Zähnen unternahm sie einen neuen Versuch, doch diesmal hielt sie den Schalthebel fest, ungeachtet des furchtbaren Krachens vorn im Motorraum. Unter Bocken und Aufheulen ließ sich das Getriebe schließlich in den zweiten Gang zwingen. In den ersten zu schalten, traute sie sich nicht mehr, dafür war die Geschwindigkeit einfach zu hoch.

Im Talgrund angekommen, schoß sie zwischen den stählernen Brückenstreben hindurch auf eine Straßengabelung zu – rechts ging es zur Main Street, links zur High School.

Mit quietschenden Reifen bog sie nach links ab. Weiter oben an der Straße lag eine Tankstelle. Rechts vor ihr tauchte der Parkplatz der High School auf. Die Geschwindigkeit verringerte sich jetzt stetig, aber noch immer fuhr sie viel zu schnell, um das Auto dadurch zum Stehen zu bringen, daß sie in irgendein Hindernis fuhr. Sie bog in die Parkplatzauffahrt der High School ein, sauste den Halbkreis der Auffahrt entlang und am Ende wieder hinaus. Zum Glück wies die Auffahrt eine leichte Steigung auf, so daß sich ihre Geschwindigkeit, als sie wieder auf den Highway einbog, weiter verringert hatte. Zu dieser Stunde war wenig Verkehr, und außerdem merkte sie, daß sie jetzt allmählich wieder die Kontrolle über den Wagen gewann. Das Schlimmste schien hinter ihr zu liegen. Die Tankstelle kam in Sicht, sie bog in die Zufahrt ein und brachte den Wagen unmittelbar vor der Zapfsäule zum Stehen. Mit zitternder Hand schaltete sie die Zündung aus, legte den Kopf auf das Lenkrad und brach in Tränen aus.

Nach wenigen Augenblicken hörte sie ein leises Klopfen an der Scheibe und blickte hoch. Ein Mann in blauer Tankwartsuniform beugte sich lächelnd zu ihr herunter.

«Volltanken?» fragte er erwartungsvoll.

Eine Stunde später konnte sie ihre Fahrt fortsetzen. Jake Miller hatte ein ernstes Gesicht gemacht, als er hörte, was ihr widerfahren war, und den Wagen gleich aufgebockt, um ihn zu inspizieren. «Kein Wunder, daß die Bremsen nicht funktioniert haben», sagte er nach einem prüfenden Blick. «Hier, sehen Sie.» Die Bremsleitung hatte an der Stelle, wo sie unter der Tür durchgeführt wurde, ein Loch, und die Bremsflüssigkeit war ausgelaufen. «An so einer Stelle kann man doch kein Plastik verwenden», sagte er mißbilligend. «Aber das ist typisch für diese ausländischen Autos. Keine Qualität. Mit einem amerikanischen Wagen wäre Ihnen das nicht passiert. Wenn die Bremsen erst nachlassen, dann ist ganz schnell alles zu spät», erläuterte er ihr. «Sie sollten die Bremsflüssigkeit genauso regelmäßig überprüfen wie Ihr Öl.»

Sie nickte gehorsam und beschloß, ihm lieber nichts davon zu sagen, daß sie auch den Ölstand nur selten überprüfte. Was die Bremsflüssigkeit anging, so wußte sie weder, wie der Behälter aussah, noch, wo er zu finden war und was man dort einfüllen mußte.

«Auf die neue Bremsleitung können Sie gleich warten», sagte er, «aber ich fürchte, Sie werden sich Gedanken machen müssen über ein neues Getriebe. Wie Sie damit umgegangen sind, war nicht gerade das, was man unter ‹vorschriftsmäßigem Gebrauch› versteht.»

Sie nickte wieder. «Ich weiß nicht, ob sich die Kosten dafür bei dem alten Wagen überhaupt noch lohnen. Ich überlege nämlich sowieso, ob ich mir nicht einen neuen anschaffen soll.»

Er nickte. «Aber warten Sie damit nicht bis zum Winter», riet er. «Ihre alte Karre macht es nicht mehr lange, und Sie handeln sich nur unnötig Ärger ein. Wenn Sie wollen, besorge ich Ihnen einen guten Gebrauchtwagen zu einem vernünftigen Preis.»

Sie bezahlte ihm die Reparatur und willigte in seinen Vorschlag ein, nach einem Gebrauchtwagen für sie Ausschau zu halten. In ein paar Tagen würde er bestimmt einen passenden gefunden haben, versicherte er, und ihr in der Klinik Bescheid geben.

In Blackwater Bay angekommen, stellte Laura verwundert fest, daß in der Main Street kein einziger Parkplatz mehr frei war. Dabei war die Touristensaison doch längst vorbei! Dann sah sie den Sheriff. Er stand, umringt von einem Haufen Fremder in eleganten Stadtschuhen, auf der Treppe vor der Polizeiwache. Das war also der Grund für die belegten Parkplätze – Fernsehen und Presse waren eingetroffen.

Sie parkte in einer Nebenstraße, nahm einen Stapel Bücher vom Rücksitz und ging mit schnellen Schritten in Richtung Bibliothek. Nur gut, daß sie ihren Mantel trug. Die weiße Dienstkleidung hätte sofort Aufmerksamkeit erregt, und sie konnte sich gut vorstellen, wie die Meute der Reporter über sie herfallen würde.

Im Lesesaal legte sie ihre Bücher auf dem Tresen ab und sah sich nach Mitch Hasker um. Sie entdeckte ihn in einem der hinteren Räume, wo er sich angeregt mit einem Ehepaar in mittleren Jahren unterhielt. Als er ihre Schritte hörte, sah er auf, murmelte eine Entschuldigung und eilte ihr entgegen.

«Ich habe Sie nicht vor Samstag erwartet», begrüßte er sie.

«Wieso denn das?»

Er lächelte selbstgefällig. «Meiner Erfahrung nach bevorzugt jeder meiner Leser einen speziellen Wochentag, an dem er die Bibliothek aufsucht. Das Sie am Samstag das erste Mal hier waren, habe ich Sie mehr oder weniger für diesen Tag vorgemerkt.»

«Oh, Entschuldigung. Wenn ich gewußte hätte, daß Sie schon einen Termin für mich gemacht haben ...», sagte sie spöttisch.

«Davon war nicht die Rede», sagte er mit schmalen Lippen. Er schien beleidigt, offenbar besaß er keinen Funken Humor.

«Sie müssen ja ein ganz außergewöhnliches Gedächtnis haben, um sich an jeden einzelnen Ihrer Leser so genau zu erinnern», fuhr sie eilig fort. «Wenn ich dagegen an mich denke, du meine Güte, was ich alles vergesse! Wenn ich meinen Terminkalender nicht hätte ...» Sie hielt beschämt inne. Was rede ich nur für dummes Zeug, schoß ihr durch den Kopf. «Jedenfalls ist es schön, wenn sich jemand an einen erinnert», schloß sie lahm.

Diese Bemerkung schien ihn wieder zu versöhnen, denn ein kleines Lächeln erschien auf seinem Gesicht. «Ich habe wirklich ein außergewöhnlich gutes Gedächtnis, das stimmt», sagte er stolz. «Zum Teil sozusagen von Natur aus, aber natürlich habe ich es auch trainiert. Den Standort der meisten Bücher zum Beispiel habe ich im Kopf, ich muß nur ganz selten einmal auf die Computerdatei zurückgreifen.»

«Aber das ist ja eine großartige Leistung!» Du alter Angeber, dachte sie. Bei dir kann man bestimmt nicht dick genug auftragen. «Dann sind Sie die ideale Person, um mir zu helfen. Was für ein Glücksfall!» flötete sie. «Ich möchte nämlich alles nur Bekannte über den Schattenmann in Erfahrung bringen.»

Sein Gesicht wurde ausdruckslos. «Warum?»

«Weil ich ihm gestern abend begegnet bin und jetzt mehr über ihn wissen will.»

«Sie sind ihm begegnet?» fragte Hasker fassungslos. «Wollen Sie damit sagen, Sie haben ihn tatsächlich gesehen?»

«Ja.» Ihre Antwort zeitigte eine unerwartete Reaktion. Hasker machte einen Satz rückwärts und starrte sie mit einer Mischung aus Fassungslosigkeit und Mißbilligung an.

«Beim nächstenmal wird es ihm nicht mehr gelingen, mir

Angst und Schrecken einzujagen. Ich könnte mir sogar vorstellen, daß der alte Trottel und ich uns im Laufe der Zeit noch richtig anfreunden.»

«Das ist doch nicht Ihr Ernst?»

Sie zuckte die Schultern. «Warum nicht?»

«Aber er ist jemand, vor dem die Menschen hier seit Jahrhunderten nur Grauen empfunden haben, eine Art unheimliche Sagengestalt ...»

«Unsinn», unterbrach sie ihn resolut. «Er ist real, so real wie Sie und ich, er ist schmutzig, er stinkt, ist irgendwie mitleiderregend.»

«Mitleiderregend?!» kreischte Hasker auf und sah sich dann erschrocken um. Das Ehepaar, mit dem er sich unterhalten hatte, blickte tadelnd zu ihnen herüber.

«Kommen Sie, wir gehen besser in mein Büro», sagte Hasker eilig, packte Laura unsanft am Arm und steuerte sie hastig über den Flur. «Und jetzt», sagte er, nachdem er sie in einen Sessel gedrückt und sich wie ein strenger Lehrer vor ihr aufgebaut hatte, «und jetzt erzählen Sie mir alles von Anfang an.»

«Da gibt es nicht viel zu erzählen», sagte sie, noch immer ein wenig atemlos von dem Tempo, mit dem er sie hierhergeschleppt hatte. «Den einen Moment war er da und im nächsten schon wieder auf und davon, er hat sich beinahe überschlagen», sie mußte bei der Erinnerung daran lächeln, «konnte gar nicht schnell genug von mir wegkommen. Aber wenn ich ihn so erschrecken konnte, dann heißt das auch, daß ich keine Angst vor ihm zu haben brauche.»

«Für Sie ist er also eine lächerliche Figur?» sagte er mit kaum verhohlenem Ärger.

«Nicht lächerlich», entgegnete sie. «Traurig. Ein armer alter Mann.»

Hasker nahm in seinem antiken Kapitänssessel Platz und betrachtete sie, wie es schien, mit einiger Bestürzung. Nach einer Weile nahm er eine Pfeife aus dem Ständer auf seinem Schreibtisch und begann, damit herumzuspielen. Lauras Vater war leidenschaftlicher Pfeifenraucher gewesen, aber wie Haskers Pfeife aussah, fast neu, war sie wahrscheinlich nur ein Accessoire, um seiner Erscheinung einen gewissen virilen Anstrich zu geben, so wie das kleine, elegant eingerichtete Büro und die Goldkette mit dem Phi-Beta-Kappa-Schlüssel am Gürtel wohl auch nur darauf abzielten, ein gewisses akademisches Flair zu verbreiten. Natürlich war es möglich, daß er die Pfeife gerade erst gekauft hatte, aber als sie mitbekam, daß er so gar keine Anstalten machte, nach Tabak und Streichhölzern zu greifen, sondern sie weiter nur zwischen den Fingern drehte und wendete, war sie ziemlich sicher, daß sie mit ihrer Einschätzung recht hatte. Außerdem roch der Raum zwar angenehm nach Rasierwasser, Ledereinbänden und sogar nach Cognac, aber sie konnte keine Spur von Tabakduft entdecken.

«Dieser ‹arme alte Mann›, wie Sie ihn zu nennen belieben, hat über die Jahre eine Menge Unheil angerichtet», sagte Hasker.

«Das bezweifle ich doch sehr», entgegnete sie.

«So? Glauben Sie wirklich, daß Sie hier mitreden können? Vielleicht denken Sie einmal daran, daß ich seit meiner Geburt hier lebe, Sie dagegen gerade erst angekommen sind. Den Schattenmann gibt es hier schon seit undenklichen Zeiten. Man könnte sagen, schon immer. Er ist Teil einer Überlieferung, die bis in die Kolonialzeit, ja sogar darüber hinaus bis in die Zeit der indianischen Ureinwohner zurückreicht.»

«Und was wird da überliefert?» fragte sie skeptisch.

«Das Böse», sagte er mit unheilvollem Unterton. «Eine Tradition von Rache, Vergeltung, Strafe – nennen Sie es, wie Sie wollen. Mit Ihrer Haltung fordern Sie diese Dinge geradezu heraus. Die Griechen hatten einen eigenen Begriff dafür – Hybris, der Versuch, sich über die Götter zu erheben.»

«Der Schattenmann ist wohl kaum als Gott zu bezeichnen», sagte sie nüchtern. «Und meine ‹Haltung›, wie Sie es nennen, ist niemandem außer Ihnen bekannt.»

«Da wäre ich mir nicht so sicher», sagte er bedeutungsschwer.

Laura wandte sich wie erschreckt nach allen Seiten um. «Sie meinen, die Wände hätten Ohren?» fragte sie in verschwörerischem Flüsterton. Jedesmal, wenn sie Hasker zuhörte, verspürte sie nach einer Weile den unwiderstehlichen Drang, etwas richtig Albernes zu tun, um seinem wichtigtuerischen Gehabe und seiner unerträglichen Geheimnistuerei etwas entgegenzusetzen. Dabei hatte sie vorgehabt, ihn ganz ernsthaft über den Schattenmann zu befragen. Sie nahm einen neuen Anlauf. «Hören Sie», sagte sie, «ich habe gestern abend draußen auf dem Klinikgelände jemand sehr Merkwürdigen gesehen, aber ich halte ihn weder für ein Phantom noch für einen Geist aus der Vergangenheit.»

«Was glauben Sie dann, wer er ist?»

«Ich weiß es nicht», sagte sie. «Möglicherweise nur ein Landstreicher. Aber ich dachte, ich könnte so oder so versuchen, mehr über ihn herauszufinden – ich meine über den Schattenmann. Er interessiert mich.»

«Was wollen Sie wissen?»

«Gibt es Bücher über ihn?»

Er schüttelte den Kopf. «Zur Zeit noch nicht. Aber ich bin dabei, eins zu schreiben.»

«Würden Sie mir vielleicht schon vorab etwas von dem Ergebnis Ihrer Nachforschungen erzählen?»

Er nickte und lehnte sich zurück, klopfte sich wie sinnend mit dem Mundstück seiner Pfeife auf die Brust und schürzte die Lippen. Er würde dieser respektlosen jungen Person schon Achtung beibringen!

«Von manchen wird der Schattenmann auch ‹der Schamane› genannt. Ein Schamane ist ein Zauberer oder, in der indianischen Tradition, ein Medizinmann. Bereits in den Berichten der ersten Siedler tauchen Hinweise auf ihn auf. Dazu muß man wissen, daß diese Siedler, während sie Stück für Stück den Wald rodeten, sich häufig die benachbarten Indianerstämme zu Feinden machten. Eine ziemlich bedrohliche Angelegenheit, denn die Indianer waren wahre Meister der Guerillataktik, wie Sie vielleicht schon gehört haben.»

«Aber ja», sagte Laura gefügig.

«Sie schlugen aus dem Hinterhalt zu, aus dem dunklen Schatten des Waldes, der damals natürlich sehr viel ausgedehnter und undurchdringlicher war als heute. Ich glaube, keiner von uns kann sich wirklich noch die völlige Abgeschiedenheit der Gehöfte und kleinen Siedlungen vorstellen, umgeben von schier endlosen Wäldern, die sich Hunderte von Meilen in alle Richtungen erstreckten – vertrautes Gebiet für die Indianer, aber fremd und unbekannt für die weißen Siedler. Kein Wunder, daß sie sie als unheimlich und gefahrvoll empfanden.» Er legte die Pfeife beiseite. «Und es war ja auch tatsächlich gefährlich, sich von den Farmen und Dörfern zu entfernen. Aus dieser Zeit stammt übrigens die Mahnung, auf die die Leute hier immer noch zurückgreifen, wenn ein Kind über die Stränge schlägt: Nimm dich in acht vor dem Schattenmann.»

«Aber die Gestalt, die ich gesehen habe, war auf keinen Fall ein Indianer», wandte sie ein.

«Nein, natürlich nicht. Lassen Sie mich raten – es war ein Mann mit langem weißem Haar in einer Art Uniform, hab ich recht?»

«Was das Haar angeht, ja, aber er trug keine Uniform, sondern einen weiten Mantel, der mit Bändern und Federn und allerlei anderem Kleinkram besetzt war und über und über mit bunten Muscheln und Symbolen bemalt.»

Hasker nickte. «Ja, von so etwas wird auch berichtet. Sie müssen wissen, die Legenden der Gegend hier ranken sich um einen der frühen Siedler, den die Indianer verschleppt hatten, um sich dafür zu rächen, daß ein Angehöriger ihres Stammes von den Weißen gehängt worden war. Sie folterten den Mann so lange, bis er den Verstand verlor, dann ließen sie ihn laufen, als abschrekkendes Beispiel. Aber man darf nicht vergessen, daß die Indianer selbst natürlich auch in großer Angst lebten. Alles, was sie besaßen, wurde ihnen nach und nach von Menschen genommen, deren Wesen und Sprache sie nicht verstanden.»

«Ihre Bemühungen, ihnen Gerechtigkeit widerfahren zu lassen, in allen Ehren», bemerkte Laura, «aber was sie mit diesem Mann gemacht haben, war entsetzlich und grausam.»

«Ja, das war es. Aber kaum entsetzlicher und grausamer als das, was die Briten taten. Sie beschenkten die Indianer mit hübschen roten Decken, Decken, wohlgemerkt, die aus den Betten verstorbener Pockenkranker stammten.»

«Das kann nicht sein!» rief Laura. Doch sie glaubte ihm.

Er wiegte den Kopf. «Es waren barbarische Zeiten.»

«Und dieser gefolterte Siedler sucht jetzt noch in Gestalt des Schattenmannes die Gegend heim? Ihrer Meinung nach ist er also derjenige, den ich gesehen habe?»

«Nach dem, was Sie mir erzählten, würde ich sagen, ja», sagte Hasker.

«Aber er war kein Geist, er war ein Mensch aus Fleisch und Blut. Ich habe seine Stiefel gesehen. Das Leder war rissig und sehr schmutzig. Ich habe ihn sogar gerochen!»

Hasker verzog angeekelt den Mund. «Ihn gerochen?»

«Ja. Er stank. Nach Alter, Schmutz und bitter-aromatisch nach irgendwelchen Kräutern.»

«Hatten Sie ein Gefühl plötzlicher Kälte?»

Sie zuckte die Schultern. «Es war ohnehin ein kühler Abend.»

«Diese Geistererscheinungen können unter Umständen sehr komplex sein», erläuterte Hasker. «Auch von begleitenden Gerüchen hat man durchaus schon des öfteren gehört.»

«Und dieser ‹Geist› treibt also hier in der Gegend sein Unwesen, legt Brände, tötet Haustiere – und hat jetzt vielleicht sogar zwei Morde begangen?»

Hasker setzte sich mit einem Ruck aufrecht hin. «Nein, die Morde gehen nicht auf sein Konto», sagte er entschieden. «Boshafter Unfug, ja. Vergeltung, Strafe. Aber nicht die Morde, ausgeschlossen», wiederholte er.

«Vergeltung oder Strafe – für was?» fragte Laura.

Er zuckte gleichmütig die Schultern. «Wer kann das schon sagen?»

«Ich nehme an, diejenigen, die die Strafe getroffen hat», sagte sie bissig.

«Ja, wahrscheinlich», antwortete Hasker. «Aber sie reden nicht darüber, sie akzeptieren sie und schweigen.»

«Wenn ich ihn nicht mit meinen eigenen Augen gesehen hätte, würde ich sagen, die ganzen Geschichten sind nichts als ein Haufen Unsinn.»

Hasker lächelte. «Aber Sie *haben* ihn gesehen!» rief er überschwenglich. «Wie ich Sie um diese Erfahrung beneide!»

«Sie beneiden mich?» rief sie entgeistert.

«Ja, natürlich. Sehen Sie, ich habe Nachforschungen über ihn angestellt, mit Leuten gesprochen, die ihn wie Sie gesehen haben, aber ich selbst bin ihm nie begegnet. Und es gibt überhaupt nur sehr wenige Leute, die von einer Begegnung mit ihm berichten können. Die Klinik Ihres Onkels steht übrigens genau dort, wo er auch in der Vergangenheit am häufigsten gesehen worden ist. Er ist nämlich der Vater des Mannes, der das ursprüngliche Mountview erbaut hat – Jeremy Hasker.»

«Hasker?»

«Ja, warum? Ach natürlich – Entschuldigung, ich dachte, Sie wüßten Bescheid. Aber woher sollten Sie? Ja, der Schattenmann ist ein direkter Vorfahr von Shirley und mir, daher auch mein Interesse an ihm.»

«Großer Gott!» rief sie erschrocken.

Er nickte. «Ich schäme mich jedesmal, wenn er wieder etwas angestellt hat. Es ist so ähnlich, als hätte man einen lästigen Verwandten, der die Angewohnheit hat, uneingeladen bei Abendgesellschaften hereinzuschneien und sich danebenzubenehmen.»

Pötzlich schoß ihr der Gedanke durch den Kopf, ob er wohl nur seinen Spaß mit ihr trieb. «Lassen Sie das nicht die Reporter hören», sagte sie. «Die rennen Ihnen die Bude ein.»

«Reporter?» fragte er interessiert.

«Ja. Als ich vorhin kam, bestürmten sie gerade den Sheriff. Es muß wohl bei den Nachrichten zur Zeit so eine Art Herbstloch geben, jedenfalls treiben sich etliche von ihnen auf der Main Street herum. Bisher ist nur in lokalen und regionalen Zeitungen und Fernsehsendern über den Schattenmann berichtet worden. Hoffentlich bleibt es dabei. Wenn die Geschichte erst in die überregionalen Nachrichten gerät – ich glaube, dann läuft Onkel Roger Amok.» Sie stand auf.

«Der arme Mann», murmelte Hasker mit geheucheltem Mitgefühl, «er muß ja Furchtbares mitmachen – wo er die beiden jungen Frauen doch so sehr gemocht hat.»

Sie stand plötzlich ganz still und sah ihn aufmerksam an. «Was wollen Sie damit sagen?»

Seine hellgrauen Augen begannen, etwas zu tränen, als er gegen das helle Deckenlicht zu ihr emporsah. «Wieso? Nichts Besonderes, nur was ich gesagt habe. Oder haben Sie etwas anderes herausgehört?» Er legte seine Pfeife auf die Schreibtischunterlage. «Shirley hat mir berichtet, daß Ihr Onkel so etwas wie familiäre Beziehungen zu seinen Angestellten unterhält, sehr lobenswert, finde ich. Familiäre Gefühle sind nicht mit Gold aufzuwiegen, ob nun durch Blutsbande bedingt oder quasi durch Wahlverwandtschaft.» Er lächelte anzüglich. «Eine gewisse Attraktivität dürfte diese Art väterlicher Zuneigung natürlich sehr erleichtern. Aber das versteht sich ja von selbst, oder?»

Er schien keine Antwort zu erwarten, es ging ihm wohl vor allem darum, seine Andeutungen über ihren Onkel loszuwerden, die nichts Konkretes besagten, aber ganz dazu angetan waren, alle möglichen Phantasien anzuregen.

«Vielen Dank für Ihre Ausführungen über den Schattenmann», sagte sie förmlich. «Ich muß jetzt leider wieder zurück in die Klinik.»

«Aber natürlich, das verstehe ich doch», sagte er, ganz der zuvorkommende Gastgeber, erhob sich und öffnete eilfertig die Tür.

«Falls Sie noch irgendwelche Fragen zu Ihrem ‹Besucher› haben sollten, so zögern Sie nicht, mich noch einmal aufzusuchen. Ich stehe Ihnen jederzeit zur Verfügung.»

«Falls ich den Schattenmann noch einmal sehen sollte, werde ich ihn von Ihnen grüßen, das verspreche ich Ihnen», sagte sie grimmig. «Ich denke, ihn wird sicher freuen, zu erfahren, wie weit es seine Nachkommen inzwischen gebracht haben.» Seine Bemerkungen über ihren Onkel hatten sie geärgert, und so beobachtete sie mit innerer Genugtuung, wie sich sein Gesicht vor unterdrückter Wut rötete, als ihm der Sinn ihrer Worte aufging. Die Haskers waren früher einmal die reichen Besitzer von Mountview gewesen, doch für den vorläufig Letzten ihrer Familie hatte es zu nicht mehr als der Stelle des Bibliothekars der kleinen Stadtbücherei gereicht, mochte er sich auch noch so sehr als Gelehrter aufführen. Hasker kniff die Lippen zusammen, machte kehrt und schloß mit einer heftigen Bewegung die Tür hinter sich. Wie ein Dachs, der sich in seinen Bau verkriecht, dachte Laura. Ihre letzte Bemerkung war ziemlich gemein gewesen, zugegeben, aber er hatte sie verdient.

18. KAPITEL

Denken Sie, daß es vielleicht möglich wäre, während der Behandlung die Zigarre für eine Weile aus der Hand zu legen?» fragte Laura. Sie war mit Gilliam zusammen im Hydrotherapiebecken.

Der Ex-Polizist lehnte mit dem Rücken an der Beckenwand, die Ellenbogen in die Überlaufrinne unterhalb des Beckenrandes gestützt, und zog genüßlich an einer langen, dünnen Zigarre.

Bei ihren Worten nahm er sie aus dem Mund und betrachtete sie mit einem Blick zärtlichen Wohlgefallens. «Sie gibt mir Selbstvertrauen», sagte er.

«Schön für Sie. Und mir Kopfschmerzen.» Er gab ihr die Zigarre, und sie legte sie auf die Fliesen. «Und jetzt drehen Sie sich bitte auf den Bauch. Halten Sie sich am Beckenrand fest, und versuchen Sie, sich vom Wasser tragen zu lassen. Und wenn Sie einigermaßen Ihr Gleichgewicht gefunden haben, dann möchte ich, daß Sie sehr, sehr behutsam anfangen zu treten.»

«Und wen?»

«Das Wasser», antwortete sie knapp. «Kommen Sie, drehen Sie sich um – und los!»

Gilliam gehorchte mit schmerzverzerrtem Gesicht und begann, nachdem er die Balance gefunden hatte, seine Beine wie verlangt zu bewegen, allerdings noch sehr langsam und unregelmäßig. Sie hatte ihm die flache Hand unter den Bauch gelegt und spürte an den Kontraktionen seiner Muskeln sehr deutlich, daß er vor nicht allzu langer Zeit noch sehr gut in Form gewesen sein mußte.

«So ist es richtig. Versuchen Sie, einen für Sie angenehmen, gleichmäßigen Rhythmus zu finden», sagte sie, «überlassen Sie sich dem Wasser, entspannen Sie – so ist es gut!»

Durch die großen Glasfenster drang plötzlich Sonnenlicht. Der Himmel war den ganzen Tag über wolkenverhangen gewesen, und so empfand sie die hellen Strahlen um so wohltuender. Allerdings mußte sie jetzt blinzeln, um Gilliams schwache, noch verkrampfte Beinbewegungen beobachten zu können. Erfreut stellte sie jedoch fest, daß sie zusehends geschmeidiger wurden. Sie sah ihm ins Gesicht. Der Schweiß stand ihm in dicken Tropfen auf der Stirn, und seine Lippen waren weiß vor Anstrengung.

Es tat weh. Sie wußte, daß es weh tat, aber das war nicht zu ändern. Seine Beine bewegten sich zum erstenmal seit langer Zeit wieder aus eigener Kraft, und das war das einzige, was zählte. Unvermittelt stieß er plötzlich keuchend die Luft aus und sank erschöpft gegen den Beckenrand.

«Das war großartig», lobte sie ihn begeistert.

Er nickte, tauchte mit dem Gesicht ins Wasser, kam triefend wieder hoch und grinste. «Für den Anfang nicht schlecht was?» Er war offenbar überrascht von dem, was er da geschafft hatte, und schien sich wirklich zu freuen. Keine bittere Bemerkung, kein Selbstmitleid, kein Sarkasmus. Er sah zehn Jahre jünger aus.

Sie verspürte ein starkes Herzklopfen. Der Anfang war gemacht, er hatte wieder Hoffnung geschöpft. In seiner ungestümen Begeisterung erinnerte er sie an ein Kind, das endlich ein langersehntes Geschenk in den Händen hält.

Wolken schoben sich vor die Sonne, und der Raum verdunkelte sich.

«Und nun drehen Sie sich auf den Rücken. Wir werden uns jetzt um Ihre Oberschenkelmuskeln kümmern», sagte sie. Ihre Stimme klang etwas rauh.

«Kann ich erst meine Zigarre wiederhaben?»

«Nein!» sagte sie entschieden.

«Mann, sind Sie streng», maulte er und lehnte sich auf seine Ellenbogen zurück.

«Nichts forcieren … nur ganz leichte Bewegungen», mahnte sie, als sie spürte, daß er sich wieder verspannte.

«So», sagte sie nach einer Weile, «jetzt dürfen Sie sich erst einmal ausruhen.» Sie zog ihre Hand unter seinem Kreuz weg, und seine Beine sackten sofort unter Wasser. Er stemmte die Ellenbogen fester in die Überlaufrinne und schielte verstohlen über die Schulter zu seiner Zigarre. Die lag in einer Lache Wasser und war dabei, sich aufzulösen.

«Sie haben doch auch schon von diesem Schattenmann gehört, von dem hier überall geredet wird», sagte sie ein wenig befangen.

«Ja.»

«Ich bin ihm gestern abend begegnet.»

Er nickte. «Ich weiß. Der Sheriff hat es mir erzählt.»

«Der Sheriff glaubt, ich hätte diese Begegnung nur erfunden, um David zu helfen.»

«Und – haben Sie?»

Sie schüttelte den Kopf. «Ich habe tatsächlich jemanden gesehen, und er hat mir einen Mordsschrecken eingejagt.»

«Ist das nicht ein etwas unpassender Ausdruck?» tadelte Gilliam sie ironisch.

«Ich wünschte, ich hätte den Mund gehalten», fuhr sie fort und berichtete ihm von ihrem Besuch bei Hasker.

«Die Leute sind eben scharf auf Horrorgeschichten», bemerkte Gilliam nüchtern.

«Ich kann ja verstehen, daß Gabriel der Verdacht gekommen ist, ich könnte das Ganze erfunden haben», sagte sie beinahe kleinlaut, «obwohl – gestern abend hatte ich ein- oder zweimal sogar das Gefühl, als würde er mir glauben. Aber selbst wenn nicht – man sollte doch annehmen, daß er zumindest die Möglichkeit in Betracht zieht, daß ich die Wahrheit gesagt haben könnte und daß dieser Mensch, den ich gesehen habe, derjenige ist, der Julie und Clarissa getötet hat.»

«Vielleicht hat er das ja», sagte Gilliam. «Hören Sie doch.»

Sie hob den Kopf. «Was denn?» fragte sie verständnislos.

Da war es wieder.

«Hunde», sagte Gilliam. «Gabriel läßt den Wald absuchen.»

Den Hunden gelang es ebensowenig wie tags zuvor den Männern des Sheriffs, den Schattenmann aufzuspüren. Sie folgten eifrig schnüffelnd einer offenbar sehr interessant riechenden Spur, die sich aber dann nach einigen Stunden verflüchtigte.

Als Laura nach Hause kam, hatte sie erwartet, Salomon am Fenster sitzen zu sehen, um aus sicherer Entfernung das Treiben der Hunde zu beobachten, doch er war nicht da. Sie warf einen kurzen Blick in alle Zimmer, denn er hatte sich noch nicht in sein neues Zuhause eingelebt und probierte noch aus, wo es sich am besten ruhen und schlafen ließ. Sie fand ihn jedoch weder unter dem Bett noch im Schrank, nicht auf dem Boiler und auch nicht hinter der Kühltruhe. In der Hoffnung, daß er vielleicht ihre Rückkehr bemerkt hätte, ging sie vor die Tür, aber sie sah nur Matt Gabriel und seine Männer, die frustriert in ihre Autos stiegen.

Achselzuckend ging sie in die Küche, um sich Abendbrot zu machen. Sie war etwas besorgt, beruhigte sich aber damit, daß Salomon schon zurückkommen würde, sobald ihm sein leerer Magen signalisierte, daß es Zeit für die nächste Mahlzeit war. Vielleicht hielt er sich auch aus Furcht vor den Hunden irgendwo versteckt und würde hervorkommen, sobald er merkte, daß sie weg waren.

Eine Stunde verging, und sie wurde zunehmend unruhiger. Sie ging erneut vor die Tür und rief nach ihm, aber draußen blieb alles still. Kein Rascheln, kein Maunzen kündigte seine Rückkehr an. Sie schloß die Tür und sah sich ratlos um. Ihr fiel ein, daß sie das Feuer im Kamin anzünden könnte. Wenn Salomon zurückkehrte, würde er sich über ein warmes Plätzchen freuen. Pötzlich mußte sie wieder an die Hunde denken. Ob sie ihn so erschreckt hatten, daß er aus Panik in den Wald geflüchtet war und jetzt den Heimweg nicht mehr fand? Der Gedanke an die Füchse und Dachse dort draußen machte ihr angst. Salomon wußte sich zwar unter seinesgleichen Respekt zu verschaffen, jede Menge Narben und vor allem sein verstümmeltes linkes Ohr legten beredt Zeugnis davon ab, aber sie bezweifelte, daß er in der Lage wäre, sich gegen wild lebende Tiere zur Wehr zu setzen.

Um sich abzulenken, begann sie mit dem Abwasch und stellte zu ihrer Unterhaltung den Fernseher an. Sie hatte gerade mit Abtrocknen begonnen, als sie hörte, wie der Name ihres Onkels fiel. Der Sprecher war bei den Nachrichten aus der Region angelangt und berichtete gerade von den beiden Morden in Blackwater Bay, dem Ort, an dem sich die exklusive Mountview-Klinik befinde.

«Unter den Einwohnern der sonst so friedlichen kleinen Stadt gehen Angst und Schrecken um, seit es Gerüchte gibt, daß der Schattenmann – bisher nur eine lokale Sagengestalt – tatsächlich existiert. Zwei junge Krankenschwestern sind ermordet worden, und die Menschen in Blackwater Bay verbarrikadieren nachts ihre Türen aus Furcht, der Schattenmann könnte beim nächstenmal ihr Haus heimsuchen.»

«O mein Gott», murmelte Laura bestürzt und setzte sich auf das Sofa, in der einen Hand das Küchentuch, in der anderen den noch tropfenden Teller. Mitch Hasker hatte die Gelegenheit beim Schopf ergriffen, um sich einer breiten Öffentlichkeit als *der* kompetente Ansprechpartner in Sachen Schattenmann vorzustellen. In diesem Moment erschien er auch schon mit stolzgeschwellter Brust auf dem Bildschirm.

«Als Vorsitzender des Historischen Vereins von Blackwater Bay kenne ich natürlich die Legenden, die sich um den Schattenmann ranken, und auch ihre Entstehung. Der Schattenmann ist eine Gestalt aus der Zeit der ersten Siedler, er stiftet Unheil, tritt als Rächer auf oder als strafende Instanz. Aber niemals hat man gehört ...»

«Zwei Frauen sind brutal umgebracht worden ...», unterbrach ihn eine Reporterin.

«Das stimmt, und wir alle sind darüber tief betroffen. Ich muß jedoch betonen, daß der Schattenmann bisher noch nie einen Menschen getötet hat», fuhr Hasker fort, «er ist einfach nur ...»

«Vielleicht hat er sich ein paar Horrorfilme reingezogen und dazugelernt», kam ein neuer Zuruf. Hasker hob hilflos die Hände. «Aber wenn ich Ihnen doch sage ...»

Laura wußte nicht, ob sie lachen oder weinen sollte. Pötzlich, wie aufs Stichwort, ertönte draußen ein schriller Schrei. Kein Mensch, ein Tier. Eine Katze. Salomon? Sie ließ den Teller fallen, sprang hoch und riß die Tür auf. Zunächst hörte sie nichts als das Geräusch des auffrischenden Windes, doch dann ein neuer Schrei, fast ein Kreischen.

«Oh, meine Güte, er ist in irgendeinen Kampf verwickelt ...» rief sie, stolperte die Stufen hinunter und rannte, ehe sie sich überhaupt bewußt wurde, was sie da tat, schon über den mit Reif überfrorenen Rasen in Richtung Wald. «Salomon! ... Salomon!»

Dabei wußte sie sehr gut, daß ihr Rufen vergeblich war.

Mit zurückgelegten Ohren, ein dunkles Knurren in der Kehle,

zum Sprung geduckt, galt seine ganze Aufmerksamkeit in diesem Augenblick bestimmt nur seinem Gegner.

Erneut zerriß ein wilder Schrei die Nacht. Er kam etwas von links, aus der Richtung der Baumgruppe hinter den Ställen. Sie lief darauf zu, erwartete jeden Moment, die Silhouetten zweier miteinander kämpfender Kater oder doch zumindest die Gestalt Salomons vor dem hellen Rauhreif auszumachen.

Doch beim Näherkommen stockte ihr der Atem. Statt der Katzen, die sie erwartet hatte, erblickte sie eine große, schwere Gestalt, die in ihrem weiten, dunklen Umhang vor den Bäumen nur schattenhaft zu erkennen war. Dennoch hatte sie keinen Zweifel, daß es der Mann war, dem sie gestern abend begegnet war. Er stand mit dem Rücken zu ihr und schein sich eines unsichtbaren Gegners zu erwehren. Während sie schwer atmend vorwärts stolperte, sah sie, wie er plötzlich den rechten Arm hoch in die Luft hob. In seiner Hand erkannte sie Salomon, der sich fauchend hin und her wand, um dem Zugriff zu entgehen. Doch er hatte keine Chance. Der Schattenmann, oder wer immer er war, hatte ihm mit einem kurzen Strick die Hinterläufe zusammengebunden. Im nächsten Moment hing er hilflos zappelnd mit dem Kopf nach unten an einem Ast.

Laura sah im Heraneilen etwas Helles aufblitzen. Ein Messer! «Nein, nicht!» schrie sie und warf sich, vor Anstrengung keuchend, gegen ihn. Mit der einen Hand klammerte sie sich an ihm fest, mit der anderen begann sie, ihn zu schlagen und zu kratzen, und die ganze Zeit über stieß sie wüste Verwünschungen aus.

Der Schattenmann stand einen Moment vor Überraschung ganz still, dann stieß er ein dumpfes Gebrüll aus und schüttelte sich wie ein großer Bär, der einen lästigen Schwarm Bienen loswerden will. Ein unerträglich ranzig-fauliger Gestank, eher tierisch als menschlich, stieg ihr in die Nase und nahm ihr fast den Atem. Flüchtig streifte sie noch ein anderer Geruch, der ihr irgendwie bekannt vorkam, aber sie war so außer sich, daß sie nicht weiter darüber nachdachte. Wie eine wütende Katze krallte sie sich in seinen Rücken und trat ihn nach Leibeskräften.

Der unbekannte Riese heulte wild auf, machte einen Satz rückwärts, hielt inne, beugte sich vor, richtete sich wieder auf und ließ sich schwer nach hinten gegen einen Baumstamm fallen. Laura bekam einen Schlag gegen den Hinterkopf und spürte, wie ihre Finger kraftlos wurden. Sie fiel ... und fiel ... Es wurde dunkel um sie.

19. KAPITEL

Laura kam zu sich, um sie herum war alles dunkel und still, doch sie spürte, wie warme Tropfen auf ihr Gesicht fielen, und mit einem Schlag kehrte die Erinnerung zurück. Sie begann heftig zu zittern. Zu ihrer Erleichterung tauchten jetzt in einiger Entfernung die auf und ab tanzenden Lichter mehrerer Taschenlampen auf, die sich rasch näherten. Noch schwindlig vom Aufprall blickte sie nach oben, um zu sehen, woher die Tropfen kamen, und stieß einen entsetzten Schrei aus. Hoch über ihr an einem Ast baumelte der reglose Körper von Salomon. Von fern tönte das leise Läuten von Kirchenglocken zu ihr herüber, und plötzlich wußte sie, daß die Tropfen auf ihrem Gesicht und Hals Salomons Blut waren. Sie wollte aufstehen, um ihn aus seiner qualvollen Lage zu befreien, aber eine Welle von Dunkelheit überschwemmte sie, und aufstöhnend sank sie zurück.

«Nein ... lassen Sie mich doch endlich aufstehen, ich muß ihn herunterholen!»

Zwei starke Arme drückten sie nach unten, und das Gesicht ihres Onkels erschien verschwommen vor ihren Augen.

«Laura, hör mir zu!»

Seine Stimme klang scharf, aber nicht unfreundlich. «Du brauchst dir keine Sorgen zu machen, dein Kater ist gerettet.» Er wandte sich an jemanden, der offenbar direkt hinter ihm stand. «So eine Aufregung – man könnte meinen, es gehe um ihr Kind.»

«Er hat so furchtbar geblutet», sagte sie.

Forrester nickte. «Ja. Aber er ist ein zäher kleiner Bursche, er wird wieder gesund. Du machst mir viel mehr Sorgen.»

«Und ich bin ein zähes kleines Mädchen», sagte sie und lächelte schwach. Sie richtete sich halb auf und blickte um sich. «Wo ist er?»

«Hier», sagte Jenks und trat neben ihren Onkel an die Behandlungsliege, auf die man sie in aller Eile notdürftig gebettet hatte. Er hielt ihr ein großes Instrumententablett entgegen, mitten darauf Salomon, sorgfältig in sterile Tücher gepackt, mit einem dicken Mullverband unter dem Kinn. Er sah so schwach und hinfällig aus, daß sie zu weinen begann.

«Jemand hat ihm einen tiefen Schnitt beigebracht, und er hat eine Menge Blut verloren, aber bei sorgfältiger Pflege wird er bald wieder der alte sein», meinte Jenks. Sein Gesicht war kaum weniger weiß als Salomons Halsverband.

«Das ist die hübscheste Ziernaht, die ich seit langem gesehen habe, wirklich», kommentierte eine Stimme aus dem Hintergrund ironisch. Laura blickte sich um und sah Gilliam in seinem Rollstuhl in der Ecke sitzen. «Wenn er seine Approbation mal verlieren sollte, kann er jederzeit sofort als Tierarzt anfangen.»

«Mr. Gilliam hat dich schreien hören und uns gleich alarmiert», erklärte ihr Onkel. «Wenn er nicht gewesen wäre …»

«Sie und Salomon, Sie haben beide verdammtes Glück gehabt», bestätigte Jenks und legte Salomon neben sie. Zärtlich streichelte sie mit dem Zeigefinger über seine feuchte Flanke und spürte ein leises Vibrieren als Antwort. Er konnte also Gott sei Dank schon wieder schnurren!

Auf dem Korridor hörte man schnelle, energische Schritte, und gleich darauf erschien Matt Gabriel in der Tür. Er sah sich kurz um, dann blieb sein Blick an Laura haften. «Haben Sie sein Gesicht gesehen?» fragte er sie übergangslos.

«Moment mal, Sheriff, so geht das aber nicht! Meine Nichte hat einen Schlag gegen den Kopf erhalten und steht außerdem unter Schock …»

«Ich habe ihn nur von hinten gesehen, leider», unterbrach ihn Laura. Sie hatte für die Ungeduld des Sheriffs Verständnis. «Alles, was ich Ihnen sagen kann, ist, daß er ziemlich kompakt und schwer war – und er stank.» Sie schaute an ihrem Pullover und dem Rock herunter, beide mit nasser Erde verschmiert. «Ich habe das Gefühl, als würde sein Geruch noch immer in meinen Kleidern hängen.»

«Sie konnten also sein Gesicht nicht sehen, schade. Aber dann vielleicht seine Hände? Oder ist Ihnen sonst irgend etwas aufgefallen?» insistierte Gabriel.

Sie schüttelte hilflos den Kopf.

«Versuchen Sie, diesen, wie Sie es nennen, ‹Gestank› genauer zu beschreiben.»

Sie dachte nach. «Schweißgeruch, aber wie von einem Kranken … irgendwie Übelkeit erregend, und dann …» Sie hielt unschlüssig inne.

«Mottenpulver?» fragte Gabriel.

«Ja, genau», sagte sie verblüfft. «Mottenpulver … natürlich! Der Geruch war einerseits so vertraut, aber dann andererseits auch wieder so … unerwartet. Aber wie sind Sie bloß darauf gekommen?»

Er überging ihre Frage. «Sonst noch etwas? Denken Sie nach!»

«Er war groß. Und er trug Handschuhe, Strickhandschuhe, ziemlich schmutzig … und Stiefel.»

«Das wissen wir doch alles schon», sagte Gabriel unwirsch. «Er hat auf dem feuchten Untergrund Fußabdrücke hinterlassen, und daß er ziemlich groß sein muß, darauf sind wir schon selbst gekommen, sonst hätte er nämlich Ihren Kater nicht an einem so hohen Ast aufhängen können.»

«Mrs. Brandon gibt sich Mühe, Sheriff», griff Gilliam ein. «Sie war nur in dieser Situation viel zu aufgeregt und viel zu sehr mit dem Schicksal ihres Katers beschäftigt, als daß sie genauer auf den

Mann hätte achten können. Oder auf sich selbst», fügte er leise hinzu.

«Du mußt vollkommen den Verstand verloren haben, Laura, einfach so aus der Wohnung zu stürzen», sagte Forrester vorwurfsvoll. «Ganz in der Nähe sind zwei junge Frauen ermordet worden, und du rennst in die Nacht hinaus, nur um einen Kater zu suchen ...»

«Nicht *einen* Kater, *ihren* Kater», bemerkte Gilliam.

Laura wandte den Kopf und sah ihn überrascht an. Er hatte es verstanden. Wie seltsam. Sie hatte nicht damit gerechnet, daß er erkennen würde, wie sehr sie an Salomon hing, daß er das einzige Lebewesen war, an das sie sich in den zwei großen Krisen ihres Lebens, dem langsamen Sterben ihres Vaters und ihrer Scheidung, hatte klammern können. Salomon war das einzige Geschöpft auf der Welt, das sie liebte und das sie nicht verlassen oder sich von ihr abgewandt hatte.

«Diesmal haben Sie also endlich Spuren?» erkundigte sich Jenks beim Sheriff.

«Ja. Wir konnten anhand seiner Fußabdrücke und von Hinweisen wie abgebrochenen Zweigen sogar seinen ganzen Weg zurückverfolgen», brummte Gabriel. Das nervöse Öffnen und Schließen seiner behandschuhten Hände verriet, wie angespannt er noch immer war. «Sie verlaufen rund um die Klinik und enden ungefähr eine halbe Meile weiter am Highway.»

«Wußt ich's doch», rief Gilliam triumphierend.

«Ich verstehe nicht», sagte Forrester. «Was genau bedeutet das jetzt?»

«Es bedeutet ...», begann Gabriel.

Gilliam fuhr dazwischen. «Es bedeutet, daß der sogenannte Schattenmann wahrscheinlich ein Auto hat», sagte er. «Haben Sie Reifenabdrücke gefunden?»

Der Sheriff schüttelte den Kopf. «Die Fahrbahn ist mit überfrorenem Schneematsch bedeckt. Rasiermesserscharf und hart wie Fels. Da gibt es keine Abdrücke.»

«Vielleicht hat er den Highway ja bald wieder verlassen und ist irgendwo in den Wald abgebogen», bemerkte Forrester.

«Ja, vielleicht», antwortete Gabriel skeptisch.

«Na dann ... dann müßten Sie ihn doch zu fassen kriegen, oder? Warum holen Sie nicht die Suchmannschaft zurück und bringen die Hunde noch mal her? Es wird Zeit ...»

Gabriel hob abwehrend die Hand. «Ich lasse mich nicht drängen», knurrte er, «von niemandem. Die Staatspolizei sitzt mir im Nacken, die verdammten Reporter schwärmen um mich herum wie aufgescheuchte Wespen, und auf der Main Street werde ich angehalten und soll mir Ratschläge anhören.»

«Armer, geplagter Matt», sagte Gilliam.

Sofort fuhr Gabriel ihn an. «Jetzt fangen Sie auch noch an! Ich habe weiß Gott genug Ärger, und ein Polizist aus der Stadt, der meint, mich bemitleiden zu müssen, hat mir gerade noch gefehlt. Wenn Sie eine Erklärung haben für die Ereignisse hier, dann heraus damit. Falls nicht, halten Sie besser den Mund.» Er machte auf dem Absatz kehrt und knallte die Tür hinter sich ins Schloß.

«Das war nun wirklich eine völlig überzogene Reaktion», bemerkte Roger Forrester ärgerlich, «aber das bestätigt nur meinen Eindruck, daß der Mann völlig inkompetent ist und wir nicht erwarten können ...»

«Er ist nicht inkompetent, er ist nur einfach bedient», sagte Gilliam ruhig, «und das wäre ich an seiner Stelle auch.»

Gabriel stand vor der Baumgruppe hinter den Ställen und blickte nachdenklich zu dem Seil hoch, von dem man Laura Brandons Kater abgeschnitten hatte. Es war ein Stück gewöhnliche Wäscheleine, wie sie in jedem Haushaltsgeschäft oder Kaufhaus erhältlich war, und wenn es stimmte, was die junge Physiotherapeutin gesagt hatte, daß der sogenannte Schattenmann Handschuhe getragen hatte, würde man hier auch nirgends Fingerabdrücke finden.

Putnam trabte heran, ganz außer Atem. «Ich habe das Ding in

einer großen Plastiktüte verstaut und den anderen gesagt, daß sie den Mund halten sollen. Merkwürdiges Stück Kleidung, ist mir irgendwie nicht ganz geheuer.»

Gabriel nickte. Sie hatten, unter einem Busch versteckt, den Umhang des Schattenmannes gefunden. Offenbar hatte er es, nachdem Laura durch ihr Schreien für Aufmerksamkeit gesorgt hatte, eilig gehabt, ihn loszuwerden. Der Verschluß am Hals war halb abgerissen, vielleicht beim hastigen Ausziehen, vielleicht beim Kampf mit ihr. Es war das erste handfeste Beweisstück, und Gabriel war fest entschlossen, kein Wort darüber nach außen dringen zu lassen, ehe es nicht im zentralen Labor der Staatspolizei einer gründlichen Prüfung unterzogen worden war. Der Umhang war aus einem dicken grauen Wollstoff gefertigt, vielleicht einer alten Decke. Er war in bunten Farben bemalt und trug eine Unzahl Abzeichen aufgenäht – angefangen bei einer Pfadfinderspange bis hin zu diversen Buttons, dazu Federn und Bänder, Muscheln und allen möglichen anderen Schnickschnack. Er wirkte bizarr, und er stank fürchterlich muffig nach Schweiß und Mottenpulver, so als ob er nie gewaschen oder gereinigt, aber nichtsdestoweniger sehr sorgfältig aufbewahrt worden wäre.

«Was können die denn im Labor durch diesen Umhang überhaupt herausfinden?» fragte Putnam.

«Eine ganze Menge, wenn wir Glück haben», antwortete Gabriel. «Zum Beispiel läßt sich aus dem Schweiß die Blutgruppe feststellen, und vielleicht entdecken sie auch noch ein paar Hautpartikel, so daß wir seine DNS haben. Unter Umständen bekommen sie auch heraus, woher der Stoff stammt. Er sieht allerdings ziemlich alt aus, das dürfte also schwierig werden. Aber dann haben wir natürlich noch diese Abzeichen. Jemand hat sie gekauft, gestohlen oder über die Jahre gesammelt, und wir müssen jetzt versuchen, zu ermitteln, wer das war. Dieser Umhang ist für uns ein Geschenk des Himmels, aber er wird uns nur dann etwas nützen, wenn wir absolutes Stillschweigen darüber bewahren. Es darf nicht mal eine Andeutung darüber an die Öffentlichkeit dringen.»

«Aber selbst wenn wir von dem Kerl die Blutgruppe oder seine DNS haben – ihn selbst haben wir damit noch lange nicht», wandte Putnam ein.

Gabriel nickte. «Stimmt. Aber es ist ein verdammt guter Anhaltspunkt, sobald wir jemanden verhaftet haben. Und wenn es nicht anders geht, müssen wir eben einen Massentest veranlassen. Dann muß jeder Mann in Blackwater Bay antreten und die Blutgruppe und seine DNS bestimmen lassen.»

«O mein Gott», sagte Putnam erschrocken, weil er sich nur zu gut vorstellen konnte, welche Unmenge Arbeit damit auf sie zukäme.

«Aber so weit sind wir noch nicht. Erst einmal müssen wir herumfragen, ob jemand heute abend am Rand des Highway in Höhe der Klinik einen Wagen hat parken sehen. George, du sorgst dafür, daß *das* in die Zeitung kommt und auch in die Lokalnachrichten. Vielleicht ist der Wagen jemandem aufgefallen.»

«Ziemlich vage Aussicht.»

Gabriel seufzte. «Ich weiß, aber irgendwo müssen wir anfangen.»

«Was ist mit seinen Fußspuren?» fragte Putnam und wies wie anklagend auf den zertrampelten Boden um sie herum.

«Am geschicktesten wäre, du suchst dir einen Abdruck, den die tapferen Retter noch halbwegs intakt gelassen haben, und nimmst davon einen Abguß», sagte Gabriel.

«Mach ich.» Putnam sah den Sheriff prüfend von der Seite an. «Geht es dir gut?»

«Das kann man nicht gerade sagen», antwortete Gabriel ehrlich.

«Etwas nicht in Ordnung?»

Gabriel lachte gereizt auf. «Nichts ist in Ordnung, wenn du mich fragst. Warum hat er den Kater um ein Haar umgebracht, aber ist nicht über Mrs. Brandon hergefallen, als sie dazukam?»

«Offenbar hat sie ziemlichen Lärm gemacht.»

Gabriel schüttelte den Kopf. «Er hätte genug Zeit gehabt, sie zu töten oder wenigstens zu verletzen. Aber er ist weggerannt und hat sie unbehelligt liegengelassen. Warum hat er die beiden anderen Frauen getötet, sie aber nicht? Und was hat ihn dazu getrieben, den Kater so zu quälen?»

Putnam zuckte die Schultern. «Dazu kann ich nichts sagen.»

Gabriel nickte. «Genauso geht's mir auch. Irgendwie paßt das alles nicht zusammen.»

«Na ja, aber der Kerl ist doch sowieso nicht ganz dicht, bei so einem läßt sich eben nicht alles, was er tut, vernünftig erklären», bemerkte Putnam. «Vielleicht war ihm einfach nicht danach, einen Mord zu begehen, vielleicht hat ihm das, was er mit dem Kater angestellt hat, für einen Abend gereicht. Oder Mrs. Brandon hat ihn verletzt, und er ist deshalb abgehauen.»

«Das ist eine Idee», rief Gabriel. «Wir sollten auf jeden Fall Ausschau halten nach Männern mit Kratzwunden.»

«Und wo?»

«Na, in Blackwater Bay.»

«Und warum nicht auch hier in der Klinik? Vielleicht ist der sogenannte Schattenmann jemand von hier. Könnte doch sein, daß er jetzt erst eine Weile herumfährt, dann zurückkommt und sich auf sein Zimmer schleicht. Hier gibt es so viele Ecken und Winkel, da kann er sein Schattenmann-Outfit wunderbar verstecken, aber vielleicht bewahrt er's auch einfach im Kofferraum seines Autos auf. Wenn du mich fragst, wir sollten uns einen Durchsuchungsbefehl besorgen und uns alle Wagen hier auf dem Gelände daraufhin einmal ansehen.»

Gabriel dachte einen Moment über den Vorschlag nach, dann schüttelte er den Kopf. «Wir müßten wahrscheinlich für jedes Auto einen gesonderten Beschluß erwirken, und das können wir nicht begründen», sagte er. «Aber selbst wenn wir so einen Beschluß bekämen, woher wollen wir denn wissen, daß er den Umhang nicht immer in einer Plastiktüte aufbewahrt hat? Ich an seiner Stelle hätte das jedenfalls getan, so wie das Ding stinkt. Und in dem Fall würden wir in seinem Kofferraum nichts nachweisen können. Ansonsten gebe ich dir recht, wir sollten die Klinik nicht außer acht lassen.»

«Sag ich doch», antwortete Putnam erfreut.

«Von den Psychiatrie-Patienten scheint mir keiner als Täter wahrscheinlich, und die auf den anderen Stationen sind entweder noch nicht lange genug hier, nicht kräftig genug, oder es gibt keine Hinweise auf ein Motiv.»

«Also nur einer von den Angestellten oder den Ärzten», sagte Putnam. «Wir sollten sie uns alle noch einmal vornehmen. Dieser Psychiater, Dr. Weaver, behandelt übrigens auch Patienten von draußen, die kommen jede Woche mehrmals zu ihm in die Klinik.»

«Ja, ich weiß. Aber er ist sehr zugeknöpft. Er will uns nicht mehr mitteilen als ihre Namen.»

«Ich halte es nicht für ausgeschlossen, daß er selbst unser Mann ist», bemerkte Putnam düster. «Ich habe gleich zu Anfang gesagt, der ist verrückter als alle seine Patienten zusammen.»

«Nur weil du Psychiater nicht leiden kannst, heißt das noch lange nicht ...»

«Ich kann *ihn* nicht leiden», sagte Putnam heftig. «Er hat bei einem Vortrag in der High School mal behauptet, daß Männer, die Bodybuilding machen, in Wirklichkeit schwul sind.» Georges ganzer Stolz war sein gutgebauter Körper, und er trainierte jede Woche mehrere Male in der Bürgermeister-Merrill-Attwater-Turnhalle.

«Ich wette, du hast ihn falsch verstanden, George», sagte Gabriel tröstend, «und wenn nicht, dann meinte er sicher nur eine ganz bestimmte Sorte von Schwulen ... diese kalifornischen Muskelpakete, die sich vor L. A. am Strand tummeln und vor Kraft nicht laufen können, du weißt schon.»

«Ist mir egal», antwortete Putnam bockig. «Ich fand, das war eine sehr dumme und unpassende Bemerkung. Und dabei hat seine Frau Selbstmord begangen, erinnerst du dich?»

«Sie hat unter Depressionen gelitten, George», sagte Gabriel.

«Und warum war sie wohl depressiv? Das fragt man sich da.»

«Weil sie nicht über den Tod ihres Babys hinweggekommen ist», antwortete Gabriel geduldig. «Es war erst zwei Monate alt, als es starb.»

Laura wurde zur Beobachtung in eines der Krankenzimmer gelegt, und am nächsten Morgen brachte Roger Forrester Salomon zum Tierarzt.

Bei seiner Rückkehr erstattete er Laura Bericht. «Ich habe ihn für ein paar Tage dort gelassen, bis es dir wieder bessergeht», schloß er.

«Mir geht es jetzt schon besser, aber David erlaubt mir trotzdem nicht, aufzustehen», murrte Laura.

«Recht hat er», sagte ihr Onkel. «Du scheinst den Schlag gegen den Hinterkopf gut verkraftet zu haben, aber ein Tag Bettruhe ist trotzdem angezeigt. Du arbeitest doch schon lange genug in der Krankenpflege, um zu wissen, daß man bei Patienten mit Kopfverletzungen und anschließender Bewußtlosigkeit sehr vorsichtig sein muß.»

«Ich fühle mich so ... nutzlos, wenn ich hier nur herumliege», beharrte sie.

«Nun, warum freundest du dich nicht einfach damit an, einmal einen Tag nur blaß und elegisch dazuliegen?» sagte David, der gerade den Raum betreten hatte. «Das gibt dir einen ganz eigenen Reiz, weißt du? Also leg dich zurück und genieß ein bißchen Ruhe und Stille.» Er hob ihren Verband ein Stück weit an und betrachtete, mit gespieltem Ernst nickend, ihre Wunde. «Es freut mich, Ihnen sagen zu können, daß wirklich nur ganz, ganz wenig Gehirn ausgetreten ist», versicherte er mit Grabesstimme.

Er ging ihr mit seinen Albernheiten auf die Nerven. «Ich bin doch kein Kind mehr», sagte sie unfreundlich.

«Dann benimm dich auch nicht so», gab David gereizt zurück. «Ich habe schon genug Ärger mit meinen richtigen Patienten.»

Nach einer Stunde hatte sie das Liegen endgültig satt. Sie

stand auf, zog ihren Bademantel, den man ihr aus der Wohnung geholt hatte, über und ging den Flur hinunter zu Gilliams Zimmer. Er telefonierte gerade, und so blieb sie abwartend in der Tür stehen, doch er bedeutete ihr mit einer Handbewegung einzutreten.

«Richtig, Phil, die ganze Konstruktion, wenn möglich.» Er hörte eine Weile zu und nickte dann mit dem Kopf. «Das ist mir klar, aber erzähl mir nicht, daß du nicht ein paar Kontakte hast, die du nutzen kannst, um ...», sagte er und schwieg wieder einen Moment. «Ja, natürlich», begann er dann erneut, «du kannst den Namen jederzeit nennen, wenn du es für richtig hältst. Biete ein paar von meinen Papieren zum Verkauf an, falls das helfen könnte, Türen zu öffnen. Du hast mein Einverständnis. Aber ich muß es wissen.»

Laura setzte sich in den Besuchersessel und betrachtete ihn verstohlen. Er wirkte nervös und aufgeregt, ungeduldig, fast gehetzt.

«Gut.» Er nickte befriedigt. «Nun zu der anderen Sache. Ist Doyle bereit, es zu machen? ... Sehr schön. Unterschreib, was nötig ist. Und bezahl dem Jungen an der Uni, was er braucht. Vielen herzlichen Dank. Ach, Phil – und das Ganze so schnell wie möglich, ja?» Er wollte auflegen, doch sein Gesprächspartner erkundigte sich offenbar noch nach seinem Gesundheitszustand. «Wie es mir geht? Gut, ich kann nicht klagen. Nein, wirklich, ich mache Fortschritte. Aber Phil, ich muß jetzt Schluß machen. Noch mal vielen Dank. Auf Wiedersehen.» Der Mann am anderen Ende wollte offenbar noch etwas sagen, doch Gilliam wartete das letzte Wort gar nicht mehr ab, sondern legte rasch auf. Er wandte sich zu Laura um. Ihre Blicke begegneten sich einen kurzen Moment, dann sah Laura schnell beiseite.

«Es klingt irgendwie kitschig, wenn man es laut ausspricht, aber ich möchte Ihnen trotzdem dafür danken, daß Sie mir das Leben gerettet haben – und natürlich auch Salomons Leben», sagte sie.

«Stimmt. Es kling wirklich kitschig», erwiderte er. «Außerdem habe ich nur Alarm geschlagen. Das ganze Rennen und Retten hat Ihr Freund vollbracht, der fabelhafte Mr. Butler.»

Sie warf einen Blick auf den Parkplatz, wo noch immer Polizeiwagen standen. «Sie haben ihn noch nicht gefunden, nicht wahr?»

«Den sagenhafte Schattenmann? Nee. Und bis jetzt hat sich auch noch niemand gemeldet, dem ein haariges Monster hinter dem Steuer eines Autos aufgefallen wäre.»

«Ach, hören Sie auf ... Sie können doch nach allem, was passiert ist, nicht immer noch behaupten wollen, daß es den Schattenmann nicht gibt.»

«Und ob ich das kann», sagte Gilliam ruhig. «Und notfalls werde ich es so oft wiederholen, bis ich blau im Gesicht bin. Übrigens streite ich natürlich keineswegs ab, daß jemand letzte Nacht versucht hat, Ihren Kater umzubringen.»

«Und mich etwa nicht?» fragte sie empört.

Er schüttelte den Kopf. «Nein ... er war nur hinter Ihrem Kater her. Im Gegenteil, Sie wollten *ihm* an den Kragen. Sie haben sich von hinten auf ihn gestürzt. Und was geschah?»

«Er ...», begann sie und hielt inne.

«Er versuchte, Sie so schnell wie möglich loszuwerden, und hat gemacht, daß er wegkam. Man kann den Mann verstehen», fügte er ironisch hinzu, «wer hat schon gern eine Furie im Nakken? Der Sheriff tut mir leid. Dank diesem Hasker und Ihrem Onkel wird jetzt die ganze Geschichte in der Öffentlichkeit breitgetreten.»

«Was hat denn mein Onkel damit zu tun?» fragte sie ehrlich verblüfft. «Diese Art öffentliche Aufmerksamkeit ist bestimmt das letzte, was er sich für die Klinik wünscht.»

Gilliam schüttelte wieder den Kopf. «Tut mir leid, da muß ich Ihnen widersprechen. Angesichts der betrüblichen Tatsache, daß er und seine geliebte Klinik so oder so in Gefahr sind, ins Rampenlicht zu geraten, zieht Ihr Onkel ganz sicher die Jagd nach einer Schattengestalt in den Wäldern einer gründlichen Durchleuchtung der Usancen hier in Mountview vor.»

«Wie kommen Sie dazu, so etwas zu sagen?» fragte sie aufgebracht.

«Ich bin eben – sagen wir mal – ein geschulter Beobachter. Zu Anfang war da wohl eine gewisse Begabung, und dann kam durch die Jahre im Polizeidienst Erfahrung dazu. Wie auch immer, ich habe jedenfalls gelernt, nicht nur darauf zu achten, was die Leute sagen, sondern auch, so paradox das klingen mag, was sie nicht sagen, beziehungweise wie sie es sagen. Können Sie mir folgen?»

Sie nickte. Sie fand, was er sagte, zwar beunruhigend, aber es klang einleuchtend.

«Gestern abend und heute morgen wieder hat Ihr Onkel alles getan, um das Jagdfieber in bezug auf den Schattenmann so richtig anzuheizen. Ich habe heute morgen live im Radio gehört, wie er von ein paar Reportern gestellt wurde. Er hätte ‹kein Kommentar› murmeln und sie abwimmeln können, doch was macht er? Stellt sich hin und hält ex tempore einen richtiggehenden kleinen Vortrag über die Muster psychopathologischer Verhaltensweisen bei Asozialen und gesellschaftlichen Außenseitern. Und daran anschließend beklagt er wortreich den mangelnden Erfolg der örtlichen Polizei, das Ungeheuer zu fassen, und macht sich öffentlich Gedanken darüber, ob er vielleicht eine Belohnung für die Ergreifung des Mörders aussetzen sollte, der zwei seiner allseits beliebten und geschätzten Krankenschwestern auf dem Gewissen hat. Wollen Sie Einzelheiten hören?» Sie schüttelte den Kopf. «Ganz zum Schluß sagte er, daß er Schwierigkeiten habe, nachts einzuschlafen. Und das», schloß Gilliam grimmig, «nehme ich ihm sofort ab.»

«Ihnen ist also plötzlich die Erkenntnis gekommen, daß mit meinem Onkel irgend etwas nicht stimmt?» fragte sie in aufsässigem Ton.

Er schüttelte den Kopf. «Nicht plötzlich, allmählich. Ich habe aus gewissen Hinweisen Schlußfolgerungen gezogen. Abgesehen von den beiden Morden ist es als ziemlich wahrscheinlich anzusehen, daß irgend jemand in der Klinik einen schwunghaften Handel mit Drogen aufgezogen hat. Und außerdem gibt es eine Reihe Patienten, die ihre Rechnungen mit Geld bezahlen, das wir Gesetzeshüter altmodisch als ‹nicht rechtmäßig erworben› bezeichnen würden.»

«Gauner werden eben auch mal krank», sagte sie patzig.

«Wie wahr! Und je öfter, desto besser, wenn es nach mir ginge. Erstaunlich ist nur, daß so viele von ihnen sich ausgerechnet Mountview ausgesucht haben, um sich zu kurieren. Das kann natürlich Zufall sein ...»

«Vielleicht werden ja auf ihren alljährlich stattfindenden Gaunerkongressen diesbezügliche Empfehlungen ausgesprochen», sagte sie bissig.

«Hören Sie, es tut mir leid», sagte Gilliam, aber es klang etwas gezwungen. «Ich bin ein mißtrauischer Mensch. Wenn jemand in die Luft springt und laut losschreit ‹Seht mal her!›, dann wittere ich instinktiv ein Ablenkungsmanöver und gucke in die entgegengesetzte Richtung. Wenn Ihr Onkel zu der Schattenmann-Sache geschwiegen hätte, okay. Aber genau das tat er nicht – im Gegenteil.»

«Ich kann nichts dafür, wie mein Onkel sich verhält. Vermutlich hat ihn die Geschichte letzte Nacht ziemlich mitgenommen, und er war einfach durcheinander.»

«Armer, alter Mann!» sagte Gilliam.

Sie mußte sich eingestehen, daß sein Sarkasmus berechtigt war. Onkel Roger hatte heute morgen frisch, entschieden und aufgeräumt gewirkt. Möglicherweise ein bißchen zu aufgeräumt, dachte sie.

Nach einer Pause nahm sie das Gespräch wieder auf. «Was meinen Sie mit ‹schwunghaftem Handel mit Drogen›?»

«Also, ‹schwunghaft› ist vielleicht ein bißchen übertrieben», gab Gilliam zu, «aber irgend jemand läßt aus der Klinik regelmäßig Arzneimittel und Drogen mitgehen. Wußten Sie das?»

Sie nickte. «Ach, das! David hat es vor ein paar Tagen mir gegenüber erwähnt. Als Sie von ‹Drogenhandel› sprachen, da dachte ich, Sie meinen einen Dealerring oder so etwas Ähnliches. In jedem Krankenhaus verschwindet eine gewisse Menge von Medikamenten – das ist fast schon normal. Da können Sie noch so viele Vorsichtsmaßnahmen ergreifen und Kontrollen durchführen, so etwas ist nicht zu verhindern.»

«Wir haben es hier aber nicht mit einem großen Krankenhaus zu tun, sondern mit einer kleinen, überschaubaren Klinik.»

«Ja, und?» Sie zuckte die Schultern. «Von was für Drogen beziehungweise Medikamenten sprechen Sie überhaupt?»

«Von Arzneimitteln ganz allgemein», antwortete Gilliam. «Nicht nur Heroin erzeugt Abhängigkeit, das kann selbst bei Aspirin passieren. Nur, daß Aspirin natürlich jederzeit frei erhältlich ist. Aber nehmen Sie mal Kodein. Wenn jemand, der davon abhängig ist, keinen Arzt mehr findet, der es ihm verschreibt, dann sucht er sich eben jemanden, der es ihm illegal besorgt, gegen Bezahlung natürlich. So wie zum Beispiel ...» Er hielt abrupt inne und holte tief Luft.

«... wie meinen Onkel, wollten Sie sagen?»

Gilliam hob abwehrend die Hand. «Nein, keineswegs.»

Sie sah ihn zweifelnd an.

Er seufzte. «Wenn ich Anschuldigungen erhebe, dann tue ich das laut und deutlich. Wenn Sie glauben, Ihr Onkel sei imstande, in seiner Klinik um des Profits willen Medikamente zu verschieben, dann haben Sie ein Problem, würde ich sagen.»

«Ich habe mit keinem Wort gesagt, daß ich Ihnen glaube», rief sie erregt.

«Aber es kommen Ihnen allmählich Zweifel, und Sie fragen sich, ob er nicht vielleicht doch ... Hab ich recht?»

«Ich ... ich kenne ihn einfach nicht besonders gut, das ist der Punkt», sagte sie ratlos. «Mein Vater und er waren Zwillinge ...»

Gilliam nickte. «Ich glaube, das erwähnten Sie schon einmal. Eineiig oder zweieiig?»

«Eineiig.»

«Was war Ihr Vater für ein Mensch?» wollte Gilliam wissen.

«Absolut ehrlich, in jeder Hinsicht», sagte sie wie aus der Pistole geschossen. «In gewisser Weise war gerade das sein Problem.»

«Wieso?»

«Weil er dachte, daß alle anderen genauso ehrlich seien wie er selbst. Und das stimmte natürlich nicht. In geschäftlichen Dingen war er, wie Sie sich leicht vorstellen können, einfach hoffnungslos. Jeder kleine Gauner hat schon eine Meile gegen den Wind gerochen, daß er leicht reinzulegen war. Er traute jedem – ohne Ausnahme. Wenn er nicht so eine geniale Begabung besessen hätte, dann wäre er vermutlich völlig verarmt gestorben. Doch tatsächlich ...» Sie hielt inne und runzelte die Stirn.

«... starb er als reicher Mann», ergänzte Gilliam. «Mich würde allerdings interessieren, wieso Sie dann eigentlich arbeiten.»

«Sie haben doch auch Geld und arbeiten», erwiderte sie.

«Ah, ich verstehe, Skrupel», sagte er.

«Wenn Sie so wollen», sagte sie kühl. «Onkel Roger ist jedenfalls ganz anders als mein Vater – bis auf die Ehrlichkeit. Ich bin mir ganz sicher, daß er ehrlich ist. Aber im Gegensatz zu meinem Vater hat er begriffen, daß das auf andere Leute nicht im gleichen Maße zutrifft. Deshalb hat er auch geschäftlich solchen Erfolg.»

«So sieht es aus.»

«Was soll das nun wieder heißen?» fragte sie mißtrauisch.

«Ich werde Sie informieren, wenn ich selbst mehr weiß, das heißt, falls es Sie interessiert.»

«Aber natürlich interessiert es mich!»

«Gut. Rufen Sie nicht uns an, wir rufen Sie an.» Sie war entlassen.

Roger Forrester legte den Telefonhörer auf und starrte wie betäubt ins Leere.

«Nun?» fragte Milly schließlich. «Bekommen wir es?»

«Nein.»

«Was?!» Ihre Stimme drohte umzukippen, doch hatte sie sich schnell wieder unter Kontrolle.

«Jedenfalls nicht rechtzeitig», setzte er hinzu. «So wie es aussieht, wird es ein gefundenes Fressen für die Anwälte. Jetzt hat sich nämlich auch noch der Ehemann, von dem sie doch längst getrennt lebte, eingeschaltet und behauptet, ich hätte unzulässigen Einfluß ausgeübt.»

«Aber das ist doch Unsinn!» rief Milly erregt.

«Ja, natürlich», sagte er und starrte nachdenklich auf seine gepflegten Hände. «Ich habe ihr nur hin und wieder davon erzählt, was wir in Zukunft gern täten, wenn wir genug Geld hätten.»

«Wie lange, glaubst du, wird es dauern, bis die ganzen juristischen Streitereien beendet sind?»

«Monate ... unter Umständen Jahre ... Es ist ein großes Vermögen.»

«So lange können wir nicht warten», rief Milly in einem Ton wütender Verzweiflung.

«Ich weiß», nickte Roger deprimiert. «Wir haben nur noch wenige Wochen. Ich werde Laura sagen müssen, daß ich ihr von mir treuhänderisch verwaltetes Vermögen angegriffen habe. Einen anderen Weg gibt es nicht.»

«Aber ...»

«Einen anderen Weg gibt es nicht», wiederholte Forrester fest. «Es ist ihr Geld, und es soll ja auch nur ein Darlehen sein. Wir werden es längst zurückgezahlt haben, bevor sie es braucht. Ich werde den Teufel tun und diesen Kredithai Armstrong und seine Spezis durch Verzug meinerseits gewinnen lassen. Ich möchte, daß Mountview eine Klinik bleibt und nicht zu einem Luxushotel mit Badeabteilung umgemodelt wird. Wenn dies ein elegantes Hotel gewesen wäre statt einer gutausgestatteten Klinik, dann wäre seine Frau jetzt nicht mehr am Leben, das habe ich Armstrong heute morgen ganz klar gesagt. Und daß seine Frau bei uns die beste nur mögliche medizinische Behandlung erhält. Er scheint der Ansicht zu sein, wir hätten aus unerfindlichen Gründen tatenlos zugesehen, wie sie ihre Staphylokokken-Infektion entwickelte. Ich sage dir, dieser Mann ist unberechenbar, mehr noch, er ist gefährlich. Ich kann ihm Mountview nicht überlassen – auf gar keinen Fall.»

Milly wandte sich ab, ihre Augen funkelten vor Zorn. Natürlich gab es einen anderen Weg, den gab es immer. Man mußte nur gründlich nachdenken und sorgfältig alle Möglichkeiten und Eventualitäten bedenken. Doch das traute sie sich zu, darin war sie seit jeher gut.

Laura schob das Tablett mit dem Abendessen zur Seite. Der Kopf tat ihr weh, und sie spürte eine Beklemmung in der Brust, die auch durch bewußtes Ein- und Ausatmen nicht weichen wollte. Außerdem bekam sie offenbar einen Husten. Ihre Stimmung wechselte von einem Moment zum andern. War sie eben noch gereizt und übellaunig und hätte am liebsten jemanden vors Schienbein getreten, so fühlte sie sich im nächsten Augenblick klein, hilflos und niedergeschlagen.

Sie stand auf, zog sich den Bademantel über und schlüpfte in ihre Slipper. Die einzige Möglichkeit, aus so einem Tief herauszukommen, bestand ihrer Erfahrung nach darin, seine Aufmerksamkeit auf etwas anderes zu lenken. Sie würde in den Tagesraum gehen. Warum sollte sie nicht zur Abwechslung mal die Patientin spielen?

Im Tagesraum waren schon die Vorhänge zugezogen, er wirkte freundlich und anheimelnd. In einer Ecke saß Mrs. Strayhorn allein in ihrem Rollstuhl. Sie wirkte verloren. Ohne Mrs. McAllister, deren sanftes Quengeln in den letzten Jahren jede ihrer gewöhnlich sehr entschieden vorgetragenen Äußerungen kontrapunktiert hatte, schien sie auf einmal nicht mehr zu wissen, wohin mit sich.

«Kommen Sie her, und erzählen Sie mir, wie es war», empfing sie Laura und lud sie mit einer Handbewegung ein, auf der Couch neben dem Rollstuhl Platz zu nehmen. Laura setzte sich und fing im nächsten Moment fürchterlich an zu husten. «Meine Güte», bemerkte Mrs. Strayhorn mitfühlend, «das hört sich aber gar nicht gut an.»

Laura lächelte müde. «Ich fühle mich auch nicht gut ... aber es ist nur eine Erkältung.»

«Ich habe gehört, Sie hätten eine Weile draußen auf der Erde gelegen, dabei werden Sie sich verkühlt haben», diagnostizierte Mrs. Strayhorn.

Laura nickte. «Gut möglich.»

«Das muß eine schreckliche Erfahrung für Sie gewesen sein, oder?» erkundigte sich die alte Dame.

«Ja, das war es», gab Laura zu.

«Denken Sie, daß es derselbe war, der auch die beiden anderen umgebracht hat?» fragte Mrs. Strayhorn und beugte sich gespannt vor.

«Das wissen sie nicht.»

Mrs. Strayhorn sank kopfschüttelnd in ihren Rollstuhl zurück. «Es werden ja nicht gleich zwei Wahnsinnige hier ihr Unwesen treiben.»

Laura nickte. «Das ist wohl eher unwahrscheinlich.»

«Eben.» Mrs. Strayhorn stopfte sich mit ein paar energischen Bewegungen die Decke fester um die Hüften. «Zwischen dem ersten und dem zweiten Mord lagen ein paar Wochen, zwischen dem zweiten und dem Angriff auf Sie nur einige Tage – er legt an Tempo zu, habe ich den Eindruck.»

«Sie könnten recht haben», sagte Laura matt. Es war wohl ein Fehler gewesen, hierher zu kommen. Sie fühlte sich elend und benommen. Ein neuer Hustenkrampf begann, sie zu schütteln, und Mrs. Strayhorn beäugte sie besorgt.

«Ihr Husten gefällt mir aber gar nicht.»

«Dann sollten Sie ihn erst mal von innen hören», sagte Laura mit einem Anflug von Galgenhumor. Sie verspürte plötzlich eine große Hitze. Bekam sie Fieber, oder war der Raum zu gut geheizt?

«Ich beginne langsam, zu glauben, daß diese Klinik nicht gerade der ideale Ort ist, um gesund zu werden», bemerkte Mrs. Strayhorn. «Erst taucht so ein Unhold auf und tötet zwei junge Frauen, als nächstes stirbt Myra, dann grassiert plötzlich überall in der Klinik dieser Bazillus, und jetzt schleicht hier auch noch ein Dieb umher, ist das zu glauben?»

Laura starrte sie an. Redete Mrs. Strayhorn vom Verschwinden der Medikamente? Aber wie hatte sie davon erfahren? «Ein Dieb?» fragte sie vorsichtig nach.

«Jawohl. Das heißt, Dieb ist vielleicht nicht das richtige Wort, denn er oder sie hat ja nichts gestohlen. Aber irgend jemand hat meine Sachen durchstöbert, es war alles in Unordnung. Ich bin ziemlich wütend gewesen, wie Sie sich denken können.»

«Und wann war das?»

«Ich weiß nicht genau, nicht ganz genau jedenfalls. Aber ich nehme an, es war in der Nacht, als es hier gebrannt hat – als viele unersetzliche Putzlappen ein Raub der Flammen geworden sind», fügte sie hinzu und lachte gackernd.

«Ich glaube ja, daß es einer von den Feuerwehrmännern war», schaltete sich eine Altmännerstimme ein. Es war Mr. Cobbold, der, auf seinen Stock gestützt, zum Fernseher hinüberhumpelte.

«Sie machen doch jetzt bloß wieder irgendeinen Quatsch an», schalt ihn Mrs. Strayhorn. «Alle anderen hier wollen gleich den Spielfilm sehen.»

«Mich interessieren nur die Nachrichten», erwiderte Mr. Cobbold.

«Vermissen Sie irgendwelche Sachen, Mr. Cobbold?» erkundigte sich Laura.

«Nein – aber es war alles durcheinander.»

«Ach so.» Laura lehnte sich, halbwegs erleichtert, in ihrem Sessel zurück. «Ich nehme an, sie haben ein paar Möbel verrücken müssen, um ungehindert an die Fenster zu kommen ...» Es klang nicht sehr plausibel.

Das fand Mrs. Strayhorn auch. «Seit wann muß man Schubladen durchwühlen, um ein Feuer zu bekämpfen?» fragte sie unwirsch und schielte dabei gleichzeitig zum Fernseher hinüber, um zu kontrollieren, welchen Kanal Mr. Cobbold einstellte. «Um acht Kanal neun!» sagte sie herrisch.

«Schon gut, schon gut», murmelte Mr. Cobbold und ließ sich vorsichtig auf die Vorderkante seines Stuhls nieder, doch Laura sah es seinem steifen Rücken an, daß er noch keineswegs klein beigegeben hatte. Das würde noch Krach geben zwischen den beiden, ahnte sie.

«Sie haben mir noch immer nicht erzählt, wie es nun war», wandte sich Mrs. Strayhorn wieder Laura zu.

«Ach, da gibt es nicht viel zu erzählen. Es ging alles sehr schnell, und ich erinnere mich auch nur noch verschwommen, das passiert häufig nach Kopfverletzungen.»

«Armes Kind», sagte Mrs. Strayhorn. «Sie haben Glück gehabt, daß es Ihnen nicht wie den beiden anderen ergangen ist. Die waren mir übrigens beide nicht sonderlich sympathisch, Sie dagegen mag ich», sagte sie und schenkte Laura ein runzliges Lächeln. «Wäre mir nicht recht gewesen, Sie zu verlieren, besonders nachdem ja gerade erst Myra ...»

«Danke», sagte Laura.

«Schon komisch, daß es gerade die beiden erwischt hat», sagte Mrs. Strayhorn nachdenklich, erinnerte sich dann wieder, daß sie den Spielfilm sehen wollte, und sagte mit erhobener Stimme: «Es ist gleich acht, Mr. Cobbold!»

Ohne den Blick vom Bildschirm abzuwenden, hob der alte Herr demonstrativ den rechten Arm und tippte mit dem Zeigefinger der linken Hand auf das Zifferblatt seiner Uhr. «Ich weiß selber, wie spät es ist», sagte er störrisch.

«Hm», kommentierte Mrs. Strayhorn säuerlich.

«Was meinen Sie mit ‹gerade die beiden›?» versuchte Laura den Faden wieder aufzunehmen. «Waren sie etwa Freundinnen?»

«Ha!» schnaubte Mrs. Strayhorn amüsiert. «Die und Freundinnen – genau das Gegenteil, würde ich sagen. Das einzige Mal, daß sie zusammen waren, war in Myras Zimmer, und das geschah auch mehr aus Zufall. Eigentlich sollte ich ja dort sein, aber ich hatte schon diesen Friseurtermin, und ...» Sie blickte auf die Uhr. «Jetzt ist es acht, Mr. Cobbold», sagte sie scharf.

Er drehte sich um und sah sie wütend an. «Durch Ihr Dazwischengequassel habe ich die Baseballergebnisse verpaßt», sagte er grob. Er stand ächzend auf, streckte die Arme aus und schaltete den Fernseher ab. «Wenn Sie den Film sehen wollen, dann stellen Sie den Apparat gefälligst selbst an. Ich werde auf meinem Zimmer fernsehen.» Er schlurfte, leise vor sich hin schimpfend, hinaus, während einzelne andere Patienten hereinkamen.

«Ich hole Ihnen die Fernbedienung», erbot sich Laura, stand auf und ging hinüber in die andere Ecke des Raumes, wo Cobbold sie unter seinem Stuhl achtlos liegengelassen hatte. Sie hob sie auf und brachte sie Mrs. Strayhorn.

«Vielen Dank, meine Liebe», sagte die alte Dame und schaltete den gewünschten Kanal ein.

«Und was machten die beiden in Mrs. McAllisters Zimmer?» begann Laura aufs neue.

«Von wem reden Sie?» Mrs. Strayhorns Blick war fest auf den Bildschirm gerichtet und ihre Aufmerksamkeit bereits ziemlich absorbiert von den Ereignissen dort.

«Von Miss Zalinsky und Miss Janacek», antwortete Laura geduldig. «Sie sagten doch eben, sie seien beide in Mrs. McAllisters Zimmer gewesen.»

«Ach, das meinen Sie», Mrs. Strayhorn kicherte. «Die beiden waren da, weil Myra sie als Zeugen für ihr Testament brauchte. Sie hat ja ständig neue Testamente gemacht, wissen Sie. Das war eine richtige Leidenschaft von ihr, gab ihr wahrscheinlich ein gewisses Machtgefühl. Diesmal war es allerdings wirklich ihr ‹Letzter› Wille. Ich würde zu gern wissen, wen sie eigentlich darin bedacht hat.»

«Hat sie denn darüber nicht mit Ihnen gesprochen?» fragte Laura ehrlich überrascht.

«Nein, sie hat nur Andeutungen gemacht. Das war so ihre Art. ‹Ich denke, ich werde dies tun oder vielleicht doch lieber das ...› So war sie eben, meine Myra.» Mrs. Strayhorn lächelte versonnen. «Das Ganze war eine Art Spiel. Sie hatte ja in Wirklichkeit überhaupt keine Ahnung von Geld oder Geschäften. Das regelten alles ihre Anwälte für sie. Ziemlich vertrauensselig von Myra, wenn Sie mich fragen. Ich will damit nicht sagen, daß ihre Anwälte nicht ehrlich waren, aber jeder Gauner war schließlich auch mal ehrlich, bis er an einem gewissen Punkt auf Abwege geriet, und man kann eben bei keinem Menschen vorhersagen, ob und wann er diesen Punkt erreicht. Nach außen hin sind sie weiter freundlich wie ehedem, aber innen drin ...» Sie sah auf. «Ah, sehen Sie mal, wie aufs Stichwort.»

Laura folgte ihrem Blick. Roger Forrester und Milly hatten gerade den Tagesraum betreten. Forrester sah sich um, grüßte lächelnd in die Runde und kam, als er Laura bei Mrs. Strayhorn sitzen sah, auf sie zu.

«Ah, hier bist du», sagte er und beugte sich zu Mrs. Strayhorn hinunter. «Guten Abend. Wie geht's uns denn?»

«Ganz wunderbar, nur daß mein Körper leider langsam auseinanderfällt», sagte Mrs. Strayhorn mit heiterer Gelassenheit. «Und wie geht es Ihnen?»

«Danke.» Er nickte ihr zu, doch seine Augen gingen dabei zu Laura. «Laura, ich hoffe, du erlaubst, daß ich das sage, aber so wie du aussiehst, gehörst du augenblicklich wieder ins Bett.»

«Das finde ich auch», stimmte ihm Mrs. Strayhorn lebhaft zu. «Sie hat sich offenbar eine schlimme Erkältung geholt; kriegt einen häßlichen Husten und sieht ziemlich weiß um die Nase aus.»

Laura stand auf. «Ich glaube selbst, daß ich ins Bett gehöre.»

Ihr Onkel nickte. «So ist es recht. Du brauchst jetzt vor allem sehr viel Schlaf. Auf dem Röntgenbild sah alles in Ordnung aus, aber ...»

«Danke, Onkel Roger», sagte sie und begann wieder heftig zu husten.

«Sieh zu, daß du jetzt schnell in die Federn kommst. Milly und ich müssen leider los, wir haben in der Stadt eine Verabredung. Ich wollte eigentlich noch etwas mit dir besprechen, aber das verschieben wir lieber auf morgen, wenn es dir wieder bessergeht.»

«Es ist nur eine leichte Erkältung, die habe ich öfters», murmelte sie.

«Das wird sich ändern, wenn ich dich erst länger unter meinen Fittichen habe», verkündete er im Brustton der Überzeugung. «Und jetzt ab mit dir.»

«Diktator!» hörte Laura, schon auf dem Weg zur Tür, Mrs. Strayhorn zischen.

«Sie sieht wirklich ziemlich elend aus, Roger», sagte Milly zu Forrester. «Womöglich hat sie sich auch mit Staphylokokken angesteckt. Du solltest ihr besser etwas geben.»

Er nickte. «Du hast recht. Ich werde, bevor wir gehen, noch mit Shirley reden.» Er wandte sich den anderen Patienten zu. «Nun, wen haben wir denn hier heute abend ...?»

Laura stand am Waschbecken und putzte sich die Zähne, als sie durch die geschlossene Badezimmertür hörte, wie jemand ihr Zimmer betrat.

«Wer ist da?»

«Oberschwester Hasker. Ich habe Ihnen ein paar Tabletten gebracht. Ihr Onkel sagt, Sie sollen sie noch vor dem Schlafengehen einnehmen. Ich stelle Ihnen den Becher auf den Tisch.»

«Danke», antwortete Laura. «Was ist es denn?»

Sie erhielt keine Antwort. Achselzuckend ging sie hinüber ins Zimmer und nahm den kleinen Arzneibecher in die Hand. Er enthielt zwei weiße Tabletten. Sie trugen keine Prägung, es konnte alles sein. Laura setzte sich auf die Bettkante, goß sich etwas Wasser in ein Glas und ließ die Tabletten in ihre Hand gleiten. Sie wollte sie gerade in den Mund stecken, als ein plötzlicher Gedanke sie innehalten ließ. Es war eigentlich überflüssig, aber nur für alle Fälle ...

Sie nahm den Hörer auf und wählte die Nummer des Schwesternzimmers. Eine der beiden Bobbsey-Zwillinge war am Apparat. Die Frage war ihr peinlich, und Laura mußte sich ein paarmal räuspern, ehe sie sprechen konnte. «Miss Hasker hat mir eben zwei Tabletten gebracht, die mein Onkel mir verschrieben hat», begann sie.

«Ja?» Merrys (oder war es Cherrys) Stimme klang freundlich.

«Ich ... ich würde gerne wissen, was es ist.» Jetzt war es heraus.

«Einen Moment, ich sehe auf Ihrer Karte nach.» Gleich darauf war sie schon wieder zurück. «Mrs. Brandon, hören Sie? ... Penizillin, fünfhundert Milligramm. Dreimal pro Tag. Das bekommen Sie wohl gegen Ihre Halsentzündung.»

«Vielen Dank.»

«Bitte. Und schlafen Sie gut!»

Laura legte auf und starrte auf die beiden Tabletten. Penizillin. Sie war seit ihrer Kindheit allergisch, sogar hyperallergisch gegen Penizillin. Und wenn einer das wissen mußte, dann ihr Onkel.

20. KAPITEL

Ich bin mir sicher, daß es nur ein Versehen war», sagte David am nächsten Morgen langsam und betrachtete die beiden Tabletten. «Er hatte wahrscheinlich schlicht vergessen, daß du allergisch bist. Penizillin ist bei deinen Symptomen das Mittel der Wahl, ich hätte dasselbe verschrieben.»

«Ja, aber du hättest mich gefragt, ob bei mir schon einmal eine Überempfindlichkeit aufgetreten ist. So eine Frage versteht sich doch von selbst, oder nicht?»

Er nickte. «Ja, eigentlich schon, aber dein Onkel behandelt schon lange keine Patienten mehr, er ist inzwischen mehr Verwaltungsmann als Arzt, er leitet die Klinik. Für die Arbeit vor Ort, wenn du es so nennen willst, sind Jenks und ich zuständig. Ich denke wirklich, er hat nach all den Jahren einfach nicht mehr daran gedacht. Zum Glück hast du sie nicht genommen, es ist kein Schaden entstanden, und dein Husten scheint auch nicht schlimmer geworden zu sein, also ...»

«Ich hätte sterben können, David!» rief sie erregt.

«Ja, unter Umständen schon ... Aber du bist nicht gestorben, und das ist schließlich die Hauptsache.»

«Genau wie bei Mrs. McAllister», murmelte Laura nachdenklich und starrte aus dem Fenster. Nick, der Gärtner, hatte offenbar seine Krankheit überstanden und war dabei, unten im Garten ein Beet abzudecken.

«Was?!» fragte David scharf.

Sie sah ihn an. «Ich sagte, genau wie bei Mrs. McAllister. Ich bin nicht einfach allergisch, David, ich bin hyperallergisch. Als man mir damals, als ich neun war, Penizillin gab, bekam ich einen anaphylaktischen Schock. Ich keuchte, rang nach Luft und wäre fast erstickt, so wie jemand, der einen akuten Asthmaanfall hat. Ich kann mich gut erinnern. Es war furchtbar, ich hatte Todesangst. Und ich weiß noch genau, daß mein Vater Onkel Roger davon berichtete; der war damals an einem Krankenhaus in Boston. Mein Vater wollte von ihm wissen, ob er den Arzt, der mir das Penizillin verschrieben hatte, verklagen sollte. Ich lag in meinem Zimmer im Bett, und mein Vater telefonierte draußen auf dem Flur. Deshalb bekam ich alles genau mit. Er war so wütend, er hätte den Arzt am liebsten umgebracht.»

«Ich verstehe.» David nahm den Medizinbecher, ging wortlos ins Bad, kippte die beiden Tabletten ins Klo und spülte.

«Hältst du für möglich, daß es Absicht war?» fragte Laura leise, als er zurückkam. Er trat ans Fenster und blickte hinaus, es schien, als habe er ihre Frage nicht gehört. Doch dann drehte er sich zu ihr um.

«Das denkst du doch nicht wirklich», sagte er.

Sie hob angriffslustig das Kinn. «Warum nicht? Und was ist mit dem Geländer an der Treppe zu meiner Wohnung? Du hast selbst gesagt, ich hätte mir den Hals brechen können.»

«Das war doch nur eine Redensart, das weißt du ganz genau», antwortete David. «Die Treppe ist schließlich nicht sehr hoch, du wärst höchstens drei Meter tief gefallen.»

«Wenn man unglücklich stürzt, kann das schon reichen», entgegnete sie scharf. «Und die Sache mit meinen Bremsen? Hältst du es für einen Zufall, daß sie praktisch von einem Moment zum andern nicht mehr funktionierten?»

«Dein Auto war eine alte Mühle, Laura, und du hast selbst zugegeben, daß du ziemlich nachlässig gewesen bist, was die Wartung anging ...», erwiderte er mit nachsichtigem Lächeln.

«David ...», sagte sie und sah ihn prüfend an, «ich meine es ernst. Onkel Roger erbt mein ganzes Vermögen, wenn ich sterbe, bevor das Geld aus dem Treuhandfond in meine Hände gelangt ist.»

«Hast du wirklich den Eindruck, das Wasser stünde ihm so bis zum Hals, daß er seine geliebte Nichte umbringen würde, nur um an ihr Geld zu kommen?» Er schüttelte den Kopf. «Das sind doch Hirngespinste, Laura. Er bräuchte dich doch nur zu fragen, ob du ihm etwas leihst – schließlich hast du ihm ja schon mal aus der Klemme geholfen.»

«Was meinst du damit?» fragte sie überrascht.

David runzelte ungeduldig die Stirn. «Na, du hast ihm doch damals, als Mountview in Geldschwierigkeiten steckte, unter die Arme gegriffen, wie ich hörte. Aber wie auch immer. Momentan laufen die Geschäfte gut, ich weiß also wirklich nicht, worauf du hinauswillst.»

«Wie hast du davon erfahren?»

«Du meinst, von dem Darlehen?» Sie nickte. Er zuckte die Schultern. «Er hat es irgendwann mal erwähnt.» Er sah, wie sie ärgerlich die Stirn verzog. «Ach, da bin ich jetzt wohl ins Fettnäpfchen getreten, was? Das hätte ich eigentlich wissen müssen. Dein Onkel sagte mir, daß du, was dein Vermögen angeht, etwas eigen bist ... Dir sei es am liebsten, wenn es überhaupt nicht erwähnt würde. Ich hatte nicht mehr daran gedacht, tut mir leid.»

«Was hat er dir sonst noch von mir erzählt, David? Hat er dir vielleicht von meiner kaputten Ehe berichtet? Und daß ich versucht habe, mich umzubringen? Hat er noch ein paar farbige Details mitgeliefert, ja?»

«Meine Güte, nun beruhige dich doch», sagte David. Diese heftige Reaktion kam für ihn unerwartet. Er setzte sich auf ihre Bettkante und öffnete langsam, Finger für Finger, behutsam streichelnd, ihre zur Faust geballte Hand. «Was soll denn diese ganze Aufregung? Es ist doch nur natürlich, daß er von dir spricht. Er ist stolz auf dich, obwohl du ihm mit deiner Halsstarrigkeit manchmal wohl ziemlich auf die Nerven gehst. Aber wahrscheinlich ist er insgeheim auch darauf stolz. Er hat mir übrigens keine Einzelheiten aus deiner Ehe erzählt, sondern nur gesagt, daß du und dein Mann miteinander nicht glücklich wart. Und von dem Selbstmordversuch höre ich jetzt zum erstenmal. War er ernst gemeint oder ...?»

«... oder nur ein Appell?» ergänzte sie und verzog den Mund zu einem abschätzigen kleinen Lächeln. «Letzteres, würde ich sagen. Ich bin viel zu gespannt darauf, zu erfahren, was als nächstes kommt, als daß ich mich tatsächlich umbringen würde. Selbst wenn dieses ‹nächste› eine Katastrophe ist. Ich habe damals eine Überdosis genommen, weil ich davon ausging, daß mein Mann zu einer bestimmten Zeit wieder zu Hause sein würde. Das war leider ein Irrtum, und so wäre ich fast gestorben.»

«Fast zu sterben – darin bekommst du ja langsam richtig Übung», bemerkte David. «Du bist offenbar sehr viel zäher, als man auf den ersten Blick annimmt.» Er lächelte ihr ermutigend zu.

Sie wich seinem Blick aus. «Ich bin nicht besonders stolz auf das, was ich damals getan habe, es war kindisch. Ich war einfach nicht mehr Herrin meiner selbst.»

«Und das ist heute anders?»

«Aber ja. Mit Sicherheit.»

«Und warum zitterst du dann?»

«Du mußt in der Psychologievorlesung geschlafen haben», antwortete sie etwas spöttisch, «ich zittere nicht vor Angst, sondern vor Wut!»

«Wut worüber?»

«Oh, ... weibliche Ohnmacht, könnte man sagen.» Sie brachte ein ironisches kleines Lachen zustande, dabei war ihr eher nach Schreien zumute. «Als Onkel Roger dir von dem Darlehen erzählte ...»

«Was für ein Darlehen?» Er war offenbar mit seinen Gedanken ganz woanders.

«Das Darlehen, das ich ihm gegeben habe, als er in Schwierigkeiten steckte.»

«Was soll damit sein?»

«Hat er dir gesagt, wie hoch es war?»

«Nein, natürlich nicht. Das ginge mich ja wohl auch kaum etwas an. Er hat es damals nur beiläufig erwähnt, um die Art und Weise deutlich zu machen, wie du dich weigerst, das Vorhandensein des Geldes zur Kenntnis zu nehmen. Er ist dir wirklich sehr zugetan, Laura.» Er beugte sich vor und nahm ihr Gesicht zwischen seine Hände. «Genau wie ich.» Er küßte sie sanft auf die Lippen. «Ich wünschte, ich müßte nicht ausgerechnet jetzt wegfahren.»

«Du fährst weg?» fragte sie erschrocken.

Er rückte ein wenig von ihr ab. «Der Kongreß, hast du das vergessen?»

«O nein ... Findet der diese Woche statt?»

«Ich fürchte, ja. Ich muß bald los, damit ich pünktlich am Flughafen bin.»

«Könntest du nicht vielleicht ... absagen?» Sie wollte nicht allein sein, sie wollte, daß er bei ihr blieb. Gleichzeitig erschrak sie über ihren Wunsch. Seit sie hier war, war sie, was ihre Gefühle gegenüber David betraf, sehr wachsam gewesen und hatte darauf geachtet, nicht zu sehr involviert zu werden. Sie hatte schnell mitbekommen, welchen Ruf er hatte, und war klug genug, zu sehen, daß er sein einnehmendes Lächeln beinahe so mühelos und selbstverständlich auf sein Gesicht zauberte, wie er atmete. Aber es schien, als interessiere er sich wirklich für sie, und sie begann, sich zu fragen, ob es wohl mehr als nur körperliche Anziehung war, ob er zu mehr überhaupt fähig wäre.

Er schüttelte den Kopf. «Nein, Laura, ich kann nicht absagen, so leid es mir tut. Ich muß einen Vortrag halten, das weißt du doch, ich habe dir doch das Programm gezeigt.»

«Ja, natürlich.» Sie konnte sich dunkel erinnern, daß er ihr irgendwann vor ein paar Tagen eine Rednerliste unter die Nase gehalten hatte, auf der auch sein Name auftauchte.

«Wenn ich im vergangenen Jahr schon gewußt hätte, daß du plötzlich hier erscheinen würdest, dann hätte ich mich zu diesem Kongreß nicht angemeldet, das darfst du mir glauben. Aber ich hatte damals reichlich Zeit zur Verfügung und oft Langeweile ...»

«Du und Langeweile, das kannst du mir nicht weismachen! Ich habe gehört, du hättest mit so gut wie allen weiblichen Wesen hier eine kleine Affäre gehabt», zog sie ihn auf. Er kniff ärgerlich die Augen zusammen, offenbar hatte sie ihn da an einer empfindlichen Stelle getroffen. «Du willst doch nur, daß ich mir vorstelle, wie du dort allein über deinen Büchern sitzt und ab und zu sehnsüchtig aus dem Fenster schaust ...»

Ein Lächeln erschien auf seinem Gesicht. «Und – hab ich's geschafft?»

«Nicht ganz.»

Er strich ihr sanft mit der Hand über die Wange. «Ich bin ja schon Sonntag wieder zurück. Eine Woche wirst du es doch sicher aushalten, ohne gleich vor Gram zu vergehen?»

«Ich bin nicht der Typ, der vor Gram vergeht. Vielleicht werde ich hier sein und auf dich warten, vielleicht aber auch nicht ...», sagte sie kokett.

Er stand auf und sah ihr in die Augen. «Du wirst hier sein», sagte er bestimmt. Sein Pager begann zu piepen. «Verdammt! Ich muß noch mal auf die Station. Ich habe übrigens dafür gesorgt, daß der Kollege, der mich vertritt, ein besonders abstoßendes Exemplar der Gattung Mann ist. Ich wollte nicht, daß du in Versuchung gerätst. Jenks – nun ja, Jenks ist Jenks. Er scheint mir zur Zeit ziemlich unglücklich zu sein, vielleicht kannst du ihn etwas aufheitern. Wir sehen uns dann Sonntag abend. Es könnte spät werden, aber versuch trotzdem, wach zu bleiben, ich bring dir aus Chicago ein Geschenk mit.»

«Denkst du, ich sei bestechlich?»

«Jede Frau ist bestechlich, es kommt nur auf das Geschenk an», sagte er, und es klang, als ob er es so meinte.

Sie richtete sich auf und wollte ihm widersprechen, aber er grinste nur, winkte ihr kurz zu und war schon aus der Tür, ehe sie ein Wort hatte sagen können. Sie lehnte sich erschöpft zurück; die unterschiedlichsten Gedanken schossen ihr durch den Kopf. David schien es ernst zu meinen. Freute sie das? War sie bereit, ihre Freiheit aufzugeben, oder war es dafür noch zu früh? Was war mit dem Penizillin, dem Geländer an ihrer Treppe, den Bremsen? Wirklich alles nur Zufall? Wer oder was war der Schattenmann? Hatte er die beiden Frauen auf dem Gewissen? Oder war Onkel Roger der Mörder? Aber die im Moment für sie drängendste Frage war: Was war das für ein Darlehen, das sie ihrem Onkel gewährt haben sollte?

Nach einer Viertelstunde hielt Laura es nicht mehr aus, stand auf und ging nach unten zum Büro ihres Onkels. Roger war gerade dabei, Milly auf und ab gehend einen Brief zu diktieren. Als Laura, ohne anzuklopfen, eintrat, blieb er abrupt stehen. Milly starrte sie, den Bleistift in der Luft, an, als sei sie eine Erscheinung.

«Ich bin allergisch gegen Penizillin, wie du eigentlich wissen müßtest», begann Laura. Sie war, eine Hand in die Hüfte gestützt, gleich an der Tür stehengeblieben.

«Ja, sicher», sagte Roger. «Aber komm doch erst mal herein und setz dich. Du siehst gar nicht gut aus, mein Liebes. Milly, hol doch Laura einen Kaffee, bitte.»

Er kam ihr entgegen, führte sie zum Sofa und drückte sie sanft in die Polster. «Du solltest eigentlich fest im Bett bleiben.»

«Mir geht es gut», entgegnete sie trotzig. Daß ihr fast der Kopf zersprang vor Schmerzen, ging schließlich nur sie selbst etwas an.

«Wie kommst du auf Penizillin?» fragte Roger und wurde auf einmal blaß. «Du hast doch nicht etwa welches genommen?»

«Du hast es mir gestern abend selbst verschrieben, Onkel Roger», sagte sie langsam und mit Nachdruck.

«Nein, das habe ich nicht», erwiderte er. «Das heißt ...» Er sah sie verlegen an. «Ursprünglich habe ich Shirley tatsächlich gesagt, sie solle dir Penizillintabletten bringen, aber auf der Treppe fiel mir mit Schrecken ein, daß du ja eine Penizillin-Überempfindlichkeit hast. Deshalb habe ich Milly zurückgeschickt, um Shirley ausrichten zu lassen, sie solle dir auf keinen Fall Penizillin, sondern statt dessen Erythromiycin geben.» Er wandte sich zu Milly, die gerade den Kaffee für Laura eingoß. «Du hast es Shirley doch gesagt, nicht wahr?»

Milly kam und reichte Laura den Kaffee, dabei hielt sie die Augen fest auf den Rand der Tasse gerichtet, um nichts zu verschütten. «Sie war nicht da. Aber ich habe ihr eine Notiz geschrieben und sie mitten auf die Schreibunterlage gelegt. Sonst lag da nichts – sie kann sie also kaum übersehen haben.»

«Aber ... als ich anrief, sagte man mir, es sie Penizillin, was Shirley mir gebracht habe», widersprach Laura.

«Du hast angerufen?» fragte ihr Onkel scharf.

«Ja, die Tabletten kamen mir plötzlich irgendwie komisch vor ... ich wollte sichergehen ...»

«Wie klug von Ihnen», murmelte Milly.

«Als ich hörte, es sei Penizillin, habe ich sie natürlich nicht genommen.» Laura holte tief Luft. «Ich dachte, du hättest das mit meiner Allergie vergessen.»

«Das habe ich ja auch – fast», gestand ihr Onkel beschämt. «Es tut mir leid, du mußt ja wirklich gedacht haben ...»

«Nein!» sagte sie schnell. Etwas zu schnell.

Auf dem Gesicht ihres Onkels spiegelten sich in rascher Folge Verlegenheit und Besorgnis – schließlich blieb Verletzung.

«Und David sagte, er habe von dir erfahren, daß ich dir vor ein paar Jahren mit einem Darlehen aus finanziellen Schwierigkeiten geholfen habe», brach es fast gegen ihren Willen aus ihr heraus. «Warum hast du ihm so etwas erzählt?»

«Ich kann mich nicht erinnern, etwas Derartiges gesagt zu haben», erwiderte Roger. «Wann soll dieses Gespräch denn stattgefunden haben?»

«Bevor ich herkam.»

«So?» sagte Roger. «Ich erinnere mich, daß ich ihm gegenüber von dir gesprochen habe, nachdem du eingewilligt hattest, hier anzufangen, das heißt nach Julie Zalinskys Tod. Was genau ich ihm damals sagte, weiß ich wirklich nicht mehr.»

«Aber an das Darlehen erinnerst du dich, oder?» fragte Laura. «Ich wüßte gern mehr darüber ... Das Eigenartige ist nämlich, daß es mir vorkommt, als hätte ich vorhin zum erstenmal davon gehört.»

Er sah sie völlig verunsichert an. «Aber du hast die entsprechenden Papiere selbst unterzeichnet. Es war alles völlig korrekt und in Ordnung, mein Liebes. Ungefähr sechs Monate nach Richards Tod ...»

Die Zeit, als ihre Ehe auseinanderbrach, die Zeit, als sie in einem Aufruhr widerstreitender Emotionen lebte und das Gefühl hatte, keinen einzigen klaren Gedanken fassen zu können. Ziemlich ähnlich der Situation jetzt, dachte sie selbstironisch. «Könntest du mir bitte etwas über die Einzelheiten erzählen?» sagte Laura leise.

«Ich weiß etwas viel Besseres», erwiderte er und legte einen Arm um ihre Schultern. «Milly, hol mir die Unterlagen, bitte.» Er zog Laura einen Moment lang an sich. «Ich habe gezögert, das Thema Geld anzuschneiden, weil ich weiß, daß es dir unangenehm ist, aber ich war und bin dir immer noch unendlich dankbar, daß du mir damals geholfen hast. Übrigens hatte ich ohnehin vor, in den nächsten Tagen darauf zu sprechen zu kommen, weil ... Ah, hier sind die Papiere.»

Milly reichte ihm schweigend einen grauen Aktendeckel. Laura bemerkte verwundert, daß ihre Hand leicht zitterte. Milly schien ihren Blick zu spüren, sie nahm die Hand hinter den Rükken und setzte sich auf das Sofa gegenüber. «Nun wollen wir doch mal sehen», begann Roger und blätterte die Papiere durch, bis er gefunden hatte, was er suchte. «Die relevanten Briefe», murmelte er, «und hier die Kopie der Transferpapiere – alles von dir unterzeichnet.» Er reichte ihr den geöffneten Aktendeckel. Sie blätterte langsam vor und zurück und starrte wie hypnotisiert auf ihren Schriftzug – *Laura Brandon.*

«Einhunderttausend Dollar», flüsterte sie.

«Ja», sagte Roger. «Sicher angelegt in Klinikanteilen. Ich hoffe, daß sie eines Tages ein Vielfaches wert sein werden. Das ist auch einer der Gründe, warum ich unbedingt wollte, daß du hier arbeitest – Mountview ist ein Familienunternehmen, es repräsentiert das Familienvermögen.»

«Ich kann mich an keine dieser Unterschriften erinnern», sagte Laura ratlos. Eine so ungeheure Summe – wie konnte ihr das entfallen sein? «Ich habe nicht mal den Hauch einer Erinnerung ...»

Er betrachtete sie besorgt. «Aber Laura ...» Hilflos hob er die Hände. «Hier sind deine Unterschriften, sieh sie dir an.»

«Ich muß den Verstand verloren haben», sagte sie mit erstickter Stimme. «Alles, was Daddy mir vererbt hat ...»

«Längst nicht alles, bei weitem nicht ...», widersprach Roger nüchtern. «Die über die Jahre eingegangenen Lizenzgebühren und Dividenden haben die entnommene Summe bereits mehr als ersetzt. Es wird wirklich Zeit, Laura, daß du aufhörst, den Kopf in den Sand zu stecken, und dich mit deinen Finanzen vertraut machst. In achtzehn Monaten steht dir das Treuhand-Vermögen zur alleinigen Verfügung. Dein Vater hoffte, daß du dich mit dreißig endgültig von Mikes Einfluß gelöst haben würdest ...»

Laura sah ihn fragend an. «Hat er mir deshalb sein Vermögen nur unter diesen Einschränkungen vererbt?»

Roger nickte. «Ja. Richard wünschte, daß dir der Zinsertrag ein angenehmes Leben ermöglichen sollte, aber er wollte dich nicht gleich über das Kapital selbst verfügen lassen. Er befürchtete, daß Mike Mittel und Wege finden würde, es an sich zu bringen. Womit er nicht gerechnet hat, ist, daß du nicht einmal die Zinsen anrühren und es vorziehen würdest, ein ziemlich bescheidenes Leben zu führen – mit Stolz und nicht viel anderem sonst. Aber wir haben dein Geld gut angelegt, Laura. Man kann sagen, du bist eine reiche Frau, nicht wahr, Milly?»

«Eine sehr reiche Frau», bestätigte Milly ausdruckslos.

«Es ist wirklich bedauerlich, daß du dich nicht mehr an deine Einwilligung zu der Überschreibung erinnern kannst, mein Liebes», sagte Roger. «Ich fürchte, das Geld ist inzwischen längst ausgegeben ...»

«Oh, das ist schon in Ordnung ... kein Problem ... Ich meine, ich wollte es nicht jetzt zurückfordern oder so ...», stammelte Laura. Sie hatte das Gefühl, als ob sich in ihrem Kopf alles drehte. «Mich quält nur, daß ich gar nichts mehr davon weiß ... Übrigens hast du natürlich völlig recht, Onkel Roger, ich muß wirklich endlich anfangen, mich selbst mit meinen finanziellen Angelegenheiten zu befassen. Dad hätte das sicher auch von mir erwartet.»

Roger strahlte sie an. «Du glaubst nicht, Laura, wie es mich freut, das zu hören.»

«Aber das muß ja wohl nicht gleich heute sein», schaltete sich Milly ein. «Erst einmal müssen Sie wieder richtig gesund werden. Im Moment sehen Sie nicht so aus, als ob Sie sich die Beschäftigung mit einer so schwierigen Materie zumuten sollten.»

«Nein, da haben Sie sicher recht», gab Laura bereitwillig zu.

«Aber schieb es nicht auf die lange Bank», insistierte Roger, «es gibt einige Dinge ...»

«Roger, siehst du nicht, daß deine Nichte gleich umfällt vor

Schwäche?» tadelte Milly ihn und stand auf. «Du bist mir ein schöner Arzt!»

«Ich fühle mich wirklich etwas ... sonderbar», sagte Laura. «Ich gehe wohl besser wieder ins Bett.»

«Ja, mach das. Wir reden dann später weiter», stimmte ihr Onkel mit einem Seitenblick auf Milly zu. Laura lächelte unsicher und ging zur Tür. Bevor sie sie behutsam hinter sich ins Schloß zog, hörte sie noch, wie ihr Onkel sagte: «Die arme Laura, wirklich ein Jammer.»

Kaum außer Sichtweite des Büros, straffte sie die Schultern, stieg die Treppe empor und ging mit raschen Schritten den Flur hinunter zu Gilliams Zimmer. Wut und Ärger beflügelten sie und ließen sie ihre Krankheit für den Moment vergessen. Gilliam war gerade dabei, sich mühsam vom Bett in den Rollstuhl zu hieven.

«Was ist?» fragte er, als sie ein wenig befangen in der Tür stehenblieb. «Wollen Sie nicht mal mit anfassen?»

Sie trat ein und half ihm in den Rollstuhl. «Was haben Sie über Mountview herausgefunden?» wollte sie wissen.

«Wovon reden Sie?»

«Gestern am Telefon – Sie haben jemanden gebeten, Nachforschungen über meinen Onkel anzustellen, oder nicht?»

«Nun, ich ...», sagte er und hob etwas unbehaglich die Schultern.

«Ich finde es gut, daß Sie das getan haben. Aber jetzt müssen Sie mir auch erzählen, was Sie erfahren haben.»

«Wollen Sie es wirklich wissen?»

«Wirklich und wahrhaftig», sagte sie und mußte gegen ihren Willen ein wenig lächeln.

Er seufzte. «Ihr Onkel hat große Kredite aufnehmen müssen, um den Ausbau der Klinik zu finanzieren. Die Vergrößerung hat die Einnahmen jedoch nicht in dem erhofften Maße erhöht. Zudem sind die Kosten für den Unterhalt der Klinik in den vergangenen zwölf Monaten dramatisch gestiegen, und jetzt sitzt er in der Klemme. Man munkelt, daß die Wechsel in drei Wochen fällig würden, und so wie es aussieht, kann er sie nicht einlösen und hat auch nichts zu bieten, das seine Gläubiger bewegen könnte, sie zu prolongieren. Auf den Finanzmärkten weht zur Zeit ein rauher Wind. Jeder hat mit Schwierigkeiten zu kämpfen, keiner ist willens und bereit, einem anderen entgegenzukommen.»

«Wie lange hat er noch?»

«Ungefähr drei Wochen.»

«Und dann?»

«Und dann übernehmen die Finanzhaie. Ich habe gehört, sein Hauptgläubiger sei ein Baulöwe aus der Gegend, jemand, der mit Baulanderschließungen viel Geld gemacht hat, ein gewisser Jack Armstrong. Seine Frau soll übrigens hier in der Klinik liegen.»

Laura nickte. «Ja, sie ist sehr krank.»

«Ich denke, wenn Ihr Onkel Glück hat, werden sie nur ein neues Management einsetzen, das ihm auf die Finger sieht; wenn nicht, dann zwingen sie ihn, seine Anteile an der Klinik abzugeben und womöglich noch einen großen Teil des umliegenden Geländes zu veräußern.»

«Wieviel würde Onkel Roger benötigen?»

«Eineinviertel Millionen, um alle Ansprüche zu befriedigen. Aber wenn er mit der Hälfte aufwarten könnte, ließe sich die Rückzahlungsfrist vermutlich noch einmal hinausschieben.»

«Ich verstehe.» Laura nahm auf dem Besuchersessel Platz und zwang sich, die Situation kühl und unvoreingenommen zu überdenken. Gilliam beobachtete sie verstohlen. Schließlich schien sie zu einem Ergebnis gekommen zu sein.

«Wenn ich vor meinem dreißigsten Geburtstag, das ist in anderthalb Jahren, sterbe, dann erbt mein Onkel das Geld, das mein Vater mir hinterlassen hat», begann sie mit beherrschter Stimme, die ihr selbst fremd in den Ohren klang. «An meinem dreißigsten Geburtstag fällt das Treuhandvermögen ohne weitere Einschränkungen an mich. Ich kann von diesem Tag an damit tun und lassen, was ich will. Habe ich mich soweit klar ausgedrückt?»

Er nickte.

«Onkel Roger weiß, daß ich das Geld hasse. Ich hatte immer das Gefühl, daß er es am liebsten sähe, wenn ich es in Mountview investieren würde. Das ist übrigens einer der Gründe, warum ich so lange gezögert habe herzukommen. Ich wollte nicht gezwungen sein, mich mit dem verdammten Geld zu befassen, am liebsten hätte ich alles verschenkt, aber das haben die treuhänderischen Verwalter des Vermögensfonds nicht zugelassen. Im Laufe der letzten Jahre ist er unaufhörlich gewachsen, und ich hasse das Geld immer noch. Können Sie das verstehen?»

«Nicht ganz, aber wir Gilliams hatten schon immer ein sehr emotionsloses Verhältnis dazu. Geld ist nicht gut oder böse, es wandert von hier nach dort, vermehrt oder vermindert sich. Meine Brüder benutzen es, ich ignoriere es – und Sie hassen es.» Er zuckte die Schultern.

«Mir erscheint es wie ein Ungeheuer, das mir überallhin folgt und mir beständig seinen fauligen Atem in den Nacken bläst. Es hat meinen Vater umgebracht, und jetzt ist es offenbar dabei, mich umzubringen.»

Er hob fragend die Augenbrauen.

Sie erzählte ihm von dem Geländer an ihrer Treppe, von den Bremsen und dem Penizillin. Und dann von dem Darlehen, das sie angeblich ihrem Onkel gewährt haben sollte. «Ich schwöre – ich bin vielleicht manchmal etwas schusselig, aber die Überschreibung einer solchen Summe würde ich bestimmt nicht vergessen!» Sie beugte sich vor. «Begreifen Sie, auf was ich hinaus will?»

«Ich denke schon», sagte Gilliam vorsichtig.

«David meint, ich sähe Gespenster. Glauben Sie das auch?»

Er schüttelte den Kopf. «Nein. Aber man muß natürlich sehen, daß Geländer morsch werden können, Bremsen, wenn sie nicht gewartet werden, irgendwann versagen und Ihr Onkel schließlich versucht hat, die Verschreibung zu ändern.»

«Das sagt er!» fuhr sie auf. «Und daß Milly es bestätigt, heißt gar nichts. Sie würde alles bestätigen, was er verlangt, und sie würde selbst unter Eid dabei bleiben, daß sie die Notiz geschrieben habe und sie dann auf mysteriöse Weise verlorenging. Vom Schreibtisch geweht oder sonstwas, ein dummer Zufall, aber keinen trifft Schuld, so was in der Art.»

«Ich hatte eigentlich immer den Eindruck, Sie mögen Ihren Onkel.»

«Das habe ich bisher auch gedacht», erwiderte Laura unglücklich. «Aber die Art und Weise, wie er mir die Unterlagen präsentierte, so im Handumdrehen, als habe er die ganze Zeit nur darauf gewartet, daß ich ihn zur Rede stellen würde ... Und dazu diese falsche Freundlichkeit, diese vorgetäuschte Fürsorge, als ob ihm nichts mehr am Herzen läge, als daß ich gesund werde! Er hat mein Geld gestohlen! Er hat gewußt, daß ich nach dem Tod meines Vaters und durch die Schwierigkeiten in meiner Ehe mit den Nerven am Ende war, und das hat er sich zunutze gemacht. Er rechnet damit, daß er ungestraft behaupten kann, ich hätte damals so unter Streß gestanden, daß ich mich an nichts mehr erinnere. Wie soll ich jemals das Gegenteil beweisen?»

«Waren das Ihre Unterschriften?»

«Sie sahen so aus.»

«Hm.» Er sah sie abwartend an.

«Da wäre noch etwas», sagte sie.

«Das dachte ich mir schon.»

«Sie sind wirklich ein geschulter Beobachter, nicht wahr?» sagte sie gereizt.

Er nickte. «Geben Sie nicht mir die Schuld, wenn Ihnen nicht gefällt, was Sie mir hier erzählen», warnte er.

«Tue ich das denn?»

«Sie sind jedenfalls ziemlich wütend», stellte er fest.

«Ich hasse Lügen», rief sie. «Und Lügner!»

«Wie Ihre Freundin Julie», bemerkte er nachdenklich. «Aber Sie sagten eben, da wäre noch etwas ...?»

«Es hat nichts mit mir zu tun», sagte sie schnell.

Er seufzte. «Nun rücken Sie schon endlich damit heraus.»

«Sie sagten neulich, daß Sie nach einer Gemeinsamkeit zwischen Julie und Clarissa suchen.»

Er nickte.

«Ich bin gestern abend auf etwas gestoßen, das Sie interessieren dürfte.» Sie holte tief Luft. «Beide waren Zeugen, als Mrs. McAllister ihr letztes Testament unterzeichnete.»

«Ich weiß.»

Ihre Augen weiteten sich vor Erstaunen. «Woher?»

Er winkte ab. «Das tut nichts zur Sache. Aber der Inhalt dieses letzten Testaments weicht entscheidend vom Inhalt des zuvor gemachten ab. Das könnte wichtig sein.»

«Was genau heißt das?»

«In ihrem vorangegangenen ‹Letzten Willen› vom September hinterließ Myra McAllister Mountview eine Million Dollar. Im darauffolgenden Testament vermachte sie der Klinik nur noch fünfhunderttausend Dollar, die übrigen fünfhunderttausend sollten an David Butler gehen. Ihr Rechtsanwalt hatte das Testament entsprechend ihren Angaben aufgesetzt und es ihr zur Unterzeichnung zugeschickt. Anschließend sollte es wieder an ihn zurückgehen, aber genau das ist nicht passiert, und das heißt, daß das vorletzte Testament in Kraft tritt. Myras Ehemann hat, ungeachtet der Tatsache, daß sie seit Jahren von ihm getrennt gelebt hat, bereits einen Anwalt engagiert, der die Verfügungen dieses Testaments anfechten soll mit der Begründung, Ihr Onkel habe ‹unzulässigen Einfluß ausgeübt›.»

«Sie hat David eine halbe Million Dollar hinterlassen?» rief Laura erfreut.

«Sagen wir mal so: sie hatte es vor.»

«Aber das ist ja wunderbar!»

«Wenn man Geld liebt», sagte Gilliam trocken. «Sie tun es nicht, er schon, könnte ich mir denken. Die Schwierigkeit, wie ich schon sagte, besteht darin, daß dieses zweite geänderte Testament zur Zeit unauffindbar ist. Für ihren Anwalt ist es so, als sei es nicht existent.»

«Und das heißt, David geht leer aus?»

Er nickte. «Scheint so.»

«Weiß denn nicht vielleicht Mrs. Strayhorn, wo das Testament ist? Sie und Mrs. McAllister waren doch so enge Freundinnen.»

«Ich habe sie heute morgen gerade gefragt», antwortete Gilliam. «Sie hat keine Ahnung. Und die beiden Zeuginnen, die über den Inhalt des Testaments etwas aussagen könnten, sind tot. Zwei Todesfälle, beiläufig bemerkt, die jemandem unter Umständen sehr gelegen gekommen sein dürften.»

Laura starrte ihn entsetzt an. «Aber der Schattenmann hat sie auf dem Gewissen!»

Gilliam betrachtete sie mitleidig. «Glauben Sie das wirklich?»

Laura brach in Tränen aus.

21. KAPITEL

Die Zeit verstrich nur langsam. Laura kam es vor, als durchlebe sie einen Alptraum. Sie verspürte eine zunehmende Lähmung, die, ausgehend von einer Art Betäubung im Gehirn, alles um sie herum grau und wie leblos erscheinen ließ.

Ihr Onkel hatte sie, sobald es ihr wieder besserging, ohne weitere Umstände mit allen ihren Sachen in der Schwesternunterkunft im obersten Stockwerk der Klinik, gleich unterm Dach, einquartiert. Da keine der Schwestern zur Zeit in Mountview wohnte, vielmehr alle täglich pendelten, hatte sie dies ziemlich spartanische Logis für sich allein. Salomon hatte sie mitnehmen dürfen, da die Schwesternunterkunft durch zwei Türen von der eigentlichen Klinik getrennt war. Man ging davon aus, daß seine Anwesenheit dort oben keine Gefahr für die Hygiene darstellte.

Einige wenige Tage lang war es sehr warm gewesen, dann hatte jedoch für ein paar Stunden leichter Schneefall eingesetzt, so daß die Rasenflächen des Parks aussahen, als habe jemand dort achtlos schmutzige Wäsche liegenlassen. Nick war wieder ein paar

Tage krank gewesen, und die Auffahrt, die während seiner Abwesenheit vernachlässigt worden war, glich mit ihren aufgewühlten Fahrspuren einem Morast. Nun war er wieder da, noch blaß von der überstandenen Grippe, und versuchte, warm eingepackt in eine dicke rote Holzfällerjacke, die Auffahrt befahrbar zu machen.

Laura wandte sich seufzend vom Fenster ab. Noch drei Tage, bis David endlich zurückkam. Seit er weg war, hatte sie mehr und mehr Zeit mit Gilliam verbracht, obwohl ihr Verhältnis gespannt war, weil sie wußte, daß er über eine Möglichkeit nachdachte, ihren Onkel des Mordes zu überführen. In den Zeitungen, im Radio und im Lokalfernsehen – überall war nur noch die Rede vom Schattenmann. Wann er das nächste Mal zuschlagen werde und wer dann wohl sein Opfer sei. Und natürlich warum der Sheriff so lange brauche, um ihn zu fassen.

Roger Forrester schien dessen ungeachtet ganz der alte zu sein. Er machte wie üblich seine Runden in der Klinik und war genauso charmant und heiter wie eh und je. Und falls die Falten um seine Augen etwas tiefer sein sollten als vorher, so war Laura die einzige, der das auffiel.

«Es ist alles eine Sache der Beweise, Laura», hatte Gilliam ihr erklärt, als sie sich ein Herz gefaßt und die Sache ausnahmsweise direkt angesprochen hatte. Sie hatte ihn wieder einmal in den Hydrotherapieraum gebracht. Normalerweise achtete sie darauf, daß zwischen ihnen die professionelle Ebene gewahrt blieb, wenn sie ihn zu einer Übung anleitete, aber allein mit ihm hier im Becken war das schwieriger als sonst. Das leise Plätschern des Wassers schuf eine gewisse Intimität, und daß sie beide nur Badezeug anhatten, erschwerte es noch zusätzlich, Distanz zu halten. Gilliam machte jetzt sehr rasch Fortschritte, als ob er seine Anspannung am besten abbauen könnte, indem er seinem Körper optimale Leistung abverlangte. Das harte Training bekam ihm gut, was die physische Seite betraf. Seinem Seelenfrieden schien es nicht zu dienen. «Matt Gabriel ist in dem Medienrummel um den Schattenmann gefangen, und das läßt ihm so gut wie keine Bewegungsfreiheit. Kein Polizist der Welt könnte in so einer Atmosphäre seine Arbeit tun und ein Sheriff in einer Kleinstadt schon gar nicht. Sobald er sich blicken läßt, sind sie wie die Wespen um ihn herum, er kann mit niemandem sprechen, ohne daß sie versuchen, ihr Mikrofon oder ihre Kamera dazwischenzuhalten. Er und ich – wir stecken beide in der Sackgasse.»

«Und wie wollen Sie da wieder herauskommen?»

«Genau wie der Sheriff – indem ich versuche, handfeste Beweise zu bekommen. Ich brauche einfach mehr als nur Gerüchte oder Schlußfolgerungen. Oberflächlich betrachtet, besaß Ihr Onkel durchaus ein Motiv, um die beiden jungen Frauen umzubringen. Vorausgesetzt, daß er das zweite Testament gefunden und vernichtet hat. Wenn nicht, dann wäre ihre Ermordung sozusagen zwecklos gewesen, denn dann könnte dieses zweite, für ihn nachteilige Testament ja jederzeit wieder auftauchen.»

Laura ließ sich ein wenig im Wasser treiben, während Gilliam mit energischen Armbewegungen seine Bahnen zog. Das Umgehen mit dem Rollstuhl hatte seine Armmuskulatur sehr gekräftigt, so daß die Schwäche der Beine ihn in sehr viel geringerem Maße behinderte als zuvor. Und selbst hier bemerkte sie eine Besserung. Sie wußte, daß er inzwischen fest daran glaubte, in nicht allzu ferner Zukunft wieder gehen zu können. Ein leichtes Hinken würde vielleicht zurückbleiben – mehr nicht. Eines Tages würde er allein stehen können, sich aus eigener Kraft auf eigenen Füßen aus ihrem Leben wieder entfernen. Sie lächelte etwas wehmütig. Ein Triumph der Medizin. Sie hoffte nur, daß es nicht allzu schnell schon soweit wäre. Nicht ehe ...

«Denken Sie, daß Sie jemals etwas gegen ihn in die Hand bekommen werden?» fragte sie, nachdem er seine letzte Bahn beendet hatte und sich keuchend neben ihr an der Beckenkante festhielt.

«Wünschen Sie sich das?» antwortete er mit einer Gegenfrage, nachdem er wieder zu Atem gekommen war.

«Ich wünsche mir nur eins – daß die ganze Sache endlich vorbei ist.»

«Und dann heiraten Sie David und ziehen mit ihm in eine hübsche kleine Stadt und sind ihm eine gute kleine Frau, und ich humpele zurück in die große Stadt und an meinen Schreibtisch, und eines nicht sehr fernen Tages wird es uns vorkommen, als wäre dies alles nie geschehen ...»

«Falls Sie meinen Onkel als Mörder verhaften, werde ich für den Rest meines Lebens an all das hier zurückdenken.»

«Falls ...», wollte Gilliam wissen. «Ich war der Meinung, Sie seien von seiner Schuld überzeugt.» Er sprach so leise, daß seine Stimme vom monotonen Klatschen des Wassers fast übertönt wurde.

Sie seufzte. «Wenn er der Täter wäre, so würde das eine Menge erklären, aber es fällt mir furchtbar schwer, diesen Gedanken wirklich zu akzeptieren.» Nachdenklich zog sie ihre Hände durch das Wasser. «Ich habe ihm gesagt, daß ich bereit sei, mein Vermögen in Mountview zu investieren, dann braucht er jedenfalls nicht noch einmal zu versuchen, mich umzubringen.»

Ihr bitterer Ton tat ihm weh. «Laura, ich bedauere so sehr ...»

«Ich auch.» Sie drückte ihre Beine unter die Wasseroberfläche, so daß sie leicht schwankend vor ihm stand. «Was man nicht ändern kann, das muß man lernen zu ertragen. So heißt es doch, nicht wahr?» Sie lächelte freudlos. «Ich wünschte bloß, daß Ihr Freund, der Sheriff, mich endlich erlösen würde. Ich weiß nicht, wie lange ich es noch schaffe, die liebevolle Nichte zu spielen. Jetzt, wo Milly zu ihrem alljährlichen Weihnachtseinkauf nach New York abgefahren ist, sucht Onkel Roger jeden Abend meine Gesellschaft und spricht mit mir über ... meinen Vater ...» Sie begann gegen ihren Willen zu schluchzen. «Und er sieht genauso aus wie er!»

«Oh, Laura ...» Er zog sie an sich und strich ihr sanft über das feuchte Haar. «Warum gehen Sie nicht einfach weg von hier? Sie müssen nichts erklären, nichts vortäuschen ... Sie packen einfach

Ihre Koffer und lassen Mountview und seine Probleme hinter sich.»

«Das kann ich nicht … Meine Patienten …»

«… werden es überleben. Selbst ich. So gerade.»

Sie schüttelte den Kopf und wurde sich plötzlich ihrer Nähe zu ihm bewußt. Hastig löste sie sich aus seiner Umarmung. «Nein», sagte sie bestimmt. «Es tut mir leid, daß ich mich so habe gehenlassen, aber jetzt ist alles wieder in Ordnung. David fehlt mir wohl …»

«Aber da David weg ist, darf auch schon mal ein Krüppel wie ich seine Schulter leihen, damit Sie sich daran ausweinen?» fragte er. Es sollte scherzhaft klingen, aber sie hörte, daß er verletzt war.

Sie machte mit den Armen eine kleine Paddelbewegung, um den Abstand zwischen sich und ihm zu vergrößern, doch unversehens streckte er seinen Arm aus, zog sie heftig an sich und küßte sie auf den Mund. Dann stieß er sie genauso heftig wieder weg und schwamm mit schnellen Stößen zu der mechanischen Winde an der gegenüberliegenden Ecke des Beckens.

Als sie später daran zurückdachte, an die Spannung und Verwirrung jenes Augenblicks, errötete sie. Eigentlich hatte sie ein Gespür für die Empfindungen der Patienten, aber bei Tom Gilliam hatte sie nicht mitbekommen, wie es um ihn stand. Daß Patienten sich in die Krankenschwestern, die sie pflegten, oder auch in ihre Physiotherapeutin verliebten, war nichts Ungewöhnliches, ungewöhnlich war ihre Blindheit. Vermutlich hatten die Ereignisse der letzten Tage und die unerfreuliche Atmosphäre in Mountview sie abgelenkt.

Am Abend zuvor hatte sie beschlossen, daß es an der Zeit sei, endlich das Armenambulatorium in Hatchville zu besuchen. Der kleine Ausflug bot ihr außerdem eine willkommene Möglichkeit, dem ungeliebten Mountview für ein paar Stunden den Rücken zu kehren. Sie hielt sich um die Mittagszeit zwei Stunden frei und schritt, als sie mit ihrem letzten Vormittagspatienten fertig war, vorsichtig über die vereiste Fläche des Parkplatzes auf ihr «neues»

Auto zu, eine zwei Jahre alte Limousine in Hellgelb. Jake Miller hatte es ihr, wie versprochen, vor zwei Tagen vorbeigebracht, und sie freute sich schon darauf, das erste Mal damit zu fahren.

Laura war noch nie in Hatchville gewesen, und so brauchte sie eine Weile, bis sie das Ambulatorium fand, das in einer ehemaligen Ladenzeile untergebracht war. In der Nachbarschaft, die heruntergekommen und ärmlich wirkte, fiel es mit seinem neuen Anstrich angenehm auf. Ein kleines Schild hieß die Patienten willkommen und versprach kostenlose Behandlung und Vertraulichkeit. Sprechstunde war von neun bis zwölf und von zwei bis vier Uhr dreißig. Die Tür war verschlossen. Sie klopfte, und nach kurzer Zeit erschien Owen Jenks, in der Hand ein halbes Butterbrot. Als er sie erkannte, blickte er sie einen Moment lang überrascht an, dann ließ er sie eintreten.

«Herzlich willkommen», begrüßte er sie und schluckte hastig den letzten Bissen hinunter. «Warum haben Sie mir nichts davon gesagt, daß Sie uns besuchen wollen?»

«Ach, es ist mir erst gestern abend eingefallen», sagte Laura. «In Mountview ist die Stimmung, wie Sie ja selbst wissen, zur Zeit nicht gerade die beste. Ich dachte, es würde mir guttun, mal eine andere Umgebung zu sehen.»

«Eine andere Umgebung wollen Sie sehen? Da sind Sie hier genau richtig», sagte Jenks sarkastisch und präsentierte ihr mit einer ausladenden Armbewegung das leere Wartezimmer, das mit seinen wackligen, nicht zueinander passenden Stühlen, einer Kiste mit mehr oder weniger zerbrochenem Spielzeug und einem alten Holztisch mehr als schäbig aussah. Auf dem Tisch lag ein Haufen Zeitschriften, alle stark zerlesen.

«Sie haben eine lange Mittagspause», bemerkte sie, als er hinter ihr wieder abschloß.

Er schüttelte den Kopf. «Das scheint nur so. Wir schließen zwar zur angegebenen Zeit ab, aber meistens sitzen dann noch Patienten im Wartezimmer, und oft haben wir kaum mehr als eine halbe Stunde, um uns zwischen den beiden Sprechstunden schnell ein paar Bissen reinzuschieben. Mit dem Ende der Sprechstunde ist es übrigens dasselbe. Es ist oft schon nach sechs, ehe ich den letzten Patienten gesehen habe. Aber hier wird niemand weggeschickt. Kommen Sie, gehen wir ins Sprechzimmer.»

Sie folgte ihm in einen engen Korridor. Er öffnete eine Tür zu ihrer Linken, und sie betraten einen kleinen, dunklen Raum. Er enthielt nur das Notwendigste – drei schiefe Aktenschränke, einen Schreibtisch, der auch schon bessere Tage gesehen hatte, und einen großen Stahlschrank, dessen halb geöffnete Tür Jenks im Vorübergehen wie beiläufig zuwarf.

«Darf ich Ihnen ein Thunfisch-Sandwich anbieten?» fragte er.

«Danke, nein – ich habe schon eine Kleinigkeit gegessen, bevor ich herkam.»

Jenks sah sie fragend an. «Na denn – was kann ich für Sie tun?»

«Ich bin einfach ein bißchen neugierig», gestand sie etwas verlegen. «Ich wollte mal sehen, wie das Ambulatorium ausgestattet ist, wie Sie hier behandeln ... Und im Hinterkopf spukt mir so eine Idee, daß ich vielleicht ab und zu von Mountview herüberkommen könnte, falls die Dienste einer Physiotherapeutin hier gebraucht werden.»

«Haben Sie darüber schon mit Ihrem Onkel gesprochen?» erkundigte sich Jenks.

«Nein, hätte ich das tun sollen?» gab sie erstaunt zurück.

Er wiegte bedenklich den Kopf. «Wir haben ein ziemlich knappes Budget hier, das absolute Minimum, um es deutlich zu sagen. Ich hatte, als wir hier aufmachten, gehofft, daß er seine Zusagen einhalten würde, aber wir bewegen uns nach wie vor an der untersten Grenze. Ich glaube ehrlich gesagt nicht, daß für das Ambulatorium eine Physiotherapeutin vorgesehen ist, obwohl wir Ihre Hilfe weiß Gott gut gebrauchen könnten.»

«Oh», sagte sie verblüfft. «Soll das heißen, mein Onkel hält Sie finanziell kurz?»

Jenks nickte. «Irgendwie kann ich ihn sogar verstehen.

Mountview ist die Investition, die den Gewinn bringt, und Hatchville war nur ein Zugeständnis, um die Klinik zu bekommen. Trotzdem würde ich mir wünschen, daß er es sich nicht ganz so leichtmacht.» Er seufzte und sah sie etwas unsicher an. «Das soll nicht etwa heißen, daß ich mich beklage. Ich möchte nicht, daß Sie jetzt ...»

«... daß ich jetzt nach Hause fahre und meinem Onkel die Leviten lese», ergänzte sie lächelnd. «Weil es eventuell negative Auswirkungen auf Ihre Arbeit hier hätte? Das kann ich verstehen. Ich würde mit Onkel Roger reden, falls Sie der Meinung sind, das könnte helfen. Aber ich unternehme natürlich nichts gegen Ihren Willen. Das Budget ist schließlich eine Sache zwischen Ihnen beiden.»

«Zwischen mir und Mrs. Cunningham, genaugenommen», sagte Jenks, knüllte das Wachspapier, in das seine Butterbrote eingewickelt gewesen waren, zu einer Kugel zusammen und warf es mit aggressivem Schwung in den Papierkorb. «Was die Ambulanz hier angeht, so überläßt er alles ihr.»

«Das finde ich aber nicht in Ordnung», sagte Laura stirnrunzelnd. «Schließlich leitet er Mountview, und Milly ist nur seine Sekretärin.»

«Ich nehme an, daß er ein paar Aufgaben delegieren muß, und wir stehen eben nicht sehr weit oben auf seiner Prioritätenliste», sagte Jenks. «Kommen Sie, ich zeige Ihnen den Laden noch schnell, ehe hier wieder die nachmittägliche Hektik ausbricht.»

Die «Führung» nahm nicht viel Zeit in Anspruch. Die Untersuchungsräume waren genauso kärglich eingerichtet wie das Sprechzimmer. Und das sogenannte Labor an der Rückseite erinnerte Laura an den Schülerarbeitsplatz im Chemieraum einer schlecht ausgestatteten High School.

«Wie viele Menschen kommen pro Tag?» wollte sie wissen.

Er zuckte die Schultern. «Ich habe schon lange aufgehört zu zählen», sagte er. «Aber Imogen wird es wissen.»

«Imogen?»

«Sie ist, das heißt, sie war Krankenschwester und hat viele Jahre in der Notaufnahme des örtlichen Krankenhauses gearbeitet. Sie hat wirklich Ahnung. Oft hat sie schon die Diagnose gestellt, bevor ich den Patienten überhaupt gesehen habe, und meistens liegt sie genau richtig.»

«Ich weiß, was Sie meinen», sagte Laura. «Von einer erfahrenen Schwester können junge Ärzte häufig mehr lernen als in vielen Jahren Universität.»

Jenks nickte. «Ohne sie wäre ich aufgeschmissen.»

«Woher beziehen Sie Ihr Verbrauchsmaterial – Verbandszeug, Spritzen und Ähnliches?»

«Ich muß mich für alles, was wir brauchen, an Mrs. Cunningham wenden, und es ist jedesmal ein Kampf», sagte Jenks bitter. «Ohne eine gewisse Grundausstattung kann ich hier nichts ausrichten, aber sie hinterfragt jede Spritze, jede Flasche mit ...»

Vom Wartezimmer her hörten sie Schritte, und eine ältere Frau trat durch die Tür. Das mußte Imogen sein. Sie nickte Laura und Jenks zu. «So, ich bin wieder da. Im Supermarkt waren solche Schlangen – als ob morgen Weihnachten wäre.»

«Darf ich dir Laura Brandon vorstellen, Imogen», sagte Jenks. «Sie arbeitet in Mountview als Physiotherapeutin und wollte mal sehen, wie wir hier arbeiten.»

«Mit unzureichenden Mitteln und geringem Erfolg», sagte Imogen knapp, trat dann auf Laura zu und schüttelte ihr herzlich die Hand. «Guten Tag, wollen Sie auch hier anfangen?»

«Schön wär's», kommentierte Jenks trocken.

«Ich würde liebend gern ein paar Stunden in der Woche herkommen», sagte Laura, «aber offenbar muß ich darüber erst mit meinem Onkel reden.»

«Wohl eher mit dem alten Drachen Milly, würde ich denken», sagte Imogen. «Sie ist nie hier gewesen, hat das Elend hier nie gesehen, und jedesmal, wenn sie uns eine Kleinigkeit, wie zum Beispiel lokales Betäubungsmittel, bewilligen muß, führt sie sich auf, als müsse sie es aus ihrer eigenen Tasche bezahlen.»

Milly Cunninghams Einfluß macht sich also sogar hier in Hatchville bemerkbar, dachte Laura. Sie wußte, daß eine Einrichtung wie das Armenambulatorium Unsummen an Geld verschlingen konnte, aber wenn dessen Unterhalt Teil der Vereinbarung gewesen war, die es Onkel Roger gestattet hatte, Mountview zu eröffnen, dann mußte er dieser Verpflichtung nachkommen, und zwar mit Anstand.

«Stellen Sie eigentlich viele Rezepte aus?» wandte sie sich an Jenks.

Der junge Arzt warf ihr einen mißtrauischen Seitenblick zu. «Wollen Sie wissen, ob ich Abhängigen helfe, hier an Medikamente zu kommen?» Er schüttelte den Kopf. «Nein, das tue ich nicht. Die überweise ich in den Entzug, und wenn sie das nicht wollen, dann werfe ich sie raus. Süchtige sind ja mit etwas Erfahrung unschwer zu erkennen. Im übrigen – ich stelle jeden Tag Rezepte aus, ob die Leute es sich leisten können, die Medikamente dann auch zu kaufen, steht auf einem anderen Blatt. Ich versuche, ihnen soweit wie möglich Arzneimittel gleich kostenlos mitzugeben, aber ...»

«Ich weiß», sagte Laura verständnisvoll, «jeder von ihnen ist bedürftig, und es ist nie genug für alle da.»

«‹Jeder› würde ich nicht unbedingt sagen», bemerkte Imogen und blickte kurz zu Jenks hinüber. Offenbar war das ein strittiger Punkt zwischen den beiden. «Aber die meisten schon. Die mit den besonders schweren oder akuten Erkrankungen gehen meist gleich ins Krankenhaus. Was wir hier zu sehen bekommen, ist sozusagen der traurige Alltag – Laufnasen, Babys mit Durchfall, Fehlernährung, Masern, Mumps, Läuse, Krätze, Grind, verdorbene Mägen.»

«Wir haben natürlich auch ein paar Schnorrer und Simulanten», gab Jenks zu, «aber die meisten, die herkommen, sind wirklich arm dran. Man möchte jedem von ihnen helfen und schafft es nur bei einigen wenigen. Es bricht einem das Herz. Wenn nur die verantwortlichen Leute endlich begreifen würden, daß sie mit präventiver Gesundheitspolitik am Ende sogar Geld einsparen würden ...»

«O nein, fang jetzt bitte nicht wieder damit an!» rief Imogen in komischer Verzweiflung. «Es ist gleich zwei, und wir haben keine Zeit mehr für das Jenkssche Grundsatzreferat über Versäumnisse und Chancen öffentlicher Gesundheitsfürsorge.» Sie nickte Laura zu. «Nett, Sie kennengelernt zu haben», sagte sie, schlüpfte mit geübten Bewegungen schnell aus ihrem Mantel und verschwand in Richtung Wartezimmer.

Jenks führte Laura zurück ins Sprechzimmer und holte aus einer Ecke einen altersschwachen Stuhl. «Bitte», sagte er. Laura nahm Platz und betrachtete nachdenklich den Stahlschrank, den er vorhin so hastig geschlossen hatte. «Mir scheint, Sie haben einen ziemlich großen Vorrat an Medikamenten», bemerkte sie.

Er wurde über und über rot und schien einen Moment sprachlos.

«Machen Sie sich keine Sorgen, ich werde meinem Onkel nichts sagen. Und Milly natürlich auch nicht.»

«Danke», sagte Jenks erleichtert. «Es ist so schwierig ...»

«Sie brauchen mir nichts zu erklären, ich kann Sie gut verstehen, wirklich. Ich habe vor einigen Jahren selbst mal in so einer Einrichtung gearbeitet. Ich weiß, wie hilflos man sich oft fühlt. Wenn ich gekonnt hätte – ich hätte damals dasselbe getan wie Sie.»

«Und warum haben Sie sich dann für einen Luxusladen wie Mountview entschieden?» fragte er. «Ich arbeite dort nur, weil es die Voraussetzung dafür war, das Ambulatorium zu betreiben, aber Sie ...»

Sie holte tief Luft. «Ich habe in Mountview angefangen, weil mein Onkel mich jahrelang dazu gedrängt hat, weil ich in meiner alten Stelle zunehmend unzufrieden war und weil ...» Sie hielt inne.

«Ja?» ermunterte er sie.

«Weil Julie Zalinsky meine Freundin war.»

Auf seinem Gesicht malte sich Überraschung. «Das wußte ich nicht.»

«Mochten Sie sie?» fragte Laura. Sie hatte bisher noch keine Gelegenheit gehabt, mit ihm über Julie zu sprechen. Eigentlich, dachte sie, haben wir uns noch nie ernsthaft miteinander unterhalten. Da er die meiste Zeit in Hatchville war, hatten sie bisher immer nur oberflächlich Kontakt gehabt, und sie wußte im Grunde nicht genau, was sie von ihm halten sollte.

«Ob ich sie mochte?» nahm Jenks Lauras Frage auf. «Ja, durchaus. Sie hat ihre Arbeit ernst genommen, ernster als manche andere. Vor so einer Haltung habe ich Hochachtung.»

Laura musterte ihn verstohlen. Er wirkte überarbeitet, strahlte aber Willenskraft und Zielstrebigkeit, ja vielleicht sogar einen gewissen Fanatismus aus. Sie glaubte ihm, daß er Julies Engagement geschätzt hatte. Jemanden wie sie zu töten wäre ihm bestimmt als ein besonders verwerflicher Akt, als eine Art Vergeudung erschienen. Doch wenn Julie nun dahintergekommen war, daß er in Mountview regelmäßig und in nicht geringem Umfang Medikamente mitgehen ließ? Wie weit würde er gehen, um seine Arbeit in Hatchville zu schützen?

Sie erhob sich. «Da Sie es schätzen, wenn man seine Arbeit ernst nimmt, verstehen Sie sicher, daß ich jetzt zu meinen Patienten zurückmuß», sagte sie lächelnd. «Vielen Dank, daß Sie sich die Zeit genommen haben, mir hier alles zu zeigen.»

«Ich habe zu danken», sagte er und erhob sich ebenfalls. «Und falls Sie Ihren Onkel dazu bewegen könnten, Sie ein paar Stunden in der Woche an uns auszuleihen, so wäre das für das Ambulatorium ein großer Gewinn.»

«Ich werde es versuchen», sagte sie. «Versprochen.»

22. KAPITEL

Laura stieg nach Dienstende langsam die Stufen zu ihrer neuen Unterkunft empor. Sie hatte wieder Kopfschmerzen, und der Besuch im Ambulatorium in Hatchville hatte sie aus verschiedenen Gründen deprimiert. Oben angekommen, erwartete sie, daß Salomon sie wie üblich begrüßte, aber er tauchte nicht auf. Ein Blick in die Küche zeigte ihr, daß er sein Futter nicht angerührt hatte. Sie rief nach ihm, doch er blieb verschwunden. Merkwürdig, dachte sie, machte sich aber keine großen Sorgen. Die Tür am Fuß der Treppe war im Gegensatz zur oberen Tür geschlossen gewesen, er hatte also nicht hinausgekonnt.

Und wenn nun jemand hereingekommen war?

Jetzt wurde sie doch etwas nervös. Sie ging hinüber in den großen Gemeinschaftsraum, der ihr als Wohnzimmer diente, stellte sich direkt in dessen Mitte und begann, nach ihm zu rufen. «Salomon! Salomon!» Plötzlich hörte sie ein schwaches Maunzen. Sie horchte angespannt. Es schien aus der Richtung des Treppenabsatzes zu kommen. Eilig ging sie hinaus und sah sich um.

Salomon war nicht da, doch wieder hörte sie ein leises Maunzen. Da fiel ihr auf, daß die Tapete an der linken Wand irgendwie schief aussah. Neugierig trat sie näher und stellte verblüfft fest, daß sich dort eine kleine Tür befand. Sie war im selben Rosenmuster tapeziert wie der übrige Flur und ihr deshalb vorher nie aufgefallen. Beim genauen Hinsehen entdeckte sie jetzt einen weißen Porzellanknauf, den sie bisher ebenfalls nicht wahrgenommen hatte. An der unteren rechten Ecke der Tür hing die Tapete in vielen schmalen Streifen herunter, als sei sie durch den Shredder gewandert. Sie mußte lächeln, das war eindeutig das Werk von Salomon. Wie es aussah, mußte er viel Kraft und Energie darauf verwandt haben, die Tür aufzubekommen. Sie umfaßte den Porzellanknopf und zog. Die Tür schwang knarrend vollends auf, und sie starrte in undurchdringliche Dunkelheit, aus der ihr ein kalter, staubig muffiger Lufthauch entgegenschlug.

Natürlich! Dies mußte der Eingang zum Dachstuhl über dem Ostflügel sein. Sie wandte sich um und suchte mit den Augen die gegenüberliegende Wand ab, bis sie auch dort den Umriß einer Tapetentür ausgemacht hatte. Der Zugang zum Dachboden über dem Westflügel, dachte sie befriedigt.

«Salomon, komm sofort her!» befahl sie in strengem Ton. Ein leichter Nachhall verriet ihr, daß ein riesiger Raum vor ihr lag. Sie blickte nach oben und sah überall helle, kleine Lichtsplitter. Die letzten Reste der Nachmittagssonne funkelten durch unzählige Risse und Spalten im schindelgedeckten Dach. Das gebückte Stehen unter dem niedrigen Türsturz wurde ihr zu anstrengend, und so kniete sie sich auf der Schwelle hin. Ich muß versuchen, Salomon mit irgend etwas zu locken, dachte sie.

«Komm, Salomon», rief sie in schmeichelndem Ton, «komm, es gibt Lachs zum Abendbrot!» Wieder hörte sie ein Maunzen. Er kannte das Wort Lachs und kam immer gleich herbeigesaust, wenn er es hörte, doch jetzt kam er nicht. Sie schob Kopf und Schultern nach vorn und spähte umher. Aber einen rabenschwarzen Kater in einem rabenschwarzen Bodenraum auszumachen war ein einigermaßen hoffnungsloses Unterfangen, wie sie resigniert feststellte. Sie richtete sich zögernd wieder auf, und dabei fiel ihr Blick auf einen Lichtschalter gleich neben der Innenseite der Tür. Ohne viel Hoffnung, fast automatisch knipste sie ihn an, und sofort war der Dachboden in strahlende Helligkeit getaucht. Wer immer hier für Licht gesorgt hatte – sie nahm an, daß es Michaels gewesen war –, hatte an Glühbirnen nicht gespart.

Der Dachraum war wohl ursprünglich nur entlang einem breiten Streifen in der Mitte mit rohen Dielenbrettern ausgelegt worden, doch im Laufe der Zeit waren offenbar immer mehr ausgemusterte Dinge hier oben gelandet, so daß man den Stauraum durch das Verlegen weiterer Bretter hatte erweitern müssen. Sie sah alte Möbel, ausgediente medizinische Geräte und jede Menge Kisten und Kartons. Manche waren dick mit Staub bedeckt, andere noch ziemlich sauber, so als ob sie erst seit kurzem hier stünden.

Die Aussicht, zwischen all dem Kram und Gerümpel umherzulaufen, um ihren widerspenstigen Kater aufzustöbern, erschien ihr alles andere als verlockend. Gewöhnlich läßt er sich nicht so lange bitten, dachte sie. Ob er vielleicht irgendwo eingeklemmt war und ihre Hilfe brauchte? Wieder hörte sie ihn miauen. «Schon gut, ich komme», seufzte sie ergeben und zwängte sich durch die schmale Tür.

Nach ein paar Schritten blieb sie mit dem Fuß an einer vorspringenden Schrankkante hängen und wäre fast gestürzt. Ihrer Schätzung nach befand sie sich gerade über Mr. Cobbolds Zimmer, und sie mußte kichern bei dem Gedanken, was er für Augen machen würde, wenn sie plötzlich über seinem Kopf ihre Beine durch die Decke streckte.

Als sie ungefähr die Hälfte des Dachbodens hinter sich hatte, blieb sie stehen und rief nach Salomon. Sie hörte ein kurzes, scharfes Miauen, das aus nächster Nähe, dicht neben ihren Füßen, zu kommen schien. Sie bückte sich und sah einen umgestürzten Pappkarton. Der Deckel hatte sich geöffnet, und Papiere, Bücher und Kleidungsstücke lagen in wildem Durcheinander auf dem Boden. Sie beugte sich tiefer hinunter und versuchte, die Aufschrift an der Seitenwand des Kartons zu entziffern.

Zalinsky – persönliche Habe, las sie. Julies Sachen waren also doch nicht abgeholt worden, fuhr es ihr durch den Kopf. Aus dem unordentlichen Haufen von Habseligkeiten drang jetzt ein unbestimmter Laut, und gleich darauf geriet alles, wie von einer Geisterhand durchwühlt, in wilde Bewegung. Da steckte er also!

«Beruhige dich, Biest, Hilfe naht», murmelte sie, richtete den Karton wieder auf und begann, was herausgefallen war, in aller Eile wahllos wieder zurückzustopfen. Als sie gerade eine blaue Decke anhob, schoß plötzlich ein kleiner, grauer Schatten an ihr vorbei, dicht gefolgt von Salomon. Erschrocken sprang sie zurück. Als sie sich umwandte, sah sie eben noch Salomons gesträubten Schwanz hinter einer Kiste auf der anderen Seite der Planken verschwinden.

«Zur Hölle mit dir, Salomon Brandon!» rief sie wütend und stolperte ohne allzuviel Hoffnung hinter ihm her. Solange er auf Mäusejagd war, hatte sie kaum eine Chance, daß er auf ihr Rufen hören und herbeilaufen würde. Doch dann entdeckte sie zwischen zwei Kisten seinen schwarzen, runden Buckel, machte einen Satz nach vorn, packte mit beiden Händen zu und zog. Der Kater fuhr fauchend seine Krallen aus und hielt sich mit aller Kraft an einem schrägen Dachbalken fest, aber sie ließ nicht nach. Schließlich hatte sie ihn von dem Dachbalken gelöst und vereitelte geschickt alle seine Versuche, mit seinen Krallen irgendwo anders Halt zu suchen. Sie klemmte seinen widerstrebenden kleinen Körper geübt zwischen Hüfte und Ellenbogen und ließ ihn erst draußen auf dem Treppenabsatz unsanft zu Boden plumpsen. Er schüttelte sich kurz, warf einen letzten sehnsüchtigen Blick zur Dachbodentür und trottete dann gefügig hinter ihr her in die Küche und direkt zu seinem Napf.

Laura ließ ihn mit seinem Futter allein und ging zurück auf den Dachboden, um den Karton mit Julies Nachlaß zu holen. Vielleicht gab es irgendwo unter all diesen Sachen einen Hinweis auf ihren Mörder. Und wenn sie mit dieser Annahme recht hatte, dann würde sie ihn finden. Das war sie Julie schuldig.

Es war mitleiderregend, und es schnitt ihr ins Herz. Hier in diesem Karton befand sich alles, was von Julies Leben übriggeblieben war. Aber Julie selbst gab es nicht mehr. Für jemanden, der so oft umgezogen war wie sie, hatte sie eine überraschende Menge alten Plunders angesammelt. Shirley Hasker, oder wer sonst ihre Sachen zusammengepackt hatte, war offenbar der Meinung gewesen, daß alles für eventuelle Verwandte aufgehoben werden mußte – die dann nie gekommen waren. Und so fand sich in dem Karton ein buntes Sammelsurium von alten Fotos, Tablettenschachteln mit vor Jahren abgelaufenem Verfallsdatum, Programme von Veranstaltungen, die sie offenbar besucht hatte, Visitenkarten, alte Hefte einer Zeitschrift für Krankenpflege und sorgfältig ausgeschnittene Zeitungsartikel, die sich entweder mit medizinischen Themen oder aber Klatsch aus dem Showbusiness beschäftigten. Und außerdem jede Menge Briefe, einschließlich derer, die Laura Julie geschrieben hatte.

Sie nahm an, daß der Sheriff sich das alles angesehen hatte. Das war sicher Teil des routinemäßigen Vorgehens nach einem Mord. Aber ob er sich auch die Briefe vorgenommen hatte? Vermutlich schon, dachte sie. Aber er kannte Julie nicht, ihm konnte etwas entgangen sein, was ihr auffallen würde. Der Gedanke, fremde Briefe zu lesen, war ihr nicht besonders angenehm, aber der Wunsch, wenn möglich zu helfen, Julies Mörder zu finden, war stärker als ihre Skrupel. Ihre eigenen Briefe an Julie konnte sie gleich beiseitelegen, aber mit den anderen würde sie sich gründlich beschäftigen. Sie seufzte. Julie hatte im Laufe der Jahre eine Unmenge Post erhalten. Laura hatte den Eindruck, als ob sie jede freie Minute damit verbracht hatte, an Freunde und Bekannte überall in den Staaten zu schreiben – es gab sogar Post von jemandem aus Nome, Alaska. Ein Großteil der Korrespondenz stammte von Leuten, mit denen Laura ebenfalls befreundet gewesen war, zu denen der Kontakt jedoch über die Jahre eingeschlafen war.

Die Erinnerung an die vielen Menschen, die sie mit der Zeit aus den Augen verloren hatte, stimmte sie so melancholisch, daß sie beschloß, von sich aus bei David anzurufen, statt auf seinen Anruf zu warten. Sie wählte die Nummer seines Hotels und bat, sie zu verbinden. Erst nach einer ganzen Weile teilte ihr eine höfliche Männerstimme mit, daß der Gast sich nicht melde. «Möchten Sie eine Nachricht hinterlassen?»

«Ja, bitte. Richten Sie ihm aus, daß Laura Brandon ihn gerne sprechen würde. Er möchte unbedingt zurückrufen, egal wie spät es ist. Er kennt die Nummer.»

«Ich werde dafür Sorge tragen, daß er Ihre Nachricht erhält», wurde ihr versichert.

Laura stellte den Fernseher an. Hoffentlich ließ David bald von sich hören, aber wer wußte schon, wo er steckte. Sie schaute auf die Uhr. Das Abendessen würde bereits vorbei sein, aber daran anschließend würden sie wahrscheinlich …

Das Telefon klingelte. Sie schaltete den Fernseher aus und griff rasch nach dem Hörer. «David?»

«Hallo», begrüßte er sie. «Ich hoffe, du vermißt mich wie wahnsinnig.»

«Wo warst du? Ich habe dich vor ein paar Minuten angerufen, aber du hast nicht abgehoben.»

«Ach je, da stand ich noch unter der Dusche. Ich habe es gar nicht klingeln hören.»

«Dann muß es so etwas wie Telepathie zwischen uns geben.»

Sie erzählte vom Verschwinden Salomons, von ihrer Suche nach ihm auf dem Dachboden und wie sie durch Zufall auf Julies Hinterlassenschaft gestoßen war. «Sie hatte über die ganzen Staaten verteilt Freunde und Bekannte. Eine ihrer Freundinnen kannte dich übrigens von früher.»

«Wirklich? Wer denn?»

«Eine gewisse Valerie, glaube ich. Sie war offenbar mit dir zusammen am St.-Anselmus-Krankenhaus in Denver. Oder habe ich das jetzt verwechselt? Es kann auch sein, daß sie dich getroffen hat, als du Assistenzarzt am Memorial warst. Ehrlich gesagt, ich hab's vergessen. Jedenfalls schien sie ziemlich in dich verliebt gewesen zu sein.»

«Der Name Valerie sagt mir nichts.»

«Das wundert mich gar nicht, es gab bestimmt Tausende von Frauen, die in dich verliebt waren», sagte Laura, doch ihr scherzhafter Ton kam ihr jetzt gekünstelt vor.

David schien nichts gemerkt zu haben. «Tausende, sagst du? Du hast keine Ahnung – es waren Millionen», sagte er lachend. «Bist du im Laufe deiner Lektüre noch auf weitere Verehrerinnen von mir gestoßen?»

«Nein, aber ich habe ja noch nicht alle Briefe gelesen», sagte sie, «wer weiß ...» Ob es wirklich weitere Briefpartnerinnen von Julie gab, die sich in seitenlangen Ergüssen über den wunderbaren Dr. Butler ausgelassen hatten? Auch Julie mußte, das ließ sich aus bestimmten Bemerkungen Valeries schließen, von David Butler geradezu hingerissen gewesen sein. Wie sie selbst auch – oder?

«Ich finde es eigentlich nicht richtig, daß du fremde Briefe liest», bemerkte David. «Besonders wenn die Empfängerin, wie in diesem Fall, tot ist.»

«Ja, aber wenn sie noch lebte, wäre ich doch überhaupt nicht auf die Idee gekommen», wandte sie ein. Seine Kritik traf sie unvorbereitet. «Im übrigen sind die Briefe alle eher oberflächlich, sie kannte eine Menge Leute, aber es waren wohl lockere Beziehungen, keine engen Freundschaften.» Und das gilt auch für die Beziehung zu mir, dachte sie etwas traurig. «Außerdem lese ich ihre Briefe ja nicht aus Neugier, sondern weil ich hoffe, in ihnen vielleicht einen Hinweis auf ihren Mörder zu finden. Deshalb verstehe ich auch nicht, warum du so mißbilligend reagierst.»

«Ich reagiere nicht mißbilligend», widersprach er, «ich finde es nur einfach ... makaber.»

«Es tut mir leid, daß du es so siehst», sagte sie kühl.

«Jetzt spiel nicht die Beleidigte», sagte David. «Von mir aus lies den alten Kram, wenn du dir etwas davon versprichst. Ich fand Julie immer ein bißchen langweilig, und wenn ihre Briefpartner ähnlich sind wie sie, was ich mal annehmen möchte, dürfte die Lektüre ziemlich öde sein.»

«Vielen Dank», sagte Laura spitz.

«Aber so habe ich es doch nicht gemeint ...»

«Ich weiß», entgegnete sie versöhnlich.

Als David schwieg, wechselte sie das Thema. «Hat ihnen dein Vortrag eigentlich gefallen?» Sie wußte, daß er gestern abend an der Reihe gewesen war, deswegen hatte er sie auch nicht wie sonst anrufen können.

«Ich denke, sie waren schon beeindruckt», sagte er mit gespielter Bescheidenheit. «Den Nobelpreis haben sie mir allerdings noch nicht in Aussicht gestellt.»

«Das zeigt, wie wenig Ahnung sie haben», sagte sie im selben Ton. «Übrigens – ich vermisse dich!»

Sie meinte, ihn lächeln zu hören. «Wurde auch Zeit, daß du das endlich zugibst.»

«Was hast du heute abend vor?»

«Ich werde wohl unten in die Bar gehen und mit ein paar alten Studienkollegen etwas trinken.»

«Ich höre im Hintergrund Musik und Frauenstimmen. Vielleicht bist du gar nicht in deinem Zimmer, sondern auf einer Party?»

«Nein, bin ich nicht. Was du da hörst, ist das Fernsehen. Ich sitze hier mutterseelenallein, aber könnte es sein, daß du ein wenig eifersüchtig bist?»

«Nein, ich würde eher sagen, neidisch. Ich bin zur Zeit nicht besonders gern hier in Mountview.»

«Wieso?»

«Ach, weil es draußen so kalt und ungemütlich ist. Und außerdem leben wir hier alle unter einer großen Anspannung, jeder zuckt sofort zusammen, wenn er im Wald auch nur ein Ästchen knacken hört. Irgendwie kann ich gar nicht glauben, daß wir schon bald Thanksgiving haben. Kein Mensch ist in Feststimmung.»

«Armes Ding, du klingst wirklich sehr deprimiert», sagte David. «Ich wundere mich eigentlich, daß Gabriel noch immer niemanden verhaftet hat.»

«Tom sagt, er hätte nicht genügend Beweise.»

«Sprichst du von Gilliam? Ist er für dich jetzt schon Tom?»

«Warum nicht?»

«Klingt, als wärt ihr euch nähergekommen.»

«Einem Stachelschwein kann man nur bedingt näherkommen», sagte sie abwehrend und mußte wieder an Gilliams Kuß denken und wie sie ihn unwillkürlich erwidert hatte. «Ich wünschte, du könntest schon vor Sonntag zurückkommen.»

«Das geht nicht. Ich habe zugesagt, am Samstag abend an einer Round-Table-Diskussion teilzunehmen. Es ist eine Auszeichnung, wenn man gebeten wird dabeizusein.»

«Hat das mit deinem Vortrag zu tun?»

«Ich glaube schon. Ich hätte nie gedacht, daß er so gut ankommen würde.» Es schwang keine Freude oder Befriedigung in seinen Worten mit, so als ob er dem Erfolg nicht trauen würde. Typisch für ihn, dachte Laura. Ihm scheint gar nicht bewußt zu sein, wie gut er ist und was er erreichen könnte, wenn er nur wollte. Warum versteckt er sich bloß hier auf dem platten Land? Mit seinen Fähigkeiten könnte er doch nach Chicago oder New York gehen.

«Du bist *gut*, David, ich wünschte mir, du könntest das endlich begreifen. Die Einladung zu dieser Diskussion dürftest du ja wohl kaum deinem unwiderstehlichen Charme zu verdanken haben», stichelte sie, «deine Kollegen sind dagegen doch bestimmt immun.»

«Wir sehen uns dann am Sonntag», sagte er übergangslos. «Bis dahin halt dich fern von diesem Gilliam, und vor allem: Gib acht auf den Schattenmann. Ich möchte nicht, daß er dich vor mir zu fassen bekommt.» Wenn es als Scherz gemeint war, so konnte sie nicht darüber lachen.

Das Telefongespräch mit David hatte ihre Stimmung nicht gebessert, und sie stellte wieder den Fernseher an und zappte durch die Programme, bis sie zufällig auf das Ende des Films stieß, der bei David im Hintergrund lief, während sie miteinander telefoniert hatten. War es wirklich derselbe Film? Sie glaubte schon. Die wunderbare Titelmusik hatte sich ihr eingeprägt.

Die Briefe, die sie bisher gelesen hatte, waren eine Enttäuschung gewesen. Sie hatte so sehr gehofft, daß Julie wenigstens einem ihrer vielen Briefpartner mitgeteilt hätte, was sie bedrückte, so daß man aus der entsprechenden Antwort Rückschlüsse hätte ziehen können – aber nichts. Wenn sie doch bloß etwas konkreter geworden wäre in ihren Briefen, dachte Laura. Wenn sie ihre

Ahnungen und Befürchtungen doch bloß irgend jemandem mitgeteilt hätte …

Plötzlich kam ihr ein furchtbarer Verdacht. War es denkbar, daß der Mörder eine Möglichkeit gefunden hatte, ihre Sachen durchzusehen? War er, gleich nachdem er sie umgebracht hatte, auf ihr Zimmer gegangen und hatte den Teil der Korrespondenz, der ihm hätte zum Verhängnis werden können, an sich gebracht?

Sie gab sich einen Ruck und holte alle Briefe, Fotos und die vielen Andenken in Form von alten Programmen und Billetts wieder hervor und versuchte, sie in eine zeitliche Ordnung zu bringen und miteinander in Beziehung zu setzen. Aber wieder gelang es ihr nicht, irgend etwas zu entdecken, was auf Julies Mörder hingedeutet hätte. Unter einem Haufen von Fotos fand sie auch eins von David. Es steckte in einem kleinen Passepartout aus Karton – offenbar von Julie selbst gefertigt. Nach und nach fand sie noch weitere Fotos von ihm. Auf einem sah man ihn ins Gespräch vertieft mit einem Patienten im Park, auf einem anderen ging er neben Mrs. McAllister. Es schien, als seien die Fotos aufgenommen worden, ohne daß er es gemerkt hatte. War Julie ihm heimlich mit dem Fotoapparat nachgeschlichen? Aber unter ihrem Nachlaß war keine Kamera gewesen. Wo war sie geblieben? Seltsam.

Eine Aufnahme zeigte Julie selbst. Sie war als Katze verkleidet und streckte dem Fotografen grüßend ihr Sektglas entgegen. Sie wirkte gelöst und glücklich. Laura betrachtete das Bild mit tiefer Trauer.

«Es tut mir leid, Julie», flüsterte sie, «ich schaffe es nicht. Ich bekomme nicht heraus, wer dich ermordet hat und warum. Aber ich habe es wirklich versucht. Ich habe Angst, genau wie du vor deinem Tod wahrscheinlich Angst hattest, und ich weiß nicht, warum. Aber vielleicht wußtest du es ja auch nicht und hast nur ein diffuses Unbehagen gespürt. Wir alle hier denken jeden Tag an dich und hoffen, daß der Mörder bald gefunden wird, aber der Sheriff und Tom Gilliam tappen noch im dunkeln. Ach Julie, ich wollte, du könntest uns helfen.»

23. KAPITEL

Laura schob sich, die Tagesberichte unter den Arm geklemmt, unauffällig in das Büro ihres Onkels. Er war gerade am Telefon, und sie hoffte, er würde sie nicht bemerken. Offenbar sprach er mit Milly.

«Aber natürlich – wenn du das Gefühl hast, daß du noch ein, zwei Tage brauchst, komme ich hier auch gut alleine zurecht. Genieß die Zeit.»

Milly war seit ein paar Tagen in New York. Die offizielle Erklärung lautete, daß sie Weihnachtseinkäufe tätigen wollte, tatsächlich aber war dies wohl nur ein Vorwand, um einmal im Jahr alte Freunde und neue Theaterstücke zu sehen. Laura beobachtete ihren Onkel verstohlen von der Seite und fragte sich zum wiederholten Mal, ob jemand, der soviel Autorität und Vornehmheit ausstrahlte, tatsächlich kriminell sein konnte.

Forrester mußte plötzlich über irgend etwas, was Milly gesagt hatte, lachen, und um seine Augen bildete sich ein Kranz feiner Fältchen. «Das kann ich mir vorstellen», stimmte er ihr zu. «Hör mal, Laura ist gerade in mein Büro gekommen ...» Er hatte sie also doch gesehen. «Wie wäre es, wenn ich sie jetzt gleich bitten würde, die Papiere zu unterschreiben? Ja, natürlich ... es ist ja nur eine Sache von ...» Er hielt inne und lächelte Laura herzlich zu. «Ja, stell dir vor, ich weiß, wo sie sind. Und ich weiß sogar, wo du den Schlüssel dafür aufbewahrst. Du redest mit mir, als wäre ich völlig unfähig, irgend etwas allein zu erledigen.»

Laura unterdrückte ihren aufwallenden Ärger darüber, daß er so drängte. Im Grunde lag es ja in ihrem eigenen Interesse, die Sache hinter sich zu bringen. Sobald sie die Unterschrift geleistet hatte, brauchte sie über die ganze Angelegenheit erst einmal nicht mehr nachzudenken. Und es war ja nicht so, daß das Geld weg war. Die Gläubiger ihres Onkels hatten eingewilligt, den Treuhandfonds für eine gewisse Zeit als Sicherheit zu akzeptieren, das war alles. Zu mehr würde sie sich auch nicht überreden lassen, denn ohnehin mußte ja alles rückgängig gemacht werden, sobald der Sheriff …

«Nichtsdestotrotz, Milly, ich möchte, daß die Angelegenheit endlich in Gang kommt. Du weißt, wie die Dinge über die Weihnachszeit oft verschleppt werden. Nein … du kannst es ruhig mir überlassen. Ja, im Ernst. Versuch doch einfach mal abzuschalten. Bis Sonntag dann.» Er legte ziemlich abrupt auf und warf Laura einen beschämten Blick zu. «Sie hält mich anscheinend für einen Idioten.»

«Die meisten Frauen tun das, was ihre Ehemänner und Vorgesetzten angeht.» Sie lächelte ein wenig, um ihrer Bemerkung die Schärfe zu nehmen, doch es fiel ihr schwer. «Es tröstet über Ohnmacht und Abhängigkeit hinweg, weißt du, und manchmal haben wir mit dieser Einschätzung sogar recht.»

«Vielen Dank», sagte Forrester und zwinkerte ihr dabei zu. Er spielt den liebevollen Onkel wirklich sehr glaubhaft, dachte sie. Wenn sie es nicht besser wüßte …

«Ich gehe davon aus, daß diese feministischen Töne deiner ungestillten Sehnsucht nach Dr. Butler geschuldet sind», sagte er mit nachsichtigem Lächeln. «Wenn er in der Nähe ist, klingst du jedenfalls sehr viel weniger sarkastisch, ist mir aufgefallen.»

«So?» Sie blickte ihn kühl an. «Du sprachst eben mit Milly über Papiere, die ich unterzeichnen soll. Was genau unterschreibe ich denn da?»

«Du gibst mit deiner Unterschrift dein nach den Statuten des Fonds erforderliches Einverständnis, wie es für jede dein Vermögen betreffende Transaktion erforderlich ist. Genau wie beim erstenmal.»

Laura wollte Einspruch erheben, daß es kein erstes Mal gegeben habe, doch sie hielt den Mund. Das würde alles nur noch komplizierter machen. Roger Forrester wollte aufstehen, doch genau in diesem Moment klingelte das Telefon. «Verdammt, immer im falschen Augenblick», sagte er und streckte die Hand nach dem Hörer aus. «Die Papiere sind nebenan in dem schwarzen

Aktenschrank, da, wo ich meine persönlichen Unterlagen aufbewahre.» Er hielt die Hand auf die Muschel. «Den Schlüssel dazu findest du in einem kleinen blauen Emailkästchen in der oberen rechten Schublade von Millys Schreibtisch. Bist du so lieb, und holst die Unterlagen gerade selber?»

Laura nickte. «Natürlich.»

Im Hinausgehen hörte sie noch, wie er sich meldete. «Roger Forrester, guten Morgen.» Es klang so kultiviert und zuvorkommend – sie hätte am liebsten einen Aschenbecher nach ihm geworfen.

Sie ging ins Vorzimmer und begrüßte Beth, die dort die täglichen Routinearbeiten erledigte, solange Milly verreist war.

«Ich soll für meinen Onkel etwas holen», sagte sie. Beth nickte und lächelte ihr schüchtern zu.

Laura trat an Millys Schreibtisch und holte das Kästchen hervor. Der gesuchte Schlüssel befand sich an einem Bund mit zwei weiteren, der eine offenbar zum Vorzimmer, der andere für die Verbindungstür zwischen dem Vorzimmer und dem Büro ihres Onkels. Sie nahm das Bund, ging damit zum Aktenschrank und öffnete ihn. Schnell stellte sie fest, daß er keineswegs, wie ihr Onkel erklärt hatte, nur Akten enthielt, die ihn selbst betrafen. Milly hatte auch die Personalbögen dort abgelegt sowie die Unterlagen einiger Patienten, die ihr aus irgendeinem Grund wohl besonders wichtig waren.

Die Papiere, die sie brauchte, befanden sich im untersten Fach. Sie mußte sich bücken, um aus der Vielzahl der Ordner mit der Aufschrift *Treuhandfonds Laura Brandon* den richtigen hervorzuziehen. Einige enthielten Vermögensaufstellungen, andere Briefkopien sowie Faxe und Memoranden. Die frühesten Papiere datierten aus der Zeit unmittelbar nach ihres Vaters Tod vor etwas mehr als drei Jahren. Sie sah schnell alles durch, bis sie auf einen dünnen Ordner stieß, der die erforderlichen Formulare enthielt.

Sie schloß den Aktenschrank mit lautem Knall und mußte sich einen Moment lang anlehnen, weil ihr plötzlich schwarz vor

Augen wurde. Es mochte daran liegen, daß sie sich zu hastig wieder aufgerichtet hatte, doch der tiefere Grund war, wie sie sehr wohl wußte, daß sie durch die Papiere mit den Verfügungen ihres Vaters wieder an seinen Tod und das gemeinsame frühere Leben erinnert worden war.

«Laura ...» Ihr Onkel stand in der Tür und sah sie, wie ihr schien, ein wenig unglücklich an. Beth errötete und blickte bewundernd zu ihm empor. «Laura, das war noch mal Milly», sagte er. «Sie scheint ziemlich verstimmt darüber zu sein, daß ...» Um seinen Mund zuckte ein verlegenes kleines Lächeln, «... daß ich so vermessen gewesen bin, mich um meine eigenen Angelegenheiten selbst kümmern zu wollen.» Er seufzte. «Das beste wird wohl sein, wir verschieben die Unterzeichnung der Papiere, bis sie wieder zurück ist.»

«Ich würde lieber jetzt gleich unterschreiben», antwortete Laura bestimmt.

Er lächelte gequält. «Na gut, aber dir ist wahrscheinlich gar nicht klar, was du da von mir verlangst.»

Sie gingen zusammen in sein Büro und nahmen einander gegenüber an seinem Schreibtisch Platz. Er blätterte die Unterlagen kurz durch und nickte dann. «Es scheint alles in bester Ordnung zu sein und sehr klar und unzweideutig. Ich verstehe die ganze Aufregung nicht.» Er blätterte weiter, doch plötzlich stutzte er. «Ach ... das ist ja merkwürdig.»

Laura sah ihn an. «Was meinst du?»

«Ich kann keinerlei Termine für eine Buchprüfung entdecken. Die Gläubiger erwarten natürlich eine aktuelle Aufstellung der Vermögenswerte von mir ...»

«Die hätte ich auch mal gern», sagte Laura.

«Ah ja? Recht hast du! Ich sage ja schon seit langem, daß du endlich anfangen solltest, dich für dein Vermögen zu interessieren. Aber wenn es noch keinen Termin für eine Buchprüfung gibt, sollten wir mit der Unterschrift vielleicht wirklich warten. Milly sagte, sie sei morgen wieder zurück.»

«Ich dachte, sie wollte bis Sonntag in New York bleiben.»

Forrester hatte schon wieder angefangen, hin und her zu blättern, er wirkte irritiert. «Ja, deswegen hat sie ursprünglich heute morgen angerufen, aber offenbar hat sie es sich inzwischen schon wieder anders überlegt», sagte er, den Blick noch immer auf die Papiere gerichtet. Dann sah er auf und lächelte ihr verschwörerisch zu. «Ich glaube, ich werde ganz schön was zu hören bekommen, wenn sie wieder da ist.»

«Wenn sie nicht will, daß sich jemand anders als sie um diese Dinge kümmert, dann darf sie eben nicht wegfahren», bemerkte Laura kühl.

Laura nahm ihr Tablett mit dem Essen und sah sich nach einem freien Platz um. Die Personalkantine war ein ziemlich kleiner Raum und um die Mittagszeit immer brechend voll. An allen Tischen diskutierte man erregt die neueste Entwicklung in den beiden Mordfällen.

Nick Higgins, der Gärtner, war vom Sheriff zur Befragung abgeholt worden.

Sie hatte es am Vormittag von einem Patienten erfahren und war entsetzt gewesen. Wie kam der Sheriff dazu? Es war allerdings nicht gleichbedeutend mit einer Festnahme, soviel war sicher. Als sie Julies Sachen zu Gilliam gebracht hatte, hatte er ihr erklärt, daß Gabriel Nick spätestens zum Wochenende wieder gehen lassen müßte, es sei denn, er hätte handfeste Beweise gegen ihn in der Hand.

«Und wenn nicht – wozu dann das Ganze?»

Gilliam hatte sich gleich über den Karton mit Julies Hinterlassenschaft gebeugt. Jetzt sah er kurz hoch und wiegte nachdenklich den Kopf. «Also, meiner Ansicht nach hat Gabriel aus schierer Verzweiflung gehandelt«, sagte er. «In ein paar Wochen steht die Wahl an, und er möchte natürlich im Amt bestätigt werden. Da muß er etwas tun, was nach außen sichtbar ist. Aber davon abgesehen – Nick kennt die Leute in Mountview und auch die Leute in der Stadt. Er kann Matt Gabriel also vermutlich eine ganze Menge erzählen. Und außerdem kann es unter Umständen günstig sein, jemanden nicht in seiner gewohnten Umgebung, sondern auf der Polizeiwache zu befragen. Manche entlastet das und löst ihnen die Zunge, andere setzt es unter Druck, sie sehen, daß es ernst wird.»

Laura schüttelte den Kopf. Sie hielt die Entscheidung des Sheriffs schlicht für falsch, und Gilliams Argumentation hatte sie nicht überzeugt.

Während sie sich jetzt zwischen den Tischen hindurchzwängte, schnappte sie bei jedem Schritt Gesprächsfetzen auf, die sich nur um ein Thema drehten und alle denselben Tenor hatten.

«... War immer schon verschlagen ... Hat schon als Kind nichts als Ärger gemacht ... Konnte keine Frau in Ruhe lassen ... Kommt aus einem schlechten Stall ... Unfähig, ein Nein zu akzeptieren ... Beide Eltern Alkoholiker ... Schon mal verhaftet gewesen ... Hat eine Jugendstrafe verbüßt ... Hätte ich Forrester gleich sagen können, daß das nicht gutgeht ... War mir immer schon unsympathisch ... Gerissen.»

Alle schienen überzeugt, daß Nick Higgins «es» getan hatte, und das kam ihnen sehr zupaß, war er doch immer schon ein Außenseiter gewesen.

In der hintersten Ecke des Raumes saß Shirley Hasker allein an einem Tisch. Laura ging hinüber, stellte ihr Tablett ab und nahm ihr gegenüber Platz. Shirley blickte hoch, um festzustellen, wer den Nerv hatte, sich zu ihr zu setzen, nickte ihr kurz zu und aß schweigend weiter. Neben ihrem Teller lag aufgeschlagen ein Buch, in dem sie ab und zu weiterblätterte.

«Nun hören Sie sich bloß das Gerede hier an», murmelte Laura, während sie ihre Serviette auffaltete. «In ihren Augen ist Nick schon so gut wie verurteilt. Diese Selbstgerechtigkeit, diese Erbarmungslosigkeit – es macht mich ganz krank.»

Shirley sah sie einen Moment lang ausdruckslos an und fuhr dann mit ihrer Lektüre fort.

«Ich meine ... alles deutet doch darauf hin, daß der Sheriff ihn schon bald wieder gehen lassen muß ... Gabriel hat, soviel ich weiß, überhaupt nichts gegen ihn in der Hand», sagte Laura.

«Warum sollte der Sheriff ihn wieder gehen lassen?» antwortete Shirley scharf. «Higgins hat die beiden getötet, und es ist gut, daß Gabriel endlich zugegriffen hat. Es wurde höchste Zeit. Ich habe kein Mitleid mit dem Burschen. Er wird nur bekommen, was er verdient.»

«Sie halten ihn also auch für schuldig?» fragte Laura entsetzt.

«Aber natürlich. Ich habe von Anfang an gewußt, daß er es war.»

Laura starrte sie an. «Haben Sie das auch dem Sheriff gesagt?»

«Natürlich.»

«Mein Gott, armer Nick!» Laura atmete ein paarmal tief durch. «Ich hoffe, daß der Prozeß – falls es denn dazu kommen sollte – woanders stattfindet. Hier hat er ja nicht die geringste Aussicht auf ein faires Verfahren.» Sie säbelte heftig an ihrem Roastbeef herum. «Mr. Gilliam ist auch der Ansicht ...»

«Sie und Ihr werter Mr. Gilliam sollten sich besser um Ihre eigenen Angelegenheiten kümmern», sagte Shirley gehässig. «Die Morde gehen nur uns hier etwas an, und wir wissen selbst, was zu tun ist.»

«Na schön», sagte Laura, bemüht, ruhig zu bleiben, «aber dann beantworten Sie mir doch bitte eine Frage, Shirley. Ist Nick Ihrer Meinung nach der Schattenmann?»

Shirley zuckte die Schultern. «Muß er ja wohl.»

«So? Muß er? Ich habe den Schattenmann mit meinen eigenen Augen gesehen, und eins steht fest: Nick Higgins war es nicht.» Laura war damit beschäftigt, ein Brötchen mit Butter zu bestreichen, und bekam nicht mit, wie sich Shirleys Haltung plötzlich versteifte. «Und es war auch ganz bestimmt nicht Nick, der meinen Kater mißhandelt hat», fuhr sie fort, «so etwas traue ich ihm einfach nicht zu. Und da ich nicht glauben kann, daß hier gleich zwei Wahnsinnige ihr Unwesen treiben ...»

«Halten Sie die Klappe!» fauchte Shirley und sprang auf. «Der Schattenmann ist nichts als ein Mythos, ein Hirngespinst. Es sind Leute wie Sie, die mit ihrem leichtfertigen Geschwätz die alten Geschichten immer wieder zum Leben erwecken ...» Shirley hatte nicht laut gesprochen, sondern eher leiser als gewöhnlich, aber der unbändige Haß in ihrer Stimme war unmißverständlich. Laura starrte sie einen Moment lang sprachlos an – erschreckt und fasziniert zugleich. Doch sie fing sich rasch wieder.

«Ich bin dem Schattenmann zweimal begegnet, Shirley, und er war so real wie Sie und ich. Beim zweiten Mal konnte ich gerade noch verhindern, daß er meinen Kater tötete. Er ist krank und bösartig, und je eher man ihn findet und einsperrt, um so besser. Und dieser Mann, Shirley, war nicht Nick Higgins. Aber vielleicht war es derselbe, der auch Julie und Clarissa umgebracht hat. Dann treibt er sich wahrscheinlich immer noch irgendwo da draußen herum und kann jederzeit wieder zuschlagen.» Sie blickte Shirley an. «Wenn er nun sein nächstes Opfer umbrächte, während Nick noch beim Sheriff sitzt – würde Sie *das* von Nicks Unschuld überzeugen, Shirley?»

«Sie Schlampe!» zischte Shirley. «Sie besserwisserisches kleines Miststück! Ich wünschte, er hätte es neulich abend geschafft, Sie umzubringen.» Unvermittelt wurde sie sich bewußt, daß um sie herum alles still geworden war und sie von allen Seiten beobachtet wurde. Sie sah sich scheu um und schien auf einmal in sich zusammenzusinken. Dann machte sie abrupt kehrt und verließ, ohne nach rechts oder links zu sehen, den Raum. Laura war, als habe sie noch nie einen einsameren Menschen gesehen als Shirley Hasker.

Nachdem Shirley gegangen war, wandten sich alle Augen Laura zu. Was würde sie jetzt tun? Würde sie zu ihrem Onkel laufen und wutentbrannt Shirley Haskers Entlassung verlangen? Man schien fast etwas enttäuscht, als sie einfach sitzen blieb und weiteraß, vielleicht mit etwas mehr Konzentration als unbedingt erforderlich. Allmählich lebten die Gespräche an den Tischen ringsum wieder auf. Laura zwang sich, auch den letzten Bissen auf ihrem Teller aufzuessen, obwohl es ihr vorkam, als kaue sie Stroh.

Als sie fertig war, erhob sie sich und wischte sich ein paar Krümel von ihrem weißen Kittel. Sie wollte gerade ihren Stuhl unter den Tisch schieben, als sie bemerkte, daß Shirley ihr Buch vergessen hatte. Sie nahm es auf und erwartete einen billigen Krimi oder einen Liebesroman, doch es war ein Fachbuch. Es trug den Titel *Medikamentöse Behandlung devianten Verhaltens.*

24. KAPITEL

Als David an diesem Abend anrief, erzählte ihm Laura gleich als erstes, daß Nick Higgins vom Sheriff zur Befragung abgeholt worden war. Seine Reaktion war ähnlich der, die sie mittags in der Personalkantine erlebt hatte. Es schien, als traue er Nick die Morde durchaus zu.

«Aber er ist so nett, David», sagte sie unglücklich.

«Ja, und er ‹war immer so ein guter Junge›», ergänzte David sarkastisch. «Merkst du nicht, daß das genau das ist, was die Nachbarn im Fernsehen gewöhnlich von sich geben, wenn wieder einmal einer dieser Triebtäter aus dem Verkehr gezogen worden ist?»

«Nick ist nicht, wie du dich ausdrückst, aus dem Verkehr gezogen worden», erwiderte Laura. «Der Sheriff hat bis jetzt keine formelle Anschuldigung erhoben, jedenfalls nicht bis heute nachmittag um fünf. Da hat Mr. Gilliam mit ihm telefoniert.» Sie verzichtete mit Bedacht darauf, David gegenüber von ihm als «Tom» zu sprechen.

«Gilliam ist also immer noch am Ball?»

«Ja, natürlich. Ich glaube, er ist genauso wie ich der Meinung, daß Nick nicht der Mörder von Julie und Clarissa ist.»

«Und wieso?»

«Das kann ich dir auch nicht sagen», antwortete sie. «Er redet offenbar nicht gern darüber, aber ich weiß, daß er bestimmte Vermutungen hat, denen er nachgeht.» Unter anderem, ergänzte sie still bei sich, ob womöglich Onkel Roger in Frage kommt. Plötzlich mußte sie wieder an ihren Besuch in Hatchville denken. «David, erinnerst du dich noch, daß Clarissa dir kurz vor ihrem Tod etwas von Medikamentendiebstählen in der Klinik erzählt hat?»

«Ja.»

«Ich glaube, ich weiß, wer es war.»

«Ah ja?»

«Es war Owen. Er hat die Arzneimittel für das Ambulatorium in Hatchville abgezweigt, weil Onkel Roger, oder besser gesagt Milly sich immer wieder geweigert hat, Geld herauszurücken – selbst für die notwendigsten Dinge.»

«Um was für Medikamente handelt es sich denn?»

«Antibiotika, Schmerzmittel ... eben das, was man in einem Ambulatorium so verabreicht.»

«Hast du es deinem Onkel schon gesagt?»

«Nein, ich habe beschlossen, daß ich ihm gegenüber Stillschweigen bewahre. Seit ich mit eigenen Augen gesehen habe, in welchem Zustand die Ambulanz ist ...»

«Alles ziemlich armselig, was?»

«Ja. Dabei könnte Onkel Roger es sich, denke ich, durchaus leisten, mehr Geld zur Verfügung zu stellen. Und eigentlich wäre er dazu ja auch verpflichtet. Er hat zugesagt, für den Unterhalt des Ambulatoriums aufzukommen – sonst hätte er Mountview nicht eröffnen können. Jetzt soll er seine Zusage gefälligst auch einhalten. Ich bin jedenfalls auf Owens Seite.»

«Damit leistest du praktisch Beihilfe. Das ist dir doch klar, oder?»

«Ach, David ...» Sie begann, mit dem Telefonkabel zu spielen. Irgendwie waren er und sie heute nicht auf der gleichen Wellenlänge.

David schien ihre Verstimmung bemerkt zu haben. «Keine Angst, ich werde es niemandem sagen», beteuerte er. «Ich habe mich, wenn ich drüben war, schon immer über die relativ gute

Ausstattung mit Arzneimitteln gewundert, aber da Owen zuständig ist für die Bestellungen, habe ich mich nicht weiter darum gekümmert. Was du jetzt erzählst, überrascht mich allerdings nicht. Owen ist geradezu besessen, was das Ambulatorium betrifft. Ich glaube, er würde vor nichts zurückschrecken, wenn er seine Arbeit dort bedroht sähe. Mord eingeschlossen.»

«Das ist nicht dein Ernst!»

Er lachte leise. «Nein, so weit würde er dann wahrscheinlich doch nicht gehen. Aber sein Fanatismus wegen dieses Ambulatoriums kann einen schon nerven. Wenn wir abends mal zusammen in der Wohnung sind, redet er praktisch von nichts anderem. Oft verspüre ich dann selbst den Drang, einen Mord zu begehen.»

«Hör endlich auf, immer dieses furchtbare Wort zu gebrauchen», sagte sie. «Auch wenn du es nicht so meinst, mir läuft jedesmal ein Schauer über den Rücken.»

«Tut mir leid», sagte er. «Mountview ist für mich im Moment ziemlich weit weg, und aus der Distanz erscheint die ganze Aufregung dort etwas übertrieben.»

«Weil du dich mit so unvergleichlich viel wichtigeren Dingen beschäftigst, nehme ich an?» fragte sie spöttisch.

«Das könnte man sagen – ja», antwortete er ohne jede Ironie. «Wir hatten heute ein paar sehr gute Vorträge. Es ging um das Ebola-Virus, multi-resistente Tuberkulosestämme und die Stagnation bei der Entwicklung von Anti-Aids-Medikamenten. Das läßt die Ereignisse in Mountview tatsächlich etwas, sagen wir ... nebensächlich erscheinen. Ich glaube kaum, daß ich viel Beifall ernten würde, wenn ich hier einen Vortrag hielte über die ‹Befindlichkeitsstörungen reicher Patienten›.»

«Und Beifall ist dir wichtig, oder?» Sie begann, sich über ihn zu ärgern.

«Nein», sagte er, «mir ist wichtig, ein guter Arzt zu sein. Sheriff Gabriel wird irgendwann den Mörder finden, und dann geht in Mountview alles wieder seinen gewohnten Gang. Du wirst sehen – nächstes Jahr im November wird kein Mensch mehr über die ganze Geschichte reden. Die Zeit geht darüber hinweg, es geschehen andere Dinge, die wichtiger werden.»

Sie schwieg.

Er seufzte. Sie war heute abend wirklich schwierig. «Was hast du jetzt noch Schönes vor?» fragte er schließlich.

«Großes Abendessen mit Robert deNiro, anschließend mit Al Pacino durch die Nachtclubs und gegen Morgen vielleicht auch noch ...»

«Schon gut, ich glaube, wir beenden das Gespräch wohl besser», sagte David. «Bis morgen abend dann. Auf Wiedersehen.»

«Wiiieedersehn!» rief sie, froh, das Gespräch beenden zu können.

Was sie heute abend vorhatte? Sie blickte zur Uhr und nickte entschlossen. Noch drei Stunden.

Wenn David wüßte ...

Vielleicht hätte ich mich auch aus dem Arzneimittelschrank bedienen und mir etwas holen sollen, um mich wach zu halten, dachte sie, während sie wartete, daß die Zeit verging. Die Minuten schienen sich zu dehnen, doch dann war es endlich soweit, und kurz nach Mitternacht stieg sie leise die Treppe ihres Bodenquartiers hinunter und schlich durch die Zwischentür in die eigentliche Klinik. Die Gefahr, einer Schwester oder einem Pfleger von der Nachtschicht zu begegnen, war nur gering. Die saßen, wie sie wußte, gewöhnlich um die Kaffeemaschine versammelt im Schwesternzimmer, bis die nächste Kontrollrunde anstand oder aber – was hier in Mountview nachts nur selten vorkam – ein Patient nach ihnen klingelte. Die langen, mit Läufern ausgelegten Flure waren um diese Zeit nur schwach erleuchtet und wirkten irgendwie erwartungsvoll. Es war ruhig, aber nicht vollkommen still. In einem der Zimmer lief noch der Fernseher, offenbar war der Patient über dem Mitternachtsfilm eingeschlafen. In regelmäßigen Abständen hörte man es klicken oder summen, die üblichen Geräusche der vielfältigen Haustechnik in einem Krankenhaus, die jedoch in dem luxuriösen Ambiente von Mountview seltsam fehl am Platz wirkten. Ein Hospital kommt nie ganz zur Ruhe, dachte sie. Irgendwo läuft immer Wasser, irgendwo hört man ein Stöhnen oder gedämpftes Murmeln, undeutlich nur und diffus beunruhigend.

Obwohl ihr die seltsam unwirkliche Atmosphäre eines nächtlichen Krankenhauses vertraut war, spürte sie heute fast so etwas wie Angst, während sie über die Galerie zur großen Treppe in der Eingangshalle ging. Sie wollte nicht gesehen und womöglich angesprochen werden, obwohl sie natürlich immer sagen konnte, daß sie auf dem Weg zu ihrem Onkel sei. Jeder würde das akzeptieren, nur sie selbst wußte, daß sie vorhatte, einen Vertrauensbruch zu begehen. Und das veränderte alles.

Sie hatte am Nachmittag, als sie sich von ihrem Onkel verabschiedet hatte, Millys Schlüssel nicht wieder zurückgegeben, sondern unauffällig in die Tasche ihres Kittels gleiten lassen. Es war ihm, ganz wie sie erwartet hatte, nicht eingefallen, danach zu fragen. Und jetzt würde sie sie benutzen. Im Grunde tat sie nichts Unrechtes, beruhigte sie sich. Sie schnüffelte ja nicht aus Neugier in Millys Büro herum, sondern besorgte sich Informationen über ihre eigenen finanziellen Angelegenheiten, Informationen, auf die sie schließlich ein Recht hatte und die sie schon längst hätte einfordern sollen.

So geräuschlos wie möglich schloß sie die Tür hinter dem Empfangstresen auf und schlüpfte in Millys Büro. Sie machte sie sorgfältig wieder hinter sich zu, schaltete die Taschenlampe ein und ging quer durch den Raum zum schwarzen Aktenschrank. Wenn Milly schon morgen zurückkam statt erst am Sonntag, war dies ihre einzige Gelegenheit, sich die Unterlagen über den Treuhandfonds, die Onkel Rogers ergebene Sekretärin so sorgsam unter Verschluß hielt, einmal anzusehen.

Sie arbeitete hastig, aber präzise. Da sie sich nicht länger als nötig hier aufhalten wollte, zog sie die Ordner, die sie interessierten, schnell heraus und verstaute sie in einer mitgebrachten Plastiktüte. Dann, aus einem plötzlichen Impuls heraus, nahm sie auch noch ein paar der Personalakten an sich.

Sie wollte den Schrank gerade wieder schließen, als ihr Blick auf einen Aktendeckel mit der Aufschrift *McAllister* fiel, und rasch entschlossen packte sie ihn auch noch ein. Sie wußte selbst nicht, warum sie sich noch andere als die Treuhandfonds-Ordner gegriffen hatte, es war nur so ein unbestimmtes Gefühl, daß sie vielleicht Dinge enthielten, die zu wissen für sie wichtig sein konnte. Sie würde sie überfliegen und am Morgen zusammen mit den anderen Ordnern wieder zurückstellen.

Sie schloß den Schrank und verzog sich mit ihrer Beute so unauffällig, wie sie gekommen war, wieder zurück in ihre Wohnung hoch oben unterm Dach.

Zwei Stunden später lehnte sie sich stöhnend in ihrem Sessel zurück. Ihr war übel von dem vielen Kaffee, den sie getrunken hatte. Aus müden Augen starrte sie fassungslos auf die vor ihr ausgebreiteten Papiere. Es war alles da. Milly war, selbst wenn sie betrog, noch akribisch genau.

Seit der Fonds vor drei Jahren eingerichtet worden war, hatte es einen ständigen Geldabfluß gegeben. Laura hatte Durchschläge von Briefen entdeckt, die sie angeblich selbst geschrieben hatte – Fälschungen natürlich, aber hervorragend gemacht, wie sie nüchtern feststellte – und in denen sie zugestimmt hatte, bestimmte Aktienpakete zu verkaufen und das so erzielte Geld in Mountview-Anteile zu investieren. Und dann gab es noch jede Menge Schecks für das Konto, auf dem ihr treuhänderisches Vermögen, von ihr unbeachtet, stetig wuchs. Sie hatte dieses Geld nie in Anspruch genommen, hatte sein Vorhandensein energisch verdrängt. Die Schecks trugen ihre Unterschrift, doch sie hatte sie nie gesehen, geschweige denn unterzeichnet. Es waren Barschecks, und sie beliefen sich zusammengerechnet auf eine nicht unbeträchtliche Summe.

Sie lächelte grimmig. Wie lächerlich einfach es für sie gewesen war, erst jahrelang ihre Unterschrift zu fälschen und sie dann auf ihre Nachfragen hin abzuspeisen mit der Auskunft «es steht alles in den Papieren». Sie hatte es ihnen so leicht gemacht, ihr Haß auf das Geld saß so tief, daß sich alles in ihr dagegen gesträubt hatte, sich danach zu erkundigen. Ihr Vater hatte es durch seine Arbeit erworben, und diese Arbeit hatte ihn in ihren Augen langsam, aber sicher umgebracht. Das Geld und der Tod ihres Vaters – beides war für sie untrennbar miteinander verbunden.

Ihr Onkel und Milly kannten ihre Gefühle und hatten es geschickt verstanden, Kapital daraus zu schlagen. Vermutlich hatten sie ihr Gewissen damit beruhigt, sich zu sagen, daß sie das Vermögen ohnehin nicht anrühren würde. Und sie haben sich beeilen müssen, ihr Schäfchen ins Trockene zu bringen, denn in anderthalb Jahren, wenn ich dreißig bin, dachte Laura, könnte ich ja womöglich auf die Idee kommen, das ganze verdammte Geld mit einem Schlag loszuwerden, indem ich es für irgendeinen wohltätigen Zweck stifte. Wenn man Julie nicht ermordet hätte, wäre sie nie hergekommen und hätte vermutlich nie begonnen, Fragen über ihr Vermögen zu stellen.

Genau darauf hatten Milly und ihr Onkel gezählt.

Aber sie würde ihnen einen Strich durch die Rechnung machen.

Sie sammelte die Ordner wieder ein und packte sie zurück in den Plastikbeutel. Sie hatte genug gesehen, mehr als genug. Beth kam morgens gewöhnlich kurz vor neun ins Büro. Das bedeutete, daß sie selbst spätestens um sieben wieder unten sein mußte, denn sie wollte noch einiges aus den Akten fotokopieren und mußte sie ja auch ordentlich wieder zurückstellen. Was sie mit dem belastenden Material anfangen würde, wußte sie noch nicht genau. Auf jeden Fall würde sie es Tom Gilliam zeigen. Aber jetzt werde ich erst einmal ins Bett gehen, dachte sie, und versuchen, noch ein paar Stunden zu schlafen. Sie hatte es dringend nötig.

Es begann gerade zu dämmern, als sie sich zum zweiten Mal in dieser Nacht in Millys Büro schlich. Sie begann sofort mit dem Fotokopieren, doch sah sie zwischendurch immer wieder nervös auf die Uhr an der Wand und verglich die Zeit dort mit der auf ihrer Armbanduhr. Nicht auszudenken, wenn die Uhr im Büro nachginge und sie plötzlich Beth gegenüberstünde! Schneller als erwartet war sie fertig, legte die Kopien zu einem ordentlichen Stapel aufeinander und verstaute sie in einer der großzügig geschnittenen Taschen ihrer weiten Strickjacke. Wie gut, daß der Kopierer so geräuschlos arbeitete, dachte sie, so mußte ich nicht befürchten, meinen Onkel zu wecken. Allerdings lag zwischen dem Vorzimmer und seinem kleinen Apartment ohnehin noch die volle Breite seines Büros, und außerdem schlief er gewöhnlich tief und fest und lange, ganz im Gegensatz zu ihrem Vater, der ein Frühaufsteher gewesen war.

Wie offenbar auch Milly.

«Was tun Sie hier?»

Laura stieß einen kleinen Schreckensschrei aus. Sie hatte gerade den letzten Ordner zurückgestellt und hätte nur noch die Schlüssel zurücklegen müssen. Und nun stand plötzlich Milly im Türrahmen, die kuppelüberwölbte Eingangshalle in ihrem Rükken erstrahlte leuchtend orange im Licht der gerade aufgehenden Sonne.

«Ich wollte nur eben Ihr Schlüsselbund zurückbringen», antwortete sie und staunte selbst über ihre Geistesgegenwart. «Als ich heute morgen meinen Kittel anzog, merkte ich, daß ich es gestern aus Versehen eingesteckt haben muß.»

«Wie kommen Sie zu meinen Schlüsseln?» fragte Milly scharf.

«Onkel Roger bat mich, den Aktenordner mit den Unterlagen, die ich unterzeichnen soll, selbst zu holen, weil er gerade mit Ihnen telefonierte. Um an den Aktenschrank zu kommen, brauchte ich natürlich das Schlüsselbund.»

«Ich verstehe.» Milly trat ein und ließ die Tür achtlos hinter sich ins Schloß fallen. Sie war wie immer von makelloser Eleganz.

Unter ihrem geöffneten Nerzmantel trug sie, wie Laura sehen konnte, ein enges schwarzes Kleid mit weißen Blenden am Hals und an den Handgelenken. Auf ihrem perfekt frisierten blonden Haar saß eine zum Mantel passende Nerzkappe. «Sind die Papiere nun eigentlich schon unterschrieben oder nicht? Ich hatte Roger gebeten, er möchte damit warten – die Unterlagen sind noch nicht ganz vollständig.»

«Das ist ihm wohl auch aufgefallen», bemerkte Laura trocken. «Nein, ich habe die Unterlagen noch nicht unterschrieben. Sie liegen, soweit ich weiß, bei Onkel Roger im Büro.»

«Ich verstehe», sagte Milly erneut. Laura hoffte inständig, daß das nicht stimmte. Plötzlich bemerkte sie mit Schrecken, daß sie den Kopierer noch nicht ausgeschaltet hatte. Sie schob sich unauffällig davor, drehte sich, als Milly sich abwandte, um ihren Mantel aufzuhängen, schnell um und drückte auf die Aus-Taste. Milly hatte nichts bemerkt. Sie nahm ihre Kappe ab und ordnete vor dem Spiegel ihre Haare. «Sie sind ziemlich früh auf heute morgen», sagte sie über die Schulter.

«Ich finde, der Morgen ist die schönste Zeit, das habe ich wohl von meinem Vater», sagte Laura.

«Ah ja.»

Laura ging zur Tür. «Ich werde mich übrigens von nun an über den Treuhandfonds auf dem laufenden halten. Höhe des Kapitals, An- und Verkauf von Aktien … Sie wissen schon.»

«Oh, das ist ja ganz etwas Neues.» Milly schob mit einem Knall die Schreibtischschublade zu. «Diese finanziellen Angelegenheiten sind oft ziemlich kompliziert, ich könnte mir vorstellen, daß das schwierig wird für Sie.»

«Wenn ich etwas nicht verstehe, kann ich schließlich fragen, oder?» entgegnete Laura.

Milly maß sie mit einem kalten Blick. Sie versucht, sich ein Bild von mir zu machen, dachte Laura. Was ich weiß, wie gefährlich ich bin. «Natürlich können Sie fragen. Das Problem ist nur, Sie müssen die Antworten auch verstehen.»

«Sie müssen mich für ziemlich dumm halten.»

«Sagen wir mal so», entgegnete Milly gleichmütig, «Ihr Verhalten in den letzten Jahren deutete in meinen Augen nicht gerade auf besondere Klugheit hin.»

«Und da haben Sie sich gedacht, daß sich aus dieser meiner vermeintlichen Dummheit vielleicht ein Vorteil ziehen ließe?».

Milly streckte kampfeslustig das Kinn vor und sah Laura aus zusammengekniffenen Augen an. «Was soll das heißen?»

Doch ehe Laura antworten konnte, öffnete sich unvermittelt die Tür zur Wohnung ihres Onkels, und Roger Forrester trat in den Raum. Er lächelte erfreut. «Habe ich doch richtig gehört! Ich meinte, eure Stimmen erkannt zu haben. Schön, daß du wieder zurück bist, Milly. Hattest du Erfolg?»

«Ich denke schon, Roger», antwortete Milly. Sie hatte sich wieder völlig in der Hand. «Er hat jedenfalls eingewilligt, daß sich die Anwälte zusammensetzen und gemeinsam über eine Regelung beraten.»

«Aber das ist ja wunderbar!» rief Roger strahlend, trat rasch auf Milly zu und gab ihr einen Kuß auf die Wange. Sie ließ es hoheitsvoll zu. Roger wandte sich zu Laura.

«Ich fürchte, ich habe dir da etwas vorgeschwindelt, Laura», begann er ein wenig verlegen. «Milly war gar nicht in New York.»

«Oh.»

«Nein. Du wirst es mir vielleicht nicht glauben, aber ich möchte das Treuhandvermögen wirklich nur im äußersten Notfall in Anspruch nehmen, nur dann, wenn es gar nicht anders geht. Deshalb habe ich Milly gebeten, zu Simon McAllister zu fahren und ihn dazu zu bewegen, daß er einer außergerichtlichen Einigung über das Testament seiner verstorbenen Frau zustimmt. Schließlich kann er genausowenig wie ich ein Interesse daran haben, sich unnötigerweise dem Risiko von exorbitanten Prozeßkosten auszusetzen. Aber offenbar hat Milly es ja wieder einmal geschafft. Du bist ein richtiges Genie, wenn es darum geht, Leute zu überzeugen, Milly, weißt du das?»

«Nun übertreib nicht wieder so maßlos, Roger», sagte Milly mit mildem Tadel. «Außerdem haben Mr. McAllister und ich nur eine mündliche Vereinbarung getroffen, die er jederzeit widerrufen kann. Er ist ein sehr eigensinniger Mensch. Ich könnte mir gut vorstellen, daß er seine Meinung wieder ändert und es doch auf einen Prozeß ankommen läßt.»

«Ach, dann mußt du eben noch mal zu ihm fahren», sagte Forrester, «du kriegst ihn bestimmt auch ein zweites Mal herum. Sie kriegt nämlich jeden herum, mußt du wissen», fügte er, zu Laura gewandt, hinzu. «Habt ihr übrigens schon gefrühstückt?» sagte er und sah erst Milly, dann Laura fragend an.

«Ich habe eine Kleinigkeit gegessen, bevor ich heute morgen in Grantham abgefahren bin», antwortete Milly, «aber ich trinke gerne noch eine Tasse Kaffee.»

«Und du, Laura?» fragte ihr Onkel.

«Danke, aber ich bin in der Personalkantine verabredet», sagte sie. Gut, daß ihr diese Ausrede so schnell eingefallen war!

«Schade.» Er schien enttäuscht, nickte ihr zu und verschwand in seiner Wohnung. Laura stand noch immer vor dem Kopierer und beobachtete, wie Milly, die wieder an den Spiegel getreten war, sich ein paar unsichtbare Flusen von den Schultern zupfte.

«Dein Kaffee wartet», rief Roger von nebenan.

«Ich komme», antwortete sie. Die Blicke der beiden Frauen kreuzten sich. «Ist noch was?» fragte Milly kühl.

«Nein», antwortete Laura, «jedenfalls nicht im Moment.» Sie verließ grußlos den Raum.

«Was soll ich tun?»

Gilliam lag rücklings auf einer Matte im Gymnastikraum und blickte Laura nachdenklich an, während er ihr die Fotokopien zurückreichte. «Vielleicht sollte die Frage besser lauten: ‹Was will ich tun?›» antwortete er.

«Sie alle beide umbringen», antwortete sie wie aus der Pistole geschossen.

«Das habe ich nicht gehört», sagte Gilliam ruhig und nahm seine Arbeit mit den Gewichten wieder auf.

«Sie haben mich gefragt, und ich habe Ihnen eine ehrliche Antwort gegeben», sagte sie.

«Und die bekommt man hier fürwahr nicht oft», bemerkte Gilliam. «Nun, ich denke, Sie haben in bezug auf Ihren Onkel und Mrs. Cunningham zwei Möglichkeiten. Das Nächstliegende wäre, Sie nehmen sich einen Anwalt und strengen gegen die beiden einen Prozeß an. Sie könnten ihnen natürlich auch direkt an die Kehle gehen – bildlich gesprochen, meine ich selbstverständlich – und beim Sheriff Anzeige gegen sie erstatten. Er müßte dann auf jeden Fall Ermittlungen einleiten, und die Negativschlagzeilen, die das mit Sicherheit nach sich zöge, würden die Klinik und damit auch Ihren Onkel und Mrs. Cunningham in allergrößte Schwierigkeiten bringen.»

«Ich weiß nicht, ob ich das wirklich will», flüsterte Laura ratlos. «Es ist alles so ein Durcheinander, und im Grunde trifft mich ja selbst auch ein Teil der Schuld. Wenn ich meiner Verantwortung für das Treuhandvermögen nachgekommen wäre … Wie kann ich jemanden verklagen, wenn ich selbst jahrelang fahrlässig alles habe schleifen lassen?»

«Dann verzichten Sie auf eine Klage und erstatten statt dessen Anzeige», sagte Gilliam sachlich.

«Aber ich will doch Mountview nicht kaputtmachen, ihnen nicht ihre Existenz nehmen, ich möchte bloß, daß …»

«Daß was?»

«… daß sie wissen, daß ich ihnen auf die Schliche gekommen bin. Sie sollen begreifen, daß ihr Spiel jetzt vorbei ist und sie mir zurückzahlen müssen, was sie mir weggenommen haben.»

«Also eine Art Kraftprobe zwischen Ihnen und den beiden Übeltätern? Wie groß sind Sie? Ein Meter dreiundsechzig oder ein Meter fünfundsechzig?» erkundigte er sich mit sanftem Spott. «Aber mal im Ernst. Sie sind mit den Nerven im Moment ziemlich am Ende, kein Wunder. Deshalb sollten Sie sich nicht zuviel zumuten. Ich an Ihrer Stelle würde mir einen guten Anwalt nehmen und ihm das Ganze überlassen. Halten Sie sich aus allem so weit wie möglich raus, das ist mein Rat. Wenn es am Ende hart auf hart kommt, wird es ein dickes Sachverständigengutachten geben, ob Ihre Unterschrift tatsächlich gefälscht worden ist oder nicht. Ihr emotionaler Zustand nach dem Tod Ihres Vaters und nach Ihrer Scheidung wird zur Sprache kommen, und wer weiß, was der Gegenseite sonst noch einfällt. Aber egal, zu welchen Schritten Sie sich jetzt entschließen – es wird kein Zuckerschlekken, das sollten Sie wissen.»

Sie nickte. «Ich weiß», sagte sie unglücklich. «Die Option mit der Anzeige kann ich ohnehin vergessen. Der Sheriff ist viel zu sehr damit beschäftigt, Leute wie Nick Higgins zu befragen, als daß er sich um meine Probleme auch noch kümmern könnte.»

Gilliam knurrte mißvergnügt: «So wie ich das sehe, hat Gabriel mit Higgins den einzigen Mann mitgenommen, von dem ich mir sicher bin, daß er nichts mit den Morden zu tun hat. Offen gestanden geht mir in letzter Zeit einiges hier ziemlich gegen den Strich.»

«Sie können doch jederzeit gehen, es hält Sie doch nichts», sagte Laura.

«So? Denken Sie?» fragte er und sah sie an.

Sie senkte den Blick. Es wurde von Tag zu Tag schwerer für sie, ihm gegenüber den professionell gebotenen Abstand zu wahren. Nicht daß sie sich in ihn verliebt hätte. Aber er war eine beständige Herausforderung für sie. Sie konnte ihm nichts vormachen, er durchschaute sie und mutete ihr unbequeme Wahrheiten zu. Seit er zugestimmt hatte, sich behandeln zu lassen, wurde er schnell kräftiger, und sein Selbstvertrauen wuchs im selben Maß, wie seine Gesundheit Fortschritte machte. Schon bald würde er wieder gehen können.

Er würde von hier weggehen.

«Ich wünschte, David wäre schon wieder zurück», sagte sie trübselig.

«Wieso? Brauchen Sie jemanden, der Ihnen Ihre Entscheidungen abnimmt?»

«Nein, natürlich nicht. Aber es wäre für mich einfacher, mich mit meinem Onkel anzulegen, wenn ich wüßte, daß David mir den Rücken stärkt.»

Die Gewichte hoben und senkten sich im steten Rhythmus seiner Beinbewegungen. «Die Gauner, die wir in den Knast stekken, sind Waisenknaben gegen die Burschen hinter den Schreibtischen in den Büros an der Wallstreet. *Gilliam Enterprises* zum Beispiel ist nichts anderes als eine moderne Form von Piraterie. Das Management dort ist eine Bande von Halsabschneidern. Im Vergleich zu diesen Haien ist Ihr Onkel wirklich nur ein kleiner Fisch.»

«War das der Grund, warum Sie nicht in das Familienunternehmen eingetreten sind?»

«Nee», stieß er zwischen zusammengebissenen Zähnen hervor, während er ächzend gegen die Gewichte anarbeitete. «Ich wäre begeistert dabeigewesen, wenn ich geglaubt hätte, daß ich es durchhalten würde. Einige Monate habe ich es ja auch wirklich ernsthaft versucht. Aber ich mußte jeden Tag von neuem diesen Impuls in mir niederkämpfen, die andere Seite anzurufen und sie vorzuwarnen. Es erschien mir sozusagen als ein Gebot der Fairneß, nur daß Fairneß im Geschäftsleben – jedenfalls so wie meine Brüder es sehen – überhaupt nichts zu suchen hat. Alle drei sind richtige machiavellistische Machtmenschen: klarsichtig, entschlossen und vor allem ohne moralische Bedenken. Manchmal fürchte ich, Leuten wie ihnen gehört die Zukunft. Ich selbst muß wohl auf einer früheren Entwicklungsstufe stehengeblieben sein.»

Laura nickte. «Ich auch. Wir beide gehören offenbar zu einer aussterbenden Art.»

«Ja, und nicht wenige werden sehr froh sein, wenn Leute wie Sie und ich endlich verschwunden sind», sagte Gilliam bitter. «Wir halten mit unseren Bedenken und Skrupeln doch den ganzen Betrieb nur auf. Wir behindern den Fortschritt, wir sind anachronistisch, vollkommen aus der Mode und – was am schlimmsten ist – langweilig!»

«David ist auch einer von den Altmodischen», sagte Laura und mußte gegen ihren Willen lächeln, als sie sich an das letzte Gespräch zwischen ihnen beiden erinnerte. «Er fand, es sei nicht in Ordnung, daß ich an Julie gerichtete Briefe läse.»

Gilliam ließ abrupt die Gewichte sinken und sah sie stirnrunzelnd an.

«Sie haben ihm erzählt, daß Sie Julies Sachen auf dem Dachboden entdeckt haben?»

«Ja, sicher. Warum nicht?»

«Oh, kein besonderer Grund», grummelte er und nahm seine Muskelübungen wieder auf. «Ich hatte nur angenommen, Ihre Entdeckung sei eine Sache zwischen uns beiden.»

«Ein Geheimnis?» fragte sie mit aufgesetzter Verschwörermiene.

Er sah sie mitleidig an. «Sie halten das Ganze immer noch für eine Art Spiel, nicht wahr?»

«Nein, das nicht, aber ...»

«Haben Sie ihm auch gesagt, daß Sie mir Julies Papiere gegeben haben?»

«Nein, ich ...»

«Gut, dann lassen Sie es vorläufig auch bleiben.»

«Wie der Herr wünschen», sagte sie schnippisch. «Aber da ohnehin nichts dabei ist, was auf den Mörder hinweist, verstehe ich nicht ganz ...»

«Wie wär's, wenn Sie mir einfach meinen Willen ließen? Ich bin der schwierige Patient, schon vergessen?»

«Wie könnte ich!» sagte sie. «Ich werde ja jeden Tag daran erinnert.»

Er wandte den Kopf ab und schien seine ganze Konzentration auf die Arbeit mit den Gewichten zu richten. Nachdem sie ihm einen Augenblick schweigend zugesehen hatte, schüttelte sie irritiert den Kopf und verließ den Raum. Sollte er seine Eifersucht ruhig ausarbeiten, denn um nichts anderes handelte es sich doch. Es störte ihn, daß David zu ihr gehörte, und deshalb wollte er ihre gemeinsamen «Ermittlungen» vor ihm geheimhalten.

«Er hat den Gärtner wieder laufenlassen», verkündete Mrs. Strayhorn, die von einem der Bartley-Zwillinge in ihrem Rollstuhl gerade in den Raum geschoben wurde.

«Das ist ja auch nur recht und billig», bemerkte Laura, «er ist nämlich kein Mörder.»

«Da bin ich mir nicht so sicher», sagte Mrs. Strayhorn, «ich weiß nur eins: Der Sheriff ist ein Esel.»

«Nein, das ist er nicht», sagte eine tiefe Stimme von der Tür her, und Martin Hambden kam langsam herein. «Der Sheriff ist ein fähiger Mann, der zur Zeit mit einer Menge Probleme kämpft.»

«Jetzt verteidigen Sie ihn bloß noch», entgegnete Mrs. Strayhorn, doch ihr Lächeln strafte ihre Worte Lügen.

«Wie geht es Ihnen heute, Nellie?» wollte er wissen.

«So lala. Aber die junge Frau hier versteht ihr Handwerk, das muß ich sagen.»

«Ja, das habe ich auch schon gehört.» Er wandte sich um und rief in den Gymnastikraum: «Und Sie, Mr. Gilliam, wie fühlen Sie sich heute?»

«Er ist sauer», sagte Mrs. Strayhorn in dem ihr eigenen scharfen Flüsterton, der jede Tür durchdrang. «Seit ich hier bin, schimpft er die ganze Zeit vor sich hin.»

«Ach ja?» Hambden öffnete und schloß ein paarmal die Hände, um sie beweglicher zu machen, und trat dann an die Behandlungsliege. Mit leicht erhobener Stimme, um sicher zu sein, daß Gilliam ihn auch hörte, bemerkte er: «Das heißt, daß er auf dem besten Weg ist, gesund zu werden.» Und zu Mrs. Strayhorn gewandt: «Jetzt lassen Sie mich mal einen Blick auf Ihre Knie werfen.»

«Das hat er früher auch schon immer gewollt – allerdings aus einem anderen Grund», sagte Mrs. Strayhorn und lächelte glücklich.

«Ah, so ist das», nickte Laura amüsiert.

«Mrs. Strayhorn und ich kennen uns schon seit einer halben Ewigkeit, nicht wahr, meine Liebe?» sagte Hambden, während seine Hände kundig und geschickt Mrs. Strayhorns geschwollenes Knie abtasteten. «Mein Kompliment, Laura», sagte er nach ein paar Minuten, «ich kann eine deutliche Besserung feststellen. Die kristallinen Ablagerungen sind deutlich zurückgegangen.»

«Sie treibt mich ja auch gnadenlos an», trompetete Mrs. Strayhorn. Es war als Lob gemeint.

«Ich denke, die werden noch ein paar Jahre halten, Nellie», sagte Hambden und tätschelte ihr lächelnd die Knie. «Sie müssen aber weiter regelmäßig Ihre Tabletten nehmen.»

«Muß das sein?» fragte sie bockig wie ein Kind.

Er sah sie streng an. «Nellie, Sie müssen lernen, mit Ihren Beschwerden zu leben. Ich könnte Ihre Knie natürlich operieren, aber in Ihrem Alter ist jeder Eingriff ein Risiko – es könnte zu gefährlichen Komplikationen kommen. Außerdem müßten Sie noch etliche Kilo abnehmen und insgesamt kräftiger werden, vorher ist an so einen Schritt überhaupt nicht zu denken.»

«Ich weiß, ich weiß», sagte sie mürrisch. «Es ist nur – ich habe diese kleinen weißen Tabletten so satt. Kann ich nicht zur Abwechslung mal rosafarbene bekommen? Oder gestreifte? Eine kleine weiße Tablette nach der andern – das deprimiert mich. Myra ging es übrigens genauso. ‹Die Tabletten, die sie mir geben, sehen alle gleich aus, Nellie›, sagte sie oft. ‹Ich kann die eine nicht von der andern unterscheiden. Selbst wenn sie mir Arsentabletten unterschöben, ich würde es nicht merken.›» Sie seufzte wehmütig. «Ich habe immer noch im Ohr, wie sie das fast täglich sagte.»

Laura starrte die alte Dame entgeistert an, in ihrem Kopf drehte sich alles. ‹Die Tabletten, die sie mir geben, sehen alle gleich aus ...› Penizillin und Aspirin und Saccharin. ‹Die Tabletten, die sie mir geben, sehen alle gleich aus ...›

«Wissen Sie, was, Nellie», sagte Hambden aufmunternd, «ich werde dem Klinikapotheker sagen, daß er für Sie eine Spezialanfertigung macht. Für jeden Wochentag eine andere Farbe – wie wäre das?»

«Das können Sie doch gar nicht», sagte sie entrüstet.

«Ich kann alles, wenn ich will», antwortete Hambden lächelnd. «Alle hier haben ein wenig Angst vor mir, wissen Sie? Dafür habe ich gleich zu Anfang gesorgt. Spart später eine Menge Zeit.»

«Das sagt Dr. Butler auch immer», sagte Mrs. Strayhorn.

«Was sagt er?»

«Er sagt: ‹Ich kann alles, wenn ich will›», antwortete Mrs. Strayhorn. «Und dann fügt er meistens noch hinzu: ‹Und Sie auch, Mrs. Strayhorn! Sie müssen nur bereit sein, bestimmte andere Sachen dafür aufzugeben.› Weiß, was er will, der Junge», schloß sie anerkennend.

«Sie stecken ja heute voller Zitate, Nellie», sagte Hambden lachend. «Aber der junge Butler hat schon recht. Wenn man etwas erreichen will, muß man bereit sein, etwas anderes dafür zu opfern. Man muß seine Wahl treffen.»

«Das ist mir zu anstrengend, dafür bin ich zu alt», erwiderte Mrs. Strayhorn. Unvermittelt streifte sie Laura mit einem wissenden Blick. «Und Sie, Laura? Was ist mit Ihnen?»

Laura sah sie einen Moment verwirrt an. «Was meinen Sie? Entschuldigung – ich war mit meinen Gedanken gerade woanders.»

«Sie ist verliebt, glaube ich», sagte Mrs. Strayhorn zu Hambden. «Man muß ein bißchen nachsichtig sein mit ihr.»

«Mit jemandem, der verliebt ist, fällt mir Nachsicht nicht schwer», bemerkte Hambden ungewohnt sanft. Er griente Nellie Strayhorn zu. «Sie dürfen mich zitieren!»

«Haben Sie etwas entdeckt, Sherlock?» fragte Laura, als sie nach Dienstschluß Gilliams Zimmer betrat und sah, daß er schon wieder über die Papiere gebeugt saß.

«Oh, hallo Watson! Schön, daß Sie auch mal Zeit finden, hier vorbeizuschauen.»

«Ich habe außer Ihnen noch andere Patienten», verteidigte sie sich steif. «Im übrigen verstehe ich nicht ganz, wieso Sie sich immer noch mit Julies Sachen befassen. Ich habe alles gründlich durchgesehen und nichts gefunden.»

«Sie waren Ihre Freundin, ich bin Kriminalbeamter», sagte Gilliam. Laura fand, es klang ziemlich von oben herab. «Wenn es zwischen all dem hier einen Hinweis auf ihren Mörder gibt, dann werde ich ihn finden», fügte er hinzu.

«Ja – wenn», erwiderte sie skeptisch. Sie setzte sich auf die Bettkante und sah zu, wie er ein Päckchen Briefe aus dem Karton nahm und flüchtig durchsah. «Das sind alles Antwortbriefe», sagte sie, «man muß sich die entsprechenden Äußerungen von Julie quasi hinzudenken.»

«Also darauf wäre ich jetzt wirklich nicht gekommen», sagte er sarkastisch. Er beugte sich vornüber, spähte in den Karton und zog mit spitzen Fingern ein Foto heraus. «Oh, was haben wir denn hier? Ein Foto von unserem allseits beliebten Dr. Butler.»

«Ich glaube», sagte Laura zögernd, «es stammt aus Davids Personalakte. In jede Personalakte gehört eigentlich ein Foto, nur in Davids Akte fehlte es. Ich frage mich nur, wie sie überhaupt an die Akte gekommen ist.»

«Sie haben es doch auch geschafft.»

«Ja, aber ich hatte Millys Schlüssel.»

«Vielleicht hatte Julie die auch. Und möglicherweise hat sie in den Personalakten irgend etwas entdeckt, was jemandem gefährlich werden konnte.»

Laura zuckte ratlos die Schultern. «In ihren Papieren findet sich jedenfalls keine Bemerkung darüber. Aber ich habe inzwischen herausgefunden, daß es Oberschwester Hasker war, die nach Julies Tod ihre Sachen zusammengepackt hat. Sie könnte etwas an sich genommen oder auch weggeworfen haben.»

«Haben Sie sie schon danach gefragt?»

Laura überlief ein Frösteln. «Nein, habe ich nicht. Sie mag mich nicht besonders. Ich habe sie überhaupt noch nie auf Julie angesprochen, obwohl sie, wie mein Onkel meint, wohl befreundet gewesen sind und Shirley von ihrem Tod sehr betroffen war.»

«Von Clarissas Tod auch?»

«Nein», sagte sie widerstrebend, «der ist ihr wohl nicht so nahegegangen.»

«Vielleicht sollte ich mal mit Schwester Hasker reden», sagte Gilliam abwesend. Er hatte gerade begonnen, im ersten von Julies vielen Notizbüchern zu lesen, in denen sie, wie Laura wußte, ihre Beobachtungen über Patienten festgehalten hatte. Sie hatte das Gefühl, ihn dabei nur zu stören, und stand auf. «Dann gehe ich jetzt wohl besser», sagte sie. Er sah nicht einmal hoch, sondern nickte nur kurz in ihre Richtung.

25. KAPITEL

Am Samstag vormittag brachte Laura einen Schwung Bücher zurück in die Bibliothek und lieh gleich ein halbes Dutzend neue aus. Sie suchte Ablenkung von den Gedanken an die Morde und von dem diffusen Gefühl der Bedrohung, das sie immer wieder überfiel. Amüsiert beobachtete sie, wie Mitch Hasker, der seit einem Fernsehauftritt in der ganzen Gegend als Autorität in Sachen «Schattenmann» galt, sich vor einer Schar andächtig lauschender Zuhörer weitschweifig über sein «Buch» und die Geschichte von Blackwater Bay ausließ.

Es war ihr gelungen, kurzfristig noch einen Termin bei einem jungen Anwalt namens Dominic Pritchard zu bekommen. Er sah die Fotokopien gründlich durch und hörte sich aufmerksam und geduldig an, was sie ihm zu sagen hatte. Sie wußte immer noch nicht, was genau er eigentlich für sie erreichen sollte, aber die Angelegenheit einmal in aller Ruhe mit einer unbeteiligten Person durchzusprechen war ein erster Schritt. Ein Schritt, den sie, wie sie widerwillig einräumen mußte, Gilliams Rat verdankte.

Sie erledigte noch ein paar Einkäufe und fuhr dann in gemächlichem Tempo zurück zur Klinik. Sie wünschte sich, diese Ausflüge mit ihrem neuen kleinen Auto mehr genießen zu können, aber in letzter Zeit fehlte ihr zu allem die rechte Lust.

Sich als Patient in Mountview aufzuhalten muß angenehm sein, dachte sie. Dort zu arbeiten war etwas ganz anderes.

Das hatten Julie und Clarissa erfahren müssen.

Und jetzt sie.

Sie fuhr die Auffahrt hoch und stellte das Auto auf dem Parkplatz nahe dem Klinikgebäude ab. Es war seit Tagen bitter kalt, und sie hielt sich auf den wenigen Metern zur Eingangstür fröstelnd den Mantel zu. Die prächtige, von der Glaskuppel überwölbte Eingangshalle, die sie, als sie sie zum erstenmal gesehen hatte, so beeindruckt hatte, entlockte ihr diesmal nur ein geringschätziges kleines Lächeln.

Kostbare Gemälde, erlesene Blumenbukette, kunstvolle Schnitzarbeiten, ein prachtvoller, glänzend polierter alter Holzfußboden. Alles nur Fassade, alles nur schöner Schein, dachte sie.

Die junge Frau hinter dem Empfangstresen sah sie freundlich an.

«Guten Morgen, Mrs. Brandon.»

«Guten Morgen, Beth. Ist mein Onkel da? Oder Mrs. Cunningham?»

«Nein, tut mir leid. Sie sind beide vor ungefähr einer halben Stunde zum Flughafen gefahren.»

«Zum Flughafen?»

Beth nickte. «Ja, offenbar wollte Mrs. Cunningham noch einen Flug nach New York erreichen. Dr. Forrester hat sie gefahren. Er müßte in zwei, drei Stunden wieder zurück sein. Soll ich ihm einen Zettel hinlegen? Ich bin nämlich nur noch bis Mittag im Dienst.»

«Nein ... das ist nicht nötig. Ich werde ihn im Laufe des Tages schon noch erreichen», antwortete Laura. Milly war also wieder auf einer ihrer «Reisen». War sie diesmal tatsächlich nach New

York geflogen oder erneut nach Grantham geeilt, um den widerspenstigen Witwer abermals zu einem Kompromiß zu überreden?

«Merkwürdig, daß sie jetzt schon wieder fort ist», bemerkte Laura wie absichtslos.

Beth nickte. «Ja, ich fand es auch eigenartig, wo sie doch gestern gerade erst zurückgekommen war. Das soll nicht heißen, daß ich nun besonders traurig wäre über ihre Abreise. Im Gegenteil – ohne sie ist es sehr viel ruhiger hier.»

Laura lächelte verständnisinnig und beugte sich leicht über den Empfangstisch, während sie ihren Schal ein wenig lockerte. «Was hat denn Mrs. Cunningham so getan an dem einen Tag, den sie hier war?»

Beth zuckte die Schultern. «Ich weiß nicht genau. Wir hatten ein paar Entlassungen und ein paar Neuaufnahmen, deshalb war ich ziemlich beschäftigt. Ich glaube, sie hat in ihrem Büro herumgekramt, wie immer. Warum?»

«Oh, ich bin einfach nur neugierig. Ich frage mich, was sie wohl dazu treibt, gleich wieder wegzufahren, wenn sie doch kaum erst angekommen ist.»

Beth nickte. «Mich überrascht es allerdings nicht besonders. Sie erklärt uns ja nie, was sie vorhat, trifft dauernd irgendwelche Augenblicksentscheidungen und erwartet dann von allen, daß sie Bescheid wissen und sich in ihrer Arbeit danach richten.»

«Es ist nicht einfach, für sie zu arbeiten, was?»

«Das kann man wohl sagen», sagte Beth mit Gefühl. «Aber Ihr Onkel zahlt gute Gehälter, und wenn man weiß, wie sie tickt ... Nun, man lernt eben mit der Zeit, sie zu nehmen.» Die junge Frau lächelte gelassen. Beth ist also doch mehr als nur eine niedliche kleine Schreibkraft, dachte Laura. Mit jemandem wie Milly so eng zusammenzuarbeiten mußte einen erdrücken oder aber die eigenen Kräfte stärken – in Beths Fall offenbar das letztere.

«Ich möchte gern noch etwas nachsehen», sagte Laura beiläufig, hob die Klappe an der Seite des Tresens und ging an Beth vorbei ins Büro. Sie trat an Millys Schreibtisch und öffnete das Emailkästchen. Die Schlüssel waren verschwunden.

Milly wollte kein Risiko mehr eingehen. Laura konnte ein kleines triumphierendes Lächeln nicht unterdrücken. Zu spät, Milly, dachte sie. Es nützt dir nichts mehr. Ich habe alle Beweise.

Gilliam hatte Julies Papiere wieder in den Karton zurückgepackt, nur ihre Notizbücher lagen noch neben ihm auf dem Tisch. Als Laura anklopfte und gleich darauf eintrat, war er gerade dabei, sie durchzusehen und ab und zu eine Beobachtung festzuhalten.

«Jetzt sagen Sie nicht, Sie hätten etwas gefunden», bemerkte sie fast ein wenig ärgerlich.

«Nein. Ich habe zwar Matt Gabriel gebeten, einige Nachforschungen anzustellen, aber ich rechne eigentlich nicht damit, daß sich tatsächlich etwas Wichtiges ergibt.»

«Was für Nachforschungen? Glauben Sie wirklich, daß Sie etwas entdeckt haben, das mir entgangen ist? Ich habe alles mehrmals durchgesehen – da war nichts.»

Gilliam zuckte die Schultern. «Sie haben eben keinen analytischen Verstand.»

«Was soll das nun wieder heißen?»

«Daß Sie nur die Oberfläche wahrnehmen. Sie müssen hinter die Dinge blicken, versuchen, sie ganz neu zu sehen. Mein Chef hat irgendwann herausgefunden, daß man, wenn man Tatortfotos verkehrt herum betrachtet, plötzlich Sachen entdeckt, die einem beim üblichen Hinsehen meist entgehen.»

«Von was für Dingen sprechen wir hier eigentlich?» fragte sie gereizt. Hatte er tatsächlich etwas herausgefunden, das sie übersehen hatte? Das würde seiner Überheblichkeit weiter Auftrieb geben.

«Da wäre zum einen ein Artikel in einer Zeitschrift für Krankenpflege, die Julie abonniert hatte. Sie hat ihn rot angestrichen. Es geht darin um einen Drogenskandal an einer Klinik in Denver. Der Bericht scheint genau recherchiert und ist sehr faktenreich, unter Umständen könnte hier ein Hinweis zu finden sein.»

«Das war der Fall, über den sie den Fernsehfilm gemacht haben, den Mrs. McAllister am Abend vor ihrem Tod unbedingt sehen wollte», sagte Laura nachdenklich.

Gillism nickte. «Stimmt. Und außerdem ist mir noch dieser dauernde Verweis auf einen gewissen Doppleman aufgefallen.»

«Auf wen?»

«Doppleman. Julie läßt sich in den letzten Eintragungen in ihrem Notizbuch auf mehreren Seiten über ihn aus.» Er tippte, wie um seine Worte zu bekräftigen, mit dem Zeigefinger auf den Einband des kleinen schwarzen Büchleins vor ihm. «Sie schreibt, daß sie sich viele Gedanken um ihn mache und schockiert gewesen sei, als sie es erfahren habe. Sie stellt sich vor, wie ihn die Entdekkung vernichten könnte und daß sie ihm alles mögliche zutraue, sobald es heraus wäre.»

«Um was geht es dabei?»

Gilliam hob hilflos die Hände. «Ich habe keine Ahnung. Irgendwelche Untersuchungsergebnisse vielleicht? Eine Krebsdiagnose? Würde Julie von so etwas wissen?»

«Unter Umständen schon – wenn es sich zum Beispiel um Knochenkrebs gehandelt hätte. Es wäre möglich, daß ihr etwas aufgefallen ist und sie Hambden, oder wer immer diesen Doppleman behandelte, davon unterrichtet hat. Der Name kommt mir übrigens bekannt vor. Es könnte sein, daß ich ihn in meinen Unterlagen gesehen habe, bei den abgeschlossenen Fällen. Sonst noch was?»

Er nickte. «Ein paar Kleinigkeiten. Mir ist aufgefallen, daß in den Briefen überraschend viel von Dr. Butler die Rede ist ...»

«Oh», sagte sie und spürte zu ihrem Ärger, daß sie rot wurde, «ich glaube, sie hatte sich in David verliebt und machte daraus in ihren Briefen auch kein Hehl. Ich war, als ich hier ankam, jedenfalls schon auf ihn vorbereitet. Julie geriet leicht ins Schwärmen – manchmal jedenfalls.»

«Einige ihrer Brieffreundinnen scheinen Butler von früher zu kennen.»

Laura nickte. «Ja. Offenbar hat er überall, wo er gearbeitet hat, bei den Schwestern großen Eindruck gemacht.»

«Nicht nur bei den Schwestern, anscheinend ja auch bei den Physiotherapeutinnen», bemerkte er trocken.

«Er besitzt eben sehr viel Charme ...», sagte sie. Es klang selbst in ihren eigenen Ohren nicht sehr überzeugend.

«O ja, wer wollte das bestreiten», stimmte Gilliam ihr sarkastisch zu, «ich würde sogar sagen, es ist sein hervorstechendster Charakterzug.»

«Es ist schließlich nicht seine Schuld, daß Frauen ihn mögen», entgegnete sie. «Wenn man als Mann attraktiv ist und dazu noch Arzt, dann ist das Gefühlschaos praktisch programmiert. Patientinnen verlieben sich, Schwestern verlieben sich ... Und alle Welt hält die Betreffenden für töricht. Schöne Männer und hübsche Frauen sind in der Regel dumm – Sie wissen schon.»

«Oder schwul – erstere natürlich.»

Sie lachte. «Ich glaube, dem Verdacht war David bis jetzt noch nicht ausgesetzt.»

«So?» fragte Gilliam streng. «Darf ich Sie als Zeugin für das Gegenteil betrachten?»

«Das geht Sie überhaupt nichts an», fauchte sie.

«Dessen bin ich mir nur allzu bewußt», murmelte er und blätterte in seinem Notizbuch ein paar Seiten zurück. «Ah, hier! Immerhin eine von Julies Brieffreundinnen fand unseren Dr. Butler dann doch nicht so toll. Sie nannte ihn in ihrem Brief einen ... Moment, lassen Sie mich zitieren ...... ‹selbstgefälligen Langweiler›. Aber wer weiß, vielleicht nur der Fall von den sprichwörtlichen Trauben, die zu hoch hängen.»

«Wahrscheinlich», sagte Laura knapp. Sie hatte die Stelle einfach überlesen, das nahm sie sich übel.

«Er ist übrigens ganz schön herumgekommen, unser guter Doktor», sagte Gilliam. «Hat ja an einer wirklich erstaunlich großen Zahl von Kongressen teilgenommen. Ihre Freundin Julie scheint sich für einige von diesen Kongressen interessiert zu haben. Sie hat in ihrem Notizbuch Termine, Teilnehmer und so weiter notiert. Ich finde es übrigens schon etwas merkwürdig, daß er hier eine volle Arztstelle hat und trotzdem noch soviel Zeit für wissenschaftliche Tagungen erübrigen kann.»

«Ich weiß nicht, wie das an den anderen Kliniken war, wo David gearbeitet hat», sagte Laura, «aber seine Pflichten hier lassen ihm eben ziemlich viel freie Zeit. Er hat mir mal gesagt, daß er oft unten in der medizinischen Bibliothek sitzt, um an Aufsätzen zu arbeiten über Themen, die ihn gerade interessieren. Durch Veröffentlichungen in wissenschaftlichen Zeitschriften wird man mit der Zeit bekannt und erwirbt sich einen gewissen Ruf. Er hat eben einen wachen Verstand und keine Lust, hier zu versauern. Warum betrachten Sie plötzlich alles, was er tut, mit so kritischen Augen? Ist es ein Verbrechen, gut auszusehen und obendrein noch intelligent und strebsam zu sein?» Gilliam ist eifersüchtig, dachte sie. Schade. Sie hatte ihn für souveräner gehalten.

Er ignorierte ihre Frage. «Könnte Butler diesen Doppleman behandelt haben, oder eher Jenks?» erkundigte er sich und blätterte wieder in seinem Notizbuch. «Die Daten, unter denen Julie etwas über Doppleman notiert hat, reichen fast bis zu dem Tag ihrer Ermordung, mindestens einer von beiden müßte eigentlich etwas über ihn wissen.»

«Ich werde David heute gleich fragen», sagte sie. «Und Sie können sich, wenn Dr. Jenks heute abend Visite macht, ja bei ihm nach Doppleman erkundigen.»

«Ich dachte, Butler käme erst Anfang nächster Woche zurück», bemerkte Gilliam.

«Nein, schon morgen, allerdings erst spät in der Nacht», antwortete Laura. «Aber er ruft mich fast jeden Abend an.»

«Tut er das, ja? Wie aufmerksam von ihm. Daraus darf ich dann wohl schließen, daß ihm bekannt ist, daß er in Ihnen eine reiche Erbin vor sich hat.»

«Es ist eine verdammte Gemeinheit, so etwas zu sagen», rief sie erregt. «Ich weiß nicht, für wen es beleidigender ist – für David oder für mich.»

«Ja, ich bin ein richtiger Kotzbrocken», sagte Gilliam ohne jedes Zeichen von Reue. «Ich traue grundsätzlich allen Menschen immer das Schlechteste zu. Berufskrankheit infolge jahrelanger Tätigkeit als Polizist, denke ich.»

«Die Krankheit erstreckt sich offenbar nicht nur auf Ihr Urteilsvermögen, sondern auch auf Ihre Manieren», sagte sie kühl. «Ich weiß nicht, warum ich mich überhaupt mit Ihnen abgebe.»

«Weil Sie ein edles Geschöpf sind, dem es ein tiefes Anliegen ist, den Armen und Schwachen zu helfen. Wie sieht denn heute mein Programm aus? Schwimmen? Massage? Oder spannen Sie mich wieder in eine von diesen verdammten Maschinen?»

«Ich kann mir eine ganze Reihe Maschinen vorstellen, in die ich Sie gerne spannen würde. Im Moment bin ich allerdings nicht in der richtigen Stimmung dafür. Sie dürfen sich ausruhen.»

Er verschränkte die Arme vor der Brust und starrte sie an. «Ziemlich unprofessionell, mich hier einen Tag lang rumhängen zu lassen. Kein Berufsethos!»

«Ganz im Gegenteil. Eine Vorsichtsmaßnahme, und sehr professionell. Ich weiß nämlich nicht, was passierte, wenn ich Sie jetzt anfassen würde. Womöglich würde ich gewalttätig werden.»

«Oje ... ich gehe Ihnen ganz schön unter die Haut, was?» Er grinste sie herausfordernd an.

Sie wandte sich ab und ballte die Hände. «Ich stehe im Moment unter einer ziemlichen Anspannung. Milly ist heute morgen schon wieder weggefahren. Die Schlüssel für den Aktenschrank waren nicht da. Vielleicht hat sie den ganzen Schrank ausgeräumt und die Ordner, die sie und meinen Onkel belasten könnten, mitgenommen. Mein Onkel ist übrigens mit ihr zusammen weggefahren – angeblich um sie zum Flughafen zu bringen.»

«Was ist los? Haben Sie Angst, daß die beiden sich aus dem Staub machen könnten?»

Sie zögerte, dann schüttelte sie den Kopf. «Nein ... nein, nicht wirklich. Sie wissen ja nicht, daß ich ihnen auf die Schliche gekommen bin.»

«Warum sollte Milly dann die Ordner mitnehmen?»

Sie zuckte hilflos die Schultern. «Vielleicht stehen sie ja noch da. Aber ohne den Schlüssel kann ich schlecht nachsehen, oder?»

«Sie haben die Fotokopien, es würde den beiden also ohnehin nichts nützen, die Ordner verschwinden zu lassen.»

«Glauben Sie, daß sie etwas ahnt?»

Er wiegte bedächtig den Kopf. «Dazu kann ich nichts sagen. Das müssen Sie besser wissen als ich.»

«Ich bin heute morgen, als ich in der Stadt war, bei einem Anwalt gewesen», sagte sie übergangslos.

«Gut», antwortete er knapp. «Immerhin ein Anfang.»

«Ich weiß nicht, wieso Ihnen in Julies Papieren so viel aufgefallen ist und mir nicht», sagte sie mißmutig. «Schließlich habe ich sie gekannt.»

«Genau da liegt das Problem, lieber Watson. Ich bin ihr nie begegnet, sie ist für mich eine völlig Fremde, und es gibt keinerlei wie auch immer gearteten emotionalen Ballast, der mich voreingenommen machen könnte.»

«Ich verstehe.»

«Vielleicht sperrt sich auch unbewußt etwas in Ihnen dagegen, die Wahrheit herauszufinden. Jedenfalls dann, wenn es etwas Negatives sein könnte über einen Menschen, den Sie mögen.» Was er meinte, war klar.

«Das dürfte für Sie ja nicht das Problem sein.»

Er sah sie durchdringend an. «Glauben Sie von mir aus, was Sie wollen. Zwei Frauen sind umgebracht worden – das ist eine Tatsache. Ihr Mörder läuft hier irgendwo frei herum. Und nichts wird ihn oder sie aufhalten, es auch ein drittes Mal zu versuchen, falls er oder sie sich bedroht fühlen sollte. Der Mörder, wer immer es ist, hat jetzt nichts mehr zu verlieren, das macht ihn äußerst gefährlich. Ich an Ihrer Stelle wäre in nächster Zeit sehr, sehr vorsichtig.»

«Wollen Sie mir angst machen?»

«Nein. Nehmen Sie es als eine Warnung von jemandem, der möchte, daß Sie am Leben bleiben.»

Sie blickten sich einen Moment lang stumm in die Augen, dann machte sie kehrt und verließ grußlos den Raum.

Den Rest des Tages verbrachte sie wie in einem Nebel. Mechanisch kam sie ihren Pflichten nach und ging zur gewohnten Zeit in die Personalkantine. Sie merkte kaum, was sie aß. Ab und zu sah sie aus dem Fenster oder starrte einfach nur gegen die Wand.

Sie wußte, daß ihr Onkel wieder zurück war. Vielleicht hat er Milly tatsächlich zum Flughafen gebracht, vielleicht aber auch irgendwo anders hin, dachte sie. Sie fühlte sich nicht stark genug, ihn zur Rede zu stellen. Bevor sie sich aus der Deckung wagte, würde sie erst noch einmal mit dem Rechtsanwalt sprechen. Sie fühlte sich sehr allein, und Gilliam war auch keine Hilfe. Es war nur allzu offensichtlich, daß er jede Gelegenheit nutzte, David herunterzumachen, womöglich versuchte er sogar, ihm etwas anzuhängen. Er haßte ihn, weil er gesund und attraktiv war. Und weil sie ihn mochte.

Oder liebte sie ihn vielleicht sogar? Nein, so töricht war sie nun doch nicht. Das hoffte sie zumindest. Ganz sicher war sie sich allerdings nicht, auch ihre Gefühle waren in letzter Zeit sehr in Unordnung geraten. Sie kam sich vor wie jemand, der in einem tiefen Becken Wasser tritt, sie spürte keinen festen Boden mehr unter den Füßen. Am späten Nachmittag stieg sie müde und erschöpft in ihr Dachquartier und legte sich sofort ins Bett. Sie hoffte, wenigstens im Schlaf für kurze Zeit alles vergessen zu können.

Das Klingeln des Telefons weckte sie. Noch benommen, weil sie so unvermittelt aus ihren Träumen gerissen worden war, tastete sie ungeschickt nach dem Hörer. David war am Apparat.

«Hallo», begrüßte er sie aufgeräumt, «wie steht's denn so auf der alten Farm?»

«Hmm», sagte sie tonlos, «ganz gut.» Sie sah auf die Uhr. Schon nach sechs!

«Du klingst so merkwürdig», sagte er.

«Das Klingeln des Telefons hat mich gerade geweckt. Ich hatte ein bißchen geschlafen.»

«Oh, das tut mir leid.»

«Das braucht es nicht. Ich wollte gar nicht so lange im Bett liegen. Und wie geht es dir? Hat sich der Kongreß gelohnt?»

«Wie meinst du ... O ja, sehr. Ich habe hier ein paar wichtige Leute kennengelernt. Wahrscheinlich hast du recht, und ich sollte meine Ziele etwas höher stecken. Hausarzt in einer Kleinstadt zu sein hat bestimmt seine Annehmlichkeiten, aber vielleicht ist auch viel mehr drin für mich. Ich habe hier richtig vor Augen geführt bekommen, welche Möglichkeiten es gibt, man muß nur entschlossen genug zugreifen. Gestern abend habe ich mich noch mit einem Kollegen hier aus Chicago unterhalten, der in der Aidsforschung tätig ist und dringend einen Partner sucht, und einer aus New York, der sich mit dem biologisch programmierten Zelltod beschäftigt, hat mich angesprochen ...» Er hörte gar nicht mehr auf zu reden, während sie sich die Augen rieb und versuchte, etwas wacher zu werden.

«Habe ich es dir nicht gesagt», konnte sie schließlich einflechten, «habe ich es dir nicht schon immer gesagt?»

«Stimmt, das hast du», pflichtete er ihr lebhaft bei. So kannte sie ihn gar nicht. Es schien, als habe er in den letzten Tagen jede Menge neue Energie getankt.

Sie massierte sich den Nacken. «Sag mal, David, kannst du dich an einen Patienten namens Doppleman erinnern?»

Am anderen Ende blieb es still. «Kannst du den Namen wiederholen?» sagte er dann.

«Doppleman. Vielleicht jemand mit Knochenkrebs. Er muß irgendwann in diesem Herbst für ein paar Wochen in der Klinik gewesen sein, und zwar bis fast zu dem Tag, an dem Julie ... starb.»

«Ich habe den Namen noch nie gehört. Doppleman? Nein, sagt mir nichts. Warum interessiert er dich?»

«Weil im letzten von Julies Notizbüchern dauernd von ihm die Rede ist.»

«Notizbücher? Davon hast du mir nichts gesagt.»

«Weil ich es nicht so wichtig fand. Sie hat darin kurze Aufzeichnungen über ihre Patienten gemacht, für den eigenen Gebrauch. Ideen, wie man die einzelnen behandeln könnte und so weiter. Dieser Doppleman schien sie sehr zu beschäftigen.»

«Also ich kann dir da nicht helfen. Frag am besten Owen. Und wenn er was mit den Knochen hatte, müßte Hambden Bescheid wissen.»

«Danke. Aber ich sehe besser erst selbst noch mal in den Klinikunterlagen nach.»

«Wenn du meinst ... Gibt es irgendwelche Neuigkeiten? Ist Higgins immer noch beim Sheriff?»

«Nein, Gabriel mußte ihn gehen lassen. Zur Zeit nimmt er sich Michaels vor.»

David lachte. «Mit dem wird er seinen Spaß haben. Da wäre ich gern dabei und würde zuhören.»

«Ja. Aber weißt du, eigentlich tut mir der Sheriff leid.»

«Mir nicht. Das gehört alles zu seinem Job.»

«Da hast du natürlich recht. Aber trotzdem ... Was ich dich übrigens noch fragen wollte: Haben sie Mrs. McAllister eigentlich beerdigt, oder wurde sie eingeäschert?»

«Wie bitte?»

«Ich sagte, haben Sie Mrs. McAllister beerdigt oder ...»

«Ich habe dich schon verstanden. Keine Ahnung. Aber wieso willst du das wissen?»

«Ich habe über etwas nachgedacht, was sie gesagt hat.»

«Und was war das?»

«Mrs. Strayhorn hat es Dr. Hambden erzählt. Myra McAllister sagte immer, alle kleinen weißen Tabletten, die sie bekäme, sähen gleich aus. Wenn nun mein Onkel ihr etwas verabreicht hat, was ihren Herzanfall auslöste? So wie er versucht hat, mir Penizillin zu geben, obwohl er doch wußte, daß ich hyperallergisch dagegen bin.»

«Du sprichst da einen furchtbaren Verdacht aus, Laura», sagte David. Er schien schockiert. «Glaubst du wirklich, daß dein Onkel so etwas tun würde?»

«Fest steht, daß er von ihrem Tod profitiert. Und er braucht dringend Geld für die Klinik», sagte sie unglücklich.

«Und wenn schon ...»

«Du wolltest eine Obduktion, oder nicht? Und Owen auch.»

«Ja.»

«Aber Onkel Roger wollte nicht, daß die Todesursache näher untersucht wurde, oder?»

«Das stimmt, aber er hatte seine Gründe, Laura. Gute Gründe. Wieso traust du ihm plötzlich so schreckliche Dinge zu?»

«Oh, ich habe meine Gründe», antwortete sie obenhin. «Um welche Zeit wirst du morgen wieder hier sein?»

«Ich nehme doch die Nachmittagsmaschine.»

«Dann bist du ja schon zum Abendessen wieder da.»

«Ja. Und ich würde gern mit dir ausgehen und dir in Ruhe alles erzählen, was ich erlebt habe.»

«Schön, da habe ich ja etwas, worauf ich mich freuen kann. Bis dahin werde ich versuchen, herauszubekommen, wer dieser Doppleman war. Mr. Gilliam ist der Ansicht, er könnte womöglich wichtig sein.»

«Was hat Gilliam damit zu tun?»

«Er ... er hat Julies Sachen durchgesehen, vor allem ihre Papiere, und dabei ist er auf diesen Doppleman gestoßen.»

«Ich verstehe. Dann also bis morgen.»

Er hängte ein.

Sie stand auf, wusch sich das Gesicht und fütterte Salomon. Einen Moment lang überlegte sie, ob sie zum Abendessen in die Personalkantine gehen sollte, dann entschied sie sich dagegen. Sie würde hier oben in ihrer Wohnung bleiben, sich etwas Einfaches zu essen machen und lesen, fernsehen und hoffentlich von allem etwas Abstand gewinnen.

Sie hatte fast das Gefühl, als sei es ihr gelungen, da klingelte zum zweitenmal das Telefon.

«Hallo», sagte Gilliam. «Haben Sie die Krankenakte von Doppleman gefunden?»

«Nein.»

«Haben Sie schon danach gesucht?»

«Nein, ich habe geschlafen.»

«Ah ja. Manche machen es sich eben leicht.»

«Hören Sie, lassen Sie mich endlich in Ruhe. Ich werde mich morgen um die Akte kümmern.» Sie knallte den Hörer auf die Gabel.

Nach einem kurzen Augenblick klingelte es erneut. Es war wieder Gilliam.

«Hallo», sagte er. «Ich vermisse Sie!»

«Was wollen Sie schon wieder?»

«Tss, tss, was für eine Laune! Ich denke, daß Sie versuchen sollten, die Krankenakte möglichst schnell zu finden. Ich habe Jenks gefragt, ob ihm der Name etwas sagt, und er hat verneint.»

«David hat auch gesagt, daß er ihn nicht kennt.»

Sie hörte, wie er scharf die Luft einsog. «Dann muß der Name etwas zu bedeuten haben! Sie dürfen jetzt einfach nicht mehr länger ...»

«In Ordnung, in Ordnung, in Ordnung!» sagte sie aufgebracht. «Ich werde hinuntergehen und jetzt gleich anfangen zu suchen. Wenn ich die Akte finde, bringe ich sie Ihnen aufs Zimmer. Werden Sie dann wie ein ganz normaler Patient ins Bett gehen und einschlafen und mich verdammt noch mal *endlich* in Ruhe lassen?!»

«Aber, aber, meine Liebe ... was für eine Sprache», bemerkte Gilliam mit gespielter Entrüstung. «Und ich hatte Sie immer für eine Dame gehalten.»

«Das habe ich auch – bis heute», sagte sie und knallte den Hörer zum zweitenmal auf die Gabel. Wieso schaffte es dieser Mann immer wieder, sie so auf die Palme zu bringen? Er war wirklich mit Abstand der nervigste Patient, mit dem sie jemals zu tun gehabt hatte ... Seufzend erhob sie sich aus der gemütlichen Kuschelecke auf dem alten Sofa und schob Salomon beiseite, der zusammengerollt neben ihr gelegen hatte. «Ich muß noch mal weg», erklärte sie ihm. «Es kann etwas dauern.»

Laura saß in ihrem Büro, zu schockiert, um sich zu rühren, vor ihr auf dem Schreibtisch lag die Akte *Doppleman*.

Es hätte irgendeine alte Krankenakte sein können. Von außen sah man keinen Unterschied. Sie hatte ganz hinten im Schrank gestanden, zwischen «Dawson» und «Dwyer».

Doch es war alles andere als eine normale Krankenakte.

Laura schüttelte den Kopf, wie um die Betäubung loszuwerden. Ihre Freundin Julie Zalinsky – ein Rätselwesen mit Doppelcharakter: Was ihr eigenes Leben, insbesondere ihre Liebesbeziehungen anging, war sie töricht, verträumt, chaotisch. Doch sobald es sich um ihre Arbeit handelte, wurde sie kompetent, nüchtern und systematisch. Die Akte hier war der Beweis. Als Julie vor dem Dilemma gestanden hatte, das ihr wohl schließlich zum Verhängnis geworden war, einem Dilemma, das zu gleichen Teilen persönlich und beruflich gewesen war, da hatte ihre professionelle Seite die Oberhand gewonnen. Was für Mühen und Schmerzen das gekostet haben mochte, konnte Laura sich vorstellen. Julie mußte Stück für Stück die nötigen Beweise in mühevoller Kleinarbeit zusammengesucht haben, und am Ende hatte sie die Wahrheit, so furchtbar sie war, sorgfältig aufgeschrieben und zur Weitergabe vorbereitet.

Und abgelegt hatte sie das Ganze bei den Akten für die abgeschlossenen Fälle. Sie hätte keinen besseren Ort dafür finden können, dachte Laura.

Entweder aus Vorsicht oder aber aus dem ihr eigenen Sinn für das Melodramatische hatte sie die Akte jedoch nicht mit dem richtigen Namen versehen, sondern mit einem von ihr erfundenen, eben Doppleman.

Laura hörte, wie hinter ihr leise die Tür geöffnet wurde. Sie drehte sich um.

26. KAPITEL

Gilliam saß in seinem Zimmer und kochte innerlich. Es war jetzt mehr als eine Stunde her, daß er mit Laura telefoniert hatte, und seitdem hatte sie nichts von sich hören lassen. Er hatte erst bei ihr im Büro angerufen und dann in ihrer Wohnung. Ohne Ergebnis. Wütend und ungeduldig zugleich wählte er schließlich die Nummer des Sheriffs. Vielleicht bekam er von ihm irgendeine Information, irgendeinen Hinweis, mit dem sich etwas anfangen ließ.

«Matt? Gut, daß ich Sie erreiche.»

«Wer spricht denn da?» fragte Gabriel, der gerade dabei war, ein kompliziertes Zeitschema zu erarbeiten.

«Gilliam. Ich drehe hier noch durch. Haben Sie bekommen, was ich Ihnen heute morgen geschickt habe?»

«Ja.»

«Und sind Sie der Sache nachgegangen?»

«Ja. Höchst interessant. Kam für mich ziemlich unerwartet, diese Lösung, das muß ich schon sagen.»

«Für mich nicht», entgegnete Gilliam knapp. «Hatte ich recht mit der anderen Vermutung?»

«Ich denke, ja. Ich warte noch auf einige Rückmeldungen, aber es sieht schon jetzt ziemlich wasserdicht aus. Ich bin gerade noch mal die Zeitangaben durchgegangen und habe versucht, sie zu unseren bisherigen Ermittlungsergebnissen in Beziehung zu setzen. Es scheint alles zu passen. Aber wenn Sie recht haben, dann heißt das auch, daß er jetzt sehr gefährlich ist. Er wird nicht davor zurückschrecken, noch einen weiteren Mord zu begehen, wenn er dadurch eine Chance sieht, weiterhin unentdeckt zu bleiben.»

«Das ist genau das, wovor ich mich am meisten fürchte», gestand Gilliam.

«Vielleicht sollte ich besser zu Ihnen hinauskommen. Es schneit zwar fürchterlich, aber ich möchte das Ganze lieber noch mal mit Ihnen persönlich durchsprechen, bevor ich losschlage. Sozusagen noch einmal überprüfen, ob alle Anschuldigungen wirklich hieb- und stichfest sind.»

«Ja, gut. Ich bin in meinem Zimmer.» Nachdem Gabriel aufgelegt hatte, starrte Gilliam regungslos, den Hörer noch in der Hand, aus dem Fenster. Was würdest du jetzt darum geben, einfach loslaufen zu können, du Dummkopf, dachte er. Wie viele kostbare Monate hatte er aus lauter Trotz vergeudet! Grimmig blickte er auf sein Abbild in der dunklen Scheibe, bis er sich schwer seufzend abwandte.

Gilliam konnte sich nur zu gut vorstellen, warum Laura nicht ans Telefon ging. Sie war wütend auf ihn. Sie hatte die verdammte Krankenakte gefunden und ließ ihn jetzt schmoren, während sie sie selbst erst einmal gründlich durchlas. Wahrscheinlich hoffte sie, ihn beim großen Detektivspiel doch noch auszustechen. Was für eine nervige Person! Der Sheriff schien eine Ewigkeit zu brauchen. Gilliam sah wieder aus dem Fenster. Gabriel hatte recht. Es schneite fürchterlich. Auf dem Fenstersims war innerhalb weniger Stunden schon ein hoher Schneerand gewachsen. Es war nicht ausgeschlossen, daß ihnen ein Blizzard bevorstand.

Ungeduldig und mit dem plötzlich einsetzenden Gefühl, daß irgend etwas nicht stimmte, wechselte Gilliam vom Bett in den Rollstuhl. Wenn sie nicht zu ihm kam, dann würde er, verdammt noch mal, zu ihr fahren. Auf der Schwelle verkanteten die Räder, der Rollstuhl kippte um, und es dauerte etliche Minuten, ehe er ihn wieder aufgerichtet und sich hineingezogen hatte. Die Wut über seine Ohnmacht trieb ihm fast die Tränen in die Augen.

Er fuhr den Flur hinunter. Alles war ruhig, die Besuchszeit war längst vorbei, und die Schwestern von der Nachtschicht hatten ihren Dienst angetreten. Sie waren, wie immer um diese Zeit, im Schwesternzimmer versammelt und besprachen die täglichen Patientenberichte. Niemand nahm von ihm Notiz, als er geräuschlos an der nur angelehnten Tür vorbeirollte.

Er schob sich mit dem Rollstuhl durch die Flügeltür auf die Galerie, von wo aus man, wie er wußte, durch eine kleine Tür zum Schwesternquartier kam. Doch als er diese Tür öffnete, sah er sich zu seiner Verzweiflung einer steilen Bodentreppe gegenüber. Sie war für ihn nicht zu bewältigen. Unmöglich. Er mußte jemanden bitten, für ihn hochzugehen und nachzusehen, was mit Laura los war. Über das Geländer der Galerie blickte er hinunter in die Eingangshalle. Bis auf die spärliche Nachtbeleuchtung lag alles im Dunkeln, nur durch die halb geöffnete Tür von Roger Forresters Büro drang ein scharf umrissener Lichtstrahl.

Ratlos drehte er sich wieder zur Treppe und flüsterte heiser mehrere Male ihren Namen. «Laura, Laura!» Plötzlich hörte er über sich ein leises Geräusch, und ein Gefühl von Erleichterung ließ ihn tief aufseufzen. Es war also doch alles in Ordnung. Sie war oben in ihrer Wohnung und hatte ihn gehört. Doch nach einem kurzen Moment erschien unvermittelt ein Kater oben am Treppenrand und blickte mit schräg gelegtem Kopf regungslos auf ihn herab. Es war der größte Kater, den er je gesehen hatte. Er setzte sich auf seine Hinterpfoten und betrachtete Gilliam mit lebhaftem Interesse. Es sah aus, als warte er ab, was sich entwickle.

Gilliam schloß die Tür und überlegte. Gerade als er sich entschieden hatte, wieder zurückzurollen und im Schwesternzimmer um Hilfe zu bitten, nahm er aus dem Augenwinkel einen Lichtschein wahr. Er war zu hell für die Nachtbeleuchtung, und er kam vom Ende des schmalen Ganges, der die Klinik mit dem Anbau verband, dort, wo Lauras Büro lag.

Suchte sie etwa immer noch nach der Doppleman-Akte?

Gilliam fuhr in Richtung des Lichts.

Von ihm unbemerkt, war es Salomon gelungen, durch einen einzigen geschickten Sprung gegen die Klinke die Tür am Fuß der Bodentreppe zu öffnen, und jetzt stand er auf der Galerie und sah sich um. Als er vom schmalen Gang her ein Geräusch vernahm, hob er den Kopf, spitzte die Ohren und tigerte mit gesträubtem Schnurrbart los.

Er wollte nichts verpassen.

Vor der zweiflügeligen Brandschutztür, die den Hydrotherapiebereich von der Klinik trennte, hielt Gilliam an. Durch ein großes Fenster oberhalb der Tür strömte Licht, es war jedoch viel zu hoch, als daß er hätte hindurchsehen können. Plötzlich hörte er ein Geräusch. Es klang, als sei irgendwo auf der anderen Seite ein Stuhl umgefallen. Dann vernahm er Schritte. Er setzte mit dem Rollstuhl ein wenig zurück, weil er annahm, daß gleich jemand durch die Tür trete, aber niemand kam. Einen Moment lang wartete er ab, dann rollte er wieder vorwärts und schob sich durch die Tür. Im selben Augenblick schwangen die Flügel der Tür am anderen Ende des Korridors, die zu den Servicetreppen führte, leicht auf und zu, und für den Bruchteil einer Sekunde gewahrte er dahinter eine Gestalt, die sich, unter einer unförmigen Last gebückt, daranmachte, schwerfällig die Treppe hinunterzusteigen.

Eine Gestalt in einer dicken roten Holzfällerjacke.

Mit ein paar energischen Armbewegungen brachte Gilliam den Rollstuhl in Fahrt und schoß so schnell durch die beiden Türflügel hindurch, daß sie noch längere Zeit nachzitterten.

Doch auf der Treppe war niemand mehr zu sehen.

Er rollte durch die Flügeltür auf eine Art Balkon, von dem aus man auf das darunterliegende Wasserbecken sehen konnte. Der ganze Hydrotherapiebereich lag im Dunkeln, doch vermochte er in dem schwachen, von der Wasseroberfläche reflektierten Licht einen Schatten auszumachen, der sich langsam auf den Rand des Beckens zubewegte. Er schleppte schwer an dem leblosen Körper über seiner Schulter. In diesem Moment erkannte Gilliam Lauras Haar, es hing in losen Strähnen herab und bewegte sich bei jedem Schritt sacht hin und her, fast so, als signalisiere sie ihr stummes Einverständnis mit dem, was ihr bevorstand.

«Das reicht jetzt!» brüllte Gilliam in die Dunkelheit hinunter. Das Licht vom Flur her umgab ihn mit einer Art Strahlenkranz, der einen Augenblick lang noch intensiver leuchtete, als die beiden Flügel der Tür sich öffneten und dann wieder schlossen. Dicht neben seinem Rollstuhl sah Gilliam plötzlich ein Paar grün leuchtender Augen, die ihn unverwandt anstarrten. Für einen Moment war er abgelenkt. Dann blickte er wieder hinunter. «Ich weiß, was Sie vorhaben, aber es hat keinen Zweck. Noch einmal kommen Sie nicht ungeschoren davon.»

Die Gestalt blieb abrupt stehen, beugte sich nach vorn und ließ ihre Last lautlos auf den gekachelten Boden gleiten. Dann wandte sie sich um und stand mit ein paar schnellen Schritten unterhalb des Balkons. Die Absicht war klar: Erst den Krüppel aus dem Weg schaffen, dann das Mädchen.

Gilliam hatte abgewartet, bis die schattenhafte Gestalt direkt unter ihm war. Jetzt sagte er: «Ich komme hinunter. Aber ich warne Sie. Ich habe meine Pistole dabei. Der Sheriff ist bereits verständigt und schon auf dem Weg. Es hat keinen Sinn, noch etwas zu unternehmen, wir sind über alles im Bild.»

Er rollte nach rechts in den kleinen Lift und drückte auf den Knopf. Der Elektromotor begann zu summen, und Gilliam in seinem Rollstuhl sank nach unten. Mit der Rechten umklammerte er eine Lehne seines Rollstuhls, die er eben noch geistesgegenwärtig abgeschraubt hatte. Er hoffte, die kurze, glänzende Metallschiene würde in der Dunkelheit als Waffe durchgehen – wenn auch nur einen Moment lang. Was er brauchte, war ein klein wenig Zeit, ein winziger Vorsprung.

Der Fahrstuhl kam leise ächzend zum Stehen, und Gilliam rollte, alle Sinne aufs äußerste gespannt, ein paar Meter in den Raum. Ohne daß er gesehen hätte, woher er kam, ragte plötzlich der athletische Körper seines Widersachers drohend über ihm auf.

«Selbstmord, würde ich sagen», sagte eine Stimme in zynischem Ton, «reaktive Depression als Folge der Lähmung.» Die Stimme war beklemmend ruhig, die Bewegung dafür um so rascher. Sie verriet Kenntnis und Tücke. Der Rollstuhl drehte sich zwei-, dreimal in schwindelerregender Schnelligkeit um sich selbst, geriet ins Schwanken und stürzte über den Rand hinunter in das Becken.

Das Klatschen des Aufpralls klang wie ein Schuß.

Salomon, der gerade nachsehen wollte, ob Laura auf den Kacheln wirklich schlief, machte fauchend einen Satz zur Seite und geriet zwischen ein paar Beine, die anfingen, heftig nach ihm zu treten. Er setzte sich mit ausgefahrenen Krallen zur Wehr, und plötzlich war ein lauter Schrei zu hören und ein zweites Klatschen, als ein schwerer Körper auf die Wasseroberfläche traf. Mit einemmal war es überall naß. Salomon rettete sich durch einen Sprung auf ein trockenes Fleckchen dicht neben Lauras Körper und begann sich dort hektisch zu lecken. Er haßte Wasser auf dem Fell!

Gilliam war es gerade gelungen, sich aus seinem Rollstuhl zu befreien, und war auf dem Weg zum Beckenrand, um sich dort in Sicherheit zu bringen, als er plötzlich den Schrei hörte und gleich darauf sein Gegner neben ihm ins Wasser klatschte und versank. Doch nur für einen Moment. Schon tauchte der Umriß seines Kopfes über der Wasseroberfläche auf, und drohend schob sich sein Körper Gilliam entgegen.

Dieser hatte einen Schwall Wasser in Mund und Nase bekommen und rang noch schwer atmend nach Luft, doch konnte er auch jetzt nicht dem Drang widerstehen, eine Art Warnung auszusprechen. Der Gegner sollte wissen, was ihn erwartete, bevor er ihn zerstörte.

«Hier nützen Ihnen Ihre Beine gar nichts mehr», keuchte er, bevor er sich mit aller Kraft auf ihn stürzte.

Laura kam langsam wieder zu sich. In ihrem Kopf dröhnte es wie von einem Preßlufthammer. Das letzte, an das sie sich erinnerte, war, daß sie in ihrem Büro gesessen und nach der Patientenakte von diesem Doppelman gesucht hatte, danach – nichts mehr. Um sie herum war es dunkel und unerträglich laut. Klatschende Geräusche von heftig bewegtem Wasser wechselten sich ab mit unverständlichem Gebrüll. Sie versuchte sich aufzurichten, als plötzlich etwas Warmes, Feuchtes ihr Gesicht berührte. Entsetzt fuhr sie zurück, die Kehle wurde ihr eng vor Angst, bis sie begriff, daß es Salomon war, der sie mit der Nase anstieß, um sie zu begrüßen.

Sie mußte neben dem Becken liegen, das war ihr sofort klar, als sie den intensiven Chlorgeruch und die feuchte Wärme um sich herum registrierte. Überall spritzte Wasser. Es schien, als tobe ein Monster im Becken, eine Hydra, die mit unzähligen Armen und Beinen um sich schlug, ein Ungeheuer, das sank und wieder emporstieg und immer so weiter, Flüche brüllend und keuchend nach Luft ringend. Es war bereits das zweite Mal in etwas mehr als einer Woche, daß ihr Kopf einen Schlag erhalten hatte, und so brauchte sie einige Zeit, ehe ihr klar wurde, daß dort unten zwei Männer erbittert miteinander kämpften.

Es sah aus wie ein Kampf auf Leben und Tod.

Taumelnd lief sie zur gegenüberliegenden Wand und drückte auf den roten Alarmknopf. Er war dort angebracht, um schnell Hilfe holen zu können für den Fall, daß ein Patient im Becken plötzlich einen Schwächeanfall erlitt. Hier im Raum selbst konnte man nichts hören, doch sie wußte, daß jetzt im Schwesternzimmer und im Büro ihres Onkels Klingeln losschrillen würden.

Als nächstes drückte sie den Lichtschalter. Sie mußte heftig blinzeln, als der Raum von einem Moment zum andern in gleißende Helligkeit getaucht wurde. Die beiden Männer rangen jetzt unter Wasser, doch als sie wieder auftauchten und an die Oberfläche stießen, sah sie voller Entsetzen, wer sie waren.

Sie schrie, so laut sie konnte. «Nein!»

Gilliam unternahm eine letzte unbändige Kraftanstrengung.

Mit seinen Armen, die durch das Bewegen des Rollstuhls und das viele Schwimmen an Muskelmasse zugenommen hatten, umspannte er den Oberkörper seines Gegners und begann mit aller Macht zu drücken. Langsam, Zentimeter um Zentimeter sank dessen Körper tiefer ins Wasser. In seinen weit aufgerissenen Augen stand Todesangst, aus seinem Mund drang ein unverständliches Gurgeln.

Da erreichte Gilliam Lauras Schrei, und er hielt, wie vom Schlag getroffen, inne. Er hatte töten wollen, doch jetzt besann er sich eines Besseren. Er lockerte seinen Griff, ließ zu, daß der andere wieder an die Oberfläche kam und Luft holen konnte, und versetzte ihm dann einen harten, wütenden Faustschlag mitten ins Gesicht.

Erschöpft ließ er dann von ihm ab und streckte einen Arm nach dem Beckenrand aus. Sobald er Halt hatte, zog er die leblos wirkende Gestalt zu sich heran und richtete sie auf, indem er sie gegen die Beckenwand lehnte.

Man hörte jetzt das laute Geräusch herbeieilender Schritte, und als er hochsah, erblickte er über sich Laura. Er war völlig außer Atem, und so brauchte er eine Weile, bis er es herausbrachte.

«Da haben Sie Ihren Mörder», sagte er befriedigt.

Es war David Butler.

27. KAPITEL

Er war überhaupt nie in Chicago», sagte Gilliam zähneklappernd, während Kay Pink ihm eine zweite Wärmflasche unter die Decke schob. Kay sah etwas merkwürdig aus. Sie trug einen alten Männerpullover und eine viel zu weite Hose, Kleidung, die sie sich hatte leihen müssen, nachdem sie zusammen mit Roger Forrester in das Becken gesprungen war, um Gilliam zu helfen, David Butler in Schach zu halten.

Der Sheriff war genau in dem Augenblick eingetroffen, als sie mit vereinten Kräften versucht hatten, Butler aus dem Wasser zu ziehen. Ob er mit ihm gleich wieder in die Stadt würde zurückfahren können, war mehr als fraglich. Draußen wütete ein ausgewachsener Schneesturm, und Mountview war von der Außenwelt so gut wie abgeschnitten.

Die Klinik war dank Roger Forresters Umsicht für solche Fälle gerüstet und präsentierte sich behaglich und komfortabel wie immer, doch verlieh der Kontrast zu dem ungebändigten Toben der Naturgewalten draußen dem Ganzen einen Hauch von Unwirklichkeit.

Forrester war genau wie Kay Pink etwas aufs Geratewohl angezogen. Seine wirren Haare und das schief zugeknöpfte Hemd unter der hastig angezogenen Strickjacke ließen ihn jünger und zugänglicher erscheinen. Mehr denn je ähnelt er meinem Vater, dachte Laura. Dazu trug nicht zuletzt auch sein ratloser Gesichtsausdruck bei. Roger Forrester war gänzlich unfähig, auf die manchmal überraschenden Wechselfälle des Lebens gleichsam aus dem Stand heraus zu reagieren. Er braucht Zeit – genau wie sein Bruder, vielleicht wie wir alle, dachte Laura. Im Moment jedenfalls hörten sie alle erst einmal zu.

«Er ist nie auf diesem Kongreß gewesen und hat auch nie einen Vortrag dort gehalten», sagte Gilliam.

«Aber sein Name stand doch im Programm, ich habe es selbst gesehen», sagte Laura.

«Ja, und es war auch ein sehr guter Vortrag», schaltete sich Gabriel ein, «gehalten von Dr. David Butler, einem kleinen, kahlköpfigen, schrecklich kurzsichtigen Mann, der ziemlich wütend war, als er erfuhr, daß jemand über Jahre seinen Namen benutzt hat.»

«Ich verstehe gar nichts», sagte Roger Forrester, nicht zum erstenmal an diesem Abend.

«Der Mann, den Sie als David Butler kennen, heißt in Wirklichkeit David Bremmer», erläuterte Gabriel. «Er hat mal in demselben Krankenhaus gearbeitet wie der richtige Butler. Dort war er Medizinalassistent, während Butler seine Facharztausbildung absolvierte. Das Krankenhaus war übrigens das St. Charles in Denver.»

«Oh», sagte Forrester.

«Sagt dir das was, Onkel Roger?» wollte Laura wissen.

«Ich fürchte, ja.»

Sie sah, daß Gilliam Mühe hatte, die Augen offenzuhalten, aber anscheinend wollte er erst noch alles erklären, bevor er sich seiner Müdigkeit überließ und in den wohlverdienten Schlaf sank.

«Im St. Charles gab es vor ein paar Jahren gewisse Unregelmäßigkeiten in bezug auf Drogen, und zwar genau zu der Zeit, als Mrs. McAllister sich dort als Patientin aufhielt. Es ging ihr ziemlich schlecht damals, und sie wurde von beiden Ärzten, Butler und Bremmer, behandelt. Butler ist ein eher nüchterner Typ, der seinen Patienten unter Umständen auch unangenehme Wahrheiten zumutet, während Bremmer ...»

«Sie brauchen sich nicht weiter über Bremmer auszulassen, wir alle hier kennen ihn», sagte Kay Pink ziemlich schroff.

«Ja, natürlich. Mrs. McAllister gefiel offenbar der junge Bremmer sehr viel besser als Butler. Als die ganze Geschichte ans Licht kam, hatte man sie bereits entlassen, und sie befand sich in einem Sanatorium. Während sie sich da erholte, hörte sie allerlei Gerüchte, las Zeitungsberichte und nahm verträumt und etwas schusselig, wie sie war, ohne weiteres an, daß der attraktive junge Mediziner, der sich so aufmerksam um sie gekümmert hatte, der unschuldige Dr. Butler sein müsse, während der schurkische, mit Drogen handelnde Bremmer nur dieser ekelhafte Arzt sein konnte, der ihr einmal recht unverblümt gesagt hatte, sie müsse endlich aufhören, die ganze Zeit über sich selbst nachzudenken.»

«Aber Butler hatte Referenzen ...», wandte Forrester ein, «und die haben wir, bevor wir ihn einstellten, selbstverständlich nachgeprüft.»

«Das glaube ich Ihnen», sagte Gilliam. Er hatte inzwischen aufgehört zu zittern. «Aber die ganze Nachprüfung fand per Computer und per Post statt, richtig? Bremmer nannte Ihnen einen falschen Namen, nämlich den von Butler, und gab dessen Ausbildungsgang und Sozialversicherungsnummer an – die muß er wohl, während sie beide am St. Charles arbeiteten, irgendwie herausbekommen haben. Den Rest konnte er dann getrost den Computern beziehungsweise den sie bedienenden Sekretärinnen überlassen. Sie erhielten routinemäßige Anfragen, die sie routinemäßig beantworteten. Bremmer hat seine Facharztprüfung vor der staatlichen Kommission hier unter falschem Namen abgelegt und problemlos bestanden. Der echte Dr. Butler hatte das St.-Charles-Krankenhaus inzwischen verlassen und praktizierte in New Mexico. Bremmer hielt sich über seinen beruflichen Werdegang auf dem laufenden, indem er medizinische Fachzeitschriften las und sich ab und zu bei gemeinsamen Bekannten nach ihm erkundigte. Die Leute von der Sozialversicherung hätten natürlich jederzeit dahinterkommen können, daß unter ein und derselben Nummer gleich für zwei Personen Beiträge abgeführt wurden, aber wie wir sehen, ist das bisher nicht geschehen. Die Daten stecken eben alle im Computer, und der spuckt nur aus, was er gefragt wird. Aber wer kommt schon auf so etwas?»

«Warum hat er sich für diesen Butler überhaupt so interessiert, daß er die notwendigen Einzelheiten aus dessen Leben gleich parat hatte, als es darauf ankam?» fragte Laura.

«Er muß wohl damit gerechnet haben, daß eines Tages alles auffliegen könnte», antwortete der Sheriff, «und so hat er frühzeitig damit angefangen, falsche Fährten zu legen, die Dr. Butler belasteten. Offenbar ist er dabei nicht allzu geschickt vorgegangen, denn diese Hinweise auf Dr. Butler wurden ziemlich schnell als Täuschung entlarvt. Seit der Zeit ging Bremmer sehr viel vorsichtiger zu Werke. Das Krankenhaus hatte damals kein Interesse an negativen Schlagzeilen und verzichtete auf rechtliche Schritte, Bremmer verlor jedoch seine Approbation, und man warf ihn aus dem Ärzteverband. Ihm war klar, daß er, um weiter in seinem Beruf arbeiten zu können, eine neue Identität brauchte.»

«Und dabei besaß er solche Fähigkeiten ... aus ihm hätte ein wirklich guter Arzt werden können», murmelte Roger Forrester.

«Schon möglich», erwiderte Gilliam, «aber das macht die ganze Sache in meinen Augen nur noch abstoßender. Da besitzt jemand eine solche Begabung, und statt sie einzusetzen, um zu helfen, nutzt er sie schamlos für seinen eigenen kleinen Vorteil. Das einzige, worum es Bremmer ging, war, in kurzer Zeit an soviel Geld wie möglich zu kommen, und dafür war ihm so gut wie jedes Mittel recht – damals bereits der illegale Verkauf von Drogen. Aber das Schlimmste ist, er glaubte tatsächlich, daß ihm ein gewisser Reichtum einfach zustehe. Er ist das klassische Beispiel eines pathologischen Egomanen.»

«Du liebe Güte, was liefern wir doch für kluge Analysen, selbst wenn wir schon in einem blauen Schlafanzug stecken und uns vor Erschöpfung fast die Augen zufallen», bemerkte Kay Pink ironisch. Gilliam grinste sie an.

«Aber das erklärt noch lange nicht, warum ausgerechnet er Julie und Clarissa umgebracht haben soll», sagte Laura. «Sind Sie sicher, daß es wirklich David war?»

«Sie ist ganz schön hartnäckig, was?» sagte Gilliam zu Forrester gewandt.

Roger lächelte. «Das hat sie von ihrem Vater. Aber reden Sie weiter, jetzt will ich alles hören. Vielleicht gelingt es mir dann ja irgendwann, es zu glauben.»

«Was Sie von der richtigen Spur abgelenkt hat, Laura, war die Sache mit den beiden Testamenten», sagte Gilliam und vermied es mit Bedacht, Forrester dabei anzusehen. «David hatte aber keine Ahnung von dem zweiten Testament, das ihn nach dem Ableben von Mrs. McAllister mit einem Schlag zu einem reichen Mann hätte machen können. Wenn er davon gewußt hätte, hätte er bestimmt nicht ausgerechnet die beiden Frauen getötet, die bei der Unterzeichnung dieses zweiten, für ihn vorteilhaften Testaments als Zeuginnen fungiert hatten. Als er von diesem erfuhr, war es zu spät – die beiden waren tot. Doch inzwischen hatte er ja schon Sie an der Angel», schloß er, und eine leichte Bitterkeit war nicht zu überhören.

«Das bildete er sich nur ein», erwiderte Laura heftig, doch völlig sicher war sie sich nicht. Jetzt werde ich nie mehr erfahren, ob ich nicht doch irgendwann Davids Charme erlegen wäre, dachte sie.

«Die Stelle hier in Mountview hatte er angenommen, weil die Klinik so abgelegen ist», erläuterte Gilliam. «Aber selbst wenn er jemanden getroffen hätte, der den wirklichen Butler kannte, hätte er jederzeit sagen können, daß es sich eben um eine zufällige Namensgleichheit handle. Es ist ja auch tatsächlich ein ziemlich häufiger Name.»

«Der Ärzteverband verzeichnet ungefähr fünfzig David Butlers unter seinen Mitgliedern», erklärte Gabriel. «Allerdings nur einen, der zur selben Zeit wie Bremmer am St. Charles arbeitete.»

Gilliam nickte nachdenklich. «Bremmer hat sich für die Stelle hier entschieden, weil er, wie ich schon sagte, vor allem Sicherheit wollte. Aber davon abgesehen dürfte ihn auch die außergewöhnlich gute Bezahlung gereizt haben», fuhr er fort. «Als Sie, Laura, dann auf der Bildfläche erschienen und er erfuhr, daß Sie in gut einem Jahr ein größeres Vermögen erben würden, dürfte ihm das als unverhoffter Glücksfall erschienen sein. Obendrein waren Sie noch die einzige nahe Verwandte von Dr. Roger Forrester, und so stand zu erwarten, daß die Klinik eines Tages Ihnen gehören würde. Welche Zukunftsaussichten! David Bremmer als Chef von Mountview mit dem entsprechenden Geld im Hintergrund, um in großem Stil leben zu können.»

«Wenn Julie nicht getötet worden wäre, wäre ich nie hergekommen», sagte Laura leise.

«Ich weiß», erwiderte Gilliam, «mit Julie fing alles hier an.»

Der Sheriff öffnete den Mund, als wolle er Einspruch erheben, doch dann schwieg er.

«Wenn Julies Tod irgendwie mit Mrs. McAllisters Testament in Zusammenhang gestanden hätte, dann hätte Julie das zweite oder dritte Opfer sein müssen. Als mir das klar wurde, sah ich die ganze Sache endlich unter dem richtigen Blickwinkel. Sie konnte nicht deshalb umgebracht worden sein, weil sie die Unterschrift unter das Testament bezeugt hatte, denn die ganze Testamentsgeschichte war völlig uninteressant, solange Mrs. McAllister noch am Leben war. Nein, Julie wurde umgebracht, weil sie herausgefunden hatte, daß Dr. Butler in Wirklichkeit ein Mann namens Bremmer war. Es muß sie furchtbar getroffen haben, als sie das erfuhr. Sie war in ihn verliebt, und er nahm ihre Bewunderung hin, vielleicht hat er sie sogar ein Stück weit genossen. Ab und zu ließ er sich dann zu einem Treffen herab. Sie arbeitete im selben Krankenhaus wie er, und das hieß, sie war ohne viele Umstände jederzeit verfügbar ... Die Beziehung zu ihr war einfach sehr bequem für ihn.»

«Dann war also doch etwas zwischen den beiden», sagte Laura kaum hörbar. Ihr Gefühl schwankte zwischen Verletztheit und Scham.

«Ja, davon muß man wohl ausgehen», sagte Gilliam behutsam. «Irgendwann hatte sie dann eine Bitte an ihn. Eine ganz normale Bitte eigentlich, aber unter den gegebenen Umständen wurde sie zum Auslöser einer verhängnisvollen Entwicklung. Julie wünschte sich Fotos von Bremmer, die sie dann ihren zahlreichen Brieffreundinnen schicken wollte, um mit ihrer Eroberung vor ihnen anzugeben. Er sträubte sich ganz offenbar – wir wissen, warum –, und sie versuchte, ihn heimlich zu fotografieren. Alle Schnappschüsse von ihm, die wir unter ihren Habseligkeiten entdeckten, zeigen deutlich, daß er keine Ahnung hatte, daß gerade Aufnahmen von ihm gemacht wurden. Ich nehme an, daß Julie diese Bilder zu unscharf waren, außerdem war Bremmer immer nur von ferne zu sehen. Wie auch immer – sie beschloß jedenfalls, sich auf anderem Wege ein Foto von ihm zu besorgen. Und bei der erstbesten Gelegenheit setzte sie diesen Vorsatz in die Tat um.

Sie stahl das einzige Foto von Bremmer, das er notgedrungen hatte herausrücken müssen, das Foto in seiner Personalakte. Ich habe inzwischen erfahren, daß Julie des öfteren unten im Büro ausgeholfen hat, es dürfte also nicht allzu schwierig für sie gewesen sein, es an sich zu bringen.»

Das ist also der Grund, warum in Davids Personalakte kein Foto von ihm war, dachte Laura.

«Als Julie die Aufnahme endlich hatte, machte sie davon ein paar Kopien und schickte sie an ihre Freundinnen. Und wie der Zufall so spielt – eine lebte in Denver und arbeitete am St.-Charles-Krankenhaus. Sie schrieb umgehend zurück und teilte Julie mit, daß der Mann, den sie für Butler hielt, in Wirklichkeit ein gewisser Bremmer sei, der vor längerer Zeit am St. Charles gearbeitet, doch dann wegen Drogenschiebereien seine Stelle verloren habe. Außerdem sei ihm die Approbation entzogen worden. Was in Julie vorging, als sie diese Nachricht erhielt, darüber können wir nur spekulieren. Vielleicht konnte oder wollte sie es zunächst nicht recht glauben, auf jeden Fall begann sie von diesem Zeitpunkt an Material über Bremmer zusammenzutragen. Wie jeder weiß, der mit ihr zusammengearbeitet hat, konnte sie, wenn sie sich etwas in den Kopf gesetzt hatte, sehr einfallsreich und systematisch zugleich vorgehen. Wie ich schon sagte, verfolgte Bremmer all die Jahre über Butlers beruflichen Werdegang, und immer, wenn er las, daß dieser an einem Kongreß teilnehmen werde, nahm Bremmer sich, wenn es ging, vorsichtshalber frei. Julie verglich die Termine dieser Kongresse mit den Zeiten der Abwesenheit von Bremmer und stellte fest, daß es ein paarmal Diskrepanzen gab. Sie telefonierte herum, stellte Fragen ...»

«Genau wie ich», bemerkte Gabriel. «Nachdem Tom mir gesagt hatte, wonach ich Ausschau halten sollte, war es nicht besonders schwer, alles Nötige in Erfahrung zu bringen.»

«Unglückseligerweise ging Julie nicht direkt zur Polizei, sondern konfrontierte Bremmer mit dem Ergebnis ihrer Recherchen und kündigte an, daß sie ihr Wissen nicht für sich behalten werde. Sie habe eine Art Dossier zusammengestellt, das sie dem Sheriff übergeben werde. Möglicherweise hat sie ihm angeboten, ihm einen gewissen zeitlichen Vorsprung zu geben, damit er fliehen konnte. Wenn dem so war, so hat er es ihr nicht gedankt. Was im folgenden passierte, kann man nur vermuten. An dem Nachmittag, an dem sie starb, nahm er in der Klinik eine Operation vor. Von den Fenstern des OPs aus kann man den Eingangsbereich der Klinik überblicken. Er muß wohl gesehen haben, wie sie mit einem großen Umschlag unter dem Arm das Gebäude verließ. Daraufhin entschuldigte er sich, er müsse austreten, schlüpfte ungesehen hinaus, folgte ihr auf dem einsamen Weg und tötete sie schnell und entschlossen. Danach kehrte er wieder in die Klinik zurück und setzte die Operation fort. Wenn man am Ende des Tages das Blut auf seinem OP-Kittel analysiert hätte, so hätte man, dessen bin ich mir sicher, festgestellt, daß es von zwei verschiedenen Menschen stammte: von dem Patienten, den er gerade operiert hatte, und von Julie, die er gerade umgebracht hatte. Aber natürlich wurde eine solche Analyse nie durchgeführt, wieso auch? Schließlich war Blut auf einem OP-Kittel ja auf den ersten Blick etwas völlig Normales, etwas, das zu erwarten war.»

«O mein Gott», flüsterte Roger Forrester erschüttert.

«Bremmer hatte wie wir alle die Geschichten über den Schattenmann gehört, die man sich hier in der Gegend erzählt, und so bemühte er sich, den Mord an Julie als die Tat dieses Phantoms aussehen zu lassen.»

«Aber er hat ihr nicht die Haare abgeschnitten», bemerkte der Sheriff.

Alle Augen wandten sich ihm zu. «Was meinen Sie damit, Matt?» fragte Gilliam.

«Ach, nichts weiter», antwortete Gabriel. «Fahren Sie fort.»

«Er fügte seinem Opfer, wie wir wissen, einen tiefen Schnitt durch die Kehle zu, absichtlich stümperhaft, denn ein rascher, gezielter Schnitt durch die Drosselvene wäre ein Hinweis gewesen, daß der Mörder Anatomiekenntnisse besaß und mit dem Messer umgehen konnte. Als er nach der Tat unbemerkt wieder zurück in den OP gelangt war, glaubte er, sein Problem aus der Welt geschafft zu haben. Er wiegte sich in Sicherheit. Aber dann kam jener Abend, an dem das Doku-Drama über den Skandal im St. Charles im Fernsehen ausgestrahlt wurde. Bremmer bekam mit, wie aufgeregt Mrs. McAllister war, wie sehr sie darauf brannte, diesen Film zu sehen. Sie kenne nämlich die beteiligten Ärzte, erzählte sie an diesem Tag jedem, der es hören wollte. Und es stimmte ja auch, obwohl ihre Erinnerungen eher undeutlich waren.»

«Sie hat mal zu David gesagt, daß ein Schnurrbart ihm gut stehen müßte», platzte Laura heraus.

«Das ist sehr interessant», sagte Gilliam nachdenklich. «Vermutlich hat dieser Satz ihren Tod besiegelt. Bremmer wußte ja, daß er jederzeit darauf gefaßt sein mußte, daß sich Mrs. McAllister plötzlich wieder deutlich erinnerte, und diese Bemerkung konnte in seinen Augen nur bedeuten, daß sie über ihn nachdachte, weil ihr irgend etwas nicht stimmig erschien. Bremmer hatte begreiflicherweise Angst, daß der Filmbericht womöglich ihr Gedächtnis wieder auffrischte, deshalb handelte er umgehend.»

«Aber er war an dem Abend und auch die ganze Nacht mit mir zusammen», sagte Laura und wurde rot.

«Er hat sich wirklich keine Minute von Ihrer Seite entfernt?» fragte Gabriel nach.

Sie seufzte. «Wenn Sie mich so fragen … Als wir an dem besagten Abend nach Hause kamen und ich die Treppe zur Eingangstür hochging, brach plötzlich das Geländer weg, und David kehrte um, weil er, wie er später sagte, aus Michaels' Schuppen irgendein Stück Holz holen wollte, um das Geländer notdürftig zu reparieren. Aber er war nur kurze Zeit weg. Vielleicht zehn, fünfzehn Minuten.»

«Das war völlig ausreichend», sagte Gilliam. «Bremmer ist fähig, wenn es sein muß, schnell und entschlossen zu handeln, das hat der Mord an Julie gezeigt. Er muß sich jeden Schritt vorher genau überlegt haben, und als er den richtigen Augenblick gekommen sah, da nahm er die Gelegenheit wahr. Und er hatte, wenn Sie so wollen, wieder einmal Glück. Die Tat gelang.»

«Was denn für eine Tat?» erkundigte sich Roger Forrester irritiert. «Myra McAllister starb an Herzversagen infolge eines akuten Asthmaanfalls. Die Anzeichen waren eindeutig.»

«Er hat ihr Penizillin gegeben», flüsterte Laura voller Entsetzen. Sie hatte mit einemmal alles begriffen. «Genau wie du mir neulich beinah – aber bei dir war es ein Versehen.» Sie konnte ihrem Onkel in diesem Moment nicht in die Augen sehen und starrte statt dessen verlegen auf ihre Hände.

«Aber ...», begann Forrester hilflos.

«Ihre Nichte hat recht. Mrs. McAllister war gegen Penizillin allergisch», erklärte Gilliam. «Mrs. Strayhorn hat es mir gesagt, und es stand auch in ihrem Krankenblatt. Bremmer gab ihr an dem Abend niedriger dosierte Schlaftabletten als gewöhnlich, weil er wollte, daß sie unruhig schlief. Als er dann spät abends neben ihrem Bett erschien und ihr sagte, er werde ihr noch eine zweite Tablette geben, damit sie endlich Ruhe finde, da hat sie ihn vermutlich dankbar angelächelt und sie ohne Widerspruch eingenommen.»

«Die Tabletten, die sie mir geben, sehen alle gleich aus», murmelte Laura tonlos vor sich hin. Sie lächelte bitter. «Als er zurückkam, sagte er mir, der Schuppen sei abgeschlossen, deshalb habe er nichts mitbringen können, um das Geländer zu flicken.»

«In Wahrheit war er natürlich gar nicht am Schuppen. Von Ihrer Wohnung bis zu Myra McAllisters Zimmer sind es nicht mehr als zwei, drei Minuten, man braucht ja bloß über den Parkplatz zu laufen und dann über die Servicetreppe hinauf in den zweiten Stock. Für jemanden mit gesunden Beinen ein Kinderspiel», schloß Gilliam.

«War er auch schuld daran, daß meine Bremsen versagten?» fragte Laura. Inzwischen traute sie Bremmer alles zu.

«Nein. Die Bremsleitung war einfach undicht geworden. Ihr Auto war ja eine ziemliche Klapperkiste, und Sie hatten es mit der Wartung wohl auch nicht so genau genommen, oder? Es ist interessant, daß Sie einen Zusammenhang herstellen, doch damit ist es so eine Sache. Viele Dinge, die auf den ersten Blick miteinander in Verbindung zu stehen scheinen, haben, wenn man genauer hinsieht, gar nichts miteinander zu tun. Wie zum Beispiel Mrs. McAllisters Testament – es hat bei keinem der drei Morde eine Rolle gespielt.»

«Hattest du Probleme mit den Bremsen, Laura?» fragte Forrester und warf seiner Nichte einen besorgten Blick zu.

«Ja, aber es ist nichts weiter passiert», antwortete sie eilig. Sie schämte sich, daß sie ihren Onkel verdächtigt und Bremmer so blind vertraut hatte. Hier zu sitzen und sich alles anhören zu müssen war die reinste Qual, obwohl Gilliam, wie sie zugeben mußte, versuchte, es ihr so leicht wie möglich zu machen. Seine Rücksichtnahme überraschte sie ein wenig. Sie blickte zu ihm hinüber und sah an dem Ausdruck in seinen Augen, daß ihm diese minutiöse Beweisführung ebenfalls Pein bereitete. Er haßte es, auf diese Art an ihre Gefühle zu rühren, das war deutlich. Aber noch mehr haßte er einen Menschen wie Bremmer.

David hat versucht, mich zu töten, dachte sie. Es war eine schmerzhafte Erkenntnis, aber sie mußte lernen, der Wahrheit ins Gesicht zu sehen.

«Ich war der festen Überzeugung, daß David in Chicago sei», sagte sie.

«Das war von ihm ja auch so beabsichtigt. Aber erinnern Sie sich noch an den Film, von dem Sie mir erzählten, mit der Titelmusik, die Ihnen so gefiel? Er lief im Hintergrund, als Bremmer mit Ihnen telefonierte, und nachdem Sie Ihr Gespräch beendet hatten, schalteten Sie Ihren eigenen Fernseher an und sahen sich noch den Schluß an, weil Sie dadurch, wie Sie mir sagten, das Gefühl hatten, ihm nahe zu sein.» Es muß ihn ziemliche Mühe kosten, so sachlich darüber zu sprechen, dachte Laura.

«Nun, dieser Film wurde nicht landesweit ausgestrahlt, sondern nur von dem hiesigen Lokalsender. Das bedeutet, Bremmer hielt sich, als er mit Ihnen telefonierte, nicht in Chicago auf, sondern ganz hier in der Nähe. Die Sache machte mich stutzig. Warum log er? Ich begann Nachforschungen über ihn anzustellen, und als Sie mir dann den Karton mit Julies Habseligkeiten übergaben …»

«Was ich nicht verstehe, ist: Warum hat er sich Nick Higgins' alte Jacke angezogen?» warf Kay Pink ein und griff automatisch nach Gilliams Handgelenk, um seinen Puls zu fühlen.

«Er wollte, daß wir *ihn* für den Täter hielten», antwortete Gabriel.

«Ja, darum war er auch so interessiert, zu erfahren, ob der Sheriff Nick schon wieder hatte gehen lassen oder nicht.» Gilliam entzog Kay abrupt seinen Arm. «Lassen Sie das! Mir geht es gut.»

«Den Eindruck habe ich nicht», antwortete Kay ruhig. «Sie sollten aufhören zu sprechen und sich endlich etwas Schlaf gönnen.»

«Lassen Sie ihn zu Ende reden», sagte Forrester. «Er ist ein zäher Bursche, und ein paar Minuten mehr oder weniger werden ihm nicht schaden.»

«Was ist denn hier los?» ertönte plötzlich eine Stimme hinter Ihnen. Sie sahen sich um. Owen Jenks stand in der Tür und blickte sie aus verschlafenen Augen verständnislos an.

«Nur hereinspaziert!» antwortete Kay mit aufgesetzter Munterkeit. Wenn Forrester der Meinung war, Gilliam könne noch etwas auf seine Ruhe verzichten, sollte es ihr recht sein.

«David befand sich in einer einmalig günstigen Situation, Beweise fälschen zu können», fuhr Gilliam fort, «und tatsächlich hat er das die ganze Zeit über getan. Nachdem er Julie Zalinsky getötet hatte, spritzte er, als sich ihm eine Gelegenheit bot, etwas Blut derselben Blutgruppe auf Higgins' Winterjacke. Solange es noch feucht war, fiel es auf dem roten Wollstoff ohnehin nicht auf, und nachdem es getrocknet war, würde Higgins die braunen

Verkrustungen für irgendwelche Flecken halten. Er trug die Jacke ja täglich bei der Arbeit, und sie war sowieso nicht mehr ganz sauber. Die ganze Manipulation wiederholte er dann, nachdem er Clarissa getötet hatte.»

Jenks schien langsam aufzuwachen. «David hat Clarissa getötet?» stammelte er.

Gilliam nickte. «Ja, es sieht alles danach aus.»

«Aber warum denn bloß? Warum?» Owen war beunruhigt und verwirrt. Er wußte nicht, daß Bremmer in Handschellen und medikamentös ruhiggestellt unten in Forresters Büro lag, aufmerksam beobachtet von zwei kräftigen Pflegern. Er fragte sich, wieso die halbe Belegschaft von Mountview um Gilliams Bett herumstand und ihm wie hypnotisiert an den Lippen hing. Und wieso war der Sheriff da, und weshalb sahen Forrester und seine Nichte so bedrückt aus?

«Der Alarm hat mich geweckt», sagte er. «Ich dachte, es sei wieder ein Feuer ausgebrochen. Ich habe in der ganzen Klinik niemanden gefunden, der mir hätte sagen können, was los ist. Was ist denn eigentlich passiert?» Sein ratloser Gesichtsausdruck hätte sie unter normalen Umständen wohl alle zum Lachen gereizt, doch jetzt bedeuteten sie ihm durch Mimik und Gesten, ruhig zu sein, und so lehnte er sich achselzuckend an die Fensterbank, während Gilliam seine Erläuterungen fortsetzte.

«Clarissa hielt sich zufällig gerade im Fernsehraum auf, als der Film über den Skandal am St. Charles lief», sagte er. «Sie bekam mit, daß Bremmer beunruhigt war, und das verblüffte sie und reizte ihre Neugierde. Vermutlich hat sie, wann immer sie in seiner Nähe war, sehr genau darauf geachtet, was er gesagt und getan hat. Wahrscheinlich – aber das ist nur eine Annahme von mir – hat sie auch gesehen, wie er sich in der besagten Nacht in Mrs. McAllisters Zimmer schlich. Das ist jedenfalls in meinen Augen die einzige Erklärung dafür, daß er sie umgebracht hat. Wahrscheinlich hat sie versucht, ihn zu erpressen. Wenn Bremmer nicht gesteht, werden wir das allerdings nie erfahren.»

«Ich denke, der sogenannte Schattenmann hat Clarissa ermordet», meldete sich Jenks zu Wort. Man merkte, daß er sich angestrengt bemühte zu verstehen, um was es eigentlich ging.

«Es gibt keinen Schattenmann», antwortete Gabriel entschieden. «Bremmer hat sich die Legende zunutze gemacht, um so von sich abzulenken. Er ermordete Miss Janacek vor seinem Rendezvous mit Mrs. Brandon und legte nachts den Brand im Krankenhauslager, um den Verdacht auf den ‹Schattenmann› zu lenken. Desinformation scheint überhaupt sein Ding gewesen zu sein. Gilliam hat uns ja gerade erläutert, mit welchen Tricks er versucht hat, Higgins die Morde anzuhängen. Da Clarissa und Higgins eine Art Beziehung miteinander hatten, hielt er das wohl für eine besonders gute Idee.»

«Sie hatten eine Beziehung miteinander?» fragte Jenks überrascht nach.

«Ja. Und in regelmäßigen Abständen gerieten sie sich in die Haare», erklärte Gilliam. «Das kam Bremmers Absichten natürlich sehr entgegen. Wenn wir ihm nicht auf die Schliche gekommen wären ...»

«Wer zum Teufel ist denn dieser Bremmer?» unterbrach ihn Jenks. Langsam wurde er ungeduldig.

«Bremmer ist der richtige Name des Mannes, den wir bisher als David Butler kannten», erklärte Forrester müde.

«Ah so», sagte Jenks. Er war wie betäubt. Das mußte er erst einmal verdauen.

«Wenn es Bremmer gelungen wäre, Higgins als unberechenbar und etwas verrückt erscheinen zu lassen, als den ‹Schattenmann›, der die beiden jungen Frauen womöglich in Phasen geistiger Unzurechnungsfähigkeit umgebracht hatte, dann wäre er sozusagen aus dem Schneider gewesen. Des Mordes an Mrs. McAllister würde er ohnehin nie verdächtigt werden aus dem einfachen Grund, daß niemand auch nur ahnte, sie könnte einem Verbrechen zum Opfer gefallen sein. Alle nahmen ja an, daß sie eines natürlichen Todes gestorben war. Heute wollte er erneut töten. Und daß er sich Higgins' Jacke angezogen hat, beweist so gut wie ein Geständnis, daß er auch diesmal wieder den Verdacht auf ihn lenken wollte. Und diesmal hätte er sich nicht die Mühe machen müssen, Blut als falsches Indiz auf die Jacke zu schmieren. Da er die Jacke bei der Tat getragen hätte, wären die Blutspuren authentisch gewesen.»

«Sie vergessen die DNS», protestierte Gabriel. «Wir hätten doch bestimmt eine DNS-Analyse des Blutes vornehmen lassen und dann festgestellt, daß es nicht von Julie und Clarissa stammte, daß lediglich ihre jeweiligen Blutgruppen mit den Flecken auf der Jacke übereinstimmten.»

«Glauben Sie wirklich?» entgegnete Gilliam skeptisch. «Wenn Bremmer Nick zum Beispiel irgendwelche Psychopharmaka in den Kaffee getan hätte, so daß ihr ihn völlig verwirrt vorgefunden hättet, und ihr dann außerdem noch Blutflecken auf seiner Jacke entdeckt hättet, die mit den Blutgruppen der Opfer übereinstimmten ... Glauben Sie wirklich, Sie hätten dann noch Zeit und Geld aufgewendet für eine DNS-Untersuchung?»

«Nein, wohl nicht», gestand Gabriel. «Aber ich hoffe, daß sein Verteidiger darauf bestanden hätte.» Er dachte dabei an Dominic Pritchard. Dom entging so schnell nichts, was seine Mandanten entlasten konnte, und er wäre bestimmt sofort bereit gewesen, Nick zu verteidigen. Einfach deshalb, weil er immer auf der Seite der Schwächeren war.

«Daß Sie Nick zur Befragung abholten, hat Bremmers ursprünglichen Plan durchkreuzt, Matt», sagte Gilliam. «Eigentlich wollte er wohl schon am Mittwoch oder Donnerstag losschlagen. Er hatte es auf mich abgesehen. Ihm dämmerte wohl, daß ich ihm auf der Spur war. Doch da Nick als der Täter dastehen sollte, mußte er wohl oder übel warten, bis Sie ihn wieder gehen ließen. Zu diesem Zeitpunkt gab es dann allerdings noch einen weiteren Menschen, den er aus dem Weg schaffen mußte ...»

«Mich», sagte Laura sehr leise. «Ich hatte ihm am Telefon von der Doppleman-Akte erzählt und daß ich sie suchen würde.

David hat ziemlich schnell begriffen, um was es sich dabei handelte. Viel schneller als ich.»

«So, das wäre jetzt, glaube ich, alles», sagte Gilliam und schloß mit einem Seufzer die Augen.

«Dieser Mann ist ja ein Ungeheuer, er besitzt keinerlei Skrupel oder Mitgefühl», flüsterte Forrester fassungslos. «Ich kann gar nicht glauben, daß jemand, der in der Lage war, anderen so wohlzutun, selbst durch und durch schlecht und verdorben sein kann.»

Laura mußte an Milly denken, aber sie schwieg. Sie war inzwischen überzeugt, daß ihr Onkel mit der Veruntreuung der Gelder aus dem Treuhandfonds nichts zu tun hatte. Es war alles Millys Werk. Er hatte die diesbezüglichen Verwaltungsgeschäfte vertrauensvoll an sie delegiert, und sie hatte dieses Vertrauen schamlos ausgenutzt. Er ist seinem Bruder nicht nur äußerlich sehr ähnlich, dachte Laura, sondern auch in seinem Wesen. Genau wie mein Vater geht er immer zuerst davon aus, daß andere Menschen nur die besten Absichten verfolgen. Sie fragte sich, ob Milly vor ein paar Wochen wirklich noch einmal zurückgegangen war und Schwester Hasker einen Zettel hingelegt hatte, die ursprüngliche Verschreibung sei rückgängig gemacht worden und Laura Brandon dürfe auf keinen Fall Penizillin verabreicht bekommen. Mein Tod zu diesem Zeitpunkt hätte schon Vorteile gehabt für Onkel Roger, schoß es ihr durch den Kopf. Er hätte das gesamte Fondsvermögen geerbt, und die Klinik wäre damit finanziell saniert gewesen. Hätte Milly, wenn sie denn tatsächlich vorgehabt hatte, sie umzubringen, es getan, um Mountview zu retten, also sozusagen aus edlen Motiven? Oder war es ihr nur darum gegangen, sich weiterhin einen gewissen Lebensstandard zu sichern – mit Nerzmantel und Designermode?

Fast kam es Laura vor, als sei sie in Mountview von lauter Phantomen umgeben.

David, Milly und sogar Onkel Roger auf seine Art waren in Wirklichkeit anders, als sie nach außen erschienen. Selbst auf Gilliam traf das zu. Er tat ruppig und unnahbar, dabei war er in Wahrheit rücksichtsvoll und empfindsam und überhaupt …

Gilliam gab plötzlich einen merkwürdigen kleinen Laut von sich, als lache er leise in sich hinein. Kay Pink beugte sich sofort besorgt über ihn und legte ihr Ohr an seinen Mund. Doch nach einem kurzen Moment blickte sie hoch, und ihr Gesicht verzog sich.

«Er sagt», stieß sie prustend hervor, «der Butler ist der Mörder.»

28. KAPITEL

Wie Laura vorhergesehen hatte, hatte sich Gilliam durch sein unfreiwilliges Bad eine Erkältung zugezogen, es war aber nicht besorgniserregend. Am Morgen hatte der Sheriff, sobald die Straßen vom Schnee geräumt worden waren, Bremmer in die Stadt mitgenommen. Jetzt würde die umfangreiche Beweissicherung beginnen, damit er vor Gericht gestellt werden konnte. In Mountview kehrte allmählich wieder Ruhe ein, die Schwestern und Pfleger entspannten sich, die Patienten benahmen sich wieder friedlich.

Mit Ausnahme von Gilliam.

Drei Tage nach den aufregenden Ereignissen kam er auf Krükken in Lauras Büro. Erschrocken sprang sie auf, als er sich bleich vor Anstrengung, aber nichtsdestoweniger fest entschlossen über die Schwelle quälte.

«Du liebe Güte, für Krücken ist es doch noch viel zu früh bei Ihnen!» rief sie, trat auf ihn zu und schubste ihn ziemlich unsanft auf den nächsten Stuhl.

«Lassen Sie das! Keine zehn Pferde kriegen mich wieder zurück in den verdammten Rollstuhl», sagte er heftig, als sie versuchte, ihm die Krücken wegzunehmen.

«Wo haben Sie die überhaupt her?» wollte sie wissen.

«Michaels hat sie mir für fünfzig Dollar verkauft», sagte er und grinste.

«Dieses geldgierige Frettchen. Sie hätten stürzen können ...»

«Bin ich aber nicht», erwiderte er, «und werde ich auch nicht. Sie müssen mir eben beibringen, wie man sie richtig benutzt.»

«Kommt gar nicht in Frage, jedenfalls nicht, bevor Sie richtig darauf vorbereitet sind», sagte sie.

«Was ist los? Wollen Sie nicht, daß ich wieder gesund werde?»

«Reden Sie keinen Unsinn.»

«Dann hören Sie auf, mich zurückzuhalten.»

«Ich halte Sie zurück?!»

«Ja. Ich könnte schon längst wieder bei der Truppe sein, wenn Sie meinen Fortschritten nicht dauernd im Wege stünden. Sie können es eben nicht ertragen, mich gehen zu lassen, ich bin Ihr Vorzeigepatient, geben Sie es zu.»

«So wie Sie sich aufführen, würde ich eher sagen: Vorzeigeidiot», entgegnete sie genervt und setzte sich wieder hinter ihren Schreibtisch. Vor ihr lag Martin Hambdens letzter Bericht über Gilliams Gesundheitszustand. Die Prognose lautete unmißverständlich, daß der Patient nicht wieder als Polizist würde arbeiten können. Zwar würde er in ein paar Wochen seine Beine wieder bewegen und auch wieder gehen können, aber ein Hinken würde zurückbleiben, so daß der Dienst bei der Polizei nicht mehr in Frage kam. Sie war furchtbar niedergeschlagen gewesen, nachdem Hambden es ihr mitgeteilt hatte. Genau wie er. Sie wußten beide, wie sehr Gilliam an seinem Beruf hing, und hatten das Gefühl, irgendwie versagt zu haben.

«Also, wie ich das sehe», begann Gilliam erneut, «brauche ich in der nächsten Zeit jemanden, der mich vernünftig anleitet. Das beste wäre, wie mir scheint, ich sicherte mir Ihre ungeteilte Zeit und Aufmerksamkeit.» Er zog sich an den Krücken hoch, schwankte unsicher auf den Schreibtisch zu und ließ sich mit einem erleichterten Plumps auf der Kante nieder. Sein Gesichtsausdruck verriet Schmerz und Triumph zugleich. Ihr schossen die

Tränen in die Augen, und sie wandte sich schnell ab, damit er es nicht bemerkte. Er war so voller Kampfgeist ... Er ließ sich einfach nicht unterkriegen. David Butler, oder besser Bremmer, war ein attraktiver und charmanter Mann – und ein moralischer Krüppel. Gilliam dagegen war behindert und doch ein ganzer Mann. Wie hatte sie die ganze Zeit über nur so blind und töricht sein können? Es waren nicht Davids Aufmerksamkeiten und seine Schmeicheleien gewesen, die ihr geholfen hatten, sich wieder lebendig zu fühlen, sondern Gilliam mit seinen Sticheleien, seiner Kritik und seiner Anteilnahme. Sein komplexes, alles andere als leicht zu durchschauendes Wesen hatte sie irritiert, zum Nachdenken angeregt und ihr Mitgefühl geweckt.

«Glauben Sie, daß ich mit Schlapphut und Zigarre gut aussehen würde?» fragte er sie ernst.

«Wie bitte?»

«Nun, das gehört doch zum üblichen Outfit eines Privatdetektivs, habe ich immer gelesen», bemerkte er leichthin.

«Sie wissen also Bescheid», sagte sie leise.

«Daß ich nicht mehr in den Polizeidienst zurückkehren werde?» fragte er ruhig. «Ja. Dr. Hambden hat es mir gestern spätabends noch eröffnet. Er ist ein ziemlich hartnäckiger Bursche und hat nicht eher lockergelassen, bis er sicher war, daß ich mir nichts mehr vormachte, sondern meine Situation begriffen hatte.»

«Es tut mir wahnsinnig leid», sagte sie.

«Ach, schon gut. Ich habe es gegen halb vier heute morgen endgültig akzeptiert, und das sollten Sie auch tun. Ich ziehe schließlich nur ein Bein etwas nach – alles andere ist ja in Ordnung.»

«Gut, daß Sie es so sehen können.»

Er nickte. «Also noch mal – was ist jetzt? Wollen Sie für mich arbeiten?»

«Natürlich nicht», fuhr sie ihn an. Sie begann schon wieder, sich über ihn zu ärgern. «Sie brauchen schließlich nicht acht Stunden am Tag eine Physiotherapeutin – Mountview aber schon. Außerdem sind Sie noch gar nicht wieder so weit hergestellt, daß Sie die Klinik verlassen könnten.»

«Sie machen es mir wirklich verdammt schwer!» rief Gilliam in komischer Verzweiflung, ließ die Krücken los, so daß sie krachend auf den Boden fielen, streckte den rechten Arm nach ihr aus, riß sie heftig vom Stuhl und zog sie, während er sich mit der linken Hand an der Schreibtischkante abstützte, an sich. Er sah ihr fest in die Augen. «Wollen Sie wirklich ein ganzes Leben lang hier arbeiten?»

«Ich ... ich glaube schon», stammelte sie und vermied es, ihn anzusehen, weil sie es nicht wahrhaben wollte.

Er beugte sich entschlossen über sie, küßte sie lange und intensiv, dann gab er sie frei und ließ seinen Blick durch ihr Büro und den angrenzenden Therapieraum schweifen – glänzende Chromgestelle, Tische mit elastischen Binden, Infrarotlampen und allerlei Verbänden, auf dem Boden verschiedene Bälle und ein Schwebebalken ... All die Dinge eben, die sie in ihrem Beruf brauchte.

«Kein besonders schöner Ort, um seine Flitterwochen zu verbringen», bemerkte er trocken.

Roger Forrester saß in seinem Büro und starrte vor sich auf den Schreibtisch. Er hatte einen Brief von Mrs. McAllisters Anwälten bekommen. Sie teilten ihm mit, daß ihr Ehemann angesichts der zu erwartenden hohen Anwalts- und Gerichtskosten jetzt eingewilligt habe, die testamentarische Verfügung seiner Frau, derzufolge der Klinik nach ihrem Tod eine Million Dollar aus ihrem Vermögen zur Verfügung zu stellen sei, anzuerkennen. Das Testament sei damit rechtskräftig, und sollten nicht noch unvorhergesehene Komplikationen auftreten, so könne er Anfang des kommenden Jahres mit dem Geld rechnen. Im Ton des Briefes klang an, daß die Anwälte mit dieser Wendung nicht unbedingt gerechnet hatten.

Mountview ist also gerettet, dachte Forrester. Abgesehen von dem jetzt geerbten Geld konnte er auch jederzeit auf Lauras finanzielle Hilfe rechnen, sie hatte sie ihm angeboten. Auf einmal schwamm er sozusagen in Geld, er konnte weitermachen wie bisher, ja sogar neue Pläne in Angriff nehmen. Sein Lebenswerk würde erhalten bleiben. Er konnte stolz sein auf das, was er erreicht hatte, und durfte mit Fug und Recht erwartungsvoll in die Zukunft blicken.

Wenn da nicht noch dieser zweite Brief wäre, der von Milly. Er verstand nicht, was sie ihm schrieb. Er mußte sich die Unterlagen alle noch einmal vornehmen und Laura bitten, ihm die Dinge zu erklären. Es war alles so unbegreiflich und verwirrend. Er fragte sich, ob es überhaupt stimmen konnte. Milly schrieb, daß die Unterschrift, mit der Laura vorgeblich ihr Einverständnis zu einem Darlehen gegeben hatte, in Wahrheit von ihr gefälscht worden sei und daß sie darüber hinaus im Laufe der letzten drei Jahre etliche gefälschte Schecks auf Lauras Konto ausgestellt habe. Was hatte sie bloß mit dem Geld gemacht? Am Schluß des Briefes hieß es nur lapidar: «Adieu, und vergib mir.» Würde er je mehr erfahren? Würden sie sie je finden? Wahrscheinlich nicht, dachte er. Milly hatte es so geschickt angestellt, ihre Taten zu verbergen, sie würde es auch verstehen, ihre Spuren zu verwischen. Er wußte nicht, ob er darüber verzweifelt oder doch eher erleichtert sein sollte.

Er stand auf dem Gipfel seines Erfolgs – doch plötzlich war das bedeutungslos.

Milly war nicht mehr da.

Er wußte nicht, was er ohne sie anfangen sollte.

Draußen herrschte strenger Frost, aber sie spürten die Kälte kaum. Wieder und wieder umrundeten sie die kargen gefrorenen Blumenbeete vorn im Park, die Abdrücke ihrer Schuhe überlagerten sich.

«Er muß in eine geeignete Klinik eingewiesen werden, Shirley», sagte Harlan Weaver behutsam.

«Nein, bitte ...»

«Du darfst ihn nicht länger decken, Shirley», sagte der Sheriff. «Wir haben jetzt den Mörder, und das wird der ganzen Aufregung um den Schattenmann hoffentlich ein Ende setzen. Aber wenn Mitch so weitermacht wie bisher oder wenn sich seine Krankheit sogar noch verschlimmert ...»

«Sie wird sich verschlimmern», bemerkte Weaver, «es ist unvermeidlich.»

«Wann hat es angefangen?» fragte Gabriel.

Sie stieß einen tiefen Seufzer aus. «Als er so vierzehn, fünfzehn Jahre alt war. Damals wurde dieses Mädchen getötet ... Patty Cox.»

«Hat Mitch sie umgebracht?» fragte Gabriel.

Sie starrte ihn entsetzt an. «Nein, natürlich nicht! Aber ...»

Sie drängten sie nicht, sie ließen ihr Zeit.

«Aber er hat gesehen, wie es passierte», fuhr sie nach einer Weile fort. «Er ist schon als kleiner Junge oft nächtelang durch die Wälder gestreift, aber es war harmlos, er hat niemandem etwas getan und keinen Schaden angerichtet. Ich glaube, er war fasziniert von unserer Familiengeschichte. Jeremy Hasker, der angeblich von den Indianern gefolterte Siedler, war ja ein direkter Vorfahre von uns. Mitch fand das Ganze wohl unheimlich spannend und romantisch, es regte seine Phantasie an. Aber dann kehrte er eines Nachts aus dem Wald zurück und stürzte gleich zu mir ins Zimmer. Er ging nie zu unseren Eltern, er kam, wenn er Probleme hatte, immer zu mir. Er zitterte am ganzen Körper und weinte furchtbar. Ich konnte ihn nur schwer beruhigen. Er hatte Patty Cox gesehen. Chad Turkle war bei ihr. Er war ihr Stiefbruder.»

Gabriel nickte. «Ich kann mich noch sehr gut an Chad erinnern.»

«Mitch war Zeuge, wie Chad das Mädchen umbrachte, weil sie nicht zulassen wollte, daß er sie ... Sie wissen schon. Mitch hatte alles mit angesehen, er hatte nicht gewagt, sich zu rühren und wegzulaufen. Er hatte große Angst vor Chad.»

«Da war er nicht der einzige», sagte Gabriel, «ich habe mich als Junge auch vor ihm gefürchtet.»

Shirley hatte zu schluchzen angefangen. «Ich sagte Mitch, er solle Dad erzählen, was er gesehen habe, aber er war zu verschreckt, er wollte nicht mehr darüber reden. Kurze Zeit darauf kam Chad bei einem Autounfall ums Leben, und da war auf einmal sowieso alles egal.» Sie zuckte die Schultern. «Aber Mitch war seit jener Nacht völlig verändert. Er hatte seine kindliche Offenheit und Begeisterungsfähigkeit verloren, und er wurde oft wütend. Er stellte eine Menge Sachen an, scheußliche Sachen ... Vielleicht hatte er das früher auch schon getan, ich weiß es nicht, aber jetzt war es ihm egal, ob ich davon erfuhr.»

«Hat er Tiere gequält, kleine Feuer gelegt – so etwas in der Art?» erkundigte sich Gabriel.

Sie nickte müde. «Ja. Daddy hat ihn jedesmal, wenn er es herausfand, verprügelt, aber er hörte trotzdem nicht damit auf. Nach dem Tod unseres Vaters hatte ich allerdings den Eindruck, daß er eine Zeitlang ruhiger war, aber dann ging er von zu Hause weg aufs College. Dort kam er nicht zurecht, und alles fing von vorne an. Eines Nachts haben sie ihn dabei überrascht wie er ein ... Kaninchen aufschnitt ... es lebte noch ... Daraufhin mußte er gehen. Er hat das als große Schande empfunden, genau wie ich auch.»

«Man hat ihn zwar von Harvard relegiert, aber ansonsten die ganze Sache unter den Teppich gekehrt», erläuterte Gabriel. «Man wollte keinen Skandal, und deshalb verzichtete man auf eine Strafanzeige und begnügte sich mit seinem Versprechen, er werde sich umgehend in Behandlung begeben.» Der Leiter der Verwaltung von Harvard hatte auf Gabriels Anfrage hin die alten Unterlagen herausgesucht.

«Er brauchte keine Behandlung», sagte Shirley und blickte starr vor sich hin. «Schließlich hatte er Mutter und mich, wir haben uns beide um ihn gekümmert, und als Mutter starb, war immer noch ich da, um für ihn zu sorgen. Ich habe das als meine Lebensaufgabe betrachtet.»

«Aber Sie waren dieser Aufgabe überhaupt nicht gewachsen, Shirley. Das muß Ihnen doch spätestens klargeworden sein, als alles wieder anfing», sagte Gabriel.

«Ich habe ihm alle notwendigen Medikamente gegeben, ich habe extra nachgelesen, was er braucht», erwiderte Shirley eigensinnig.

«Wir wissen, daß Sie sich alle erdenkliche Mühe gegeben haben, Shirley», sagte der Sheriff. «Niemand macht Ihnen einen Vorwurf. Vermutlich hat Ihnen Mitch immer wieder versprochen, daß in Zukunft nichts mehr passieren würde, nicht wahr? Aber Dr. Weaver hat mir erklärt, daß Mitch unter einem krankhaften Zwang steht, der stärker ist als jeder Vorsatz. Immer wenn Sie Spätdienst oder Nachtschicht hatten, trieb er sich draußen herum – egal, wie viele Tabletten Sie ihm vorher gegeben hatten. An dem Abend, als Julie Zalinsky getötet wurde, war er auch draußen unterwegs. Er fand ihre Leiche und deutete das als Zeichen. Wir wissen, daß er sie nicht umgebracht hat, aber ihm selbst ist das vielleicht gar nicht klar. Wie auch immer. Jedenfalls schnitt er ihr die Haare ab. Sie trug einen Pferdeschwanz, und den nahm er an sich. Sie wissen ja, was wir bei Ihnen zu Hause im Keller gefunden haben, nicht wahr, Shirley?»

Sie nickte stumm.

Gabriel wünschte, er könnte das Bild vergessen, das sich ihm in dem dunklen, muffigen Raum geboten hatte, aber er wußte, es war ein vergeblicher Wunsch. Julie Zalinskys Pferdeschwanz, leuchtend blond, war nur die jüngste Trophäe in Mitch Haskers Sammlung. Es gab noch einen zweiten, älteren Haarstrang, auch blond … Die Haare von Patty Cox? Als der Schattenmann erneut begonnen hatte, sein Unwesen zu treiben, hatte George die Akten des alten Mordfalles im Archiv wieder ausgegraben. Nach all den Jahren gab es jetzt aber keine Möglichkeit mehr, festzustellen, ob sie tatsächlich von ihrem Stiefbruder getötet worden war, es sei denn, Mitch Hasker gab eine diesbezügliche Aussage zu Protokoll. Wahrscheinlich würde man sich auch dann damit begnügen müssen, die Akte um die neuen Erkenntnisse zu ergänzen, und sie anschließend wieder ins Archiv zurückbringen. Der Fall würde wohl für alle Zeiten ungelöst bleiben. Die Pferdeschwänze der jungen Frauen und die Tierschwänze … Sie hatten einträchtig nebeneinander in einem kunstfertig gebauten Schrank gelegen, der hinter einer falschen Wand verborgen gewesen war, die, wenn man einen kleinen Hebel betätigte, lautlos zur Seite schwang … Wie oft mochte Mitch vor diesem Schrank gestanden und sich an seinen Schätzen geweidet haben? In diesen Momenten hatte er sich wohl ganz und gar als der wiederauferstandene Schattenmann gefühlt.

«Als Julie und Clarissa getötet wurden, nahmen Sie doch an, daß Ihr Bruder es getan hatte, oder nicht?» fragte Weaver. «Zumindest hielten Sie für möglich, daß er es gewesen war, nicht wahr? Ich denke, Sie spürten instinktiv, daß es von Woche zu Woche schlimmer wurde mit ihm. Gestern abend hätte er fast Mad Mattie Hattie umgebracht, Shirley, die arme alte Frau war zu Tode erschrocken, als er in seiner Verkleidung vor ihr stand …»

«Er hat sie nicht angefaßt, er hat ihr nichts getan», protestierte sie.

«Das war auch gar nicht nötig, sein Anblick war furchterregend genug», antwortete Weaver. «Aber das ist nicht der springende Punkt. Mad Mattie Hattie ist ihm in der Stadt begegnet, nicht draußen im Wald. Er wird immer bedenkenloser, er hält sich nicht mehr an seine eigenen Regeln, Shirley. Nachdem er seinen alten Umhang zurücklassen mußte, hat er sich gleich einen neuen gemacht. Wir haben ihn bei den anderen Sachen unten im Schrank gefunden. Dann begegnete ihm vor ein paar Wochen abends Laura Brandon, als er wieder einmal als Schattenmann umherstreifte. Am folgenden Tag äußerte sie im Gespräch mit ihm – nicht ahnend, daß ausgerechnet der zuvorkommende Bibliothekar derjenige war, der sie so erschreckt hatte –, daß sie den Schattenmann im Grunde für einen armen alten Mann halte. Das versetzte ihn so in Wut, daß er noch am selben Abend bei der

Klinik auftauchte, um ihren Kater zu töten. Von da an verlor er jede Kontrolle über sein Handeln.» Er blickte zu Gabriel hinüber. «Er hat bisher mir gegenüber nur zugegeben, daß er des öfteren nachts draußen im Wald umhergelaufen sei, zu den anderen Dingen will er nichts sagen.»

«Egal, was er getan hat, ich liebe ihn, er ist mein Bruder», sagte Shirley und begann wieder zu weinen. «Ich habe immer versucht, ihn zu beschützen, ihm die Medikamente besorgt, die er brauchte ...»

Weaver nickte. «Sie haben sie in der Klinik gestohlen, Shirley, und das war unrecht, das wissen Sie. Ich nehme übrigens an, daß Mitch genau gewußt hat, daß die Tabletten, die Sie ihm gaben, nicht Vitamine waren, wie Sie ihm weiszumachen versuchten. Und wenn er wieder Lust auf seine Schattenmannrolle hatte, wenn der Drang zu stark wurde, dann hat er die Tabletten einfach weggelassen ...»

«Manchmal habe ich sie zerstoßen und ihm heimlich unter das Essen gemischt», sagte Shirley leise.

«Ja, aber auch das hat schließlich nichts mehr genützt, nicht wahr?»

«O mein Gott», schluchzte Shirley, «was hätte ich denn tun sollen?»

«Beruhigen Sie sich», redete ihr Weaver zu. «Ich kenne eine Klinik ganz in der Nähe. Sie könnten ihn dort so oft besuchen, wie Sie wollen, und man wird ihn gut behandeln. Er könnte zum Beispiel an seinem Buch weiterarbeiten.»

«Über den Schattenmann zu schreiben ist viel besser für Ihren Bruder, als ihn immer wieder verkörpern zu müssen. Das werden Sie doch einsehen, Shirley», drängte der Sheriff.

Shirley dachte nach. «Ich bin einverstanden», sagte sie schließlich mit tonloser Stimme. Man merkte, wie schwer ihr die Entscheidung gefallen war.

Gabriel und Weaver stießen beide gleichzeitig einen Seufzer der Erleichterung aus.

«Hat sich Mattie sehr aufgeregt?» wollte sie wissen.

«Ja, ziemlich», antwortete Gabriel. «Ihr wäre fast das Herz stehengeblieben, als Mitch plötzlich in seinem Umhang und mit seiner Perücke hinter einem Busch hervorsprang. Aber jetzt geht es ihr schon wieder besser.»

«Hat sie Mitch erkannt?»

«Nein, sie dachte, es sei der Geist ihres verstorbenen Mannes. Zuerst jedenfalls.»

«Oh!»

Weaver lachte leise. «Sie hat einen Stein nach ihm geworfen und ihn angebrüllt, er solle bleiben, wo er hingehöre, sie hätte ohne ihn viel mehr Spaß. Das haben jedenfalls die Nachbarn erzählt.»

«Er wollte sie bestimmt nicht erschrecken», murmelte Shirley.

«Kann sein, kann auch nicht sein», sagte Gabriel philosophisch. «Man kann auch unbeabsichtigt Schaden anrichten. Und gewissen Dingen zuzusehen ist unter Umständen genauso schlimm, wie sie zu tun. Das müssen wir uns alle immer wieder klarmachen, Shirley.»

Während er das sagte, realisierte er plötzlich, daß er vor allem sich selbst damit gemeint hatte.

Es ist gut, sich immer wieder daran zu erinnern, dachte er. So werde ich hoffentlich nie vergessen, was es braucht, ein guter Sheriff zu sein.